Oetinger

Peer Martin

SOMMER UNTER SCHWARZEN FLÜGELN

Verlag Friedrich Oetinger
Hamburg

MIX
Papier aus verantwortungsvollen Quellen
FSC® C019821

Einband von bürosüd
Satz: Dörlemann Satz, Lemförde
Druck und Bindung: C.H. Beck, Nördlingen
Printed 2016
ISBN 978-3-7891-4297-2

www.oetinger.de
www.oetinger.de/schwarze-fluegel

humbly
to those who know better
for they saw

1

Das Asylrecht für politisch Verfolgte ist in Deutschland ein im Grundgesetz verankertes Grundrecht.
(Wikipedia, Asyl)

Wir sind nicht das Sozialamt der Welt. Zuwanderung löst keine Probleme, sie schafft welche. Schluss mit Multikulti.
(Aufschrift auf einem NPD-Plakat an einer Bushaltestelle)

Grün.

Grün ist die Farbe der Hoffnung.

Was für ein abgenutzter Satz das war.

Sie fuhr mit dem Zeigefinger über das zarte Hellgrün der Knospe. In Tagen, vielleicht in Stunden schon, würde sie sich entrollen, ein Blatt werden …

Sie zog die Hand zurück.

Seltsam. Heute war etwas anders. Sie war schon vier Mal hier gewesen, und immer waren die Ranken an dem alten Haus grün gewesen, grün und schön. Aber heute spürte sie eine verborgene Kälte, und es war, als glitte ein unsichtbarer Schatten über das Grün.

Sie schüttelte unwillig den Kopf. Es musste Einbildung sein. Sie hatte die Schatten hinter sich gelassen.

Grün.

Grün war die Farbe des Islam.

Grün war die Farbe der Sterne auf den Flaggen, die die Luft über den Köpfen der Menge füllten … Sch, sch, keine Geschichten! Keine Erinnerungen!

Frau Silbermann wollte, dass Nuri erzählte. Sie glaubte, dass das Erzählen heilen konnte. Sie behauptete natürlich, sie wollte nur ihr Arabisch verbessern.

Nuri hatte sie beim Wort genommen und arabisch mit ihr gesprochen, ein Arabisch voller Wüstensonne und plätschernder Brunnen in gekachelten Innenhöfen. Ein Arabisch ohne Worte, aus denen das Blut tropfte. Ohne Worte, die schrien.

Ein Arabisch, in dem sie Nura hieß und nicht Nuri. Sie hatten sie im Camp in Hamburg so genannt. Einer der Ärzte hatte damit angefangen, ein alter Mann mit einem freundlichen Augenzwinkern, und sie hatte ihm erklärt, dass das *i* im Arabischen eine männliche Endung war.

»Aber jetzt bist du in Deutschland«, hatte er gesagt, »und hier ist das *i* eine Koseform.«

Das Camp lag hinter ihr, die Baracken, die zu vielen Leute auf zu wenig Raum, die schönen Worte, die die Deutschen für Dinge wie Camps hatten. Aber der Name Nuri war hängen geblieben. Das Augenzwinkern des alten Arztes schwang darin mit.

Sie sah an dem Haus empor.

Unter dem alten Schindeldach flogen Schwalben ein und aus. Der Garten quoll über den Zaun, und in der Ferne hörte man, ganz leise, das Meer. Der Vorort, in dem das Haus stand, war wunderschön. Alles war wunderschön.

Warum war sie plötzlich nervös?

Nuri zog ihr Kopftuch zurecht und trat durch Frau Silbermanns Gartentor. Durch die nie verschlossene Haustür. In den Flur. Sie streifte ihre Schuhe ab und lauschte. Aus dem zweiten Stock drangen Kinderstimmen. Frau Silbermann gab Nachhilfeunterricht. Unentgeltlich. Sie teilte ihre Zeit in Dreiviertelstunden ein, als wäre sie noch immer Lehrerin, obwohl sie alt war, alt wie das Haus, alt wie der untere Balkon mit den morschen Bodenbrettern, alt wie die dicksten Strünke des wilden Weins und der Welt.

Nuri ging die schmale Wendeltreppe hinauf, vorbei an Nischen voller Reiseandenken: Teekannen, Porzellanelefanten, Gebetsmühlen, Versteinerungen … Sie würde in dem Zimmer warten, in dem sie immer wartete, dem Zimmer mit der Tür zum Balkon und dem warnenden Pappschild.

NUR BIS HIER UND NICHT WEITER! EINSTURZGEFAHR.

Es gab auch ein Absperrband. Die Balkontür ließ sich nicht mehr abschließen.

Das Zimmer war schön, voller Teppiche, voller Farben, voller Bücher, voller Licht. Das Licht wurde von den Ranken draußen gefiltert, und es war grün.

Grün.

Grün war die Farbe der Felder …

Aber sie hatten die Felder angezündet.

Nuri setzte sich aufs Sofa und schloss die Augen. Sie verbot sich, an das zu denken, was gewesen war. Dann hörte sie Schritte auf der Treppe, und sie öffnete die Augen und saß reglos, angespannt, wie eine, die noch immer auf der Flucht ist.

Jemand kam näher. Jemand ging jetzt durch den Warteraum. Er hatte vergessen, seine Schuhe auszuziehen, schwarze Stiefel mit weißen Schnürsenkeln, zu warm für das Wetter. Er hielt eine Zigarette zwischen den Fingern. Sein Pullover war schwarz, auch er zu warm für das Wetter. Auf dem Rücken strahlte eine weiße Sonne mit zackigen Flammen, wie Blitze. Sein Haar war hell wie das Feuer auf den Feldern.

Er ging direkt auf die Balkontür zu, mit einem irgendwie verächtlichen Kopfschütteln, stieg über das Absperrband, öffnete die Tür und trat hinaus. Es ging alles viel zu schnell, er hatte sie nicht einmal gesehen. In der Luft schwebte ein Knirschen. Oder war es das Rauschen der Schattenflügel, das sie so gut kannte?

Sein Haar war hell, sein Pullover war schwarz, seine Stiefel …

Nuri machte einen Satz und packte ihn, er fiel, aber sie hielt ihn fest, und die morschen Bretter splitterten unter ihnen. Für einen kurzen Augenblick befanden sie sich in dem Haus, das die Bomben getroffen hatten. Sie warf sich nach hinten, ihre Hand in den schwarzen Pulloverstoff gekrallt.

Zu warm.

Dann war der Augenblick vorüber, und sie lagen keuchend auf dem Boden, halb in der Tür, vor der die Bretter eingebrochen waren wie das dünne Eis auf einem Bergbach, zwischen Aprikosenbäumen. Und Nuri murmelte: »Zu warm«, aber er verstand sie nicht.

»Was?«, fragte er.

Und das war der Tag, an dem alles begann.

Grün.

Grün ist die Farbe des Lebens.

Was für ein wunderbarer Satz das war.

Die Farbe des Laubs im deutschen Wald. Die Farbe wogender Felder unter dem Wind. Irgendwann würde all dies zurückkommen, die Zeit des Waldes und der Arbeiter auf den Feldern. Es würde wieder sein wie damals, als alle stolz gewesen waren auf das Werk ihrer Hände.

Er hatte den Tag im Wald verbracht, mit dem Rad war es nur eine halbe Stunde da hinaus. Natürlich hätte er in der Berufsschule sein müssen, aber wer war schon in der Berufsschule. Berufsschule war auch ein falscher Name. Es war gar keine, sie nannten es nur so. Es war ein Auffangbecken für gescheiterte Typen. Man saß seine Zeit ab. Seit Ende Februar war er achtzehn, er musste nur dieses Halbjahr fertig machen, danach konnten sie ihm sowieso nichts mehr. Dann war er raus aus dem Laden.

Im Wald hatte er ein Baumhaus. Es klang kindisch, aber es war ein richtiges Haus. Er hatte jeden Nagel selbst eingehauen, jede Schraube eingedreht. Eine Eiche übrigens; es war in einer Eiche. Die Adler flogen darüber, und er sah sie an und wusste, dass die Stunde des Adlers kommen würde – des deutschen Adlers, der das Land zurückverlangte. Er, Calvin Lüttke, würde dabei sein, wenn der Kampf um das Land gekämpft wurde.

Grün.

Grün war die Farbe der Erneuerung. Doch das Grün der Ranken an dem alten Haus war ein anderes, ein irgendwie undeutsches und unordentliches Grün. Das Haus war groß und eigentlich schön, man hätte die Ranken entfernen sollen. Er sah daran empor und dachte an die tristen grauen Neubaublöcke des Vorstadtviertels. In den winzigen Wohnungen dort wucherte nur der Schimmel an den Wänden. Wenn die Zeit kam und der deutsche Adler kämpfte, würden Leute wie diese Frau Silbermann keine Backsteinhäuser mit Gärten mehr besitzen.

Er hoffte wirklich, die Kleinen waren fertig mit dem Nachhilfequatsch, wenn er ankam, damit er gleich wieder mit ihnen abhauen konnte. Er zog ein Päckchen Zigaretten aus der Tasche, schüttelte eine heraus und schob sie zwischen die Lippen. Am Gartenzaun lehnte ein Nachbar und musterte ihn: den schwarzen Kapuzenpulli mit dem weißen Aufdruck, die schwarze Jeans, die Springer. Sein Blick glitt zu Calvins Gesicht, der Mann registrierte das blonde Haar, die Sommersprossen, die grünen Augen – die Zigarette. Calvin wollte etwas zu ihm rüberrufen. *Darf man jetzt auf der Straße nicht mehr rauchen? Sie haben mir gar nichts zu befehlen, ich bin achtzehn!*

Er hasste die Sommersprossen, er hatte sie auch am Hals und auf den Armen, sie sahen so kindlich aus. Er hasste auch seine Statur, er war zu schlaksig, noch immer. Von der Zigarette glitt der Blick des Mannes wieder nach unten zu dem Aufdruck auf Calvins Pullover. Die schwarze Sonne. Ein Kreis aus S-Runen.

Er sagte nichts, erwiderte nur den Blick des Mannes.

Hey. Ich hab keine Angst vor Ihrer blöden Fresse. Starren Sie ruhig.

Dann drückte er die Klinke von Frau Silbermanns Haustür herunter. Die Tür war nicht abgeschlossen. Was für ein Vertrauen diese Menschen in die Welt hatten!

Er war noch nie drin gewesen. Benji hatte gesagt, im zweiten Stock gäbe es eine Art Warteraum, und man konnte ja hoffen, dass das Rauchen dort erlaubt war. Nein, eigentlich hoffte er, dass es verboten war. Er musste irgendetwas Verbotenes tun; es war die einzige Möglichkeit, seine Wut auf Frau Silbermann und dieses ganze verdammte Rosen-Nelken-Hollerbusch-Viertel zu zeigen.

Hinter der Tür stand ein Sammelsurium an Schuhen. Er fand Benjis und Toms Schuhe darunter, Kinderschuhe. Er würde seine Stiefel nicht ausziehen, das wäre wie eine Geste der Demut.

An der Wand im Flur hingen Teppiche, die nicht in dieses Land gehörten. Orientalisch. Was für ein Wort. Die Treppe wurde gesäumt von Regalbrettern voller Andenken an Reisen: ein unübersichtliches Durcheinander aus winzigen Statuen und Glocken und Teekannen – und all diese Dinge machten sich lustig über Calvin.

Du weißt ja nichts, flüsterten sie, *nichts von der Welt! Du warst noch nie weiter als bis zur polnischen Grenze! Die Erde könnte eine Scheibe sein, und du hättest es bis jetzt nicht gemerkt!*

Er ging an ihnen vorbei, an all den winzigen, ihn verhöhnenden Gegenständen, und ignorierte sie.

Und dann war er oben, im zweiten Stock.

Der Warteraum war einfach als solcher zu erkennen, denn auf einem Schild stand *WARTERAUM*. Jeder Buchstabe hatte eine andere Farbe, es war wie in einem Kindergarten. Natürlich, Frau Silbermann brachte den Kindern Buchstaben bei. Aber Scheiße, Calvin war kein Kind.

Die Sozialtante hatte gesagt, das hier wäre eine Chance für Benji und Tom, und Mama hatte genickt, weil es besser war, zu machen, was die Sozialtante wollte, sonst kürzten sie vielleicht das Geld. Bisher hatte Mama die beiden hergebracht und abgeholt. Heute musste sie zu einem Amt mit einer anderen Sozialtante, einem anderen Wir-helfen-Ihnen-Arschloch. Die zahlten die Miete nicht mehr, irgendwas war schiefgelaufen, und Mama hatte geheult, und Heinrich hatte nichts gesagt, weil Heinrich nie etwas sagte, obwohl er Benjis und Toms Vater war. Vermutlich kriegte Heinrich es auch nicht auf die Reihe, Benji und Tom irgendwo abzuholen. Klar, hatte Calvin gesagt, er würde das erledigen, sie sollte zu dem Amt gehen. Es machte ihn fertig, wenn sie heulte. Er hatte sie in den Arm genommen, sie war so viel kleiner als er. Zerbrechlich.

»Wird schon alles gut, Mama«, hatte er geflüstert, »mach dir mal keine Sorgen.«

Irgendwann, das hatte er nicht gesagt, *kommt unsere Zeit. Vielleicht schon bald. Dann wird alles anders. Wir bereiten uns auf den Kampf vor, im Geheimen …*

Er sah durch die Tür mit dem regenbogenbunten Schild, dass es am anderen Ende des Raumes noch eine Tür gab, eine Balkontür, und er sah ein Schild, das es verbot, den Balkon zu betreten. Beinahe lächelte er. Frau Silbermann machte es ihm einfach, etwas Verbotenes zu tun.

Er würde, wenn sie ihn fragte, eine Augenbraue heben, gespielt erstaunt.

»Ich dachte, ich gehe zum Rauchen auf den Balkon?«

Der Raum war bunt wie das Schild, es lag ein gewebter Teppich darin, und an den Wänden sah er aus dem Augenwinkel Bilder, auf denen man nichts erkennen konnte. In der Ecke drohte der Schemen eines großen Sofas.

Er schickte die schwarzen Springerstiefel über den Teppich, stieg über ein lachhaftes Absperrband, stieß die Balkontür auf – und war draußen.

Aber er machte nur einen Schritt auf den Balkon hinaus.

Dann brach der Boden unter ihm weg.

Es war wie Einbrechen in Eis. Es war, mehr noch, wie eine Falle.

Und auf einmal durchfuhr ein jäher Schmerz seinen rechten Oberarm, und jemand riss ihn gewaltsam zurück. Er drehte den Kopf, mitten im Sturz.

Ein Mädchen.

Ihr Haar war dunkel wie die Nacht im Wald, wenn es zu kalt wird zum

Bleiben. Ihre Bluse war weiß und der Körper darunter zerbrechlich und schmal.

Das Krachen der Bretter hing noch in der Luft, sie zog ihn weg von dem Krachen, in Sicherheit, warf sich nach hinten; ihre schmale, kalte Hand um seinen Arm geschlossen wie ein Schraubstock.

Ihr Haar war dunkel, ihre Bluse war weiß, ihre Hand war kalt …

Dann lagen sie beide keuchend auf dem Boden, halb in der Balkontür, vor der die Bretter eingebrochen waren. Calvin rollte sich herum und sah das Mädchen an. Sie schob sich eine schwarze Locke aus der Stirn und erwiderte seinen Blick, mit großen, fast schwarzen Augen. Sie sagte etwas, das er nicht verstand.

»Was?«

Irgendwo in seinem Gehirn war die Information abgespeichert, woher dieses Mädchen kam und warum er sie nicht verstanden hatte, aber er sah sie nur an, und sie sah ihn an; der Moment lag außerhalb der Wirklichkeit.

Sie war anders als alle Mädchen, die er kannte. Auf ihren Wangen gab es winzige, dunkle Flecken, Sommersprossen, wie mit einem sehr feinen Pinsel hingetupft, ganz anders als seine eigenen. In ihren dunklen Augen tanzten helle Punkte, golden beinahe. Jetzt ließ sie seinen Arm ganz langsam los, und da schaltete sein Gehirn sich wieder ein.

Ausländer, sagte das Gehirn. *Asylantenheim. Die können nur Kauderwelsch, deshalb hast du nichts verstanden.*

Du hasst diese Leute.

Und hier liegst du auf dem Boden und starrst ein Mädchen aus dem Asylantenheim an, es ist ein Glück, dass Pascal und die anderen von der Clique dich nicht sehen.

Er rappelte sich hoch und klopfte sich den Staub von der Hose. Dann streckte er die Hand aus, um ihr beim Aufstehen zu helfen. Auch zu seinen Feinden soll man höflich sein. Eiskalt höflich.

Sie nahm die Hand nicht.

Sie stand alleine auf und streifte das Tuch, das offenbar auf ihre Schultern gerutscht war, über ihr Haar, während sie ihn die ganze Zeit über ansah. Sie musste zu ihm aufsehen, sie war ein gutes Stück kleiner als er. Das Kopftuch war zartrosa, durchsetzt mit Streifen aus goldenem Garn.

Als sie die letzten Strähnen daruntergesteckt hatte, war sie ein anderer Mensch. Ferner. Als hätte sie ein Fenster geschlossen.

Und sie sah mehr nach dem Bild aus, das man von Asylanten hatte.

In seinem Gehirn tauchte der Satz *Scheißtürken, geht nach Hause* auf. Ein Sprayzug an einer der Mauern im Viertel. Und gleichzeitig fiel ihm auf, dass der Satz lächerlich war, weil die Kopftuchasylanten ihn gar nicht verstanden.

Er drehte sich um. Wo waren Benji und Tom, verdammt? Wo blieb Frau Silbermann? Das Mädchen zeigte auf seinen Pullover, eine Frage im Blick.

»Die schwarze Sonne«, antwortete Calvin leise. »Das Zeichen der Erneuerung. Alles … alles wird irgendwann in Schutt und Asche liegen. Und die, die am Boden sind, werden aufstehen und die Macht übernehmen.«

Es waren schöne Sätze, ohne die üblichen Kraftausdrücke. Er hatte sich Mühe gegeben.

Sie nickte. Aber natürlich hatte sie kein Wort begriffen. Ihr Nicken war vielleicht ebenfalls eine Art Höflichkeit, wie das Ausstrecken seiner Hand.

Die sie nicht genommen hatte.

»Calvin.«

Er fuhr herum, ertappt. In der Tür des Warteraums stand Frau Silbermann. Er hatte sie nie gesehen, aber natürlich war es Frau Silbermann. Sie war alt, ohne alt zu sein, ihr Haar weiß und kurz geschnitten, der Blick der blauen Augen hinter ihrer schmalen Brille klar und sehr genau. Sie trug Olivgrün, Militärgrün, aber bei ihr war die Farbe ein Stück des Gartens. Um ihren Hals lag ein Seidentuch. Na, wenn man das Geld hatte.

»Du bist doch Calvin? Benji und Tom sind noch oben. Räumen auf. Benji macht sich ganz gut. Er liest jetzt ganze Sätze.«

Calvin nickte. Er glaubte ihr nicht. Benji las gar nichts und räumte bestimmt nicht auf. Benji rannte nur rum und baute Scheiße. Er war zehn. Tom war erst acht, und wenn die Leute sagten, Tom würde weniger anstellen, wuschelte Mama ihm immer durchs Haar und meinte, er hätte einfach zwei Jahre weniger Zeit dazu gehabt, Sachen anzustellen, das sei alles.

»Ich sehe, du hast Nuri kennengelernt«, sagte Frau Silbermann. »Sie wartet auf mich.«

Ach. Ich dachte, sie würde in diesem Zimmer Urlaub machen. Er nickte wieder, stumm.

Frau Silbermann schien noch etwas sagen zu wollen, doch dann stockte sie und starrte die Balkontür an, oder eher das, was dahinter lag. Drei zerborstene Bretter, ein klaffendes Loch im Boden. Sie ging hinüber, ihre Haltung aufrecht trotz des Alters, und betrachtete eine Weile schweigend den Schaden.

»Sieht aus«, sagte sie schließlich, »als müsste ich endlich den Balkon machen lassen. Gewisse Leute haben offenbar Probleme damit, Schilder zu lesen.«

Sie sah Calvin an, und er merkte, dass die Zigarette, die er hatte rauchen wollen, heruntergefallen war. Er bückte sich und hob sie auf.

»Nicht hier drin«, sagte Frau Silbermann scharf.

Calvin zuckte die Achseln und steckte die Zigarette hinters Ohr.

»Warm hier«, sagte er und schob die Ärmel des schwarzen Kapuzenpullovers hoch, sodass man die Tätowierung auf seinem rechten Oberarm sah. Noch eine schwarze Sonne, klein, aber deutlich erkennbar. Darauf saß der Adler, die Flügel ausgebreitet wie stets, den Kopf zur Seite gewandt, die starken Krallen auf dem oberen Rand des Sonnenrades. Der deutsche Reichsadler.

Das Blau in Frau Silbermanns Augen flackerte.

Da sagte das Mädchen etwas. Sie hatte sich ein wenig aus der Balkontür gelehnt und pflückte behutsam eine der winzigen, unreifen Trauben des wilden Weins, der am Balkon wuchs. Dann zerdrückte sie die Traube, roch an ihren Fingern und lächelte. Sie sah Calvin an dabei. Ihre Augen waren so tief, dass er sich wegdrehte. Aber er spürte ihren Blick im Rücken.

Sie sagte wieder etwas, das er nicht verstand.

»Der Geruch der Weintrauben«, murmelte Frau Silbermann, »ist das Erste, das … das Erste, woran ich mich erinnere. Ich habe zwanzig Jahre lang Dinge aus dem Arabischen übersetzt, auf Papier und synchron, und ich dachte eigentlich, ich wäre fertig damit. Aber Nuri hat mich gebeten, für sie zu übersetzen.« Sie seufzte, sie klang seltsam verärgert, aber nicht so, als gelte ihr Ärger dem Mädchen. »Der Geruch der Weintrauben …«

»Sie müssen hier überhaupt nichts übersetzen!«, zischte Calvin. »Hören Sie auf damit. Ich interessiere mich einen Scheiß für Weintrauben. Ich gebe Benji und Tom noch drei Minuten. Dann gehe ich.«

Doch das Mädchen sprach weiter, und Frau Silbermann, in ihrer seltsam verärgerten Art, sprach ebenfalls weiter, mit kleinen, stockenden Verzögerungen, ähnlich wie Benji, wenn er las.

»Der Geruch der Weintrauben ist das Erste, woran ich mich erinnere. Er zerdrückt … er zerdrückt in meiner Erinnerung eine Traube und hält … hält mir seine Finger … unter die Nase. Er sagt: Diese ist noch nicht … sie ist noch nicht reif. Sie riecht nach allem, was kommt. Ich war fünf. Ich weiß nur noch, wie glücklich seine Augen … seine Augen damals … waren. Und dass die Weintrauben am Berg … am Fuß des Berges wuchsen. Sie waren grün, und ihre Schatten auf der warmen … auf der heißen Erde waren Träume, die … waren was? Nuri? Ach so. Waren bewegliche Träume.«

Calvin machte einen Schritt auf die Tür zu, aber dort blieb er stehen. Das Mädchen hörte nicht auf, zu erzählen – als wäre es gleichgültig, ob er ginge oder bliebe. Vielleicht blieb er deshalb. Es schien auch gleichgültig zu sein, ob Frau Silbermann übersetzen wollte oder nicht. Dieses Mädchen *zwang* sie dazu, zwang sie mit ihrem Blick. Das war auch ein Grund, zu bleiben.

»Mein Vater …«, sagte Frau Silbermann jetzt, »mein Vater war groß wie ein Riese, und ich war klein wie ein Sandkorn. Am Tag meiner allerersten Erinnerung waren wir mit dem Wagen des Deutschen hinausgefahren. Die Stadt, Dar'a, lag hinter uns, irgendwo im Staub, wo die Mütter kochten und die Brüder auf den Straßen Fußball spielten. Die Straßen waren voller Freiheit für Kinder in diesen Zeiten. Das lag daran, dass wir Kinder nichts wussten.

Wir waren frühmorgens aufgebrochen; es war einer von vielen solcher Ausflüge. Das trockene Land glitt vorbei, Asphalt, Tankstellen, Steppe, und vorne unterhielt sich mein Vater mit dem Deutschen. Der Deutsche war ein Bildermaler. Er malte mit einer großen, schwarzen Kamera.

›Schreibst du dein Buch bald?‹, fragte der Deutsche.

›Ich habe noch nicht genug Worte‹, sagte mein Vater. ›Es kann dauern. Wirst du noch da sein, wenn ich genug Worte habe?‹

›Wenn es dann noch Bilder gibt‹, sagte der Deutsche.

›Bilder gibt es immer‹, sagte mein Vater. ›Das Land ist schön, und es ist hässlich, und es lacht viel, weil es sich selbst nicht ernst nimmt. Du kannst immer Bilder von seinem Lachen machen.‹

Und ich legte mein Gesicht an die Scheibe und dachte darüber nach, dass unser Land lachen konnte. Draußen zogen die gelbflachen Weizenfelder des Hauran vorbei, so heißt die Gegend dort, die Straße war breit und gerade wie eine Flugbahn. Und dann bogen wir auf eine kleinere Straße ab, die sich hinauf in die Berge schlängelte. Zwischen dem schwarzen Basalt der Vulkane lagen grüne Flecken, begrenzt von den Steinen, die die Bauern mühevoll herausgelesen und aufgeschichtet hatten wie Kunstwerke.

Ich saß zwischen zwei anderen Kindern und einer Menge Tüten und Taschen.«

Calvin *sah* es. Er sah die Felder, und er sah, wie das kleine Mädchen zwischen den Tüten und Taschen saß. Frau Silbermanns Übersetzung stockte noch immer, es gab Pausen, wenn sie nach Worten suchte, und sie fing manchmal einen Satz wieder von vorne an, fragte nach, fragte noch einmal nach. Doch Calvin begann, die Pausen und die Fragen auszublenden. Er hörte die Stimme des Mädchens – eine schöne Stimme –, er hörte die deutschen Worte der alten Frau, beides verschmolz, und er *sah*. Er sah, obwohl er es nicht wollte. Er stand da, auf dem Sprung, die Fäuste geballt. Aber die Stimme und die Bilder hielten ihn fest.

Warum?

Wie machte sie das?

»Rechts von mir saß Anna, die Tochter des Fotografen. Sie hatte Haare wie Sonnenschein auf Staub. Links von mir saß Yassir. Er hatte Augen wie Dunkelheit und magere Schultern, an die man sich nicht gut anlehnen konnte, wenn man im Auto schlafen wollte. Wir wohnten alle in derselben Straße, wir spielten Ball oder Kreisel zwischen den Häusern; die Sorte, die man mit der Schnur antreiben muss wie mit einer Peitsche. Wir gehörten zusammen. Manche Jungs in der Straße lachten Yassir aus, weil er mit zwei Mädchen befreundet war. Er konnte hart zuschlagen, wenn ihn jemand auslachte.

Der Berg wuchs vor dem Fenster und hatte viele Namen. Der Deutsche sagte Dschebel ad-Duruz, und mein Vater sagte Dschebel al-Arab – Drusenberg, Araberberg –, und es gab noch ein Dutzend andere Namen. Sie waren alle wahr.

Wir hielten in einem kleinen Dorf. Vor der Tür des Hauses, auf das der Deutsche zeigte, saßen zwei Männer mit langen Bärten, weißen Turbanen und schwarzer Kleidung. Zwischen ihnen stand ein wackeliges Tischchen mit einem Schachbrett darauf. Ich weiß noch, dass ich mich fragte, ob ihnen die Bärte nicht ins Spiel gerieten. Sie begrüßten meinen Vater und den Deutschen, und ich glaube, der Deutsche kannte sie, weil er schon hier gewesen war, um ihre Bärte zu fotografieren.

Aus dem Haus kam eine kleine, breite Frau mit braunem Kopftuch und ausgebreitetem Lächeln und winkte uns herein. Drinnen war es kühl. Aus allen Ecken quoll Familie, wir saßen auf geflochtenen Matten und bekamen Kaffee, der nach Kardamom roch. Für jeden einen winzigen Schluck, auch für die Kinder. Der Älteste musste als Erster seinen Kaffee angeboten bekommen. Ich versuchte, den Kaffee zu schlucken, ohne ihn zu schmecken. Zum Glück gab es auch Weintrauben. Und mein Vater zerdrückte eine von ihnen, eine unreife, und sagte: ›Alles wird passieren …‹

Im Innenhof wuchsen Rosen, man sah sie durch einen Vorhang aus Plastikperlen.

Aber dann war die Rede davon, dass gekocht werden sollte für die Gäste, Mansaf, Hammel in Buttermilch, was ungefähr ein halbes Leben dauert. Und obwohl man hoffen konnte, dass es Kibbe dazu gab, gefüllte Bällchen aus Hackfleisch und Teig, war es nichts, worum ich mich schlug, weil beim Essen alle ewig zusammensitzen und über langweilige Dinge reden würden. Yassir zog mich am Ärmel, und ich zog Anna am Ärmel, und wir stahlen uns davon. Ich sah den sehnsüchtigen Blick des Deutschen, der sich auch gerne davongestohlen hätte, um draußen Bilder zu sammeln.

Die Sonne war greller als zuvor.

Wir rannten durchs Dorf, über dem am Hang die Apfelbäume wuchsen, und wir trafen noch einen Mann mit Bart und weißem Turban.

›Warum haben die hier so komische Bärte?‹, fragte Anna.

›Das sind Drusen‹, sagte Yassir, der Dinge wusste, weil er schon fünf war und wir erst vier. ›Die beten anders.‹

›Aber wir beten doch auch nicht so wie ihr‹, sagte ich. ›Jeder betet irgendwie anders.‹

Wir hatten die Felder hinter dem Dorf erreicht, und die Weinranken krochen vor uns am Berg entlang und schlangen ihre knorrigen, alten Arme um die schwarzen Basaltsteine. ›Schaut‹, sagte Anna und zeigte auf eines der Felder. Das war anders als die anderen, denn dort wuchsen die Reben in die Höhe und rankten sich oben an Drähten entlang. ›Ein Himmel‹, sagte Anna ehrfürchtig, ›ganz aus Weintrauben.‹

Wir tauchten in das Feld ein wie in ein großes Wasser. Unser Lachen war wie Luftblasen. Und die Minuten, in denen wir dort zwischen den Weinblättern Fangen spielten, waren vermutlich die wunderbarsten, die es gab. Später war nichts mehr so wie dieser Moment. Wenn wir mit unseren bloßen Füßen auf herabgefallene Trauben traten, stieg ihr Duft auf wie schweres Parfüm. Annas weißes Staubhaar flog hinter ihr her wie ein gemalter Sternenschweif. Mein eigenes Haar war lang und wild und dunkel, und irgendwann griff Yassir hinein, um mich zu fangen, ich lachte und schimpfte und fiel, und er kniete über mir, außer Atem.

Ich weiß nicht, wo Anna war.

Yassir pflückte eine Handvoll Trauben für uns. Später würde man sie zu Rosinen verarbeiten, oder zu Araq, aber noch waren sie nur Trauben. Unschuldig. Das dachte ich damals natürlich nicht. Ich dachte ein Durcheinander von Gedanken über Yassir und mich und Anna, ich dachte an den grün und gelb beklebten Holzkreisel, den Yassir mir geschenkt hatte, nur mir.

›Ist das geklaut, wenn wir die Trauben essen?‹, fragte er.

Ich schüttelte den Kopf. ›Sind doch nur ein paar. Und eigentlich gehören die alle Gott. Der lässt sie wachsen, oder?‹

›Unserer oder eurer?‹, fragte Yassir. ›Oder der von Anna?‹

›Mein Papa sagt, das ist der gleiche‹, sagte ich.

Die Frauen in Yassirs Familie trugen Kopftücher und die Frauen in meiner Familie nicht, und Yassirs Familie ging jeden Freitag in die Moschee und fastete im Ramadan. Annas Mutter trug ein Kreuz um den Hals und ging in eine Kirche, obwohl Annas Vater nie hinging. Ich glaube, sein Gott waren die Bilder, die er mit der Kamera einfing.

Yassir legte sich auf den Rücken neben mich. So lagen wir da und sahen in den Himmel aus grünen Ranken. Eine Brise ließ die Blätter und die Trauben wippen.

›Hier ist so viel frische Luft, als ob man drin fliegt‹, sagte ich und griff nach Yassirs Hand.

›Besser, wir halten uns fest, damit der Wind uns nicht mitnimmt.‹

›Meinen Bruder hat er mitgenommen‹, sagte Yassir ernst. ›Als ich noch ganz klein war. Er war fast erwachsen.‹

›Dann war er zu schwer für den Wind‹, sagte ich.

›Ja‹, sagte Yassir. ›Sie lügen. Etwas anderes hat ihn mitgenommen. Etwas Schreckliches.‹

›Glaubst du‹, flüsterte ich voller Schrecken, ›er ist tot?‹

Yassir schwieg.

›Wenn etwas mich mitnehmen wollte, würde mein Vater es wegjagen‹, sagte ich. ›Und meine Mutter würde dem Schrecklichen ein wunderschönes Bild malen, und das Schreckliche würde weglaufen, weil es nichts Schönes mag. Meine Brüder würden ihm Steine hinterherwerfen. Und wenn etwas Schreckliches dich mitnehmen will, dann … dann bewerfe ich es mit Trauben.‹

›Ja‹, sagte Yassir, ›und wir wickeln es in Weinblätter ein, und die Frau mit dem braunen Kopftuch füllt die Blätter mit Reis und gehacktem Lamm und Walnüssen und Pinien …‹

Ich hörte ihn weitererfinden; er erfand ein kompliziertes Rezept zur Zubereitung unseres Feindes, der kein Gesicht hatte. Aber dass man ihn kochen konnte, war beruhigend. Und ich glitt langsam hinüber in einen Traum. Darin schwebten wir hoch über dem Feld aus Trauben, hoch über dem Berg der vielen Namen. Wir fanden Anna im Himmel, und ich streckte die Hand nach ihr aus. Und nichts konnte uns auseinanderreißen. Nichts konnte uns mitnehmen.

Dann wachte ich auf.

Yassir war fort. Es war sehr still.

Ich stand auf und drehte mich langsam um mich selbst, und überall führten lange, leere Gänge aus Weinstöcken in die Ferne. Die Farben waren jetzt seltsam, die Schatten violett, die Rinde der Stämme rot. Ich stand im Mittelpunkt eines Labyrinths.

Ich begann, zwischen den Weinstöcken und den Reben entlangzugehen. Yassir war nicht da. Ich rief seinen Namen, ich rief auch nach Anna. Aber niemand antwortete mir.

Etwas war hier gewesen, ich war mir plötzlich sicher – etwas hatte sie geholt, erst Anna, dann Yassir. Ich rannte jetzt. Am Himmel pulsierte das Licht. Vielleicht war gar nichts passiert, sagte ich mir, Yassir war einfach aufgestanden und zurück zum Dorf gegangen, und dort war auch Anna …

Ich musste nur aus diesem Labyrinth herausfinden.

Aber es schien keinen Rand mehr zu geben.

Und das war der Moment, in dem ich wirklich Panik bekam. In dem ich wusste, dass die Dinge nicht normal waren. Ich drehte mich um, um nachzusehen, ob mich etwas verfolgte. Da war nichts. Und doch war etwas da. Es lauerte verborgen im schweren, süßen Geruch der Trauben.

›Anna!‹, schrie ich, ein letztes Mal, ›Yassir!‹ Und dann, in meiner Kinderverzweiflung: ›Baba!‹ Aber mein Vater saß irgendwo und dachte über das Buch nach, das er schreiben wollte, und hörte mich nicht. Und ich stolperte und stürzte.

Als ich den Kopf hob, sah ich auf der Erde die Schatten der Trauben. Und dann andere, dunklere Schatten. Und ich hörte ein Rauschen. Etwas flog über mich hinweg. Die Schatten vor mir waren die Schatten von großen, schwarzen Flügeln.

Ich drehte mich um. Yassir kniete über mir.

›Da bist du‹, wollte ich sagen, erleichtert. Aber dann sah ich, dass sein Gesicht verändert war. Es war verquollen und seltsam, ein Auge vollkommen zugeschwollen, rote Striemen liefen über Wangen und Stirn, und die Fingerspitzen der Hand, die er nach mir ausstreckte, waren nass von Blut. Ich wollte schreien, ich versuchte, zurückzuweichen, und gleichzeitig wusste ich, dass ich das nicht durfte, dass ich ihm helfen musste, statt ihn fortzuwünschen. Das Schreckliche, das seinen Bruder geholt hatte, hatte auch Yassir geholt, es war noch hier …

Ich tat das Einzige, das ich tun konnte, um mich zu schützen, mein vier Jahre altes Ich. Ich kniff die Augen zu. Ich flehte zu Allah, ein stummer Kinderschrei: *Lass es weggehen lass es weggehen lass es weggehen!* Und das Rauschen der schwarzen Flügel hob sich langsam wieder in die Luft, und der Schatten hob sich mit ihm, und dann war alles vorbei.

›Nura?‹, sagte Yassir. ›Nura, was ist?‹

Ich blinzelte. Er kniete noch immer über mir. Die Haut über seinen Wangen und seiner Nase war intakt, es gab keine Wunden dort. Kein zugeschwollenes Auge, kein Blut.

›Warum hast du geschrien?‹, fragte Yassir.

Ich schüttelte nur den Kopf. Mein Mund weigerte sich, die Worte zu sprechen, die in mir waren. *Etwas ist geschehen. Du warst verletzt. Die schwarzen Flügel …*

›Du hast geträumt‹, sagte Yassir und zog mich lächelnd auf die Beine. ›Du bist ganz weiß im Gesicht.‹

›Hier seid ihr!‹, sagte Anna und trat hinter ihm zwischen den Ranken hervor. ›Ich habe ewig am Feldrand rumgesessen und gewartet. Ich hab Hunger.‹

Und ich verstand, dass ihr *ewig* nur ein Kinder-ewig war. Ich verstand, dass wir nur sehr kurz allein gewesen waren und mein Schlaf – mein Traum – noch kürzer.

Später saß ich mit den anderen beim Essen, auf den Matten, und in der Mitte stand die Platte mit dem Mansaf, aber ich aß nichts, nicht einmal Kibbe, obwohl sie hübsch aussahen in ihrem Teigmantel.

›Die Kleine ist viel zu mager!‹, sagte die Frau mit dem braunen Kopftuch lachend. ›Was essen diese Kinder in der Stadt?‹

›Träume‹, sagte mein Vater und streichelte mein Haar, ohne zu verstehen, wie wahr das war. Ich rollte mich neben ihm zusammen und legte den Kopf auf sein Knie, und er war so groß wie immer. Aber ich ahnte, dass es Dinge gab, bei denen er mir nicht helfen konnte.

›Mir ist schlecht‹, sagte ich. Da hob mich mein Vater auf und trug mich hinaus in den Hof mit den Rosen und bettete mich dort in den Schatten.

›Vielleicht wirst du krank‹, sagte er.

›Ja‹, sagte ich. ›Vielleicht werde ich krank.‹

An diesem Abend fuhren wir nicht nach Hause; wir fuhren weiter nach Osten, in die Wüste hinein. Ich habe später gelernt, dass die meisten Leute in Europa glauben, die Wüste wäre eine weite Landschaft aus goldgelbem, weichem Sand, durch den Kamele ziehen. Es mag Wüsten geben, die so aussehen. Die syrische Wüste – meine Wüste – ist ein Meer aus Steinen. Der Boden ist hart und staubig, manchmal durchsetzt mit stacheligen Büschen, und durch die farblose Weite ziehen nur Ziegen. Diese Wüste biedert sich nicht an, sie versucht nicht, schön zu sein. Sie ist, was sie ist. Sie lässt die Sonne nicht violett und purpurn untergehen, ihr Gesicht ist ehrlich und hart und rau.

›Die Wüste ist wie eine Frau‹, sagte mein Vater, als wir in den Abend im Nichts fuhren. ›Man sieht nur, wie wunderbar sie ist, wenn man sich die Zeit nimmt, sie genau zu betrachten. Hübsche Frauen darf man nicht zu lange betrachten, denn dann zerfallen ihre Konturen. Nicht hübsche Frauen kann man lange ansehen, und mit jedem Blick entdeckt man mehr von ihrer Schönheit.‹

›Wirst du das in deinem Buch schreiben?‹, fragte der Deutsche.

›Wer weiß‹, sagte mein Vater. ›Es gibt so vieles, das ich schreiben könnte.‹

›Worum wird es in dem Buch gehen?‹, fragte der Deutsche. ›Um Syrien? Um die Wüste?‹ Er lachte. ›Oder um ihre Frauen?‹

›Das‹, antwortete mein Vater ernst, ›ist dasselbe, mein Freund.‹

Mein Vater war Lehrer, und oft verstand ich nicht, was er sagte. Ich weiß nicht, ob seine Schüler in Dar'a es verstanden.

An jenem Abend, im Auto, da wünschte ich, mein Vater könnte die Schatten, die ich gesehen hatte, in Worte kleiden, und der Deutsche könnte ein Bild davon machen. Dann, dachte ich, hätten die Schatten ihren Schrecken verloren. Aber ich irrte mich. Zehn Jahre später kleideten andere die Schatten in Worte und Bilder, und sie wurden nur noch schrecklicher.

Wir fuhren in die Wüste, damit die beiden Männer sammeln konnten,

Worte und Bilder. Es war ein Wochenende, mein Vater hatte seine Schüler hinter sich gelassen, und der Deutsche wollte den Staub und die Steine ins Auge seiner Kamera bekommen.

Wir schliefen in einem Dorf, das ganz anders aussah als das der Drusen am Fuß des Traubenberges. Aber den Geruch hatten wir mitgenommen, er hing in meinen Kleidern und in meinem Haar, und mein Vater überreichte der Familie, bei der wir schliefen, große, reife Wasserfälle von Trauben, die uns die Familie in dem Bergdorf geschenkt hatten. Das Leben war damals ein einziges Schenken und Wiederschenken, ein einziges Einladen und Wiedereinladen.

Die Häuser der Wüste waren geduckt und aus Lehm und manche auch aus Beton, weil der Beton natürlich längst hier angekommen war. Es gab keine Pflanzen. Ich weiß nicht, woher mein Vater oder der Deutsche die Familie kannten, die uns Matratzen aufs Dach zu den ihren legte. Vielleicht lernten sie sie erst in diesem Moment kennen. Die Kinder scharrten sich um die Kamera des Deutschen. Anna tobte mit ihnen im Staub, mit dem sich ihr helles Haar vereinigte wie in einer Umarmung. Ich glaube, sie war glücklich.

Yassir saß neben mir, den Rücken an eine Hauswand gelehnt, und irgendwann kamen der Deutsche und mein Vater, und wir gingen zusammen durchs Dorf, nur so, um den Abend anzusehen. Wir gingen die Piste entlang, die sich eigentlich nicht vom Staub der Umgebung unterschied, hinein in die Wüste.

Der Mond schien, das weiß ich noch. Unsere Schatten fielen lang und seltsam auf den rissigen Boden.

›Jetzt ist die Wüste blau‹, sagte der Deutsche hinter seiner Kamera. ›Morgen früh wird sie rot sein.‹

›Übermorgen ist sie kariert‹, sagte Anna, kichernd.

Schließlich blieben wir stehen.

›Irgendwo dort‹, sagte der Deutsche und zeigte geradeaus, ›liegt Palmyra. Es ist weit, aber wir sollten hinfahren. Ein andermal. Ich war am Anfang da, als ich herkam. Alle Touristen rennen natürlich sofort nach Palmyra, zu den alten Säulen und diesem ganzen römischen Bauschutt. Aber ich möchte noch mal hinfahren und alles fotografieren außer den Säulen.

Den Mann mit dem Traktor, der den Eintritt manchmal kassiert. Und die Jungs, die einem diese uralten Scherben verkaufen, die sie selbst ausgegraben haben. Sie haben sie natürlich auch selbst eingegraben …‹ Er lachte. ›Ich habe eine ganze Handvoll gekauft und zu Hause zu einer ganz modernen Blumenvase zusammengesetzt, die man genau so heute im Suq von Tadmur kaufen kann, nebenan quasi.‹

›Palmyra‹, sagte mein Vater, nachdenklich. ›Tadmur … ich war nie da.‹

›Ich will zurück‹, sagte Anna und gähnte. ›Es ist kalt.‹

Und wir wandten uns alle zum Gehen, nur Yassir blieb stehen und starrte in die Ferne.

›Tadmur‹, wiederholte er leise. ›Wenn man immer weitergeht, dann kommt man nach Tadmur?‹

›Ja. Aber es würde lange dauern. Sehr, sehr lange.‹

Yassir nickte und kam endlich mit. Er sagte selten etwas, wenn die Erwachsenen dabei waren, aber jetzt sagte er: ›Mein Bruder ist in Tadmur.‹

›Was?‹, fragte der Deutsche. Es lag etwas in dieser Frage, das einer plötzlichen Explosion glich, und ich zuckte zusammen.

›Er ist schon erwachsen‹, sagte Yassir. ›Wir sind sechs. Er ist der Älteste.‹

›Arbeitet er in Tadmur?‹, fragte der Deutsche, merkwürdig vorsichtig.

›Ich weiß nicht‹, sagte Yassir. ›Der Wind hat ihn dorthin mitgenommen. So erzählen es meine Eltern.‹

Ich griff nach der Hand meines Vaters.

›Was ist denn Tadmur?‹, fragte Anna.

›Eine Stadt‹, sagte mein Vater. ›Eine große Stadt. Sonst nichts.‹

Und wir gingen zurück ins Dorf und legten uns auf die Matratzen auf dem Dach und schliefen unter den Sternen der Steinwüste. Aber ehe ich die Augen schloss, hörte ich meinen Vater und den Deutschen reden.

›Weißt du etwas über diesen Bruder?‹, fragte der Deutsche.

Mein Vater zögerte. ›Nicht viel‹, sagte er schließlich. Und dann ein Wort, das ich nicht verstand. Er sagte: ›Kommunist.‹ Nach einer Weile fügte er hinzu: ›Er war sechzehn.‹

Und ich fragte mich, warum er *war* sagte, aber es war natürlich logisch, weil der Bruder jetzt nicht mehr sechzehn war.

›Er weiß es nicht, oder?‹, fragte der Deutsche.

›Mit sechs Jahren‹, sagte mein Vater, ›muss man nicht wissen, was Tadmur bedeutet.‹

Dann schlief ich.

Und am Morgen war Yassir fort.

Zuerst dachte ich, ich würde wieder träumen, aber ich träumte nicht. Die Farben waren alle normal. Die Wüste war auch nicht rot, wie der Deutsche gesagt hatte. Sie war morgens von einem hellen Grau. Wir fuhren die Piste entlang.

›Er kann ja nicht weit sein‹, sagte der Deutsche.

›Er hat sich in dem Haus versteckt und lacht sich tot über uns‹, sagte Anna. Sie starrte aus dem heruntergekurbelten Fenster und kaute an den Spitzen ihrer hellen Haare.

Ich umklammerte eine nutzlose, blaue Wasserflasche. Die schwarzen Flügel rauschten leise über mir.

›Nura‹, sagte mein Vater besorgt. ›Ist dir wieder schlecht?‹

Ich schüttelte stumm den Kopf. Der Deutsche fuhr und fuhr und fuhr geradeaus, obwohl niemand von uns wusste, ob geradeaus richtig war. Zwischen den Steinen standen die Ziegen.

Yassir war sehr weit gekommen. Entgegen der Annahme des Deutschen.

Wir fanden ihn nach einem halben Tag aus Hitze, er kauerte neben der Piste und hatte die Augen geschlossen. Die Sonne stand hoch und brannte Löcher in die Luft.

Mein Vater hob Yassir hoch und legte ihn vorsichtig auf die Rückbank, zwischen Anna und mich, wo er die Augen aufschlug. Zuerst bekam er die Lippen beinahe nicht auseinander, um zu trinken.

›Warum hast du das gemacht?‹, fragte Anna. ›Warum bist du alleine weggegangen?‹

›Tadmur‹, flüsterte Yassir. ›Ich dachte, ich gehe dahin.‹

›Nein‹, sagte mein Vater fest, ›da gehst du nicht hin. Man braucht schon mit dem Auto mehrere Tage. Und wir fahren jetzt zurück nach Dar'a. Dein Bruder wird von selbst nach Hause kommen. Du kannst ihn nicht holen.‹

Die Spitzen der schwarzen Flügel streiften mich, und ich schauderte.

Die Ziegen liefen über die Piste. Auf dem Armaturenbrett lagen die letzten Weintrauben und dufteten hellgrün unter dem schaukelnden Bild einer Madonna am Rückspiegel.

›Nura‹, wisperte Yassir, sodass nur ich es hörte. ›Ich hole ihn doch. Irgendwann.‹«

»Calvin?«

Er fuhr herum. Hinter ihm standen Benji und Tom.

Wie lange hatten sie schon auf ihn gewartet?

»Wer ist das?«, fragte Tom und zeigte zu dem Mädchen an der Balkontür.

»Niemand«, murmelte Calvin.

Er scheuchte die beiden die Treppe hinunter wie Vieh. Hinter ihm blieb der Blick des Mädchens zurück, zusammen mit Frau Silbermanns Schweigen.

»Zieht eure Schuhe an«, schnauzte er.

Und dann jagte er die beiden die Straße entlang, wütend, eilig. Er sah sich nicht um, und als Tom es versuchte, gab er ihm einen leichten Schubs.

»Guck geradeaus, sonst siehst du nicht, wo du hinrennst.«

Er hatte Angst, dass er sich ebenfalls umdrehen würde, wenn Tom es tat. Und dass das Mädchen am Fenster stand und ihnen nachsah.

In ihm kochte es. Warum hatte er sich so gefangen nehmen lassen? Von Worten! Sie hatte kein Recht dazu, das mit den Worten zu tun! Sie so zu biegen, dass man Bilder sah. Sie und diese alte Hexe … Zwanzig Jahre lang hatte die Hexe übersetzt? Was machte jemand, der zwanzig Jahre lang arabische Worte übersetzte, überhaupt hier? In Deutschland gab es eine Sprache, eine völlig perfekte Sprache, niemand brauchte noch eine zweite. Und wem diese Sprache nicht gut genug war, die Sprache von Goethe und Schiller und Hitler, der konnte gerne gehen. Der hatte hier nichts verloren. Er steckte endlich die Zigarette an.

Er würde die Worte vergessen. Er hatte sie schon vergessen.

»Das war doch eine von den Ausländern«, sagte Tom. »Aus dem blau-weißen Block. Warum hast du mit ihr geredet?«

Calvin blieb stehen und blies den Rauch langsam aus.

»Erstens«, sagte er. »Es geht dich einen Scheiß an, mit wem ich rede. Zweitens: Ich hab nicht mit ihr geredet. Sie hat angefangen, mich vollzutexten. Weil ihr nicht gekommen seid.«

»Mann, ist ja okay«, sagte Benji. »Reg dich nicht auf.«

»Du versuch nicht, so erwachsen zu klingen!«, zischte Calvin. »Werd erst mal trocken hinter den Ohren!«

Er packte jeden der beiden an einem Handgelenk, um sie über die nächste Straße zu ziehen, als wären sie wirklich Kleinkinder, und ignorierte ihren Protest.

Und dann erhoben sich die Neubauten vor ihnen wie Felsen. Heimatfelsen, dachte Calvin, die Felsen, zu denen die Adler zurückkehrten.

Diese grauen Blöcke? Haha.

Benji und Tom liefen voraus über das kurze, kranke Gras zwischen den Häusern. Er sah sie durch die Tür des Blocks schlüpfen, zündete sich noch eine Zigarette an und lehnte sich an ein Trafohäuschen. Wenn irgendwann der große Kampf gekämpft würde, dann würden sie diese Blocks sprengen. Er würde selbst die Lunte zünden. Er stellte sich vor, wie die Dächer sich von den Mauern hoben, wie die Fenster von der Druckwelle der Explosion nach außen gepresst wurden, wie die Flammen aus den Häusern schlugen. Er würde gerade weit genug entfernt stehen, um das alte Leben brennen zu sehen, eine riesige Fackel, die dem Himmel den Sieg der Geknechteten verkündete.

»Ihr braucht diese Blocks nicht mehr«, würde Pascal zu den Menschen sagen. Pascal war gut darin, Dinge zu sagen, er war nicht von ungefähr der Anführer der Clique. »Wir werden euch in eine bessere Zukunft führen. Das Land gehört euch. Es gehört nicht länger den Brillenbürgern, denen mit den Büchern. Es gehört den deutschen Arbeitern. In diesem Augenblick *wird ein neues Reich geboren.*«

Es begann zu regnen. Calvin trat seine Zigarette aus. Vor ihm lagen unverändert grau und hässlich die Neubaublocks. Er hörte das Weinen eines Babys von irgendwo her, einen Streit hinter halb geöffneten Fenstern, einen alten Motor, der nicht anspringen wollte. Nirgendwo wurde ein neues Reich geboren. Es war ein weiter Weg bis dorthin.

Er wollte nicht hineingehen; er wollte nicht wissen, ob die Sache auf dem Amt geklappt hatte. Er wollte seine Mutter nicht in der Küche sitzen und wieder heulen sehen.

Hellgrüne Weintrauben hingen in seinem Kopf, auch wenn er noch immer versuchte, sie zu zertreten. Farben einer eigentlich grauen Steinwüste hatten sich in ihm festgesetzt. Die unendliche Weite. Und die dunklen Augen des Mädchens, das ihn davor gerettet hatte, zu fallen. Nuri. Die Welt ihrer Erzählung war so anders gewesen als … dies hier. Schön und gefährlich, groß und geheimnisvoll. Wie es wohl wäre, ein Kind zu sein und dort, in einem Weinfeld, ihre Hand zu halten? Er ahnte, dass er die Worte nicht vergessen würde, dass es unmöglich war – und das machte ihn noch wütender.

Er wandte den Kopf und starrte den Block an, in dem die Asylanten wohnten.

Er konzentrierte seine ganze Wut auf diesen Block.

Vor einem Jahr waren die Ersten von ihnen gekommen, im Frühling. Davor hatte der Block beinahe leer gestanden, und sie hatten alle Familien, die noch darin gewohnt hatten, hinausgeworfen. Sie auf die anderen Blöcke verteilt. Sie hatten ihnen die Umzüge bezahlt, aber was war das schon? Niemand wurde gerne aus seiner Wohnung geworfen.

Sie hatten den Block neu gestrichen, weiß und blau; sie hatten Steuergelder für Liter und Liter von Farbe verpulvert, und sie hatten Waschmaschinen gekauft. Die Asylanten bekamen Waschmaschinen. Wenn man als Hartz-IV-Empfänger eine neue Waschmaschine beantragte, dauerte das Jahre. Den Ausländern schoben sie es in den Arsch.

Damals hatten sie alle etwas tun wollen. Sofort. Es hatte Demonstrationen gegeben, Umzüge und Gegenumzüge der Arschlöcher, die sich Linke schimpften. Die braven Bürger der Stadt hatten ein Begrüßungsfest für die Ausländer organisiert, und es hatte nichts genutzt, dass Pascal, Calvin und ihre Leute ihre Musik bei offenem Fenster hatten laufen lassen, volle Lautstärke. Lieder über die Zeit, als Hitler die Dinge noch in der Hand gehabt und das Land geblüht hatte. Die Begrüßungskomitee-Deutschen hatten das Gesicht verzogen, mehr nicht.

Seit damals war nichts geschehen. Nichts Sichtbares auf jeden Fall. Oberflächlich hatten sich alle dem Willen der Ämter gebeugt; alle waren nett zu den Ausländern, alle schenkten ihnen ein falsches Lächeln, wenn sie ihnen begegneten. Aber etwas würde geschehen. Bald. Ein Jahr war vergangen, hatte Pascal gesagt, das reichte, und darin stimmten ihm viele aus dem Viertel zu.

Calvin dachte wieder an das Mädchen, das noch nicht lange hier war, vielleicht ein paar Wochen. Er versuchte, sich die Wohnung vorzustellen, in der sie wohnte. Er stellte sich vor, dass es Teppiche gab, auf dem Boden, und dass sie dort mit ihrer Familie saß und Tee trank.

»Wie die Wilden«, murmelte er.

Er ging ein paar Schritte auf den Block zu, unentschlossen.

Wo steckte Pascal, verdammt? Und die anderen? Er brauchte ein Bier, besser noch mehrere, besser noch etwas Härteres. Aber was sollte er zu ihnen sagen? *Ein Mädchen mit beinahe schwarzen Augen hat mich gerettet, und jetzt ist mein Kopf voll mit ihren Worten, als hätte sie mich mit einer Krankheit angesteckt?* Er wanderte um den Block herum, wanderte auch um den blau-weißen Block der Ausländer. Aus einem angelehnten Fenster drang Katzengejammermusik, gespielt auf einem Instrument, das Calvin nicht kannte. Es roch nach Knoblauch und Chili und Gewürzen, die es auf Deutsch wahrscheinlich gar nicht gab, nur auf Kanakisch.

Wenigstens regnete es nicht mehr.

Da war ein Schatten in der Nacht, ein einzelner Schatten auf der anderen Seite der schmalen Straße. Ein Auto fuhr vorbei, der Schatten war einen Moment lang eine Gestalt, und er hatte schwarzes, lockiges Haar. Für Bruchteile einer Sekunde dachte Calvin, es wäre das Mädchen. Aber als das Auto sich mit seinen Scheinwerfern vorbeitastete, sah er, dass es ein Typ war. Etwas älter als er selbst. Ein Typ aus dem Asylantenheim. Er trug ein Hemd, ordentlich gebügelt, aber am Arm mehrfach geflickt. Er stand nur da und rauchte, ganz allein.

Calvin ging über die Straße und stellte sich neben ihn, ins Dunkel. Das Auto verschwand hinter dem Block.

In Calvin kochte noch immer die Wut auf das Mädchen. Der Schatten hatte Pech, denn er war da, und das Mädchen war nicht da. Tja.

»Abend«, sagte Calvin.

Der Schatten schwieg.

»Was machst du hier?«

Der Schatten schwieg weiter, rauchte nur. Arschloch.

»Hey, red mit mir!«, fauchte Calvin. »Seit wann kriegt man in diesem Land auf eine höfliche Frage keine Antwort mehr?«

Der Schatten sah weg. Calvin spürte seine Angst, und sie machte ihn leicht betrunken.

»Was glaubst du?«, zischte er. »Dass du was Besseres bist? Weil die euer verdammtes Leben hier bezahlen? Weil wir alle arbeitslos sind? Na, ich kann wenigstens Deutsch …«

Da wandte der Schatten sich ab, um zu gehen. Calvin packte ihn am Ärmel. Er stellte sich vor, es wäre das Mädchen. Er musste sie loswerden, sie und ihre Worte, und er würde sie loswerden. Er würde sie fertigmachen.

»Weintrauben, hm?«, fauchte er. »Wir brauchen eure Märchen von den Scheißweintrauben nicht! Sag deinen Leuten, sie sollen machen, dass sie wieder zurückkommen in die Wüste! Ich will nie mehr von jemandem zugetextet werden, der nicht fragt, ob ich zuhören will …«

Der Schatten riss sich los, mit plötzlicher Gewalt, und Calvin schlug zu.

Seine Faust traf den anderen am Kinn, und als er stolperte, fing Calvin ihn in seinen Armen auf und schleuderte ihn herum. Er schlug noch einmal zu, ohne zu sehen, wohin – und dann war es Calvin, der eine Faust ins Gesicht bekam. Der Schmerz machte ihn für Momente blind, er hörte sich selbst aufheulen wie ein Tier. Aber auch seine Wut war blind. Wie konnte der andere es wagen, zurückzuschlagen? Dieser Typ, der nicht hierhergehörte, der nicht einmal Calvins Sprache sprach? Wie konnte er es wagen? Er hob die Faust noch einmal, traf den Kiefer des anderen, hörte seinen Schmerzenslaut.

Danach rangen sie eine Weile stumm miteinander, verbissen, keuchend, und stürzten schließlich gemeinsam zu Boden. Der Boden war hart und kalt und sehr dreckig. Der Reichsadler auf Calvins Bizeps kämpfte mit ihm. Für die Freiheit. Für ein Leben ohne die Herrschaft der Reichen. Gegen die Kanaken und Zigeuner, gegen die, die von sonst wo kamen und den Deutschen die letzten Jobs wegnahmen.

Vielleicht kämpfte er vor allem gegen den Geruch reifer Trauben.

Er war stark, aber der andere war stärker, er spürte es, der andere war drahtiger und zäher und vielleicht geübter. Er drückte Calvins Gesicht jetzt seitlich auf den Asphalt. Calvin schmeckte Blut in seinem Mund. Seine Wut war noch da, größer als zuvor, aber sie nützte ihm nichts mehr. Er sah die Straße, auf der keine Autos fuhren, und wartete auf den finalen Schlag, der das Licht für diese Nacht auslöschen würde. Er war in genug Schlägereien verwickelt gewesen, um zu wissen, dass der finale Schlag kommen würde. Sein letzter Gedanke war: Mama wird dieses Gesicht machen. Dieses enttäuschte Gesicht, und dann wird sie sich wegdrehen, damit ich nicht sehe, dass sie wieder heult. *Scheiße, ich will nicht, dass sie heult.*

Der andere hob die Faust, Calvin spürte es eher, als dass er es sah – aber dann sah er etwas anderes. Etwas auf der Straße. Er sah vier Gestalten, die er kannte. Pascal, Jason, André, Cindy. Sie rannten jetzt. Sie waren da. Jemand riss den Schatten von Calvin weg, er kam mühsam hoch und sah, wie sie zu viert über seinen Gegner herfielen, aber es ging zu schnell, um Genaues zu erkennen. Ein zweiter Schatten kam vom Heim her, stürzte sich auf Jason, vier gehen zwei.

Dann ein dumpfer Aufprall.

Der, mit dem Calvin gekämpft hatte, lag auf dem Boden. Hah.

Pascal richtete sich auf und wischte sich die Hände an der Hose ab. André schüttelte sich. Jason trat einen Schritt zurück.

»Nimm das da mit nach Hause«, sagte Pascal zu dem zweiten Schatten, der noch stand, und zeigte auf den Körper am Boden.

Der zweite Schatten packte den ersten unter den Armen, half ihm mühsam hoch, und sie verschwanden in der Dunkelheit. Der, den sie niedergeschlagen hatten, konnte sich kaum auf den Füßen halten, wurde mehr vom anderen geschleift. Calvin roch sein Blut.

Aber die Worte waren immer noch in seinem Kopf.

Auf einmal war all sein Adrenalin verbraucht. Er fühlte sich unendlich müde.

»Calvin?« Cindy legte eine Hand auf seine Wange. »Du bist verletzt.«

Calvin nickte. Er spürte die Schmerzen im Gesicht nicht. Seltsam, nur die Schmerzen an seinem Arm spürte er – dort, wo Nuri ihn gepackt hatte, um ihn am Fallen zu hindern.

»Scheißneger«, sagte Jason.

»Sind nicht mehr lange hier«, sagte Pascal. »Calvin, Abmarsch, Wunden desinfizieren! Ich hab noch 'ne Flasche Klaren. Wir wollten sowieso raus zum Garten von Cindys Alter. Da kannst du erzählen, was los war.«

»Es war nichts«, murmelte Calvin und wischte sich das Blut aus dem Gesicht. »Nur zu viele … Weintrauben.«

Cindy legte einen Arm um ihn, weich und warm. »Du zitterst. Komm.«

»*Ya Allah!*«, sagte Abi. »Was ist mir dir passiert?«

»Nichts«, sagte Kamal und setzte sich schweigend auf einen der Plastikstühle.

»Nichts?«, murmelte Um Nabil und strich sich eine Haarsträhne aus dem Gesicht, nur um etwas mit ihren Fingern zu tun. Ihr Haar war grau geworden. Vor zwei Jahren war es noch schwarz gewesen.

Kamal zuckte die Schultern. »Ich bin blöd gefallen. Ich gehe mich waschen und lege mich hin, ja? Ich bin müde.«

»Seit wir hier sind, ist er nur müde«, sagte Um Nabil. »Dabei tun wir den ganzen Tag nichts.«

Sie sprach leise und sanft, wie ein Windhauch. Ihre Worte waren kein Vorwurf. Nur eine Feststellung.

Abi nickte und legte ihr eine Hand auf ihren Arm.

»Es ist, weil wir nichts tun *können*«, sagte er. »Es macht müde, gelähmt zu sein.«

Nuri ging Kamal nach, wartete geduldig vor dem Bad und setzte sich mit angezogenen Beinen neben seine Matratze, als er sich hinlegte.

»Du solltest so spät nicht mehr draußen sein«, sagte er, ohne sie anzusehen. »Du bist eben erst gekommen, oder?«

»Ich war bei Frau Silbermann.«

»Ich weiß«, sagte Kamal. »Wenn du da hingehen willst, musst du früher gehen. Keiner geht mehr nach Einbruch der Dunkelheit raus. Auf jeden Fall keine von den Frauen.« Und, nach einer Weile, leiser und schärfer: »Wir kriegen sie. Ramo aus dem ersten Stock war dabei, der Kurde. Wir rächen uns. Sie werden bezahlen.«

»Warum habt ihr euch geprügelt?«

»Weil ich da war«, sagte Kamal bitter. »Weil *wir* da sind. In diesem Land.«

Er hieb mit der Faust gegen die Matratze. »Sie sind wie Hunde. Verteidigen ihr Territorium. Die, die hier wohnen … das sind die, die nichts haben. Nur ein paar hässliche Stücke Rasen und die Blocks, und die müssen sie verteidigen. Sie winseln und wetzen ihre Krallen. Sie sind widerlich.«

»Nicht alle«, sagte Nuri leise.

»Ach nein? Kennst du denn einen von ihnen?«

Sie zögerte einen Moment. »Nein«, flüsterte sie dann. »Noch nicht.«

Internetsuche
88
Dschebel ad-Duruz

2

Für mich, ganz deutlich, ist der Standort [des Asylbewerberheims] aus meiner Sicht sogar einer der besten, die wir finden konnten. (...) Weil er mitten, mitten im Leben ist, mitten in einer Stadt und nicht irgendwo draußen jwd. Die Menschen können wir mit Maßnahmen auch einbinden in das ganz normale Leben, was ich ja auch deutschen Bürgern zumute ...

(Mitarbeiter des Landkreises Vorpommern-Greifswald im Interview über Unterbringung von Asylbewerbern in einem Viertel mit sozialem Brennpunkt in Vorpommern)

Heute sind wir tolerant, morgen fremd im eignen Land.

(Graffito an Asylbewerberheim und Motto bei einer NPD-Kundgebung)

Sie lag alleine wach in der deutschen, deutschen Nacht. Sie hörte das Atmen der anderen. Kamal murmelte im Schlaf Worte, die sie nicht verstand. Abi lag still auf der Seite, wie tot, einen Arm um die Schulter seiner Frau gelegt.

Nuri stand auf und ging leise zum Fenster. Sie stand lange da und dachte an die, die nicht hier waren. Yassir, an den sie sich immer als Kind erinnerte. Diese Mischung aus Unschuld und Entschlossenheit in seinen Augen, die sie zu spät verstanden hatte … Nabil auf der weißen Matratze. Aarifs Gesicht, ehe er gegangen war, mit diesem endgültigen Ausdruck von Abschied. Und Mariam. Mariam hasste sie. Es war nicht leicht, gehasst zu werden. Sie hatte sie eine Verräterin genannt und ihr schmutzige Worte an den Kopf geworfen.

Nuri presste ihr Gesicht an die kühle Scheibe.

»Warum hast du geredet?«, wisperte sie. »Du wolltest doch nichts erzählen! Und dann kommt dieser Junge mit den grünen Augen und den Sommersprossen, Sommersprossen bis zum Hals hinunter, und mit ihm kommen die Worte.«

Sie dachte an das seltsame Willkommensfest für die Flüchtlinge, bei dem sie Frau Silbermann zum ersten Mal begegnet war. Sie hatte gesagt, sie würde es vermissen, Arabisch zu sprechen. Sie wäre außer Übung. Jetzt wusste Nuri, dass das nicht stimmte. Sie sprach perfekt Arabisch.

Frau Silbermann wollte nur, dass Nuri erzählte, weil sie glaubte, dass es Nuri helfen würde. Nuri wollte keine Hilfe.

Sie brauchte Luft. Im Hausflur schwamm der Geruch nach zu vielen Nationen, die versuchten, in einem fremden Land die Gerichte ihrer Heimat zu kochen; nach billigem Waschmittel und nach dem Schimmel, der trotz aller Neuerungen in den Ecken wohnte. Die Treppe führte schmal hinauf in endlose Schatten. Ihre Wohnung lag im ersten Stock, und manchmal wünschte sich Nuri, sie würden ganz oben leben, in einem sicheren Nest über der Stadt. Einmal hatte sie mit einer Frau gesprochen, die da oben wohnte, einer Frau aus Burkina Faso, die zu viel lachte.

Nuri trat hinaus in die Nacht und atmete tief durch.

Du solltest so spät nicht mehr draußen sein.

Sie schlang die Arme um sich, frierend, und dachte an den Jungen mit dem Kapuzenpullover. Verdammt, sie wollte einen Kapuzenpullover! Dieses Land war kalt wie die Wüste in der Nacht, und dabei war es Anfang Mai. »Wenn wir ankommen, wird alles blühen«, hatte Abi gesagt. »Ich erinnere mich … im Mai ist das Land ein einziger, großer Garten, bunt und wunderschön.« Alles in Abis Erinnerung war bunt und wunderschön. Er war jung gewesen. Student.

Gegenüber vom Asylantenheim lag ein weites Feld, und am Horizont erzeugte ein Dutzend Windräder unaufhörlich und gedankenlos Strom. Warum war sie nicht dankbar für den Strom? In Damaskus waren Dinge wie Elektrizität nicht mehr selbstverständlich. Wasser. Telefon. Internet. Am Ende hatten sie im Viertel alles gekappt.

Hinter dem Block lag das Meer der anderen Blocks. Müllcontainer. Autos. Eine Imbissbude, die in erster Linie Bier verkaufte. Eine Bushaltestelle. Es war alles da, was man brauchte; nichts zu beklagen. Deutschland, ein Frühlingsmärchen.

Frau Silbermann hatte im Ausland gelebt. Zwanzig Jahre lang. Zwanzig Jahre lang Arabisch und Übersetzen. Warum war sie zurückgekommen? Hierher? Was gab es hier … zu leben? Zu lieben?

Eine Polizeistreife fuhr die Straße entlang, und Nuri zwang sich, nicht in den Schatten zurückzuspringen. Die Polizisten, das hatte man ihnen gesagt, waren da, um sie zu beschützen. Genau wie der Sicherheitsdienst, der das Heim bewachte und bei den monatlichen Geldausgaben anwesend war. Obwohl sie nie begriffen hatte, wann der Sicherheitsdienst wo war und wann nicht, die Leute von der Sicherheit waren manchmal unsichtbar, was sie beunruhigte. Die Scheinwerfer waren zu grell, sie kniff die Augen zusammen.

Der Streifenwagen fuhr weiter.

Hatten die Polizisten sie gesehen? Wo waren sie vorhin gewesen, als einer von den Typen hier Kamal angegriffen hatte?

Calvin. Jetzt wusste sie es wieder. Der Junge, der versucht hatte, durch den Balkon zu fallen, hieß Calvin, Calvin mit einem seltsamen englischen

»ä«. Sie musste unwillkürlich lächeln, als sie an den Balkon dachte. Wie konnte man so blöd sein? Dann dachte sie an seinen Gang, seine Augen, und sie lächelte nicht mehr. Da war etwas in diesem Jungen, das auch in ihr war. Etwas wie eine unsichtbare Wut über die Ohnmacht, über die Tatsache, dass man nichts tun und nichts ändern konnte.

Es war dieses Unsichtbare, das sie hatte erzählen lassen.

»Unsinn«, flüsterte sie in die Nacht. »Warum glaubst du, dass gerade dieser Typ dich versteht? Geh nach Hause, Nuri.«

Und sie antwortete sich selbst mit einem bösen Lachen.

»Nach Hause? Viel Spaß.«

Sie fuhren mit den Rädern zum Garten hinaus.

Cindys Mutter sagte nicht *Garten*, sie sagte *Laube*, was nach vor '89 klang. Vor Neunundachtzig hatte jeder eine Laube gehabt, sagte Cindys Mutter, und alles war einfacher und besser gewesen.

»Aber jetzt gibt's geilere Autos«, hatte Jason gesagt. »Und früher, da durftet ihr nicht überall hinfahren, oder? Zum Beispiel nicht nach Amerika.«

»Nee, und jetzt dürfen wir«, meinte Cindys Mutter. »Und die geilen Autos dürfen wir auch kaufen. Aber keiner kann sichs leisten.«

Manchmal war Cindys Mutter cool. Sie spendierte Bier und Kippen, sie war jung und hübsch, sie trug enge, pinke Oberteile und hatte einen eintätowierten Drachen am Hals. Aber es gab auch Tage, da lag sie einfach nur auf der alten Matratze in der Hütte unter dem Kirschbaum und bewegte sich nicht, und wenn man reinkam, schrie sie einen an. Einmal, im letzten Sommer, hatte sie eine leere Flasche nach Calvin geworfen. Er hatte sich geduckt und dann die Scherben aufgesammelt. Die Dinge waren, wie sie waren.

In dieser Nacht war Cindys Mutter nicht in der Laube.

Pascal warf den Grill an, und Calvin ließ sich auf einen kaputten Gartenstuhl fallen. Cindy drückte ihm ein Bier in die Hand. Jason kam mit Melli auf dem Gepäckträger an, Melli fand Windlichter, und der Garten verwandelte sich in einen Zufluchtsort. Außerhalb des Kerzenscheins existierte vielleicht gar nichts. Jason drehte die Musik hoch. Irgendwo tauchten Kimberley und André auf und hatten noch mehr Bier dabei.

»Mach das leise, Mann!«, sagte Pascal. »Ich will heute Abend keinen Stress.«

»Leise Musik ist doch für 'n Arsch«, sagte Jason.

»Stress auch«, sagte Pascal und wendete das Fleisch auf dem Grill. »Nicht hier in der Gartensiedlung. Weiter draußen können wir wieder Lärm machen. Wochenende oder so. Oder bei mir in der Bude. Aber hier nicht. Cindy braucht keinen Ärger.«

Calvin sah Pascal an, der neben dem Grill stand; er sah ihn nur mit einem Auge an, weil das andere eine Faust abbekommen hatte. Der Schmerz pochte dumpf hinter dem Augapfel, er spürte ihn jetzt sehr gut. Pascal stand da, groß und muskulös wie immer, breitschultrig. Sein Kopf war kahl geschoren, hinten im Nacken prangte der Adler, aber dort schloss er die Krallen nicht um eine schwarze Sonne, sondern um das echtere, wagemutigere Symbol: Sonnenrad, Glücksrune, Swastika. Man sah die Tätowierung nicht, wenn Pascal den Kragen hochklappte. Wenn er arbeitete, in der Werft, trug er vielleicht ein Hemd mit Kragen. Er war Schweißer, in der Lehre, er hatte gesagt, er hätte Chancen, dass sie ihn übernahmen. Wenn er das Fleisch wendete, sah man innen an seinem rechten Handgelenk die beiden Runen der SS und den Totenkopf. Pascal ließ sich von keinem sagen, was erlaubt und was verboten war. Er war sein eigener Herr. Und er hatte Kontakte. Aber er war nicht so dumm, sich Ärger einzuhandeln.

Er stand da wie ein Krieger, einer, der für seine Clique durchs Feuer gehen würde, für sein Volk, für sein Land. Wenn die Zeit kam. Calvin dachte wieder an das Bild der brennenden Hochhäuser, an den Traum, in dem er zusammen mit Pascal das Volk zum Licht führte.

Doch als Pascal seinen Blick erwiderte, fühlte Calvin sich auf einmal seltsam ertappt. Als könnte Pascal in ihn hineinsehen und als liefe dort ein Film ab – davon, wie er einem Mädchen aus dem Asylantenheim zuhörte, das vom Staub der Wüste sprach. Der Scheißstaub in der Scheißwüste.

»Was ist?«, fragte Pascal. »Was starrst du so?«

Calvin sah weg. »Ich könnte jetzt wirklich einen Klaren brauchen.«

Und dann saßen sie alle um den Grill und aßen das Fleisch und ließen die Flasche kreisen, Jason mit Melli auf dem Schoß und Pascal und André und Kimberley und Cindy, die ab und zu besorgt zu Calvin sah und sich ihre weißblonden Haare aus dem Gesicht strich.

»Was Calvin passiert ist«, sagte Pascal schließlich, »darf nicht noch mal passieren. Zwei Ausländer gegen einen Deutschen. Nachts. Es wird Zeit, dass wir was tun. Was Richtiges. Mehr als ein paar Graffiti sprühen.«

»Es wird Zeit«, echote Jason.

»Klar wird es Zeit!«, rief Cindy. »Ich meine, die haben ihn zusammengeschlagen! Und die Polizei macht nichts! Irgendwann traut sich bei uns doch keiner mehr auf die Straße wegen den Ausländern! Meine Oma, die geht schon nicht mehr allein einkaufen.«

»Die müssen die endlich zurückschicken!«, sagte Melli. »Ich hab ja nichts gegen die, solange die in ihrem Land bleiben.«

Pascal wiegte den Kopf. »Gegen manche hab ich was«, sagte er. »Du kannst ja mit dem Freunde-der-Asylanten-Verein Regengötter anbeten und Hula tanzen.« Er zwinkerte ihr zu, und Melli kicherte und sagte: »So weit kommt's noch.«

»Die Leute, die die Entscheidungen treffen, die müssen endlich kapieren, dass es so nicht weitergeht«, sagte Pascal. »Es gibt andere Länder, die die Ausländer aufnehmen können. Das ist alles nicht unser Problem. Natürlich wollen sie alle nach Deutschland, weil hier die Wirtschaft stark ist. Angeblich werden sie ja alle verfolgt. Verfolgt von was denn, bitte? Von der Armut? Na, die verfolgt mich auch. Bitte, dafür zahlen wir doch gerne Steuergelder, dass die Kanaken schicke, renovierte Wohnungen kriegen! Ich, ich arbeite jeden Tag, ich schufte mich ab, und wofür? Für die Ausländer!« Er schüttelte den Kopf. »Leute wie unsere Eltern will keiner hier haben. Arbeitslos, Abschaum, so was werfen sie weg, auf den Menschenabfall. Die Ausländer, die kriegen Begrüßungsfeste.«

»Waschmaschinen«, murmelte Jason. »Nagelneue Waschmaschinen.«

»Und Möbel«, sagte André.

»Wir brauchen eine Wache«, sagte Pascal. »Eine Patrouille. Die Polizei schützt die Ausländer, aber jemand muss die Deutschen schützen. Ab jetzt behalten zwei von uns jede Nacht das Viertel im Auge. Laufen Streife. Die Kanaken sollen ruhig sehen, dass wir da sind. Allein schon, damit deine Oma wieder beruhigt einkaufen gehen kann.« Er lächelte Cindy an.

»Nachts?«, fragte Calvin, und Cindy lachte, aber Pascal warf Calvin einen kalten Blick zu. Er mochte keine Lacher, die auf seine Kosten gingen.

»Klar«, sagte er. »Nachts. Du kaufst dir nachts ja gerne blaue Augen, wie wir jetzt wissen.« Dann lachte er auch und schlug Calvin auf die Schulter. »Hey, was ist los? Irgendwas stimmt nicht heute. Wir brauchen dich. Steig mal aus deinem Tagtraum aus.«

»Brauchen? Wozu?«, murmelte Calvin.

»Ich gehe«, sagte Pascal leise. »Ich meine … es steht noch nicht fest. Aber kann sein, ich kriege was woanders. Das mit der Übernahme in der Werft, das klappt nicht, das ist scheiße gelaufen, und Wolf, du weißt schon, der hat mir einen Job im Westen besorgt … vielleicht. Wenn ich gehe, dann brauche ich jemanden, der die Jungs und Mädels hier führt. Wir wollten immer zusammen die Welt ändern. Du und ich. Schon im Sandkasten, oder? Ich will nicht gehen. Ich bin hier geboren, verdammt. Aber es gibt keine Arbeit hier. Ich werde drüben Sachen organisieren, und du organisierst hier, und irgendwann machen wir was. Was Großes. Fünf Jahre … zehn? Dann krempeln wir das Land um.«

Calvin nickte langsam.

»Warum … warum ich? Warum nicht André? Oder Jason?«

Pascal legte ihm eine Hand auf die Schulter. »Du«, sagte er.

Und die anderen, die es vielleicht schon gewusst hatten, hoben ihre Flaschen und riefen einstimmig: »Calvin!«, und er sah Cindys Lächeln wie eine Sternschnuppe in der Nacht. Da wurde ihm warm. Er spürte, dass er hier aufgehoben war, hier bei der Clique, für immer. Und dass die Worte des Mädchens ihm nichts anhaben konnten.

»Wär dann bloß besser, du würdest ein richtiges Zeichen tragen«, sagte Pascal. »Nicht nur deine schwarze Sonne. Als Anführer musst du Farbe zeigen.« Er schob sein T-Shirt hoch. Auf dem Oberarm prangte eine Flagge auf der Haut.

»Keine Tätowierung«, sagte Pascal und grinste. »Tätowierungen sind okay, aber sie sind für Spießer. Das hier ist was anderes. Das hier ist nur für uns.«

Er griff in den Ausschnitt seines T-Shirts und holte einen Anhänger heraus, den er an einem Lederband trug. Dieselbe Flagge. Nein, die Umrisse der Flagge. Das Ding war aus Eisen, wie ein Stempel. Pascal nahm den Anhänger vom Band und hielt ihn mit der Grillzange in die verbleibende Glut, drehte und wendete ihn. Calvin schluckte. Das Eisen der Flagge war jetzt nicht mehr schwarz, es glühte rot und weiß …

Die anderen beugten sich vor, murmelnd, plötzlich aufgeregt wie Kinder. Die ganze Sache glich einer geheimen Zeremonie. Pascal war gut darin, sich solche Dinge auszudenken – Zeltlager und Wanderungen und Zeremonien, die sie spüren ließen, wie eng sie zusammengehörten.

Er nahm das Metall aus der Glut und hielt es hoch, und man sah deutlich das Hakenkreuz. *Die Reichskriegsflagge.* Ja, dachte Calvin, sie befanden sich im Krieg. In ihrem eigenen Krieg gegen die herrschende Klasse. Gegen die reichen Bonzen. Gegen die Ausländer in dem blau-weißen Block. Gegen alle und jeden.

»Zieh den Pullover aus und beug dich vor«, sagte Pascal leise.

Calvin schluckte noch einmal, gehorchte aber.

Er stützte sich mit den Händen auf den Knien ab und biss die Zähne zusammen. Er durfte nicht schreien. Ein Anführer schreit nicht. Und er würde sie führen, in ein besseres Leben, in ein neues Reich. Denk an die Adler, sagte er sich, denk an das kühle Grün der Blätter im Wald … Dann gab es keinen Platz mehr zum Denken. Der Schmerz, der durch sein rechtes Schulterblatt fuhr, stahl ihm für einen Moment die Realität. Er biss die Zähne zusammen, er gab keinen Ton von sich, aber er fiel. Er fiel auf die Knie.

Es roch nach verbranntem Fleisch.

Als die Wirklichkeit zurückkehrte, hockte Cindy neben Calvin.

»Alles in Ordnung?«, fragte sie.

Er kam auf die Füße, streckte die linke Hand aus, weil er den rechten Arm im Moment nicht bewegen wollte, und strich über ihr glattes, helles Haar. Haar wie der Staub im Wind …

»Alles in Ordnung«, sagte er. Seine Stimme klang seltsam.

Dann blickte er in die Runde. Und er sah Bewunderung in den Gesichtern der anderen, dafür, dass er nicht geschrien hatte. Pascal streckte die

Hand aus und schüttelte Calvins Hand. Die rechte. Calvin biss die Zähne wieder zusammen.

»Auf gute Zusammenarbeit«, sagte Pascal. »Wer übernimmt die erste Patrouille morgen Nacht?«

»Ich«, sagte Calvin. »Mit André.«

Und er sah, dass André stolz war, mit ihm zu gehen.

»Gott, was ist mit dir passiert?«

Calvins Mutter stand am offenen Küchenfenster und drückte ihre Zigarette im Aschenbecher auf dem Fensterbrett aus. Draußen kroch das Morgenlicht über die Blocks herauf, blass und grau-rosa. Tom und Benji stritten sich am Tisch um die letzten Cornflakes in der Packung. Heinrich saß still daneben und trank schwachen Tee. Er ließ sie streiten. Er war ihr Vater, aber er ließ sie immer alles tun. Er hatte sich selbst und die Welt lange aufgegeben.

»Ich muss los«, sagte Calvin und schnappte sich eine Scheibe Brot. »Schule. Wie war's beim Sozialamt?«

Er schlüpfte in seine Jacke und dachte einen Moment darüber nach, wie hager ihr Gesicht über die Jahre geworden war. Die letzte Tönung wusch sich schon wieder aus ihrem Haar, man sah, dass es versuchte, grau zu werden. Er wollte nicht, dass sie alt wurde, er hasste den Gedanken.

»Kriegen wir das Geld wieder, das sie uns abgezogen haben, weil du dachtest, du hättest einen Job?«

»Ich *hatte* einen Job. Nicht meine Schuld, wenn die sichs plötzlich anders überlegen. Ja, wir kriegen es wieder. In drei Monaten. Was hast du …«

»In drei Monaten? Bis dahin fehlt das *ganze* Hartz IV?«

»Wir kriegen ja was über Heinrich. Also, was war diesmal los?«

»Ist doch egal«, sagte Calvin. »Gab ein paar Probleme da draußen. Und? Es gibt immer Probleme. Aber bald ändert sich alles.« Er nahm sie in die Arme, und sie zerwuschelte ihm das Haar.

»Pass auf dich auf.«

Er nickte. »Das Gesicht wird schon wieder.«

Beinahe lächelte er. Wenn sie gewusst hätte, dass er auf der rechten

Schulter eine handtellergroße Brandwunde trug, hätte sie sich keine Sorgen um sein Gesicht gemacht.

Er schlüpfte dann doch noch einmal ins Bad, ehe er ging, stellte sich vor den kleinen Spiegelschrank und klappte die Seiten ein, um seine Schulter von hinten zu sehen. Die Reichskriegsflagge prangte so rot dort, als würde sie noch immer glühen. Sie hatte eine gute Handvoll der lästigen Sommersprossen ausgemerzt. Er hatte auf dem Bauch geschlafen und versucht, den Schmerz zu ignorieren.

Er zog sein T-Shirt wieder an und nickte seinem Spiegelbild zu. Er sah aus wie sein Vater, das sagten alle. Das helle Haar, die grünen Augen. Irgendwann würde er auch die Muskulatur seines Vaters haben. Früher hatte er Calvin mitgenommen, wenn er mit seinem Truck Fahrten nach München oder Köln oder Hamburg machte, Calvin kannte die Fernfahrerrastplätze aller großen Städte. Es war eine wunderbare Zeit gewesen. Aber dann war alles schiefgegangen. Calvins Vater hatte manchmal Ausraster gehabt, er trug die gleiche Wut in sich wie Calvin, und Mama hatte ihn schließlich rausgeworfen. Calvin begriff natürlich, warum sie mit Heinrich zusammengekommen war, Heinrich war in allem das Gegenteil von Calvins Vater. Er wurde nie wütend. Er saß in seinem Sessel, hinter seinem Bauch, und hatte keine Ziele. Keinen Kampfgeist. Er bemühte sich nicht einmal ernsthaft, wieder einen Job zu finden. Ein Verlierertyp.

Benji und Tom hatten Heinrichs braunes Haar und seine blauen Augen, aber sonst waren sie nicht wie er. Zum Glück.

»Calvin?«, fragte Mama von draußen. »Alles gut da drin?«

»Ja«, sagte Calvin und öffnete die Badezimmertür. »Ich gehe jetzt.«

Die Brandwunde vernarbte zu einer perfekten Reichskriegsflagge.

Die Kratzer im Gesicht heilten, das blaue Auge schwoll langsam ab. Nur direkt unter dem Auge hatte der Ausländer Calvin mit den Fingerknöcheln getroffen, dort waren mehrere Adern geplatzt, und der Bluterguss hielt sich hartnäckig.

Jede Nacht marschierte jetzt eine Patrouille aus zwei oder drei Jungs durchs Viertel. Es gab eine Menge Jungs, die mitmachten. Auch ein paar Männer. *Bürgerwehr*, sagte einer. Pascal nickte.

Wenn die Ausländer nach Anbruch der Dunkelheit noch unterwegs waren, marschierte die Patrouille in einigem Abstand hinter ihnen her.

»Wir eskortieren sie nur nach Hause«, sagte Pascal mit einem feinen Lächeln.

Die Bullen, die Streife fuhren, hielten nicht an. Vielleicht war das ein Zeichen stummen Einverständnisses.

Einmal sah Calvin Nuri von Weitem. Sie saß auf den Stufen vor dem ersten der vier Eingänge des Asylantenblocks. Es war eine Nacht, in der Calvin zusammen mit Pascal patrouillierte, ihre Stiefel klickten militärisch übers Pflaster, und als sie näher kamen, stand Nuri auf und verschwand in ihren Block. Da war er auf einmal nicht mehr sicher, dass sie es gewesen war.

Dann kam der Tag, an dem es regnete.

Er war rüber auf die Insel gefahren, zum Baumhaus, seinem menschlichen Adlernest, unentdeckt von Spaziergängern, Jägern oder Förstern. Er hatte sich auf den Rücken gelegt und ins Blattwerk hinaufgesehen und sich gefragt, ob er das Baumhaus nicht endlich jemandem zeigen sollte. Cindy vielleicht. Cindy war mit Abstand das hübscheste Mädchen der Clique, ein wenig rundlich an den Hüften, *sehr* weiblich, *sehr* volle Lippen, *sehr* große Brüste.

Er stellte sich den Krieg vor, in dem sie kämpfen würden. Den Krieg für ihr neues Reich. Sie würden sich hier verstecken, zu zweit, im Kugelhagel des Feindes. Er hörte den Kugelhagel.

Nein, dachte er dann. Es waren Regentropfen, die auf Blätter schlugen. Das Baumhaus besaß kein Dach.

Minuten später saß er auf seinem Rad und bog aus dem Wald auf die große Durchgangsstraße ab, die quer über die Insel führte. Noch gab es nur einen Feind: das Gewitter.

Der Wind frischte auf, und Calvin fluchte. Es hatte die ganze Woche über nicht geregnet, und nun schien der Regen alles nachzuholen. Die Autos spritzten Schlammfontänen auf, und Calvin versuchte vergeblich, sich das Wasser mit dem Ärmel aus dem Gesicht zu wischen. Irgendwo zuckte ein Blitz durch den dunklen Spätnachmittag, gefolgt von fernem Donnergrollen. Calvins Jeans war längst durchweicht, das Wasser lief ihm den Hals hinab unter den Pullover. Der Wind, ein Sturm beinahe, kam jetzt von vorn. Calvin stieg ab und schob. Es ging nicht anders.

Als er von ferne die Brücke sah, die aufs Festland und zur Stadt führte, war er völlig außer Atem. Er sah nicht nur die Brücke. Er sah etwas am Rand der langen, geraden Straße, er sah die Rettung: ein Bushäuschen mit gläsernen Wänden. Irgendjemand wartete dort schon.

Er schleifte sein Rad die letzten Meter darauf zu, ließ es dann fallen und tauchte in den Schutz der Glaswände. Der Wind trieb die Tropfen dagegen, doch sie konnten nicht herein.

»Scheißwetter«, knurrte er und wrang seine Pulloverärmel aus. »Nimmt der Bus eigentlich Räder mit?«

Die Person auf der Bank antwortete nicht. Sie hatte die Knie angezogen und die Arme darum geschlungen, sie steckte in einem riesigen, schwarzen Regencape. Und dann schob sie langsam die Kapuze zurück. Unter der Kapuze trug sie ein rosafarbenes Kopftuch, durchwirkt mit goldenen Streifen. An einer Seite quollen ein paar nasse, schwarz gelockte Haarsträhnen hervor.

»Nuri«, sagte Calvin. »Scheiße. Ich hätte nicht anhalten sollen. Ich will dich nicht treffen. Ich will nichts mit dir zu tun haben, kapiert? Ich will …« Er hieb mit der Faust gegen das Glas der Bushaltestelle.

Sie sah ihn nur an. Als fragte sie sich, woher er ihren Namen wusste. Dann nickte sie.

»Kommst du von … Frau Silbermann?«, fragte Calvin. Warum fragte er sie das? Es war fast, als wollte er sich mit ihr unterhalten.

Steig auf dein Fahrrad und fahr, dachte er. Aber er gehorchte sich nicht.

»Frau … Silbermann?«, wiederholte Nuri langsam und schüttelte den Kopf. Sie zeigte vage irgendwohin, weg vom Festland.

Er fragte sich, was sie hier draußen tat. Alleine.

Die hellen Sprenkel in ihren Augen erstaunten ihn wieder, als sie ihn ansah – vollkommen ruhig. Sie hatte, dachte er plötzlich, keinerlei Vorurteile. Sie wusste nicht, wer er war und was auf seiner Schulter glühte und warum er mit der Faust gegen das Glas geschlagen hatte. Sie wusste nicht einmal, was weiße Schnürsenkel in den Springerstiefeln hier bedeuteten. Für sie waren die Stiefel wahrscheinlich nichts als Schuhe.

Er war noch nie jemandem begegnet, der ihn so völlig vorurteilsfrei angesehen hatte.

Er war, dachte er, auch noch nie einem Mädchen begegnet, das so schön war.

Sie kommen hierher und leben von unserem Geld. Sie nehmen uns unsere Arbeitsplätze weg. Sie sitzen in dem Neubaublock, aus dem man solche wie uns verjagt hat. Ich hasse dieses Mädchen.

Aber der Hass war für den Moment nicht zu finden. Es beunruhigte ihn, es war, als fände man seine Kippen nicht oder sein Handy.

Das Mädchen stand auf und trat neben ihn, sie streckte ihren Arm in dem formlosen, schwarzen Cape aus und hielt ihre Hand in den Regen, eine schlanke und sehr blasse Hand. Er hörte sie leise lachen.

»Regen«, sagte sie.

»Ja«, sagte Calvin. »Regen. Nass.«

»Nass«, sagte Nuri.

Wie schön auch ihre Hand war!

Die haben keine richtige, anständige Sprache, keine Schrift, die irgendwer lesen kann. Sie essen mit den Händen, auf dem Fußboden. Sie sind wie Tiere.

»Ana uhibak«, sagte Nuri.

Sie lächelte ihn an, sie wollte, dass er das Wort wiederholte.

»Regen?«, fragte er. »Heißt das Regen?« Aber sie antwortete nicht, sah ihn nur an, wartend.

Er räusperte sich. Er würde es falsch sagen. Er war nicht gut mit Sprachen; er hatte Englisch in der Berufsschule wieder aufgegeben.

»Ana uhibak«, sagte er.

Nuris Lächeln wuchs. Ihre Lippen waren nicht voll und rund und rosa, sie waren schmal und ungeschminkt und auch beim Lächeln ernst. Sie nickte. Dann nahm sie seine Hand und hielt sie ebenfalls in den Regen.

»Ana uhibak.«

Ihre Berührung war kühl und glatt und dennoch sehr lebendig. Der Regen, der auf seine Finger fiel, hatte jetzt einen arabischen Namen, es war vielleicht gar kein deutscher Regen mehr. Und das Haltestellenhäuschen war ein Glaspalast aus einem Märchen zwischen Staub und Steinen.

Nuri ließ seine Hand los und streckte die ihre nach seinem Gesicht aus, und er fuhr zurück, aber sie berührte ihn nicht, sie zeigte nur. Sie zeigte auf den Bluterguss unter seinem rechten Auge.

»Prügelei«, sagte er und zuckte die Schultern. »Jemand hat mich genervt. Einer aus deinem Block. Dumm gelaufen für den.«

Aber am Anfang habe ich mir vorgestellt, ich würde dich fertigmachen, weißt du das? Dich, ja. Fuck. Und jetzt stehe ich hier und quatsche mit dir.

Sie kniff die Augen ganz leicht zusammen, konzentriert. »Ge-nervt«, wiederholte sie. »Block.«

Dann drehte sie sich um, ganz plötzlich. Der Bus kam.

Sie suchte in den Taschen des Regencapes, fand ein Portemonnaie, zog hektisch ein Stück Papier heraus, einen Fahrausweis vermutlich, und als der Bus hielt, drehte sie sich noch einmal um und hob die Hand zu einem Winken. Dann stieg sie ein. Der Bus schloss die Türen.

Calvin stand allein an der Haltestelle und sah ihm nach.

Erst zu spät fiel ihm ein, dass er auch den Bus hatte nehmen wollen. Er fluchte und trat gegen das Bushäuschen. Glaspalast? Haha.

Er hielt das Gesicht in den Regen, zwang sich, so lange stehen zu bleiben, bis er seine Haut vor Kälte nicht mehr spürte.

Komm zur Vernunft. Vergiss dieses Mädchen.

Aber als er den Kopf abwandte, lag etwas zu seinen Füßen. Ihr Portemonnaie.

Vier Fotos.

Er sah sie sich erst zu Hause an.

Da war ein Hochzeitspaar mit ernsten Gesichtern. Ein flaches Steinhaus inmitten von alten, knorrigen Bäumen. Oliven? Oliven wuchsen doch auf Bäumen? Ein Junge, vielleicht zwanzig, unscharf, verwischt. Und zum Schluss die Familie: Ein Mann, der sich hinter seiner zu großen Brille versteckte, an den Schläfen schon silberhaarig. Eine Frau mit sanften Gesichtszügen und streng nach hinten gekämmten Locken. Ohne Kopftuch. Neben ihr standen zwei Jungen, die so alt waren wie Benji und Tom, Jungen in steifen Anzügen, herausgeputzt für das Foto. Die dunklen Augen, mit denen sie in die Kamera blickten, trugen den gleichen Ernst wie Nuris

Lächeln. Vor dem Mann stand ein Mädchen von ungefähr vierzehn Jahren, groß und dünn, als wäre es zu rasch in die Höhe geschossen. Es hatte die Hände ineinander verschränkt und blickte an der Kamera vorbei.

Zuerst dachte Calvin, es wäre Nuri. Aber sie war es nicht. Er fand sie am unteren Rand des Bildes, sechs- oder siebenjährig. Sie hielt sich an den Beinen ihres Vaters fest und musterte den Betrachter mit krausgezogener Nase. *Was willst du hier?*

»Hey, starr mich nicht so blöd an«, sagte Calvin. »Nicht meine Schuld, wenn du dein Portemonnaie verlierst.«

Er zog zwei Geldscheine heraus. Scheine mit arabischen Zahlen. Dazu gab es fünf Euro und siebzehn Cent in Münzen. Außerdem die Überreste einer kleinen, goldbraunen Feder. Und da war noch etwas. Ein Schlüssel. Dumm, einen Schlüssel in ein Portemonnaie zu stecken. Ohne Schlüsselband, ohne alles.

Calvin schüttelte den Kopf und legte Fotos, Scheine und Schlüssel vor sich auf den Küchentisch. Die Wohnung atmete still den Geruch des Regens, der durchs gekippte Fenster aus der Mainacht hereinkam. Er hatte gewartet, bis alle schliefen, um mit dem Inhalt des Portemonnaies alleine zu sein. Er holte sein Handy heraus.

Pascal? Ich habe das Portemonnaie von so einer Tante aus dem Asylantenheim gefunden. Es ist ein Schlüssel drin. Ich glaube, die Wohnung ist im ersten Block …

Er legte das Handy zurück auf den Tisch, ohne Pascal angerufen zu haben. Der Schlüssel gab ihm Macht. Er musste die Macht und ihre Möglichkeiten überdenken, ehe er handelte. Er holte das Feuerzeug aus der Tasche und ließ die Flamme hochschießen. Die Fotos sahen aus, als würden sie gut brennen.

Zwei Tage später sah Calvins Mutter ihn mit diesem Blick an.

Sie lag auf dem Sofa, und der Fernseher lief ohne Ton, und sie sah schlecht aus. Vielleicht hatte sie nur ihre Tage, aber sie sah aus, als hätte sie wieder fast einen Job gehabt und ihn dann doch nicht bekommen.

»Mir ist kotzübel«, sagte sie. »Calvin, holst du die Kleinen ab?«

»Nein.« Er sah weg. »Heinrich kann das machen. Er ist ihr Vater.«

»Ich weiß nicht, wo er ist. Sonst hätte ich dich nicht gefragt.«

Calvin zuckte die Schultern. »Scheiße. Aber das ist das letzte Mal. Und du sieh zu, dass du gesund wirst. Trink Tee oder was. Ich mach mir Sorgen.«

Er hatte ein komisches Gefühl, als er vor Frau Silbermanns Gartentor stand.

Aber sie war sicher sowieso nicht da. Es wäre ein zu großer Zufall. Andererseits kam sie vielleicht jeden Dienstag nach Benji und Tom, um Deutsch zu lernen.

Wenn sie da war, würde er ihr sagen, dass sie den Mund halten sollte. Dass es ihn nicht interessierte, was Regen auf Arabisch hieß. Frau Silbermann konnte ja übersetzen, dass es ihn nicht interessierte, wo sie es doch so hatte mit dem Übersetzen. Synchron. *Sagen Sie ihr synchron: Ich will nicht mit ihr reden.*

Der Warteraum war leer, die Balkontür jetzt mit zwei Querbrettern vernagelt. Er würde draußen warten. Beim Gartentor gab es nur ein paar schmale Blumenbeete, aber zu beiden Seiten des Hauses quollen maigrüne Büsche über eine maigrüne Wiese. Das Gras war hoch und unbeschnitten.

Er dachte an Cindys Garten, wo Deckel von Bierflaschen in die Erde eingetreten waren wie Splitter. Die ordentlichen Reihen der Gemüsebeete: Lauch, Tomaten, Erdbeeren. Frau Silbermanns Garten dagegen war ein Chaos. Unordentlich und undeutsch. Er erinnerte ihn an Nuris Locken.

Er setzte sich auf einen großen Stein, der ohne erkennbaren Zweck herumlag, und steckte sich eine Zigarette an. Vielleicht könnte er Cindy helfen, ein paar Büsche in der Laube zu pflanzen. Sie würden weiß und rot blühen, nicht so unordentlich wie hier, sondern schön. Im Moment war Cindy allein mit der Laube, ihre Mutter war in der Klinik, zum fünften oder sechsten Mal. Psychiatrie. Vielleicht hatte sie wieder Sachen geworfen.

»Regen«, sagte jemand über ihm, und er sah auf. Da stand sie, direkt vor ihm, mit ihrem blassrosa Kopftuch, und lächelte. »Nass.«

»Nein«, sagte er und streckte die Hand aus, wie um den nicht vorhandenen Regen zu fangen. »Heute nicht. Sonne.«

»Sonne«, wiederholte Nuri.

Calvin stand auf. Er hatte alles vergessen, was er hatte sagen wollen. Alles darüber, dass ihn nichts interessierte. Sie sahen einander nur an, schweigend, umgeben von den maigrünen Büschen. Sie war, wenn er ihr begegnete, immer ganz anders, als wenn man von ferne an sie dachte. Das Hassen klappte von Nahem nicht.

»Ich muss die Kleinen schon wieder abholen«, sagte er. »Meine Mutter … fühlt sich nicht gut. Geh du rein, ich warte allein hier draußen. Okay, du verstehst mich nicht, fuck, ich kann genauso gut sinnlose Dinge sagen … Wie war das? Ana … ana uhibak.«

Sie nickte und streckte die Hand nach der Stelle unter seinem rechten Auge aus, wo der hartnäckige Bluterguss sich inzwischen blaugrün verfärbt hatte. Dieses Mal berührte sie die Haut, sie drückte leicht darauf, und er zuckte zusammen. Hielt ihre Hand fest, grob. Jedenfalls gab er sich Mühe, grob zu sein.

»Mach das nicht! Das tut weh.«

»Tut weh«, wiederholte Nuri. *»Inschallah tuadja.«*

Er hielt ihre Hand noch immer fest. Da drehte Nuri den Kopf, und Calvin sah Frau Silbermann über den Rasen kommen. Er ließ Nuris Hand fallen. An diesem Tag trug Frau Silbermann Orange, ein Hemd und einen Rock, sie sah aus, als könnte man sie zwischen die Büsche pflanzen. Vielleicht hatte sie beim Übersetzen damals irgendwo gewohnt, wo Orange passte.

Sie hätte da bleiben sollen.

Sie trug eine kleine Schale mit Pistazien, vermutlich gedacht für ihre Unterhaltung mit Nuri.

»Benji und Tom sind sicher gleich hier«, sagte sie, ihr Gesicht geschäftig und ernst, als wäre es lebenswichtig, die Stunde mit Nuri pünktlich zu beginnen. »Nuri? Kommst du?« Und danach folgte etwas auf Arabisch.

Aber Nuri blieb stehen. Sie lächelte das Lächeln, das Frau Silbermann fehlte, und streckte ihre Hand nach der Schale aus, um eine Pistazie herauszunehmen und sie zu betrachten wie ein kleines Kunstwerk. Dann sagte sie zwei oder drei kurze Wörter. Ihre Augen waren eine stumme Bitte.

Frau Silbermann seufzte. »Nein.«

Aber Nuris Augen baten weiter, und Frau Silbermann sagte: »Das ist auch … so ein Geruch. Pistazien. Pistazien … die zerstoßen werden …« Sie schüttelte den Kopf und kam einen Schritt näher, sie war viel kleiner als er, sie musste zu ihm aufsehen. »Ich würde dich gerne rauswerfen«, sagte sie, sehr, sehr leise, was ja Unsinn war, dachte Calvin, da Nuri sowieso nichts verstand. »Das hätte ich schon letztes Mal gern getan. Ich weiß Dinge über dich. Aber Nuri weiß diese Dinge nicht, und ich muss sie ihr nicht auf die Nase binden. Es hat in ihrem Leben genug schreckliche Dinge gegeben. Ich werde weiterübersetzen, aber dann wirst du gehen, und du wirst nicht wiederkommen. Lass dieses Mädchen in Ruhe.«

»Wie bitte?«, fragte Calvin, ungläubig. »*Ich* soll dieses Mädchen in Ruhe lassen? Glauben Sie, ich steige ihr nach, oder was? Meine Mutter ist krank, deshalb hole ich die Kleinen ab, und das ist der einzige Grund, aus dem …« Er brach ab, drehte sich um und ging auf das Gartentor zu. Das gewöhnliche klickende Geräusch seiner Stiefel fehlte im weichen Gras.

»Pis … tasihen«, sagte Nuris Stimme hinter ihm in mühsamem Deutsch.

Dann sprach sie weiter, auf Arabisch, als hätte sie nicht bemerkt, dass er dabei war, zu gehen. Es war genau wie beim letzten Mal.

Calvin hakte das Tor auf und warf einen Blick zum Haus, wo die Stimmen von Benji und Tom aus einem der oberen, angelehnten Fenster drangen. Sie würden ohne ihn nach Hause gehen müssen.

»Pistazien …«, murmelte Frau Silbermann, unwillig. »Es ist in einer Menge … einer Menge Süßigkeiten. Nein, nicht Süßigkeiten … Back… Backwerk. Neben der Garage … neben der Werkstatt, in der Yassir arbeitete, war … verdammt … Dukan al-Halawiyat … Laden … Laden für Backwerk? Für Süßigkeiten? Ein Laden für Süßigkeiten, der einem Christen gehörte. Ich werde mich immer daran erinnern, wie ich auf einem Stapel Reifen saß und mit Yassirs Füßen sprach, die unter einem Auto hervorsahen, in meiner Nase eine Mischung aus Benzingeruch und dem Duft von Pistazien und Fett, in dem Dinge ausgebacken werden. Ich sah die Felsenkirschen blühen, die sie in zwei Töpfen vor dem Laden stehen hatten wie ein Symbol. Diese weißen Blüten und der Geruch nach Pistazien … und davor Dreck und schwarze Schmiere und Autoteile.«

Calvin stand am Gartentor und war nicht gegangen und hörte zu. Frau Silbermanns Ärger war im Fluss der Erzählung untergetaucht, ihre

Stimme wieder wie stets. Aber die Stimme, der Calvin zuhörte, war Nuris. Und er vergaß wieder alle Pausen, alles Suchen nach den richtigen Worten, in seinem Kopf wurde die Geschichte perfekt wie ein Roman.

Er sagte sich, dass er gehen musste. Dringend. Ehe die Worte sich in seiner Erinnerung verfingen. Sie hatten Widerhaken. Aber es war schon zu spät.

»Anna und ich waren inzwischen acht und Yassir neun. Annas Mutter kaufte manchmal Backwerk bei dem christlichen Laden, weil sie den Mann kannte, dem sie gehörte, und Annas Vater machte Bilder von den drei Frauen, die dort arbeiteten. Eine war Sunnitin und trug ein Kopftuch, eine war Alawitin wie wir und glaubte an Allah, ohne ein Kopftuch zu tragen, und eine gehörte zu den Drusen. Nur der Chef war ein Christ. Sie lachten und scherzten zusammen zwischen Sesam, Nüssen, Zucker und Mehl, wenn sie den Teig in Fäden zogen, die Bleche mit Fett bestrichen oder mit Sirup beträufelten. Wir waren natürlich wild nach diesem Zuckerzeug und hofften immer, dass etwas für uns abfiel, am liebsten Mabruma, ein Gebäck, bei dem Pistazien in lange Teigfäden gewickelt und eingerollt werden. Wir sahen oft zu, wie sie die Rollen auf die frisch gefetteten Bleche legten, um sie dann immer wieder aus dem Ofen zu nehmen und mit Zuckersirup zu beträufeln.

Aber Yassir war verliebter in Maschinenöl als in Zuckersirup, schon damals.

Yassirs Bruder hatte früher in derselben Werkstatt gearbeitet wie er, ich glaube, er hatte Automechaniker werden wollen. Es lagen sechzehn Jahre zwischen Yassir und ihm, es gab dazwischen noch vier andere Brüder. Manchmal waren wir alle bei Yassirs Familie zum Essen, so wie wir auch manchmal alle bei uns oder bei Anna waren. Aber Yassirs Eltern waren sehr still. Als könnte es gefährlich sein, zu viel zu sprechen. Und seit dem Weintraubenfeld spürte ich in der Wohnung etwas, das mich schaudern ließ.

Die schwarzen Flügel waren durch diese Wohnung geflogen.

Ich fand eine Stelle, wo sie die Decke berührt hatten: links des kahlen Stromkabels mit der Glühbirne in dem großen Zimmer, in dem alle aßen und schliefen, der Geruch nach Nichts und Dunkelheit war dort hängen geblieben. Es stimmte also nicht, dass sie ihn auf der Straße geholt hatten. Sie hatten ihn aus der Wohnung seiner Eltern geholt.

Niemand außer mir sah die Spuren.

Ein Jahr nach unserem Ausflug in der Wüste hatte mein Vater gesagt, sie hätten Tadmur geschlossen, und ich hatte nicht begriffen, wie man eine Stadt schließen konnte. Aber ich hatte nicht gewagt, zu fragen. Ich weiß noch, wie Yassirs Mutter uns alle zu einem großen Festessen einlud. Und dann begann die Familie zu warten. Sie warteten darauf, dass Yassirs Bruder nach Hause kam.

Yassir wartete noch immer, als er neun war und in der Autowerkstatt arbeitete.

Das war das Jahr, in dem ich noch mehr sah als die Spuren der Flügel neben der Glühbirne.

Ich saß also auf meinem Reifenstapel und sprach mit Yassirs Füßen, und wenn er unter dem jeweiligen Auto hervorkam, wischte er sich die Hände an einem öligen Lappen ab und grinste. Er war unglaublich stolz darauf, dass sie ihn an den Autos herumschrauben ließen. Er war mit neun Jahren noch klein und dünn genug, um unter alles Mögliche drunterzukriechen. Und er hatte geschickte Finger.

›Wenn mein Bruder kommt‹, sagte er, ›werde ich ihm zeigen, was ich alles kann.‹

Er setzte sich auf einen anderen Reifenstapel und baumelte mit den Beinen, und der Besitzer der Werkstatt schenkte uns Mabruma, die er nebenan für seine Schwestern und Tanten gekauft hatte, die zu Besuch waren und die er aus der Werkstatt hinauskomplimentieren musste, wo sie im Weg waren, wie Großfamilien es meistens sind.

›Wann fängt dein Vater mit seinem Buch an?‹, fragte Yassir um das klebrige Zeug in seinem Mund herum.

Ich zuckte die Schultern. ›Er sammelt immer noch Sachen, die er schreiben will.‹

›Und worum geht das Buch so?‹

›Um das Land‹, sagte ich. ›Und das Leben. Oder so. Vielleicht fängt er das Buch an dem Tag an, an dem dein Bruder zurückkommt.‹

Yassir nickte, und wir schwiegen eine Weile und leckten das Fett von unseren Fingern, und die weißen Blüten der Felsenkirschen vor dem Laden des christlichen Zuckerbäckers schaukelten in einem leichten Wind.

›Er kommt nicht‹, sagte Yassir schließlich.

Damit wischte er sich die Hände an der Hose ab, sprang vom Reifenstapel und kroch zurück unter das Auto, und ich sprang ebenfalls hinunter. Kurz darauf lag ich neben ihm unter dem Auto, er nahm meine Hand, und es war wie damals unter den Weintrauben. Aber die Trauben hatten sich in lauter Schläuche und Metallteile verwandelt, die über uns hingen.

›Tadmur ist keine Stadt‹, flüsterte Yassir. ›Sie haben es mir erzählt, als sie gedacht haben, er würde zurückkommen. Tadmur ist ein Gefängnis. Ich meine, es ist auch eine Stadt. Das Gefängnis ist in der Nähe der Stadt. Irgendwo mitten in der Wüste.‹

›Was hat dein Bruder denn gemacht?‹, flüsterte ich.

›Nichts‹, flüsterte Yassir. ›Er war mit anderen Leuten zusammen in einer Gruppe, und die Leute wollten Sachen ändern. Sie wollten, dass die Regierung wechselt. Dass das Geld anders verteilt ist. Weil, jetzt haben es meistens die Leute in der Regierung.‹ Er sprach jetzt noch leiser. ›Aber die Regierung findet die Leute, die gegen sie sind‹, wisperte er. ›Die weht der Wind weg, sagt meine Mutter. Die kommen nicht zurück.‹

›Was … machen sie mit ihnen?‹, fragte ich, und ich zitterte vor der Antwort auf diese Frage. ›Bringen sie sie um?‹

›Nein‹, sagte Yassir. ›Ich glaube, sie quälen sie. Jeden Tag. Sie tun ihnen so sehr weh, dass sie lieber sterben wollen. Sie tun schreckliche Dinge.‹

›Warum?‹, flüsterte ich.

›Damit die anderen Angst haben‹, wisperte Yassir. ›Die davon hören. Damit alle sagen, sie sind glücklich und lieben den Präsidenten und die Regierung. Tadmur, sagen sie, ist das schlimmste von allen Gefängnissen. Tadmur überlebt keiner. Manche sterben schnell, und manche sterben langsam, über die Jahre. Jeden Tag stirbt ein Stück von ihnen. Das sagt mein Vater.‹

›Aber sie haben Tadmur geschlossen‹, sagte ich. Yassir nickte.

›Und dein Bruder ist trotzdem nicht nach Hause gekommen.‹

›Du weißt ganz gut‹, wisperte Yassir, ›was das bedeutet. Er hat es nicht überlebt.‹

›Nein!‹, flüsterte ich. ›Es kann doch auch anders sein! Yassir, vielleicht haben sie ihn in ein anderes Gefängnis gebracht. Oder er lebt irgendwo und hat sich versteckt, damit sie ihn nicht noch mal finden. Bestimmt!‹

Yassir drückte meine Hand. ›Nura‹, sagte er leise.

Ich drehte mein Gesicht zur Seite, um ihn anzusehen. Aber er starrte nach oben, in die Innereien des Autos.

›Ich muss weitermachen‹, sagte er. ›Dieser Schlauch hat ein Leck. Kriech du wieder raus, ans Licht.‹

Und dann passierte die Sache in der Umari-Moschee.

Mein Vater war nicht da, er war zusammen mit Annas Vater auf Reisen im Norden. Das Arabisch des Deutschen reichte für den Hausgebrauch, aber er fotografierte, sagte er, schließlich nicht nur Häuser, und so half mein Vater ihm. Es waren Schulferien, die heißeste Zeit im Jahr. Mein Vater hatte frei. Und da ich ihn nicht nach Tadmur fragen konnte, fragte ich meine Mutter.

Es war an einem Freitag; wir hatten eine Freundin meiner Mutter im Herzen der Stadt besucht, wo der Verkehr und der Lärm in der Hitze pulsierten. Meine Schwester, Mariam, war auch dabei, und die Freundin meiner Mutter hatte uns Cola gegeben. Mariam hatte mit kleinen, ernsten Schlucken getrunken und sich höflich bedankt. Sie war älter als ich, ungefähr zweihundert Jahre, jedenfalls schien es mir so. Seit ich denken kann, war sie eigentlich erwachsen. An diesem Tag kamen wir an der Umari-Moschee vorüber, und auf einmal war die Frage in meinem Kopf reif und fiel heraus.

›Ummi, warum lässt die Regierung Leute verschwinden?‹

Meine Mutter blieb mitten auf dem Platz vor der Moschee stehen. ›Wie bitte?‹

›Yassir hat das gesagt. Sein Bruder wollte Dinge ändern. Yassir sagt, sie haben ihn ins Gefängnis geworfen. Yassir sagt, sie sind böse.‹

Meine Mutter sah sich um, ein wenig ängstlich. Dann fuhr sie mir übers Haar.

›Nein, Nura‹, sagte sie leise. ›Das hat Yassir falsch verstanden. Die Regierung ist nicht böse. Schau dich doch um – geht es uns nicht gut?‹

Und ich schaute mich um, und es ging uns gut, denn da standen wir, mitten auf einem Platz voller Menschen, die Dinge einkauften oder verkauften oder in die Moschee strömten, und ich hörte den Autolärm, weil wir Autos hatten, und in einem Kaffeehaus lief ein Fernseher, weil wir Fernseher hatten. Und zu Hause warteten die kühlen Wände unserer Wohnung auf mich, voll mit Büchern, geschmückt mit den Bildern, die meine Mutter malte, weil sie Farben hatte.

Ja, es ging uns gut.

Ehe ich weiterfragen konnte, winkte meine Mutter einer Verwandten, die sie am anderen Ende des Platzes entdeckt hatte, und eilte durch die Menge auf sie zu. Die beiden begannen ein unsäglich langweiliges Gespräch über die Zubereitung von Auberginen und darüber, wer letzte Woche im Hamam wem was über wen erzählt hatte, aber in Wahrheit redete meine Mutter nur, damit ich nicht weiterfragte, und das ärgerte mich. Mariam stand so ruhig neben den Frauen wie eine Statue in einer Christenkirche, und das ärgerte mich noch mehr.

Deshalb drehte ich mich um und ließ sie alle drei stehen. Ich drängte mich durch die Hitzekörper der Menschen und erreichte die Tür der Umari-Moschee. Ich war erst ein Mal darin gewesen, vor langer Zeit. ›Allah‹, sagte mein Vater immer, ›ist überall. Um zu ihm zu sprechen, muss man nicht unbedingt in die Moschee gehen.‹ Yassirs Familie, das wusste ich, betete oft in einer Moschee.

Im gefliesten Hof der Umari-Moschee saßen Grüppchen von Leuten, unterhielten sich und aßen, tauschten die neuesten Geschichten aus. Ich streifte meine Sandalen ab, um sie zu den anderen Schuhen zu stellen. Lange, rote Teppiche bedeckten den Boden im Innenraum der Moschee.

Ein paar Leute beteten im hinteren Teil, ich sah sie knien und wieder stehen und sich verneigen, während sich über mir ein Himmel erstreckte, in den statt Bäumen Säulen hineinwuchsen. Alles war schön und schattig und sehr leise.

Ich streckte meine Hand aus und legte sie auf eine der dicken, uralten Säulen, und der Stein war glatt und kühl. Allah, dachte ich, war vielleicht überall, aber hier war es leichter, mit ihm zu reden. Draußen war es zu laut.

›Bitte‹, flüsterte ich, ›erklär mir die Geschichte mit Yassirs Bruder. Erklär mir, warum Ummi es nicht erklären will.‹ Ich hob den Kopf und sah an der Säule hinauf, weil Allah vielleicht dort irgendwo war – unsichtbar, natürlich.

Und da sah ich den Vogel. Zuerst dachte ich, es wäre eine der Tauben der Stadt oder eine Schwalbe. Der Vogel kam quer durch die Kuppel der Moschee auf mich zugeflogen und landete auf einem Vorsprung der Säule, an die ich meine Hand gelegt hatte. Es war ein Falke. Ich erkannte ihn, weil der Falke das syrische Wappentier ist, ein goldener Falke. Und dieser Falke dort oben war ebenfalls golden. Er war wunderschön, so schön wie die Moschee.

Im nächsten Moment erhob sich in einer weit entfernten Ecke etwas, und ich sah, wie ein dunkler, kompakter Schatten sich dort entfaltete. Er besaß keine Gestalt, keinen eigentlichen Umriss. Aber ich hörte das Rauschen, und ich wusste, was der Schatten bedeutete. Er füllte jetzt den ganzen Raum aus, er hatte nur Sekunden gebraucht, um groß genug dazu zu werden, und nun stürzte er sich auf den Falken, und, ja, ich weiß, dass sich etwas Formloses nicht stürzen kann. Ich hörte den Schrei des Falken.

Aber ich sah nicht länger hin, ich hatte mich längst zu Boden geworfen und die Arme schützend über den Kopf gelegt, und da lag ich und hörte noch mehr – ich hörte Stein auf Stein knirschen, ich hörte Dinge fallen, brechen, bersten. Das ganze riesige, alte Bauwerk bebte, um mich herum wirbelte der Staub, und ich begriff, dass dies eine totale Zerstörung war.

Der Schatten hatte den Falken verschlungen.

Und die Umari-Moschee verschlang sich selbst.

Sie würde mich unter sich begraben.

Dann war alles vorbei. Es war völlig still um mich. Ich war mir sicher, wenn ich den Kopf hob, würde ich in einem Berg von Trümmern sitzen. Und ich hob den Kopf.

Aber es war alles genau wie zuvor. Die Menschen beteten auf den roten Teppichen, die Säulen wuchsen in den Steinhimmel, die Luft schwebte angenehm kühl durch den Raum. Da war nichts Dunkles. Keine Schatten und kein Falke. Doch vor mir, auf dem Boden, lag eine kleine goldene Feder. Ich hob sie auf.

Und dann rannte ich, nein, ich stolperte nach draußen.

Meine Ohren schmerzten von dem Lärm, den nur ich gehört hatte.

Draußen war die Sonne schmerzhaft grell, und ich fand meine Mutter und Mariam zwischen den Menschen nicht. Ich rannte. Ich rannte vor dem weg, was gar nicht geschehen war, und im Rennen fasste ich an meine brennenden Augen, und meine Finger wurden feucht, denn sie fanden dort Tränen. Die Häuser mit ihren Flachdächern und ihren Satellitenschüsseln und den Farbtupfen der trocknenden Wäsche waren mir auf einmal fremd, das Gewirr der Stromleitungen unter dem blassen, heißen Himmel erschien mir wie eine tödliche Fessel.

Und dann fing mich jemand auf, und Arme schlossen sich um mich.

›Nura? Nura, was machst du hier?‹

Ich sah das Gesicht vor mir wie durch einen Schleier. Es war Anna. Wie alle syrischen Städte ist Dar'a groß, und wie in allen syrischen Städten trifft jeder dort trotzdem ständig jeden. Neben mir kniete jetzt Annas Mutter und legte mir eine Hand auf die Schulter.

›Was ist passiert?‹

Ich sah ihr Haar an, das stets in Wellen von ihrem Kopf herabfiel. Es war golden wie der Falke in der Moschee. ›Alles‹, flüsterte ich. ›Alles ist in sich zusammengestürzt. Ich war in der Umari-Moschee … und das Dunkle war da, die schwarzen Flügel, ich kann sie nie genau sehen … und der Falke … Ich konnte den Falken nicht retten!‹

Ich sah, dass Annas Mutter sich fragte, ob sie mich in die Arme nehmen sollte oder lieber nicht, sie war eine zerbrechliche, eine schöne und eine furchtbar unsichere Frau; sie lebte schon so lange in unserem Land und schien sich doch stets vor einem falschen Schritt zu fürchten.

›Du hast geträumt, Nura‹, sagte sie leise. ›Die Umari-Moschee steht noch. Sie wird immer stehen. Sie ist uralt, weißt du, sie stürzt so leicht nicht ein.‹

Anna zog ein altes, zerknülltes Papiertaschentuch heraus und wischte mir sorgfältig die Tränen ab. Dann drückte sie mich fest an sich.

›Wir müssen von hier weg‹, flüsterte ich in ihr Ohr. ›Irgendwas passiert hier, vielleicht schon morgen. Wir müssen weg, Anna!‹

›Ja‹, sagte Anna.

Und dann fanden wir meine Mutter und Mariam, sie hatten mich gesucht, und auch meine Mutter zog mich in ihre Arme.

›Wo bist du bloß gewesen?‹, flüsterte sie.

›Ich war in der Moschee‹, sagte ich wieder. ›Und sie ist eingestürzt, Ummi, wir müssen hier weg …‹

›Oh, Nura‹, flüsterte meine Mutter. ›Ist das wieder einer dieser Träume? Wo sind deine Sandalen?‹

›Es war kein Traum!‹, schrie ich. ›Wir müssen hier weg! Weg aus Dar'a!‹

Mariam verdrehte die Augen. ›Können wir *bitte* nach Hause gehen? Hier hört uns jeder! Es ist *peinlich*, wenn sie solche Sachen sagt.‹

›Nura, Nura‹, flüsterte meine Mutter. ›*Kulu Tayib.* Alles ist schön. Schau dich um, überall ist Leben … es ist wie ein Bild … die Stadt wächst, und das Leben wächst …‹

›Das klingt wie etwas, was Abi schreiben sollte‹, schnaubte Mariam. ›Nicht wie etwas, was Nura verstehen kann. Nura? Es ist ganz einfach. Die Moschee steht. Du musst aufhören, Unsinn zu träumen. Und jetzt komm mit nach Hause.‹

Ich verbrachte drei Tage im Bett. Ich hatte Fieber. Ich träumte, und in den Träumen war ich jedes Mal in der Moschee, und jedes Mal kamen die schwarzen Flügel. Der Arzt, ein alter, freundlicher, weißbärtiger Herr, schüttelte nur den Kopf. Yassir saß manchmal an meinem Bett.

Ich erzählte ihm alles.

›Du musst auch weg‹, flüsterte ich. ›Du vor allem.‹

Ich zeigte ihm die Feder, ihm und Anna. Die Feder des Falken.

›Nura‹, sagte Yassir vorsichtig, ›das ist die Feder einer Taube.‹

›Bist du sicher?‹, fragte Anna.

Und dann kam mein Vater nach Hause.

Ich hing an seinem Hals und roch die Fremde, und er erzählte uns von einem Flusstal, in dem die Luft grün war. Der rot und weiß blühende Oleander neigte seine Zweige zum Wasser hinab, und auf den Feldern wuchsen tausend Jahre alte Olivenbäume. Der Fluss, sagte mein Vater, hieß manchmal *Orontes*, aber häufiger *Nahr al-Asi*, der Eigenwillige, weil er von Süden nach Norden floss, anders als alle anderen Flüsse im Land.

›In diesem Tal liegen die Worte herum wie Steine‹, sagte mein Vater. ›Man braucht sie nur aufzusammeln und hinzuschreiben …‹

›Abi, wir müssen hier weg!‹, sagte ich, es war ungefähr das hundertste Mal, dass ich das zu jemandem sagte.

Er hörte sich meine Geschichte an und wiegte nachdenklich den Kopf.

›Vielleicht sind die Träume meiner Tochter das Buch, das ich schreiben werde‹, murmelte er.

Es war die Zeit im Sommer, zu der wir auf dem Dach schliefen, weil es dort kühler war. In dieser Nacht weckte mich Kamal, der jüngere meiner beiden älteren Brüder. Der Himmel war voller Sterne.

›Sie reden‹, flüsterte Kamal. ›Sie reden über dich, Nura.‹

Und einen Moment lang dachte ich, er meinte die Sterne. Aber natürlich meinte er unsere Eltern. Sie saßen am Rand des Daches, eine Silhouette wie die von Verliebten in einem Film.

›Das ist verrückt‹, sagte Ummi. ›Du willst hier weggehen wegen eines *Kindes?*‹

›Ich will weggehen wegen *unseres* Kindes‹, sagte Abi. ›Und ich will weg, weil ich mich verliebt habe. In den Fluss, der verkehrt herum fließt. In die Oliven und die Mandelbäume. Ich brauche diese Stadt nicht mehr.‹

›Samir‹, sagte meine Mutter sanft, ›ich bin schon einmal von allem weggezogen. Von meiner Familie. Latakia ist weit. Du wolltest unbedingt hierher, um hier zu unterrichten, in dieser staubigen Stadt … Keiner hat je begriffen, warum. Jetzt, nach so vielen Jahren … wo ich Frauen gefunden habe, mit denen ich reden kann … Du, du hast in Europa studiert, du bist anders. In Europa sind die Leute einsam wie Planeten. Aber hier … wir sind nichts ohne einander. Die Frauen in Syrien sind keine Planeten im Weltall, sie sind die Zutaten in einem Gericht. Sie existieren nur in der Gemeinschaft.‹

›Es gibt überall Frauen. Es gibt überall Märkte und Hamams, wo man Klatsch austauschen kann.‹ Er klang beinahe abfällig.

›Und wovon werden wir leben, wenn du nicht mehr unterrichtest?‹

›Ich habe eine andere Schule gefunden, die mich anstellen würde. In Homs. Ich habe mich um alles gekümmert.‹

›Und die Jungen? Kamal? Nabil?‹, fragte sie. ›Und Mariam? Samir, was ist, wenn ich dir sage: Geh allein?‹

›Fadwa.‹ Ich wusste, dass er sie ansah, ernst. Er nannte sie selten beim Vornamen. ›Fadwa, ich gehe nur, wenn du mir folgst. Wenn ihr mir folgt.‹

›Dann werden wir dir folgen‹, sagte sie mit einem Seufzen.«

Nuris Stimme war versiegt, und mit ihr Frau Silbermanns Übersetzung. Der Gesang der deutschen Frühlingsvögel drang langsam wieder in Calvins Bewusstsein. Aber ein Teil von ihm saß noch in Dar'a auf einem Flachdach unter den Sternen. Dann flog die Tür auf, und Benji und Tom stürzten heraus.

»Calvin! Können wir noch bei der Kaufhalle vorbei? Ich kann jetzt das stumme H! In der Kaufhalle gibt es die Riesenkaugummis als Sonderangebot, krieg ich zwei Euro?«

»Scht!«, sagte Calvin und versuchte, sie mit einer Handbewegung zum Schweigen zu bringen, doch natürlich redeten sie weiter und rannten voraus durch das Gartentor. Calvin schüttelte sich. Ihm war nach Fluchen. Aber er hatte alle Flüche vergessen.

Er drehte sich um, doch dann fiel ihm etwas ein, und er griff in die Tasche.

»Dein Portemonnaie? Du hast es verloren.«

Nuri nahm das Portemonnaie und nickte.

»Willst du nicht nachgucken, ob alles drin ist?«, fragte Calvin.

Frau Silbermann sagte etwas, vermutlich übersetzte sie seine Worte. Nuri schüttelte den Kopf. Dann steckte sie das Portemonnaie ein. Und dann drehte Calvin sich um und ging Tom und Benji nach. Und wusste, dass der Dienstag gründlich schiefgelaufen war.

Sie sah ihm nach. Seine Brüder galoppierten neben ihm her wie junge Hunde. Sein Haar leuchte in der kalten deutschen Sonne blassgolden wie die Feder des Falken.

»Gehen wir rein«, sagte Frau Silbermann.

Wenig später saßen sie im zweiten Stock von Frau Silbermanns Haus, in dem das Licht nicht grün war wie am Nahr al-Asi, dem Fluss, der umgekehrt fließt, sondern leicht und gelb wie Blütenblätter. Frau Silbermann hatte Tee gemacht, die kleinen, achteckigen Gläser standen auf einem Tablett, das definitiv nicht aus Deutschland stammte. Auf dem Tablett gab es auch ein Schälchen mit Datteln, die aussahen wie faserige Erinnerungen an bessere Zeiten. Nuri sah zu, wie Frau Silbermann den Tee in die Gläser füllte und Zucker hineinrührte. Immerhin kannte Frau Silbermann sich aus mit Tee. Hier tranken die Leute ihn sonst aus großen, hässlichen Tassen, die aussahen, als könnte man Türen damit einschlagen.

»Vergiss ihn«, sagte Frau Silbermann und nahm einen Schluck.

»Den Tee?«

»Du weißt, wen ich meine. Den Jungen. Es ist gut, dass du erzählst, aber wenn du mit jemandem sprechen willst, der so alt ist wie du … Da sind ein paar junge Leute im Verein der Freunde der Asylbewerber. Du solltest sie treffen.«

»Wenn Sie Calvin nicht mögen, warum geben Sie seinen kleinen Brüdern Nachhilfe?«

»Damit sie eine Chance haben, anders zu werden als er. Für ihn ist es zu spät. Nuri, die Leute, die in dem Viertel wohnen, wo Sie euch reingesteckt haben … sie hassen euch. Sie schmieren Parolen an die Wände. Ich habe gehört, sie patrouillieren jetzt sogar. Nachts. Calvin ist einer von ihnen. Ein … verdammtes kleines Naziarschloch. Entschuldigung.« Sie stellte die Teetasse ab. Ihre Hand zitterte.

Nuri lachte. »Sie können sich ja anhören wie jemand, der Steine schmeißt!«

Frau Silbermann sah auf ihre Hände, die sie jetzt im Schoß gefaltet hatte, womöglich, damit das Zittern weniger auffiel.

»Kamal«, sagte Nuri leise. »Mein Bruder. Er hat sich mit ein paar von den Typen geprügelt. Er hat später gesagt, er hätte dem einen ein blaues Auge verpasst … Calvin hat diesen Bluterguss. Unter dem rechten Auge. Wäre natürlich ein irrer Zufall. Es gibt eine Menge Jungs im Viertel.«

Frau Silbermann stand auf und ging zum Fenster, um hinauszusehen, hinunter auf die Stadt, auf das Meer, auf die Insel mit ihrer Autobrücke.

»Weißt du, was Nazis sind?«, sagte sie leise. »Ich wünschte, ich müsste es dir nicht erzählen. Ich meine, der Zweite Weltkrieg und alles, das brauche ich dir nicht zu erklären. Hitler und diese Leute. Waren mal mit der syrischen Regierung verbündet, gegen die französischen Besatzer. Trotzdem weißt du, dass das die Bösen waren im Krieg. Die alle vernichtet haben, die ihnen nicht passten. Systematisch, wie Ungeziefer. Das ist lange her. Das Verrückte ist: Es gibt sie noch immer.«

Nuri biss ein Stück von der Dattel ab. Sie war wirklich unglaublich faserig. Sie sagte sich, dass sie Frau Silbermann zuhören sollte, statt über deutsche Datteln nachzudenken. Das Problem war: Sie *wollte* nicht zuhören. Sie hatte genug von Erklärungen und Meinungen und Politik.

»Sie haben nichts«, sagte Frau Silbermann. »Sie sind arbeitslos, sie haben nichts gelernt, und sie bekommen Geld vom Staat, aber nur so viel, dass man gerade davon leben kann. Ihre Kinder schaffen die Schule nicht, weil die Eltern ihnen nicht helfen können, sie werden auch arbeitslos und bekommen Geld vom Staat … und immer so weiter. Das Schlimmste ist gar nicht der Mangel an Geld, glaube ich, das Schlimmste ist das Gefühl, nichts zu tun. Nicht gebraucht zu werden. Menschlicher Abfall zu sein. Diese Leute brauchen eine neue Zukunft. Und sie brauchen einen Schuldigen. Also sind die Ausländer schuld. Der Staat hat ihnen ihren Sündenbock sozusagen vor die Tür geliefert, als er das Heim eröffnet hat. Vor einem Jahr haben sie demonstriert und geschrien, sie machen das Asylbewerberheim platt. Aber es ist nichts passiert, Gott sei Dank. Wir hatten eine riesige Gegendemo … ich bin mitgelaufen … Manche von den Nazis sind gar nicht schlecht im Reden. Ich habe sie gehört, auf ihren Podesten. Sie reden so geschickt um die Wahrheit herum, dass am Ende das Gegenteil herauskommt. Die Partei … sie sollte schon ein paarmal verboten werden. Aber in diesem Land darf jeder seine Meinung frei äußern, Nuri. Auch Nazis. Die meisten sind dumm, aber es gibt ein paar Kluge, und das sind die Gefährlichsten. Und der Bruder von Benji und Tom … Er wirkt vielleicht nicht direkt so … Aber er ist einer von den Klugen, fürchte ich.« Sie drehte sich um, ging zu Nuri und nahm ihre Hände, um sie zu drücken, samt der faserigen, klebrigen, ungenießbaren Dattel. »Vergiss ihn, ja? Pass auf dich auf. Es ist wichtig, dass du an der Sache mit dem Auftrag dranbleibst, den ihr gestellt habt, wegen der Schule. Das ist wichtiger als …«

Sie zuckte die Schultern. »Ihr habt immer noch keine Antwort, oder? Vom Amt? Du musst wieder zur Schule gehen, Nuri. Du brauchst einen Abschluss.«

Nuri nickte. Sie sagte nicht: Wir bleiben doch sowieso nicht hier. Stattdessen öffnete sie ihr Portemonnaie, das sie neben ihr Teeglas gelegt hatte. Während Frau Silbermann Tee nachgoss, blätterte sie die alten Fotos durch, die darin steckten. Fotos von der Familie. Von Aarif. Von dem Haus am Fluss. Von Mariams Hochzeit.

»Sprechen wir über … Datteln«, sagte sie und drehte den Schlüssel in ihren Fingern, der zwischen den Münzen gelegen hatte. »Diese hier sind ungenießbar.«

Internetsuche

Regen – arabische Übersetzung
Wewelsburg schwarze Sonne

3

Asylbewerber (...) sind Personen, die bei einem Land, dessen Staatsangehörigkeit sie nicht besitzen, um Asyl, das heißt um Aufnahme und Schutz vor politischer oder sonstiger Verfolgung, ersuchen. (...) Der Staat, in dem die Asylbewerber um Aufnahme ansuchen, prüft in einem Asylverfahren, ob (...) es sich bei den Antragsstellenden um Flüchtlinge im Sinne der Genfer Flüchtlingskonvention handelt und ob Abschiebungshindernisse wie Gefahren für Leib und Leben, Gefahr der Folter, drohende Todesstrafe o. Ä. vorliegen.
(*Wikipedia*, Asylbewerber)

Nehmen wir uns auch hier die Schweiz zum Vorbild und machen wir endlich politisch und abschieberechtlich kurzen Prozeß mit kriminellen Ausländern, Asylbetrügern, Sozialhilfegaunern, vagabundierenden Zigeuner-Diebesbanden, tickenden Islamisten-Zeitbomben und anderen importierten Sicherheitsrisiken. (...) Die NPD-Fraktion setzt sich einmal mehr dafür ein, daß es ausländischen Kriminellen und Sozialschnorrern endlich auch in Deutschland an den Kragen geht.
(NPD-Abgeordneter 2010 in einer Rede)

Als Calvin nach Hause kam, lag seine Mutter auf dem Sofa und schlief. Der Aschenbecher auf dem Tisch quoll über. In der Tasse daneben schwamm noch der Kamillenteebeutel, aufgedunsen wie eine Wasserleiche. Heinrich war nicht da. Calvin brachte den Tee weg, leerte den Aschenbecher und scheuchte Benji und Tom nach draußen.

»Geht Fußball spielen«, sagte er. »Mama ist krank.«

Dann setzte er sich neben sie. Er dachte an Cindys Mutter, die manchmal tagelang im Bett lag, und an die Flasche, die sie geworfen hatte, und etwas Kaltes, Klammes schnürte ihm die Kehle zu.

Er ging in die Küche und sah sich die Schnapsflaschen im Schrank an. Es waren zwei. Sie standen seit Ewigkeiten dort, und sie waren beinahe voll. Es gab nirgends leere.

»Ist es wieder was mit einem Amt? Und mit dem Geld?«, fragte er, in der Tür zwischen Küche und Wohnzimmer. »Oder mit Heinrich? Oder, Scheiße, macht die Berufsschule Stress, weil ich ein paarmal nicht da war?«

Sie schlief zu tief, um zu antworten. Und er schloss leise die Tür und verließ die Wohnung.

Benji und Tom spielten wirklich Fußball. An die Mauer eines Wohnblocks gedrückt, standen zwei kleine Jungen mit dunklen Haaren und dunkler Haut und starrten mit ihren dunklen Augen den Fußball an. Calvin verjagte den Gedanken an Sternennächte und schlafende Kinder auf Flachdächern. Er machte einen plötzlichen Ausfallschritt in Richtung der Ausländerkinder und klatschte in die Hände.

»Ksch! Verschwindet!«

Sie rannten.

»Wir gehen zu McDonald's Abendessen«, sagte er zu Benji und Tom. »Und danach geht ihr alleine nach Hause und kommt irgendwie ins Bett. Ohne Mama zu stören. Klar?«

»McDonald's?«, sagte Tom. »Geil!«

Später traf er an der Bushaltestelle die Jungs von der Clique, und er dachte kurz an eine andere Bushaltestelle im Regen. Aber nur kurz. Es tat gut, den Jungs die Hände zu schütteln. Sie waren sein Zuhause. Mehr als die kleine Wohnung, mehr als alles andere.

»Du siehst scheiße aus«, sagte André. »Hast du nicht geschlafen?«

Pascal sah ihn prüfend an. »Da ist noch was, oder?«

»Nein«, sagte Calvin und versuchte, seine Augen zu verschließen wie eine Tür. Dahinter wuchs Frau Silbermanns Garten, und wenn Pascal Nuri dort sah, würde er falsche Schlüsse ziehen. »Bloß Ärger mit der Schule«, sagte er. Was eigentlich immer stimmte.

»Komm«, sagte Pascal. »Was du brauchst, ist Ablenkung. Trifft sich gut. Heute Nacht ist Disse angesagt. Keine Patrouille.«

Calvin nickte. Er ahnte, dass es einen Grund gab, tanzen zu gehen. Pascal tat nichts ohne Grund.

Wie kann man so sehr in Gedanken sein, dass man einen quietschroten Kinderball übersieht, der die Treppe hinuntergeschossen kommt? Wie kann man so sehr in Gedanken sein, dass man, auf der Treppe, mit dem zugehörigen Kind zusammenstößt und hinfällt? Nuri sah auf. Das Gesicht über ihr war umrahmt von schwarzem Kraushaar, zu hundert kleinen Zöpfchen geflochten.

»Salut!«, sagte das Kind und streckte die Hand aus, um ihr aufzuhelfen.

Hinter dem Kind stand die junge Frau aus Burkina, die aus dem sechsten Stock, Fabienne. Nuri hatte ihren Namen irgendwo im Haus aufgeschnappt.

»Du bist sehr in Gedanken«, sagte Fabienne und lachte. Sie hatte zwei tiefe Narben auf jeder Wange, die beim Lachen noch tiefer wurden.

Auch sie sprach Französisch, und Nuri fand den Schalter in ihrem Hirn erst nach einem Moment. Da waren zu viele deutsche Wörter im Weg.

»Spielst du mit?«, fragte das Mädchen und hielt den roten Ball vor Nuris Gesicht. »Ich bin Delfine, und das Baby ist das Baby. Es schläft jetzt, deshalb können wir spielen.«

Das Baby, Nuri bemerkte es erst jetzt, war auf Fabiennes Rücken gebunden.

»Aber es wird dunkel«, sagte Nuri. »Die Patrouillen …«

Fabienne lachte wieder. »Nimmst du die etwa ernst? Komm.«

Und so spielten sie zu dritt Ball in der deutschen Dämmerung, und an diesem Abend gab es keine patrouillierenden Stiefel auf dem Asphalt. Nur die Polizeistreife fuhr so unangenehm langsam um die Blocks wie immer.

Auf der Wiese tanzten die Windräder wie dreibeinige Tänzerinnen, immer und immer im Kreis, ohne jemals anzukommen. Delfine lachte beim Ballspielen noch heller als Fabienne.

Später saßen sie in der Wohnung, die Fabienne, Delfine und das Baby mit zwei Frauen teilten. Die anderen standen zusammen in der Küche und redeten und lachten.

»Sie haben uns zusammengesteckt, weil wir alle aus Afrika sind«, sagte Fabienne, als sie in ihrem Zimmer waren. Sechs Quadratmeter. »Aber ich verstehe ihre Sprache nicht. Drüben wohnen nur Männer, keine Ahnung, woher die kommen. Nicht Afrika. Sie fassen einen an, wenn man sie auf der Treppe trifft.«

Nuri ging leise am Bett vorbei, wo Delfine jetzt schlief, neben dem Baby und einem Stapel von Kleidern. Sie trat ans Fenster und sah in die Nacht hinaus. Dort unten, hinter der Stadt, begann das Meer. Und in der Ferne erhob sich die Insel, Lichterketten strahlten von dort durch die Dunkelheit: die Straßenlaternen der Dörfer. Die Dörfer waren hübsch, Nuri war durch ein paar von ihnen gewandert. Störche nisteten dort auf den Schornsteinen, in den Gärten wuchsen Blumen, alte Häuser aus rotem Backstein standen malerisch hinter grünen Gartenzäunen.

Und dann hatte Nuri die Hunde gesehen, Hunde mit Kiefern, um zuzubeißen. Einer der Hundebesitzer hatte in seinem Garten gearbeitet und Nuri angestarrt, einer mit schmuddeligem Pullover und klarblauen Augen. Er hatte nur zwei Wörter zu ihr gesagt. »Hau ab.«

»Warum bist du hier?«, fragte Nuri leise.

»Und du?«, fragte Fabienne.

»Der Blick aus dem Fenster ist schön«, sagte Nuri.

»Kann sein«, sagte Fabienne. »Ich gucke nicht raus. Ich habe Angst vor der Höhe.«

»Fabienne«, begann Nuri, »die Patrouillen … diese Typen. Die hier wohnen. Mit den Glatzen und den Tätowierungen und den schwarzen T-Shirts. Machen sie dir keine Angst?«

»Sollten sie?«

»Ich … es ist seltsam … Ich habe einen von ihnen an der Angel.« Nuri setzte sich neben Fabienne auf die Bettkante, sie saßen ganz nah beieinander, obwohl sie sich nicht wirklich kannten. »Frau Silbermann … die Deutsche, die ich besuche … sie glaubt, ich bin in ihn verknallt. Er war dabei, als sie meinen Bruder zusammengeschlagen haben, ich bin mir ziemlich sicher. Ich … habe ihn zufällig getroffen, bei Frau Silbermann. Ich habe angefangen, ihm Sachen zu erzählen.« Sie schwieg, suchte nach den richtigen Worten. Das Französisch war nicht das Problem. »Dieser Typ … ich bin dabei, ihn kennenzulernen. Weißt du … man kann sich nur an jemandem rächen, wenn man ihn gut kennt. Dann ist es leicht, ihn zu verletzen. Ich … die meisten Leute da draußen denken, ich bin nur das liebe kleine Mädchen mit dem rosa Kopftuch, das niemandem etwas tut. Aber sie irren sich.«

Fabienne streckte die Hand nach dem rosa Tuch aus, um es langsam herunterzuziehen. »Deine Mutter trägt keins.«

»Natürlich nicht. Wir sind Alawiten. Und es ist Allah vermutlich egal, wer mein Haar zu sehen kriegt. Er hat andere Probleme.«

»Aber …?«

Nuri zuckte die Schultern. »Es ist wegen … ihnen allen. Vor allem wegen Yassir. Yassir ist Sunnit.« Sie schwieg eine Weile »Es ist irrational. Eine zu lange Geschichte.«

»Und was hast du vor, wenn du den Fisch sicher an der Angel hast?«

»Ich weiß es nicht. Mein Bruder wird entscheiden. Ich sage ihm erst, was ich gefangen habe, wenn ich mir ganz sicher bin.« Sie wollte lachen, so unbeschwert wie Fabienne, aber es gelang ihr nicht. Und auch Fabienne, dachte sie, hatte kein einziges Mal gelacht, seit Delfine schlief.

»Wirst du mir deine Geschichte irgendwann erzählen?«, fragte Nuri.

»Irgendwann«, sagte Fabienne.

Und dann ging Nuri, damit ihre Eltern sich keine Sorgen machten. Sie neigten dazu, sich Sorgen zu machen.

»Du kommst doch mal wieder, um aus dem Fenster zu gucken?«, fragte Fabienne in der Tür.

Nuri nickte.

Als sie die Treppe hinunterging, fühlte sie sich seltsam zerrissen.

Es war eine sehr schöne Geschichte, die mit der Angel. *Feinde fischen.* Fabienne hatte ihr geglaubt. Kamal würde ihr glauben. Sie selbst glaubte sich. Fast.

In der Wohnung unten lief irgendeine Diskussion darüber, dass Kamal wegwollte. Mit Hanna von oben, tanzen.

»Wir haben kein Geld für so was«, sagte Ummi. »Disco. Du bist ja verrückt.«

»Hanna hat Geld«, sagte Kamal. »Er hat gesagt, er lädt mich ein. Irgendein DJ, den er kennt, legt auf. Hanna ist ja schon ein Jahr hier ...«

»Unsinn!«, sagte Ummi. »Dafür gibt man kein Geld aus. Auch nicht Hannas Geld. Und woher hat er das überhaupt? Er darf auch nicht arbeiten. Keiner von uns darf arbeiten.«

»Lass ihn doch tanzen!«, rief Abi. »Lass ihn einmal rauskommen aus diesem Hühnerkäfig! Er ist jung! *Ruh, Allah ma'ak.* Geh, sei Gott mit dir, Junge.«

»Schön«, sagte Ummi. »Aber Nura bleibt hier.«

Es war Nuri bis dahin gar nicht in den Sinn gekommen, dass sie mitgehen könnte. Doch als sie am Fenster stand und Kamal nachsah, dachte sie an Damaskus und an das Wort *Tanzen* und daran, wie anders alles früher gewesen war.

Das Rauschen, das sie weckte, kam erst gegen zwei Uhr nachts.

Calvin verstand, warum sie hier waren, als sie die Mädchen vor dem Einlass trafen. Da war eine andere Gruppe, die gerade in die Disco sickerte. Pascal musste gewusst haben, dass sie da sein würden.

»Kanakenalarm«, sagte er leise.

»Oh weh, das gibt Ärger«, sagte Kevin und lachte.

Kimberley hing an seinem Arm und verdrehte die Augen. »Ich dachte, wir wollen tanzen.«

»Wollen wir ja auch«, sagte André. »Aber wenn uns die Kichererbsenfresser den Platz auf der Tanzfläche wegnehmen, muss man was dagegen tun, oder?«

»Ich kapier nicht, dass sie die überhaupt reinlassen«, murmelte Jason.

Der Türsteher nickte Calvin zu, er kannte ihn nur vom Sehen, ein Kumpel seines Vaters. Er hatte eine vage Erinnerung daran, wie der Mann bei ihnen zu Hause auf dem Sofa saß und ihm einen Schluck aus seinem Glas anbot; er war fünf oder sechs gewesen und unendlich stolz, bei den Männern zu sitzen. Das Zeug im Glas hatte scheußlich geschmeckt.

»Hätte dich nicht erkannt«, sagte der Türsteher, »wenn dein Vater nicht 'n aktuelles Bild mit sich rumschleppen würde. Hab ihn neulich erst getroffen. Wie geht's Livia?«

»Gut«, sagte Calvin und dachte an das Sofa, auf dem seine Mutter lag und schlief. Der Türsteher winkte sie durch. Hinten auf seinem schwarzen T-Shirt war der dezente, weiße Schriftzug *Erik and Sons* zu sehen und ein deutscher Adler, ebenfalls dezent. Als Türsteher musste man vermutlich darauf achten, dezent zu bleiben.

Calvin straffte die Schultern und merkte, wie er mit dem Eintritt in das schummrige Zwielicht alles Schlechte hinter sich ließ. Sein Vater besaß ein aktuelles Bild von ihm. Seine Mutter musste es ihm geschickt haben.

Als sie drinnen an der langen Bar die Bierflaschen aneinanderstießen und das Klirren in den dröhnenden Bässen versank, war alles gut. Er sah den Mädchen beim Tanzen zu, die Lieder waren englisch, Scheißenglisch, aber immerhin waren sie laut. Wenn er genug Bier trank, würde er Frau Silbermanns Garten vergessen und komplizierte Wörter wie Mabruma und Orontes.

Cindy zog ihn auf die Tanzfläche, hinein in ein Meer aus Schweiß und farbigen Lichtern. Das Sofa zu Hause war weit weg. Cindy schlang die Arme um ihn. Benji und Tom schliefen jetzt, ganz sicher. Cindys Kopf lag an seinem Hals.

»Blues«, flüsterte sie. »So tanzt man Blues.«

Aus den Lautsprechern quoll jetzt irgendetwas von *Ton, Steine, Scherben*, und das war gut, weil es Deutsch war und man es verstehen konnte, obwohl ihm irgendwo im Hinterkopf klar war, dass Rio Reiser mehr zu den Linken gehört hatte. Er legte die Arme um Cindys Hüften.

»Meine Mutter bleibt länger in der Klinik«, sagte sie. »Jemand muss sich um mich kümmern, meinst du nicht?«

»Ich kümmere mich«, flüsterte Calvin ihr ins Ohr. Ihr Ohr war klein und wunderschön und roch nach sehr süßem Parfüm. Und Calvin schloss die Augen und dachte sich die Zukunft aus. Die Zukunft nach dem großen Kampf der deutschen Widerstandskämpfer. In seiner Zukunft hatten sie alle Arbeit, ehrliche und gute Arbeit, und abends tranken und tanzten sie mit den Mädchen.

Aber *Ton, Steine, Scherben* spielten nicht ewig. Irgendwann landeten Cindy und er wieder an der Bar.

Pascal zog ihm die Flasche weg.

»Wir sind nicht hier, um uns zu besaufen. Hört jetzt zu.«

»Ich dachte«, sagte Kevin und leerte seine Flasche, »wir haben mal frei von deinen Patrouillen und dem ganzen Kram.«

»Wir brauchen einen Plan«, sagte Pascal. »Schon lange.« Er sprach jetzt sehr leise, die anderen mussten sich vorbeugen, um ihn zu hören. »Ich *habe* einen Plan.«

Irgendwie standen sie plötzlich draußen, auf dem kalten Parkplatz, und Calvin hatte eine Zigarette zwischen den Fingern. Er war sich nicht sicher, wann sie hinausgegangen waren, aber Pascal sprach immer noch über seinen Plan. Calvin merkte, dass Cindy neben ihm stand, oder eigentlich eher an ihm hing. Es war kein unangenehmes Gefühl. Die Zigaretten glühten in der Nacht wie die geheimen Fackeln einer Verschwörung.

»... also, zwei Schritte«, sagte Pascal. »Der erste ist der gewaltlose. Flugblätter verteilen. Die Leute aufklären. Ihnen sagen, dass die Kriminalitätsrate gestiegen ist, seit es das Asylantenheim gibt. Mehr Diebstähle, mehr Prügeleien. Noch ist keine von den Frauen vergewaltigt worden, aber das wird passieren. Klar, für die Typen, die nur verschleierte Frauen kennen, ist alles Freiwild, was ein ärmelloses Top anhat.«

»Ist das so?«, fragte Melli ängstlich.

Pascal nickte. »Natürlich.«

»Und was ist der zweite Schritt?«, fragte Calvin. »Der nicht so gewaltlose?« Er spürte ein Kribbeln in seinen Fäusten.

»Kommt später«, sagte Pascal. »Kann sein, dass ihr das ohne mich zu Ende bringen müsst, das ist etwas, das länger vorbereitet werden muss.« Er zuckte die Schultern. »So ganz zahm bleiben wir aber heute auch nicht. Wir brauchen ein bisschen Bildmaterial für die Flugblätter, oder? Freund von mir, der arbeitet bei der Zeitung, der hat 'ne gute Kamera. Sollte eigentlich längst hier sein … Und dann kommt es auf die Mädchen an …«

Eine halbe Stunde später lehnte Calvin wieder an der Bar, mit einem dummen alkoholfreien Bier vor sich. Im flimmernden Licht tanzten Melli, Kim und Cindy. Aber diesmal tanzten sie die Typen aus dem Asylantenheim an. Es war leicht gewesen, die Kanaken in der Masse zu finden, sie blieben immer zusammen – zwei Neger und zwei andere, Türken oder was. Der eine, da war Calvin sich fast sicher, war der, dem er den Bluterguss unter seinem Auge verdankte. Cindy hatte sich gerade diesen Typen ausgesucht. Sie drehte sich vor ihm, kam ihm immer näher, und der Typ biss an.

Eins war klar: Er wusste, wie man sich bewegte. Seine Bewegungen waren geschmeidig wie die einer Katze, ein echter Tänzer, dachte Calvin, inmitten einer besoffenen Masse von stumpfsinnigen Körpern. Er hasste den Tänzer für sein Selbstbewusstsein und seine Geschmeidigkeit.

Jetzt bewegte sich Cindy tanzend rückwärts, der Typ folgte ihr.

»Pass auf«, zischte Pascal und verschwand durchs Gewühl, wahrscheinlich, um draußen zu telefonieren.

Calvin schob das alkoholfreie Bier weg und zog Pascals Bier zu sich heran, das zum Glück Alkohol enthielt. Er stürzte es in einem Zug hinunter. Er konnte das hier nicht mit ansehen, ohne zu trinken. Melli tanzte jetzt mit dem anderen Türken, und Kimberley stand ganz nahe bei einem der Neger. Er war kleiner als sie und viel dünner, er sah lächerlich aus. Aber Cindy und ihr Tänzer waren nicht lächerlich. Sie waren jetzt ganz nah an der Bar. Calvin konnte das Rosa auf Cindys Lippen sehen und die Gier im Blick des Typen. Seine Hände lagen um ihre Hüfte.

Calvin ballte die Fäuste und zwang sich, ruhig zu bleiben. Er wandte den Kopf und sah Pascal, der wieder hereingekommen war. Jemand stand bei ihm: der Fotograf. Calvin sah ihn Bilder machen.

Und dann hob Pascal die Hand – das erlösende Zeichen.

Sekunden später war Calvin in der Menge, drängte sich hindurch, Seite an Seite mit den anderen.

»Hey!«, sagte Pascal sehr laut und legte Kimberleys kleinem Neger von hinten eine Hand auf die Schulter. »Wär schön, wenn du mein Mädchen in Ruhe lassen könntest.«

André packte den Türken am Ärmel. Der riss sich los.

»Geh weg!«, sagte er auf Deutsch. »Ich tanzen, wie ich will, Mädchen gehört dir nicht.«

Da holte André aus und schlug ihm ins Gesicht.

Niemand tanzte jetzt mehr. Die Leute begannen, zurückzuweichen. In der Mitte des Saals blieben nur die Jungs und Mädchen der Clique und die vier Ausländer übrig, wie auf einer Bühne.

Pascal krempelte die Ärmel seiner Joggingjacke hoch und entblößte das Brandmal auf seinem Oberarm. Der *CONSDAPLE*-Schriftzug auf dem T-Shirt leuchtete im Schwarzlicht. Natürlich sah man nur den Mittelteil der Schrift unter der offenen Jacke, der alte Trick: *NSDAP*. Die Ausländer kapierten es vermutlich nicht mal, sie kapierten gar nichts.

Calvin krempelte seine Ärmel ebenfalls hoch.

»Hat er dir was getan?«, fragte Pascal Cindy. Jemand hatte die Musik leiser gedreht.

»Er hat mich ... angefasst«, sagte Cindy, beinahe weinerlich. »Ich wollte nur tanzen!«

Der Türke, der die Ohrfeige kassiert hatte, stand jetzt in Kampfhaltung da. »Wenn ihr Streit wollt, könnt ihr haben«, zischte er.

Fehler, dachte Calvin. Dies wäre der Zeitpunkt gewesen, um zu rennen. Dummer Türke.

»Das hier ist unsere Disco«, sagte Pascal. »Unser Land. Ihr habt hier nichts zu suchen.« Und dann machte er einen Ausfallschritt nach vorn und schnappte sich den Neger. Er nahm ihn in den Schwitzkasten und drückte ihn zu Boden, in Zeitlupe, bis der Neger saß und Pascal gebeugt über ihm stand. Der Neger gab ein röchelndes Geräusch von sich. Das Weiße in seinen Augen leuchtete im Schwarzlicht wie der *CONSDAPLE*-Schriftzug. Der zweite Neger war zurückgewichen. Er hatte nicht mal mit einem der Mädchen getanzt, er stand nur da und hatte Angst.

»Ich möchte eine Entschuldigung«, sagte Pascal.

Der Neger sagte nichts. Vermutlich hatte er kein Wort verstanden. Oder vielleicht bekam er nicht genug Luft, um etwas zu sagen. Pascal drehte sich zu Jason und Kevin um, ohne den mageren Körper loszulassen.

»Macht ihn fertig.«

Jason und Kevin traten einen Schritt vor, und auch Calvin trat vor, sein Blut sang, es war wie Jagen im Rudel. Sie waren stark, und die Beute war schwach. Wir sind wie Wölfe, dachte er. Es war ein gutes Gefühl.

Aber in diesem Moment sprang Cindys Tänzer vor, packte Cindy und hielt ihr ein Messer an den Hals. Ein schönes Messer, Holz mit Silberbeschlägen.

»Lass unseren Freund los«, sagte er, in erstaunlich gutem Deutsch.

»Kamal!«, sagte der Türke. »Sehr gut. Zeig ihnen.«

Calvin erstarrte. *Kamal.* Also nicht noch ein Türke. Ein Syrer. Kamal, der als Kind an den Orontesfluss gezogen war, weil seine Schwester seltsame Dinge sah und sein Vater sich in ein Tal voller Olivenbäume verliebt hatte.

»Calvin«, sagte Pascal.

Calvin nickte. Er spannte seine Muskeln an. Wölfe. Er musste es schaffen, mit einem einzigen Sprung Kamal beiseitezustoßen, das Messer zu greifen und es gegen den Syrer zu richten, es ihm im idealen Fall in den Arm oder den Bauch zu rammen. Aber Kamal war wendig, so viel wusste er inzwischen. Jemand sagte das Wort *Polizei.*

»Wenn einer von euch sich bewegt, stech ich sie ab«, sagte Kamal.

»Wenn du auch nur ihre Haut ritzt, überlebt dein kleiner Negerfreund das nicht«, sagte Pascal. »Ich hab das Gefühl, der kriegt schlecht Luft.«

Cindy weinte. Calvin wusste jetzt, wie er springen musste, sein Hirn hatte den Winkel berechnet wie ein Computer ... Da schrie jemand, laut und gellend, und sie drehten alle die Köpfe. Auf der Theke, zwischen Gläsern und leeren Flaschen, stand ein Mädchen. Jeans, T-Shirt, schwarze Locken. Dunkle Augen. Sie stand nur eine Sekunde dort, dann sprang sie nach hinten hinunter, und gleich darauf wurde es stockdunkel. Einen Augenblick lang herrschte absolute Stille. Dann hörte Calvin Füße scharren, Menschen in Richtung Ausgang drängen, durcheinanderrufend, panisch.

Er tastete um sich und fand Körper, von denen er nicht wusste, wem sie gehörten, im Dunkeln gab es keinen Unterschied zwischen Freund und Feind.

»Scheiße, die Sicherung«, sagte Jason, »die hat die Sicherung rausgehauen. Was war das denn für eine Irre?«

»Das«, sagte Calvin so leise, dass Jason es nicht hören konnte, »war Nuri.«

Und er dachte wieder an Wölfe und an Jagen im Rudel, aber die Dunkelheit und Nuris Schrei hatten alles geändert. Auf einmal kam er sich lächerlich vor. Auf einmal spürte er etwas wie … Scham.

Er fand einen weichen Arm und einen schluchzenden Körper.

»Cindy?«, flüsterte er. »Cindy?«

Ihr »Ja« ertrank in einem sehr seltsamen Geräusch. Es war wie ein Rauschen, leise, aber deutlich. Das Rauschen riesiger Flügel, unsichtbar in der Dunkelheit.

»Wie hast du uns gefunden?«, fragte Kamal, flüsternd, um die schlafenden Erwachsenen nicht zu wecken.

Nuri zuckte die Schultern. Sie saßen in der Küche, im Licht einer Kerze, die Kamal auf die kunststoffüberzogene Platte des Küchentischs geklebt hatte. Ihr Flackern erinnerte Nuri an die Tage ohne Strom.

»Ich bin dem Rauschen nachgegangen. Den Schatten.«

Er ignorierte diese Antwort und sah an ihr vorbei. Dann beugte er sich auf einmal über den Tisch. »Das Ganze war ein Plan, ein verdammter Plan von denen. Nura … du hast mal gesagt, du hättest eine Ahnung, wer mich angegriffen hat. Vor einer Woche. Sag mir, wer es war. Wo ich ihn finde. Du weißt es doch.«

»Ich brauche noch ein bisschen Zeit, um ein paar Dinge rauszukriegen«, flüsterte sie. »Du kannst es wohl nicht abwarten, was? Willst du unbedingt jemanden abstechen?«

»Auge um Auge, Zahn um Zahn«, sagte Kamal ernst. »Das alte Testament, das alle Religionen teilen. Sie werden büßen. Die Mörder zu Hause, und die hier. Man muss irgendwo damit anfangen, sie büßen zu lassen.«

Um drei Uhr nachts war der Parkplatz hinter der Disco ein Gewirr aus Uniformen und Fragen.

Calvin sah, wie der Türsteher mit den Polizisten sprach. Pascal stellte sich dazu und gab seiner Stimme den gleichen vernünftigen, ruhigen Tonfall. Der Barmann wirkte weniger ruhig.

»Ein Messer«, sagte er, »der eine Typ hatte ein Messer! Und dann war da dieses Mädchen, ganz plötzlich, sie hat mich gefragt, wo der Sicherungskasten ist, und ich hab's ihr gesagt, die hat mich überrumpelt, sozusagen … Sie hat einfach die Hauptsicherung rausgehauen, und der Typ mit dem Messer ist weg …«

Ein Kreis aus Neugierigen sammelte sich um sie.

Calvin hielt Cindy im Arm, und die Polizisten fragten, ob sie verletzt sei, aber sie schüttelte den Kopf, schluchzend. Ihre Antworten für die Polizisten waren nur Halbsätze.

»Weiß jemand, wie der mit dem Messer hieß?«, fragte einer der Polizisten.

Kamal. Calvin hielt den Mund. Scheiße, warum hielt er den Mund?

Schließlich, nach tausend Fragen und Aussagen, fuhr der Streifenwagen weg. Die Neugierigen zerstreuten sich. Und auf den leeren Parkplatz hinter der Disco kroch, mit etwas Verzögerung, ein anderer Wagen, schwarz, tiefergelegt, mit suchenden, weißblauen LED-Lichtern und dröhnenden Bässen im Inneren. Er hielt neben ihnen, und jemand öffnete die Fahrertür.

»Braucht ihr jemanden, der die Mädchen nach Hause fährt?«

»Wolf!«, sagte Pascal. »Was tun Sie hier?«

»Hab gehört, es gibt Ärger«, sagte Wolf.

Calvin kannte ihn nur vom Sehen; einer von der Partei. Einer von den Offiziellen. Anfang vierzig, teure Sportklamotten. Auf dem Beifahrersitz saß noch jemand, der jetzt ausstieg. Dann spürte Calvin eine Hand auf der Schulter.

»Wo man meinen Sohn so findet«, sagte der Besitzer der Hand.

Calvin sah auf. »Wie kommst du hierher? Seit wann bist du …?«

»Seit heute Morgen«, sagte sein Vater und lächelte. »Ich bleibe nur ein paar Tage. Schlafe bei Wolf hier. Ich war schon bei euch, aber da war Livia allein, meinte, du bist in der Berufsschule.« Er lachte. »Und? Läuft's da?«

»Nicht wirklich«, sagte Calvin.

Sie zwängten sich zu fünft auf die Rückbank: Calvin und Cindy und Pascal und Kimberley und Melli. Die anderen Jungs würden laufen. Calvin nahm Cindy auf den Schoß, und Pascal nahm Melli auf den Schoß, und auf einmal lachten sie. Der Schrecken war vorüber. Die Musik war gut. *Ultima*

Thule sang irgendetwas, das Calvin nicht verstand, weil es Schwedisch war, aber es hörte sich nach Männern an, die wussten, wofür sie kämpften, und die keine Angst vor Messern hatten.

Calvin fühlte sich umgeben von Sicherheit: Da war sein Vater, den er immer bewundert hatte, und am Steuer Wolf, einer von den wirklich Wichtigen in ihrer Bewegung. Und da war Pascal, der einen Plan hatte … In diesem Auto waren sie unverwundbar.

Aber in Calvins Kopf hing ein Bild, das sich nicht löschen ließ: Nuri auf der Theke, zwischen den Gläsern, ohne Kopftuch, ihr Haar wie eine Gewitterwolke.

»Hey, du guckst so nachdenklich. Was ist?«, sagte Pascal. »Ist doch super gelaufen. Mein Kumpel hat den Typen mit dem Messer auf seinem Chip! Das ist das perfekte Bild fürs Flugblatt. Ausländer versucht, blondes Mädchen abzustechen. Die Leute werden es lieben. Cindy? Du bist eine Heldin.«

Cindy griff an ihren Hals, aber das Messer hatte nicht den kleinsten Kratzer hinterlassen.

»Pascal?«, fragte Calvin leise. »Was wäre passiert, wenn dieses Mädchen die Sicherung nicht umgelegt hätte?«

Aber *Ultima Thule* sang zu laut. Pascal hörte ihn nicht.

Schließlich standen sie zu dritt vor der Tür zu Calvins Block: Cindy, Calvin und sein Vater. Wolf wartete im Auto.

Calvins Vater legte ihm wieder die Hand auf die Schulter. Er hatte sich in den letzten beiden Jahren nicht verändert, er war genauso groß und muskulös wie früher. In der Zukunft, nach dem Kampf, würde er keinen Lkw mehr fahren. Er würde Seite an Seite mit Calvin das Land neu aufbauen. Balken behauen. Mauern errichten. Durch die Wälder streifen.

»Calvin«, sagte er, »als ich das letzte Mal hier war … verdammt … das ist zwei Jahre her. Da warst du fast ein Kind. Hast du die Tage Zeit, mal zu reden?«

Calvin nickte. »Klar.«

»Gut«, sagte sein Vater. »Dann … Ich melde mich.« Und er drehte sich um und ging zu dem Auto zurück.

Cindy stand noch immer neben Calvin.

Er wischte mit einem Finger ihre verlaufene Schminke weg.

»Scheißabend«, sagte er.

»Scheißabend«, sagte Cindy mit einem kleinen Lachen. »Pascals Pläne. Wenn er weg ist … wenn du uns führst … Du machst so was nicht mit mir, oder?«

Und dann stellte sie sich auf die Zehenspitzen und küsste ihn.

Er versteckte das Bild von Nuri auf der Theke weit hinten in seinem Kopf und küsste zurück. Cindy schmeckte nach einer Mischung aus Kaugummi, Bier und Angstschweiß, und ihre Lippen waren genauso weich, wie er immer gedacht hatte.

»Komm doch mit«, flüsterte sie. »Ich werde ganz allein sein, zu Hause. Meine Mutter ist doch in der Klinik … Was ist, wenn einer von den Ausländern die Tür aufbricht?«

»Unsinn«, sagte Calvin. »Ich … Cindy, ich muss da jetzt rauf. Ich hab zwei kleine, dumme Brüder, die es wahrscheinlich schaffen, morgen früh mit dem Toaster das Haus in Brand zu setzen. Und meine Mutter hat … irgendeine Magen-Darm-Geschichte. Ein andermal, ja?«

Zwei Tage später fuhr Calvin mit dem Rad ans Meer.

Die ersten Touristen flanierten zwischen Cafés und Läden der Seebadeorte auf der Promenade entlang. Sie hatten zu viel Geld, alle diese Touristen. Er stellte sein Rad ab und ging auf die Seebrücke, die weit ins Wasser führte.

Zu Hause war wieder alles einigermaßen in Ordnung. Mama war vom Sofa aufgestanden. Er ahnte, warum sie krank gewesen war, es hing mit dem Besuch seines Vaters zusammen. Heinrich schien momentan weg zu sein.

Die Polizei hatte das Asylantenheim durchsucht und kein Messer mit silbernen Verzierungen gefunden. Pascal war noch damit beschäftigt, die Flugblätter drucken zu lassen, Calvin hatte ihm mit dem Text geholfen.

MEHR SICHERHEIT FÜR DEUTSCHE IN DEUTSCHLAND! SCHLUSS MIT DER SYSTEMATISCHEN DULDUNG VON VERBRECHEN UND GEWALT DURCH AUSLÄNDER!

Ja, alles war im Lot, selbst in der Schule lief es einigermaßen.

Dennoch war er unruhig. Er schlief schlecht, tigerte nachts rastlos in der Wohnung auf und ab, angespannt wie ein Tier auf der Flucht. Aber das, wovor er floh, war ein Bild in seinem Kopf: das Bild eines Mädchens, das auf eine Theke gesprungen war.

Der Tag war zu windig für den Geschmack der Touristen, die Seebrücke leer.

Nein, nicht ganz: Eine Person lehnte am Geländer und sah aufs Meer hinaus, Kopfhörer auf den Ohren. Es war ein Mädchen mit Jeans, einem engen, weißen T-Shirt und schwarzen Locken.

Calvin blieb hinter ihr stehen.

»Nein«, flüsterte er. »Das ist sie nicht. Sie sieht nur ähnlich aus.«

Aber als er näher ging, wusste er schon, dass sie es war. Sie hielt das rosa Kopftuch zusammengeknüllt in einer Hand, er sah eine lose Ecke im Wind flattern. Konnte es solche Zufälle wirklich geben? Zufälle wie die Bushaltestelle und … das hier?

»Hey«, sagte Calvin, aber sie drehte sich nicht um. Natürlich, die Kopfhörer. Sie hörte ihn nicht.

Da trat er einen Schritt näher heran und begann, Worte auszuspucken, die er loswerden musste. Vielleicht half es.

»Warum bist du in der Disco aufgetaucht?«, fragte er. »Woher wusstest du, was los war? Pascal hat dich auf dem Kieker. Er wird dich mit dem Kopftuch vielleicht nicht erkennen, aber … Dein Bruder ist auch krass. Kamal. Es wäre meine Sache gewesen, ihn auszuschalten. Ist vielleicht immer noch meine Sache. Wenn ich mir was wünschen könnte … Scheiße, dann würde ich einfach alle Ausländer in ein Flugzeug setzen und nach Hause zurückschicken, und die Sache wäre gelöst! Wir müssen noch eine Menge Leute loswerden, bevor es ein neues Deutschland gibt. Du könntest bleiben, von mir aus, nur du. Ich würde dir zeigen, wie Deutschland sein muss. Der Wald und die Felder und alles. Warum seid ihr hier? Warum seid ihr nicht da geblieben, wo ihr hingehört?«

Sie klopfte mit dem Finger einen Takt auf das Geländer. Noch immer hatte sie sich nicht umgedreht. Der Wind bauschte ihr Haar auf.

Das Meer war wahnsinnig blau und die Sonne wahnsinnig hoch und gelb.

Calvin trat noch einen halben Schritt näher. Sie sagten immer alle, die Ausländer würden nach Knoblauch stinken, klar, die kochten mit dem Zeug. Aber der Wind trieb Nuris Geruch zu ihm, und Calvin roch das gleiche Haarshampoo, das seine Mutter benutzte. Es war das billigste in der Kaufhalle.

»Cindy würde mich gerne ins Bett kriegen«, sagte Calvin. »Aber ... Mann, gut, dass du mich nicht hörst ... und selbst wenn, würdest du ja nichts verstehen ... Ich denke an dich, wenn ich es mir zu Hause selber mache. Da ist ein Bild in meinem Kopf von dir, wie du nackt in dieser Steinwüste stehst. Es ist nicht fair, dass du so wahnsinnig hübsch bist! Verdammt. Ich nehme das von vorhin zurück. Ich würde dich auch in das Flugzeug setzen. Besser für alle. Scheiße.«

Da drehte sie sich um, ganz plötzlich. »Calvin«, sagte sie, nahm die Kopfhörer von den Ohren und lächelte ihr schmallippiges Lächeln.

Er nickte. Schluckte. »Hey. Ich ... muss gehen.«

Aber die Springerstiefel mit den weißen Schnürsenkeln trugen ihn nicht schnell genug die Seebrücke entlang, sie waren auf einmal zu schwer.

Zu schwer für einen, der flieht.

Der Dienstag kam unaufhaltsam näher.

Calvin lief zweimal Patrouille bis dahin. Beim ersten Mal spielte vor dem Asylantenheim ein kleines Negermädchen mit einem roten Ball, eine Puppe aus Lumpen unter dem Arm. Kevin klatschte in die Hände und hob eine Faust, und Calvin dachte an die kleinen Jungen und den Fußball. Das Mädchen floh in einen der Blocks.

Calvins Vater schickte eine SMS, er könne vor Mittwoch nicht.

Am Dienstag sagte Calvin sich, dass er die Kleinen nicht abholen würde, egal, was seine Mutter sagte.

Sie sagte: »Heinrich holt Benji und Tom ab.«

Heinrich nickte. Er war wieder aufgetaucht und saß da wie immer, die Zeitung lesend, übergewichtig, sanft. Jetzt machte er Anstalten, die Zeitung zusammenzufalten, um aufzustehen. Calvin hatte manchmal das brennende Bedürfnis, ihm die Faust ins Gesicht zu rammen.

»*Ich* gehe«, sagte er.

Er war eine halbe Stunde zu früh, stand in Frau Silbermanns chaotischem Garten herum und rauchte. Schließlich ging er ins Haus. Im Warteraum saß niemand.

Er sagte sich, dass das gut war.

Aber es fühlte sich gar nicht gut an.

Zum ersten Mal bemerkte er den Spiegel an der Wand. Der Typ darin sah scheiße aus. Irgendwie … verträumt. Der Blick in seinen grünen Augen war nicht der eines Kämpfers. Er glättete das zerstrubbelte, blonde Haar mit einer Hand. Verdammt, er musste diese Haare endlich loswerden. Mama war dagegen; sie hatte Angst, er würde in der Berufsschule oder im Praktikumsbetrieb Ärger kriegen. Ärger kriegte man sowieso immer. Der Typ im Spiegel schien in seinem schwarzen Kapuzenpullover zu ertrinken, er war zwar muskulös, aber zu dünn.

Calvin kehrte dem Spiegel den Rücken zu. Er musste irgendetwas tun, um wieder er selbst zu werden. Warum war er gekommen?

Auf dem Boden, neben dem Sofa, lagen ein paar bedruckte DIN-A4-Seiten, die irgendwer verloren hatte. Er konnte das erste Wort von hier aus lesen, ein einzelnes Wort in einer Zeile.

Olivenöl.

Calvin schüttelte den Kopf, hob die Blätter auf und überflog die Worte darauf: *Mandelbäume Fluss Kamal Yassir Mariam strukturlosen roten Brei.*

Schrieb Frau Silbermann die Dinge auf, die Nuri ihr erzählte? Das war verrückt. Aber die Alte *war* vermutlich verrückt. Er zerknüllte die Blätter zu einem kleinen Ball und presste ihn so fest zusammen, wie er konnte. Dann steckte er den Ball in die hintere Tasche seiner Jeans, um ihn später irgendwo in einen Mülleimer zu werfen. Benji und Tom polterten jetzt die Treppe hinunter. Hinter ihnen kam, langsamer, Frau Silbermann.

»Nuri ist nicht da«, sagte sie kühl.

»Das ist mir aufgefallen«, sagte Calvin, genauso kühl. »Benji? Tom? Gehen wir.«

Als es dunkel wurde, saß Calvin alleine im Baumhaus, draußen im Wald, in die alte, rote Fleecedecke gewickelt, die er dort aufbewahrte. Mama dachte, er wäre mit den anderen weg.

Auf der Holzbank im Baumhaus brannte eine Petroleumlampe, so ein winziges Billigding.

Er griff in die Tasche und holte den zusammengeknüllten Ball Papier heraus. Die Seiten ließen sich nur schwer wieder glätten. Verdammt, warum glättete er sie überhaupt? Warum hatte er sie nicht weggeworfen? Warum verbrannte er sie nicht hier und jetzt? Es gab so wenig Antworten.

Die Lampe lockte die ersten Maimücken der Insel an. Er erschlug sie fluchend und begann zu lesen.

Olivenöl.

Der Geruch von Olivenöl ist auch so eine Sache. Ich weiß noch, wie es bei der Olivenernte war, am Orontes. Man musste große Netze unter die Bäume legen und die Oliven mit Stangen aus den Ästen schütteln … Aber ich sollte dort beginnen, wo wir umzogen.

Mariam weinte. Sie war vierzehn, mit vierzehn ist es vielleicht schlimmer, Freunde zu verlieren. Ich fühlte mich schuldig. Mein Traum vom Einsturz der Umari-Moschee war Unsinn gewesen.

Für Kamal und Nabil war die Sache ein Abenteuer. Kamal war zehn, glaube ich, und Nabil elf; sie waren für mich lange Zeit einfach eine Einheit. Die Einheit rannte im Zug auf und ab. Ich winkte aus dem Fenster.

In Dar'a liegt ein Knotenpunkt der Hedschasbahn, die die Franzosen gebaut haben, als sie das Land noch beherrschten. In der Schule hatten sie uns erzählt, wie die Beduinen damals immer wieder die Gleise gesprengt haben, weil die Bahn sie arbeitslos machte. Wer Züge hat, braucht keine Karawanen. Die Engländer hatten ihnen geholfen, sie hatten im Ersten Weltkrieg so getan, als wären sie auf der Seite der Beduinen und ihrem Wunsch nach Unabhängigkeit vom Osmanischen Reich. Alles Lüge, natürlich, sobald der Krieg gewonnen war, hatten Frankreich und England das Gebiet entlang der Sykes-Picot-Linie unter sich aufgeteilt … Ich dachte über all dies nach, während in der Ferne Yassir und Anna auf dem Bahnsteig immer kleiner wurden.

»Wir kommen dich bald besuchen«, hatte Anna gesagt, und Yassir hatte mich umarmt.

Ich nahm seinen Geruch nach Diesel und Maschinenöl mit in den Norden.

Ich spürte, dass ich auch ihn und Anna aus Dar'a herausholen musste. Aber ich redete mir ein, dass das ebenfalls Unsinn war.

Der Zug fuhr bis Homs. Dort gab es unglaublich viele Menschen und moderne Wolkenkratzer zwischen alten, ehrwürdigen Bauten. Ich suchte die Olivenbäume. Aber mein Vater lachte und sagte, wir müssten erst mit dem Taxi fahren.

Und dann hielt das Taxi vor einem Haus, und das war das Haus, das ich in meinem Leben am meisten geliebt habe. Es stand ganz nah am Wasser, ein weiß getünchter, quadratischer Baustein mitten zwischen Mandeln, Granatäpfeln, Feigen und ja, natürlich Oliven.

Von jedem Fenster im Haus aus konnte man das Wasser hören, es murmelte durch die Fliegengitter wie ein schlafloser, freundlicher Greis. Hinter dem Haus gab es eine kleine Betonfläche voller Risse, eine Art Terrasse. Ummi stellte unsere weißen Plastikstühle darauf und den Tisch, und auf den Tisch stellte sie eine Vase mit Oleanderblüten, rosa und weiß. Da wurde die Terrasse schön.

Man sah das Wasser von dort aus blau durch die Zweige blitzen, und Ummi saß oft am Tisch und ließ ihren Pinsel übers Papier streifen.

Der Nahr al-Asi, der verkehrte Strom, war ein Wunder. In Homs war er breit und einbetoniert. In Hama drehte er hohe, alte Wasserräder aus knarzendem, singendem Holz, als wäre er ein Riese und die Räder sein Spielzeug. Wir waren einmal dort, um sie anzusehen. An manchen Stellen wandelte sich die Kraft des Flusses durch Staudämme in Strom, in Licht, in Geschwindigkeit und Fortschritt, in Bewässerung und Leben für ganze Täler – aber in dem Dorf, in dem unser Haus stand, war der Nahr al-Asi ganz anders. Nicht weit hinter Homs gebar er einen geheimen Sohn, einen Nebenfluss. Eigentlich war es der Nebenfluss, an dem wir wohnten, ein nasses, fließendes, übermütiges Kind. Man brauchte nur den schmalen Pfad neben unserem Haus hinunterzugehen, dann kam man an die Stromschnellen, wo sich zwischen den Felsen die Blüten des Oleanders hervorreckten. Bei Hochwasser verfingen sich Fetzen von Plastiktüten und leere Flaschen in den Zweigen, wir sammelten sie heraus.

Abi erzählte uns die Geschichte von den Leuten aus Homs, die mit einem Teelöffel versucht hatten, den Nahr al-Asi umzuleiten, damit er von Norden nach Süden fließen sollte wie alle anderen Flüsse im Land. In Wirklichkeit hatten die Leute aus Homs das aber nur getan, sagte Abi, damit alle glaubten, sie wären dumm, und niemand merkte, dass sie in Wahrheit außerordentlich schlau waren. Denn das Wasser des Flusses machte jeden klug, und natürlich wollten die Leute aus Homs nicht, dass alle Welt kam und sich an ihrem Fluss klug trank.

Wir probierten es aus, Nabil und Kamal und ich; wir tranken aus dem Fluss, aber am Ende lachten wir nur und spritzten uns gegenseitig nass, und Ummi sagte, das Wasser des Nebenflusses würde nicht klug machen, sondern albern. Sie sagte es mit einem Lächeln.

Alles war schön in dem Dorf am Orontes, alles war wie ein Bild. Und jeden Abend, wenn ich auf meiner Matte mit dem Singen des Kinderflusses in den Ohren einschlief, war ich froh.

Ich schrieb Yassir und Anna Briefe, und sie schrieben zurück.

Die Kinder hier sind nett. Wir baden viel im Fluss, obwohl Ummi sagt, es wäre gefährlich. Wann kommt Ihr? Man muss nur Zug fahren.

Bei uns ist es so heiß wie immer.

Anna! Neben unserem Dorf ist eine Kirche, sag das Deiner Mutter. Wenn Ihr uns besuchen kommt, kann sie in die Kirche gehen. Und es gibt eine ganz alte Moschee. Außer uns wohnen hier lauter Sunniten. Das kannst Du Deiner Mutter sagen, Yassir. Dann kann sie an den Freitagen in die Moschee gehen, weil sie da doch Allah besser hört. Ich höre ihn auch im Fluss, aber er spricht etwas undeutlich. Lachst du, Yassir? Ich habe vergessen, wie das ist, wenn Du lachst. Und Du hast vergessen, zu schreiben, wann Ihr kommt.

Nura! Ich habe heute einen Motor wieder zum Laufen gebracht, ganz allein!

Glückwünsche. Kommt Ihr bald?

Der Zuckerbäcker hat den Laden drei Wochen lang zugemacht, weil er sich ein Bein gebrochen hat. Dabei macht man Mabruma doch gar nicht mit den Beinen.

Abi fuhr morgens mit dem Bus, der stellenweise keinen Fußboden hatte, nach Homs, um zu unterrichten. Abends saß er mit Ummi auf der Betonterrasse und machte sich Notizen für das Buch, das er jetzt bald beginnen wollte. Wenn die Mandelbäume das nächste Mal blühen, sagte er. Doch die Mandelbäume blühten, und die Granatäpfel blühten, und die Oliven wurden geerntet, und Abi begann kein Buch.

Und die Schönheit des fruchtbaren Tals, die Schönheit der weißen, kühlen Schatten des Hauses blieb nicht rein.

Es begann mit dem Jungen, den ich am Fluss sah. Er saß auf einem Felsen und angelte, und ich war ziemlich sicher, dass man dort in der Strömung nichts fangen konnte. Der Junge war älter als ich, so alt wie Mariam oder noch älter. Vielleicht sechzehn. Ich war inzwischen neun, Kamal elf und Nabil zwölf. Wir spielten immer alle zusammen, mit den Kindern aus dem Dorf und dem Nachbardorf, wir waren eine einzige, riesige Clique.

Den Jungen auf dem Stein hatte ich schon ein paarmal gesehen, aber nur von ferne. Er spielte auch an diesem Tag nicht mit uns, er sah uns nur zu. Er saß so still, dass die Libellen sich auf seinen Schultern niederließen.

Irgendwann waren alle anderen verschwunden, es wurde Abend, und ich saß alleine am Wasser und dachte an den Motor, den Yassir repariert hatte.

»Nura«, sagte der Junge mit der Angel, so plötzlich, dass ich zusammenzuckte. Ich hatte nicht einmal gemerkt, dass er noch da war. »So heißt du doch, oder? Nura. Man sagt, der Name kommt vom Licht. Und von dem Wort Koran. Obwohl die Sunnis sagen, wir leben nicht nach dem Koran. Wir sind Ketzer für die, wusstest du das?«

Seine Stimme war sanft wie der Flug der Libellen. Dennoch war etwas falsch.

»Ich muss nach Hause«, sagte ich und stand auf.

Der Junge stand ebenfalls auf. »Ich habe drei Fische gefangen«, sagte er und zeigte in seinen Eimer. »Wenn du möchtest, schenke ich dir einen.«

»Nein, danke«, sagte ich, etwas steif. »Ich gehe jetzt.«

Aber der Junge kam mit dem Eimer und der Angel herüber und blieb vor mir auf dem Pfad stehen, der zu unserem Haus hinaufführte. Er streckte die Hand aus und strich durch mein Haar, und ich stand da wie erstarrt.

»Mariam«, flüsterte er, »deine Schwester … Sag ihr, dass ich sie mag. Sag ihr, ich möchte sie gerne treffen. Alleine.«

Dann trat er beiseite und ließ mich durch.

Ich rannte den ganzen Weg nach Hause, und erst als ich später auf meiner Matte lag und nicht schlafen konnte, begriff ich, warum: Ich hatte das Rauschen gehört, das Rauschen der schwarzen Flügel. Ach was, sagte ich mir, das ist nur der Fluss gewesen, oder der Wind in den Granatapfelbäumen. Ich sagte Mariam nichts.

Ich begann, meine Schwester zu beobachten. Ich beobachtete auch den Jungen mit der Angel. Und der Junge mit der Angel beobachtete Mariam. An manchen Tagen, wenn sie am Fluss ein Tuch ausspülte, stand er plötzlich neben ihr. Oder er ging auf der Straße ein paar Schritte hinter ihr.

Ich sah, dass sie begann, es zu bemerken.

Einmal fragte ich sie danach.

»Mariam«, fragte ich, da saßen wir zusammen mit Ummi in dem Bus ohne Boden, der nach Homs fuhr, um Einkäufe zu machen. »Mariam, der Junge dort … siehst du, der dort draußen auf dem Fahrrad, der neben dem Bus herfährt … magst du ihn?«

»Yussuf«, sagte Mariam und schnaubte.

»Du bist nicht zufällig verliebt in ihn?«, fragte ich. Ich war inzwischen zehn Jahre alt und wusste aus den Liedern im Radio und aus Mariams Büchern, wie es mit dem Verliebtsein war.

»Bestimmt nicht«, sagte Mariam und steckte ihre Nase in das Buch, das sie gerade las. Sie schleppte ständig Bücher mit sich herum; sie stieg in einen Bus ohne Boden, aber nicht in einen Bus ohne Buch. Ich glaube, sie war in irgendeinen Held aus einem Roman verliebt.

Yussuf war kein Romanheld, obwohl er nicht schlecht aussah. Aber wenn ich ihn traf, war da jedes Mal ein Huschen über ihm – das Huschen und Schwirren der schwarzen Flügel. Was waren die schwarzen Flügel? Gehörte denn kein Körper zu ihnen? Oder stimmte am Ende nur etwas mit meinen Augen nicht, und ich sah die Schatten deshalb?

Ich lernte, dass Yussuf aus einer der einflussreichsten Familien im Nachbardorf kam. Seine Eltern besaßen beinahe alles Land um das Dorf herum.

»In unserem Dorf drüben, da sind wir alle Alawiten«, sagte Yussuf einmal, als er sein Fahrrad auf der Straße neben mir herschob. »Nura, warum wohnt ihr hier und nicht bei uns drüben? Die halten euch für Abtrünnige. Für Feinde. Das kann nicht gut gehen.«

»Beim Fußballspielen haben die kein Problem mit mir«, sagte ich.

»Wie geht es deiner Schwester?«, fragte Yussuf, und ich presste gerade noch ein »Danke, gut« hervor, ehe ich davonrannte.

Ich fragte meinen Vater, warum wir nicht in dem anderen Dorf wohnten. Er zuckte die Schultern und sagte, das Haus, das er für uns gefunden hatte, wäre eben da, wo es war. Und der Oleander auch, und der Pfad zum Wasser.

»Es ist wunderschön hier«, sagte Ummi und tauchte ihren Pinsel in die Farbe.

Ich erlebte meinen elften Geburtstag, und nichts störte die Schönheit.

Nichts außer meinen Gedanken.

»Ich habe Angst vor diesem Yussuf«, sagte ich abends im Bett zu meiner Schwester. »Etwas wird passieren.«

»Natürlich«, sagte sie. »Wie in Dar'a. Darf ich dich daran erinnern, Nura, dass in Dar'a überhaupt nichts passiert ist? Bis heute nicht? Und Yussuf ist nichts als ein hartnäckiger, dummer Junge. Irgendwann wird er begreifen, dass ich nicht seine Frau werde.«

»Seine Frau?«, fragte ich, alarmiert.

»Er hat Abi gefragt«, sagte Nabil von seiner Matte aus. Ich hatte gedacht, er schliefe schon. »Abi hat gesagt, mit siebzehn ist es für ein modernes Mädchen zu früh zum Heiraten. Und dass sie schon selber wissen muss, wen sie nimmt.«

»Yussuf hat gesagt, er wäre eine gute Partie«, sagte Kamal, der also ebenfalls nicht schlief. »Geld und alles. Aufgeblasener Dummkopf. Ich bin ganz gut mit der Steinschleuder inzwischen. Ich treffe Vögel. Ich werde die Tage mal versehentlich Yussuf treffen …«

»Das lässt du schön bleiben«, sagte Mariam. »Und jetzt schlaft, Kinder.«

Sie selbst, das war klar, war kein Kind mehr. Aber auch Kamal und Nabil standen an der Schwelle zu etwas anderem, trotz der Steinschleuder. Nabil, der Ältere, war der Ruhige, Besonnene, und Kamal der Hitzige. Und ich? Was war ich? Das Mädchen mit den Schatten.

Yassir, *schrieb ich,* ich wünschte, Du wärst hier. Siehst Du Anna oft?

Ich erhielt keine Antwort mehr.

Es geschah vier oder fünf Tage später.

Mariam saß unten am Fluss und las. Das Wasser war hoch, es hatte lange geregnet, und wir hatten uns aus Ästen und Brettern eine Brücke gebaut. Dort balancierte ich hin und her, als die Dämmerung kam.

Es roch vom Haus her nach heißem Olivenöl, in dem irgendetwas ausgebacken wurde.

Als ich in der Mitte der Brücke aufsah, stand Yussuf neben Mariam. Ich hatte ihn nicht kommen sehen. Ich beobachtete, wie er seinen Fischeimer abstellte, sich über meine Schwester beugte und behutsam ihr Buch zuschlug. Dann reichte er ihr eine Hand und zog sie hoch, sanft wie alles, was er tat. Und dann drückte er sie gegen den nächsten Baum und küsste sie.

Ich stand auf der Brücke und starrte. Also hat sie gelogen, dachte ich, sie ist doch in ihn verliebt.

Dann sah ich, dass sie sich wand. Sie wand sich so sehr, dass sie beide an dem

Stamm hinunter auf die Erde glitten, und dann sah ich nur noch Yussuf, der meine Schwester unter sich begrub. Er war sehr viel größer und kräftiger als sie, natürlich, er war zwei oder drei Jahre älter, er war ein Junge.

Nein. Er hatte lange damit aufgehört, ein Junge zu sein. Er war ein Mann.

Und ich verstand, was er vorhatte, ohne dass es mir jemand erklären musste.

Ich dachte an die Hunde auf der Straße und an die Esel und an das, was sie taten.

Ich sah, wie Yussuf versuchte, seine Hose herunterzuziehen, ohne Mariam loszulassen.

Und dann hob ich einen Stein auf und warf.

Der erste Wurf traf nicht. Der zweite traf Yussufs Kopf. Er fuhr mit einem unterdrückten Aufheulen herum, sah mich und sprang auf. Ich wollte noch einen Stein werfen, aber in diesem Moment verlor ich das Gleichgewicht auf dem rutschigen Holz und stürzte in den Fluss, in seine kalten Hochwasserwellen.

Aus dem Augenwinkel sah ich noch, wie Mariam sich aufrappelte und dass sie alles anhatte, was sie vorher angehabt hatte, und das beruhigte mich, denn es bedeutete, dass ich rechtzeitig getroffen hatte. Danach sah ich nichts mehr, ich schluckte dunkles Abenddämmerwasser und kämpfte mit dem Fluss, der doch eigentlich mein Freund war. Um mich herum waren die Schatten der schwarzen Flügel, sie waren mit Yussuf gekommen, und die Flügel hielten mich fest, sie drückten mich unter Wasser und ließen mich nicht hochkommen.

Ich wusste, ich musste an etwas Leichtes und Gutes denken, um nicht aufzugeben. Und ich dachte an zwei Dinge: an Allah und an den Geruch von Diesel in einer Autowerkstatt. Es half. Diese beiden Dinge gaben mir genügend Kraft, meine Arme noch ein wenig weiter zu bewegen – und die Oberfläche des Flusses wieder zu erreichen.

In einer Explosion von Gischt und silbernen Wassertropfen kam ich hoch, rang nach Atem und fand eine Hand, die mich ans Ufer zog. Ich lag einen Moment dort, blind, keuchend, bis ein starker Arm mir hochhalf. Ich dachte, es wäre Abi oder vielleicht Nabil.

Es war Yussuf.

Er trat einen Schritt zurück und betrachtete mich, wie ich mich an den nächsten Felsen stützte, kaum fähig, zu stehen. Er erschien mir so groß wie die hohen Häuser von Homs. Wie der Himmel. Ein dunkler Himmel.

»Ich glaube«, sagte er leise und stützte sich mit den Armen links und rechts von mir an den Felsen. »Ich glaube, ich habe dir gerade das Leben gerettet, kleine Nura.«

Ich nickte. »Lass mich durch.«

Er ließ mich nicht durch, er blieb so stehen, die Arme an meinen Seiten abgestützt. Das nasse T-Shirt klebte an mir wie eine zweite Haut, und ich fühlte mich, als stünde ich splitterfasernackt in der Wüste, ausgeliefert. Sein Blick glitt über meinen elfjährigen Körper.

»Deine Schwester ist schön«, sagte er, so sanft wie stets. »Aber sie ist sich zu gut für einen wie mich. Du bist auch schön, weißt du das?«

»Nein«, sagte ich, duckte mich blitzschnell, entschlüpfte ihm und rannte.

Er folgte mir nicht. Ich kam an dem Eimer mit den Fischen vorbei, den er beim Pfad hatte stehen lassen. Ich machte den Fehler, hineinzusehen. Was ich dort fand, war ein Blutbad. Spuren von Yussufs Wut. Zwischen Mariams Flucht und meiner Rettung waren ein paar Sekunden Zeit gewesen, genug, um aus den vielleicht noch lebenden Fischen eine Art strukturlosen, roten Brei zu machen. Das Messer, mit dem er die Fische sonst schuppte, schwamm darin, zwischen Därmen, Flossen und Schwänzen.

Als ich mich auf dem Pfad nach oben einmal umdrehte, stand Yussuf neben dem Eimer und blickte mir nach. Die schwarzen Schwingen hatten sich um ihn gelegt wie ein Mantel.

Wir erzählten unseren Eltern nichts von der ganzen Sache. Nachts stand ich auf und übergab mich, weil ich an die Fische dachte. Ich ahnte, dass dies nicht das Ende der Geschichte war.

Die schwarzen Flügel würden wiederkommen. Aber ich begriff noch immer nicht, was sie bedeuteten. Das Weinfeld, die Umari-Moschee, Yussuf am Fluss – wo war der Zusammenhang?

Internetsuche
14 words
Moschee Dar'a / Deera
Sykes-Picot-Abkommen Lawrence von Arabien

4

Deutsche Männer und Frauen! Wir befinden uns im Würgegriff der Brüsseler EU-Verbrecher! (...) Es finden seit dem keine festen Grenzkontrollen an Deutschlands Grenzen mehr statt. Unser Land ist aufgrund seiner zentralen Lage im Herzen Europas zur Drehscheibe unkontrollierbarer Massenzuwanderung, internationaler Mafiastrukturen, ausländischer Schwarzarbeit, Drogenschmuggel und anderen grenzüberschreitenden Problemen geworden.
(Beitrag in einem rechten Internetforum)

Entsprechend den Gesetzen der Gastfreundschaft steht ein Fremder unter deinem Dach unter deinem Schutz (...).
(Koransure 51, 26f, A. Yusuf Ali)

Calvin ließ die letzte Seite sinken und streifte dabei mit dem Arm das glühend heiße Metall der Petroleumlampe.

»Fuck«, murmelte er, »Scheißding.«

Aber in seinem Kopf schwammen ganz andere Worte.

Splitterfasernackt in der Wüste. Ausgeliefert.

Das Bild von Nuri, die allein in der Wüste stand, nur in ihr schwarzes Haar gekleidet, war seines. Wie kam es in ihre Erzählung?

Er betrachtete die Brandwunde im flackernden Schein der Lampe: ein senkrechter Striemen, quer über den Arm. Es tat höllisch weh.

Er stellte sich Pascals Gesicht vor, Pascals Grinsen neben ihm in der Dunkelheit.

»Es ist doch alles sehr einfach, Calvin, alter Junge«, würde er sagen. »Es ist ein Trieb. Du willst dieses Mädchen haben, na und? Eine Nummer, und das war's, mehr ist nicht dabei.«

Calvin löschte die Lampe und kämpfte einen Moment mit dem Gürtel seiner Hose. Er siegte, befreite eine pulsierende Erektion, umfasste sie und versuchte, sich Nuri noch einmal nackt in der Wüste vorzustellen. Aber stattdessen tauchte Nuri, das elfjährige Kind, in seinem Kopf auf. Und mit einer Art Knurren fuhr er hoch – es war völlig verrückt, er stand aufrecht in dem blöden Baumhaus und stand doch, in seiner Vorstellung, am Ufer eines Flusses.

»Lass sie in Ruhe«, hörte er sich knurren. »Sie ist elf. Wenn du sie anfasst, kriegst du meine Faust in die Fresse, und es wird dir sehr, sehr leidtun.«

Er merkte, dass er wirklich die Fäuste geballt hatte, dass es keine Erektion mehr gab in diesem Baumhaus und dass das alles sehr lächerlich war. Weil er niemanden verteidigen konnte, der erstens gar nicht da und zweitens inzwischen sechs Jahre älter war.

Es war also nicht nur das. Es ging nicht darum, sie zu ficken. Worum dann?

Er verstand sich selbst nicht mehr. Er sammelte die bedruckten Seiten wieder ein, die zu Boden geglitten waren, und stopfte sie in seine Tasche.

Dann kletterte er die Leiter hinunter und hämmerte eine ganze Weile mit den Fäusten gegen den stärksten Balken des Baumhauses. Verdammt, warum benahm er sich wie ein Idiot? Warum ließ er sich von dieser Scheißerzählung verwirren?

Als seine Fäuste zu sehr schmerzten, um weiter gegen das Holz zu schlagen, rannte er los. Er rannte den ganzen Weg zurück zur Straße, ohne stehen zu bleiben, obwohl es weit war. Er war ein Sportler, ein Athlet, ein Kämpfer, er hatte alles unter Kontrolle.

Als ob.

Die Straße über die Insel war so lang und gerade, dass sie Calvin unwirklich erschien. Die Brücke, die Stadt, all das war vielleicht nur ein Traum. Die Blocks des Viertels ragten stumm in den nie ganz dunklen Himmel, das Asylantenheim starrte blind ins Nichts, und die Windräder auf dem Feld dahinter drehten sich unablässig wie die gnadenlosen Zeiger einer Uhr.

Etwas musste geschehen. Etwas würde geschehen. Die Ausländer würden verschwinden. Bald.

Calvin schloss das Rad ans Treppengeländer seines Blocks.

»Hey«, sagte jemand aus der Nacht, und er zuckte zusammen. Im Türrahmen lehnte eine Gestalt, halb verschmolzen mit den Schatten, in der Hand das Glühen einer Zigarette. »Calvin.«

»Du hier?« Calvin strich sich die Haare aus der Stirn, eine dumme Verlegenheitsgeste, wie um Zeit zu gewinnen. Er fragte sich, ob man die weißen Blätter in seiner Tasche sah.

Sein Vater kam die Stufen herunter und schüttelte seine Hand.

»Ich habe gewartet. Hab dir eine SMS geschrieben vorhin, hast du die nicht gelesen? Pascal hat gesagt, er weiß nicht, wo du steckst.«

»Ich … musste nachdenken. Alleine.«

»Ich bin morgen nicht mehr hier, wie's aussieht«, sagte sein Vater. »Dachte, wir sollten noch mal reden. Gehen wir woandershin. Ist kalt hier.« Er sah auf die Uhr. »Elf durch. Lust auf einen Burger?«

Sie gingen schweigend die Straße entlang, schweigend und rauchend, und es hätte sich gut anfühlen müssen, aber in Calvins Kopf jagten sich zu viele Gedanken. War dies die Gelegenheit? Konnte er mit seinem Vater über Nuri reden, statt die bedruckten Blätter in seiner Tasche zu verbergen und zu schweigen? Er kannte seinen Vater nicht. Nicht mehr. Der Mann, der neben ihm ging, war ein Fremder. Einer, den er stets bewundert hatte, aber er wusste nicht, was in ihm vorging.

Die Tankstelle neben dem McDonald's lag dunkel und verlassen, auf dem Parkplatz dröhnte Musik aus ein paar vereinzelten Autos. Calvin nickte den Takt mit, es war die Musik des Viertels, und der Parkplatz war der Nachtspielplatz des Viertels. Er sah Melli an einem der Wagen lehnen, schwarzer Lack, getönte Scheiben, Rostocker Kennzeichen; Reichsadler auf dem Mercedesstern. Er nickte ihr zu, aber Melli war mit dem Typen beschäftigt, dem der Wagen gehörte. Na dann viel Glück.

Die Plakate waren alle noch lauter als bei Tag: *Burger machen glücklich! Esst mehr Plastik! Doppeldreifahrvierfachbuletten lösen all eure Probleme!* Calvin fragte sich, ob es in ihrem neuen deutschen Reich Burger geben würde. Amerikanischer Kapitalismus. Also eher nicht. Schade für Benji und Tom.

Sie holten sich zwei große Becher Cola und quetschten sich hinter einen fröhlichen orangefarbenen Kunststofftisch.

Die gelb-roten Plastikclowns hatten etwas Diabolisches. Diabolisch war eigentlich gut. 666. Die Zahl des Bösen.

Calvin trug die Nummer auf seiner Mappe in der Berufsschule, neben der 88, er hatte sie schon an Mauern gesprayt, die Zahlen der Faust. Der Provokation.

In dieser Nacht mochte er die Plastikclowns nicht.

»Also«, sagte sein Vater. »Worüber denkst du nach? Ist es die Kleine aus der Disco?«

»Cindy.« Calvin merkte, wie er lächelte. Cindy war ein ungefährliches Thema. »Sie war ziemlich fertig. Aber das Foto ist auf den Flugblättern. Wir machen Flugblätter … für die Sicherheit im Viertel. Gegen die Asylanten. Das ist Plan A. Der gewaltfreie.«

Sein Vater nickte langsam und trank einen Schluck Cola, abwartend. »Gewaltfrei passt gar nicht zu Pascal. Aber … die von der JN werden sich aufregen. Flugblätter sind deren Sache. Warum seid ihr da eigentlich nicht dabei?«

Die JN, die *Jungen Nationaldemokraten*. Calvin sah ihr Logo vor sich, den weißen Pfeil nach rechts oben auf rotem Grund. Ein Verein aus Leuten, die hauptsächlich in Dresden saßen. Er dachte an die Infostände bei den Demos. Perfekt designte Aufkleber. Broschüren. Jugendtreffen.

Er schüttelte den Kopf. »Sie haben Pascal ein paarmal gefragt. Er sagt, keine offiziellen Vereine für ihn. Ich meine … sie machen Segeltörns und so, die sind schon cool … Aber alle offiziellen Vereine müssen irgendwie … *gesetzestreu* sein. Sie sind ein Teil der NPD. Das ist okay, aber wir … wir wollen nichts mit den offiziellen Sachen zu schaffen haben.«

Sein Vater nickte langsam. »Kann ich nachvollziehen.«

»Es gibt Plan B«, sagte Calvin. »Pascal hat noch nicht darüber gesprochen. Aber es ist so … Er hat vielleicht einen Job, drüben. Auch eine Werft. Wenn er weg ist, werd ich die Jungs führen.«

Sein Vater nickte. »Das ist gut. Wir brauchen die Rebellen im Untergrund. Die Autonomen.«

»Machst du dich lustig über uns?«

»Kein bisschen. Ich hatte gefürchtet, du wirst so wie dieser andere Typ von Livia … Wie heißt der? Heinrich? Ein Schlappschwanz. Aber du bist so geworden wie ich. Als ich achtzehn war, haben wir auch eine Menge Sachen steigen lassen.«

»Was denn?«

Calvins Vater winkte ab. »Egal. Jetzt bin ich erwachsen und vernünftig. Und sehe zu, wie das Land vor die Hunde geht. Guck dich um – wir finanzieren den Griechen ihre Ärsche, und unsere Soldaten sterben in Afghanistan, wir siedeln Leute hier an, die nichts mit unserer Kultur anfangen können, und bei uns selber fehlt es an allen Ecken. Die Industrie geht ins Ausland, weil die hier zu viele Steuern zahlen müssen, die Werften schließen … Die ganze Asylpolitik und die EU-Scheiße … Langsam fällt es den Leuten auf, weißt du? Dass sie sich in ein großes Wespennest gesetzt haben. Aber keiner sagt es laut. Ihr seid laut.« Er nickte, hob den Plastikbecher, als wollte er damit anstoßen, trank einen Schluck und sagte mit einem Grinsen: »Brr. Ich hatte vergessen, dass es Cola ist.«

Calvin sah seinen Vater an und dachte, dass er beim Grinsen so aussah wie er selbst vor dem Spiegel. Beinahe wie ein Junge.

»Aber manches ändert sich«, sagte sein Vater. »Wir haben Sitze in den Landtagen. Es geht aufwärts, und ihr seid der Motor.«

Calvin drehte sich wortlos zur Seite, beugte sich vor und zog den Ausschnitt seines Pullovers nach unten. Sein Vater betrachtete das, was er auf dem Schulterblatt sah, einen Moment lang schweigend. Dann drehte Calvin sich zurück.

»Pascal trägt das Gleiche«, sagte er leise. »Er hat das gemacht. Das Eisen in der Glut vom Grill erhitzt und dann … Hält jedenfalls.«

Sein Vater nickte langsam. Und Calvin fand etwas auf seinem Gesicht, was ihn warm und froh machte. Etwas wie ein leises Schaudern.

Sie waren meilenweit entfernt von dem Thema, über das er eigentlich hatte sprechen wollen.

Nuri war beinahe aus seinem Kopf verschwunden.

»Noch was«, sagte sein Vater. »Ich war bei Livia, neulich. Ich hab ihr gesagt, was ich denke. Über Heinrich und sie. Und dass ich … Ich liebe sie noch immer, Calvin. Ich wünschte, wir könnten wieder zusammen sein. Es ist viel Zeit vergangen.«

»Warum habt ihr euch getrennt?«

Calvins Vater zuckte die Schultern. »Ich hatte ein paar Ausraster. Hab mich viel geprügelt damals. Ich glaube, sie hatte es satt, mich zu verbinden. Dabei war es gut, dass sie nicht die anderen verbinden musste. Das wäre mehr Arbeit gewesen.« Er grinste wieder. »Aber ich bin älter geworden. Ich kann mich jetzt beherrschen. Sag ihr das, ja? Sie ist noch immer schön … Schau dir diese große, wabbelige Qualle ohne Rückgrat an, mit der sie jetzt zusammenlebt. Begreifst du das? Wozu hat sie den?«

»Das frage ich mich auch«, sagte Calvin. »Du und Livia … am Anfang … wie war das? Ihr wart auch achtzehn, oder? Wie habt ihr euch … gefunden?«

»Sechzehn, wir waren sechzehn.« Sein Vater bekam einen träumerischen Blick. »Kennst du die Geschichte nicht? Ich hab sie sozusagen gerettet, nach einer Party. Sie war stockblau. Hätte nirgends mehr hingefunden. Hatte Ärger zu Hause mit ihrem Vater, deshalb hatte sie sich besoffen. Mit dem Alten gab's dauernd Ärger, gibt schon Gründe, dass sie nicht mehr mit ihm redet. Die Mutter hat da schon nicht mehr gelebt. Er wollte nicht, dass sie auszieht, fand, sie gehörte ihm, Haushälterin und alles. Er hat … egal, ist ihre Sache. Ich hab sie jedenfalls nach Hause gebracht.« Er lächelte. »Zu mir nach Hause.«

»Ärger«, sagte Calvin. »Alles scheint immer mit Ärger anzufangen.«

Eine Weile schwiegen sie, und Calvin versuchte, eine Überleitung zu finden. Es gab keine.

»Was ist eigentlich mit Syrien?«, fragte er.

»Bitte? Wie kommst du plötzlich auf Syrien?«

»Hat was mit … Pascal zu tun.«

Sein Vater zuckte die Schultern. »Na, da schlagen sie sich gegenseitig die Köpfe ein. Irgendwann ist das Land leer. Lies Zeitung.«

»Ich …« Calvin holte tief Luft. »Ich habe mich gefragt, ob es sein kann, dass Syrer … Arier sind. Ich meine, sie sind nicht schwarz oder was.«

»Arier?« Sein Vater sah in seinen Plastikbecher. »Kopftuch tragende, ›Allah‹ schreiende Arier? Obwohl … nach dem vorläufigen Kriegsende '45 sind eine Menge guter Leute dahin geflohen. Eine Weile haben die im Krieg auch mit Hitler zusammengearbeitet, wir haben die Syrer damals von den Franzosen befreit, die über sie geherrscht haben. Und Syrien ist anti-Israel. Insofern …«

Calvin atmete tief durch. »Also sind Syrer … keine Feinde.«

Sein Vater lachte. »Der Hitler war nicht dumm«, sagte er dann leise. »Der brauchte die, verstehst du? Der Plan war vermutlich, mit ihnen zusammenzuarbeiten und sie hinterher loszuwerden. Politik ist ein Spiel. Schau dir an, was die Merkel macht. Die ist pro-Israel und liefert trotzdem Waffen nach Syrien. Waffen für den Frieden. Und warum? Die haben Erdöl.«

»Ja, aber«, begann Calvin. »Mal abgesehen von der Weltpolitik. Was ist denn mit den einzelnen Menschen? Ist ein Syrer nun ein Feind oder nicht?« Es klang so kindisch.

»Momentan«, sagte sein Vater, »solange die Welt noch Vielvölker-regiert ist, ist ein Syrer ein Freund. Wenn er sich in Syrien befindet.« Er lächelte. »Hast du damit irgendein Problem?«

»Nein«, sagte Calvin und trank seine Cola aus. »Ich wollte es nur wissen.«

Er träumte die ganze Nacht von einem Fluss, bei dessen Uferfelsen ein

Schatten auf ihn wartete, doch immer, wenn er näher trat, verschwand der Schatten, und als er ihn am Ende doch noch erreichte und der Schatten sich umwandte, da war es seine Mutter. Sie hatte Ringe unter den Augen und war jünger, als er sie kannte, so alt wie Calvin in etwa. Vielleicht war das, ehe sie seinen Vater kennengelernt hatte, als sie noch bei *ihrem* Vater gelebt hatte, mit dem es immer Ärger gab und der sie als sein Eigentum betrachtete.

Zwei Tage später sah er Nuri wieder. Sie saß auf einer Bank neben den Müllcontainern vor dem Asylantenheim, das Haar versteckt unter einem diesmal braunen Kopftuch, und sprach mit Kamal. An ihrer anderen Seite saß der Türke aus der Disco, Kamals Kumpel. Die Bank war weiß gestrichen, die Holzverkleidung der Müllcontainer hellblau – für die Asylanten hatten sie genug Farbe übrig gehabt.

»Was ist?«, fragte Jason aus dem Fenster des Wagens.

Er fuhr im Schritttempo neben Calvin her, den Karton mit den Flugblättern auf dem Rücksitz. Cindy saß auf dem Beifahrersitz, und Calvin steckte die Flugblätter in die Briefkästen. Der schwarze Wagen trug eine stolze 888 auf dem Nummernschild, Wolf hatte ihn ihnen gestellt, es war eines von mehreren Autos, die er besaß. Jason lenkte die 888 durch die Straßen, in Kriechgeschwindigkeit – der Wagen war wie ein eigenes Wesen, und es fühlte sich gut an, ihn an seiner Seite zu wissen. Manche Leute verschwanden in den Hauseingängen, wenn sie vorbeikamen. Manche sahen aus dem Fenster und nickten ihre Anerkennung.

Cindy stieg aus, streckte sich und gähnte. »Muss mal ein bisschen zu Fuß gehen, Beine vertreten«, sagte sie. Sie ging sehr dicht neben Calvin zu Fuß.

Der Wagen kroch weiter, langsam, bedrohlich, am Asylantenheim vorbei.

»Ein Molotowcocktail durchs Fenster würde die Sache klären«, sagte Jason. »Ich kapier nicht, warum Pascal es so umständlich macht.«

»Wir brauchen die Bevölkerung auf unserer Seite«, sagte Calvin.

»Ja, von wegen«, sagte Jason. »Das sind doch alles feige Hunde. Die sind froh, wenn die Assis weg sind, aber helfen? Vergiss es.«

Calvin drehte sich nach Nuri um. Einen Moment lang sah sie ihn an, aber dann drehte sie sich wieder weg. Sie saß sehr dicht neben dem Türken. Und jetzt nahm sie seine Hand. Er merkte, wie sich etwas in ihm zusammenzog, schmerzhaft, krampfartig. Nuri strich mit der anderen über die Hand des Türken, nachdenklich, während sie ihren Kopf an seine Schulter legte. Calvin sah weg.

»Was ist los?«, fragte Cindy. »Du siehst aus, als wäre dir schlecht.«

»Mir *ist* schlecht«, sagte Calvin. »Kotzübel. Wenn ich dieses Gesocks sehe, wird mir meistens übel. Ich brauche etwas dagegen. Was Schönes.«

Er streckte die Hand aus und strich durch Cindys weißblondes Haar, ließ eine lange, glatte Strähne durch die Finger gleiten. Sie sah zu ihm auf, großäugig, weich. Da zog er sie unvermittelt an sich und küsste sie. Mitten auf dem Bürgersteig, mitten am Tag, vor dem Asylantenheim. Und Cindy schmolz unter dem Kuss und war Butter in seinen Armen.

Er hatte das Gefühl, in diesem Moment Cindy zu betrügen und gleichzeitig Nuri zu betrügen, aber letztendlich betrog er nur sich selbst, das wusste er. Nach einer kleinen Ewigkeit löste Cindy sich sanft von ihm und schüttelte sich wie ein Hund.

»Die … Flugblätter«, flüsterte sie, etwas außer Atem. »Ich fürchte, wir müssen die Flugblätter weiterverteilen.«

»Ja, schade«, sagte Calvin. »Los, holen wir Jason ein.«

MEHR SCHUTZ FÜR DEUTSCHE IN DEUTSCHLAND!

KRIMINELLE AUSLÄNDER AUSWEISEN!

MESSERSTECHEREI IN DISCO – ASYLANT ZIEHT WAFFE UND BEDROHT DEUTSCHES' MÄDCHEN, NUR DIE POLIZEI KANN SCHLIMMERES VERHINDERN.

GEWALTTÄTER NOCH IMMER AUF FREIEM FUSS. REICHEN ZEUGENAUSSAGEN DEUTSCHER BÜRGER NICHT AUS?

SCHÜTZT DAS LEBEN EURER KINDER – STEHT AUF UND PROTESTIERT. JETZT.

ERSTER JUNI – DEMONSTRATION GEGEN ASYLVERBRECHER

ERHEBT EUCH MIT UNS, GEGEN DIE KORRUPTE, ANTINATIONALE REGIERUNG!

Nuri ließ das Flugblatt sinken und sah Kamal an.

»Herzlichen Glückwunsch«, sagte sie. »Du hast denen ja reichlich Stoff gegeben.«

Kamal zuckte die Schultern.

»Du hast verdammt Glück gehabt, dass die Polizei das Messer nicht gefunden hat. Und dass keiner eine anständige, glaubhafte Zeugenaussage geliefert hat. Dank an Vater Alkohol.«

»Ja, schon schade, dass die zu blöd sind, einen von uns zu beschreiben«, sagte Ramo und lachte. »Weil wir alle gleich aussehen. Die Leute in der Türkei denken auch, dass alle Kurden gleich aussehen.«

»Hey«, sagte Nuri. »Da kommen sie.«

Sie merkte, wie Kamal sich versteifte, als das schwarze Auto näher kroch, ein schwarzes, bedrohliches Auto. Und sie flüsterte das Wort, das Kamal dachte: »Schabiha.« Sie dachte an syrische Autos, die langsam fuhren, Autos und Busse, sie dachte an Nabil auf der Matratze neben dem Fenster, sie dachte an das Blut, und sie wusste, dass Kamal ebenfalls daran dachte. Sie schluckte das Blut weg wie Tränen.

Neben dem schwarzen Auto ging Calvin, sein blondes Haar leuchtete im Sonnenlicht des Nachmittags. Nuri sah ihn an und vergaß die Schabiha und merkte, dass sie lächelte. Er hatte so schöne grüne Augen, dunkelgrün wie die Blätter des Oleanders am Fluss, der umgekehrt fließt.

Hatte er die Zettel gelesen? War er mit ihr im Fluss gewesen?

Nein, dachte sie dann, natürlich war es falsch, zu lächeln, dies war nur ein Angelspiel. Ihr Ziel war, den Jungen dort zu fangen und Kamal auszuliefern. Sie rückte ein Stück näher zu Ramo, nahm seine Hand und strich mit dem Zeigefinger darüber.

»Entschuldigung«, murmelte sie.

»Schon okay«, sagte Ramo mit einem Grinsen. »Aber was tust du da?«

»Erkläre ich dir später.«

Sie sah auf. Der schwarze Wagen war weitergefahren, aber Calvin stand noch immer da. Er hatte sich nach ihr umgedreht, nach ihr und Ramo. Er starrte. Und dann zog er unvermittelt das blonde Mädchen an sich, das neben ihm stand, und küsste es.

Und Nuri drückte Ramos Hand.

»Es funktioniert!«, sagte sie leise. Triumphierend.

Weder Ramo noch Kamal verstanden irgendetwas, aber die Zeit für Erklärungen war noch nicht gekommen. Der Fisch hing noch nicht fest genug am Haken.

Eine Auszeit.

Noch liegt der Strand weit und weiß unter der Sonne, aber die Sonne geht unter.

Ein Mensch steht ganz alleine dort, auf der Unendlichkeit des Sandes, das alte Fahrrad hat er achtlos in die Büsche fallen lassen. Der Geruch der Heckenrosen schwimmt auf dem Wind.

Es ist noch zu kalt für Dämmerungstouristen, einer der letzten Tage im Mai.

Er wandert den Strand entlang, die Hände in den Taschen des Kapuzenpullovers. Die schwarze Sonne hinten auf dem Pullover ist eine weiße. Ihre Strahlen dringen tief ins Fleisch, wenn man sie zu lange ansieht. Doch, sie haben etwas von Messern.

Sie weiß das jetzt.

Sie geht ihm schon eine Weile nach und sieht diese Strahlen an, und sie denkt an Frau Silbermanns Worte. Die schwarze Sonne, hat sie gesagt, war im Boden der Wewelsburg eingelassen, die SS-Leute haben sich dort versammelt, um den Tod Tausender zu planen, auf ihren Armbinden das Totenkopfsymbol.

Das ist lange her, die Deutschen sind friedlich geworden, sie bringen nur noch ab und zu Ausländer um. Frau Silbermann kann sehr bitter lachen. Da waren die Dönerbudenbesitzer, die der NSU beseitigt hat, der Nationalsozialistische Untergrund. Seltsam, nun steht nur eine einzige Frau dafür vor Gericht … Oder das Asylbewerberheim in Rostock-Lichtenhagen, das hat gebrannt, und die Anwohner haben die Feuerwehr am Löschen gehindert.

Der dort vorne, der Blondschopf mit dem schlaksigen Gang, ist er fähig, zu töten?

Das Meer ist voller kleiner Wellen. In Latakia waren die Wellen anders. Sie erinnert sich an die Ferien, an die Küste, an die Großeltern. Der Hafen war hässlich und neu, aber es gab eine Menge Fisch. Nabil und Kamal haben sich zwischen den Stühlen eines Cafés versteckt … Jetzt ist in die Dörfer um Latakia der Tod eingezogen.

Hier, auf dieser deutschen Insel, wirkt der Tod sehr fern. Die Hotels mit ihren Türmchen sehen aus wie Sahnetorten, pastellblau, pastellgelb. Sie sind für die Reichen gebaut, auf die man so gut wütend sein kann.

Der Blondschopf vor ihr ist wie Kamal, er weiß es nur nicht. Sie sieht die Wut in seinem Gang, und dann sieht sie, wie die Wut verschwindet, weil er vergessen hat, dass er wütend sein muss.

Und sie holt ihn ein, die untergehende Sonne im Nacken, sie ist so voll von der Sonne, dass auch sie vergisst. Fünf Minuten lang kein Angelspiel, keine Feindschaft. Nur zwei Menschen am Strand.

Eine Auszeit.

Die Reaktion auf die Flugblätter übertraf all ihre Erwartungen.

Die Zeitung hatte etwas darüber gebracht, die bösen Nazis natürlich, und so weiter. Aber alle Zeitungsleser wussten jetzt, dass sie demonstrieren würden. Pascal hatte sich darum gekümmert, die Demo ordnungsgemäß anzumelden. Und eine Menge Leute sprachen die Jungs an, im Edeka, an der Pommesbude im Viertel, in der Innenstadt.

»Das ist gut, was ihr macht«, sagten die Leute. »Wir stehen hinter euch.«

Andere wechselten die Straßenseite, wenn sie die Jungs sahen. Aber das hatten diese anderen schon immer getan, es gab eine Straßenseite für die Jungs und eine für den Rest der Welt, und fünfzig Prozent der Straße zu besitzen, war schon etwas.

Die *Jungen Nationaldemokraten* regten sich kurz über die Flugblätter auf, weil sie nicht von ihnen stammten. Es gab ein paar Telefonate. Am Ende ließ sich Pascal noch mal bitten, einzutreten, und sagte noch mal höflich ab, und die JN brachten auf ihrer ziemlich perfekten Internetseite etwas über die Aktion. Sie verstanden, dass Pascal außerhalb des Gesetzes nützlicher war.

»Du musst planen«, hatte er zu Calvin gesagt. »Für den Fall, dass ich dann schon nicht mehr da bin. Fackeln. Transparente. Die Route, die ihr lauft. Reaktion auf linke Gegendemonstranten. Du musst dafür sorgen, dass niemand die angreift. Wir sind die Guten, klar? Die Bürger sind auf unserer Seite.«

»Klar«, hatte Calvin gesagt, aber in seinem Kopf wirbelte zu vieles umher.

Der Strand war ein guter Ort, um Ordnung in Gedanken zu bringen. Er würde so lange am Strand geradeaus gehen, bis er einen Plan für die Demo hatte.

In seinem Kopf saßen Cindy und seine Mutter und Benji und Tom und die aus der Berufsschule. Der Praktikumsbetrieb hatte gedroht, ihn rauszuwerfen, wenn er noch mal fehlte, und außerdem hatten sie ihm die Springer verboten. Er würde sich Turnschuhe kaufen müssen. Seine Mutter um Geld bitten. Scheiße.

Cindy hatte gesagt, sie könnte ja mitkommen zum Strand, aber er hatte den Kopf geschüttelt.

»Ich muss allein sein«, hatte er gesagt, und Cindy hatte »Mein armer, einsamer Wolf« gemurmelt und durch sein Haar gestrichen. Er fragte sich, ob er mit Cindy zusammen war. Er hatte noch immer nicht mit ihr geschlafen, auch wenn die anderen das zu glauben schienen.

»Calvin?«

Er fuhr herum.

Und da stand sie. Sie trug das braune Kopftuch und die zu große, schwarze Windjacke. Ihre Augen waren größer und dunkler als je zuvor. Das rote Abendlicht lag auf ihrem Gesicht und ließ es leuchten.

»Nuri«, sagte Calvin, und in ihm war es wie ein Aufatmen – als würden sich all seine Probleme jetzt von selber lösen. Unsinn, natürlich.

»Gehen«, sagte sie und zeigte nach vorn.

»Meinst du, wir … Sollen wir ein Stück zusammen gehen? Es ist ein schöner Abend …«

»Schön«, wiederholte sie und lächelte, kaum merklich. »Zusammen.«

Dann ging sie einfach los, und er ging neben ihr her. Ihm war leicht schwindelig, so als hätte er zu viel getrunken oder ein ganzes Päckchen auf einmal geraucht. Ihre Schatten bewegten sich nebeneinander über den Sand, und ihm fiel wieder auf, wie viel kleiner und zerbrechlicher als er Nuri war. Wie viel zerbrechlicher auch als Cindy.

Nach einer Weile lachte sie und zog die Windjacke aus.

»Warm«, sagte sie. »Gehen, gehen, gehen – warm.«

Sie band sich die Jacke um die Hüfte, und darunter war ihr zerbrechlicher Körper noch besser zu sehen. Sie trug nichts Besonderes, Jeans und ein billiges, weißes T-Shirt. Mit einem weiteren Lachen streifte sie die durchgelaufenen Turnschuhe ab und ging barfuß durch den Sand.

»Hörst du jetzt damit auf?«, fragte Calvin, grinsend. »Damit, Sachen auszuziehen?«

Sie sah ihn an, verständnislos.

»Egal«, sagte er. »Wie läuft es mit Frau Silbermann? Lernst du viel Deutsch?«

»Lernen«, sagte sie. »Ja. Schwer.«

»Ich … habe deine Zettel gelesen. Ich meine, Frau Silbermanns Zettel. Sie lagen in dem Warteraum. Warte-Raum? Papier?«

Nuri nickte. »Papier. Fluss. Oliven«, sagte sie. »Früher.«

»Die schwarzen Flügel …« Er zögerte. »Was sind die schwarzen Flügel?«

»Ich weiß nicht«, antwortete Nuri und sah aufs Meer hinaus. Sie war stehen geblieben. »Schwarze Flügel sind schwarze Flügel. Sind … überall.«

Calvin nickte, ohne zu verstehen. »Und dieser Yussuf … Er hat dich nicht gekriegt, oder? Später?«

»Yussuf«, wiederholte sie und sagte einen Satz auf Arabisch, der sehr böse klang. Dann schüttelte sie den Kopf. »Versteh nich. Tut mir leid.«

»Ich wünschte, ich könnte deine Sprache«, murmelte Calvin, während sie weiterwanderten. »Ich … Es geht alles nicht! Hier laufe ich am Strand herum und rede mit dir, und ich … *ich* werde die Jungs führen, wenn Pascal weg ist. Gegen die Asylanten. Ich mag dich. Aber du solltest dich umdrehen und rennen, wenn du mich siehst.«

»Du auch«, sagte Nuri.

Er blieb stehen. »*Was?*«

»Ich … mag … du auch«, sagte sie.

Darauf also bezog sich ihr Satz. Sie hatte den Rest gar nicht verstanden. Er sah sich um. Die Strandkörbe standen verlassen, vergittert wie kleine

Gefängnisse für Sommererinnerungen. Die Fähre am Horizont war das einzige Zeichen menschlichen Lebens an diesem Abend. Nuri sah zu ihm auf, ernst jetzt. Als suchte sie etwas in seinen Augen.

Da streckte er die Hand aus, er wusste kaum, wie es geschah, und löste behutsam das braune Kopftuch. Sie schüttelte das befreite Haar und verwandelte ihren Ernst in ein weiteres schmallippiges Lächeln.

»Was ist mit dem anderen?«, flüsterte Calvin. »Du hast die Hand von diesem Typen gehalten. Hand?« Er zeigte. »Junge?«

»Hand«, wiederholte sie und nahm seine Hand. Er zuckte zusammen unter der Berührung. Sie bog seine Finger langsam zu einer Faust. »Spät«, sagte sie. »Ist spät.«

Damit drehte sie sich um und ging davon, hinauf zu den Dünen, wo sie zwischen deutschen Heckenrosen verschwand.

»Warte!«, rief Calvin. »Es ist fast dunkel … die Busse … Ich kann dich auf dem Rad mitnehmen!«

Sie kam nicht zurück, und er schlug mit der von ihr geformten Faust in die Luft. Natürlich konnte er sie nicht mitnehmen. *Hey, Pascal, ich bring nur eben diese Ausländerin nach Hause. Dann komme ich zu euch Jungs.*

Er fand die Zettel in der Tasche des Kapuzenpullis, als er ihn abends auszog. Zuerst dachte er, es wären die alten Zettel, die von Frau Silbermann ausgedruckten. Aber als er sie auffaltete, sah er, dass diese hier mit Hand beschrieben waren.

Er streifte seine Shorts über und nahm die Zettel mit in die Küche. Es war zwei Uhr nachts, er war mit den Jungs noch ein Bier trinken gewesen. Benji und Tom schliefen, Livia und Heinrich schliefen; und irgendwo weit fort, auf einem Großstadtparkplatz, schlief sein Vater im Lastwagen.

Nur Calvin war hellwach.

Er trank einen halben Liter Limonade und setzte sich an den winzigen Küchentisch. Das also war Frau Silbermanns Schrift – gestochen scharf, aber winzig klein. Wie hatte Nuri es geschafft, ihm die Zettel in die Tasche zu stecken, ohne dass er es gemerkt hatte?

Gibt es in Deutschland Nachtblumen? Sie sind weiß, und sie öffnen sich nur für die Insekten, die in der Dunkelheit unterwegs sind. Der Jasmin in Frau Silbermanns Garten riecht wie die Nachtblumen. Wieder ein Geruch, der mich zurückbringt – ins Jahr 2009.

Ich war dreizehn Jahre alt, als der Orontes über die Ufer trat und die Blüten des Oleanders die Farbe wechselten. Aber beginnen wir beim Beginn.

Die Monate glitten dahin; wir spielten unsere Spiele, und mein Vater schrieb kein Buch. Yussuf tauchte manchmal auf, um zu fischen. Ich lief den Pfad hinauf, wenn er kam, und verbarg mich in unserem sicheren, kühlen Haus. Mariam ging ihre eigenen Wege. Sie besuchte jetzt die Sekundarschule in Homs, die Marhala ath-Thanawiya. Sie war klug, Ummi und Abi sprachen darüber, dass sie studieren würde, und fragten sie, ob sie ins Ausland gehen wollte wie Abi damals. Er war in Köln gewesen, in Deutschland, und er erzählte uns, dass es dort noch viel grüner war als im Orontestal … Ich dachte an Anna, die aus Deutschland kam.

Dann stieg das Wasser, und der allerletzte Bus aus Homs kam, und aus dem Bus sprang ein Junge. Ich öffnete, als er bei uns klopfte, und er stand da, im Geruch der Nachtblumen, und lächelte. Er war groß und etwas älter als ich, der Anflug eines Bartes spross an seinem Kinn.

»Nura?«, fragte er.

Und plötzlich erkannte ich ihn, und ich lachte. »Yassir! Die anderen sitzen noch hinten auf der Terrasse und …«

»Wollen wir ein Stück durchs Dorf gehen?«, fragte Yassir leise. »Zu zweit? Du könntest es mir zeigen … bevor ich alle begrüße.«

Da trat ich hinaus in den Nachtblumengeruch, betrunken vor Freude.

»Warum bist du hier?«, fragte ich, während wir durchs Dorf gingen, in dem es nicht viel zu sehen gab.

Yassir zuckte die Schultern. »Es war irgendwas in den Nachrichten mit einer Überschwemmung. Da dachte ich, ich muss herkommen. Und ich war eine Zeit lang … weg. Vorher.«

»Weg?«, fragte ich. Wir gingen zum Fluss hinunter, in dem wegen des Hochwassers lauter Müll schwamm.

»Ich habe meinen Bruder gesucht«, sagte Yassir. »Bin getrampt … und viel zu Fuß gegangen.«

»Und?«

»Und jetzt kenne ich eine Menge Gefängnisse in unserem Land. Von außen. Es ist unmöglich, dort jemanden zu finden. Sie sagen dir nichts. Sie lassen dich warten und fragen dich aus, und schließlich sagen sie, der, den du suchst, wäre nicht da. Aber ich glaube nicht, dass sie nachgesehen haben in ihren Listen. Sie führen gerne Listen. Sie nehmen auch gerne Geld. Alles in diesem verfluchten Land läuft über Korruption, Nura! Und das Geld, das sie uns aus der Tasche ziehen, legen sie im Ausland an. Konten in den USA, in der Schweiz, überall. Die Regierung, der Clan der Assads … die könnten den Mond kaufen. Nur dass sie den Mond nicht haben wollen, weil es da niemanden zum Einsperren gibt. Und dann jammern sie, weil Syrien so ein armes, armes Land ist, aber schau dich um … Die verkaufen ihr eigenes Volk, Nura! Uns! Es muss keine Slums geben und keine Dürren. Keine Misswirtschaft. Wir könnten mehr Schulen haben, mehr … von allem! Ich bin jetzt in der kommunistischen Partei, wie mein Bruder vorher. Die haben Pläne.« Er zuckte die Schultern. »Meine Mutter hat geheult und rumgeschrien, als ich zurückgekommen bin von der Tour. Sie dachte, die hätten mich auch abgegriffen und mitgenommen.«

»Moment! Wie lange warst du weg?«

Yassir zuckte die Achseln. »Nicht lang. Drei Monate?«

»Drei … Monate?« Ich schüttelte den Kopf. »Du bist ja völlig verrückt.«

Er nickte. »Wir brauchen mehr Verrückte, um dieses Land zu ändern.«

Ich zog meine Schuhe aus und malte mit dem Fuß Kreise in das Wasser, das jetzt kälter war als je zuvor. »Yassir«, flüsterte ich. »Du bist so … politisch geworden. Misswirtschaft. Kommunistische Partei. Schau, wie schön der Oleander ist! Er stirbt nicht, wenn er unter Wasser steht, wusstest du das? Meine Mutter sagt, die Oleanderbäume sind Amphibien.«

»Du hast dich doch nicht in deine Mutter verwandelt?«, fragte Yassir besorgt. »Es gibt Dinge, die wichtiger sind als der Oleander.«

Er legte einen Arm um mich, und ich lehnte mich an ihn, weil er warm war in der Kühle der Nacht.

»Was ist mit Anna?«, flüsterte ich. »Siehst du sie noch?«

Yussuf schüttelte den Kopf. »Sie sind nach Damaskus gezogen. Vor zwei Jahren. Ich hab nichts mehr von ihnen gehört.«

Und dann gingen wir nach Hause, wo alle Yassir sehr viel Essen aufdrängten und wir ein Bett für ihn zwischen den unseren machten. Niemand hatte sich gesorgt, weil ich mitten in der Nacht für eine Weile verschwunden war. Wir lebten im Paradies *zwischen den Olivenfeldern und den Stromschnellen, und es gab nichts Böses dort. Dachten meine Eltern.*

Am nächsten Tag war das Wasser noch höher. Und auf dem Felsen saß Yussuf und angelte. Er war, verglichen mit uns, wirklich erwachsen, und ich fragte mich plötzlich, warum er nicht studierte oder arbeitete. Vielleicht, weil sein Vater reich genug war, mit all dem Land, das er besaß.

»Hallo, Nura«, sagte Yussuf, zog die Angel ein, an der kein Fisch hing, und legte sie weg. »Hat sich schon rumgesprochen, dass dein Freund da ist. Von weit her, was? Dar'a. Und was bist du?«

»Wie – was ich bin? Ein Mandelbaum. Sieht man das nicht?« Yassir lachte.

»Ich meine, deine Religion?«

»Sunnit«, antwortete Yassir. »Wie eine Menge Leute hier, was man so hört.«

Yussuf nickte. »Nura«, sagte er und sah nur mich an, nicht Yassir. »Ich verstehe euch nicht. Ihr wohnt im falschen Dorf, und jetzt kommt dieser Typ hier an … Das ist … rührend! Aber genau diese Typen sind es, die uns früher unterdrückt und umgebracht haben. Das weißt du doch? Die Alawiten haben sich in die Berge verzogen, weil sie keine Stadt betreten durften, ohne gevierteilt zu werden. Wir durften nicht mal zur Schule gehen, wir waren Arbeiter und Bauern für die reichen Sunniten – muss ich denn den Geschichtslehrer spielen? Nur ins Militär durften wir und unsere Köpfe hinhalten, wenn geschossen wurde. Wir sind die Ketzer, die nicht dauernd in die Moschee rennen. Wir sind für sie die Bösen.«

»Hör auf«, sagte ich leise.

»Wir haben verdammt Glück gehabt, dass die Assads die Regierung übernommen haben«, sagte Yussuf. »Aber wenn die Sunniten wieder an die Macht kommen, machen sie uns fertig. Dich auch, Nura.«

»Deine Assads sind eine Bande korrupter Diebe«, sagte Yassir.

»Yassir, bitte«, sagte ich.

»Mörder und Folterer«, sagte Yassir.

»Komm jetzt«, sagte ich.

»Kinderschänder und Verbrecher.«

»Das werden sie nicht gerne hören«, sagte Yussuf.

»Geh hin und richte es ihnen von mir aus«, sagte Yassir.

Da nahm ich ihn am Arm und zog ihn weg, und ich spürte Yussufs Blicke im

Rücken wie sich windende, blutige Fische. Die schwarzen Schwingen waren ganz nah, aber diesmal waren sie in meiner Lunge, wo sie das Atmen schwer machten.

»Du darfst solche Sachen nicht laut sagen«, flüsterte ich, obwohl wir längst außer Hörweite waren. »Sein Vater hat Einfluss. Die haben deinen Bruder mitgenommen, weil er genau solche Sachen gesagt hat, oder? Willst du die Gefängnisse unbedingt auch von innen sehen? Willst du deine Mutter unbedingt unglücklich machen?«

Er zuckte nur die Schultern.

Am Abend halfen wir Ummi zu kochen, und wir lachten zwischen den Töpfen, und als wir auf der Terrasse aßen, sagte Ummi, dass doch alles wunderschön sei.

Mitten in der Nacht weckte Yassir mich.

»Deine Mutter hat recht«, flüsterte er. »Alles hier ist schön. Draußen scheint der Mond. Wollen wir runter zum Fluss?«

Ich stand auf und warf mir eine Jacke über. »Wenn du versprichst, nicht von Politik zu reden.«

Wir setzten uns auf einen umgestürzten Olivenbaum am Ufer, und das weiße Licht schaukelte zwischen den Oleanderzweigen auf dem Wasser. Doch, es war schön. Einen Moment lang fühlte ich mich leicht und froh. Und dann, ganz plötzlich, stand jemand hinter uns.

Wir sprangen gleichzeitig auf.

»Guten Abend, Dar'a-Sunnit«, sagte Yussuf. »Ich muss dir leider sagen, dass Nura mir gehört.«

Damit schlug er zu, so rasch, dass keiner von uns Zeit hatte, zu reagieren. Seine Faust traf Yassir ins Gesicht, er taumelte, und ehe er zurückschlagen konnte, landete Yussufs zweiter Schlag. Ich sah, wie Yassir fiel, und ich wollte ihm aufhelfen – und gleichzeitig wollte ich auf Yussuf losgehen. Aber er fing meine Fäuste ab.

»Du kämpfst gegen den Falschen«, sagte er. »Wir beide, wir sind eins.«

Er hielt mich fest und versetzte Yassir einen gezielten Tritt, und Yassir rollte ein Stück zur Seite. Er rollte in den Fluss. Ich sah ihn zwischen den Oleanderzweigen davontreiben, sah ihn um sich schlagen …

»Er kann nicht schwimmen!«, keuchte ich. »Yussuf …«

Yussuf hörte mir nicht zu. Er drückte mich hinunter auf die Erde. Er war stark. Und ich glaube, dies war seine Rache. An mir, an Mariam, an Yassir. Oder am Leben, in dem er offenbar verpasst hatte, etwas zu werden.

Ich hörte den Stoff meines T-Shirts reißen. Er nagelte mich mit dem Gewicht seines Körpers auf dem Boden fest, streifte meine Hose hinunter, zwang meine Beine auseinander und murmelte irgendetwas von Liebe und dass er mich heiraten würde.

Ich wand mich, ich versuchte, den Fluss zu sehen – Yassir zu sehen.

Dann spürte ich Yussufs Glied zwischen meinen Beinen, er versuchte, in mich einzudringen, was nicht ging, weil dort alles zu eng war, und ich schrie. So laut und lang und gellend, wie ich nie geschrien hatte. Er legte mir eine Hand über den Mund, aber ich biss hinein, bis ich Blut schmeckte, und schrie danach noch lauter. Und dann waren da Stimmen von oben, vom Haus. Plötzlich lag Yussuf nicht mehr auf mir.

Als ich mühsam auf die Beine kam, war er nirgends zu sehen, er hatte sich durch die Bäume davongemacht. Doch auch Yassir war nirgends zu sehen. Ich begann, wieder zu schreien, ich schrie seinen Namen. Kamal und Nabil waren als Erste bei mir. Ich zeigte auf den Fluss, und Kamal sprang hinein, im Pyjama.

Ummi nahm mich in die Arme. Ich zitterte, aber sie zitterte auch.

»Schau nur, das Mondlicht«, sagte sie, zitternd. »Wie schön es ist …«

»Yassir ertrinkt«, flüsterte ich heiser.

Yassir ertrank nicht.

Kamal zog ihn aus dem Fluss wie eine erschlagene Ratte, mehr tot als lebendig. Die Äste eines umgestürzten Baums hatten ihn aufgefangen. Mariam und Ummi kümmerten sich später um sein Gesicht, Yussuf hatte es geschafft, ihm einen Zahn auszuschlagen und ihm vielleicht die Nase zu brechen.

Ich saß auf der Terrasse und redete und redete. Ich erzählte ihnen alles, von Anfang an, und ich dachte, Mariam würde mir helfen, aber sie kochte nur Tee und brühte ihr Schweigen mit den Teeblättern auf, sodass wir es alle mittranken. Es lag ein Vorwurf in diesem Schweigen, den ich nicht verstand.

Irgendwann gingen wir schlafen. Abi hielt die ganze Nacht lang über die Matratzen hinweg meine Hand.

Als das Morgenlicht kam, sah Yassir noch schlimmer aus als in der Nacht. Das Schlimmste war nicht sein Gesicht, das Schlimmste war der verletzte Stolz. Wir behielten ihn im Haus wie einen tollwütigen Hund. Ich glaube, wenn wir ihn hinausgelassen hätten, hätte er Yussuf umgebracht. Er schwor es, mehrfach.

Abi ging allein zu Yussufs Familie und sprach mit seinem Vater. Er hat uns nie erzählt, was genau gesagt wurde. Es war in jedem Fall klar, dass ich nicht meinen Mund halten würde; nie wieder und für kein Geld der Welt. Die Polizei tauchte nicht auf, immerhin war Yussufs Vater ein einflussreicher Mann. Die Geschichte sprach sich allerdings rasch herum, es war eine ziemliche Schande für Yussufs Eltern. Yussuf selbst verschwand. Niemand wusste, wohin sie ihn geschickt hatten, und ich hoffte, dass ich ihn nie wiedersehen würde.

Ein paar Tage später stiegen Yassir und Abi und ich in einen Bus, den wir mit dreißig anderen Leuten und vier Schafen teilten. In Homs wechselte Yassir in einen Überlandbus in Richtung Süden. Abi und ich standen auf dem dreckigen Bussteig und winkten.

Als wir zurückfuhren, sah ich vom Bus aus den Fluss an, der hier in der Stadt in ein Betonbett eingekerkert war. Sein Wasser war rot, und es trieben Körper darin. Ich kniff die Augen zu und öffnete sie wieder, und das Wasser lag grau und leer vor dem Busfenster.

Doch als das Hochwasser vorüber war, hatten sich die weißen Oleanderblüten alle blutrot verfärbt, auch wenn es außer mir niemandem auffiel. Und die schwarzen Flügel lauerten in der Nacht.

Ich wagte nicht, meine Familie noch einmal zu bitten, fortzugehen. Aber kurze Zeit später teilte Mariam uns mit, dass sie fortgehen würde – nach Damaskus. Nicht um zu studieren, sondern um zu heiraten. Sie hatte in Homs einen Offizier kennengelernt, der in der Nähe von Damaskus stationiert war, wo seine Familie lebte.

Mein Vater fand noch immer, sie wäre zu jung zum Heiraten.

»Du hast dich in die Olivenbäume am Orontes verliebt, und wir mussten alle fortgehen«, sagte Mariam und verschränkte die Arme. »Und ich habe mich in einen Mann verliebt, was viel mehr Sinn ergibt, deshalb gehe ich. Also.«

»Du bist so unglaublich schön, wenn du böse wirst«, sagte Kamal zu ihr. »Ich hoffe für deinen Ehemann, dass du oft böse auf ihn sein wirst.«

Mariam ging nicht alleine fort.

»In der Altstadt in Damaskus gibt es wunderbare Häuser«, sagte Abi. »Kühle Innenhöfe, Springbrunnen, Fliesen … lauter Dinge, die Ummi malen kann. Wir werden in Mariams Nähe sein, falls sie uns braucht.«

Mariam verdrehte die Augen. Aber ich glaube, sie freute sich, dass diesmal sie die Familie dazu brachte, ihre Zelte abzubrechen.

»Vielleicht findest du in Damaskus ja die Worte für dein Buch«, sagte sie.

Wir verließen Homs zwei Monate später. Ich schrieb Yassir unsere neue Adresse. Er antwortete nie.

Und der Fluss, der verkehrt herum floss, blieb in meiner Erinnerung rot.

Internetsuche

Zerstörung von Homs

Zerstörung von Hama 1982

Schabiha

5

Ich bin weder von der Notwendigkeit noch von der Klugheit eines solchen Verbotsverfahrens überzeugt.
CDU-Abgeordneter zum NPD-Verbotsverfahren

Bei der Landtagswahl 1990 bekam die NPD in Mecklenburg-Vorpommern 1448 Stimmen (0,2 Prozent).
Bei der Landtagswahl 2011 bekam die NPD 40 642 Stimmen (6,0 Prozent) und damit 5 Sitze im Landtag.

Als Calvin aufsah, saß er nicht mehr alleine am Küchentisch. Ihm gegenüber saß Tom, den Kopf in die Hände gestützt, und sah ihn aufmerksam an. Draußen lag die Nacht auf den Blocks wie Gift.

»Hast du einen Brief bekommen?«, fragte Tom.

»Ich …« Calvin legte instinktiv den Arm auf das oberste Blatt. »Ja. So ähnlich. Warum bist du wach? Es ist …« Er zog das Handy aus der Tasche. »Es ist drei Uhr nachts.«

Tom zuckte die Schultern. »Konnte nicht schlafen.« Er nahm die Limoflasche vom Tisch, schraubte sie auf und trank, wie um zu beweisen, was er gesagt hatte. Die Limoflasche war eine Eineinhalb-Liter-Flasche und sah riesig aus in Toms sechsjährigen Händen. Calvin betrachtete ihn einen Moment. Sein braunes Haar war verstrubbelt und brauchte dringend einen Haarschnitt, der Ohrring, den Mama ihm mit drei hatte stechen lassen, weil das damals gerade in war, glänzte im Licht der Straßenlaterne und wirkte lächerlich. Er stellte die Flasche ab und wischte sich mit dem Handrücken über den Mund. Seine Arme waren zu dünn, seine Nase ein wenig zu flach und zu breit – er war kein hübsches Kind. Dennoch spürte Calvin etwas Warmes in sich.

»Das ist kein normaler Brief«, sagte Tom. »Du warst beim Lesen echt komisch. Ich guck dich schon eine Weile an. Du hast gelächelt und dann Fäuste gemacht und geknurrt.«

»Quatsch«, sagte Calvin. Er faltete die Blätter und steckte sie in die Tasche seiner Jeans.

»Ist es ein Liebesbrief?«, fragte Tom.

»Was soll denn das sein? Liebe?«, fragte Calvin zurück.

»Blöde Frage. Wenn zwei knutschen und zusammen rumhängen und so.«

Calvin grinste. »Und wenn … wenn sie nicht zusammen rumhängen können?«, fragte er dann.

»Wie – nicht können?« Tom sah ihn verständnislos an. »Meinst du, weil einer zu weit weg ist?«

»Ja«, sagte Calvin. »Stell dir vor, sie sind unendlich weit voneinander entfernt. Die Entfernung ist so groß, dass man da nicht … rüberkommt.«

»So große Entfernungen gibt es doch gar nicht«, sagte Tom.

Calvin stand auf. »Was für ein Glück, dass der Brief nichts mit Liebe und Rumhängen zu tun hat«, sagte er. Dann packte er Tom plötzlich an der Schulter. »Du erzählst keinem davon, dass wir geredet haben heute Nacht, ja? Das ist unser Geheimnis.«

»Unser Geheimnis«, wiederholte Tom ehrfürchtig, gähnte dann aber. »Okay.«

Calvin sah der kleinen Gestalt in dem zu weiten, geerbten Schlafanzug nach, die durch den Flur davontappte.

So große Entfernungen gibt es doch gar nicht.

Der Morgen kroch über die Stadt wie ein langsames, blassgelbes Schalentier.

Nuri saß auf einer Bank am Hafen und sah ihm zu. Manchmal wachte sie auf und hielt es nicht mehr aus in der Enge des Asylantenheims, die Wände schienen im Rhythmus mit ihren Kopfschmerzen zu pulsieren, und ihr Schädel drohte zu bersten. Auf der Treppe hatte sie Fabienne getroffen, die das Baby wieder auf dem Rücken trug.

»Jetzt schläft er«, hatte sie gesagt und gelächelt. »Aber die Nacht war die Hölle. Ich glaube, er kriegt Zähne.«

»Mein Baby hat auch die ganze Nacht geschrien«, hatte Delfine gesagt und ihre Puppe gewiegt, die eigentlich nicht mehr war als ein Haufen Lumpen mit einem Stück Holz als Kopf und einem aufgemalten Gesicht.

Auf dem Weg zum Wasser hatten sie Brötchen in einer Bäckerei gekauft, in der es nach einer seltsamen Art von künstlichem Aroma gerochen hatte und in der noch nie ein Brot gebacken worden war. Nuri hatte an das Schlangestehen zu Hause gedacht, Schlange stehen für Brot, ein tägliches Ritual, über das man sich beschweren konnte wie über die Trockenheit oder den Regen oder etwas anderes, das nicht zu ändern und deshalb im Grunde egal war. Auf einmal hatte sie sich danach gesehnt, Schlange zu stehen. Den Leuten dabei zuzuhören, wie sie den kommenden Tag besprachen, ihre Pläne, ihre Hoffnungen und Ängste – ohne Eile, weil sie ohnehin anstehen mussten. Sie hatte sich danach gesehnt, richtiges, echtes Brot in der Hand zu halten, das aus einem echten Ofen kam, in dem es echtes Feuer gab.

Später hatten sie angefangen, die Menschen, die Schlange standen, aus der Luft zu beschießen.

Sie verbot sich diesen Gedanken, sie wollte sich in Ruhe sehnen. Die deutschen Bäckereien waren tot, sauber und tot, die Atmosphäre aus Plastik. Die Leute wechselten drei Worte und gingen auseinander. Nuri hatte gesehen, dass Fabienne etwas Ähnliches dachte, obwohl sie nicht wusste, wie die Morgen in Burkina Faso verliefen. Die Sehnsucht nach zu Hause hatten sie alle gemeinsam.

Und nun saßen sie also am Hafen. Delfine fütterte ihre Puppe mit Stücken ihres Brötchens, und Fabienne sah aufs Wasser hinaus, vor denen die blau gestrichenen Kräne der Werft emporragten.

»Du denkst über etwas nach«, sagte Fabienne. »Ist es der Mann an der Angel?«

Nuri schüttelte den Kopf und lachte. »Ich hätte dir das nicht erzählen sollen. Vergiss die Angel.«

»Welche Angel?«

Fabienne lächelte, und die tiefen Schnittnarben auf ihren Wangen schienen dabei noch tiefer zu werden. Ihr Lächeln war so breit, dass es den ganzen Hafen einschloss – niemand, dachte Nuri, konnte breiter lächeln als die Afrikaner.

Sie holte tief Luft. »Hast du … hast du mal geliebt?«

»Natürlich.«

»Wie oft?«

Fabienne lächelte wieder, diesmal wie eine Lehrerin, die begreift, dass ihre Schüler noch viel lernen müssen. »Lieben kann man nur ein Mal«, sagte sie. »Ein Mal verschenkt man das Herz, und den Kopf, und das Leben. Jesus hat auch nur ein Mal geliebt.«

»Bitte? Wie? Wen denn?«

»Alle Menschen«, sagte Fabienne. »Und er ist immer noch dabei. Zu lieben. Jesus schützt uns. Zusammen mit den Geistern in der Natur. Wenn sie uns nicht schützen würden … würde ich es hier nicht aushalten.«

Nuri sah sie von der Seite an, aber die Sache mit Jesus und den Geistern schien völlig ernst gemeint zu sein.

»Bei uns ist Jesus bloß einer der Propheten«, sagte sie leise. »Schützen kann uns nur Allah. Und der ist nicht hier. Wir durften ihn bei der Einreise nicht mitnehmen. Zu sperrig.« Sie versuchte zu lachen. »Fabienne … ist es gut gegangen? Das mit der Liebe?«

Fabienne schüttelte den Kopf. »Natürlich nicht.«

»War das der Vater der beiden?« Sie nickte mit dem Kopf zu Delfine und dem Baby, das jetzt in Fabiennes Armen lag und, halb im Schlaf, begonnen hatte, ihre Brust zu suchen.

Fabienne half ihm. »Was ist mit dir?«, fragte sie. »Hast du geliebt?«

Nuri nickte. »Drei Mal. Den Ersten … haben sie geholt. Der Zweite ist freiwillig gegangen. Ich weiß nicht, ob sie noch leben. Ich bin nicht gut für die Menschen, die ich treffe. Ich habe mich immer gefragt, woher die Schatten kommen, die ich sehe … die schwarzen Flügel … Ich glaube, ich bringe sie mit.«

Delfine hatte ihnen zugehört, und jetzt schüttelte sie verwundert den Kopf.

»Du hast gar keine Flügel«, sagte sie und steckte ihre Puppe in die Brötchentüte, die jetzt ein Schlafsack war. »Was ist mit dem dritten Mal lieben?«

»Was ist denn mit dem Vater deiner Puppe?«, fragte Nuri.

»Oh, das ist ein Prinz«, sagte Delfine beiläufig. »Er ist in Burkina. Er kann mit den Tieren reden, und demnächst schickt er ganz viele goldene Riesenschildkröten, auf denen wir nach Hause reiten können, durchs Meer. Ist dein dritter Mann auch ein Prinz? Ist er da, wo du herkommst?«

»Er ist kein Prinz«, sagte Nuri. »Er ist ungefähr das Gegenteil. Er ist hier. Und … er ist mein Feind. Er hasst meine Familie. Er hasst alle, die anders sind als die Deutschen.«

»Damit muss er dann aufhören«, sagte Delfine praktisch. »Mit dem Hassen. Was meinst du, wie lange dauert das?«

»Eine Ewigkeit«, sagte Nuri bitter. »So lange, wie es dauert … bis ungefähr alle Menschen, die du kennst, tot sind.«

Delfine schüttelte den Kopf, und die neonfarbenen Zopfgummis ihrer vielen kleinen Zöpfchen hüpften auf und ab.

»So lange Ewigkeiten gibt's doch gar nicht«, sagte sie und ging hinüber zu einer kleinen, dreckigen Wiese, um eine Blume für ihre Puppe zu pflücken.

Der Garten von Frau Silbermann lag unter einem Schleier aus dichtem Regen. Aber der Sommer drängte mit Macht heran. Im Garten waren in der letzten Woche mehr Blumen aufgeblüht als in der ganzen Zeit zuvor. Der Jasminstrauch hing voller weißer Glöckchen, Calvin roch seinen Duft bis hierher auf die gegenüberliegende Straßenseite. Der Jasmin roch wie die Nachtblumen, hatte Nuri geschrieben … Nein, das hatte Frau Silbermann geschrieben. Er war noch immer auf ihre Übersetzungen angewiesen.

Nicht mehr lange.

Er saß seit einer geschlagenen Stunde hinter einem geparkten Auto auf der Bürgersteigkante, und wenn jemand vorbeikam, sah er ungeduldig aufs Display seines Handys, als würde er die Uhrzeit kontrollieren und auf jemanden warten. Er wartete wirklich. Darauf, dass Frau Silbermann das Haus verließ.

Es regnete. Die Kapuze seines Pullovers war längst so nass, dass sie kein Wasser mehr abhielt; er merkte, dass er zitterte. In der Berufsschule, wo er jetzt hätte sitzen und schlafen können, wäre es warm und trocken gewesen.

Jetzt! Die Haustür ging auf, und Frau Silbermann trat heraus, aufrecht wie immer. Sie trug einen grünen Mantel und hohe Stiefel, und als sie das kleine Gartentor erreichte, spannte sie einen ebenfalls grünen Regenschirm auf. Die Frauen aus den Neubauten, dachte Calvin, die so alt waren wie Frau Silbermann, sahen anders aus. Ihre unförmigen Körper unter neonfarbenen Regencapes verborgen, schienen sie die Füße niemals zu heben, sie stützten sich auf Gehwagen oder Krücken. Und überhaupt waren die meisten in Frau Silbermanns Alter tot.

Er hasste ihre Würde.

Ihr grüner Schirm bog in einen Pfad zwischen zwei Gärten ein, und sie war fort. Zwei Minuten später stand Calvin unter dem maroden Balkon. Nirgends waren Nachbarn zu sehen, nirgends bewegten sich Vorhänge. Er begann, an den Holzstützen des Balkons hinaufzuklettern, er war gut im

Klettern, früher war er manchmal mit Pascal und Jason in der Kletterhalle auf der Insel gewesen. Inzwischen war der Eintritt zu teuer geworden, nur die Touristen konnten sich das noch leisten. In dem Reich, das kam, würde es keine Touristen geben.

Er schwang ein Bein über die Brüstung des kaputten Balkons und kletterte höher, zu dem Balkon darüber, im zweiten Stock. Die verholzten Ranken von uraltem Wein und Blauregen halfen ihm. Einmal rutschte er mit dem Stiefel ab und dachte, er würde fallen, und er fragte sich, was Frau Silbermann mit ihm täte, wenn sie ihn im Garten fände, mit gebrochenen Beinen. Sie hasste ihn so sehr, wie er sie hasste.

Er fiel nicht. Die Balkontür im zweiten Stock war angelehnt. Leichtsinnig.

Drinnen empfing ihn ein großer, heller Dachraum voller bunter Wandteppiche, ein Raum mit einem niedrigen, langen Sofa, bestickten Sitzkissen und Dutzenden von Bücherborden. Hier also saß Frau Silbermann mit ihren Nachhilfeschülern, hier saß sie zusammen mit Nuri und trank Tee aus den merkwürdigen, kleinen Gläsern auf dem Beistelltischchen.

Frau Silbermann hatte alles, sie hatte Platz, sie hatte Luft zum Denken, sie hatte all diese schönen Dinge. Und er und seine Mutter und Benji und Tom hatten nichts. Calvin hörte sich knurren. Der Wunsch, etwas zu zerstören, wurde übermächtig. Die Teegläser würden seinen Fäusten nicht lange standhalten. Die Bücherborde konnten sehr leicht ihren Halt an der Wand verlieren. Er hob die Fäuste – und dachte an Nuri, die seine Hand zur Faust gebogen hatte. Bei der Erinnerung daran kribbelte es leise in seiner Lendengegend, und er fühlte, wie die Röte ihm ins Gesicht stieg. Er ließ die Hände sinken. Nein. Er war nicht gekommen, um zu zerstören.

Es dauerte, die Bücher alle durchzugehen. Es gab Lexika und Atlanten, Bildbände und Romane, manche in anderen Sprachen … In Calvins Wohnung gab es zwei Bücher: ein altes Telefonbuch und ein Märchenbuch, aus dem Benji fast alle Seiten herausgerissen hatte.

Schließlich fand er, was er suchte. Die Schrift war natürlich vollkommener Wahnsinn.

Aber die Wörter standen auch in Lautschrift da, zum Glück, Lautschrift konnte er wenigstens raten. Es war schwierig, mit dem Buch den Balkon hinunterzuklettern, aber er traute sich nicht, es vorauszuwerfen.

Und dann stand er wieder am Gartentor, das gestohlene Buch unter seinem schwarzen Pullover.

GRUNDKENNTNISSE DER ARABISCHEN SPRACHE.

Als er an diesem Abend die Petroleumlampe anzündete und an einen Nagel im Baumhaus hängte, fühlte er sich seltsam feierlich. Als betrete er eine neue Welt. Der Wind rauschte in den Bäumen, ab und zu fielen noch vereinzelte Tropfen von den Blättern.

Und hier saß er, Calvin Lüttke, allein mit dem deutschen Wald – und einer Seite voller arabischer Worte. Er krempelte die Ärmel seines Pullovers hoch, als wäre es eine körperliche Arbeit, die vor ihm lag.

Wa-'alaikum as-salam.

Wie konnte Nuri das aussprechen?

»Es muss gehen«, wisperte er und schlug mit der Faust gegen die Bretterwand. »Ich brauche Frau Silbermann nicht. Scheiße, ich werde es doch noch schaffen, diese verfickten, blöden Sätze zu lesen.«

Die Nacht dehnte sich endlos vor ihm aus, und die Stunden verrannen. Und langsam begriff Calvin, dass es schwerer war, eine Sprache zu lernen, als er gedacht hatte.

»Was … was machst du hier?«

Calvin fuhr hoch und schlug das Buch zu. Jemand war da, in der Dunkelheit, jemand stand auf der Leiter. Der Duft von Parfüm, Deo und Zigaretten schwebte von dort zu ihm herauf. Er legte das Buch auf die Bank, in die Schatten.

»Cindy?«

»Ja«, sagte Cindy und strich sich ein paar Blätter aus dem hellen Haar. »Pascal hat mir erzählt, dass du immer hier rausfährst, wenn du nachdenkst. Da bin ich dir nach, mit dem Fahrrad. Hab dein Rad dann gesehen, an der Straße, und bin zu Fuß weiter … die Batterien von meiner Taschenlampe sind am Abkratzen … der Pfad ist echt scheiße schmal.«

»Es ist ein Wechsel«, sagte Calvin.

»Ein was?«

»Ein Wildwechsel. Kein Pfad. Die Tiere benutzen ihn.«

»Aha«, sagte Cindy, wenig interessiert. »Jedenfalls war es der Horror, mit dem Farn und den Brombeeren und allem.« Sie hielt ihre Schuhe hoch, ehemals weiß und mit hohen Absätzen. Jetzt waren sie braun und schlammig. Sie war auf bloßen Füßen weitergegangen, durch das Brombeergestrüpp. Ihre Leggins waren zerrissen, an einer Stelle am Unterschenkel trug sie eine lange, blutige Schramme. Sie sah seinen Blick, grinste und zuckte die Schultern. »Das ist nichts. Ich hab dich gefunden. Das ist die Hauptsache.«

Calvin seufzte, fand die alte Wolldecke und breitete sie auf der Bank aus. »Setz dich. Ich …«

Er bekam nicht mehr hin als ein hilfloses Lachen.

Cindy lachte ebenfalls und hielt ihre Handtasche hoch. »Ich hab was mitgebracht.« Sie zog zwei Flaschen Bier aus der Tasche und stellte sie auf die Bank. Calvin öffnete sie mit dem Öffner an seinem Schlüsselanhänger. Das Ploppen der Kronkorken war ein seltsam fremdes Geräusch in seinem Nachtwald. Das Bier war lauwarm, aber gut.

In der Luft hingen arabische Worte, während sie tranken. Und eine lautlose Frage.

Wie werde ich Cindy wieder los?

»Du sitzt also nachts im Wald rum und … liest Bücher?«, fragte Cindy vorsichtig.

»Nein, das ist …« Er zuckte die Schultern. »Kram für die Schule. Ich bin einfach gern im Wald. Das Baumhaus … ich habe es selbst gebaut. Ich wollte es dir zeigen, aber bisher passte es nie.«

»Und jetzt passt es auch nicht«, stellte sie fest, die Enttäuschung sichtbar in ihren Mundwinkeln. »Das mit dem Berufsschulkram ist doch Käse. Glaubst du, ich nehm dir ab, dass du nachts im Wald lernst?«

»Cindy«, sagte er ernst. »Ich brauch den Abschluss. Auch wenn es nur ein geförderter Abschluss ist, ein Abschluss für Dumme … Ich brauch den, und ich brauch 'nen Job. Sonst kann ich euch nicht führen, wenn Pascal geht. Nirgendwohin. Wenn man etwas aufbauen will … ein neues Land … braucht man Wissen. Wissen ist Macht.«

Cindy sah ihn an. Es war so klar, dass diese Worte nicht von ihm stammten, dass sie eine Lüge waren, fett wie ein Angelwurm, sich windend.

Aber sie nickte. Sie nahm ihm die Lüge ab. Er sah, wie sie fror, und legte einen Arm um sie, und einen Moment lang liebte er sie für ihr blindes Vertrauen. Verdammt, sie wanderte nachts im Dunkeln durch den Wald und zerriss sich die Kleider, nur um ihn zu finden.

»Du wolltest alleine lernen«, flüsterte sie, zitternd, sich an ihn schmiegend. »Und ich hab dich gestört. Tut mir leid. Aber ich … kapier nicht, ich meine, hast du vergessen, dass du mich geküsst hast? Zwei Mal? Warum … geht das mit uns nicht weiter?«

»Cindy«, sagte er, gequält. »Ich mag dich. Ich mag dich sehr.«

»Das Alleinsein«, flüsterte sie, »das kenn ich gut, weißt du? Meine Mutter ist immer noch in der Klinik. Jetzt haben sie sie auf Entzug. Aber sie hat irgendwie auch 'ne Schraube locker, haben sie gesagt. Und ich bin immer allein in der Wohnung. Ich will die Clique da nicht, ich will nicht, dass die sich zusaufen und anfangen, Sachen kaputt zu machen … wenn Kevin erst mal voll ist, na ja. Und Kimberley kann auch ganz schön austicken. In der Laube ist das okay, aber die Wohnung soll schön sein, wenn meine Mutter wiederkommt. Ich mach jeden Tag sauber, obwohl gar nichts dreckig ist. Aber allein sein in einer Tipptopp-Wohnung ist scheiße. Und du sagst, du *willst* unbedingt allein sein.«

»Es ist eine andere Sorte Alleinsein hier«, sagte Calvin.

»Hast du Angst davor, wie es wird, wenn Pascal geht?«, fragte Cindy leise. »Ist es deshalb?«

»Auch«, sagte Calvin.

Sie richtete sich auf und strich ihr dünnes Oberteil glatt, durch das man ihre großen Brüste zu deutlich sah. »Okay«, sagte sie. »Ich geh also wieder.«

Ja, bitte.

Das Gesicht, das sie ihm zuwandte, war voller Tränen, und er zog sie zurück zu sich und murmelte: »Quatsch, bleib hier.« Er war der Starke, sie die Schwache, die Rollenverteilung war vollkommen klar. Anders als mit Nuri. Sie sprachen dieselbe Sprache. Sie kamen aus demselben Sumpf von Streit und Arbeitslosigkeit und Zukunftsängsten. Es war nicht nötig, irgendetwas zu übersetzen.

Und er fiel zurück. Zurück in Cindys Welt aus verlaufener Schminke und kalten Nachttränen.

Er spürte ihre Lippen auf seinen und war wieder verwundert darüber, wie weich sie waren, spürte ihre Zunge, auf der es irgendwo die Kühle eines neuen Piercings gab – und er hielt sich an Cindy fest, wie sie sich an ihm festhielt. Als sie ihn losließ, war es nur, um ihr Oberteil und den BH auszuziehen. Ihre Brüste waren wirklich sehr groß. Sie nahm seine Hände und legte sie auf ihre Brustwarzen, dann auf ihren Bauch. Alles an ihr war weich und üppig. Sie half ihm, den Pullover über den Kopf zu streifen … wand sich aus ihren Leggins und griff nach seinem Gürtel.

»Hey, langsam …«, murmelte er.

»Willst du nicht?«

Er lachte. »Natürlich, ich …« Aber weiter kam er nicht, weil sie ihn schon wieder küsste. Gleichzeitig griff ihre Hand in seine Hose. Er spürte ihre Finger dort; warme, lebendige, sehr geübte Wesen. Schließlich gab er auf und streifte die Hose hinunter. Cindy setzte sich auf ihn, weil es im Baumhaus nicht anders ging, und er rutschte ein wenig weiter, damit sie mehr Platz hatten. Er spürte die glatte Kante des Arabischlehrbuchs unter sich, aber nichts war unwichtiger. Hier saß er also, mit einem nackten Mädchen auf dem Schoß, das sich von ihm ficken lassen wollte, mitten in seinem Wald. Die Zukunft konnte kommen.

Cindys hilfreiche Hände führten ihn in sie hinein, und sie zerquetschten bei ihrem Auf und Ab zu zweit die zerbrechlichen Worte und Schriftzeichen, pulverisierten sie zu Splittern, zu Glasstaub, zu nichts. Er zwang sich, innezuhalten, kurz bevor es zu spät war. »Scheiße, Cindy … nimmst du was? Müssen wir aufpassen?«

»Keine Sorge«, flüsterte sie. »Ich nehme was. Mach einfach.«

So glitt er zurück in die unterbrochene Bewegung und presste sie fest an sich, als er kam, und hörte sein eigenes Keuchen. Dann war es sehr still.

Irgendwo fielen vergessene Regentropfen von Blättern auf andere Blätter.

»Alles okay?«, flüsterte Calvin. »Bist du … hattest du auch … ich meine …?«

»Sch!«, machte sie. »Halt mich einfach noch ein bisschen fest, ja?«

Und er begriff, erstaunt, dass sie wirklich nur das wollte: dass er sie hielt. Dass er sie vor der Nacht schützte. Es ging ihr gar nicht um irgendeine Art von Befriedigung. Da war sie wieder, die perfekte Rollenverteilung: Der Mann schützt, die Frau gibt sich hin. Es war ein Puzzlestück im Bild des deutschen Waldes und der Zukunft, in der sie wieder auf den Feldern arbeiten würden.

»Calvin«, flüsterte sie nach einer Ewigkeit. »Wann hast du das letzte Mal mit einer …?«

Er schluckte. »Das willst du nicht wissen.«

»Doch.«

»Okay … lach jetzt nicht … nie.«

Sie lachte. Dann entschuldigte sie sich für ihr Lachen und schmiegte sich an ihn.

»Erzähl mir, wie alles wird!«

Er ließ ihr Haar durch die Finger gleiten, es war so glatt, so wenig widerspenstig wie sie selbst. »Wenn Pascal weggeht? Na ja, die Demo ist gut, aber wir müssen denen beweisen, dass die Ausländer wirklich gewalttätig sind. Meine Idee ist, dass die sich gegenseitig … wie sagt man das auf Schlau? Sich gegenseitig *Gewalt antun*. Ausländer gegen Ausländer. Die haben ja verschiedene Religionen. Ich meine, die werden sich nicht wirklich was tun, das erledigen wir für sie, es muss nur so aussehen, als wären sie's selber gewesen.«

»Das meinte ich nicht«, flüsterte Cindy. »Erzähl mir, wie es wird, wenn das neue Reich da ist.«

»Oh, es wird wunderschön«, wisperte Calvin. »Die, die jetzt das Geld haben, sind dann weg, und wir haben alle Arbeit. Wir werden die ganze Technik nicht mehr brauchen, keine Computer, nichts. Die Wölfe und Luchse werden zurück in die Wälder kommen. Und du wirst in einem hübschen, kleinen Haus wohnen, mit einem riesigen Garten, viel besser als die Laube, und deine Mutter wird aufhören zu trinken, weil es keinen Grund mehr geben wird, zu trinken.«

»Und du?«

»Ich?« Da lag ein völlig verrückter Satz in seinem Kopf, den er eben erst entdeckt hatte unter Cindys blondem Haar und ihrer Gefügigkeit.

Ich werde weit weg sein, in einer Steinwüste, bei einem Mädchen mit wilden, schwarzen Locken.

Hatte er nicht die Sprache dieses Mädchens zusammen mit Cindy zu Glasstaub pulverisiert? Warum tastete seine Hand jetzt heimlich nach dem Arabischbuch, um es unauffällig unter die Jacke zu schieben, als Cindy wegsah?

»Lass uns gehen«, sagte er. »Es wird nicht wärmer.«

Am nächsten Morgen war sein Kopf wattiert, als hätte er einen ganzen Kasten Bier getrunken. Cindy rief mehrfach an, und er vertröstete sie. Er lernte in der Wohnung am Küchentisch arabische Sätze. Er hatte immer gedacht, wenn er endlich mit einem Mädchen geschlafen hätte, würde er sich am Tag danach stark und unbesiegbar fühlen. Aber er fühlte sich nur zerrissen.

In Frau Silbermanns Kalender, das hatte er gesehen, war der Name Nura Aljafari für den übernächsten Tag eingetragen. Benji und Tom hatten an diesem Tag keinen Nachhilfeunterricht.

Und dann waren die beiden Tage vorbei, und Benji stand vor Calvin und erzählte etwas von einem Fußballspiel im Jugendklub.

»Ich bin gut«, sagte er. »Früher nicht, aber jetzt. Ich weiß schon, alle denken, dass ich nichts kann. Aber ich kann was. Komm und guck's dir an.«

»Warum kommt dein Vater nicht? Heinrich?«

»Der kommt ja«, sagte Benji ungeduldig. »Tut er immer. Und dann sitzt er da, schreit nicht, jubelt nicht, sitzt nur da. *Du* sollst kommen.«

Calvin seufzte. »Andermal, Benji, ja? Ich hab was vor.«

»Na super«, fauchte Benji. »Was denn? Gehst du zu der Braut, von der du nachts die Liebesbriefe liest?«

Calvin lachte beinahe. »Hat Tom dir das erzählt?«

Benji zuckte die Schultern. Er war viel breiter als Tom und hatte das Haar frisch abrasiert auf vier oder fünf Millimeter. Auch Benji war kein schönes Kind. Er erinnerte Calvin manchmal an eine Bulldogge, muskulös, gedrungen und bissig. Pascal sagte, er könnte später in die Clique kommen. Calvin freute sich nicht auf diesen Tag.

»Ich lese keine Liebesbriefe«, sagte er. »Das war eine Lüge. Ich hab was von Pascal gelesen. Geheim, kapiert? Muss Tom nicht wissen. Viel Spaß beim Fußball.«

Er drehte sich um und ließ die kleine Bulldogge stehen. Aber die Bulldogge hatte einen wunden Blick in ihren blauen Augen gehabt. Und er ahnte, dass das nicht das Ende der Geschichte war.

Hatte Nuri nicht das Gleiche über Yussuf gesagt? Verdammt. Er begann, ihre Worte zu benutzen.

Aber nein, es waren Frau Silbermanns Worte. Nuris Worte waren andere gewesen, schwerer auszusprechende. Zeit, hinzugehen und den Kampf mit den Worten aufzunehmen.

Der Junge, der bei Frau Silbermann klingelte, trug keinen schwarzen Kapuzenpullover, sondern ein langärmeliges, blaues Shirt: ein gefälschtes Markenteil vom Klamottenmarkt an der polnischen Grenze.

Frau Silbermann öffnete. Sie sah zu ihm empor – sie war nicht größer als Nuri – und verschränkte die Arme.

»Was willst du?«

»Ist sie hier?«

Er sah, wie Frau Silbermann überlegte, ob sie lügen sollte. Aber Nuris Stimme kam ihr zuvor, sie rief von oben etwas die Treppen hinab, auf Arabisch. Er verstand kein Wort.

»Schön«, sagte Frau Silbermann. »Fünf Minuten. Und zieh die Schuhe aus.«

Calvin biss sich auf die Lippen, löste aber die weißen Schnürsenkel.

Dann folgte er Frau Silbermanns heute grau gekleideter Gestalt die Treppen hinauf. Er fragte sich, ob sie gemerkt hatte, dass das Buch fehlte.

Im Türrahmen des Dachzimmers stand Nuri und lächelte ihm entgegen. Er dachte eine Sekunde lang an Cindy und fühlte sich schlecht. Dann verdrängte er sie. Er war in den letzten Tagen zu einem Entschluss gekommen: Dies hier war eine andere Wirklichkeit. Er würde beide strikt trennen.

Da es nicht möglich schien, die Gedanken an Nuri loszuwerden, musste er beide Wirklichkeiten bewohnen. Eine Weile.

»*As-salamu 'alaikum*«, sagte er.

Nuri starrte. Dann flog ihre Hand zum Mund, und sie verbarg ein Lachen dahinter.

»*Wa-'alaikum as-salam*«, sagte sie, grinsend.

»Das ist eine … etwas altmodische Begrüßung«, sagte Frau Silbermann.

Calvin beachtete sie nicht. »*Kayf al hal?*«, fragte er. »Wie geht es dir?«

»*Ana bi-khair*«, sagte Nuri.

Damit trat sie aus dem Türrahmen, sodass er hereinkommen konnte.

»*Beiti Beitak*«, sagte sie, aber sie sagte es zu Frau Silbermann, sie soufflierte ihr diese Willkommensformel wie auf einer Bühne. Mein Haus ist dein Haus.

Frau Silbermann schien an den Worten zu schlucken wie an einem vergifteten Bissen. »*Beiti Beitak*«, murmelte sie leise.

»*Shukran*«, erwiderte Calvin. »Danke.«

Er war über die Seite mit den Begrüßungsformeln nicht hinausgekommen.

Nuri sagte noch etwas zu Frau Silbermann, und Frau Silbermann seufzte.

»Setz dich«, sagte sie und zeigte auf das Sofa. »Wenn Nuri es unbedingt will. Tee?«

»Wenn Sie mich nicht rauswerfen, bevor ich ihn trinken kann«, sagte Calvin.

»Armer, wehrloser Junge«, sagte Frau Silbermann. »Nein, ich werde warten, bis du mit dem Glas fertig bist. Du siehst ja – die Gläser sind klein.«

Sie reichte das Tablett herum. Der Tee war sehr stark und sehr süß. Nuri saß mit gekreuzten Beinen auf einem der bunt bestickten Sitzkissen. Ihr Kopftuch war an diesem Tag nachtblau mit silbernen Fäden. Die hellen Flecken in ihren dunklen Augen blitzten wie Sterne. Er bemühte sich, das leise Zittern in seiner Hand zu unterdrücken. Das Glas darin war wirklich winzig, achteckig, eigentlich sah es aus wie ein Schnapsglas.

»Du lernst also Arabisch«, sagte Frau Silbermann.

Calvin nickte. Nuri sah ihn nur an, schweigend und leise lächelnd.

»Hübsche Flugblätter«, sagte Frau Silbermann. »Fast keine Rechtschreibfehler. Am besten hat mir das zusammenmontierte Foto gefallen, mit dem Ausländer und dem Messer, das er angeblich hatte.«

Sie sagte noch mehr, aber Calvin hörte nicht zu, er hörte nur den Wind in den Zweigen der Olivenbäume.

»Oliven«, sagte er und sah weiter Nuri an. »*Az-Zaytun.*« Es war ein Wort von der Liste hinten auf dem Buchumschlag – *SYRISCHE KÜCHE IN ZWANZIG WORTEN*. »Ich … habe die Zettel gelesen. Was ist passiert? Hast du herausgefunden, warum der Fluss rot war? Und wie war Damaskus? Ist das die Hauptstadt? Wie Berlin?«

Nuri grinste und nickte. »Damaskus … ist Berlin.«

»Dein Akzent«, sagte Calvin, »ist wie Gewürze aus Syrien. Wenn du deutsch sprichst, denke ich *Gewürze*. Komisch, was?«

»Nein«, sagte sie. »Nicht komisch. Gewurze ist Worte für Leben. Ich erinnere … alle Gewurze.«

Dann wechselte sie ins Arabische, und Frau Silbermann begann, zu übersetzen, obwohl sie sich auch diesmal sträubte. Es war merkwürdig – sie hatte es nicht gewollt und hatte ihn dennoch hereingelassen. Sie wollte nicht übersetzen, und dennoch tat sie es. Die Macht von Nuris dunklen Augen reichte tief.

Calvin umfasste das winzige Teeglas mit beiden Händen. Wieder blendete er Frau Silbermanns Pausen und Zwischenfragen schon nach Sekunden aus. Und es war der Klang von Nuris Stimme allein, der ihn durch Damaskus' Gassen begleitete, zwischen Tauben und uralten Mauern hindurch.

Ihre Stimme trug ihn mit sich fort.

»Koriander, Kumin, Kardamom, Ysop … Silber, Gold und Zuckerwerk. Stahlklingen, lange nicht mehr hier hergestellt, und all die glänzenden Stoffe und all die Geschichten! Damaskus, du wunderbare, du einmalige, du lächelnde Stadt, in der es alles gab und nichts mehr gibt. Es wäre anmaßend, dich besingen zu wollen, dich, die schon so viele Liebeslieder gehört hat. Damaskus, Stadt aus uralten Mauern und Innenhöfen und sich in der Luft windenden, abenteuerlich verknoteten Kabeln auf hölzernen Pfosten, aus Wolkenkratzern und Internetcafés und Kirchen und Moscheen und Slums und Flugverkehr und wieder Koriander und Kumin.

Ich werde immer an die Gewürze denken, die uns umhüllten, wenn wir im Innenhof mit den blau gemusterten Fliesen saßen und zusammen kochten. Manchmal war ich mit Ummi im Sha'alanviertel, auf dem Suq der faulen Hausfrauen, den ich schon wegen seines Namens liebte und wo es alles gab, von der geschälten Kartoffel bis zur ausgehöhlten Aubergine.

Das Jahr, in dem wir nach Damaskus zogen, war das Jahr, in dem ich begann, kochen zu lernen. Wir verbrachten Stunden in den Schatten des Hofs zwischen den Zitronen- und Orangenbäumen, Stunden damit, Gemüse zu schneiden und Bulgur einzuweichen und Gewürze zu zerstoßen. Jetzt ist es seltsam, daran zu denken. Kumin und Koriander sind fortgezogen wie Vögel, die die Stadt mit dem Witterungsumschwung verlassen haben.

Das Jahr, in dem wir nach Damaskus zogen, war auch das Jahr, in dem ich versuchte, ein normales junges Mädchen zu werden. Ein Mädchen, das mit seinen Freundinnen kichert und das errötet, wenn ein Junge vorbeikommt.

Abi hatte uns keine Wohnung in der Neustadt besorgt, wo sich das moderne Leben abspielte und wo Mariam mit ihrem Offizier in einem sauberen fünften Stockwerk lebte. Er ließ uns in eines der Altstadthäuser ziehen, mitten ins Herz der Stadt, an die Grenze zu Bab Tuma, zum christlichen Viertel. Hier, zwischen versteckten Innenhöfen und uralten, fein geschnitzten Holzbalkonen, lebten vor allem romantisch veranlagte Ausländer. Die Luft roch nicht nur nach den Gewürzen und den Abgasen der Mopeds, sondern auch nach den fremden Sprachen, die die Tauben auf ihren Schwingen trugen.

Es war ebenfalls das Jahr, in dem ich auf der Marhala-al-Ihadiya, der Mittelschule, begann, Französisch zu lernen. Und das Jahr, in dem ich Anna wiedersah.

Aber zunächst heiratete Mariam ihren Offizier. Er hieß Ali und war groß und gut aussehend. Seine Familie stammte aus Latakia, von der Küste, wie Ummis Familie. Natürlich stellten sie im Nachhinein fest, dass die Familien sich kannten. Ich versuchte, an Latakia zu denken, an die Ferien, die wir dort verbracht hatten, aber immer, wenn ich Ali ansah, dachte ich nur: Uniform.

Mariam nahm mich vor dem großen Ereignis beiseite.

›Bitte, Nura‹, flüsterte sie, ›sieh auf der Hochzeit keine Schatten, ja?‹

Ich nickte. Ich sah keine Schatten.

Ich sah ein ganzes Jahr lang keine Schatten. Es war, als hätte ich ein eigenes Organ für die Schatten, und ich machte es taub und blind. Erst später begriff ich, dass das Organ, mit dem ich die schwarzen Schwingen spürte, mein Herz war und dass ich begonnen hatte, mein Herz zu verschließen.

Mariam war glücklich mit ihrem Offizier. Als wir einmal in ihrer Wohnung waren, erschrak ich darüber, wie ordentlich sie war. Vielleicht brachte sie ihren Ehemann nie zu uns nach Hause, weil bei uns zu viel Chaos herrschte: aus gesammelten Gegenständen, die meine Mutter malte, angefangenen Bildern und Büchern. Nabil hatte begonnen, an der Universität Jura zu studieren, auch seine Bücher fügten sich in unser familiäres Chaos.

Und immer saßen irgendwelche Freunde und Nachbarn im Innenhof, versammelt bei Tee und Pistazien und Geschichten.

Dann stieß ich eines Tages beinahe mit einem Mädchen zusammen, das ein Moped durch eine enge Gasse schob, und als das Mädchen aufsah, war es Anna.

›Nura?‹, fragte sie verblüfft.

Sie war jetzt einen ganzen Kopf größer als ich. Ihr glattes Haar fiel ihr bis über die Schultern hinab, es hatte einen Rotstich bekommen, und sie hatte mehr Sommersprossen als früher, sogar auf den Schultern, was man sah, weil sie nur ein Trägertop zu ihren sehr engen Jeans trug.

Sie besuchte uns ein paar Tage später, zusammen mit ihrem Vater, dem Fotografen. Aber der Fotograf war still geworden.

›Wir dachten, ihr wärt zurück nach Deutschland gegangen‹, sagte mein Vater. ›Viele gehen irgendwann zurück, damit die Kinder eine höhere Schule besuchen können.‹

›Schulen gibt es auch hier‹, sagte der Fotograf. ›Die sind hoch genug. Nicht so hoch wie die Minarette natürlich …‹ Er fotografierte, sagte er, nur noch Architektur. Und als er kurz mit meinem Vater draußen war, erzählte Anna uns, dass ihre Mutter nicht mehr lebte. Sie war noch mit nach Damaskus gezogen, aber kurz darauf hatten die Ärzte ein Krebsgeschwür in ihrer Brust entdeckt, das man schon früher hätte entdecken müssen. Anna sprach darüber wie über etwas sehr weit Entferntes.

Nach diesem Tag sah ich sie ein paarmal in den Straßen, und wir nickten uns zu. Aber sie hatte ihre eigenen Freunde.

Wenig später kam noch eine Person in unseren chaotischen, aber schönen Haushalt, einer der Cousins meiner Mutter. Er kam zum Studium, und er suchte eine Bleibe. Vielleicht, sagte er schüchtern, hätten wir einen Tipp, wo man billig wohnen konnte? Es gab natürlich Studentenwohnheime … Aber es gab auch genug Platz in dem Haus in der Altstadt. Der Cousin zog in die Kammer neben der, in der ich meine Schularbeiten machte, oben im ersten Stock, wo die Tauben vor den winzigen Fenstern saßen. Er hieß Aarif, studierte Mathematik und war sehr leise.

Nabil und er saßen manchmal abends im Hof, und sie sprachen miteinander, vermutlich, sagte Abi, über den Zahlencode der Weltenformel.

Kamal spielte lieber im Fußballklub und ging mit seinen Freunden weg, er war noch immer der, der Dinge tat, statt über sie nachzudenken.

Und ich glaubte beinahe, das Leben würde weiter so dahindümpeln, duftend nach Koriander und Kumin. Doch dann kam der Frühling des Jahres 2011.

Es war der Abend des 16. März, als wir die ersten Nachrichten über das bekamen, was geschah.

Ich war dabei, für einen Französischtest zu lernen, und ging hinunter, um mir einen Schluck Wasser zu holen. Der Fernseher lief, und sie saßen alle davor: Abi und Ummi und Nabil und Aarif und sogar Kamal, der unruhig auf der Ecke des Sofas auf und ab wippte. Es lief kein Staatsfernsehen, sondern Al Jazeera, der Sender der ganzen arabischen Welt.

Sie zeigten eine Menschenmenge, die auf dem Marjeh-Platz vor dem Innenministerium stand und Fotos hochhielt, und jemand sagte, das wären die Bilder ihrer Angehörigen, die im Gefängnis säßen. Dann waren da plötzlich Schüsse, die Menschen rannten auseinander, das Bild wurde durch einen Nachrichtensprecher ersetzt.

›Warum demonstrieren sie?‹, fragte ich. ›Warum gerade heute?‹

›Dar'a ‹, sagte Aarif, und wir wandten die Köpfe und sahen ihn alle an.

›Was ist mit Dar'a ?‹, fragte Abi und stellte den Fernseher leiser, in dem jetzt der Wetterbericht kam.

›Gestern haben sie eine Gruppe von Kindern dort verhaftet‹, sagte Aarif. ›Ich habe ein paar Kontakte … Sie haben etwas an die Wand einer Schule gesprayt. *Al-Sha'ab yurid isquat al-Nizam. Das Volk will den Sturz des Regimes.* Ich meine, es ist nur ein Spruch. Es sind nur Kinder.‹

›Der Wahlspruch des Arabischen Frühlings‹, sagte Abi leise. ›Ägypten, Libyen, Tunesien … all diese Länder, die versuchen, sich von der Diktatur zu befreien! Jetzt also auch hier.‹

›Wovon zu befreien?‹, fragte ich.

›Von denen‹, sagte Abi, ›die das Geld an sich reißen und den Menschen verbieten, zu sagen, was sie denken. Von …‹

›Komm, Nura‹, sagte Ummi und stand auf. ›Es ist so ein schöner Abend … wir bereiten das Essen im Innenhof vor. Lass den Männern die Politik.‹

Ich nickte, aber in mir bäumte sich etwas auf: das Organ, das nicht mehr taub und blind sein wollte. Mein Herz. Es sprengte seine Fesseln, und ich hörte das Rauschen im Raum, das Rauschen der schwarzen Schwingen. Es war so laut, dass ich nichts anderes mehr hörte, Aarifs Worte nicht und nicht die meines Vaters oder meiner Mutter. Und als es diesmal leiser wurde, verschwand es nicht. Es verbarg sich im Innenhof zwischen den Zweigen der Zitronenbäume. Ich zwang mich, nichts darüber zu sagen.

Aber als ich auf meiner Matratze zwischen Ummi und Nabil lag, unten im Wohnzimmer, wo wir alle schliefen, da spulte sich in meinem Kopf ein Satz in einer Endlosschleife ab.

Dar'a. Sie haben eine Gruppe von Kindern dort verhaftet. Dar'a.

Was heißt das, Kinder?, fragte mein Herz, das nicht mehr taub war. Wie alt sind sie? Warum demonstrieren Menschen in Damaskus plötzlich, wenn ein paar Kinder in einer armen, staubigen Stadt im Süden verhaftet worden sind?

Niemand in der Schule sprach über die Demonstration vor dem Innenministerium. Die Marhala al-Ihadiya ging ihrem gewöhnlichen Alltag nach, zwischen den Schulbänken staubte die Luft ein wie immer. Wir gingen Eis essen, um die Französischprüfung zu feiern, und sprachen über unseren Mathelehrer, für den eines der Mädchen schwärmte, und über eine Fernsehshow.

Drei Tage später, am Abend des 19. März, rief Abi Yassirs Familie an. Er hätte keinen schlechteren Tag wählen können. Aber alle Tage waren schlecht für Dar'a, von da an.

Abi versammelte uns im Wohnzimmer. ›Ich muss mit euch sprechen‹, sagte er. ›Mit euch allen.‹

Und Aarif nickte. Er hatte immer mehr gewusst als wir.

So lange hatten wir den transparenten, papierenen Schein einer heilen Welt aufrechterhalten. Dies war die Stunde, in der das dünne Papier zerriss.

Am 15. März sprayte eine Gruppe von ungefähr 20 Kindern und Jugendlichen einen Satz an die Wand ihrer Schule, in einer Stadt zwischen Staub und Hitze.

DAS VOLK WILL DEN STURZ …

Aber sie erweiterten den Wahlspruch des Arabischen Frühlings um einen Satz:

DU WIRST DER NÄCHSTE SEIN, DOKTOR.

Der Doktor war der Präsident, Bashar al-Assad. Er war – er ist – Augenarzt. Er hätte nie regieren sollen, dafür hatten sie seinen Bruder erzogen, aber der war irgendwann bei einem Autounfall umgekommen.

Ein Spruch also an einer Wand. Der Schuldirektor oder der Hausmeister oder irgendwer anders rief den Geheimdienst an. Atef Nadschib, Chef des Geheimdienstes in Dar'a und Cousin ersten Grades des Präsidenten, ließ die Kinder alle verhaften. Er war bekannt für seine Korruption und dafür, dass er gerne sunnitische Offiziere schikanierte. Ein Sadist. Die Kinder kamen ihm gerade recht.

Wie erfuhren ihre Familien von dem, was mit ihren Kindern geschah? Vielleicht haben die Mauern der syrischen Gefängnisse Ohren und Münder, um Dinge weiterzuerzählen. Keiner weiß das genau.

Sie haben …«

Frau Silbermann verstummte. Sie schob ihr Teeglas weg.

»Ich übersetze das nicht. Lies es nach. Im Netz. Das ist der Beginn des syrischen Aufstands. Es gibt tausend Berichte darüber.« Sie stand auf. »Zeit für dich, zu gehen.«

Aber Calvin blieb sitzen, und auch Nuri blieb sitzen.

Frau Silbermann ging alleine zur Tür.

»Bitte«, sagte Nuri, mit ihrem Kumin-und-Koriander-Akzent.

Frau Silbermann hatte ihnen den Rücken zugekehrt.

»Ich habe dir gesagt, du sollst erzählen«, sagte sie leise zu Nuri. »Aber ich kann nicht alles übersetzen.«

»Es ist nicht … es ist …« Nuri suchte nach deutschen Worten. »Nicht so schlimm.«

Frau Silbermann drehte sich um.

»Warum willst du das? Dass er das hört?«

Nuri antwortete, auf Arabisch, die Augen zusammengekniffen. Sehr entschlossen.

Frau Silbermann kam langsam zurück zum Tisch. Setzte sich. Seufzte. Und Nuri sprach weiter.

Schließlich begann Frau Silbermann wieder, zu übersetzen. Sie hatte wohl eingesehen, dass Nuri noch immer stärker war als sie. Oder vielleicht war es etwas anderes. Vielleicht wusste sie, dass Nuri das hier erzählen musste, um es loszuwerden. Nicht irgendjemandem erzählen. Calvin erzählen.

Er verstand nicht, warum. Er konnte nichts für sie tun, als ihr zuzuhören.

»Die Sprayer von Dar'a … später sind sie berühmt geworden, auch wenn sie das sicher nicht vorhatten. Atef Nadschib ließ die Kinder foltern. Er ließ sie befragen, ob sie Kontakte nach Amerika hätten oder zu den verbotenen Muslimbrüdern, und da sie keine hatten, konnten sie nichts antworten. Aber vermutlich wusste er das. Vermutlich war die Folter vor allem als abschreckendes Beispiel gedacht, und vielleicht war es daher Absicht, dass die Informationen darüber nach draußen drangen. Die dünne Linie der gesprayten Buchstaben verwandelte sich in tief in die Haut einschneidende Plastikschnüre, und so fesselten sie die Jungen mit ihren eigenen Worten – *DU WIRST DER NÄCHSTE SEIN, DOKTOR!* –, während sie sie folterten.

Als die Eltern nach ihren Kindern fragten, wurden die Kinder noch schlimmer gequält.

Ihr Blut klebt noch heute an den Wänden. Sie haben sie ausgepeitscht und vergewaltigt und ihnen die Fingernägel herausgezogen. Später habe ich Bilder gesehen. Diese Finger sehen nicht mehr menschlich aus, wenn die Nägel nachwachsen, sie gleichen den Krallen von Tieren.

Am 18. März, dem Tag vor unserem Anruf, waren die Väter der verhafteten Jungen zu Atef Nadschib vorgelassen worden, um für die Freilassung ihrer Kinder zu bitten.

Er hat sie ausgelacht.

›Vergesst eure Kinder‹, soll er gesagt haben. ›Geht nach Hause zu euren Frauen und macht neue Kinder. Und wenn ihr nicht wisst, wie das geht, schicke ich jemanden, der es euch zeigt. Oder gebt mir eure Frauen zum Austausch für eure Kinder.‹

Das war der Punkt, an dem die Menschen von Dar'a beschlossen, sich nicht länger demütigen zu lassen. Am gleichen Tag, einem Freitag, demonstrierten sie nach dem Gebet vor der Umari-Moschee.

Im neuen Assad-Stadion in der Nähe landeten sechzehn Helikopter mit Männern einer Antiterroreinheit, die dem Geheimdienst unterstellt waren. Man hatte sie geschickt, um die Menschen zu bekämpfen, die angeblich die Regierung stürzen wollten. In den Straßen tauchten Schlägertrupps auf. Es wurde scharf geschossen.

An diesem Tag hatten die friedlichen Demonstranten von Dar'a vier Tote zu beklagen.

Am 19. März trugen sie ihre Toten in einem langen Leichenzug zu Grabe und demonstrierten wieder – nicht gegen Bashar al-Assad, den Präsidenten. Nur gegen Atef Nadschib und gegen das Unrecht, das er zu verantworten hatte. Und wieder schossen die Sicherheitskräfte scharf. Sie setzten Tränengas ein, aber manche sagen, es war Giftgas dabei. Bei dem Leichenzug starben mehr Menschen als bei der Demonstration.

›Es geht weiter‹, sagte Abi. ›Die Leute von Dar'a haben Angst, aber sie geben nicht auf. Und das ganze Land zeigt sich solidarisch. Das ist der Anfang vom Ende des Regimes. Bald müssen wir nicht mehr leise von diesen Dingen sprechen. Die Revolution ist da.‹

›Sch, sch!‹, sagte Ummi. ›Spar dir dein Pathos für das Buch. Ich muss mich um das Hackfleisch kümmern. Nura …?‹

Doch ich rührte mich nicht.

›Und die Kinder?‹, fragte ich meinen Vater.

›Sind immer noch im Gefängnis‹, sagte er.

Wir saßen eine Weile still da, und dann stellte ich die Frage, die ich stellen musste: Ich fragte Abi, woher Yassirs Eltern so genau wussten, was Atef Nadschib zu den Eltern der Kinder gesagt hatte.

Aber natürlich kannte ich die Antwort, schon damals am Dschebel al-Arab im Weinfeld.

›Yassir‹, sagte Abi, ›ist bei denen, die sie verhaftet haben.‹«

»Calvin?«, sagte der Mann im grauen Anzug, den er vorübergehend nicht erkannte, weil er in Gedanken anderswo war.

Es war drei Tage her, dass Nuri von Dar'a erzählt hatte. Er träumte schlecht seitdem. Als er gegangen war, hatte Nuri in der Tür gestanden und ihm nachgesehen.

Sozialkunde, richtig, er saß im Sozialkundeunterricht, und der graue Anzug versuchte, einen Klassenraum voller Leute zu unterrichten, denen der Unterricht am Arsch vorbeiging.

Calvin achtete darauf, alleine in einer Bank zu sitzen.

»Calvin, was genau liest du da?«

Ein paar Leute lachten. Calvin versuchte, das Buch in seiner Tasche verschwinden zu lassen, aber der Anzug war schneller. Er schnappte Calvin das Buch aus der Hand, sah es an und schüttelte den Kopf.

»Bitte«, sagte Calvin leise. »Kann ich das wiederhaben? Ich stecke es weg.«

»Liebesbrief!«, schrie einer aus der letzten Reihe.

»Playboy!«, rief ein anderer.

»Landserheftchen?«, fragte Kevin und kicherte.

Der Sozialkundetyp musterte Calvin seltsam.

»Calvin Lüttke hat es nicht nötig, in Sozialkunde aufzupassen«, sagte er laut. Calvin dachte daran, wie oft sie diesen Lehrer gequält hatten. Wie oft sie ihn niedergeschrien oder ihn alleine hatten sitzen lassen. Natürlich, das Grinsen um seine Mundwinkel war nur eine klitzekleine Rache. »Calvin Lüttke«, verkündete er, »lernt nämlich jetzt Arabisch.«

Damit legte er das Buch zurück auf Calvins Tisch.

Kevin war mit zwei Schritten da und griff es sich. Er hielt das Buch hoch über den kahl rasierten Kopf, damit alle es sahen.

»Irre«, sagte er, und in seinem Gesicht hing etwas Gefährliches, etwas wie das Japsen eines Hundes, der Beute wittert.

Zum ersten Mal dachte Calvin darüber nach, wie hässlich Kevin war. Er war immer neidisch auf Calvin gewesen. Wegen seines Aussehens, wegen Pascals Vertrauen, wegen Cindy.

»Arabisch für Anfänger!«, rief Kevin. »Das wird Pascal sicher interessieren!«

Internetsuche

children of Dar'a

Autonome Nationalisten

6

(…) Vergangene Woche habe es in Strömen geregnet, das gesamte Lager sei überschwemmt gewesen, und die Zelte der Flüchtlinge seien in Schlamm und Wasser gestanden, schilderte die Frau. Schneestürme seien auf den Regen gefolgt und durch das Lager gefegt. »Drei Kinder sind bereits an Kälte gestorben und durch die verteilten, leicht entzündlichen Gasheizungen brennt wöchentlich etwas«, fuhr sie fort. »Jede Woche verbrennt jemand. Letzte Woche war es eine Familie, davor ein kleines Mädchen.«
(Bericht über ein Flüchtlingslager in Jordanien auf format.at*)*

Heimat bewahren – Einwanderung stoppen!
(Demo-Parole der NPD)

»Delfine?«

Nuri stieg die Stufen vor der Tür des Asylantenheims hinunter und setzte sich neben die Kleine, die die Lumpenpuppe im Arm hielt und ihr etwas in ihrer Heimatsprache vorsang.

»Es ist so, so kalt«, sagte Delfine auf Französisch. »Mein Baby friert. Wie kann es in einem Land immer so kalt sein? Ist das der Winter?«

»Nein«, sagte Nuri lächelnd. »Das ist der Frühling. Im Winter fallen weiße Schneeflocken vom Himmel, und das Meer friert zu. Man kann darauf laufen, sagt mein Vater. Er war schon mal im Winter in Deutschland. Er sagt, es ist wunderschön, wenn alles weiß wird.«

Delfine schnaubte. »Das nützt ja nichts, wenn man immer nur friert.«

»Hm«, sagte Nuri und löste ihr Kopftuch. »Hier. Das ist ein perfekter Mantel für die Puppe.«

Delfine betrachtete das Kopftuch einen Moment lang kritisch, faltete es dann und wickelte die Puppe sehr umständlich hinein.

»So tragen das die Könige«, erklärte sie. »Unter den Armen durch und über eine Schulter. Hatte ich dir gesagt, dass die Puppe einen Prinzen-Vater hat?«

»Ja«, sagte Nuri.

Das Morgenlicht ließ die silbernen Streifen des Kopftuch-Puppenmantels leuchten. Es war das nachtblaue, das sie getragen hatte, als Calvin bei Frau Silbermann aufgetaucht war. Sie dachte daran, dass er Frau Silbermanns Arabischlehrbuch gestohlen hatte, und merkte, wie sie lächelte.

Es gab eine minimale Chance, dass sie ihrem Bruder nie sagen würde, wer ihn angegriffen hatte und wo Calvin wohnte und dass er zwei kleinere Brüder hatte und eine Mutter, die seine Schwachstelle waren.

»Mama sagt, vielleicht dürfen wir nicht hierbleiben und dass sie uns dann zurück nach Hause schicken«, sagte Delfine. »Ich hoffe, das machen sie. Und du?«

»Ich … habe Angst davor, zurückzugehen«, sagte Nuri leise. »Und ich habe Angst davor, zu bleiben.«

Sie lächelte trotzdem still in sich hinein.

Nariq Taib. Einen schönen Tag noch. Eine Verabschiedung, die man nie unter Jugendlichen benutzt hätte. Und der Knoten, den er sich dabei in die Zunge gemacht hatte!

Das blonde Haar war ihm in die Stirn gefallen, und die Sommersprossen auf seinen unruhigen, sehnigen Händen hatten geglüht vor Verlegenheit. Niemand hatte je schlechter Arabisch gesprochen.

»Also?«, fragte Pascal.

Sie standen Calvin alle gegenüber, in einer Reihe auf dem kurz geschorenen Rasen.

Er spürte die Hauswand im Rücken. Es gab eine Menge Fenster ringsum – eine Menge Augen sahen in diesem Moment auf die Wiese hinunter, aber keiner, das wusste Calvin, würde ihm helfen, wenn Pascal beschloss, ihn fertigzumachen.

Kevin hielt das Arabischlehrbuch hoch. »Also?«

Sie hatten ihn auf dem Rückweg von der Schule abgefangen.

Er straffte seinen Rücken und sah Pascal in die Augen. Sie waren unnatürlich blau an diesem Tag, blau wie Gift.

»Gib mir das Buch zurück«, sagte Calvin, ohne Kevin anzusehen. »Dann erkläre ich es euch.«

»Das hoffe ich«, sagte Pascal. Er machte einen Schritt nach vorn – und Sekunden später drückte sein Arm Calvin die Luft ab. »Du trägst das Zeichen auf dem Rücken«, sagte er leise. »Und dann sitzt du in der Berufsschule und lernst … was? Kanakisch?«

»Gib mir das Buch«, keuchte Calvin, er hörte sich selbst kaum. »Es hat … einen Grund, … der so einfach ist, dass … ihr nicht darauf gekommen seid, ich … Scheiße. Gib! Das! Buch! Her!«

Er entwand sich Pascals Griff mit einem plötzlichen Ruck und schnappte nach dem Buch in Kevins Händen, doch Kevins Faust schoss ihm entgegen, und er spürte, wie die Haut an seiner rechten Augenbraue aufplatzte. Dann rollten sie über das abrasierte Gras, Kevin und er, und er roch Kevins Schweiß und spürte die großen, groben Hände, die ihn zu packen und zu würgen versuchten. Kevin war stark. Aber Calvins Bewegungen waren koordinierter. Schließlich kniete er auf Kevin, drückte ihn zu Boden und presste den Unterarm gegen seinen Hals, bis Kevin mit einem Röcheln das Buch losließ.

Calvin nahm es, stand auf und klopfte sich den Dreck von der Jeans.

»So«, sagte er, außer Atem. »Jetzt hört mir mal zu. Ich lerne Arabisch, ja. Wer seinen Feind unterwandern will, muss ihn verstehen!«

»Unterwandern«, wiederholte Pascal und verschränkte die muskulösen Arme vor der Brust. »Aha.«

»Ja, unterwandern«, sagte Calvin. »Was glaubt ihr denn, wie wir die Asylanten loswerden? Wir demonstrieren ein bisschen und der Bürgermeister sagt, ja, perfekt, ich schicke die Ausländer nach Hause? Und alle Bürger wählen auf einmal die NPD? So funktioniert das nicht. Wir müssen schlau sein. Die Schwachstellen des Feindes kriegt man nur raus, wenn man so denkt wie er und die gleichen Träume träumt.«

Scheiße, dachte er. Das ist Nuris Art, zu sprechen. Sprache wie ein Gedicht. Er musste damit aufhören.

»Dann kann man … ihn zerstören«, fuhr er fort. »Die Ausländer bringen sich gegenseitig um, *das* ist der Plan. Ein Krieg zwischen den einzelnen Völkern, den einzelnen Religionen. Wir müssen nur ein bisschen nachhelfen. Und dazu lerne ich Arabisch. Gecheckt?«

»Und deshalb rennst du zur Nachhilfetante von deinen Brüdern und triffst dich mit irgendwelchem Negergesocks«, sagte Jason, breitbeinig, Kaugummi kauend, mit Kimberley im knappen Slingtop am Arm.

»Ja«, sagte Calvin einfach. »Lass die doch denken, ich wäre ein Freund. Einer, der sich von euch abgewandt hat. Sie müssen mir vertrauen.«

»Quatsch«, sagte Kevin langsam.

»Bullshit«, sagte Jason.

»Scheiße, Mann, du laberst doch Scheiße«, sagte Melli.

Pascal holte tief Luft, und einen Moment schwiegen alle.

»Gar nicht dumm«, sagte er dann.

Calvin sah ihn an, sie sahen sich einen Moment lang gegenseitig an, und er spürte, wie Pascal Maß nahm. Wie er jeden Zentimeter von Calvins Körper einer Untersuchung unterzog, die ihm sagen sollte, ob Calvin log. Er wagte nicht, sich zu rühren.

»Das wäre ein Plan«, wiederholte Pascal schließlich. »Wir schleichen uns bei den Kanaken ein und finden ihre Schwachstellen. Aber … Calvin … nur, um ganz sicherzugehen …« Er legte Calvin eine Hand auf die Schulter und lächelte ein seltsames Lächeln. »Um sicherzugehen, dass du immer noch einer von uns bist. Ich möchte, dass du etwas für mich erledigst. Die Ratten im Asylantenheim brauchen ein Zeichen. Nichts Kriminelles, weißt du. Nur eine Warnung.«

»Eine Warnung«, wiederholte Calvin.

Pascal nickte. »Da ist ein kleines Mädchen in dem Wohnblock rechts außen. So ein Negermädchen, hässlich wie die Nacht. Sie hat eine Puppe, mit der rennt sie überall rum … Die besorgst du.«

»Die … Puppe?«

»Ganz genau«, sagte Pascal leise. »Lass uns rausfahren in die Laube. Dann erkläre ich es dir.«

Beinahe glaubte Calvin, die Laube wäre eine Falle.

Aber Pascal tat tatsächlich nichts, als zu erklären.

Und die Nacht war lau und voller Sterne und voller Bierflaschen. Voll von Cindys Blicken unter getuschten Wimpern. »Ich hab dir gesagt, Calvin kann man vertrauen«, sagte sie zu Pascal. »Warum habt ihr mir nicht geglaubt?«

Calvin sah Kevins Eifersucht wieder aufflammen, als er Cindy küsste. Er fühlte sich leicht vor lauter Lügen. Eigentlich wusste er gar nicht mehr, was die Wahrheit war. War der Kuss eine Lüge? Oder war dies sein wahres Leben, und Frau Silbermanns Teegläser waren die Lüge?

Er war betrunken.

Als alle fort waren bis auf ihn, Cindy und Pascal, sagte Cindy, sie würde in der Laube schlafen, und sie wäre müde und ginge schon mal zu Bett.

»Ich komme vielleicht nach«, sagte Calvin. Er spürte, dass Pascal mit ihm reden wollte. Ohne die anderen. Sie saßen zu zweit unter dem Nachthimmel und tranken das vierte oder fünfte Bier des Abends, als er die essenzielle Frage stellte.

»Wie ist es wirklich mit dir, Calvin? Diese Frau, von der Jason erzählt hat. Die, mit der du bei der Nachhilfetype geredet hast … Was ist mit der?«

»Das ist einfach. Ich horche sie aus. Ihr Bruder ist der Typ mit dem Messer. Aus der Disco.«

Pascal trank sein Bier und schwieg eine Weile.

»Wenn Krieg wäre, Calvin«, sagte er schließlich und lehnte sich in seinem Plastikstuhl zurück. »Würdest du kämpfen? Für Deutschland? Würdest du für Deutschland sterben?«

Calvin krempelte die Ärmel seines Pullovers hoch. »Natürlich«, sagte er, und diesmal war er zu hundert Prozent ehrlich.

Pascal nickte ernst. »Wenn du abspringst … die Jungs merken das, Calvin. Sie sind nicht dumm. Ich traue dir nicht.«

»Du traust keinem.«

Pascal lachte. »In einem Land aus Verrätern?«

»Mir kannst du vertrauen«, sagte Calvin. »Wir kämpfen zusammen für Deutschland. Eins nur … muss es unbedingt ein Kind sein? Es ist nicht besonders männlich, einem kleinen Mädchen wehzutun.«

Pascal starrte ihn einen Moment lang schweigend an.

»Wenn ich sage, *hol die Scheißpuppe*, dann holst du die Scheißpuppe«, sagte er dann. »Ob du ihr wehtust, ist deine Sache.«

»Das Problem ist … sie hat die Puppe immer dabei. Ich muss ihr wehtun. Ich muss sie ihr wegnehmen. Und dann sehen die mich. Dann kann ich nicht mehr freundlich tun und sie aushorchen.«

Pascal lachte. »Calvin! Du kannst sowieso niemanden mehr aushorchen, wenn du die Clique übernimmst! Schon morgen nicht mehr, nach der Demo. Du wirst das Gesicht der Clique sein, wenn ich weg bin, das Gesicht der autonomen Nationalen in der Stadt.« Pascal lehrte die Flasche. »Von mir aus lern weiter Arabisch. Aber wenn du mitkriegen willst, was geredet wird bei den Ratten, musst du dich unsichtbar machen.«

Wenn Pascal gewusst hätte, dachte Calvin, wie schwer es war, nur vier Sätze Arabisch zu lernen, hätte er gewusst, dass der Plan sowieso unmöglich war.

»Ich werde da sein«, sagte Pascal. »Morgen früh. Ich werde dir zusehen, von irgendwo. Die Kleine spielt morgens immer draußen … Dann kommst du her, im Schuppen liegt eine Farbdose, die Axt und das Seil. Nutz die nächste Nacht. Ich habe mit der Sache nichts zu tun, falls die Bullen fragen. Wir sehen uns bei der Demo, übermorgen um vier. Danach bin ich weg.«

Er stand auf, lehnte auf einmal über Calvin und legte ihm beinahe zärtlich einen Arm um den Hals. Ein freundlicher, warnender Schwitzkasten. Aber er drückte langsam fester zu.

»Mach uns keine Schande«, flüsterte er, ließ plötzlich los und sprang über den niedrigen Zaun der Laube. Ehe er mit seinem Fahrrad in der Dunkelheit verschwand, sah Calvin ihn die Hand zum Hitlergruß strecken. Er erwiderte den Gruß.

Dann drehte er sich um, tauchte in die wärmere Dunkelheit des Gartenhauses ein und fiel auf die Matratze wie ein totes Tier.

»Cindy?«, flüsterte er.

Er tastete nach ihrem warmen Körper neben seinem. Sie war nackt. Aber sie schlief schon, sehr tief.

Er weckte sie nicht.

Früher Morgen im Viertel.

Vogelgezwitscher, selbst hier – Spatzen wahrscheinlich.

Er wartete, bis seine Mutter mit Tom und Benji um die Ecke verschwunden war. Sie brachte sie in letzter Zeit wieder zur Schule, damit sie auch dort ankamen. Die Ecke, um die sie verschwanden, war mit einem Schriftzug besprayt. *ALL COPS ARE BASTARDS. FUCK MERKEL.* Harmlose Sätze.

Wie alt waren die Jüngsten der Jungs gewesen, die in Dar'a die Wand besprayt hatten?

Er sah Tom und Benji in einer Gefängniszelle, er sah Blut in ihren Gesichtern und blinzelte es fort. Wusste Nuri, dass er nicht mehr richtig schlief? Es war ihre Schuld. Alles war ihre Schuld. Auch die Sache mit der verdammten Puppe.

Und da war sie, als hätte er sie gerufen, mit dem hässlichen, braunen Kopftuch. Ihm wurde merkwürdig warm. Sie trat zusammen mit dem Negermädchen aus der Tür; die Mutter des Mädchens folgte, ein schreiendes Baby auf dem Arm, sprach kurz mit Nuri und ging zurück in den Block. Nuri und das Mädchen setzten sich auf eine der Bänke bei den Müllcontainern.

Sie sahen ihn nicht, er stand hinter einem anderen Müllcontainer, angelehnt, beiläufig rauchend, seine alte Baseballkappe in die Stirn gedrückt. Das Mädchen wiegte die Puppe, wie ihre Mutter das schreiende Baby gewiegt hatte. Die Puppe hatte die Größe und Form eines echten Babys, war aber von Kopf bis Fuß in dreckige Stofflappen gewickelt. Ihr Kopf, ihre Hände und Füße schienen aus Holz zu sein.

Geh weg, Nuri. Geh weg, geh weg, geh weg.

Sein Herz tat Dinge, die er ihm verbieten wollte, es machte merkwürdige Hüpfer, es spuckte arabische Sätze aus, es benahm sich lächerlich.

Das kleine Mädchen küsste ihre Puppe jetzt auf die hölzerne Stirn.

Er schloss die Augen. *Ich werde da sein,* hatte Pascal gesagt. *Ich werde dir zusehen, von irgendwo.*

Er spürte seine misstrauischen, blauen Augen im Rücken.

Nach einer Ewigkeit standen die beiden auf und gingen hinein, und er hatte mehr Glück, als er geglaubt hatte: Nuri ging voraus. Die Kleine blieb noch einen Moment stehen und zog das äußerste Tuch zurecht, in das sie die Puppe gewickelt hatte.

Calvin pfiff, und sie sah auf. Er winkte sie näher, freundlich, streckte ihr einen Riegel Schokolade entgegen. Sie zögerte einen Moment, aber dann sah sie die Schokolade und ließ sich locken. Er legte einen Finger auf den Mund. Sie kam zu ihm herübergelaufen, in den Schatten des Müllcontainers, dorthin, wo Nuri sie von der Tür aus nicht mehr sehen konnte.

Er hörte Nuri nach der Kleinen rufen.

»Delfine! Delfine!« Und etwas in einer Sprache, die weder Deutsch noch Arabisch war. Verdammt, wie viele Sprachen sprach sie?

Calvin schlang blitzschnell einen Arm um das Kind, das jetzt erwartungsvoll vor ihm stand und zu ihm aufsah – er nahm die Kleine in den Schwitzkasten, wie Pascal es bei ihm getan hatte, und presste sie fest an sich. Die Schokolade fiel in den Dreck, und das Kind gab einen Schmerzenslaut von sich.

»Die Puppe«, sagte Calvin leise. »Gib mir deine Puppe.«

Nichts geschah.

Natürlich, sie verstand ihn gar nicht.

Er befand sich in einer unmöglichen Situation, ein fremdes kleines

Mädchen an sich gepresst, nahe der Straße, durch einen Müllcontainer vor Blicken aus dem Asylantenblock geschützt – aber nicht vor Blicken aus Autos, die jeden Moment die Straße entlangfahren konnten.

»Scheiße«, flüsterte er. »Gib einfach das Ding her. Ich will dir gar nicht wehtun. Es ist nur ein blöder Lumpenhaufen mit einem Holzkopf.«

Er entwand ihr die Puppe mit einer Hand, während er sie mit dem anderen Arm noch immer im Schwitzkasten hielt, und ihre Tränen fielen auf seinen Arm. Sie brannten Löcher in seine Haut. In seinem Kopf schlitzte jemand Toms und Benjis neuen Fußball mit dem Messer auf. Er ließ das Mädchen los, und sie taumelte einen Schritt zurück, aber sie lief nicht weg. Sie schrie auch nicht. Sie holte tief Luft, er sah es an ihrem schmalen Brustkorb – und ging mit geballten Fäusten auf ihn los. Er hielt ihre Arme fest und ließ sie toben. Dann drehte er sie um und gab ihr einen groben Schubs in Richtung Asylantenheim.

»Lauf!«, zischte er. »Mach, dass du wegkommst!« Und endlich lief sie.

Er ging langsam in die andere Richtung davon. Erst jetzt kam das erste Auto vorbei. Vielleicht saß Pascal darin, es kümmerte ihn nicht mehr. Er hatte die Puppe.

Und um die Puppe gewickelt lag ein dunkelblaues Kopftuch mit silbernen Streifen. Die Tränen des kleinen Mädchens glänzten noch immer auf seinem Unterarm. In diesem Moment war sein Hass unendlich. Er hasste, zum ersten Mal, sich selbst.

Frau Silbermann saß vor dem großen Bildschirm ihres Computers, als es klingelte.

Ihre Augen taten weh, sie war müde, und die alte, fein geäderte Hand lag auf der Maus wie ein Wesen, das sich seiner Daseinsberechtigung nicht mehr sicher ist.

Sie hatte lange gelesen. Die jungen Leute sagten ihr immer wieder, die Technik wäre zu schnell für sie, das Internet zu weit, aber die jungen Leute hatten keine Ahnung. Es war nicht das Internet, das sie so erschöpfte, es war die Flut an Nachrichten darin – und ihr Inhalt.

Sie hatte versucht, Nuri zu folgen. Aber ihre Fußspuren waren alt, vieles zerstört. Aarif tauchte häufiger auf in den verbleibenden Bruchstücken.

Eine geschlossene Facebook-Seite. Ein gelöschter Wiki-Eintrag. Zerschossene Informationen. Und immer wieder die Flagge der Revolution, weiß und grün und schwarz, die drei Sterne, die so voller Hoffnung waren und doch blinden Augen glichen. Die winzigen arabischen Buchstaben waren vor Stunden schon vor ihren Augen verschwommen. Und von überall strömten die Bilder auf einen ein, sie drangen wie Wasser durch jede Ritze, Staub und Sand und Blut waren nur einen Klick weit entfernt.

Eine Weile hatte sich ihre Hand wie von selbst durch die Bilder geklickt, die Videos, die verwackelten Aufnahmen von Handys – Straßenzüge voller rennender Menschen, Wind, der Teile von Häusern mit sich trug. Das Gesicht eines Jungen aus Dar'a, die Narben.

Sie dachte an damals. An andere Narben. Sie war dankbar, dass es so wenige Bilder von damals gab. Sie würde Nuri nie erzählen, warum sie keine Gnade walten lassen konnte, wenn es um die Jungs mit dem deutschen Adler auf den T-Shirts ging. Sie kannte den Adler zu gut, er hatte immer weggesehen, wenn sie gemordet hatten. 1941, die Züge – sie war elf gewesen. Ihre Erinnerungen waren schwarz-weiß-rot.

Es klingelte noch einmal. Frau Silbermann stand auf und musste sich einen Moment am Tisch festhalten. Manchmal fiel ihrem Körper plötzlich wieder ein, dass er dreiundachtzig Jahre alt war.

Ein Blick auf den Kalender sagte ihr, dass es an diesem Tag keine Nachhilfeschüler gab. Aber in dem Kästchen stand ein rotes Wort: *NPD-Demo, Treffen Gegendemo 15.30 Rathaus.*

Sie dachte daran, wie anstrengend es sein würde, mit den jungen Leuten mitzugehen. Sie war unendlich müde. Sie hatte so lange versucht, so vieles zu ändern. Sie ging langsam hinunter, und ehe sie die Tür öffnete, straffte sie ihren Rücken.

Vor der Tür stand Nuris Nazi.

Er trug den schwarzen Kapuzenpullover, die Kapuze über den blonden Kopf gezogen, aber er sah nicht aus, als wollte er bedrohlich wirken. Er sah gehetzt aus. Seine grünen Augen waren groß und jünger als sonst. Er streckte ihr einen zusammengefalteten Zettel entgegen.

»Das hier. Das ist für Nuri. Können Sie es ihr geben? Und es … übersetzen?«

Frau Silbermann nahm den Zettel nicht, sie starrte nur den Jungen an. Er hatte eine ziemlich frische Platzwunde an der rechten Augenbraue und einen Bluterguss seitlich am Hals. Aber das Braunrote an seinen Händen war eindeutig Farbe.

»Sie *müssen* es übersetzen«, sagte er verzweifelt. »Bitte.«

»Komm rein und vergiss die Demo«, sagte Frau Silbermann. Es war ein faires Angebot.

Er schüttelte wieder den Kopf. Die Sommersprossen auf seinem Nasenrücken zuckten.

»Sie kapieren nichts«, stieß er hervor. »Gar nichts.«

Und dann drehte er sich um und ging die Straße entlang, mit großen Springerstiefelschritten.

Die Jungs haben rausgekriegt, dass ich Arabisch lerne.

Ich muss das tun, was ich tun werde.

Wäre Yassir mutiger gewesen? Er war nicht allein mit seinem gesprayten Satz, sie waren zwanzig. Ich bin ganz allein.

Sag der Kleinen, es tut mir leid, und sie kriegt eine neue Puppe, eine schönere. Ich kümmere mich darum.

Noch was: Ihr müsst hier weg. Wir müssen einen Plan machen, zusammen.

Calvin.

Frau Silbermann zerknüllte den Zettel und warf ihn in den Küchenabfall.

Am Tag der NPD-Demo hatte sich schon gegen acht Uhr morgens eine kleine Menge vor dem Asylantenheim versammelt.

Auf der gegenüberliegenden Seite der schmalen Straße, an einer Laterne, baumelte etwas sehr weit oben an einem Seil. Ein kleiner Körper. Der Körper eines Babys, vielleicht fünf Monate alt. Es war in Tücher gehüllt, die an einigen Stellen blutig rot verfärbt waren. Die Schlinge des Seils lag um den Hals des Babys. Seine Arme waren an den Schultern abgetrennt, dort war das Rot in die Tücher gelaufen. Ein weißes Stück Stoff war mit einer Kette an einem der kleinen, dunklen Füße befestigt, eine Botschaft, die der Wind aufblähte wie einen Kinderdrachen.

GEHT
ENDLICH
NACH HAUSE!

Kamal war der Erste, der etwas sagte.

»Wo ist Fabienne? Wo ist ihr Baby?«

Nuris Vater drückte seine Frau stumm an sich und zuckte die Schultern. Sie hatte sich abgewandt. Ramo schüttelte unaufhörlich den Kopf. Die beiden afrikanischen Jungs, die neben ihm standen, starrten nur. Jemand sagte das Wort Polizei.

Und dann erwachte Nuri aus ihrer Erstarrung und rannte über die Straße, stellte sich dicht unter den hin und her baumelnden, verstümmelten Körper und sah nach oben. Mit dem Hin und Her des Babys im Wind hoben und senkten sich auch die schwarzen Schwingen, die die Sonne jetzt verdeckten. Nuri blinzelte sie weg.

»Es ist die Puppe«, sagte sie. Und rief dann, lauter, zu den anderen hinüber: »Es ist nur eine Puppe!«

Im selben Moment trat Fabienne aus der Tür des Eckblocks, das Baby im Arm. Es schlief friedlich, in ein anderes Tuch gehüllt. Ein Raunen lief durch die Menge der Asylanten, vollkommen fremde Menschen drängten sich zu Fabienne vor und wollten das Baby berühren, streicheln – bis es erwachte und verwundert um sich sah. Nie, dachte Nuri, waren die Menschen in diesem Block so eins gewesen, sie waren eine Einheit aus Erleichterung und Nähe, obwohl sie nicht einmal die Sprache des anderen verstanden.

Nuri ging über die Straße zu ihnen zurück.

»Haha«, sagte Ramo. »Nur ein dummer Scherz.«

»Nicht nur«, sagte jemand. »Das ist eine Drohung.«

»Wir machen sie fertig«, wisperte Kamal. »Nura, wo ist das Messer? Wir müssen die Puppe abschneiden.«

»Nein«, sagte Nuri. »Sie hängt zu hoch. Die müssen eine Leiter gehabt haben.«

»Ich kann klettern«, sagte Ramo. »Aber wir sollten warten, bis jemand das fotografiert hat.«

»Nuri – mein Messer?«, fragte Kamal und hielt die Hand auf. »Ich brauche es trotzdem.«

Sie schluckte. »Gib mir eine halbe Stunde. Dann habe ich entschieden, ob ich dir sage, wo es ist.«

Delfine heulte.

Sie saß auf dem Bett in dem winzigen Zimmer im obersten Stockwerk und heulte in Nuris Armen. Fabienne ließ das Baby trinken.

»Das war gestern«, sagte Delfine zwischen ihren Schluchzern. »Gestern Morgen. Ich habe es niemandem erzählt, weil … Ich dachte, dann ist es nicht richtig wahr, und er bringt mir die Puppe wieder … So ein Mann … noch nicht so alt … mit Schwarz an. Und schwarzen Stiefeln. Ganz groß. Er hat mir die Puppe weggenommen und … das war, bevor ich rein bin … er war sehr böse. Er hatte gelbe Haare, und hinten auf seinem Pulli war ein Rad, das war weiß, wie von einem Fahrrad.«

»Deshalb warst du gestern so komisch«, sagte Nuri und wischte ihr die Tränen ab, aber es kamen sofort neue. Sie fand einen Bleistift und malte einfach auf die Wand – die schwarze Sonne. »Sah das Rad so aus?«

Delfine nickte, putzte sich die Nase mit einem Stück Klopapier, das Nuri ihr reichte, und sagte schließlich: »Woher weißt du das?«

»Ich hatte gehofft, es würde nicht stimmen«, sagte Nuri.

»Sie … sie hat keine Arme mehr«, flüsterte Delfine. »Nuri, er hat ihr so wehgetan! Ist sie tot?«

»Nein«, sagte Nuri entschlossen. »Weißt du, wir machen ihr neue Arme, wenn wir sie wiederhaben.«

»Wie denn?«

»Ich überlege mir was. Delfine … was hat der Mann genau mit dir gemacht?«

»Er hat mich so festgehalten … so mit dem Arm um den Hals … das tat weh … Dann hat er die Puppe genommen und mich weggeschubst. Er war dünn. Aber mit viel Kraft. Und seine Augen hatten eine komische Farbe. Ich glaube, sie waren rot. Wie die Wiese da drüben.«

»Du meinst grün?«

»Und … er hatte Punkte im Gesicht. Wie du, nur viel mehr.«

»Sommersprossen.«

»Ja. Und er war dumm. Er konnte kein Französisch.«

Nuri nickte bitter und zog Delfine wieder an sich. »Ja, er ist dumm«, flüsterte sie. »Arabisch kann er auch nicht.« Und dann legte sie ihren Kopf auf Delfines schwarzen Krauskopf und weinte zusammen mit ihr, und Fabienne kam mit dem Baby und schlang einen hilflosen Arm um sie.

Aber als Nuri die eigenen Tränen wegwischen wollte, da war ihr Gesicht nicht nass, sondern nur kalt. Es war ein trockenes Weinen, das sie weinte, Zund jede Träne, die nicht fiel, verwandelte sich in einen Eiszapfen aus Wut.

»Das war der Mann an der Angel«, flüsterte sie. »Ich dachte beinahe … Aber ich habe mich getäuscht.«

»Ja«, flüsterte Fabienne.

»Zeit«, sagte Nuri, »die Angel einzuholen. Ich muss mit Kamal reden. Sein Messer, das ich nach der Disco versteckt habe … Er kämpft nicht ohne es, er glaubt, dass es ihm Glück bringt. Ich muss das Messer holen. Es liegt in Frau Silbermanns Küchenschublade.«

Sie legte den Zettel auf den Küchentisch, seltsam ruhig.

»Hier«, sagte sie. »Kamal? Der Typ, der dich vor einer Weile angegriffen hat … Du hast doch gesagt, du hast ihn nicht richtig gesehen. Ich hab dir seine Adresse aufgeschrieben. Du brauchst nur abends vor der Tür zu warten. Er hat zwei kleinere Brüder und eine Mutter, um die er sich Sorgen macht. Und er hat noch eine Schwachstelle.« Sie schluckte. »Die Schwachstelle bin ich.«

Kamal starrte sie an. »Du?«

Sie zuckte die Schultern. »Ja. Sag ihm, mir wäre was passiert.«

Kamal trat einen Schritt näher. *»Was genau hast du mit dem?«*

»Nichts«, sagte Nuri. »Ich übergebe ihn dir. Euch. Kapiert?«

Kamal nickte langsam. »Und … mein Messer? Du weißt, dass ich nicht ohne kämpfe.«

»Ich muss es holen. Kamal … lasst euch nicht von der deutschen Polizei schnappen.«

»Die haben genug damit zu tun, die richtige Schublade für die erhängte Puppe zu finden, die sie abgeschnitten haben«, sagte Kamal. »Vergiss die deutsche Polizei.«

Die NPD distanzierte sich noch vor Beginn der Demonstration von dem »Dummejungenstreich« mit der Puppe. Der zuständige Mensch von der Partei, A. R. Wolf, erklärte, dies sei »eine geschmacklose Geste«, und man müsste den Verantwortlichen zur Rechenschaft ziehen.

Dennoch, so Wolf gegenüber den Reportern, spiegelte der erklärtermaßen niveaulose Akt die Stimmung in der Bevölkerung wider. Seiner Meinung nach sei die »Sicherheit von Asylbewerbern in dieser Stadt nicht länger gewährleistet«, und es sollte »darüber nachgedacht werden, was das für Konsequenzen nach sich zieht«.

Sechs Uhr, und der Abend war lau. Wie feierlich er war, der Zug der Demonstranten! Sie trugen Fahnen, große, schwarze, leere Fahnen – der Platzhalter, sagte Frau Silbermann, für die verbotene Reichskriegsflagge.

Sie trugen auch schwarze Hemden mit Kragen – lauter ordentliche junge Männer, die Gesichter heroisch der Sonne entgegengereckt. Die beiden, die vorangingen, sahen aus wie in Stein gemeißelt – athletische Körper, Krieger für die Gerechtigkeit. Eine Gerechtigkeit, die sie selbst erfunden hatten. Manche hielten Plakate der NPD, manche selbst geschriebene Spruchbänder.

DEUTSCHE, ERHEBT EUCH!

UNSERE STADT IST KEIN SPIELPLATZ FÜR VERBRECHER, DIE IHR LAND AUSGEWIESEN HAT!

HEUTE EINE HELFENDE HAND? MORGEN ZEHN NEUE MOSCHEEN IM LAND!

Die Jungen hoben alle zwanzig Meter gleichzeitig die rechte Faust und skandierten noch mehr Sprüche, aber Nuri verstand sie nicht, ihre Rufe waren zu abgehackt. Liedfetzen drangen aus Lautsprechern zu ihr …

… und leisten den Bonzen Widerstand – für ein freies, stolzes Land.

Ihr da oben spürt unsre Wut, wir gießen deutschen Boden mit eurem Blut …

Sie sah die Demonstration nur von Weitem. Die Polizei versuchte offenbar, ein Zusammentreffen der beiden Demonstrationszüge zu verhindern.

Die Gegendemonstration war regenbogenfarben und ungeordnet. Busse waren angekommen und hatten Leute ausgespuckt, die mit demonstrierten, und Frau Silbermann versuchte zu erklären. »Unsere Freunde – so viele Freunde! Sie kommen von weit her, um uns zu helfen. Deutschland ist bunt.«

Nuri nickte und ließ sich von der Menge mittreiben.

Sie fühlte sich seltsam taub. Sie dachte an Calvins Versuche, arabisch zu sprechen. An seine grünen Augen. An Delfine. An die aufgeknüpfte Puppe, die die Polizei abgeschnitten und mitgenommen hatte. Und an das Messer, das sie aus Frau Silbermanns Haus geholt hatte. Frau Silbermann hatte sie nichts dazu gefragt.

»Komm mit zur Demo«, hatte sie gesagt. »Bitte.« Sie hatte ihr eine uralte, faltige, jung gebliebene Hand auf den Arm gelegt und sie durch ihre Goldrandbrille angesehen. »Du sollst sehen, wie viele zu euch halten.«

Hier war sie also, neben Frau Silbermann, und spürte, wie alle sie anstarrten. Sie war die Quoten-Asylantin, ein Maskottchen, dem alle am liebsten auf die Schulter geklopft hätten. Sie fühlte sich nicht einmal bedrängt von ihnen, sie fühlte gar nichts. Einer der beiden, die ganz vorne im Zug der Rechten liefen, war natürlich Calvin. Sie brauchte ihm nicht nahe zu sein, um ihn zu erkennen. Da war etwas, das er ausstrahlte, etwas, das im Atemholen zwischen den Sekunden wieder vergaß, bedrohlich auszusehen. Aber er *war* eine Bedrohung. Jede Bedrohung hatte eine weiche Seite. Auch die Geheimdienstler, die in den syrischen Gefängnissen Menschen folterten, sangen zu Hause ihre Kinder in den Schlaf.

»Jemand wartet vor deiner Wohnungstür«, murmelte Nuri zwischen zusammengebissenen Zähnen. »Calvin Lüttke. Heute ist der Tag der Bestrafung.«

»Hast du was gesagt?« Sie drehte sich zur Seite und blickte in das Gesicht eines schmalen, rothaarigen Jungen in einem bunt gestreiften Hemd, der das eine Ende eines Spruchbandes hielt. Sein Lächeln war ehrlich, sein Haar durcheinander. *UNSERE STADT IST KEIN SPIELPLATZ FÜR NAZIS, DIE IHR LAND AUSWEISEN SOLLTE!*, stand auf dem Spruchband.

»Ich … nein«, murmelte Nuri.

»Das ist Tim«, sagte Frau Silbermann. »Ich wollte ihn dir sowieso vorstellen. Einer von denen, die mit mir in dem Verein sind, der sich um das Asylbewerberheim kümmert. Er studiert hier.«

Nuri nickte. Sicher war Tim nett. Und wie sich herausstellte, sprach Tim sogar Arabisch, genau wie der Typ, der mit ihm das Band hielt, ein junger pakistanischer Arzt, und sie waren beide voller Elan, voller Sympathie für Nuri ... Aber Nuri hörte ihnen nicht zu. In ihrem Kopf sagte ein Junge, der vorne in der NPD-Demo lief: *»Nariq Taib.«* Einen schönen Tag noch.

Dann kam der Zug zum Halten, die Polizisten mit ihren Schilden bildeten eine menschliche Barriere. Jenseits der Barriere schwappte die NPD-Demo über die Straße wie dunkles Wasser. Das war nicht geplant gewesen, die Demonstrationen hätten sich nicht treffen sollen. Aber irgendwie war es passiert, und nun sprach einer der NPD-Männer in ein Mikro. Die bunte Menge um Nuri geriet in Bewegung, Protestrufe wurden laut, die Leute versuchten, die Barriere zu durchbrechen, die Polizisten verschränkten die Arme ineinander. Irgendwo sah Nuri einen Schlagstock durch die Luft sausen.

Die Sonne brannte auf die Häuser des Damaszener Vororts, brannte auf die losen Stromleitungen und die Demonstranten, Nuri sah die Busse und die Menschen, die gegen ihren Willen hineingezerrt wurden. Sie hörte die Lautsprecherstimme, hörte die Parolen, die gebrüllt wurden. Jemand hielt direkt vor ihr ein Bild des Präsidenten hoch, der selbstsicher von dem Foto auf die Menge herablachte.

»BASHAR!«, skandierten die Gegendemonstranten. »WIR OPFERN FÜR DICH MIT UNSEREM BLUT UND UNSEREM LEBEN!« Auf den Dächern der Häuser standen die Heckenschützen und huldigten ihm mit ihren Kugeln.

»Freiheit! Freiheit für das syrische Volk!«

Wo war Aarif? Wo war Anna? Nuri war eingekeilt in der Menge.

Sie sah zwei Polizisten mit Schlagstöcken auf jemanden einprügeln, der am Boden lag, zu weit weg, als dass sie ihm helfen konnte. Sie schlug die Hände vors Gesicht, und dann stieß jemand sie, und sie fiel.

»Nuri?«

Nuri blinzelte. Frau Silbermann hatte sich über sie gebeugt, zusammen mit dem rothaarigen Jungen.

»Was ist passiert?«

Der Junge zog sie auf die Beine. Die Demonstranten vor ihr waren bunt und hatten keine Assad-Plakate. Die Worte, die der NPDler in sein Mikro brüllte, waren deutsch.

»... verlangen wir, dass sämtliche Asylbetrüger in ihre Heimatländer zurückgeschickt werden!«

In den Polizeibussen saßen nur deutsche Polizisten, und die Häuser von Damaskus waren weit weg.

»Die Scheißbullen«, sagte jemand. »Schützen die Rechten, damit die ihre Reden halten können.«

»Es ist ihr Job«, sagte Frau Silbermann. »Eigentlich können sie einem leidtun. Warum mussten die versuchen, da durchzukommen? Lasst doch die Rechten ihre Reden halten, damit wenigstens jeder hört, was für Unsinn sie erzählen.«

»Du zitterst«, sagte der rothaarige Junge zu Nuri. Tim.

»Hörst du das Rauschen?«, fragte sie ihn, noch immer benommen.

Tim schüttelte den Kopf. »Du warst kurz weg«, sagte er. »Das ist das Blut in deinen Ohren.«

Nuri nickte. »Das Blut in meinen Ohren. Ich ... ich denke, ich gehe nach Hause.«

»Natürlich«, sagte Tim. »Frau Silbermann? Ich bringe sie.«

Aber Nuri schüttelte den Kopf. »Nein. Ich gehe allein. Hey ...« Sie lachte, mühsam. »Die Rechten sind sowieso alle bei der Kundgebung! Es kann mir also keiner was tun, oder?«

»Vergiss es«, sagte Tim.

Sie ging neben ihm her und wusste nicht, worüber sie reden sollten.

»Frau Silbermann hat gesagt, wir sollten mal Tee zusammen trinken«, sagte Tim. »Du und ein paar von uns. Sie macht sich Sorgen um dich.«

»Hm«, sagte Nuri.

Sie war stehen geblieben. Der blau-weiß gestrichene Asylantenblock mit seinen vier Eingängen war nur noch ein paar Hundert Meter entfernt. An der Laterne auf der anderen Straßenseite, ganz oben, hing ein abgeschnittenes Seil.

»Meine Mitbewohnerin kommt aus der Türkei«, sagte Tim. »Sie ist hier geboren. Ich meine: in Köln. Wir sind zusammen zum Studium hergekommen. Im Westen gibt es unglaublich viele Türken.«

»Aha.«

»Was machst du morgen?«

»Weiß ich nicht«, sagte Nuri. »Ich … Tut mir leid, ich bin wirklich müde. Kann ich das letzte Stück alleine gehen? Bitte. Du kannst ja hier stehen bleiben und nachsehen, ob ich heil ankomme.«

Er nickte, völlig ernst. »Ich bleibe hier stehen.«

Als sie die Hälfte der Strecke hinter sich gebracht hatte, drehte sie sich um, und er stand immer noch da. Schließlich erreichte sie die Tür ihres Blocks, lehnte sich drinnen im kalten, muffigen Flur an die Wand und atmete ein paarmal tief durch. Dann öffnete sie die Tür wieder.

Tim war fort. Endlich.

Es stimmte, sie war erschöpft. Aber sie hatte noch etwas vor. Auf dem Weg hierher hatte sie Calvin gesehen, Calvin, der sich offenbar früher von der NPD-Kundgebung verabschiedet hatte. Er war von der falschen Seite gekommen, was sie wunderte. Er musste schon vor einer Weile abgehauen sein. Er hatte über dem gebügelten schwarzen Hemd wieder den Kapuzenpulli angehabt, und er hatte etwas getragen, verborgen unter dem Pullover.

Kamal, das wusste Nuri, wartete vor Calvins Wohnungstür. Ahnte Calvin etwas? Würde die Falle doch nicht zuschnappen, weil er gar nicht nach Hause ging? Musste sie Kamal helfen?

Scheiße.

Pascal hatte ihm den Anruf auf dem Handy geglaubt.

Das war meine Mutter. Geht ihr nicht gut, irgendwas ist, ich sehe nur nach, dann komme ich wieder, ja?

Pascal hatte abgewinkt: Ja, ja. Er war damit beschäftigt gewesen, mit Wolfs Kamera Gegendemonstranten zu filmen. Es gab eine Kartei mit den Gesichtern derer, die gegen die NPD liefen. Wer zu oft bei den Gegendemos auftauchte, wer NPD-Plakate abriss oder anderweitig auffiel, wurde in der Kartei gekennzeichnet. Manchmal schickte Wolf ein paar Leute los, die Hausbesuche machten.

Das System funktionierte gut. Lokalreporter schrieben äußerst ungern über die Aktivitäten der NPD oder über rechte Strömungen in der Bevölkerung. Sie wussten, dass sie Besuch bekommen würden, wenn sie es taten.

Calvin hatte die Plastiktüte unter dem Jasminbusch bei Frau Silbermann versteckt. Es hatte nicht lange gedauert, sie dort abzuholen. Er dachte an Mamas Geld, das er ausgegeben hatte.

Verdammt, warum kam er sich so beobachtet vor? Die Jungs waren doch alle bei der Kundgebung?

Als er sich umdrehte, war die Straße leer.

Er machte einen weiten Bogen um die Demo und kam auf der anderen Seite beim Asylantenheim heraus. Er musste die Kleine finden.

Einmal drehte Calvin sich um, aber Nuri tauchte in den Schatten eines Hauseingangs, und er sah sie nicht. Er lief um den Asylantenblock herum, und sie fragte sich bitter, ob er kontrollieren wollte, wie es seiner erhängten Puppe ging.

Aber er schien etwas anderes zu suchen. Er sah nervös aus.

Schließlich blieb er vor der Tür von Nuris Teil des Blocks stehen. Er sah sich noch einmal um, griff unter seinen Pullover, zog eine Plastiktüte hervor und bückte sich, um sie auf die Stufen zu legen.

Nuri stand hinter einer der Überdachungen für die Müllcontainer und fragte sich, ob es vielleicht klug wäre, genau jetzt zu rennen. Die Tüte von den Stufen zu kicken. Auf die Gefahr hin, dass sie dabei explodierte.

Aber in diesem Moment öffnete sich die Tür, und Delfine kam heraus, sie lief Calvin direkt in die Arme. Er fing sie auf, ließ sie dann aber los und hob stattdessen die Plastiktüte wieder auf.

Delfine presste sich an die Haustür und sah zu Calvin auf, ihre Augen groß vor Furcht.

Nuri krallte ihre Hände ineinander. Jetzt lauf doch! Lauf doch zu ihr, sagte sie zu sich selbst, warum läufst du nicht?

Calvin griff in die Tüte, holte etwas heraus und kniete sich damit vor Delfine. Es war eine Puppe, in ein dunkelblaues Tuch mit silbernen Streifen gewickelt. Eine deutsche Babypuppe.

»Die ist für dich«, hörte sie ihn sagen. »Als Ersatz.«

Delfine presste die Lippen aufeinander und schüttelte den Kopf.

Sie starrte die Puppe an wie eine Schlange.

Sie wollte *ihre* Puppe wiederhaben, die Lumpenpuppe mit dem Holzkopf, die Puppe, die aus ihrem Land kam und die es nur ein Mal gab. Nuri fühlte mit ihr, als wäre sie selbst das kleine Mädchen, in ihrem Bauch brodelte die Wut. Wie konnte man nur so dumm sein? So dumm, dass man nicht verstand, wie wenig ersetzbar Puppen sind?

»Es tut mir leid«, sagte Calvin. »Schau mal, sie ist ganz allein. Und ich habe sie extra für dich gekauft.« Er bewegte die Arme der Puppe, als streckte sie sie nach Delfine aus. »Sie braucht eine Mama ...« Er seufzte. »Ja, ich weiß, dass das scheiße ist ... Ja. Verdammt. Schmeiß das hässliche, rosa Plastikding weg. Du hast recht.«

Er legte die Babypuppe auf die oberste Stufe.

Da bückte sich Delfine blitzschnell, schnappte sich die Puppe und drückte sie an sich. Sie streichelte ihr helles Plastikgesicht, das so gar nicht afrikanisch war, und jetzt liefen Tränen über ihre Wangen. Calvin kniete noch immer vor ihr auf dem Boden.

Delfine sah von der Puppe zu ihm, wischte sich durchs Gesicht – und wischte danach über seine Wange.

»Was machst du denn da?«, fragte Calvin unwirsch. »Lass das!«

Er stand auf und wischte sich selbst mit dem Ärmel durchs Gesicht.

Und Nuri begriff, dass es Tränen waren, die er fortwischte. Seine Tränen.

Delfine stemmte jetzt die schwergängige Tür auf, die blassrosa Babypuppe unter den Arm geklemmt. Dann verschwand sie im Inneren des Blocks, ohne sich noch einmal umzudrehen.

Calvin war mit einem Satz am Fuß der drei Stufen, joggte quer über die Wiese neben dem Wohnblock davon, um eine Ecke – und war fort.

Nuri ließ sich auf die Bank vor den Müllcontainern fallen. Einen Moment lang presste sie beide Hände an die Wangen.

»Idiot«, flüsterte sie. »Du Idiot!« Dann griff sie in ihre Tasche und zog etwas heraus, das Frau Silbermann ihr gegeben hatte, als sie das Messer geholt hatte. Vor der Demo.

Einen zerknüllten Zettel.

»Der gehört dir«, hatte Frau Silbermann gesagt. »Ich sollte ihn übersetzen, aber ich habe ihn weggeworfen, weil ich wütend war. Dann dachte ich, dass es doch kindisch ist, wütend zu sein ... und ... Entscheide selber, ob du den Zettel wegwirfst.«

Nuri hatte den Zettel nicht lesen wollen, nicht nach der Sache mit der aufgehängten Puppe. Jetzt las sie ihn doch.

Die Jungs haben rausgekriegt, dass ich Arabisch lerne.

Wäre Yassir mutiger gewesen? Er war nicht allein mit seinem gesprayten Satz, sie waren zwanzig.

Ich bin ganz allein.

Sag der Kleinen, es tut mir leid.

»Shit«, flüsterte Nuri und machte einen winzigen Ball aus dem beschriebenen Papierstückchen. »Shit, Shit, Shit.« Eine Weile starrte sie ins Nichts vor sich, ein Nichts aus Asphalt und totem Gras. Irgendwo, gar nicht so weit entfernt, gab es eine andere Welt. Dort schlug das Meer an einen Strand, den man zu zweit entlangwandern konnte, wenn man es wagte.

Wie schön es gewesen war, an jenem Abend.

Delfine, dachte sie, hatte Calvin vergeben. Einfach so. Sie hatte das hässliche, rosa Baby adoptiert. Delfine war so viel stärker als sie selbst. Ihre Hände, die den Zettel hielten, zitterten.

Dann fiel ihr Kamal ein. Kamal und seine Leute.

Sie sprang auf. Sie würden Calvin fertigmachen, noch an diesem Abend. Dann konnte sie auf ihn hinuntersehen und ihm ins Gesicht sagen, dass er ein Arschloch war. Aber dazu musste sie ihn erst einmal finden.

Und auf einmal begann sie, sich Sorgen zu machen.

»Ihr bringt ihn doch nicht um?«, flüsterte sie in die Abendluft. »Das tut ihr doch nicht?«

Einen Moment erwog er, direkt zurück dorthin zu gehen, wo die Kundgebung stattgefunden hatte. Er hatte Pascal gesagt, er käme gleich wieder. Aber er hatte Pascal auch gesagt, er würde nach seiner Mutter sehen. Vielleicht war es klüger, kurz zu Hause vorbeizugucken, falls Pascal später Benji oder Tom fragte.

Die Tür unten war offen, er rannte die Stufen zum vierten Stockwerk hinauf, noch immer auf der Flucht vor der vergebenden Hand eines sechsjährigen Mädchens.

Oben, vor der Wohnungstür, kam er jäh zum Stehen.

Dort saß jemand, den Rücken an die Wand gelehnt. Nuris Bruder. Kamal.

»Nura«, sagte er. »Nura ist …« Er schien nach Worten zu suchen. »… was passiert.«

Calvin merkte, wie ihm heiß wurde. »Was?«, fragte er. »*Was* ist mit Nuri?«

»Sie hat gesagt …« Kamal stand auf. »Dich … zu holen.«

Sie kannte seine Adresse. Vermutlich von Frau Silbermann. Nuri hatte ihren Bruder gebeten, ihn zu holen. Ihn. Aber was war geschehen? Sie war in der Gegendemo mitgelaufen. Die Jungs, dachte er. Pascal. All diese Leute bei der Demo. Ihm wurde schlecht.

»Wo ist sie?«

»Komm«, sagte Kamal.

Calvin rannte hinter Kamal die Treppen hinunter. Als sie ins Freie traten, sah er sich kurz um, aber es war keiner von seinen Leuten zu sehen.

Kamal ging mit raschen Schritten über die Wiese. Er war kleiner als Calvin, aber seine Schritte federten auf dem Gras. Kamal war ein Sportler, jemand, dem man so schnell nichts vormachte. Calvin dachte an das Messer und an Cindy in der Disco und daran, dass er Kamal noch genauso sehr hasste wie vorher. Aber er war Nuris Bruder, und in diesem Moment mussten sie einander vertrauen.

Kamal führte ihn nicht zum Asylantenheim, er führte ihn daran vorbei, bis hinter die Kaufhalle, zu einer Doppelreihe von niedrigen Garagen: DDR-Überbleibsel, kaum noch genutzt. Einige der Garagen standen offen: dunkle, gähnende Mäuler in der Dämmerung des Abends. Er spürte, wie die Übelkeit wieder in ihm aufstieg.

»Ist sie dort?«, fragte Calvin, bemüht, mit Kamal Schritt zu halten. »Da drin? Was haben sie mit ihr gemacht?«

»Komm«, sagte Kamal nur noch einmal. »Schnell. Geht ihr nicht gut.«

Es war eine Garage in der Mitte der Reihe, zu der Kamal ihn führte. Calvin blieb einen Moment stehen und starrte ins Dunkel. Es roch nach Schatten und Schimmel, nach Feuchtigkeit und Beton.

Da war etwas wie ein Wimmern in der gegenüberliegenden Ecke, auf dem Boden. Er machte einen vorsichtigen Schritt nach vorn, noch einen – und dann erhob sich der Schatten in der Ecke, kam nach vorn und trat ins Dämmerlicht des Abends. Es war der Türke aus der Disco.

»Hallo, Calvin«, sagte er. »Schön, dass du uns besuchst. Du hast meinen Freund hier mal zusammengeschlagen, obwohl er dir nichts getan hatte. Zusammen mit deinen Leuten. Vier gegen zwei, glaube ich.«

Calvin drehte sich um. In der hellen Öffnung der Garage stand noch immer Kamal.

»Wo ist Nuri?«, fragte Calvin. Sein Mund war auf einmal trocken.

»Nicht hier«, sagte der Türke, beinahe akzentfrei. »Aber schöne Grüße sollen wir dir sagen.«

Calvin machte einen Schritt nach vorn, und Kamal machte einen leichten, tänzelnden Ausfallschritt zur Seite. Der Sportler. Der Wendige.

»Ich gehe jetzt«, sagte Calvin.

»Das glaube ich nicht«, sagte der Türke.

Dann kamen sie von beiden Seiten langsam auf ihn zu. Er erkannte das Blitzen von Kamals Messer. Von da an wurden die Dinge unschön. Seltsam, im allerletzten Moment, ehe sein Kopf auf den Betonboden der Garage traf, ehe der Schmerz ihn rot und brennend durchzuckte wie eine Explosion; ehe sie über ihm waren, hörte er etwas wie ein Rauschen.

Nuri gab sich Mühe, nicht zu rennen.

Das Blut sang in ihren Ohren: *Es ist schon nichts Schlimmes passiert, gar nichts. Sie haben ihn nur verprügelt. Und das geschieht ihm recht, wirklich.*

Die Tür zu Calvins Block stand offen. Vierter Stock, hatte Frau Silbermann gesagt, als sie beiläufig gefragt hatte. Niemand saß vor der Wohnungstür. Vielleicht war Kamal gar nicht hier gewesen.

Die Frau, die ihr öffnete, war blass und sehr dünn. Sie sah sie an, kniff die Augen zusammen und schüttelte den Kopf.

»Was wollen Sie?«

»Calvin«, keuchte sie. Aber ehe sie weitersprechen konnte, schüttelte die blasse Frau noch einmal den Kopf. »Der ist nicht hier.« Im Hintergrund lief ein Fernseher, zu laut, und sie hörte Benji und Tom streiten. »Er ist bei der Demo.«

Nuri schüttelte den Kopf. »Nein.«

»Dann ist er mit Pascal unterwegs«, sagte die Frau und strich fahrig durch ihr strähniges blondes Haar. »Ich kann Ihnen nicht helfen.«

Sie schloss die Tür vor Nuri wie eine Wand. Einen Moment lang blieb Nuri stehen, reglos, und starrte den Spion in der Tür an. Dann drehte sie sich um und ging die Treppe langsam wieder hinunter.

Sie schlenderte lange durch den Abend, ganz allein, und versuchte, ihre Gedanken in Ordnung zu bringen. Sie wusste noch immer nicht, ob sie Calvin hasste oder nicht.

Und schließlich ging sie zurück, müde, ausgelaugt.

Kamal saß am Küchentisch, sein Messer in der Hand. Er schnitt damit Gemüse. Als Nuri hereinkam, sah er auf und grinste. Ein langer Kratzer zierte seine linke Wange. Ummi stand vor der elektrischen Kochplatte und rührte in einem Topf.

»Was für ein Tag«, sagte Nuri. Sie streifte ihr Kopftuch ab und steckte ein Stück Gurke in den Mund. »Ihr habt ihn nicht gefunden, oder?«

Kamal schüttelte den Kopf.

»Nein. Er hat uns gefunden. Dein Plan war perfekt.«

Nuri sah ihn an. »Wo ist er?«

Kamal reichte Ummi sein Schneidebrett. »Sind die Auberginen fein genug geschnitten?«

»Da muss noch Zitrone dran«, sagte Abi.

»Salz hab ich schon drauf«, sagte Kamal.

Nuri packte ihn am Arm. »Weich mir nicht aus«, flüsterte sie, plötzlich panisch. »Ich … ich habe mich vielleicht in einer Sache geirrt … Wo ist Calvin?!«

»Wer?«, fragte Abi.

Kamal zuckte die Schultern. »In einer der alten Garagen hinter dem Supermarkt.«

»Aber er … lebt noch?«

»Ich hab andere Sorgen«, sagte Kamal.

Und dann rannte Nuri wirklich.

Es war fast dunkel, als sie ihn fand.

Die leeren Garagen waren schwarz wie ein Ende. Sie hatte Fabiennes Taschenlampe geliehen, deren schwacher Lichtstrahl kaum die Rückwand der Garagen erreichte, und so ging sie in jede einzelne hinein, nur um sicher zu sein, dass niemand dort war.

Am Himmel stachen die ersten Nadelspitzensterne durch leise Wolken.

Nuri rechnete schon nicht mehr damit, ihn zu finden, als der Schein der Lampe auf den Körper am Boden fiel. Es erhob sich etwas von dort, unsichtbar, nur spürbar, flog auf und strich mit leisem Flügelschlag an Nuri vorüber, hinaus in die Nacht. Etwas, das bis jetzt dort gesessen und gewacht hatte, böse, eisig.

»Verschwinde«, zischte Nuri dem Etwas zu. Sie wollte nicht weitergehen, ihre Knie zitterten, aber sie zwang sich dazu. Man möchte nicht immer sehen, was man findet. »Calvin?«

Sie kniete sich hin, auch das tat sie langsam; zögernd. Ihr war unglaublich kalt. Die Taschenlampe wanderte über den schwarzen Pullover, über die gekrümmte Gestalt, die Stiefel mit den weißen Schnürsenkeln. Er lag auf der Seite, das blonde Haar fiel ihm übers Gesicht, verklebt von getrocknetem Blut.

»Calvin? Kannst du mich hören?«

Er rührte sich nicht. Sie dachte an die Puppe, die er gekauft hatte. Er war dumm gewesen, aber er hatte es gut gemeint. Plötzlich fühlte sie sich nur noch schrecklich.

Ich bin schuld. Das hier habe ich getan.

Ihre Hand, die gar nicht hinfassen wollte, fand seinen Hals, fand einen Puls. Sie atmete auf und legte die Taschenlampe neben sich, um ihn unter den Achseln zu fassen. Er war zu schwer. Sie zog seinen Kopf auf ihren Schoß, ließ das Lampenlicht seitwärts in sein Gesicht scheinen. Da war sehr viel Blut. Ein Erinnerungsbild drängte sich auf, das Bild eines anderen Körpers auf einem anderen Boden – sie schob es fort. Sie holte das Kopftuch aus der Hosentasche, befeuchtete es mit Spucke und begann, das Blut fortzuwischen, um mehr zu sehen. Ein Großteil des Blutes war offenbar aus Calvins Nase geflossen. Das beruhigte sie, obwohl die Nase aussah, als wäre sie gebrochen. Seine Augen waren fest geschlossen, sie waren beide dabei, zuzuschwellen, da war auch Blut in seinem Mund. Und als sie den Pullover hochschob, war der Körper darunter übersät mit blauen Flecken von Hieben und Tritten. Aber das alles war nicht, was sie suchte. Sie suchte nach der Rache von Kamals Messer und verfluchte sich dafür, dass sie es ihm zurückgegeben hatte, sie verfluchte sich für überhaupt alles. Aber Kamals Messer hatte keine Spuren hinterlassen.

Da beugte sie sich über den atmenden, bewusstlosen Körper in ihren Armen und heulte, und es war eine Mischung aus Erleichterung und Wut, nach der ihre Tränen schmeckten. Sicher hatten Delfines Kindertränen anders geschmeckt.

»Hey«, flüsterte Calvin, und sie fuhr hoch und sah, wie er versuchte, die Augen zu öffnen. »Nuri?«

»Ja«, flüsterte Nuri.

»Das … war dein Bruder«, wisperte Calvin, kaum verständlich. Sie hatten ihm vielleicht auch ein paar Zähne ausgeschlagen. »Und … sein Freund. Sie haben gesagt … sie sollen mich von dir grüßen. Bist du hier, um dir anzusehen, was sie mit mir gemacht haben?«

»Ja und nein«, sagte Nuri. »Kannst du aufstehen? Wir müssen dich von hier wegschaffen.«

»*Wir*? Hast du denn vor, mir zu helfen?«, flüsterte er. »Willst du dem Nazi helfen, der in der Demo mitmarschiert und Fahnen schwenkt? Hey, Ausländer raus! Ich … bin einer von denen, vergiss das nicht.«

»Ich weiß nicht, wer du bist«, sagte Nuri. »Und ich glaube, du weißt es selbst nicht. Du brauchst einen Arzt.«

»Lass mich nur ein bisschen hier liegen«, flüsterte Calvin. »Erzähl mir was. Zur Abwechslung … was Schönes. Irgendwas mit Kitsch und Rosenduft.«

»Ja«, sagte Nuri. »Ich erzähle dir … von den Rosen in unserem Innenhof in Damaskus.«

»Warte«, sagte Calvin müde. »Irgendwas stimmt nicht.«

»Nein?«

»Warum … sprichst du deutsch?«

»Weil ich schon immer Deutsch spreche, Idiot«, flüsterte Nuri und strich ihm das blutverklebte Haar aus den Augen. »Weil ich es mit drei Jahren von Anna gelernt habe, und weil mein Vater hier studiert hat. Wir haben uns oft auf Deutsch unterhalten, schon zu Hause. Hast du wirklich gedacht, ich brauche Frau Silbermann zum Übersetzen? Das war nur … ein blödes Spiel. Zeit, mit den blöden Spielen aufzuhören.

Die Rosen in Damaskus. Diese Süße, die sie verströmten … Und ich war fünfzehn, gerade noch.

Alles war durcheinander in dieser Zeit, alles wurde aufgerüttelt und durcheinandergewirbelt, und die einzelnen Teile schwebten in der Luft. Wir erwarteten, dass sie fallen würden, ganz sacht, und dass danach alles anders aussehen würde. Über einen Teppich von zartrosafarbenen Rosenblättern würden wir durch die alten Straßen wandern, in einem neuen, freien Land.

Mein Vater war in einem Rausch in jenen ersten Tagen der Revolution. Er begann den Morgen damit, dass er eine Stunde lang an seinem Schreibtisch saß, ein leeres Blatt Papier vor sich, den Füllfederhalter erhoben, um sein Buch zu beginnen. Aber wenn er den Schreibtisch verließ, um zur Schule zu fahren, war das leere Blatt noch immer leer.

Und die Revolution blieb weit von den Türen unseres alten Hauses entfernt. Sie fand anderswo statt.

Die Leute von Dar'a demonstrierten weiter, trotz der Toten, und die Menschen in anderen Städten standen auf und demonstrierten mit ihnen, als hätten sie auf ein Zeichen gewartet. *Freiheit, Freiheit!* Es gab mehr Tote. Wie kann ich erklären, was für mich selbst so verständlich scheint? Wie kann ich die Ruhe erklären, die in Bab Tuma und den übrigen Vierteln der Altstadt herrschte, die gespielte Normalität des Zur-Schule-Gehens, Nach-Hause-Kommen, Lernens – während in Duma und anderen Vororten die Menschen auf der Straße Fahnen schwenkten und verhaftet wurden?

Das Radio berichtete von bewaffneten Banden, zu deren Bekämpfung das Militär in die Städte geschickt wurde. Im Staatsfernsehen sagten die hübsch geschminkten Ansagerinnen, militante Sunniten würden den Präsidenten und die Alawiten beleidigen. Buthaina Schaaban, die Beraterin des Präsidenten, sprach von Verrätern und von einem Krieg der Religionsgemeinschaften.

Und ich war fünfzehn, gerade noch. Und die Rosen blühten.

Eine Woche nach dem Telefonat mit Dar'a traf ich Anna auf der Straße, und es war, als bräche ein Damm. Ich rannte auf sie zu, als wären wir wieder vier Jahre alt, ich schlang meine Arme um sie und merkte, dass ich weinte, und erzählte ihr flüsternd von Yassir und davon, was sie den Kindern von Dar'a angetan hatten und noch antaten.

›Und man kann nicht mehr mit Dar'a telefonieren‹, sagte ich. ›Die Telefone sind tot.‹

Ich schleppte Anna mit zu uns, obwohl ich ganz woanders hatte hingehen wollen. Und da saßen wir im Innenhof und hielten einander wie zwei, die sich nie verloren hatten.

›Wir müssen ihm helfen‹, sagte Anna.

›Wir können ihm nicht helfen‹, sagte ich.

›Wir können demonstrieren gehen‹, sagte Anna. ›Viele Leute gehen jetzt. Mein Vater hat angefangen, sie zu fotografieren. Aber er hat mir verboten, mitzukommen. Es gehen nur die Männer.‹

›Im Radio sagen sie, sie wollen die Alawiten alle umbringen‹, sagte ich. ›Die Demonstranten.‹

›Bullshit‹, sagte Anna.

›Ist es das?‹, fragte ich. ›Meine Schwester hat uns angerufen. Sie hat furchtbare Angst.‹

›Mariam?‹ Anna schnaubte. ›Als du in Dar'a die Schatten gesehen hast, hat sie keine Angst gehabt. Da hatte sie nichts Besseres zu tun, als sauer auf dich zu sein.‹

›Ja‹, sagte ich. ›Aber ich hatte damals unrecht. Die Umari-Moschee steht noch.‹

Anna wischte meinen Einwand mit einer Handbewegung weg.

›Mein Vater sagt, sie demonstrieren alle gemeinsam‹, sagte sie. ›Er hat Alawiten dort getroffen und Sunniten und auch Christen. Es hat nichts mit Religion zu tun, sagt er, sie wollen nur Meinungsfreiheit. Und dass die politischen Gefangenen rauskommen und die Korruption aufhört.‹

Ich dachte an das, was Yussuf damals gesagt hatte, über Sunniten und Alawiten, und dass wir froh sein sollten, dass die Alawiten regierten. Obwohl es doch so viel weniger davon gab. Und ich dachte, dass ich nicht froh war. Weil Yussuf es gesagt hatte.

›In dem Dorf mit den Olivenbäumen …‹, begann ich. Und ich wollte Anna von Yussuf erzählen. Aber dann beschloss ich, dass es besser war, ihn zu vergessen.

›Was war da?‹, fragte Anna.

›Da habe ich die Schatten auch gesehen‹, sagte ich. ›Dort und in Homs, am Fluss.‹

›Dann bleibt abzuwarten, was dort passieren wird‹, sagte Anna, seltsam entschlossen.

›Ach, ihr seid es!‹, rief Ummi da und kam in den Innenhof. ›Ich dachte doch, ich höre Stimmen im Hof! Schön, dich zu sehen, Anna. Schau, wie wunderbar die Rosen blühen in diesen Tagen! Trinkst du Tee mit uns?‹ Und sie verschwand und kehrte mit einem Tablett zurück und sprach über dies und das und über die Rosen.

›Sie demonstrieren auf dem Unicampus, morgen‹, sagte Anna leise, als Ummi einmal nach drinnen verschwand, um etwas zu holen. ›Wir können hingehen. Selber sehen, was dort passiert.‹

Ich nickte. Aber ich hatte Angst. Ich wusste, die schwarzen Flügel würden dort sein. Sie warteten auf mich.

Wir nahmen ein Taxi zum Campus. ›Philologische Fakultät‹, sagte Anna. Ich krallte meine Hände in den abgewetzten Ledersitz, aber Anna neben mir war ruhig wie ein Felsen. Die Stadt war leer, und es war eine seltsame Leere, überall standen jetzt verlassene Militärpanzer, lagen Sandsäcke, waren Absperrungen errichtet. Wohin waren die Soldaten verschwunden, die uns angeblich schützen sollten? Wovor sollten sie uns schützen? Vor dem Wunsch nach Freiheit? War die Freiheit denn so gefährlich? Und konnte man sie mit Sandsäcken aufhalten?

Vielleicht war das Militär unsichtbar geworden, dachte ich. Tausend unsichtbare Augen beobachteten uns, während wir durch die Straßen fuhren, tausend Hände lagen an tausend Gewehren, um uns notfalls vor uns selbst zu schützen.

Als das Taxi sich der Uni näherte, wirkte alles wie immer, ruhig, normal. Der Fahrer hielt an.

›Weiter fahre ich nicht‹, sagte er.

›Aber es ist noch ein Stück‹, sagte ich.

Anna sah von ihrem Handy auf. ›Lass uns aussteigen‹, sagte sie leise. ›Die Sicherheitskräfte sind hier. Steht im Netz. Der Taxifahrer sieht Dinge, die wir nicht sehen.‹

›Was wollt ihr hier?‹, fragte der Taxifahrer.

›Wir … wollen jemandem etwas bringen‹, sagte ich. ›Meinem Bruder. Er studiert hier. Er hat … ein Buch zu Hause vergessen.‹

›Geht da nicht hin‹, sagte der Taxifahrer. ›Es soll eine Demo geben. Das Buch ist nicht wichtig.‹

Anna gab dem Taxifahrer das Geld und öffnete die Tür.

›Wie alt seid ihr?‹, fragte er.

›Achtzehn‹, sagte ich.

Anna zog mich mit sich. ›Vielleicht finden wir meinen Vater‹, sagte sie.

Und dann rannten wir am Rand der Straße vorwärts, als wäre es der besorgte Taxifahrer, vor dem wir flohen. Wir hatten die Unigebäude noch nicht erreicht, als die Demonstranten auftauchten, aus dem Nichts oder aus einer Tür – sie hielten Fahnen und Spruchbänder hoch, und wir drückten uns an eine Wand und sahen einen Moment lang stumm zu, wie sie ihre Sprüche riefen. Es waren gar nicht viele, nicht einmal hundert. Ich sah keine Frauen unter ihnen. Dafür sah ich jetzt die Polizisten, die sich vor den Gebäuden verteilt hatten. Sie standen nur da und hatten starre Gesichter.

Keine Sunniten, keine Alawiten, keine Drusen, keine Ismaeliten, stand auf einem der Spruchbänder, das die Studenten hochhielten. *Wir alle sind Syrien!*

Und ich drückte Annas Hand, und sie drückte zurück. Ich hörte die Studenten ihre Parolen rufen und schmeckte den gleichen wunderbaren Rausch, in dem mein Vater lebte. Diese Menschen würden gewinnen. Sie und wir und Yassir und die Freiheit.

Anna zog an meiner Hand, sie wollte zu der Gruppe von Studenten.

Und wir wären gegangen. Aber in diesem Moment hörte ich das Rauschen und hielt sie fest. Ich kniff einen Moment lang die Augen zusammen, weil ein stechender Schmerz sich in meinen Kopf bohrte wie von Krallen, die an meinem Gehirn rissen. Als ich die Augen wieder öffnete, war der Platz vor der philologischen Fakultät voll von Männern, die auf die Demonstranten einschlugen, Männern mit breiter Brust und Tätowierungen auf ihren grotesk breiten Oberarmen. Das waren nicht die Polizisten. Ich weiß noch, dass ich an Hunde dachte. Ich sah, wie die Hundemänner einige Studenten zu Boden warfen und wie sie ihnen die Handys abnahmen. Es ging alles so schnell, dass ich nicht einmal Zeit hatte, etwas zu fühlen.

Die Studenten liefen auseinander, die, die die Männer zu fassen bekamen, wurden zu Bussen geschleppt, die mir vorher nicht aufgefallen waren, und hineingestoßen, es war wie ein zügiges Verladen von Schlachtvieh. Die Polizisten taten noch immer nichts, ihr Blick war versteinert, vielleicht waren sie blind. Ich sah, dass Anna ihr Handy in der Hand hielt, dass sie filmte, aber ich dachte, dass man ohnehin nichts erkennen würde, weil die Schatten der schwarzen Flügel den ganzen Platz inzwischen viel zu dunkel machten. Einer der Jungs floh in unsere Richtung, er ließ seine Fahne auf dem Weg fallen. Ehe er uns erreicht hatte, brachte ihn ein Mann mit kahl geschorenem Kopf und einem Lederknüppel, wie ihn Polizisten haben, zu Fall. Er benutzte den Knüppel gar nicht, er benutzte seine Stiefel, ich sah, wie er dem Studenten ins Gesicht trat.

Danach sah ich nichts mehr, weil jemand mich gepackt hatte und wegschleifte, weg von den Demonstranten, weg von den Unigebäuden. Das Letzte, was ich sah, war ein Mann, der auf einem der Häuser dort stand, eine schwarze Silhouette gegen den hellen Himmel. Die Verlängerung seines Blicks war eine Waffe, und ich hörte die Schüsse.

Dann waren wir um eine Ecke herum, und ich wurde losgelassen. Ich fiel zu Boden – und sah in das Gesicht von Annas Vater. Er trug die Kamera an ihrem schwarzen Band um den Hals, sie hing auf seinem Rücken, und mit der anderen Hand hatte er Anna gepackt.

»Seid ihr denn wahnsinnig?«, keuchte er.

Er wartete die Antwort nicht ab, er zog uns mit sich, noch eine Straße weiter, und dort stieß er uns in ein Taxi, das offenbar auf ihn gewartet hatte. Erst im Wagen begann ich, wieder zu fühlen.

Und plötzlich hatte ich Angst, obwohl wir in Sicherheit waren, es war die Angst von zuvor.

›Gib mir das Handy‹, sagte Annas Vater, und Anna gehorchte. Sie zitterte. ›Du bist ja völlig verrückt geworden‹, sagte ihr Vater. ›Du hast gefilmt, ja?‹ Er sah auf den kleinen Bildschirm des Handys. ›Man erkennt nichts, sei froh. Ist dir nicht klar, wie gefährlich das war?‹

›Du warst auch da‹, sagte Anna leise.

›Ich bin unsichtbar, wenn ich dokumentiere‹, sagte Annas Vater. ›Du verlässt mir die Wohnung nicht mehr, bis das hier vorüber ist. Ich dachte, Nura wäre vernünftiger. Was habt ihr euch dabei gedacht?‹

›Wir dachten an Yassir‹, sagte ich, ›der in Dar'a im Gefängnis sitzt.‹

Da schwieg Annas Vater.«

Internetsuche
Damaszener Frühling
JN

7

Das Aktionsbündnis heisst Geflüchtete und Asylsuchende Familien und Einzelpersonen in unserer internationalen Grenzregion herzlich willkommen. Wir sind neugierig und freuen uns auf die Begegnungen, die sich daraus entwickeln werden.
(Webseite vorpommern-weltoffen-demokratisch-bunt.eu)

Zahlreiche kleine Städte und Ortschaften in Mecklenburg und Pommern erleben momentan dasselbe: eine regelrechte Asylantenflut bricht über sie herein. Um denen von der Politik im Stich gelassenen Deutschen beim Umgang mit den Asylanten wenigstens ein bißchen zu helfen, hat die NPD nun einen Leitfaden herausgegeben.
(»Leitfaden [der NPD Mecklenburg-Vorpommern] zum Umgang mit Asylanten in der Nachbarschaft«)

»Zu Hause wusch ich mich sehr lange.

Als müsste ich das Blut des Studenten von mir abwaschen, den Anna gefilmt hatte. Ummi sang in der Küche vor sich hin, aber der Duft nach Hackfleischbällchen und Gewürzen bereitete mir an diesem Tag Übelkeit. Ich fragte mich, wo Nabil war. Es war nicht seine Fakultät gewesen …

Ich wollte nicht mit Ummi reden, ich schlich die Treppe hinauf zu meinem kleinen Schlafzimmer. Aber auf dem Weg kam ich an Aarifs Zimmer vorbei, und die Tür stand einen Spalt weit offen. Ich hörte nichts, aber ich spürte, dass er da war, und sah durch den Spalt.

Er saß auf seinem Stuhl vor dem winzigen Tisch, auf dem sein aufgeklappter Laptop stand. Aber Aarif saß vom Bildschirm abgewandt. Er hatte einen Arm merkwürdig ausgestreckt und schien mit der anderen Hand etwas darumzuwickeln, etwas Weißes. Und dann begriff ich: Es war eine elastische Binde aus Abis Verbandskasten. Neben dem Laptop auf dem Tisch stand eine Rolle Klopapier, mehrere zusammengeknüllte Stücke davon lagen auf dem Boden zu Aarifs Füßen. Sie waren durchtränkt mit der Farbe Rot.

Auf dem schmalen Fensterbrett hinter dem Computer standen leere Aluminiumdosen, fünf in einer Reihe. In jeder von ihnen steckte eine kleine, blühende Kletterrose. Er musste sie im Innenhof abgeschnitten haben, und ihr Duft mischte sich in der stickigen Kammer mit dem Geruch von Blut.

Ich stieß die Tür leise auf, und Aarif zuckte zusammen. Ich sah ihn zum ersten Mal wirklich an, seit er bei uns wohnte. Er sah Ummi ähnlich, sein Gesicht war so fein geschnitten wie ihres. Aber um den Mund herum trug Aarif einen anderen, sehr entschlossenen Zug. Ich sah, wie er die Zähne zusammenbiss, während er den Verband an seinem Arm fester zog.

›Mach die Tür zu‹, presste er zwischen den zusammengebissenen Zähnen hervor. Ich glaube, er meinte, ich sollte hinausgehen und die Tür zumachen, aber ich kam herein und machte die Tür zu.

›Was ist mit deinem Arm passiert?‹, flüsterte ich.

›Streifschuss‹, sagte Aarif. ›Der verfluchte Verband hält nicht. Wenn du schon da bist, dann hilf mir.‹ Er drückte mir das Ende der Binde in die Hand.

Ich hatte noch nie einen Verband gewickelt, aber er erklärte mir, was ich tun musste, und irgendwie ging es. Auf dem Bildschirm des Laptops war eine Facebookseite geöffnet, die Aarif offenbar bearbeitete. Er schien damit angefangen zu haben, ehe er sich um den Verband gekümmert hatte, ich las die ersten Worte: *Bericht der Demonstration vom 5. April, Unicampus …*

›Du warst bei der Demo‹, sagte ich. ›In der Uni.‹

Er sah weg.

›Ich war auch da‹, sagte ich, und da starrte er mich an, als machte ich einen dummen Witz. ›Doch‹, sagte ich. ›Mit Anna. Ihr Vater ist Fotograf. Ein Deutscher. Früher hat er das Land fotografiert, und dann nur noch Gebäude. Aber ich glaube, jetzt fotografiert er wieder das Land.‹

Aarif schüttelte langsam den Kopf. ›Nura‹, sagte er. ›Du bist fünfzehn. Und du bist ein Mädchen.‹

›Danke‹, sagte ich, ›das ist mir aufgefallen.‹

Da begann er, ganz langsam, zu lächeln. Er strich sich das Haar aus dem Gesicht, und ich sah, dass er eine Platzwunde an der Stirn hatte. Sein Haar war glatt und gerade so lang, dass man es nicht mehr kurz nennen konnte, und ab und zu verbannte er es in kleinen Anfällen von Ordentlichkeit hinter seine Ohren. Ich mochte es nicht, wie er auf mich herabsah. Ich wollte ihn nichts fragen. Aber ich musste fragen.

›Wer waren die Männer, die auf die Studenten eingeschlagen haben? Woher sind sie gekommen?‹

›Schabiha‹, sagte Aarif kurz. ›Sie sind überall.‹

Natürlich wusste ich, wer die Schabiha waren, aber ich hatte bisher nur ein vages Bild von ihnen gehabt. Im Arabischen bedeutet das Wort ›Geister‹, und wie Geister waren sie an diesem Tag auch aufgetaucht. Sie unterstanden dem Geheimdienst des Präsidenten direkt, obwohl sie keine offizielle Berechtigung hatten. Früher hatten sie sich mit dem Schmuggel an der Küste beschäftigt. Bis auf ihre Chefs waren sie bettelarm: mittellose Alawiten, die den Assads absolute Treue geschworen hatten, weil die ihr Überleben sicherten. Sie hatten nichts zu verlieren, und in den Tagen der

Revolution, das erfuhr ich später, lebten sie von Blut wie andere Menschen von Brot.

›Normalerweise treffen sie‹, sagte Aarif. ›Die Kugel hinterlässt nur eine winzige Wunde beim Ein- und Austreten. Sie stehen auf den Dächern … Ich weiß nicht, warum ich solches Glück hatte.‹

Und ich begriff, dass Aarif nie schüchtern gewesen war. Dass er sich nur deshalb zurückzog, weil er Dinge tat, von denen wir nichts wissen sollten.

›Was genau machst du da?‹, fragte ich und nickte zu der offenen Facebookseite hin.

›Berichten‹, sagte Aarif. ›Bilder hochladen. Ich bin nur einer von vielen. Die ganze Revolution ist mehr oder weniger online.‹

Ich schwieg und sah ihn an und wartete, und er seufzte, weil er nichts erklären wollte.

›Die Jungs verabreden sich übers Netz, um zu demonstrieren‹, sagte er schließlich. ›Aber wir müssen das besser koordinieren. Auch die Infos darüber, wo die Sicherheitskräfte stehen. Eine Menge Blogger sind dabei. Viele im Ausland. Einer von uns hat es gestern geschafft, eine Regierungsseite zu zerschießen.‹ Er zuckte die Schultern. ›Eine der Seiten, über die sie ihre Lügen verbreiten. Die Leute gegeneinander aufhetzen. Aber sie haben die Seite repariert. Zufrieden? Und jetzt vergiss das alles und geh.‹

›Meine Freundin‹, sagte ich. ›Anna. Sie hat gefilmt. Mit dem Handy. Ihr Vater sagt, es ist nichts drauf, was man erkennen kann, aber ich weiß nicht, ob das stimmt. Sie hat gefilmt, wie sie einen der Studenten getreten haben, der am Boden lag. Ich vergesse gar nichts. Und ich gehe nirgendwohin.‹

Aarif schwieg eine Weile.

›Gehst du tatsächlich nirgendwohin?‹, fragte er, ganz leise, und strich mit den Fingern sacht über eine der Rosen auf dem Fensterbrett. ›Oder gehst du zu dieser Freundin, um mir den Film von ihrem Handy zu besorgen?‹«

Da war ein Motorengeräusch. Kein Moped, sondern ein Auto.

Draußen, in der Straße. Aber seit wann fuhren durch diese kleinen, alten Gassen Autos? Der Motor wurde gedrosselt, das Auto hielt. Moment, dachte Calvin. Er befand sich nicht in einem Altstadthaus in Damaskus. Er befand sich in einer verlassenen Garage.

Er versuchte, zu denken.

»Wolf«, flüsterte er. »Wolf ist der Einzige, der einen Wagen besitzt und der daran interessiert sein könnte, mich zu finden.«

»Ja«, sagte Nuri. »Nein. Nicht der Einzige. Tut mir leid, ich habe angerufen. Während ich erzählt habe. Ich habe nur einen SOS-Ruf gesendet.«

»Ich … will von niemandem mit einem Auto abgeholt werden«, sagte Calvin schwach. »Ich kann nach Hause laufen.«

»Momentan nicht«, sagte Nuri, und er hörte ein Lächeln in ihrer Stimme. »Frau Silbermann? Wir sind hier! Calvin, halt dich an mir fest.«

Er spürte Nuris Arme, die versuchten, ihn auf die Beine zu ziehen und ihn zu stützen, und er war wieder überrascht, wie viel Kraft sie hatte. Er dachte an den Nachmittag, an dem sie ihn festgehalten hatte, um ihn vor dem Sturz durch die maroden Bretter eines Balkons zu retten. Es schien Jahrzehnte zurückzuliegen.

Ein Licht schien in sein Gesicht, und er kniff die Augen zusammen.

»Was … soll das?«, hörte er sich selbst keuchen. »Wird das ein Verhör?«

»Nein«, sagte Frau Silbermanns Stimme. »Oje, das sieht nicht gut aus. Kriegst du ihn hinten in den Wagen?«

»Ich denke schon«, sagte Nuri. »Wenn er aufhört, sich zu sträuben.«

Und dann saß er in einem Auto, das nach altem Kunstleder roch, und dann war er in einem Bad. Nuris Hände hielten einen Schwamm, Verbandszeug, eine Flasche mit Jod.

Alles tat weh.

»Bitte«, flüsterte er. »Kann ich einfach schlafen?«

»Gleich«, sagte Nuri. »Ich will nur wissen, ob da doch Schnitte sind. Hatte er das Messer bei sich?«

»Dein Bruder? Ja«, murmelte Calvin. »Aber er hat es am Ende doch nicht benutzt.«

Nuri nickte langsam. Endlich ließ sie von ihm ab, und da tat es ihm beinahe leid, weil er sich an die Berührung ihrer Hände gewöhnt hatte.

Frau Silbermann stand in der Badezimmertür, als Nuri ihn hinausbrachte, er hatte einen Arm um ihre Schultern gelegt und humpelte und fragte sich, was genau an ihm eigentlich alles kaputt war. Frau Silbermanns Blick ruhte einen Moment auf ihm. Calvin sah ihr Gesicht nicht besonders gut unter seinen zugeschwollenen Augenlidern. Aber er glaubte, ein Lächeln darin zu erkennen. Kein schadenfrohes Lächeln, einfach ein Lächeln.

»*Beiti Beitak*«, sagte sie. Mein Haus ist dein Haus.

Er ließ sich auf Frau Silbermanns Gästebett sinken und lauschte dem Pochen in seinem Kopf. Es war dumm, auf einen Garagenboden zu fallen, vor allem, wenn man es mehrfach tat. Auf dem Nachttisch stand ein Glas Wasser, und Nuri drückte zwei weiße Tabletten in seine Hand. »Schmerztabletten«, sagte sie.

Er merkte, dass er grinste. Auch das Grinsen tat weh.

»Wenn du mich jetzt vergiftest, kann ich nichts machen«, flüsterte er und schluckte die Tabletten. Nuri löschte das Licht. »Nuri? Rufst du meine Mutter an? Sag ihr nur, dass sie sich keine Sorgen machen soll. Das Handy ist …« Er versuchte, es aus der Tasche zu ziehen, aber seine Finger ließen sich nicht so koordinieren wie sonst.

»Frau Silbermann hat die Nummer«, sagte Nuri.

Er nickte. Sekunden später sank er in einen tiefen Schlaf. Doch ehe er einschlief, fühlte er etwas Merkwürdiges. Zuerst hielt er es für eine weitere Sorte von Schmerz. Dann begriff er, dass es etwas anderes war: Er war, für Sekunden nur, auf eine ganz neue Weise … glücklich.

»Ja. Sie ist hier. Sie hatte etwas … auf dem Herzen, wir haben lange geredet. Kann sie heute hier schlafen?«, fragte Frau Silbermann ins Telefon. »Ja. Gut.«

Sie stellte eine Schale mit Pistazien auf den Küchentisch. In einem Halter an der Wand brannte eine dicke Kerze, Frau Silbermann hatte das elektrische Licht gelöscht. Draußen schien der Mond auf die Zweige des Jasmins.

Die Küche war voller großer, grober Holzmöbel, die eine unerklärliche Sicherheit ausstrahlten. Falls ein Orkan durch die Wohnung fegte, dachte Nuri, könnte man sich an den Stühlen und dem Tisch festhalten, und einem würde nichts geschehen. Frau Silbermann schien die Sicherheit dieser Möbel zu brauchen. Nachts, ohne die bunten jungen Leute von der Demo, sah sie aus wie eine Feder, die der Wind mit sich wehen konnte.

»Calvins Mutter«, sagte Nuri. Frau Silbermann wählte und gab ihr das Telefon. »Was? *Ich* soll …?«

Aber da wurde am anderen Ende der Leitung schon abgehoben.

»Calvin?«, fragte die Stimme der Frau, die Nuri die Tür vor der Nase zugeschlagen hatte. Sie klang noch nervöser, als sie ausgesehen hatte.

»Ja«, sagte Nuri. »Oder – fast. Ich wollte Ihnen nur sagen, dass Calvin hier ist. Und dass Sie sich keine Sorgen machen müssen. Es hat alles ein bisschen länger gedauert, nach der Kundgebung …«

»Warum spricht Calvin nicht mit mir?«

»Er schläft.«

»Na wunderbar«, sagte Calvins Mutter, in einem Anfall von leise aufflammender Wut. »Also wird es morgen nichts mit Berufsschule, was? Es lebe der Alkohol. Ich weiß nicht, wen ich da am Apparat habe, Cindy oder Melli oder wen, aber eins kann ich euch sagen: Ihr macht mir den Jungen kaputt.« Damit unterbrach sie die Verbindung.

Nuri legte das Telefon leise auf den Küchentisch und begann, Pistazien zu knacken. Sie merkte jetzt, dass sie das Abendessen versäumt hatte.

»Okay«, sagte sie nach einer Weile. »Das war Kamal. Mit seinem Freund. Sie haben ihn abgefangen, und ich bin schuld.« Und dann erzählte sie Frau Silbermann im Schein der Kerze die ganze Geschichte. Die Geschichte von einem Strand, an dem zwei Menschen spazieren gingen, und von Delfine und den Tränen auf dem Gesicht eines Jungen, als er versuchte, eine falsche Puppe zurückzugeben.

»Und jetzt denkst du, dass er eigentlich ein netter Kerl ist«, sagte Frau Silbermann am Ende mit einem Seufzen. »Nicht von Grund auf böse. Aber die anderen Jungs in seiner Clique sind auch nicht von Grund auf böse. Es sind die Umstände, die sie böse machen. Nuri … du wirst deinen Calvin nicht umkrempeln. Er hat eine blonde, arische Freundin, die ihn besser versteht als du.«

»Vielleicht. Aber er hat geweint. Als er verstanden hat, dass man Puppen nicht ersetzen kann.«

»Natürlich. Nazis sind Familienmenschen. Sie schreiben das sogar auf ihre Plakate. Hitler hat den Kindern an der Straße gerne über die Köpfe gestreichelt. Es hat ihn nicht daran gehindert, sie, von der Ferne aus, in Lager zu stecken und sie umbringen zu lassen, wenn sie keine Arier waren.«

»Hitler hat nichts damit zu tun«, sagte Nuri.

»Hitler hat nichts mit den Nazis zu tun?« Frau Silbermann seufzte wieder.

»Hitler hat nichts mit Calvin zu tun. Ich erzähle Calvin die Geschichte weiter. Meine Geschichte. Ich muss sie jemandem erzählen, und er ... versteht manche Dinge. Es ist seltsam ... Ich war fünfzehn, als alles anfing. Es ist nur zwei Jahre her. Es kommt mir vor wie Jahrtausende.«

»Als ich fünfzehn war, endete in diesem Land ein Krieg«, sagte Frau Silbermann und stand auf. »Und in deinem Land begann einer. Es endet nie. Die Gewalt endet nie.«

»Doch«, erwiderte Nuri fest und stand ebenfalls auf. »Sie muss enden.«

»Aber eins sollte dir klar sein«, sagte Frau Silbermann, als sie später in der Tür des zweiten Gästezimmers stand, in dem sie das Bett für Nuri gemacht hatte. Das Haus besaß zu viele Zimmer für eine Person. »Du sitzt auf einem Pulverfass. Der Mensch, mit dem du dich unbedingt anfreunden willst, trägt eine Bestie in sich. Wenn du versuchst, sie zu zähmen, wirst du eine Menge anderer Bestien gegen dich aufbringen. Und gegen ihn.«

»Ich weiß«, sagte Nuri sanft. »Ich habe genug Bestien gesehen. Und ich trage eine eigene in mir. Sie ist in der Lage, sich zu wehren.«

Eine Auszeit.

Die Morgensonne scheint auf einen Garten, und der erste Morgenwind streicht durch die Büsche. Die Tautropfen im Gras sind Juwelen, was sonst könnten sie sein?

Da steht ein Mensch zwischen den Juwelen.

Er stützt sich mit einer Hand auf die Lehne eines alten, hölzernen Liegestuhls, er steht leicht gekrümmt. Er trägt Schwarz, wie auf einer Beerdigung. Was hat er denn zu Grabe getragen? Vielleicht eine Illusion. Die Illusion, immer der bleiben zu können, der er war.

Das weiße Rad auf seinem Pullover ist eine schwarze Sonne, alles ist verkehrt herum.

Die echte Sonne kriecht zwischen den Wolken herauf, rot und rund und wie ein Auge, das zu viel sieht.

Eine zweite Gestalt tritt auf die Juwelenwiese hinaus, kleiner, zarter, wie der leicht hingepinselte Buchstabe eines Kalligrafen, vielleicht der erste Buchstabe einer Sure im Koran.

Nura, der Name kommt sogar vom Wort Koran, und das ist seltsam, denn der Koran ist nicht einmal wichtig für die Alawiten. Oder stammt der Name viel eher von *Nur*, dem arabischen Wort für Licht? Was kann dieses kleine, flackernde Licht ausrichten gegen die Schatten, die so groß und dunkel sind?

Es leuchtet entschlossen, dort auf der Wiese, trotzig beinahe.

Aber nein, dies ist keine Lichtgestalt. Nur ein Mädchen, achtzehn Jahre alt, in Jeans und einer geliehenen, grünen Wolljacke. Der Morgenwind wirbelt ihr schwarzes Haar durcheinander. Sie legt ihre Hand auf den Arm des Jungen. Er legt seine Hand auf ihre.

Sie sehen sich nicht an, sie sehen die blühenden Büsche an, die den Garten umrahmen und alle fremden Blicke abwehren.

Eine Auszeit.

»Es ist alles miteinander vereinbar«, sagte Calvin, an dem großen, klobigen Küchentisch. »Wir müssen nur eine friedliche Lösung finden. Pascal ist weg. Seit heute. Ich rücke nach, auf seinen Platz. Es muss einen geben, der an der Spitze der Jungs steht.«

»Aber der nächste Fahnenmarsch wird wohl eher ein Gehumpel«, sagte Nuri. »Du solltest noch einen Tag hierbleiben, bevor du an irgendwelchen Spitzen herumstehst.«

Calvin grinste und trank einen Schluck Kaffee.

Er stand noch immer unter Schmerzmedikamenten. Er würde das Zeug eine ganze Weile brauchen. Frau Silbermann schmierte schweigend Butter auf ein Brötchen, als absorbierte diese Tätigkeit ihre Aufmerksamkeit völlig. Nuri spürte ihre Anspannung.

»Ich gehe nach Hause«, sagte Calvin. »Danke, dass ich hier schlafen durfte. Aber … Nuri. Ich habe nachgedacht. Ich bin um fünf Uhr aufgewacht und habe angefangen, nachzudenken.«

»Scheint dir gutzutun, wenn man dich zusammenschlägt«, sagte Nuri.

»Können wir eine halbe Minute lang ernst sein? Nuri, wir … Verdammt, wir sitzen hier und machen Witze, als wäre das alles ganz normal! Begreifst du nicht? Niemand darf mich hier sehen. Hör jetzt zu. Ihr müsst weg hier. Ihr alle. Sonst wird euch etwas passieren.«

»Glaubst du denn, wir wollen bleiben?«, fragte Nuri. »Es gibt keinen Einzigen in diesem verfluchten Heim, der nicht lieber heute als morgen ginge.«

Er nickte. »Gut. Und deshalb müssen wir zusammenarbeiten. Heimlich. Es gibt vielleicht eine Lösung. Wir wollen das Land ändern, oder jedenfalls die Gegend hier, das ist ein Anfang. Wir haben genug andere Baustellen. Die Arbeitslosigkeit. Die Armut. Wir müssen wieder regionale Arbeitsplätze schaffen. Und ihr wollt weg. In Städte, wo ihr besser aufgehoben seid.«

»Hm«, sagte Nuri.

»Das mit der Region ist nicht auf meinem Mist gewachsen«, sagte Calvin. »Es gibt einen Typen in Anklam, der eine Zone schaffen will, eine … rein deutsche Zone. Eine Zone, in der es nur regionale Produkte gibt, keine Überfremdung.«

Frau Silbermann sah zur Decke. »Und dann pflanzen wir Bananen in Anklam, und der Strom kommt mal wieder aus der Steckdose. Ich glaube, mir wird schlecht. Die befreite Zone ist sowieso etwas ganz anderes, und du weißt es. Eine befreite Zone ist nichts als ein Ort, an dem die NPD die Oberhand hat und sich gewöhnliche Leute nicht mehr trauen, den Mund aufzumachen, das hat nichts mit regionalen Produkten zu tun, das ist Unsinn.«

Sie wollte mehr sagen, aber sie schwieg, als wäre ihr auf einmal bewusst geworden, dass es nichts nützte, all das überhaupt zu sagen.

Da nickte Nuri. Ganz langsam.

»Macht mit eurem Land, was ihr wollt. Wir wollen nur irgendwo … warten. Darauf, dass der Krieg zu Ende ist. Dass wir selbst wieder etwas aufbauen können.«

»Nein«, sagte Frau Silbermann. »Eine Menge der Leute im Heim warten darauf, dass die Asylanträge durchgehen. Dass sie hier arbeiten dürfen. Und ich denke, bei deinen Eltern ist es vielleicht genauso. Aber es kann Jahre dauern.«

Nuri schüttelte den Kopf, und sie spürte ihr eigenes Haar um sich fliegen wie eine schwarze Schattenwolke. Sie würden zurückkehren, sie wusste es, es war, allerhöchstens, eine Frage von Monaten. Sie sah Calvin an. Das Licht, das durchs Küchenfenster fiel, machte seine Haare zu einem blonden Heiligenschein.

Niemand konnte unheiliger sein als Calvin. Sein Gesicht trug zwei hübsche Veilchen und war voller Schrammen, Kratzer und Blutergüsse. Nuri war noch immer unsicher, ob sie ihm die Nase gebrochen hatten. Sie wollte aufstehen, um den Tisch gehen und eine kühle Hand auf dieses geschundene Gesicht legen. Aber gleichzeitig wollte sie ihm den Rücken zukehren.

Eine Region ohne Überfremdung.

»Okay, wir arbeiten zusammen«, sagte sie. »Damit wir hier wegkommen. Berlin wäre schick. Aber es gibt eine Bedingung.« Sie fing den Blick seiner grünen Augen zwischen Schorf und geschwollenen Lidern.

»Ja?«

»Keine Rache«, sagte Nuri. »Du lässt Kamal und Ramo in Ruhe. Das war eine Rache, ihrerseits. Und es bleibt das Ende der Geschichte.«

»Das ist viel verlangt«, sagte Calvin leise.

Nuri stützte den Kopf in die Hände und sah ihn weiter an. Im Treffen ihrer Blicke lagen die Minuten im Garten, heute Morgen. Frau Silbermann begann, in der Küche umherzuräumen.

Calvin legte seine Hand auf die Tischplatte.

»Keine Rache«, sagte er, kaum hörbar.

Und Nuri legte ihre Hand in seine. Sie war sehr viel kleiner als Calvins Hand.

»Was für eine Rolle spiele ich in deinem Plan?«, flüsterte sie.

Calvin rief die Clique am Abend per Handy zusammen. Als er sein Rad an den Zaun der Laube lehnte, waren sie schon alle da. Cindy hatte die Windlichter mit neuen Kerzen befüllt.

Hier also saßen sie, dachte Calvin, die treuen Ritter seiner Tafelrunde, auf ihren kaputten Plastikstühlen, vor einem Plastiktisch voll Zigarettenbrandwunden. Die Laube war seine Wewelsburg, auch ohne die schwarze Sonne im Boden. Er hakte den Kasten Bier vom Gepäckträger seines Rades. Wer die Jungs führte, musste ab und zu eine Runde springen lassen. Er hatte seine Mutter schon wieder um Geld bitten müssen, und sie war nicht gut auf ihn zu sprechen, seit sie sein Gesicht gesehen hatte.

»Eine Runde auf Pascal«, sagte er und holte eine der Flaschen aus dem Kasten.

Cindy zog ihn ins Licht der Außenlampe am Gartenhaus. »*Gott. Was haben sie mit dir gemacht?*«

Er zuckte die Schultern. »Rückweg von der Demo. Dunkle Ecke. Ein Stück in meiner Erinnerung fehlt. Ich nehme an, es waren ein paar von den Linken. Deshalb bin ich gestern nicht zurückgekommen.«

André pfiff durch die Zähne. »Die haben eine Abreibung gut.«

Calvin nickte. »Aber sie sind nicht mehr hier. Die sind schön in ihren Bussen nach Hause gefahren. Ist Pascal … ist er wirklich weg?«

Betretenes Nicken in der Runde. Sie waren erwartungsvoll, ja, aber gleichzeitig waren sie unsicher, wie es weitergehen würde.

»Schön«, sagte Calvin. »Es tut mir offenbar gut, mich ab und zu k.o. schlagen zu lassen. Ich habe nachgedacht. Stellt euch vor, wie es wäre, wenn der beschissene blau-weiße Block wieder leer wäre. Mit den ganzen nagelneuen Waschmaschinen und allem. Die Leute könnten zurückziehen. Stellt euch vor, es gäbe keinen einzigen Asylanten mehr hier.«

»So wird es sein«, sagte Jason. »Aber der Block wird dann nicht mehr so aussehen, dass man da wohnen will.«

Die anderen lachten.

»Doch«, sagte Calvin. »Ich habe eine Lösung ohne Blut und Brandflecken. Eine Lösung, mit der wir beweisen können, dass man uns ernst nehmen muss. Wolf wäre stolz auf uns. Er und die Partei.«

»Wir sind aber nicht die Partei!«, rief Kevin. »Wir sind nicht hier, um blöd zu labern, sondern um was zu tun!« Er krempelte die Ärmel hoch, und die tätowierten Flammen auf seinen Armen loderten schwarz in die Nacht. Calvin sah seine Muskeln im Kerzenlicht spielen.

»Wir tun ja was«, sagte er sanft. »Aber nicht mit den Fäusten, sondern mit dem Kopf. Hitler hat auch nicht damit angefangen, auf alles draufzuhauen, was sich bewegt.«

Die anderen lachten, und Kevin gab etwas wie ein Knurren von sich.

»Hört mir einfach zwei Minuten zu«, sagte Calvin.

In dieser Nacht blieb Calvin bei Cindy in der Laube. Ein letztes Teelicht brannte auf dem Fußboden.

»Du bist ein Held«, sagte Cindy und lachte. »Mein Held.« Sie küsste ihn sehr vorsichtig und versuchte, die Blutergüsse und blauen Flecken zu vermeiden. »Sehen so die Jungs aus, die aus dem Krieg heimkehren?«, fragte sie. »Verletzt, aber siegreich?«

Es war nicht einfach, Sex zu haben, wenn alles wehtat. Aber die üppige Weichheit von Cindys Körper half, und sie war sehr geduldig mit ihm. Wenn sie gewusst hätte, an wen er dabei dachte, wäre sie weniger sanft gewesen. Hinterher lagen sie auf der Matratze und rauchten im Liegen, und das letzte Teelicht flackerte noch immer.

»Tango«, sagte Calvin. »Wusstest du, dass Hitler eine Schwäche für Tango hatte? Stell dir vor, wir könnten Tango tanzen, in der Laube, in diesem Licht.«

»Du bist hoffnungslos romantisch«, sagte Cindy mit einem kleinen Kichern. »In dem neuen Deutschland lernen wir Tango. Oder schon vorher, in deiner *befreiten Zone*.«

Er schlief mit ihr in den Armen ein.

In seinen Träumen tanzte er mit Cindy Tango zu Musik aus einem alten Grammofon. Aber als er nach unten sah, merkte er, dass der Fußboden aus Körpern bestand – Körpern, von denen sich manche noch regten. Sie waren nackt, sie trugen Stiefelabdrücke auf ihrer Haut; sie waren zu Boden geschlagen und getreten worden wie der Student in Nuris Erzählung. Wie er selbst in einer verlassenen Garage. Und Calvin musste seine Füße auf die Körper setzen, um nicht zu fallen, die Abdrücke waren die seiner eigenen Stiefel.

»Guck nicht hin«, flüsterte Cindy in seinem Traum. »Schließ die Augen und küss mich.«

»Der Kragen. Der Kragen sitzt nicht richtig. Nura …?«

»Er sitzt perfekt, Abi«, sagte Nuri. »Hör auf, daran herumzuzupfen, und komm.«

Sie standen in der Herrentoilette des Rathauses vor dem Spiegel. Nuri sah, wie die Hände ihres Vaters zitterten.

»Das hier ist Deutschland«, sagte sie und nahm ihn am Arm. »Ämter sind ungefährlich. Sie haben keinen Geheimdienst.«

Abi ließ sich von ihr durch die Gänge führen, den Schildern nach.

»Jedes Land hat einen Geheimdienst«, sagte er leise. »Manche wissen es nur selber nicht. Damals, als ich studiert habe, in Köln. Da war der ganze Osten von Deutschland ein Gefängnis, hinter einer Mauer. Die Menschen verschwanden, wenn sie ihre Meinung sagten, genau wie bei uns. Jetzt gibt es keine Mauer mehr. Aber sag mir, Nura, wo sind die Leute, die damals im Geheimdienst saßen? Sie sitzen in den gleichen Ämtern wie früher.«

»Abi«, sagte Nuri sanft, »du siehst Gespenster. Hier, das ist der Raum mit der richtigen Nummer.«

Sie klopfte an.

Das Zimmer, das sie betraten, war groß und hell und hatte zwei Fenster, vor denen der Himmel sich ausbreitete wie das Meer. Hinter einem Schreibtisch saß ein Mann, der jetzt aufstand und um den Tisch herumkam, um ihnen die Hände zu schütteln. Der Mann war viel jünger, als Nuri gedacht hatte. Sie hatte ihn schon gesehen. Er war in der Demo mitgegangen, ganz vorne, im bunten Teil. Seine Brille war etwas zu groß und stand ihm nicht, und seine Nase war hässlich, was ihn sympathisch machte.

»Sie sind also Herr Samir Aljafari«, sagte er. »Und dies …«

»Das ist meine Tochter Nura«, antwortete Abi. »Vielen Dank, dass Sie uns empfangen.«

Der Bürgermeister bot ihnen zwei Stühle an und setzte sich hinter den Schreibtisch. Eine Frau kam mit einem Tablett und stellte Kaffeebecher auf den Tisch, weiße, große Becher wie in einer Kantine. Der Kaffee war schwarz und lauwarm und scheußlich.

»Milch?«, fragte der Bürgermeister. »Zucker?«

Er wirkte so nervös wie Abi, der sich jetzt im Raum umsah, die Aktenschränke und gerahmten Fotografien der Stadt in sich aufnahm und nach Mithörern suchte.

»Entschuldigen Sie meinen Vater«, sagte Nuri. »Die Syrer haben alle Angst vor Räumen wie diesen. Es geschieht so leicht, dass man in einen solchen Raum hineingeht und nie wieder herauskommt.«

Der Bürgermeister nickte. »Ich verstehe«, sagte er und verstand sicherlich nicht.

Abi öffnete umständlich den Schnappverschluss seiner alten Ledermappe. Es war die Mappe, mit der er in Dar'a, in Homs, in Damaskus zur Schule gegangen war, um zu unterrichten.

Er nahm einen Hefter aus der Mappe und ein Blatt Papier aus dem Hefter.

»Das ist unser Anliegen«, sagte er leise. »Wir haben jemanden gebeten, es für uns auszudrucken, und alle im Asylantenheim haben unterzeichnet. Meine Tochter und ich sind als … Delegation hier.«

Der Bürgermeister ruckte an seiner Brille, nahm das Blatt Papier und las.

»Sie wollen hier weg«, sagte er dann und legte das Blatt auf den Tisch.

»Ja«, sagte Abi, kaum hörbar. »Die, die schon ein Jahr lang hier sind, sagen, sie hätten sich von Anfang an nicht sicher gefühlt. Wir sind gekommen, um Sicherheit zu finden. Vor dem Krieg. Vor der Gewalt. Aber hier finden wir sie nicht. Wir bitten darum, gehen zu dürfen.«

»Wohin?«, fragte der Bürgermeister.

Die Frage hing groß und allein mitten im Raum.

»Es gibt andere Unterkünfte«, sagte Nuri. »In anderen Städten. Sie waren auf der Demo. Ich war auch dort. Sie haben gehört, was die Nazis rufen. Und Sie haben die verstümmelte Babypuppe an der Laterne hängen sehen. Oder nicht?«

»Ich … habe davon gehört, dass es einen dummen Scherz gab.«

»Mein Bruder ist zusammengeschlagen worden«, sagte Nuri. »Vor einer Weile. Ist das auch ein Scherz? Und die Nazis schleichen um den Block. Sie haben irgendeinen Plan.«

Der Bürgermeister nahm seine Brille ab und begann, sie mit seinem Ärmel zu putzen.

»Wir sind eine bunte Stadt«, sagte er schließlich. »Die Bürger, die sich so verhalten, wie Sie schildern, sind ein winziger Prozentsatz. Aber ich verstehe Ihre Angst. Es gibt einen Sicherheitsdienst, der das Asylbewerberheim überwacht, sie werden den Männern schon begegnet sein. Und wir haben die Polizeipräsenz verstärkt.«

»Die Nazis laufen auch zu zweit Patrouille, sobald es dunkel wird«, sagte Nuri. »Das macht das Viertel noch sicherer.«

Sie griff in ihre Tasche und legte ein anderes Stück Papier auf den Tisch: den Flyer mit dem verwackelten Bild von Kamal und Cindy und dem Messer, auf dem man weder Kamal noch Cindy erkannte. Das Messer war von den Flugblattmachern schwarz eingekreist worden, damit man es überhaupt sah.

»Ach, das verdammte Flugblatt. Ja. Ich kenne es.« Er hob die Hände, hilflos. »Gut. Wir haben hier ein paar Leute, die Probleme machen. Soll ich mich geschlagen geben und tun, was diese Leute wollen? Verlangen Sie das wirklich von mir?«

»Wir verlangen Sicherheit«, sagte Abi, und in seiner Stimme schwang plötzlich eine Entschlossenheit mit, die Nuri überraschte.

Der Bürgermeister nickte mehrmals. »Wir werden den Verantwortlichen finden, der die Puppe aufgehängt hat. Ich will ja, dass Sie sich wohl bei uns fühlen. Das ist eine schöne Stadt … das Meer so nah … Aber ich will und ich kann Sie nicht aus dieser Stadt entfernen. Die Entscheidung, dass das Asylantenheim hier eröffnet wurde, ist nicht meine. Sie wurde zentral gefällt, in Schwerin. Deutschland ist unterteilt in Bundesländer, und jedes Bundesland muss eine gewisse Zahl an Asylbewerbern aufnehmen. Unter welchen Bedingungen das geschieht, wird ganz oben entschieden. Ich bin nur dafür zuständig, die Entscheidungen durchzuführen. Ich habe mich bemüht, Ihnen genügend Wohnraum zu bieten, neue sanitäre Anlagen, menschenwürdige Wohnbedingungen …«

Er hatte, dachte Nuri, diese Worte auswendig gelernt, für irgendeine Pressekonferenz.

»Schön«, sagte sie und stand auf. »Aber wir wollen Ihre sanitären Anlagen nicht. Wir wollen gehen.«

»Nura!«, sagte ihr Vater und stand auch auf.

»Wir sind völlig umsonst gekommen, ja?«, fragte Nuri. »Sie tun nichts. Gar nichts. Wie kommt es, dass ein Bürgermeister in Deutschland so wenig tun kann?«

Der Bürgermeister stand ebenfalls auf, er überragte Nuri und ihren Vater wie ein Turm, aber er war ein Turm ohne Macht, er war nicht mehr als der beigefarbene Anzug, in dem er steckte.

»Das ist die Bürokratie, fürchte ich«, sagte er mit einem gequälten Lächeln. »Ehe Sie gehen … verraten Sie mir … Wie kommt es, dass Sie so gut Deutsch sprechen?«

»Ich habe in Köln studiert«, sagte Abi und sah zu Boden, als schämte er sich auf einmal für Köln. Oder dafür, damals nicht geblieben zu sein.

»Und Ihre Tochter?«

»Sie dürfen durchaus direkt mit mir sprechen«, sagte Nuri. »Die syrischen Frauen sind keine furchtsamen Wesen, die sich hinter ihren Männern verstecken. Auch die, die ein Kopftuch tragen.«

»Nura …«, begann Abi.

»Gehen wir«, sagte Nuri.

Sie musste gehen, dringend, ehe der Bürgermeister die Tränen sah, die in ihren Augen standen. Sie hatten immer gehen müssen, fort aus Dar'a, aus Homs, aus Damaskus, aus Syrien. Sie hatte immer gehen und immer alle anderen davon überzeugen müssen, dass es nötig war, um ihr Leben zu retten. Obwohl es sie jedes Mal zerriss, wieder etwas zu verlassen – einen Ort, einen Raum, einen Menschen. Ein Stück ihrer Seele war immer zurückgeblieben.

Sie bekamen keinen Termin im Rathaus.

Sie hatten die unterzeichnete Petition hingeschickt – Calvin hatte am Computer der Berufsschule gegoogelt, es hieß *Petition* –, und niemand hatte sich gemeldet. Er versuchte mehrfach, anzurufen. Die Sekretärin, die mit ihm sprach, ließ sich jedes Mal sagen, worum es ging, und teilte ihm jedes Mal mit, er könnte im Moment nicht persönlich mit dem Bürgermeister sprechen, und das wäre auch nicht nötig, ihre Petition würde bearbeitet werden, sie müssten sich nur gedulden.

Jason meinte, sie sollten einfach hingehen.

»Den ganzen Laden mal ordentlich aufmischen«, sagte er. »Denen zeigen, wer wir sind.«

Der Tag, an dem endlich etwas geschah, war der Tag des Hundes. Es war auch der Tag, an dem das Meer so blau war wie noch nie zuvor in diesem Frühjahr, und der Tag, an dem Cindy mit hochgesteckten, geflochtenen Haaren auftauchte und weiße Plastikperlen in ihrer Frisur befestigt hatte. Sie trafen sich am Hafen, es war ein Freitag, und Calvin sah Cindy an und sagte: »Du siehst aus, als ob du heiraten willst.«

»Wer sagt, dass ich das nicht will?«, fragte Cindy und lachte über sein erschrockenes Gesicht. »Nicht jetzt. Ich war Bewerbungsfotos machen. Für die Lehrstelle bei einem Hotel auf der Insel. So. Lass uns feiern, dass Wochenende ist.«

Jason und André hatten eine Kiste Bier mitgebracht, und die Bank ganz außen am Hafen gehörte ihnen. Kimberley knutschte mit Jason herum. Der Sommer kam. Von der Bude ein paar Schritte weiter roch es nach Fisch, runde Stehtische glänzten in der Sonne. Calvin küsste Cindy und versuchte, sich zu entspannen, aber in seinem Kopf nagte die Sorge. Nuri war im Rathaus gewesen, gestern, er hatte seitdem noch keine Gelegenheit dazu gehabt, mit ihr zu sprechen. Wenn sie nicht bald vorgeladen wurden, war der ganze Plan für die Katz. Er hatte sogar vor dem Spiegel auswendig gelernt, was er sagen würde …

»Hey, Calvin, träumst du?«, fragte Kevin neben ihm, und Calvin fuhr hoch und schüttelte seine Hand.

»Heil«, sagte Kevin. Zu seinen Füßen hockte ein junger Pitbull. Er war so hässlich wie Kevin, der die Leine hielt. Natürlich, dachte Calvin, konnte er es sich am allerwenigsten erlauben, über Hässlichkeit zu reden. Seine Nase stand schief, und der Riss in der einen Augenbraue hatte sich entzündet.

Calvin reichte Kevin ein Bier.

»Was ist das für ein Köter?«

»Das ist kein Köter, das ist Rudolf«, sagte Kevin. »Den hab ich mir heute geholt. Ich wollt schon lange einen Hund.«

»Rudolf wie das Rentier?«, fragte Melli lachend, bückte sich und streichelte ihn.

»Rudolf wie Rudolf Heß«, sagte Kevin. »Reinrassig. Kumpel von mir hat Kontakte. Sonst ist so 'n Vieh ja nicht zu bezahlen.« Er nickte zu dem Hund hinunter. »Wir üben jetzt, Hundeschule und so. Na, Rudolf? Such den Polen!«

Rudolf schnappte in die leere Luft, und sie lachten alle.

Dann sah André zu der Fischbude hinüber und hörte auf, zu lachen.

»Da ist er ja«, sagte er. »Guckt euch das an. Steht da wie ein Tourist und frisst ein Fischbrötchen.«

Calvin folgte seinem Blick.

An einem der Stehtische lehnte ein Mann in einem hellen Anzug, mit zu großer Brille und prominenter Nase, ein Mann um die dreißig, schlank und hochgewachsen.

»Unser lieber Bürgermeister«, sagte Jason.

Calvin spürte, wie sie ihn ansahen. Es war still geworden auf der Bank, nur Rudolf japste ab und zu.

»Okay.« Calvin stellte sich gerader hin. »Ich rede mit ihm.«

»Ich komme mit«, sagte Kevin.

Calvin musterte ihn. Er hatte die Ärmel seines T-Shirts nach innen umgekrempelt, damit man nicht nur die Flammen sah, sondern auch das Hakenkreuz auf der Schulter. »Dann mach die Ärmel runter«, sagte Calvin knapp.

»Hey, ich schäme mich nicht, zu zeigen, wer ich bin«, sagte Kevin. »Und das hier ist kein Amt, das ist die Straße, klar? Pascal würde …«

»Pascal würde auch sagen, Ärmel runter«, sagte Calvin fest. »Pascal ist klüger als ihr alle zusammen.«

Sie näherten sich dem kleinen runden Tisch zu dritt, von hinten, und Calvin gefiel sich in der Rolle des plötzlich Auftauchenden.

»Guten Tag«, sagte er. Er musste jetzt höflich sein, so höflich, dass ihm später niemand etwas vorwerfen konnte. Höflich und eisig. Die Wunde in der Schläfe pochte. Er dachte an Nuri. Er war nervös.

»Kann ich was für Sie tun?«, fragte der Bürgermeister. Er wirkte nicht erschrocken, aber Calvin sah den Blick, den er dem Mann in der Fischbude zuwarf. Der Mann nickte und hielt sein Handy hoch. Notfalls würde er die Bullen rufen. Sie waren diese Sorte Menschen – sie tauchten irgendwo auf, und jemand dachte sofort daran, die Bullen zu rufen. Es machte ihn wütend.

»Ja«, sagte Cindy. »Wir wollten mit Ihnen sprechen.«

Die Sonne glänzte in den falschen Perlen in ihrem blonden Haar. Ihre weichen Konturen verschmolzen mit dem Maitag. Der Bürgermeister lächelte für Sekunden.

»Wir haben eine … Petition eingereicht«, sagte Calvin steif. »Es geht um das Asylantenheim. Leider haben wir keinen … Termin bei Ihnen bekommen. Aber jetzt sind Sie ja hier.«

Kevin legte beide Arme auf den Stehtisch und starrte den Bürgermeister an.

Der Bürgermeister entfernte ein paar Brötchenkrümel von seinem Ärmel. »Eine Petition?«

Calvin holte tief Luft.

»Wir stammen aus dem – wie nennen Sie das? – aus dem sozialen Brennpunkt«, sagte er, genau so, wie er es geübt hatte. »Wir haben Unterschriften gesammelt, in der ganzen Stadt. Wir haben Ihnen die Liste geschickt. Es sind mehrere Hundert Unterschriften. *Alle diese Leute wollen, dass die Ausländer gehen.*«

Der Bürgermeister sah den Rest seines Brötchens an, sah dann Calvin an und lächelte wieder. Amüsiert.

»Ja – und was, glauben Sie, tue ich jetzt?«, fragte er. »Glauben Sie, ich leere das Asylbewerberheim, weil Sie ein paar Unterschriften gesammelt haben? Glauben Sie, so funktioniert das System?« Er sah sie an wie Kinder, obwohl er sie siezte.

Calvin hörte Rudolf Heß unter dem Tisch knurren.

»Der knurrt immer, wenn einer Scheiße labert«, sagte Kevin.

»Kevin, sei ruhig«, sagte Calvin. »Lass mich reden. Das System … funktioniert so natürlich nicht.«

Er sah in das glatte Gesicht des Bürgermeisters und unterdrückte den Wunsch, seine Faust darin landen zu lassen. Seine Finger sehnten sich danach, die Brille zu spüren, die unter ihnen zerbrach. »Das Problem ist: Das System funktioniert überhaupt nicht. Die alten Leute aus unserem Viertel trauen sich nach Einbruch der Dunkelheit nicht mehr auf die Straße.

Und alle sehen, wie die Ausländer Geld bekommen, das ihnen zusteht. Das schafft … eine Menge böses Blut. Es gab schon Ärger, als das Heim eröffnet wurde, vor einem Jahr. Und jetzt gibt es jeden Tag mehr Ärger. Wir … können nicht mehr für die Sicherheit der Ausländer garantieren.«

»Wer genau ist *wir?*«, fragte der Bürgermeister. »Sind Sie von der Partei oder …?«

Calvin schüttelte den Kopf. »Wir sind unabhängig. Nur ein paar Jungs aus dem Viertel. Ich … bin momentan der, der sie in Schach hält. Aber ich kann sie nicht ewig in Schach halten. Wir sind gekommen, um eine friedliche Lösung zu finden. Keiner von uns will ein zweites Rostock-Lichtenhagen, oder?« Er holte tief Luft. »Wir sind national, wir sind Deutsche, und wir möchten die Chance haben, deutsch zu bleiben. Es gibt genug Heime in anderen Städten. Und wenn die Ausländer hier mit Messern in der Disco auftauchen … Dort, wo die herkommen, ist es vielleicht normal, einander abzustechen. Hier nicht.«

Er griff in die Tasche, holte ein zerknittertes Flugblatt heraus und legte es neben die Reste des Fischbrötchens. Scheiße, wenn sie richtig vorbereitet gewesen wären, hätten sie ein neues Flugblatt gehabt.

Der Bürgermeister schüttelte den Kopf. »Man könnte fast denken, Sie arbeiten mit den Asylanten zusammen. Von denen war gestern jemand bei mir. Mit einer Unterschriftenliste und genau diesem Flugblatt.«

»Mensch, dann tun Sie doch was!«, rief Cindy. »Schauen Sie ihn sich an!« Sie zeigte auf Calvin. »Die haben ihn zusammengeschlagen! Vor einer Woche!«

»Die Asylbewerber?«

Calvin wollte den Kopf schütteln. *Keine Rache.* Dann nickte er. »Ich dachte erst, es wären ein paar Linke gewesen. Aber die Erinnerung ist inzwischen zurückgekommen. Es waren die Typen aus dem Heim. Sie haben mir aufgelauert.«

»Also doch die?«, fragte Cindy. »Na also. Sie … Sie hätten meinen Freund vor einer Woche sehen sollen!« Sie kramte in ihrer Handtasche und holte das Handy heraus. »Hier. Ich habe ein Foto.«

Sie beugte sich quer über den Tisch und hielt dem Bürgermeister das Handy entgegen. Verdammt, sie hatte ihn fotografiert, ohne dass er es mitbekommen hatte – am Tag nach der Sache in der Garage. Er hätte Cindy am liebsten das Handy weggerissen, die ganze Sache war peinlich. Der Bürgermeister warf nur einen kurzen Blick auf das Display.

»Waren Sie bei der Polizei, um Anzeige zu erstatten?«

»Wir? Glauben Sie, uns würde die Polizei helfen?«, fragte Cindy.

»Wir wollten nicht mit Ihnen sprechen, um irgendwen anzuzeigen«, sagte Calvin. »Wir fordern, dass Sie das Heim räumen. Punkt, aus.«

»Vielleicht sollte ich Ihnen ein paar Dinge über unsere Demokratie erklären«, sagte der Bürgermeister und wickelte das Fischbrötchen in eine Serviette. »Aber ich bin nicht Ihr Sozialkundelehrer. Die Dinge werden von Rostock aus entschieden. Schicken Sie Ihre Petition dorthin. Die Adresse finden Sie im Internet. Ich denke, dieses Gespräch ist beendet.«

Er wollte sich umdrehen, aber Cindy legte ihm eine Hand auf den Arm.

»Sie haben ja Angst«, sagte sie. »Warum haben Sie solche Angst vor uns?«

Der Bürgermeister entfernte ihre Hand. Er machte einen Schritt von dem Tisch weg, aber er kam nicht weit. Jason und André waren herübergekommen und hatten sich vor ihm aufgebaut. Kevin stellte sich neben sie. Sie waren wie eine Mauer.

Rudolf Heß knurrte wieder.

»Was wird das für ein Spiel?«, fragte der Bürgermeister.

»Jungs«, sagte Calvin mit einer Kopfbewegung zur Seite. »Verschwindet. Ich komm alleine klar.«

André schüttelte den Kopf. »Wir haben das Gefühl, das tust du eben nicht.«

»Calvin wollte noch etwas sagen, denk ich«, sagte Jason, »und Sie wollen abhauen. Das ist ziemlich unhöflich. Wir zahlen Steuern dafür, dass Sie Ihre Arbeit machen.«

»Ihr zahlt überhaupt keine Steuern«, sagte der Bürgermeister. »Und die Leute in eurem Viertel auch nicht. Die leben von den Steuern. Hartz IV. Was ist mit eurem Chef hier?« Er sah Calvin an. »Arbeitest du?«

»Lehre«, sagte Calvin knapp und fragte sich, wann er dem Bürgermeister das Du angeboten hatte. »Nordostwerke. Praktikum in der Metallbearbeitung.«

»Überbetrieblich also. Gefördert durch staatliche Gelder.« Der Bürgermeister nickte. »Darf ich fragen, was du für einen Schulabschluss hast?«

»Neunte Klasse«, antwortete Calvin. »Förderschule.«

»Für den Hauptschulabschluss hat es also nicht gereicht«, sagte der Bürgermeister. »Und Leute wie du wollen mir erzählen, wie ich die Politik hier zu gestalten habe? Junge …« Er zuckte die Schultern, beinahe väterlich.

Da platzte ein Knoten in Calvin.

Vielleicht war es, weil Jason und Kevin und André noch immer dastanden wie Bodyguards und er selbst die ganze Zeit über höflich geblieben war, weil er sich in seiner vergeblichen Höflichkeit lächerlich vorkam. Seine Hand schoss vor. Er packte den Bürgermeister am Kragen und zog ihn ganz nah zu sich heran.

»Sie bilden sich vielleicht was darauf ein, dass Sie jeden Tag in einem schönen Büro sitzen, in Ihrem schönen Anzug, mit lauter braven Sekretärinnen, die Sie am Telefon verleugnen!«, zischte er. »Aber wenn wir den Kampf gewinnen, fliegen Sie hochkant da raus. Sie haben noch keinen Tag in Ihrem Leben wirklich gearbeitet, Sie schieben nur Akten hin und her …«

Calvin sah aus dem Augenwinkel, dass sich eine Menschenmenge um sie sammelte. Er hörte die Leute flüstern. Sie hatten Angst.

Der Bürgermeister entwand sich ihm mit einer erstaunlich raschen Bewegung und hielt seinen Arm fest.

»Ich habe schon jetzt mehr gearbeitet, als du in deinem Leben je arbeiten wirst, Junge«, zischte er. »Bei dir reicht es im Kopf nämlich nicht zu sehr viel Arbeit.«

Calvin riss sich los, und seine Faust landete mit Präzision im Gesicht seines Gegenübers. Der Bürgermeister ging nicht zu Boden, wie Calvin erwartet hatte. Er schlug mit der gleichen Präzision zurück. Ein jäher Schmerz zuckte durch Calvins Wangenknochen. Jemand applaudierte.

Der Bürgermeister wischte sich das Blut von der aufgeplatzten Wange.

»Na?«, sagte er mit einem grimmigen Lächeln. »Noch ’ne Runde?«

»Oh, Scheiße«, murmelte Kimberley. »Besser, wir verschwinden.«

Calvin spürte Cindys Hand, aber er schüttelte sie ab. Er drehte sich um und rannte.

Er fragte sich, wie lange die Bullen zu der Fischbude brauchen würden. Aber im Grunde war es egal. Die Bullen waren nicht sein Problem.

Er war gescheitert.

Er hatte Nuri versprochen, sie auf friedliche Weise aus dem Heim zu kriegen, er hatte Cindy versprochen, die Dinge in die Hand zu nehmen, er hatte Pascal versprochen, ein Anführer zu sein. *Es ist alles vereinbar,* hörte er sich wieder sagen.

Nichts, nichts war vereinbar, noch nicht einmal der eine Teil von Calvin mit dem anderen.

Er fand sich bei der Werft wieder, wo sich blaue Kräne in den Himmel reckten, riesenhaft wie die Architektur von Hitlers Freund Speer. Damals war alles voller Größe und Hoffnung gewesen, Pascal hatte ihm mal alte Bilder gezeigt.

Aber die Bilder waren Seifenblasen, er begriff das jetzt. Sie zerplatzten irgendwann, und übrig blieb nur ein Kevin mit einem klischeehaften Pitbull, Kevin, der niemals auf dem Feld arbeiten oder in einem heroischen Krieg kämpfen würde.

Er fand eine Bäckerei, schloss sich auf dem Klo ein und schlug den Kopf gegen die Wand, um die Enttäuschung und die Wut zu vertreiben. Erst als er den Schmerz nicht mehr aushielt, stand er auf und ließ kaltes Wasser über sein Gesicht laufen. Der Calvin im Spiegel sah schrecklich aus. Die Wunde an der Augenbraue war wieder aufgesprungen, sie suppte vor sich hin, die Ränder geschwollen und rot, und die leicht schiefe Nase half nicht, das Bild zu verbessern. Seine Haare waren völlig durcheinander. Am liebsten hätte er sie büschelweise ausgerissen, diese verdammten, blonden Haare, die seine Mutter so gerne gestreichelt hatte, als er ein Kind gewesen war.

»Calvin?«, sagte jemand draußen leise.

Er brauchte einen Moment, um die Stimme zu erkennen.

»Nuri?«, fragte er ungläubig.

Und dann schloss er die Tür auf und stand ihr in dem schmalen Flur gegenüber.

»Ich bin dir durch die halbe Stadt nachgelaufen«, sagte sie. »Um zu fragen, was passiert ist. Ich hab von ferne zugeguckt … zufällig …«

Er sah sich um, auf einmal gehetzt. »Verdammt, hat jemand dich gesehen? Von der Clique?«

»Keine Sorge!« Sie lachte leise. »Ich bin gar nicht so schlecht darin, *nicht* gesehen zu werden. Der Damaszener Frühling schult.« Dann streifte sie das blassrosa Kopftuch ab und schüttelte ihr Haar aus. »Also?«

Er zuckte die Schultern. »Der Bürgermeister und ich verstehen uns glänzend.«

»Zu uns war er sehr höflich und hat uns dann gesagt, dass er nichts tun kann.« Sie zuckte die Schultern. »Was hat er gesagt, ehe du … zugeschlagen hast?«

»Dass ich dumm bin«, sagte Calvin. »Er hat recht. Ich bin so dumm, dass ich geglaubt habe, es würde helfen, mit ihm zu sprechen. Er … hat übrigens keine schlechte Reaktionszeit.« Calvin presste seine Hände gegen die Wangen und merkte, dass er glühte. »Ich hasse ihn. Es war alles völlig ungeplant. Die anderen … und Kevin mit diesem bescheuerten Hund …« Er schüttelte den Kopf. »Das Schlimmste ist, Cindy war großartig. Cindy ist …«

»Deine Freundin«, sagte Nuri und lächelte.

»Ja. Nein. Ich weiß nicht. Ich komme mir scheiße vor. Als würde ich sie die ganze Zeit betrügen.« Er zuckte die Schultern und sah auf seine Stiefel hinab. »Jedenfalls gibt es keine friedliche Lösung. Sie wollen gar keine. Kevin und die anderen. Vielleicht hätte ich früher … auch keine gewollt.«

»Ich habe unseren Brief mit den Unterschriften abgeschickt. Nach Rostock«, sagte Nuri. »Nicht dass es etwas nützt.«

Sie konnten nicht ewig im Flur bei den Klos stehen bleiben.

Calvin folgte Nuri nach draußen, und einen Augenblick gingen sie einfach nebeneinanderher durchs Sommertouristengewimmel der Stadt. Natürlich mussten sie sich trennen, gleich … Er wünschte, es hätte eine Nische gegeben, irgendeinen Ort, wo sie sich hinsetzen und ungesehen fünf Minuten zu zweit sein konnten. Sie kamen am russischen Billigkleidergeschäft vorüber und am Thai-Laden an der Ecke, wo zwischen Zuchtlilien und blauen Spielzeugtrabis die ersten roten Erdbeeren glänzten.

Und dann sah Calvin Jason. Jason mit Kimberley am Arm. Er sah die beiden, ehe sie ihn sahen.

Sekunden später hatte er Nuri in den Thai-Laden gezogen. Hinter Obst und Blumen hing eine breite, lila Stoffbahn von der Decke bis zum Boden: Reklame für Vanille-Milchshake.

»Da hinter«, flüsterte Calvin.

Sie folgte ihm, ohne zu fragen.

Der Raum zwischen Wand und Stoffbahn war sehr schmal. Sie waren sich unglaublich nah.

»Da ist einer von meinen Jungs«, flüsterte Calvin, ganz leise. Er hörte Jasons Stimme jetzt im Laden.

»Krass«, sagte Jason. »Die Batterien sind echt billiger als bei uns in der Kaufhalle.« Münzen klirrten.

»Glaubst du, Calvin taucht heute Abend noch mal auf?«, fragte Kimberley.

»Denk schon«, sagte Jason. »Bis dahin hat er sich eingekriegt. Schon Scheiße, dass Pascal weg ist …«

»*Du* könntest die Jungs führen«, sagte Kimberley.

»Ich? Nee, hab ich nicht direkt Lust zu. Als Anführer hast du immer die ganze Scheiße am Bein … Calvin ist schon nicht blöd.«

Wenn sie wüssten, dachte Calvin, dass ich hier stehe. Er hätte den Arm ausstrecken und Jason berühren können, so nah war er. Er spürte Nuris Atem an seiner Schulter. Und er wusste, dass die kleine Asiatin, die jetzt an der Theke die Batterien in eine Plastiktüte steckte, sie sehr wohl bemerkt hatte.

Dann entfernten sich Jasons und Kimberleys Stimmen.

Nuri hob den Kopf und sah zu ihm auf. Er sah jede ihrer winzigen Sommersprossen.

»Sind sie weg?«, fragten ihre Lippen lautlos.

Er nickte. Da stieß sie sich von der Wand ab und schlüpfte unter seinen Armen durch, und für Momente berührte sie ihn mit ihrem ganzen Oberkörper. Es war wie ein elektrischer Schlag.

Er folgte ihr.

»Alles gut?«, fragte die Verkäuferin. »Ärger mit denen da?« Sie deutete mit dem Kopf zur Tür, wo Jason und Kimberley nicht mehr standen.

Calvin nickte. Und gleichzeitig dachte er: Es gibt nicht nur im Asylantenheim Ausländer. Es gibt auch andere. Man übersieht sie. Die Verkäuferin wäre die Nächste, die sie loswerden müssten, um eine befreite Zone zu schaffen. Und dann die vom Russenladen, wo seine Mutter billige Unterwäsche kaufte.

»Danke«, sagte er, »dass Sie uns nicht verraten haben.«

Die Thaifrau lächelte. Ihr Gesicht war flach wie der Mond in einem Kinderbild. Sie hatte eine Brandnarbe an der linken Schläfe. Sie war schön.

»Milchshake Vanille«, sagte er. »Zwei. Zum Mitnehmen.«

»Aber wohin?«, fragte Nuri.

Internetsuche

Demo Universität Damaskus

Rostock-Lichtenhagen

8

Was wir heute an menschlicher Kultur, an Ergebnissen von Kunst, Wissenschaft und Technik vor uns sehen, ist nahezu ausschließlich schöpferisches Produkt des Ariers.
(Adolf Hitler, Mein Kampf)

Alle Menschen sind klug, die einen vorher, die anderen nachher. Nur wenn es darauf ankommt, ist jeder dumm.
(Arabisches Sprichwort)

Sie fanden eine Nische.

Es war ein schmaler Absatz aus Steinen nahe der Werft, hinter der sich die Hafenmauer erhob, ganz am Rand, wo keine Schiffe mehr lagen. Man musste außen um die Mauer herumklettern, und die Stufe, auf der man dann saß, befand sich genau über dem Wasser, in das man leicht hineinfallen konnte. Aber niemand konnte sie hier sehen.

Calvin fühlte sich wie ein kleiner Junge, der sich vor den Erwachsenen versteckt. Er zog Stiefel und Socken aus, krempelte die Hose hoch und ließ die Beine ins Wasser baumeln.

Nuri tat neben ihm das Gleiche.

Er hatte über so vieles mir ihr reden wollen, dringend, aber jetzt wusste er nicht mehr, über was.

»Gibt es einen Grund, warum man das trinkt?«, fragte sie und hob ihren Becher mit dem Vanille-Milchshake.

Er sah nach oben. Niemand beugte sich über die Mauer.

»Glaubst du, jemand hat uns gesehen? Auf dem Weg hierher?«

Sie schüttelte den Kopf. »Ich habe keinen von deiner Clique bemerkt. Und keinen von meinen Leuten.«

»Von deinen Leuten«, wiederholte Calvin. Natürlich. Das war genauso gefährlich.

»Wenn Kamal wüsste, dass wir hier sitzen«, sagte er, »was wäre dann?«

»Er würde dich umbringen«, sagte Nuri ohne jeden Anflug von Sarkasmus. Sie trank einen Schluck aus dem Plastikbecher und schüttelte sich. »Kamal … er war immer der Hitzkopf der Familie. Nabil war viel ernster. Stiller. Der Ältere, Klügere. Er war zwei Jahre älter.«

»Wo … ist er jetzt?«

»Noch immer in Syrien«, sagte Nuri. »Der Vanille-Milchshake erinnert mich an den Tag, an dem ich ihn zum ersten Mal wirklich *sah*. Ich … hatte nie besonders viel mit meinem ältesten Bruder zu tun, wir waren zu weit auseinander.« Sie hielt den Becher näher an ihr Gesicht. »Das Zeug riecht wie Parfüm. Das schwere Parfüm der Parfümhändler von Damaskus. Ich bin durch diesen Geruch gegangen wie durch ein Feuer …« Sie sah auf. »Willst du das überhaupt hören? Ich erzähle und erzähle, alle diese Worte fließen aus mir heraus wie … ich weiß nicht …«

»Wie Gift«, sagte Calvin. »Du musst das Gift loswerden.«

»Aber ich muss es nicht dir vor die Füße spucken«, sagte Nuri und sah in die Ferne, übers Meer.

»Hey«, sagte Calvin. »Guck mich mal an.«

Sie wandte den Kopf nur zögernd. Sie war schon wieder zu nah.

»Hier siehst du ein Wrack«, sagte er mit einem Grinsen. »Nase kaputt, Augenbraue kaputt … wunderschön. Gib mir das Gift. Es kann die Dinge nur besser machen, oder?«

»Mariam hat uns in diesen letzten Märztagen besucht«, begann Nuri. »Sie war ein Nervenbündel. Ummi setzte sie im Innenhof hin und brachte Tee und Datteln. Sie hatten ihren Offizier irgendwohin geschickt, aber er hatte ihr nicht sagen dürfen, wohin.

›Wir sind im Krieg‹, sagte sie immer wieder und hielt ihren Bauch mit beiden Händen fest, und Tränen fielen auf ihr Kleid, unter dem man deutlich sah, dass sie schwanger war. ›Sie wollen, dass alle sterben, sie haben Waffen, und sie schießen auf jeden. Sie sind auch hier, die Teufel, in Damaskus, in den Vororten. Das Militär kämpft tapfer, aber sie liegen im Hinterhalt. Wehe uns, oh, wehe uns! Sie werden uns umbringen! Es steht auf den Flugblättern, und man hört es überall.‹

Anna war bei uns an dem Tag, an dem Mariam kam, sie saß in unserem Kreis im Hof.

›Euch genauso!‹, rief Mariam und zeigte auf sie, beinahe anklagend. ›Alle Christen! Assad hat euch immer geschützt, er hat den Frieden zwischen den Religionen bewahrt, aber jetzt ist es aus damit!‹

Und da begriff ich mit plötzlicher, schmerzender Klarheit, wer *sie* waren. Mariam sprach über die Demonstranten.

Mehr Städte waren gegen das Regime aufgestanden, überall gingen jetzt Menschen auf die Straße. Und überall wurden sie mit brutaler Gewalt bekämpft. Anna und ich verbrachten halbe Tage vor Aarifs Laptop. Wenn wir die Nachrichten von draußen lasen, hielten wir einander in den

Armen, weil alles so schrecklich und auch so großartig war. Aarif ließ uns gewähren, nur manchmal warf er uns hinaus, wenn er an seiner eigenen Seite im Netz arbeitete, für die Revolution.

Meine Freundinnen in der Schule sprachen nie über den Aufstand. Offiziell gab es keinen Aufstand.

An diesem Tag umarmte Ummi meine Schwester sehr lange.

›Bleib bei uns, Kind‹, sagte sie. ›Hier in der Altstadt ist es ruhig.‹

Und Mariam blieb.

Sie half Ummi in der Küche, und ihr klagender Schatten wanderte durchs Haus wie ein Geist. Wenn sie im Fernsehen von den Demonstrationen berichteten, schloss sie die Fenster. Als kämen die Demonstranten sonst durch sie hinein. Sie sprach viel von der alawitischen Gemeinschaft und von den Friedensjahren der Assads, und manchmal floh ich zu Anna. Tief im Herzen von Bab Tuma bearbeitete ihr Vater seine Fotos und hörte amerikanische Musik dabei und fluchte. Die Fotos waren verwischt und unscharf und gefährlich. Die Demonstranten, die Teufel, waren darauf zu sehen, wie sie Fahnen schwenkten und in Busse gestoßen wurden, verhaftet, geschlagen, getreten. Wie konnte Mariam Angst vor diesen jungen Männern haben, die mit bloßem Oberkörper nach Frieden riefen?

Mein Vater kam mit zu Anna und trank Tee und sah die Fotos und weinte.

›Sie schreiben mein Buch mit ihrem Blut‹, sagte er einmal. ›Mein Buch über das Land. Aber bald, bald werden wir alle frei sein.‹

Wenig später fanden wir die Flugblätter, von denen Mariam gesprochen hatte.

DIE SUNNITEN WERDEN EUCH UMBRINGEN. EURE FRAUEN SCHÄNDEN. EURE HÄUSER ANZÜNDEN. WEHE EUCH, WENN ASSAD FÄLLT.

›Wenn sie dich beim Knipsen erwischen, war es das‹, sagte Anna zu ihrem Vater.

›Noch machen sie einen Unterschied‹, sagte er. ›Wir sind Europäer.‹

Aber er stellte die amerikanische Musik leiser. Amerika hatte begonnen, schuld zu sein. Der Aufstand, sagte das Staatsfernsehen, sei von außen gesteuert, vom Westen, der die Assad-Regierung schwächen wollte, ihrer Feindschaft mit Israel oder des Öls wegen, irgendeinen Grund hatten sie sicher.

›Ist das wahr?‹, fragte ich Aarif in seiner Dachkammer.

Aarif sah mich nur an und strich sein Haar hinter die Ohren.

›Es ist Unsinn‹, sagte ich.

Er nickte langsam. ›Frag keinen nach der Wahrheit, Nura‹, sagte er. ›Mach die Augen auf.‹

Und ich machte die Augen auf und sah. Anna und ich sahen gemeinsam, wir waren ein einziges, großes Auge, das Auge des Handys, mit dem sie filmte. Wir schlichen durch die Straßen und filmten die Panzer, die unbemannt, aber kampfbereit in den Vorstädten standen, die Mündungen ihrer Kanonen auf Wohnhäuser gerichtet. Eine Weile versuchten wir, nach Duma hinauszufahren, wo mehr Menschen auf die Straße gingen. Aber man ließ uns nicht durch. Man sagte uns, hier wäre nichts los und wir sollten nach Hause gehen.

Es war nichts los, und am Ende dieses Nichts gab es an jedem Freitag Tote.

Die Demonstrationen fanden meistens an den Freitagen statt, nach den Gottesdiensten, weil die Moscheen die einzigen Orte waren, wo man den Menschen nicht verbieten konnte, sich zu versammeln. Im Internet veröffentlichten sie die Zahlen der Toten. Im Fernsehen waren es immer nur ein Zehntel so viele. Niemand wusste, was stimmte.

In diesen Tagen, diesen Wochen nistete der Vogel mit den schwarzen Flügeln in meinem Herzen.

Ich war fünfzehn, aber die Rosen blühten nicht mehr im Hof, sie hatten all ihre Blätter verloren.

Zwei Wochen nach ihrer Verhaftung ließen sie die Kinder von Dar'a frei. Es war ein Tag des Jubels. Aber wir hörten nichts von Yassirs Familie. Wir wussten nicht, ob er die Folter überlebt hatte.

In Dar'a gab es Verhandlungen. Sie setzten den Polizeipräsidenten ab und einen neuen ein.

Doch die Flamme der Revolution loderte schon zu hell. Die Leute gingen weiter auf die Straße und riefen nach Meinungsfreiheit und nach neuen Wahlen.

Und irgendwann eröffnete das Militär das Feuer wieder.

Die Menschen, die ins Krankenhaus eingeliefert wurden, fing der Geheimdienst ab. Es hieß, sie hätten direkt im Krankenhaus einen Geheimdienstposten eingerichtet, wo sie die Verletzten folterten, bis sie unterschrieben, dass bewaffnete Banden auf sie geschossen hätten und nicht das Militär.

Die Ärzte und Krankenschwestern, die den Demonstranten halfen, teilten ihr Schicksal. Es war verboten, Blut zu spenden. In der Umari-Moschee richteten die Demonstranten eine Krankenstation ein, bis das Militär die Moschee räumte.

Und dann, am 25. April, wurde Dar'a völlig von der Außenwelt abgetrennt. Kein Strom, kein Telefonnetz, kein Wasser, keine Nahrungsmittel. Keine Medikamente.

Wer sein Haus verließ, auf den wurde geschossen.

Die Menschen konnten ihre Toten nicht mehr begraben, sie nicht einmal von den Straßen wegbringen. Manche schafften es trotzdem, im Schutz der Dämmerung. Sie lagerten die Leichen in zwei Kühlhäusern für Gemüse, wir sahen die Bilder: Körper an Körper, in Decken gewickelt, gestapelt. Die Blockade von Dar'a war nur die erste von vielen Blockaden …

Die Menschen aus den Dörfern der Umgebung bildeten einen Zug von mehreren Tausend und wanderten zur Stadt, um Nahrungsmittel hineinzubringen. Die Solidarität der Leute, die alle selbst arm waren, brannte wie ein geheimes Feuer. Man ließ sie bis an die Stadtgrenze kommen.

Dann wurden sie eingekesselt und beschossen. Es war eine Falle. Niemand wusste, wer schoss, Militär oder Geheimdienst, es war vermutlich gleich. Menschen starben, Menschen verschwanden.

Aber es gab auch gute Tage.

An einem der guten Tage betrat ich Aarifs Kammer, und er lächelte mir entgegen.

›Sie haben die Verhandlungen wieder aufgenommen‹, sagte er. ›Sie haben heute mehrere Hundert politische Gefangene freigelassen. Mehrere Hundert! Das ist ein Zeichen.‹

Ich nickte und lächelte. Es war ganz still in diesem Moment, und ich konnte kein Rauschen hören.

Aber dann öffnete sich die Tür, und Mariam stand darin und starrte an uns vorbei auf den Bildschirm des Laptops. Aarifs Facebookseite war geöffnet, und über allem prangten, wie bei jedem seiner Einträge, die Worte: *GEBT NICHT AUF. DAS REGIME DER MÖRDER WIRD FALLEN. GEBT NICHT AUF.*

Ich sah, wie Mariam den Aufruf las. Es war zu spät, die Seite zu schließen.

Sie sagte nur ein Wort. ›Verräter.‹

Dann drehte sie sich um und rannte die ausgetretenen Stufen hinunter, und wir hörten, wie sie in der Küche nach unseren Eltern rief. Wie ein Kind, das petzen geht.

›Abi!‹, hörte ich sie sagen, es war wie eine Totenklage. ›Weißt du, was für Internetseiten in diesem Haus geöffnet werden? Nura und Aarif gehören zu den Verrätern!‹

Ich hörte Abis Stimme, leise, beruhigend.

Meine Schwester gab einen Laut von sich wie ein gequältes Tier. ›Aber begreifen sie denn nicht, dass wir Alawiten zusammenhalten müssen?‹, schrie sie. ›Nura ist noch ein Kind! Aber Aarif … Wie kann er seine Familie so hintergehen …‹

Ich lief nach unten, ich wollte wissen, was dort gesagt wurde.

Abi sprach auf Mariam ein, als ich in den Hof kam.

›… gibt es mehrere Arten, die Dinge zu sehen‹, sagte er. ›Wir denken nicht, dass es um die Konfessionen geht. Es geht um freie Wahlen. Um Demokratie. Ummi möchte davon nichts hören und Kamal auch nicht. Trotzdem sind wir eine Familie.‹

Mariam hob den Kopf, ihr Gesicht nass von Tränen. ›Nein‹, sagte sie leise, und in ihrer Stimme war etwas Neues, Kaltes. ›Ich habe eine Familie, Ummis Familie, in Latakia. Und die Familie meines Mannes, die auch dort wohnt. Im gleichen Viertel wie die Verwandten der Assads, die ihr umbringen wollt. Eine von diesen Familien wird mich aufnehmen. Wenn Ummi hierbleibt, ist das ihre Sache.‹

Und sie hob ihren Kopf noch höher auf ihren schönen, schlanken Schultern, sie ließ meinen Vater stehen und ging durch den Hof – aber Nabil hielt sie sacht am Arm fest. Ich hatte, wie meist, nicht bemerkt, dass er da war.

›Mariam‹, sagte er leise. ›Bleib hier. Es ist zu gefährlich, irgendwohin zu reisen. Ich bin auch nicht dafür, Parolen zu brüllen und Fahnen zu schwenken. Wenn es Veränderungen gibt, müssen sie langsam vor sich gehen. Ich bin nicht für die Revolution, und trotzdem liebe ich meinen Vater, der nie ein Buch schreiben wird, und meine kleine Schwester und Aarif. Bleib bei uns.‹

›Wer zu den Verrätern hält, ist ein Verräter‹, sagte Mariam und legte eine Hand auf ihren Bauch, als müsste sie das ungeborene Leben vor uns allen schützen.

›Bitte, mein Kind …‹, begann Ummi.

›Ich bin nicht mehr euer Kind‹, sagte Mariam.

Und sie schüttelte Nabils Hand ab und ging.

›Shit‹, sagte Aarif, der hinter mich getreten war. ›Ich sollte auch verschwinden. Wenn Mariam den Sicherheitsdienst auf uns hetzt …‹

Abi legte ihm eine Hand auf den Arm. ›Du bleibst‹, sagte er fest. ›Das alles ist in ein paar Wochen vorüber, und bis dahin halten wir zusammen.‹

Mariam erreichte Latakia unbehelligt. Wir bekamen Anrufe der Familie von dort. Ummis Brüder riefen uns an und deren Kinder und andere Leute.

Wir hörten das Wort *Verräter* oft.

Irgendwann nahm Abi das Telefon nicht mehr ab.

Ummi weinte und malte die Schönheit auf die letzten Leinwände. Es gab keine mehr zu kaufen. Es gab auch manche Gewürze nicht mehr. Dennoch kochte sie mehr denn je, sie kochte für Anna und ihren Vater, die sonst vergaßen zu essen, sie kochte für Leute, die sie überhaupt nicht kannte, Bekannte von Aarif, die untergetaucht waren und denen er Plastikdosen voll gefüllter Auberginen brachte. Dabei war Ummi nicht einmal für den Umsturz. Sie war auch nicht dagegen. Sie kochte.

Nabil war selten zu Hause. Wenn er da war, schwieg er und las.

Kamal war wie immer. Er spielte Fußball und Computerspiele mit seinen Leuten. Sonst nichts.

Wir hatten Angst, dass sie Aarif abholen würden. Sie hatten eine Menge Blogger und Internetaktivisten abgeholt. Aber es war nie jemand von der Sicherheit, wenn es an der Tür klopfte.

Und das Virus der Revolution verbreitete sich im ganzen Land. Ende April gab es Demonstrationen in Damaskus, Aleppo, Deir ez-Zor, Homs, Hama Qamischli, Amuda, Duma und Latakia. Ich wurde sechzehn.

Und dann kam der Tag des Parfüms.

›Nura‹, sagte Anna. ›Was machen wir hier eigentlich? Wir rennen mit dem Handy herum und filmen Sachen, die gar nicht passieren. Ich habe das Gefühl, Aarif will uns vor allem … beschäftigen, damit wir nichts Gefährliches tun.‹

Ich werde nie ihre unruhige, lange Gestalt vergessen, die auf Aarifs Fußboden hockt, im Schneidersitz, und mit den Fingern auf den Boden trommelt. Aarif war für einen Moment hinausgegangen.

›In vielen Orten gehen die Frauen jetzt auch auf die Straße‹, sagte sie. ›Gestern war eine Demo hier in der Stadt, das waren Frauen mit Kopftuch, ich habe die Bilder gesehen. Sunnitinnen. Es wäre doch ein Zeichen, wenn auch solche wie wir auf die Straße gingen. Ohne Kopftuch. Um zu zeigen, dass es nichts mit Religion zu tun hat. Morgen kommen fünfhundert Frauen auf dem Arnous-Platz im al-Salhiyeh-Viertel zusammen. Es steht im Netz.‹

Ich nickte.

Dann kam Aarif wieder, und er fragte, was los sei, und wir sagten, genau wie die Sicherheitskräfte an den Abriegelungen: Es ist gar nichts los.

Wir nahmen ein Taxi, aber diesmal waren wir klüger als einen Monat zuvor. Das letzte Stück gingen wir zu Fuß.

Die orangegelben Taxis, alltägliches Fortbewegungsmittel der Damaszener, waren sowieso nicht mehr geheuer. Die Mehrheit der Fahrer arbeitete mit dem Sicherheitsdienst zusammen. Manchmal, hatte Abi gesagt, entführten sie die jungen Männer mit den Taxis von der Straße weg. Ich war daher beinahe froh, auszusteigen.

Der Arnous-Platz ist ein Platz voller Geschäfte, ein zentraler Punkt im al-Salhiyeh-Viertel. Er war auch an diesem Tag voller Menschen. In dem Moment, in dem ich sah, wie sich die Frauen formierten, wie ganz plötzlich Plakate und Spruchbänder auftauchten, hörte ich das altbekannte Rauschen. Ich griff nach Annas Hand.

Es waren nicht fünfhundert Frauen. Es waren vielleicht sechzig. Aber es waren sechzig großartige Menschen, und mit uns waren es zweiundsechzig. Die meisten trugen tatsächlich kein Kopftuch.

STOPPT DAS TÖTEN!, stand auf ihren Spruchbändern. *HEBT DIE BELAGERUNG VON DAR'A AUF! NEIN ZUM TOD, JA ZUM LEBEN!*

Wir gingen mitten unter ihnen, und unsere Rufe waren so laut, dass sie das Rauschen der schwarzen Flügel übertönten. Aarif sollte uns sehen, dachte ich, er wird uns sehen, irgendwo, auf irgendeinem Film, den jemand in diesem Moment mit dem Handy dreht.

Ich glaube, es vergingen ungefähr zehn Minuten. Dann stürzten die Sicherheitskräfte sich auf unseren Zug. Es war wie bei der Demo auf dem Unicampus, die Männer waren plötzlich einfach da. Sie waren in Zivil; ihre Uniformen waren ihre breiten Oberkörper und ihr brennender Blick. Einer kam direkt auf uns zu, und ich versuchte, das Menschliche in seinen Augen zu sehen, aber ich fand es nicht. Seine Augen waren voller schwarzer Schatten.

Und dann griff er nach mir. Aber es war Anna, die er zu fassen bekam.

Die Frauen liefen auseinander, manche schrien, aber meine Welt bestand jetzt aus Bruchstücken.

Anna auf dem Boden. Annas Handy, auf das ein Stiefel tritt. Eine Faust in der Luft. Anna, die versucht, aufzustehen. Der Schmerz, als mir jemand die Arme auf den Rücken dreht. Anna, die um sich tritt und weggezerrt wird, auf einen Bus zu, die Türen stehen offen.

Ich höre sie schreien, auf Deutsch. Der Blickwinkel ist seltsam, ich liege auf dem Boden, da ist sehr viel Himmel, aber davor ist wieder der Stiefel. Es ist kein Handy, auf das er treten wird, ich bin es, mein Körper. Ich rolle mich zur Seite und werde hochgezerrt. Ich werde die Nächste sein, die sie in den Bus werfen, auf einmal begreife ich das. Sie verhaften mich. Wie Yassir.

Nur heißt das Licht, und sie werden das Licht löschen, sie haben ihre Methoden.

Ich denke an Yassir.

Ich denke an Allah. Allah, wo bist du? Sitzt du im Bus, wartest du, in Annas Augen? Oder lässt du mich allein?

Ich bin ein sehr feiger, kleiner Mensch. Ich möchte nicht ausgelöscht werden. Ich möchte auch nicht mehr mutig sein und demonstrieren. Lass mich zurückkehren zu den Weintraubenfeldern, zurück zur Wüste und den Armen meines Vaters, in meine Kindheit!

Die Türen des Busses sind ganz nah. Man sagt, dass sie den Alawiten noch schlimmer zusetzen als den Sunniten, wenn sie sie verhaften, weil sie Verräter sind. Sie werden …

Aber da greift jemand den Mann an, der mich zum Bus schleift, greift ihn an wie ein Raubtier. Ich taumle zurück, plötzlich frei. Vor mir kämpft der Angreifer mit dem Mann von der Sicherheit.

Es ist mein Bruder.

Nabil.

Mein stiller, zurückhaltender Bruder, der nicht fürs Demonstrieren ist, nicht für die Revolution. Er muss uns gefolgt sein. Er ist nur halb so schwer wie der Mann von der Sicherheit, aber er ist wendig, er entschlüpft ihm für Momente im allgemeinen Chaos und stößt mich in einen der Läden am Platz.

›Mach, dass du wegkommst‹, höre ich ihn keuchen, während eine Wolke künstlicher Süße mich umnebelt. ›Hinterausgang.‹

Der Ladenbesitzer taucht im Dunkeln auf, ein dicker Mann mit Schnauzbart, und ich verliere das Gleichgewicht durch einen weiteren Stoß meines Bruders. Ich falle dem Mann in die Arme, mitten zwischen tausend Flaschen und Fläschchen voll Parfüm. Dann ist Nabil wieder draußen, diesmal fassen sie ihn zu zweit, ich sehe, wie sie ihn fortzerren. Der Ladenbesitzer hält mich eisern fest.

Nabil wehrt sich nicht einmal, nicht mehr, nachdem ich in Sicherheit bin. Einer von den Sicherheitsleuten packt ihn am Ohr wie einen ungehorsamen Hund, als er nicht schnell genug in den Bus kommt. Als Nabil zurückzuckt, packt ihn der Mann und schlägt seinen Kopf so hart gegen die Bustür, dass er das Bewusstsein verliert. Sie treten ihn mit ihren Stiefeln in den Bus. Die Türen schließen sich.

Das ist das Letzte, was ich sehe.

Dann schleift mich der Parfümverkäufer weg, durch den betäubenden Duft aus tausend Fläschchen. Ich kämpfe mit meiner Übelkeit.

›Nein!‹, höre ich mich flüstern. ›Ich muss zu meinem Bruder!‹

›Ich glaube nicht‹, sagt der dicke Mann.

Und da ist der Hinterausgang, da ist der Himmel. Es erstaunt mich, dass der Himmel noch existiert.

Der Parfümverkäufer signalisiert einem der orangegelben Taxis, dass es herüberkommen soll, die Straße ist merkwürdig still, sie liegt nur eine Häuserzeile entfernt vom Arnous-Platz. Aber vielleicht ist auch dort jetzt wieder alles still. Die Dinge können unheimlich schnell gehen.

›Fahr nach Hause‹, sagt der Ladenbesitzer, als er mich in das Taxi setzt. ›Willst du dich unbedingt von denen hier erniedrigen lassen? Sie machen keinen Unterschied mehr zwischen Männern und Frauen.‹

Ich nicke nur und falle in das Taxi. Ich wünsche mir, es wäre voller Schabiha und würde mich dorthin bringen, wo Nabil ist.

Aber das stimmt nicht, ich wünsche mir das nicht wirklich.

Ich bin ein sehr feiger, kleiner Mensch.

Ich sage dem Fahrer meine Adresse und kauere mich auf der Rückbank zusammen. Abi und Ummi warten auf mich, ich bin ihr jüngstes Kind. Und Aarif wartet, vor seinem Laptop. Und Anna?

Anna wartet nicht mehr.«

»Hast du sie wiedergesehen?«, fragte Calvin, nach einer Weile des Schweigens.

»Wen? Anna?« Nuri schüttelte den Kopf. »Nie mehr. Ihr Vater hat sie freibekommen. Sie war nicht lange in Haft. Es hieß, sie hätten sie höflich behandelt. Ich frage mich, was sie unterschrieben hat. Die beiden haben das Land verlassen, zwei Wochen später. Abi hat es mir erzählt. Ein paar Tage nach der Demo auf dem Arnous-Platz haben sie die ersten Frauen erschossen.«

Sie sah aufs Wasser.

Calvins Handy meldete sich, und er holte es heraus.

»Scheiße. Die Jungs wollen wissen, wo ich stecke. Was sagst du deinen Leuten, wo du steckst? Ich meine … es ist Tag, aber trotzdem … machen die sich keine Sorgen, wenn sie nicht wissen, wo du bist?«

»Doch, natürlich«, sagte Nuri. »Aber sie sperren mich nicht ein. Die

Tage sind sowieso endlos. Es gibt nichts zu tun. Ich bin seit April achtzehn, also nichts mehr mit Schulpflicht … Wir haben einen Antrag gestellt, weil man wohl trotzdem zur Schule gehen darf, wenn man keinen Abschluss hat. Aber wir warten noch immer auf die Antwort. Und einfach irgendwas arbeiten, darf keiner von uns. Damit wir uns nicht zu sehr eingewöhnen, falls wir doch wieder rausgeworfen werden. Der Asylantrag ist ja auch noch nicht durch. Wir dürfen uns nicht mal weiter als dreißig Kilometer vom Heim entfernen. Wir sind Gefangene. Also starren wir an die Zimmerwand, kochen, waschen Wäsche und starren wieder an die Wand, bis die Fliegen tot herunterfallen.« Sie räusperte sich. »Im Übrigen bin ich in diesem Moment nicht allein in der Stadt. Ich bin mit Fabienne und ihrer Tochter auf einem Spielplatz. Das wird Fabienne jedenfalls später meinem Vater erzählen. Sie ist ziemlich cool, was Lügen angeht. Fabienne ist die Mutter von Delfine. Du kennst Delfine. Du kennst … ihre Puppe.«

Calvin sah weg. »Sie hassen mich alle«, sagte er. »Oder?«

»Hättest du das gerne so?«, fragte Nuri.

Er stand auf, zuckte die Schultern. »Ich muss mich bei den Jungs melden. Nuri … bleib noch eine Weile hier, ja? Sie sollten uns wirklich nicht zusammen sehen.«

Sie nickte. Da hing so viel in der Luft über dem Wasser, so viel Ungesagtes. Es war absolut unmöglich, nach einer Erzählung wie ihrer einfach abzuhauen. Sie hätten jetzt reden sollen, dachte Calvin. Über Nabil, über Nuris Familie, über alles.

»Bevor ich gehe«, sagte er. »Dein Bruder … Er ist auch freigekommen, oder?«

Nuri stand ebenfalls auf. »Ja«, sagte sie. »Später. Es gehört in einen anderen Teil der Erzählung.«

»Das heißt, du erzählst weiter«, sagte Calvin. »Ich glaube, ich brauche dieses … Gift.« Er merkte, wie er grinste.

»Du gehst jetzt«, sagte Nuri und pustete ihr Haar aus dem Gesicht. »Aber das heißt nicht, dass wir uns nicht irgendwo aus Versehen wieder treffen. Wenn du willst?«

Da beugte er sich ganz dicht zu ihr hinüber, es geschah sehr plötzlich, als packte ihn eine unbekannte Sorte von Mut, und sagte leise in ihr Ohr: »Blöde Frage.«

Seine Lippen streiften ihre Ohrmuschel, nur ganz sacht, und er spürte ihr Haar an seiner Wange. Es war die gewagteste Berührung des Jahrtausends. Sie dauerte eine halbe Sekunde.

Dann drehte Calvin sich um und balancierte den Absatz an der Mauer entlang, von ihr fort.

An diesem Tag fand Nuri am Hafen eine junge Katze.

Oder die Katze fand Nuri. Sie lief ihr einfach hinterher, sie war schwarz mit einem weißen Fleck über der Nase, und Nuri taufte sie »Kalb«, was dumm war, weil es auf Arabisch »Hund« heißt. Sie war an diesem Tag ein wenig albern.

Alles, was sie Calvin erzählte, war schrecklich. Er hatte recht, es war Gift, und es war gut, es loszuwerden. Die Leere, die die Worte hinterließen, wenn sie sie ausspuckte, wartete darauf, mit etwas Neuem angefüllt zu werden. Da war etwas Winziges, das wachsen und sich entfalten wollte. Sie hatte ein bisschen Angst davor.

Trotzdem machte es sie am Tag des Vanille-Milchshakes beinahe betrunken. Wenn sie die Augen schloss, sah sie Calvin vor sich, der mit dem ganzen Körper ihrer Erzählung lauschte: den Kopf leicht vorgeneigt, eine Hand im Haar über seiner Stirn vergraben, als müsste er sich an etwas festhalten, der Blick konzentriert und dennoch weit fort. Manchmal zuckte er zusammen, schien sich vor ihren Sätzen wegzuducken. Er lebte, was sie erzählte. Er nahm ihre Worte auf und verwahrte sie für Nuri.

Vielleicht wusste er es selbst nicht, aber jedes Wort, das er verwahrte, veränderte ihn. Sie konnte es fühlen. Es veränderte auch sie selbst.

Eins muss dir klar sein, hatte Frau Silbermann gesagt. *Du sitzt auf einem Pulverfass.*

Nuri nahm die Katze, die Hund hieß, mit in die kleine, kahle Wohnung.

»Was für ein schönes Tier«, sagte Ummi. »Die Kinder im Block werden sie lieben. Delfine und all die anderen.« Sie legte ihre Hände an Nuris Wangen. »Du glühst, meine Tochter« sagte sie und lächelte. »Und du strahlst. Was habt ihr gemacht, in der Stadt?«

»Vanille-Milchshake getrunken«, sagte Nuri und lachte. »Es war scheußlich.«

Calvin wartete eine Woche lang darauf, dass der Faustschlag ein Nachspiel haben würde. Es geschah nichts. Kein Brief kam, keine Anzeige, nichts. Nur in der Zeitung hatte etwas gestanden, aber ohne seinen Namen.

Die Jungs lachten jetzt über die Sache.

»Das kriegt nicht jeder hin«, sagte Jason. »Sich mit dem Bürgermeister prügeln. Alle Achtung.«

Kevin nickte. Er war jetzt meistens damit beschäftigt, Rudolf Heß abzurichten.

Calvin erklärte ihnen, dass er wegen des Heims an einem neuen, weniger friedlichen Plan arbeitete. Sie lachten auch darüber, ein gewollt dreckiges Lachen, das sie geübt hatten, seit sie Kinder gewesen waren. Es war das Regenwurm-Zerquetsch-Lachen. Er hatte seinen Teil an Regenwürmern zerquetscht. Und einmal einen halb toten Maulwurf, mit dem Schuh. Er erinnerte sich an das Gefühl absoluter Macht.

Während er angeblich mit dem Plan beschäftigt war, organisierte er die Patrouillen neu, was völliger Unsinn war und nur Zeitschinderei. Er erweiterte die Clique um einen zweiten, äußeren Ring von Jungs, die er zweimal mit in die Laube brachte, obwohl Cindy fand, dass es ein bisschen viele wurden.

»Wir brauchen Masse, wenn wir irgendwann losschlagen«, sagte Calvin und dachte: Was sage ich da?

Und er schlief auf der alten Matratze mit Cindy und dachte: Was mache ich hier?

In seinen Träumen lief er durch die Straßen von Damaskus und suchte Nuri. Er wusste, dass sie auf ihn wartete, irgendwo, in einem orangegelben Taxi.

»Lernen Sie immer noch Arabisch, Herr Lüttke?«, fragte der Sozialkundelehrer mit einem feinen Lächeln, als er ihm im Gang begegnete. Zwei andere Lehrer, die neben ihm standen, lachten. Calvin erwiderte nichts.

Aber als er ihn später alleine traf, versperrte er ihm den Weg und drängte ihn gegen die Wand des Flurs. Er verschränkte die Arme und dachte an den Maulwurf.

»Hören Sie gut zu«, sagte er leise. »Sie wissen nichts. Was ich lerne, geht niemanden was an. Und wenn ich Sie wäre, würde ich von jetzt an den Mund darüber halten.«

»Hat da jemand ein Geheimnis, ja?«, fragte der Sozialkundelehrer, etwas zu wagemutig.

Calvin packte seinen Arm und verdrehte ihn ihm auf dem Rücken. Er sah, wie das blasse Gesicht des Mannes sich vor Schmerz verzerrte. Und dann dachte er plötzlich an Nuri, der ein Typ von der Sicherheit den Arm verdreht hatte, und er ekelte sich vor sich selbst und ließ los. Der Flur des Berufsschulgebäudes war unnatürlich lang, als er ihn hinunterrannte.

An diesem Tag sah er Nuris Mutter draußen auf der Bank sitzen. Sie saß da und streichelte eine schwarze Katze. Zwei kleine Jungen mit dunklen Knopfaugen zogen eine Schnur mit einem Stück Papier hinter sich her, das die Katze wohl fangen sollte. Die Sonne schien auf die Szene, und Calvin blieb einen Moment stehen, um zuzusehen. Der Mann, der jetzt hinter die Frau trat, musste Nuris Vater sein. Er trug eine Brille und hatte ein Buch unter dem Arm, und Calvin versuchte, ihn sich als Lehrer vorzustellen. Er setzte seine Schritte vorsichtig, er war nicht groß, aber er verbreitete auf seine Weise mehr Autorität als die Lehrer, die Calvin kannte. Er dachte an Mariams Hysterie und die beruhigenden Worte, die dieser Mann zu ihr gesagt hatte.

Wie war es für ihn, hier zu sein? In einem Land, in dem er frei war, sich aber nicht weiter als dreißig Kilometer von seiner Wohnung wegbewegen durfte? Einem Land, dessen Sprache er fließend sprach, in dem er aber nicht arbeiten durfte? Und in dem er an jeder Mauer lesen konnte, wie wenig willkommen er war?

Als Calvin nach Hause kam, stand auf dem Bürgersteig vor dem Block ein schwarzes Auto mit einer dreifachen 8 im Nummernschild und zwei Aufklebern der Partei am Heck. An dem Auto lehnte Wolf, in Jeans und Sportpullover.

»Calvin«, sagte er. »Wir sollten uns mal unterhalten.«

Das Auto roch nach neuen Sitzbezügen und Zigaretten. Es war sehr sauber. Calvin erinnerte sich daran, wie er sich mit den anderen in dieses Auto gequetscht hatte, nach der Disco. Er erinnerte sich an die Musik aus den Boxen und die Stimmung, die eine ganz andere gewesen war. Jetzt gab es keine Musik. Sie fuhren schweigend die Straße zur Innenstadt entlang, und Calvin dachte seltsamerweise an den Bus, in den sie Nabil gestoßen hatten.

Nein, sagte er sich, es war Unsinn, das zu vergleichen. Wolf hatte ihn sehr höflich gebeten, mitzukommen. Und Wolf stand auf seiner Seite. Er war der rechtmäßige Arm der Bewegung, der auch Calvin und die Clique angehörten. Warum fror er dann so sehr in diesem Auto?

Wolf parkte den Wagen am Hafen, und sie gingen ein Stück am Kai entlang, bis er plötzlich stehen blieb. Er holte eine Packung Zigaretten aus der Tasche, bot Calvin eine an und gab ihm Feuer.

»So«, sagte er. »Calvin. Du vertrittst also Pascal. Seit du … sagen wir … aktiv bist, muss ich andauernd Dinge ausbügeln. Wusstest du das?«

»Ich …«

»Die Sache mit der Puppe vor der Demo. Es wäre leicht gewesen, zu beweisen, wer das war. Du hast überall Fingerabdrücke hinterlassen. Wäre eine ziemlich hohe Geldstrafe geworden.« Er sah auf die Spitze seiner Zigarette. »Zum Glück kenne ich ein paar Leute bei der Polizei. Und dann die Geschichte mit dem Bürgermeister.«

Calvin zuckte die Achseln und sah weg. »Der feine Herr Bürgermeister hat zurückgeschlagen.«

»Schon«, sagte Wolf. »Aber du hast ihn angegriffen. Beamtenbeleidigung, Körperverletzung …« Er schüttelte den Kopf, bedauernd. »Und was sollte das Ganze? Ihr habt Unterschriften gesammelt? Das ist … niedlich. Dieser Versuch, die Dinge friedlich zu lösen … Damit wir uns richtig verstehen, Calvin. Ihr seid nicht die NPD. Die autonomen Nationalen sind nicht dafür zuständig, Politik zu machen. Oder Lösungen zu finden. Im Grunde war die Puppe ein Geniestreich, nur die Ausführung war stümperhaft. Ihr seid dazu da, einzuschüchtern. Pascal hat das begriffen. Er hat das Gleichgewicht immer gefunden, zwischen seiner eigenen Intelligenz und der, sagen wir, Einfachheit der Jungs, die er geführt hat. Das Denken ist meine Sache. Haben wir uns verstanden?«

»Sie können mir nicht verbieten, zu denken.«

»Nein«, sagte Wolf. »Was mich allerdings mehr interessiert als deine Gedanken – warum sitzt du ständig auf dem Mauerabsatz am Hafen? Ein paar von meinen Seglerfreunden haben dich vom Wasser aus gesehen. Sie sagen, du siehst aus, als würdest du auf jemanden warten.«

»Sie lassen mich überwachen«, stellte Calvin fest, eher erstaunt als beunruhigt.

Wolf lachte. »Überwachen? Das würde etwas weit führen. Aber ich … interessiere mich selbstredend für den Typen, der Pascals Jungs jetzt unter sich hat.«

»Und kann ich nicht auf einem Mauerabsatz am Hafen sitzen und nachdenken?«

»Oh, natürlich. Es ist nur … diese Seglerfreunde von mir … sie sagen, dass da noch jemand sitzt. Ab und zu. Zu anderen Zeiten. Jemand, der auch aussieht, als würde er warten.«

»Noch jemand?«, echote Calvin.

Wolf nickte. »Ein Mädchen. Klein, schlank, dunkle Locken. Ein Mädchen aus dem Asylantenheim. Ich habe das recherchiert.« Calvin spürte, dass Wolf ihn von der Seite ansah. »Kennst du sie?«

»Nein«, sagte Calvin, vielleicht ein wenig zu schnell.

Wolf trat näher an ihn heran. »Anführer haben Privilegien«, flüsterte er. »Aber manche Dinge gehen zu weit. Auch ein Anführer kann es sich nicht leisten, mit einer Ausländerin gesehen zu werden. Calvin … dein Vater ist ein guter Freund von mir. Ich drücke eine Menge Augen zu.«

»Das brauchen Sie nicht«, sagte Calvin steif. »Ich komme alleine klar.« Er stellte sich gerader hin. »Was soll ich denn Ihrer Meinung nach tun? Hier und da ein paar Prügeleien anstiften, ein paar Parolen an die Mauern sprayen, und sonst nichts? Wie können wir ein neues Deutschland schaffen, wenn wir nicht denken dürfen?«

Damit drehte er sich um und ließ Wolf stehen, wanderte zu Fuß den ganzen Weg bis zum Neubauviertel hinaus. Die Partei sollte sich nicht einbilden, dass er ihr aus der Hand fraß. Er fraß niemandem aus der Hand.

»Wolf war hier«, sagte seine Mutter am Abend. Sie sah blass aus. »Er wollte … Dinge wissen. Über das Mädchen, das neulich vor der Tür stand. Ein Mädchen mit schwarzen Locken.«

»Nuri«, sagte Tom. »Die immer bei Frau Silbermann ist. Die ist nett.«

»Du kennst sie ja gar nicht!«, sagte Benji.

»Scheiße«, sagte Calvin und ließ sich aufs Sofa fallen. »Benji, Tom, in der Küche ist Schokolade, oben im Regal.« Nachdem sie davongestürmt waren, fragte er leiser: »Was hast du Wolf gesagt?«

»Die Wahrheit«, sagte Livia. Sie nahm zwei Kopfschmerztabletten vom Wohnzimmertisch und spülte sie mit einem Schluck Wasser hinunter. »Er hat mich gefragt, mit wem du dich momentan triffst, und ich habe gesagt: mit Cindy.«

»Und das andere Mädchen?«

»Ich habe ihm gesagt, dass ich kein anderes Mädchen kenne. Und das stimmt.« Sie flüsterte jetzt. »Ich kenne sie nicht. Aber, Calvin? Auch wenn ich das zu Wolf gesagt habe … lass die Finger von der. Die ist nicht gut für dich. Wir sollten unter uns bleiben.«

Zwei Tage später kam Calvin nach Hause und traf Benji und Tom auf der Wiese, wo sie in ein Fußballspiel vertieft waren. Es nieselte, die Wiese war ein Schlammfeld, aber sie schienen es nicht zu bemerken. Er blieb einen Moment lang stehen, die Hände in den Taschen des Kapuzenpullis, und sah ihnen zu.

Und dann sah er, dass noch jemand im Nieselregen unterwegs war, jemand in einem zu großen, schwarzen Regencape. Nuri. Sie ging auf der anderen Straßenseite vorbei, und Calvin versuchte, nicht hinzusehen. Benji und Tom kamen jetzt zu ihm gelaufen wie junge Hunde.

»Schau, wer da drüben ist!«, sagte Tom. »Die von Frau Silbermann. Wollen wir hin, Hallo sagen?«

»Nein«, sagte Calvin leise und bestimmt. »Wollen wir nicht.«

Aber Tom hob den Arm und winkte, und Nuri winkte zurück.

Ein schwarzer Wagen mit einer dreifachen 8 fuhr langsam durch den Regen.

Die Geheimdienstler, dachte Calvin. Die Geheimdienstler sind überall. Sie sind aus Nuris Erzählung gekommen und haben sich hier eingenistet.

Aber das hier war Deutschland. Sein Deutschland. Noch war es nicht das neue Deutschland, in dem jeder Arbeit und Geld hatte, natürlich. Dennoch: Es war ein freies Land, in dem jeder sagen konnte, was er wollte.

Er ignorierte den Wagen und ging so aufrecht nach Hause, wie der Regen es zuließ.

Und dann kam er in die Laube, und es regnete schon wieder, und die ganze Clique saß im Gartenhaus versammelt, auf der alten Matratze. Sie sahen ihm entgegen.

Zu Kevins Füßen lag Rudolf Heß, der Pitbull. Es roch nach nassem Hund und Zigaretten.

»Hey«, sagte Calvin. »Scheißwetter.«

Er suchte nach einem Platz, um sich zu ihnen auf die Matratze fallen zu lassen. Aber es war kein Platz frei.

»Heil«, sagte Jason. »Ich dachte immer, bei uns heißt es Heil.«

»Aber vielleicht heißt es für Calvin ja nicht mehr so«, sagte André.

Calvin sah von einem zum anderen.

Cindy starrte ihn an, und ihre Augen waren groß und verheult.

»Was ist los?«, fragte er.

Die Jungs sahen sich an, und Kevin zog etwas aus der Tasche seiner Militärhose und legte es auf den kleinen Tisch neben der Matratze. Es war der Ausdruck eines Fotos, schwarz-weiß, auf gewöhnlichem Druckerpapier. Nuri.

Sie sah auf dem Bild über die Schulter, als ginge sie irgendwohin und werfe einen letzten Blick zurück. Die Kamera musste stark gezoomt haben, um ihr Gesicht zu erwischen, man sah die einzelnen Pixel. Calvin merkte, wie ihm heiß wurde.

»Kennst du die?«, fragte Jason.

Kevin hielt ihm das Blatt direkt vor die Nase, grinsend. »Na?«

Calvin zwang sich, ruhig zu bleiben. Eine Weile verstreichen zu lassen. Woher hatten sie das Bild? Was wussten sie?

»Ich bin nicht ganz sicher«, sagte er schließlich, »die sehen ja alle gleich aus. Aber ich glaub, das ist eine von denen, mit denen ich geredet habe, um sie auszuhorchen. Das Thema hatten wir doch schon mal. Was soll der Wirbel jetzt? Das gehört zu dem Plan dazu. Macht ihr mal Platz, damit ich mich auch setzen kann?«

Keiner von ihnen rückte.

»Türkenficker«, sagte André.

Kimberley kicherte.

»Hallo?«, fragte Calvin ungläubig. »Geht's noch?«

»Stimmt es denn?«, fragte André und verschränkte die Arme. »Hast du sie gefickt? Wolf sagt, du kennst sie.«

Calvin schlug sich an die Stirn. »Ich glaube, es hackt. Weil ich mit ihr geredet habe, für unsere Sache, glaubst du, dass ich mit ihr ins Bett steige? Ich meine, wenn du mit jeder ins Bett hüpfst, mit der du redest, okay, aber das muss ziemlich anstrengend sein. Ihr seid lächerlich.« Er hob die Arme. »Scheiße, Mann, fragt sie doch!«

»Würden wir ja gerne«, sagte Melli liebenswürdig. »Aber wir können so schlecht Arabisch. Verglichen mit dir.«

Sie spricht deutsch. Besser als manche von euch.

Calvin biss sich auf die Zunge und schwieg.

Cindys Augen waren Abgründe. »Calvin«, sagte sie leise. »Stimmt das, was du sagst? Dass du mit der nichts hast?«

»Natürlich stimmt es«, erwiderte Calvin ärgerlich. »Wolf ist nur sauer auf mich. Er will nicht, dass wir selber denken, das hat er so zu mir gesagt. Wir dürfen die Drecksarbeit machen, aber keine Pläne, deshalb schwärzt er mich jetzt bei euch an. Und falls es euch interessiert, eins kriegt man sehr schnell raus, wenn man mit den Asylanten redet. Die wollen alle weg hier. Was wir vorhaben, ist einfacher, als ihr denkt.«

»Warte … Wenn die nicht hier sein wollen, warum gehen sie nicht nach Hause?«, fragte Melli.

»Schon mal ins Netz geguckt?«, knurrte Calvin. »Weißt du, wie es da aussieht, wo die herkommen?«

»Kamele und Wüste?«, vermutete Kimberley. »Massenarmut? Da können wir doch nichts dafür.«

»Klar, prima«, sagte Jason. »Und jetzt sind sie hier und leben von unserem Geld.«

Calvin kniete sich hin, um mit Jason auf Augenhöhe zu sein, als spräche er zu einem Kind.

»Die wollen nicht unser Geld«, sagte er leise. »Und da, wo die wohnen, gibt es auch keine Kamele. Da ist Krieg. Da schlachten die Leute sich gegenseitig ab. Schau mal auf YouTube. Syrien und so. Da gibt es Videos.«

»Geil, die will ich sehen«, sagte Kevin und lachte. »Mit platzenden Ausländerköpfen und rumspritzenden Därmen …«

»Käse«, sagte Jason. »Die sind doch alle gefälscht. Jeder kann so was hochladen. Da zeigt einer, wie eine Staubwolke irgendwo hochsteigt, und schreibt drunter, das ist 'ne Bombe.«

»Die ganze Sache ist eine einzige Erfindung«, sagte Calvin. »Ach so. Da haben sie sich aber verdammt viel Mühe gemacht, um ein paar arme Deutsche zu täuschen.«

Er hatte kein einziges verdammtes Video gesehen. Er wusste nicht einmal, was man darin sah. Wie konnte er Jason oder André erklären, dass er dabei gewesen war, durch Nuris Worte? Und wer, dachte er plötzlich, sagte ihm denn, dass die Worte wahr waren? Wie kam es, dass er ihr mehr glaubte als diesen Menschen, die seit seiner Kindheit seine Freunde waren?

»Calvin«, fragte Cindy leise. »Auf welcher Seite bist du?«

»Auf unserer«, sagte Calvin. »Ich will, dass die Ausländer verschwinden. Ich sage nur, ich weiß, warum sie da sind. Sie müssen abgeschoben werden, das ist klar. In irgendein anderes Land, das mehr Platz hat oder mehr Geld. Jedenfalls müssen sie hier aus unserem Viertel weg. Ich habe einen Lageplan gemalt. Von den Notausgängen und den Treppen.« Er zog ein zusammengefaltetes Blatt Papier aus seiner Tasche. »Hier. Da ist der Eingang, da sind die Treppenhäuser … das da ist der Heizungskeller. Das ist nur der Anfang. Ich bin noch nicht sicher, wo die Feuerlöscher und die Rauchmelder sind. Ein paar habe ich schon, ein Feuerlöscher ist eigentlich immer im Heizungskeller … Aber es ist nicht einfach, da herumzuspionieren, ohne aufzufallen.«

Jason griff nach dem Plan, plötzlich interessiert. »Was … willst du …?«

»Geil«, sagte Kevin. »Der Typ ist einfach nur geil. Verteidigt hier die

Asylanten und malt einen Plan von den Feuerlöschern. Kann mir das einer erklären?«

»Dir vielleicht nicht, Kevin«, sagte Calvin, »aber die anderen können es sich denken. Etwas muss passieren. Etwas, das wirklich allen zeigt, wie ernst wir es meinen. Wir sind doch genauso schlau wie die Partei, oder? Also haltet den Mund über das hier. Vertraut mir. *Dieser Plan ist noch nicht fertig.* Man darf uns nichts nachweisen können, die Ausländer müssen selbst schuld sein. Die ... Verhältnisse. Zu viele Leute auf zu engem Raum und so weiter. Das Feuer wird völlig ohne unser Zutun ausbrechen, und dann checken sie, dass sie die hier rausholen und woanders hinschicken müssen. Aber bis ich alles rausgefunden hab, dauert es, kapiert? Gebt mir Zeit.«

Cindy stand von der Matratze auf, stieg über Melli und André und stellte sich neben Calvin.

»Ich glaube ihm«, sagte sie leise und legte eine Hand auf seinen Oberarm. »Was er sagt, das klingt nur komisch, weil er ... um die Ecke denkt. Aber das ist gut. Das ist das, was wir lernen müssen. Um die Ecke denken. Strategie.«

Calvin sah zu ihr hinunter, sah ihre Hand auf seinem Arm und dachte: Wenn du wüsstest, Cindy. Wenn du wüsstest, wie wenig ich eben gedacht habe. Wenn du wüsstest, was für einen himmelschreienden Unsinn ich erzählt habe. Und dass der Plan nichts mit dem Inneren des Asylantenheims zu tun hat, sondern höchstens mit dem Inneren meines kranken Hirns.

Er legte seine Hand auf ihre.

»Also?«

»Ich fand die Sache mit dem aufgehängten Baby lustig«, sagte André. »Während du den Plan machst, könnten wir wieder so was machen, zwischendurch. Und ich finde, Calvin könnte das machen. Er ist ja unser großer Macher, was?« Sie lachten alle. »Damit könnte er uns auch zeigen, dass er es ernst meint. Wie bei der Puppe, da hat Pascal auch so was gesagt. Die Assis, die haben neuerdings 'ne Katze. So eine schwarze. Ich finde, die müssen keine Katze haben.«

»Oh, hey, das finde ich auch«, sagte Kevin. »Scheißbiester. Was, Rudolf?« Er kraulte den Pitbull, und Rudolf schnappte nach seiner Hand.

»Ich hab mal eine Katze in die Waschmaschine gesteckt«, sagte Cindy. »Als Kind. Hat meine Mutter mir erzählt. Armes Vieh. Aber ich mag die auch nicht, ehrlich gesagt.«

»Ist gebongt. Nur eine tote Katze ist eine gute Katze«, sagte Jason. »Bis übermorgen hast du.«

Cindy schüttelte sich. »Aber tu ihr nicht weh, ja?«, sagte sie leise.

Calvin nickte.

Eine tote Katze.

Eine Katze ist kein Kind.

Eine Katze ist kein Mensch.

Du kannst eine Katze töten, um Menschen zu retten.

Er joggte durch den Regen, er joggte zum vierten Mal durchs Viertel, es war dämmerig. Er war klitschnass. In seiner Tasche hatte er ein Küchenmesser.

Er wusste, wann und wo sie die schwarze Katze fütterten. Sie ließen sie nur manchmal rein, sie gaben ihr Essensreste auf einem zerbrochenen Teller, der unter der letzten Bank bei den Müllcontainern stand. In Calvins Tasche befand sich auch eine Packung eingeschweißte Wurst.

Er dachte an die kleinen Jungen, die mit der Katze gespielt hatten. An Nuris Mutter, die sie gestreichelt hatte. Die Katze war etwas wie ein Zeichen. Für das Leben an sich.

Er hatte darüber nachgedacht, sie aufzuhängen wie die Puppe, es hätte einen gewissen Wiedererkennungseffekt gehabt. Aber das war es nicht, was die Jungs sehen wollten. Sie wollten etwas Brutaleres.

War er wirklich so blöd gewesen, mit Jason über Syrien zu diskutieren? Inzwischen lag die Sache zwei Tage zurück. Und er war im Netz gewesen, in der Berufsschule, er hatte sich die Videos jetzt endlich angesehen: Staub in der Luft, einstürzende Gebäude. Manche waren nur verwackelte Aufnahmen von Straßen. Aber es gab andere. *Sehr grafisch,* stand dabei. *Ab 18.* Das klang wie Pornografie. Es war keine. Er fand fliehende Menschen, fallende Menschen, Panzer. Ein Kind mit offenem Bauch, auf einer Trage. Kevin konnte seine Därme haben. Der Arzt daneben sah hilflos zu, wie das Kind litt. Es hatte geschrien, lautlos im Video.

Nuris Erzählung, er begriff das jetzt, begann erst.

Als er seinen Körper nicht mehr spürte vor Nässe und Kälte, blieb Calvin bei der Bank stehen, unter der der zerbrochene Teller stand. Keiner der Asylanten war draußen bei dem Regen. Er öffnete die Wurstpackung mit der Messerspitze, und nach einer Weile kam die Katze und fraß davon.

»Wenn ich dich in Frieden lasse, wird den Menschen etwas passieren«, sagte Calvin zu der Katze. »Die Jungs müssen mir glauben, sonst machen sie mich fertig. Und Nuri. Und später die anderen. Du oder die Menschen, verstehst du?«

Die Katze schmiegte ihren weichen schwarzen Kopf an sein Knie.

»Dumme Katze«, sagte er und hob sie hoch.

Sie schnurrte auf seinem Arm.

Scheiße, hast du schon mal versucht, mit einem Küchenmesser eine Katze zu zerteilen? Vergiss es.

Die Biester sind zäh. Die haben nicht nur sieben Leben, die sind im Tod wie sieben Katzen. Allein die Vorderbeine abzutrennen, ist fast unmöglich.

Zu wem sprach er? Nur zu sich selbst.

Die Axt. Natürlich, in der Laube neben den alten Farbdosen lag die Axt, mit der er die Arme der Puppe abgetrennt hatte.

Es war spät. Autoscheinwerfer brannten grelle Narben ins Dunkel, er wich mit dem Rad einem Wagen aus, der vielleicht eine dreifache 8 auf dem Nummernschild trug. Die Katze hatte er auf den Gepäckträger geklemmt.

Er kletterte über den niedrigen Zaun, fand die Axt. Damit ließ sich selbst der Kopf vom Rumpf lösen.

Und wieder zurück, auf dem Rad. Hörte der Regen denn niemals auf? Er konnte ihn jetzt nicht brauchen, er machte die Teile der Katze schlüpfriger, als sie ohnehin schon waren, ließ das Dunkle, Feuchte nicht trocknen. Schließlich war er zu Hause, erschöpft.

»Calvin?«, flüsterte Tom durch die Dunkelheit. »Hat es geklappt?«

»Alles gut«, wisperte Calvin. »Geh ins Bett zurück. Und wenn dich jemand fragt, dann hast du keine Katze gesehen, ja? Kein Messer. Nichts.«

»Natürlich nicht«, sagte Tom ernst.

Frau Silbermann hatte den Zettel diesmal mit einem Nicken entgegengenommen.

Als Nuri am Morgen vor die Tür trat, zusammen mit Delfine und der Puppe, Fabienne und dem Baby, da hatte der Regen nachgelassen. Die Sonne malte die Müllcontainer silbern an wie auf einer Theaterbühne, und die Flügel der Windräder glänzten.

An einen der Container gestützt stand Ummi, seltsam vornübergebeugt. Sie war nach dem Frühstück als Erste hinausgegangen.

»Irgendetwas stimmt nicht«, sagte Nuri.

Fabienne legte beide Arme um Delfine und blieb mit ihr auf der Treppe stehen. Nuri ging vorsichtig näher. Ein saurer Geruch stieg in ihre Nase. Ihre Mutter hatte sich übergeben. Sie stand da und starrte etwas an, das auf dem nächsten Container lag. Einen schwarzen Klumpen.

Nuri trat näher. Da waren Ohren. Augen. Ein Gesicht, zerstört, schwer zu erkennen. Schnurrhaare, an denen geronnenes Blut klebte.

»Sie haben die Katze …«, begann Ummi und zeigte auf die anderen Container. Die Stücke der Katze waren sorgsam verteilt.

»Ich weiß, wer das war«, sagte einer der kleinen Jungen aus dem Block, der hinter Nuri aufgetaucht war. Seine Augen waren voller Entsetzen, aber im Gegensatz zu Ummi schien er sich nicht übergeben zu haben. »Ich bin nachts aufgewacht und hab aus dem Fenster geguckt. Da hat er das da alles hingelegt. Das war so ein blonder mit einem schwarzen Pulli. Und hintendrauf war ein Kreis mit weißen Strahlen. Ich hab mir das gemerkt.« Er klang stolz.

»Gut«, sagte Nuri. »Danke.«

Sie ging zum nächsten Container und zwang sich, die zitternde Hand nach dem Hinterbein auszustrecken, das dort lag. Es war wie beim Metzger. Das Fell der Katze war steif vor Dreck und schmierig. Delfine riss sich von ihrer Mutter los und kam angerannt.

Ehe Nuri sie daran hindern konnte, streckte sie sich zum Deckel des Müllcontainers hoch und legte ihre kleine Hand auf das schmierige Fell.

»Nuri, irgendwas ist komisch«, sagte sie. »Warum klebt es so?« Ihre Augen waren tränenleer. Sie dachte scharf nach, Nuri sah es ihr an. Sie dachte an den blonden Jungen mit den Mörderhänden, der Puppen und Katzen zerstörte und andere Puppen zurückbrachte.

»Nuri«, sagte sie. »Jemand hat diese Katze angemalt. Mit schwarzer Farbe.«

Und Nuri lauschte nach innen. Es war ganz still. Die Abwesenheit des Rauschens war beinahe ein eigenes Geräusch.

Ramo hatte ein Fahrrad.

Nuri umarmte ihn aus Dankbarkeit, als er es ihr lieh. Sie wusste, er wartete darauf, dass sie ihm irgendwie näherkam, seit sie damals seine Hand genommen hatte. Sie hatte es hinausgeschoben, ihm die Sache zu erklären. Sie sagte, sie würde ihm auch das mit dem Fahrrad später erklären.

Er nickte nur.

Frau Silbermanns Garten lag in frisch gewaschener Schönheit da. Neue Blumen waren in den Beeten rings um die Wiese aufgeblüht, rot und weiß und violett schäumte es zwischen den Büschen hervor. Doch, Deutschland *konnte* schön sein, vor allem im Juni. Ein Eichhörnchen huschte über den Weg.

Nuri klingelte nicht, sie ging um das Haus herum, über die regennasse Wiese. Ihre Turnschuhe waren binnen Sekunden durchnässt, aber das war unwichtig. Hier hatte sie mit Calvin gestanden, am Morgen, nachdem sie ihn in der Garage gefunden hatte.

»Du hast das nicht getan, oder?«, flüsterte sie in die träumende Gartenstille. »Das hast du doch nicht?«

Etwas schmiegte sich an ihr Bein, und sie beugte sich hinunter und schlang ihre Arme um es herum, es war schwarz und weich, mit einem weißen Fleck über der Nase.

»Kalb!«, flüsterte Nuri. »Kalb!«

Sie flüsterte den Namen der Katze, die Hund hieß, sicher ein Dutzend Mal, ehe sie sicher war, dass sie nicht heulen würde. Die Katze schnurrte und maunzte und war offenbar der Meinung, dass es Zeit für ein ausgiebiges Frühstück sei. Schließlich öffnete sich ein Fenster im Haus.

»Morgen, Nuri«, sagte Frau Silbermann, wenig überrascht. »Ich habe wieder einen Zettel für dich. Ich habe ihn nicht weggeworfen. Man sollte mich dafür loben.«

»Sie sind die beste Frau Silbermann von … ganz Deutschland«, erwiderte Nuri.

»Ich bin die einzige Frau Silbermann«, sagte Frau Silbermann. »Die anderen haben den Krieg nicht überlebt.«

Nuri hatte keine Lust, über Frau Silbermanns Krieg zu sprechen. Sie hatte ihren eigenen Krieg. Aber an diesem Morgen war er weit weg.

»Seit wann ist sie hier?«, fragte sie und streichelte die Katze wieder.

»Seit gestern Nacht. Er kam hier an, ziemlich nass, mit dem Zettel und mit der Katze in einem Einkaufskorb. Er hatte sie festgebunden, armes Vieh. Er hat gefragt, ob ich sie eine Weile aufbewahren kann.« Frau Silbermann lachte leise. »Von mir aus kann ich sie auch länger aufbewahren. Bleibst du zum Frühstück?«

Nuri reichte ihr die Katze durchs Fenster.

»Ich weiß nicht. Was steht denn auf dem Zettel?«

»Ich habe ihn nicht gelesen«, sagte Frau Silbermann, griff in ihre Tasche und gab Nuri ein zusammengefaltetes Stück Papier.

Ich bin am Strand, las Nuri. *Ab acht Uhr. Da, wo wir schon mal zusammen entlanggegangen sind. Komm. Bitte.*

Sie zog ihr Handy heraus und sah darauf. Gerade acht durch.

»Tut mir leid«, sagte sie. »Ich bleibe nicht. Ein andermal.«

Eine halbe Stunde später lehnte sie Ramos Rad neben ein anderes Rad in die Heckenrosen.

Der Strand erstreckte sich dunkel vor ihr, er war noch nass vom nächtlichen Regen. Polster von braunem Tang lagen weiter unten auf dem Sand. Die Seebrücke reichte weit ins Wasser hinaus, zum Horizont, aber Nuri kehrte ihr den Rücken und ging am Strand entlang.

Er lehnte an einem der mittelmeerblauen Mülleimer, die die Strandausgänge zwischen den Dünen kennzeichneten. Um diese Uhrzeit war der Strand leer. Sehr weit entfernt führte ein Mann seinen großen, goldenen Hund spazieren.

»Calvin?«, rief Nuri.

Er hörte sie nicht, er lehnte dort und rauchte und hörte nur den Wind.

Sie ging ganz nah zu ihm heran und sagte seinen Namen noch einmal, und diesmal fuhr er herum. Zuerst sah er erschrocken aus, doch dann erkannte er sie und lächelte.

»What the fuck«, sagte Nuri. In ihr war alles aufgewühlt wie das Meer. »Was war das für eine Katze? In Stücken? Was …?«

»Jemand hat uns zusammen gesehen«, sagte Calvin. Er sah sich um, aber diesmal war niemand da. »Das war der nächste Test. Die Katze umbringen. Ich habe sie zu Frau Silbermann gebracht.«

Nuri nickte. »Aber die Katze auf den Containern? Du hast sie in schwarze Farbe getaucht …«

»Natürlich. Damit sie aussieht wie eure. Sie war weiß«, sagte Calvin. »Das war eine verdammt beschissene Nacht, weißt du das?« Er schüttelte den Kopf. »Wo findet man eine tote Katze, wenn man eine braucht? Schon mal drüber nachgedacht? Mein kleiner Bruder hatte die Idee. Straße, hat er gesagt. Tote Katzen liegen auf der Straße. Ich bin die halbe Insel abgefahren. Und eine überfahrene Katze vom Asphalt kratzen, glaub mir, das ist nichts, was du tun möchtest. Sie in Stücke zerteilen noch viel weniger.« Er drückte die Zigarette auf der Mülltonne aus und sah seine Hände an. »Ich hab verdammt lange mit Terpentin an diesen Fingern herumgeschrubbt.«

Nuri holte tief Luft, hob die Arme und ließ sie wieder sinken.

»Ich … ich würde dir am liebsten eine kleben«, sagte sie. »Meine Mutter hat gekotzt. Ich weiß nicht, ob sie mir geglaubt hat, dass das nicht unsere Katze ist. Warum tust du so was? Warum machst du diese Prüfungen mit? Warum …?«

»Damit meine Freunde mir weiter vertrauen, verdammt. Meine Freunde, verstehst du das nicht? Vom Sandkasten an.« Er schob seinen Ärmel hoch, bis sie die Tätowierung dort sah. Der deutsche Adler auf der schwarzen Sonne.

»Ich bin einer von ihnen. Bekennender Nationalsozialist.«

»Das ist doch gar nicht wahr«, flüsterte Nuri. »Schon lange nicht mehr.«

Sie streifte die Kapuze ab, unter der sie heute kein Kopftuch trug, weil es sowieso Unsinn war, und ließ ihr Haar frei wie einen Drachen im Wind. Sie wusste, dass er etwas mit diesem Haar hatte; sie war nicht dumm.

Dies war vielleicht die einzige Chance, ihn ganz auf ihre Seite zu holen. Und er wollte auf ihre Seite, sie spürte es, er stand ganz nahe an der dünnen Wand.

Ich bin am Strand. Komm.

Es war ein Hilferuf.

Sie las ihn auch in seinen grünen Augen. Sie ließ seinen Blick nicht los, so lange, bis er sich zu ihr beugte. Da legte sie eine Hand an seine Wange. Die Wunde an der Augenbraue sah noch immer entzündet aus.

»Du bist nur Calvin«, flüsterte sie. »Und ich bin nur Nuri. Wir sind auch in keinem Land. Es ist eine Auszeit.«

»Eine Auszeit«, flüsterte er.

»Ana uhibak.«

»Das ist das arabische Wort für Regen …?«

»Nein«, sagte Nuri. »Es heißt: Ich mag dich. Ich mag dich sehr.«

Eine Auszeit.

Zwei Menschen am Strand, am Morgen, neben einer blauen Mülltonne.

Von ferne, als Spaziergänger, kann man ahnen, dass sie sich küssen. Aber es ist kein Spaziergänger da. Ich bin nicht da. Wenn ich da war, habe ich später geschwiegen. Wenn ich da war, habe ich allerhöchstens ein Buch über diese beiden geschrieben.

Er war blond, und sie hatte schwarze Locken. Er trug einen Pullover der rechten Szene und Springerstiefel. Sie war eine von denen, die man manchmal vor dem Asylantenheim stehen sah. Sie waren nicht älter als achtzehn. Sie saßen zu zweit auf ihrem Pulverfass, hochexplosiv. Jeder mit ein bisschen Verstand konnte das spüren. Aber ihr Kuss war so schön.

Eine Auszeit.

Calvin hatte nie, niemals gedacht, dass er sie küssen würde. Ihre Lippen waren völlig anders als die von Cindy. Nicht weich. Er schloss die Augen erst im letzten Moment. Schloss die Augen und schloss die Arme um ihren schmalen Körper, als könnte er sie vor irgendetwas schützen.

Der Wind wirbelte die Sandkörner auf. Die ersten Heckenrosen verströmten einen Geruch, den man besser ignorierte, wenn man nicht an Parfüm denken wollte.

Er spürte ihre Zunge an seiner, ihr Kuss war nicht fordernd und nicht eilig, ihre Zungen waren wie Körper, die sich in einem weit entfernten Land zum Schlaf nebeneinanderlegten, ohne zu wissen, ob sie nebeneinander aufwachen würden.

Er fragte sich, ob sie Yassir irgendwann so geküsst hatte. Oder Aarif in seiner Dachkammer. Es war ein dummer Gedanke, und er schob ihn weg.

Er war nur er, und sie war nur sie, und dies war kein Land.

Internetsuche
anonymous Syria
Schabiha

9

The scale of the humanitarian crisis in Syria is barely imaginable. The United Nations expects that by the end of the year, more than 10 million people will be in need of humanitarian assistance: that is half of the population.

(Bericht von Amnesty International im Jahr 2013)

»Wir wollen keine Fahnenflüchtigen, die eisessenderweise auf dem Ku'damm spazieren«, während in Syrien gekämpft werde (…) »[Das sind] Vaterlandsverräter.«

(Ein Mitglied der Partei »pro Deutschland« in einer Ansprache in Berlin)

Die Katze war der Hit.

Die Zeitung brachte wieder Fotos. Alle redeten. Von Drohungen und unhaltbaren Zuständen im Brennpunktviertel. Niemand schien die Stücke der Katze vor ihrer Entsorgung genau untersucht zu haben, denn es wurde nirgends über die Farbe gesprochen. Das war mehr Glück, dachte Calvin, als er verdiente. Die Jungs lachten und klopften ihm auf die Schulter. Es war, als hätte er einen Feind getötet, keine Katze.

Und sie ließen ihn weiter an seinem Plan zeichnen. Sie begannen, Benzin in Kanistern in der Laube zu sammeln. Damit es nicht auffiele, sagte Calvin, sei es nötig, das Zeug über einen größeren Zeitraum zu sammeln. Er schob den Tag X hinaus, an dem sein Plan ausgeführt werden sollte. Er schien irgendwann Ende Juni zu liegen.

Sie lasen in der Laube alles, was man über Rostock-Lichtenhagen finden konnte. Damals waren es Vietnamesen gewesen. Ein Sozialarbeiter hatte sie gerettet, über ein Dach; eine wagemutige Flucht vor den Flammen. Die Feuerwehr war von den Anwohnern am Durchkommen gehindert worden.

Konnte man darauf zählen?

Calvin zeichnete mehr Lagepläne. Die Jungs glaubten ihm jetzt. Noch hatte er Zeit.

Er brauchte mehr, er brauchte beide Arme voll Zeit, um eine Lösung zu finden. Aber das sogenannte Arbeitslosengeld II wurde immer nur in Euro ausgezahlt, nie in Minuten, und alles, was er bei seiner Mutter schnorren konnte, war Geld für Bier, das er in die Laube schleppte.

Wenn er nach Hause kam, spätnachts, klaute er manchmal eine oder zwei von ihren Kopfschmerztabletten, damit er schlafen konnte.

Die Zeit, die er hatte – die wenige, wertvolle Zeit!

Sie war jetzt golden und leuchtete.

Drei Tage nach dem Kuss am Strand fuhr er abends zu Frau Silbermann hinaus, weil er es nicht mehr aushielt, und dort saß Nuri im Garten und las. Sie sah auf, als er kam, und er sagte: »Ich habe es nicht mehr ausgehalten«, und einen Moment lang standen sie einander gegenüber und wussten nicht, was sie tun sollten.

Dann fragte Calvin leise: »Wäre es in Ordnung, wenn ich dich in den Arm nehme?«

Und Nuri sagte: »Du könntest es versuchen«, und sie lachten. Denn wenn die Zeit golden ist, kann man lachen, hinter den Hecken einer verborgenen Welt. Die schwarze Katze, die Hund hieß, strich um ihre Beine, und Calvin spürte Nuris Haar an seinem Hals, es kitzelte, und er fühlte sich ein wenig wie ein kleiner Junge und ein wenig betrunken.

»Hast du ihnen gesagt, dass die Katze hier ist?«, flüsterte er.

»Nein«, sagte Nuri. »Aber ich habe ihnen gesagt, dass sie lebt. Und dass das, was sie gefunden haben, schon lange tot war, ehe es zerteilt wurde.«

»Aber nicht, dass ich …?«

»Das wissen sie, Calvin. Einer von den kleinen afghanischen Jungen hat dich gesehen.«

»Was sagen sie denn?«, fragte er leise. »Über mich?«

»*Enta ghariba*«, sagte Nuri, ließ ihn los und sah ihn an. »Du bist seltsam.«

»*Enta ghariba*«, wiederholte Calvin. »Du bist auch seltsam.«

»Für mich heißt es *enta gharib*.« Nuri lächelte. »Weibliche Endung. Aber wollen wir den Arabischkurs woanders fortsetzen?«

»Wo?«, fragte Calvin. »Nuri, es ist noch hell. Wenn sie uns zusammen sehen …«

»Werden sie nicht«, sagte sie. »Wir treffen uns draußen auf der Insel. Hinter der sechsten Bushaltestelle, an der Hauptstraße. Dann rechts rein. Ich nehme das Rad von Frau Silbermann, sie ist mit dem Auto weg. Ich glaube, es ist okay, wenn ich das Rad leihe. Komm.«

Hinter der sechsten Haltestelle führte ein sandiger Weg zwischen die Felder hinein, wo das Abendlicht unwirklich rot auf dem jungen Weizen lag. Als Calvin den Weg entlangfuhr, dachte er an sein neues Deutschland, das voll von solchen Weizenfeldern sein würde, und er stellte sich zum ersten Mal vor, wie es wäre, mit Nuri darin zu leben.

Wie es wäre, wenn sie einfach hierbliebe.

Der Weizen wich einem Feld, das brachlag, es gab nur wenige, klägliche Ähren dort, Überbleibsel des Vorjahres. Dazwischen standen überall Sonnenblumen. Sie schienen sich allein ausgesät zu haben: wilde Sonnen, orangerot im Abendlicht. Das Land wellte sich hier leicht, die Sonnenblumen lagen auf einem winzigen Hügel, und hinter ihnen sah man ein blaues Stück Wasser zwischen Insel und Festland.

Ein Rad lag im Gras am Rand des Weges, ein schwarzes Hollandrad. Und mitten zwischen den Sonnenblumen stand Nuri. Er watete zu ihr durch die dicken, grünen Stängel, und sie sagte: »Was machst du denn hier?« Und sie spielten Fangen zwischen den Blumen wie Kinder. Man konnte in dieses Feld tauchen, als wäre es Wasser, man konnte sich darin voreinander verstecken und sich wiederfinden, und schließlich blieb Nuri auf dem Boden sitzen, außer Atem, und sah in den Himmel auf, der sich langsam violett verfärbte.

»Dieses Deutschland ist schrecklich kitschig, weißt du das?«, sagte sie. »Außerhalb der Städte. Mein Vater hatte recht. Es würde mich gar nicht wundern, wenn jetzt ein Schwarm weißer Tauben vorbeiflöge.«

Calvin grinste. »Wie viele Personen bist du? Die, die so viel lacht, die kenne ich noch nicht.«

»Meinst du, weil ich ständig schreckliche Dinge erzähle?« Sie lehnte sich an ihn, ganz leicht nur. »Weißt du … das ist genau die Sache mit den Syrern. Wir lachen zu gerne. Auch über uns selbst. Die Assads haben ein Gefängnis aus dem ganzen Land gemacht, aber ein Volk gefangen zu halten, das lacht, ist ein Ding der Unmöglichkeit. Das Regime hat keinen Humor, Humor macht ihm Angst. Wir … wollen keine tragischen Helden werden. Es war nie das Ziel.«

Und plötzlich zog sie Calvin zu sich hinunter und küsste ihn wieder, aber auf ihrem Gesicht spürte er Tränen. Dann sprang sie auf, holte das Messer ihres Bruders aus der Tasche und schnitt einen Arm voller Sonnenblumen damit ab.

»Mit einem Messer ist es dasselbe«, sagte sie. »Man kann so viel Schaden damit anrichten! Und man kann gelbe Blumen damit abschneiden.«

Sie steckte es weg und ließ sich rückwärts zwischen die Blumen fallen, den Strauß im Arm. Calvin fiel mit ihr. So lagen sie auf dem Rücken nebeneinander, während über ihnen die Nacht am Himmel aufging. Nuri hielt seine Hand fest.

Und auf einmal begriff er.

Dies war das Weinfeld. Die Sterne hingen vom dunklen Firmament wie reife, hellgrüne Trauben, und sie waren fünf Jahre alt. Sie hatte dies alles mit voller Absicht nachgestellt, es war wie ein Rollenspiel. Sie versuchte, etwas zu wiederholen, etwas wiederzuholen, das sie verloren hatte. Etwas zu ändern.

»Ich werde nicht einschlafen«, sagte sie. »Diesmal nicht. Damals … wenn ich auf Yassir aufgepasst hätte, statt zu schlafen. Dann wäre alles anders gekommen.« Sie drängte sich dichter an ihn, sie zitterte jetzt.

»Du weißt, dass das Unsinn ist.«

»Vielleicht«, wisperte sie und klang jetzt wirklich wie ein Kind. »Aber ich schlafe diesmal nicht ein! Hierher kommen die schwarzen Schwingen nicht. Auf dich passe ich auf.«

Und er wollte sagen: Das kannst du gar nicht, Nuri Aljafari. Und er wollte sagen: Ich liebe dich. Aber er sagte: »Lass uns nach Hause fahren. Du bist eiskalt.«

Nuri stellte die Sonnenblumen in den Putzeimer. Er war giftrosa. Sie schlang ihr braunes Kopftuch darum.

»Du kannst sie malen«, sagte sie zu ihrer Mutter. »Sie sind für dich.«

Ummi lächelte. »Ja«, sagte sie. »Sie sind schön. Aber wir haben kein Papier mehr. Und kaum Farben.«

»Wir kaufen welche«, sagte Nuri.

»Nein«, sagte Ummi. »Das Geld, das sie uns geben, reicht gerade, damit wir satt werden. Es ist nicht für Farben gedacht.«

»Kauf Papier und Farben«, sagte Abi und nickte Kamal zu. »Wir können weniger essen. Schönheit ist auch wichtig.« Und er legte einen Arm um Ummi, die so viel schmaler und kleiner war als er.

Nuri sah ihre Eltern an, die dort in der winzigen, kahlen Küche standen.

Würde sie, wenn sie so alt war wie ihre Eltern jetzt, auch irgendwo mit jemandem stehen, der seinen Arm um sie legte? In einem schöneren Haus, in einer freieren Welt, ohne schwarze Schwingen?

»Du lächelst so komisch«, sagte Kamal, als er in seine Schuhe schlüpfte. »Das tust du in letzter Zeit dauernd. Hey, und jetzt wirst du rot. An wen denkst du?«

»Schhhh«, sagte Nuri. »Still. An niemanden.«

Der Juni blieb sonnig. Im Meer konnte man jetzt schwimmen. Zwischen den Touristen fielen sie nicht auf. Wenn jemand fragte, behaupteten sie, sie wären auch Touristen. Sie dachten sich Orte aus, aus denen sie kamen. Manchmal erfanden sie Länder. Aber es war ein vorübergehendes und irgendwie brüchiges Glück, Nuri spürte es. Sie hatte aufgehört, ihm ihre Geschichte zu erzählen. Sie sprachen über andere Dinge als über Syrien. Am Anfang fragte Calvin ein paarmal nach Nabil, aber sie sagte jedes Mal: »Jetzt nicht.«

»Seid ihr also nun zusammen?«, fragte Fabienne, der sie ihre Geheimnisse anvertraute, wenn Delfine und das Baby und die anderen Frauen in der Wohnung schliefen. Über der Stadt hing ein blinder Mond.

»Was soll denn das heißen, zusammen?«, fragte Nuri zurück. »Er hat eine Freundin, und ich werde nicht ewig hier sein. Wir gehen zurück nach Syrien, sobald es möglich ist. Und er hat seine Leute, die mich immer hassen würden.«

»Und er ist ein Nazi«, sagte Fabienne.

»Nein«, sagte Nuri.

»Du erinnerst dich an das Pulverfass?«, sagte Frau Silbermann.

»Wir müssen die Floskeln des Arabischen üben«, sagte Nuri. »Man sagt nicht *Pulverfass* bei uns. Ihre Arabischstunden kommen zu kurz.«

Frau Silbermann streichelte die Katze, die Hund hieß.

»Tom weiß, dass das die Katze vom Asylbewerberheim ist«, sagte sie. »Und dass das unser Geheimnis bleiben muss. Ich frage mich, wie geheim er es hält. Benji kommt nicht mehr. Wenn Toms Mutter ihn abholt, sieht sie mich seltsam an. Arme Frau. Sie ist … ich weiß nicht. Ein Briefumschlag voller verpasster Chancen. Sie kann die beiden Kleinen nicht bändigen, und der Mann sitzt zu Hause und vegetiert vor sich hin.«

»Calvins Vater …«

Frau Silbermann seufzte. »Das ist nicht Calvins Vater, Nuri. Calvins Vater ist Lastwagenfahrer und sonst wo unterwegs. Wenn er in der Stadt ist, kommt er manchmal vorbei und sieht nach dem Rechten. Ist ein guter Bekannter des NPD-Chefs hier. Sie hat sich irgendwann von ihm getrennt, weil er zu gerne zuschlug. Nicht nur außerhalb der Wohnung, was man so hört. Das hat er dir nicht erzählt, hm?«

Nuri schwieg eine Weile. Nein, das hatte er nicht erzählt. Sie hatten über das Meer gesprochen und über die Farben der Wüste am Abend. Über alles Schöne. Für das Hässliche blieb nicht viel Zeit.

»Seine Mutter«, begann sie. »Nach dem, was Calvin erzählt, lebt sie von Kopfschmerztabletten. Das ist alles, was ich weiß. Er macht sich ständig Sorgen um sie.«

»Ganz der liebende Sohn«, sagte Frau Silbermann bitter.

Nuri verschmälerte ihre Augen. »Warum hassen Sie ihn so?«

»Ich habe nicht gesagt, dass ich ihn hasse«, sagte Frau Silbermann und nahm die Katze vom Tisch. »Ich habe gesagt, die Sache ist ein Pulverfass. Weißt du, Nuri ... ich habe sehr lange in einem Land gelebt, das ein einziges Pulverfass war. Ich dachte damals, es wäre ein Paradies, und ich bin Übersetzerin geworden, weil ich ... nicht nur, weil ich eine Gabe für Sprachen habe. Ich dachte, es würde helfen, zu übersetzen. Ich dachte, ich hätte alle Spielarten der Feindschaft hinter mir gelassen, nach dem Krieg. Ich dachte, wir könnten dort drüben Freunde sein, die Araber und die Israelis, ich war jung ... Ich habe lange, lange versucht, jung zu bleiben und daran zu glauben. Aber irgendwann habe ich gemerkt, wie alt ich geworden war. Und dass das Übersetzen nichts nützt, egal, wie synchron es ist.« Sie lächelte. »Es ist zu viel Unrecht auf beiden Seiten geschehen, es verjährt nicht. Manche Feinde können keine Freunde werden.«

»Erzählen Sie mir irgendwann ... Ihre eigene Geschichte?«, fragte Nuri leise.

Doch Frau Silbermann schüttelte den Kopf. »Es wäre eine zu lange, zu komplizierte Geschichte. Ich bewahre sie irgendwo drinnen in mir auf, da gehört sie hin und nirgendwo sonst. Deine Geschichte ist Gegenwart. Man sollte sich um die Gegenwart kümmern.« Sie nahm Nuris Hände und drückte sie einen Moment lang und sah sie nur an.

»Sie sind aus dem Paradies weggelaufen«, sagte Nuri entschlossen. »Sie hätten ja nicht gerade hierher zurückkommen müssen. Sie hätten irgendwo hingehen können, oder nicht? Aber Sie sind nach Deutschland zurückgegangen. Sie glauben doch an etwas. Etwas wie Versöhnung. Sie geben es nur nicht zu.«

Zwei Tage später stand Delfine auf der Treppe, als Nuri sich abends wegschlich. Ihre Eltern schliefen, selbst Kamal schlief, aber Delfine war erstaunlich wach.

»Nimm uns mit!«, bat sie atemlos. »Du gehst abends irgendwohin und erlebst Abenteuer, ich weiß das. Wir sitzen nur hier herum, und ich kann nicht schlafen … Nimm uns mit!« Sie hielt die Puppe im Arm, die hässliche, rosa Babypuppe. Sie hatte sie wirklich voll und ganz adoptiert.

Fabienne tauchte hinter Delfine auf, mit dem Baby in der Trage, das wach in die Nacht sah und Schluckauf hatte. Nuri lächelte.

»Wir können den Bus nehmen«, sagte sie. »Und mit dem Nachtbus um zwölf zurückfahren. Aber es ist riskant. Draußen sind die Patrouillen unterwegs. Wir müssen einen Schleichweg gehen.«

»Oh ja«, sagte Delfine glücklich. »Einen Schleichweg!«

Calvin wartete mit dem Rad unter den Bäumen am Waldrand, direkt neben der Bushaltestelle. Das Licht seiner Taschenlampe zitterte, als es Fabienne und Delfine traf.

»Ich wusste nicht, dass du jemanden mitbringst«, sagte er.

Sie sah, dass ihm die ganze Sache überhaupt nicht gefiel. Sie schlang ihre Arme um ihn.

»Bitte«, flüsterte sie. »Nur heute. Was tun wir?«

Calvin knurrte. »Ich dachte, wir tun etwas zu zweit. Verdammt. Du kannst nicht … Die Himbeeren im Wald sind reif.«

»Himbeeren«, wiederholte Delfine und schob ihre kleine Hand in die von Calvin. »Was ist das?« Drei deutsche Wörter, die ihr leicht über die Lippen kamen.

»Kleine, blaue Tiere mit Rüsseln«, sagte Nuri und nahm Calvins andere Hand, was es schwierig machte, die Taschenlampe zu halten. »Sie leuchten im Dunkeln.«

Manchmal war sie albern.

Er dachte daran, als er am nächsten Tag mit der Clique im Bus nach Rostock saß. Er hatte die ganze Sache organisiert, sie fuhren zusammen zu einem Konzert: die Sorte von Konzert, die genauso viele Zuhörer anlockt wie Demonstranten. Lauter linke Zecken.

Pascal hatte gesagt, er käme vielleicht. Calvin hatte Angst davor, ihn zu treffen, und sehnte sich gleichzeitig danach. Ein Teil von ihm redete sich ein, dass er mit Pascal vernünftig reden konnte. Nicht über Nuri natürlich, aber über eine Lösung des Asylantenproblems ohne Blutvergießen.

Wenn er die Augen schloss, war er nicht mehr im Bus, er war wieder im Wald. Er pflückte wieder Himbeeren mit einem kleinen Mädchen, das schwarz war wie die Nacht selbst. Wie viel Deutsch sie verstanden hatte! Nuri hatte gesagt, sie übte mit ihr.

Die Mutter des Mädchens hatte die ganze Zeit über fast nichts gesagt, nur gelacht, ein tiefes, melodisches Lachen – aber auch ein wenig unsicher. Und Nuri hatte französisch und deutsch gesprochen und manchmal, wie zu sich selbst, arabisch, und gesagt, sie glaubte, die Himbeeren wären völlig verwirrt von all diesen Sprachen. Der Mond hatte geschienen.

Es hätte schön sein können. Aber Calvin war nicht mit sich im Reinen gewesen in dieser Nacht. Scheiße, er hatte nicht darum gebeten, sich mit einer Negerin und ihrem Kind anzufreunden! Und sie *waren* nicht seine Freunde. Wie hatte dieses kleine Mädchen seine Hand nehmen können? Er hatte ihre Puppe zerstört und ihr die blöde Ersatzpuppe geschenkt, die sie jetzt mit sich herumschleppte. Sie sollte die Puppe wegwerfen und ihn hassen. Warum zum Henker hasste sie ihn nicht?

Er lehnte sich gegen die gepolsterte Rückenlehne des Reisebusses und beschwor das Bild der grünen Felder in einem neuen Deutschland herauf. Zuerst hatte er geglaubt, es würde ein Haus darin stehen, in dem er mit Cindy wohnte. Dann hatte der Traum sich verändert, und er hatte Nuri ans Fenster des Hauses gestellt. Aber jetzt hatte die Szene sich wieder verwandelt: Die Türen des Hauses standen weit offen, und ein endloser Strom von Menschen unterschiedlicher Hautfarbe gingen dort ein und aus. Nuri lachte und sprach all ihre Sprachen, und er selbst saß still auf einem Stuhl und verstand kein Wort.

»Calvin?«, hatte sie gefragt, nachts, zwischen den Himbeeren. »Ist alles in Ordnung? Du bist so … weit weg.«

»Ich glaube«, hatte er geantwortet, »ich brauche eine Auszeit.«

»Eine Auszeit? Unser Leben besteht momentan nur aus Auszeiten. Sonnenblumenfeldern, Stränden, Wäldern …« Sie war verstummt.

»Eine andere Sorte Auszeit«, hatte er gesagt. »Eine Auszeit von *uns*. Ich fahre nach Rostock, mit der Clique. Zu einem Konzert. Wir schlafen da, in der Jugendherberge. Zwei Tage. Dann sehen wir weiter.«

»Okay. *Kathir marah*.«

»Was?«

»Das heißt viel Spaß. Auf Arabisch.«

»Nuri.« Er hatte die letzte Handvoll Himbeeren in Delfines Plastiktüte gesteckt. »Nuri, verdammt. Ich *kann* kein Arabisch.«

Und jetzt saß er hier. Die Musik wartete auf ihn, Rostock wartete, eine Reihe von Bands mit Namen, in denen Blut, Kampf, Widerstand und Vaterland vorkamen. Es würde laut werden, und das war gut.

Aus den Lautsprechern des Busses dröhnte *Ultima Thule*, deren schwedische Texte man nie verstand, was ärgerlich war. Dann klangen Worte von *Sleipnir* durch den Reisebus, dem Liedermacher mit dem seltsamen Namen. Irgendein mythisches nordisches Götterpferd hieß so, hatte Pascal gesagt. Manche der Sachen waren Mädchenkram, fast zu zahm.

Kleines blondes Mädchen im himmelblauen Kleid,
ich sah dich in den Wiesen spiel'n, der Himmel war so weit.
Kleines blondes Mädchen, du wusstest nichts von dieser Welt,
nun liegst du da, das Kleid zerrissen, still im Weizenfeld.
Er kam bei Nacht und sagte dir, du wärst ein schönes Kind.
Die Hand war dunkel, die dich fing, und leise weht der Wind.
Kleines blondes Mädchen, dein Blut war warm und rot,
nun liegst du da und wünschtest dir, du wärst am liebsten tot …

Cindy lehnte sich an seine Schulter, bei solchen Liedern bekam sie immer feuchte Augen, und es gab eine Menge. Calvin dachte an ein anderes kleines Mädchen und eine Puppe und verjagte den Gedanken. Jemand legte die *Onkelz* auf, und jemand anders eine Platte der Lunikoff Verschwörung: *L-Kaida*.

Calvin versuchte, mitzusummen. Er hatte gedacht, es würde ihn erleichtern, zurückzukehren. Wieder einzutauchen in die Welt des Verbotenen, des Rebellentums, die Welt aus Schwarz, Weiß, Rot und Dagegensein. Es war so viel einfacher, dagegen zu sein, als Lösungen zu finden.

Aber jetzt schlug das Kopfweh wieder zu.

Als er die Augen öffnete und sich die Leute im Bus ansah, dachte er, dass er dringend eine Kopfschmerztablette brauchte.

Cindy lehnte noch immer an seiner Schulter. Sie war eingeschlafen.

Sleipnir sang schon wieder, irgendwas von Kameraden und Kampf und Nicht verzagen.

Sie waren fast in Rostock, als es vorne im Bus ein Gerangel gab. Calvin weckte Cindy und drängte sich durch den Mittelgang nach vorn, und dort stand André und hielt eine kleine Person am Kragen, die sich wehrte. Für einen Herzstillstandmoment dachte Calvin an Delfine. Aber was sollte sie hier tun? Das Kind, das André jetzt halb von den Füßen hob, war ein anderes.

»Oh Scheiße«, sagte Calvin. »Benji, was machst du hier?«

»Hat sich vorne beim Gepäck versteckt«, sagte André grinsend und ließ ihn los.

Calvin verschränkte die Arme und wartete, und Benji verschränkte ebenfalls die Arme vor dem gedrungenen Körper und blitzte ihn aus blauen Augen entschlossen an.

»Ich geh mit«, erklärte er. »Auf das Konzert. Sag du ihnen das. Du bist ihr Chef.«

»Ich sage denen gar nichts«, erwiderte Calvin ruhig. »Du bist zehn, Benji. Kinder haben auf einem Rockkonzert nichts zu suchen. Ich will nicht, dass du da unter die Räder kommst.«

»Ich bin alt genug«, sagte Benji. »Und ich kann irgendwo auf dem Boden schlafen, ich brauche nicht viel Platz. Hey, ich werde irgendwann auch ein Teil von deiner Clique, ich helfe euch Flugblätter verteilen und …«

Calvin schüttelte stumm den Kopf.

»Na gut«, sagte Benji. »Wenn du mich nicht bleiben lässt, erzähle ich denen … Sachen.«

Da schnellte Calvins Hand vor, und er zog seinen kleinen Bruder ganz nahe zu sich.

»Was denn?«

»Ich erzähle ihnen, dass …« Benji sah sich um und traf auf eine Menge neugieriger Blicke. »Dass du dich nachts wegschleichst, wenn du glaubst, wir schlafen. Vorgestern auch.«

Calvin hörte Cindys Kichern von hinten aus dem Bus, und er sah, wie sie sich über die Rücklehne ihres Sitzes beugte.

»Oh, wie verrucht!«, rief sie. »Ich muss leider sagen, der Kleine hat recht. Der große Anführer hat sich heimlich zu seiner Geliebten geschlichen.«

Calvin atmete auf. Vorgestern Nacht war er tatsächlich in der Laube gewesen.

»Ich hoffe, du erzählst uns jetzt ein paar schmutzige Details«, sagte Cindy, zog ihr enges Oberteil zurecht und lächelte Benji freundlich an.

Der ganze Bus lachte. »Genug mit dem Unsinn«, sagte Calvin. »Du steigst in Rostock in einen Zug nach Hause. Und wenn du nicht da ankommst, dann wird das verdammt unangenehm für dich, kapiert?«

Er zog Benji noch näher zu sich heran, und Benji jaulte, weil er ihm die Hand verdrehte. Dann riss er den Kopf herum und biss Calvin in die Hand.

»Ich will diese Bands sehen«, fauchte er, während auf Calvins Handrücken blau-rot unterlaufene Zahnabdrücke erschienen. »Richtige, echte deutsche Jungs, die keine Angst haben, ein paar verbotene Zeichen auf ihren T-Shirts zu …«

»Guck dir die Fotos auf meinen CDs zu Hause an«, sagte Calvin.

In Rostock auf dem Bahnhof kaufte er Benji für sehr viel Geld eine Fahrkarte und vertraute ihn dem Schaffner an, der versprach, ihn beim richtigen Bahnhof aussteigen zu lassen – und auf keinen Fall vorher. Der Schaffner grinste.

Mama am Telefon war aufgelöst.

»Hauptsache, ihm ist nichts passiert«, sagte sie.

»Dem passiert so schnell nichts«, knurrte Calvin. »Aber du solltest irgendwann mal anfangen, ihn zu erziehen.« Er bereute den Satz sofort. Er hörte ihre Kopfschmerzen durchs Telefon. Sie waren ein Echo seiner eigenen. »Bis bald«, sagte er. »Ich hab dich lieb.«

Die Jugendherberge war überfüllt. Auf den Straßen sah man Fahnen. Der Außenbezirk war ein anderer, aber er dachte an Lichtenhagen. In Rostock schien es unglaublich viele Jungs zu geben, die so tickten wie die Clique. Oder es waren wirklich viele von anderswo gekommen. Die Partei war offiziell nicht anwesend, aber es gab Handzettel. Er versuchte, seine Leute zusammenzuhalten, gab aber irgendwann auf. Sie waren wie Kinder. Er wollte nicht ihr Lehrer sein.

Er ließ sich von der Masse tragen, ging darin unter und wurde Teil des Ganzen. Ein Wassertropfen in einem Meer von tanzenden, Refrains brüllenden Körpern auf einer zertretenen Wiese. Die Bühnenscheinwerfer tasteten über eine dunkle Wolkenmasse am Himmel, als wollten sie feindliche Flugzeuge enttarnen. Zum Glück gab es genügend Alkohol. Er wollte nicht mehr denken.

Irgendwann am Morgen schlief er in einem Schlafsack dicht neben Cindy ein, in einem Raum mit einer Menge anderer Leute. Als er aufwachte und über sie alle stieg, um das Klo zu finden, hatte er eine seltsame Vision: Er befand sich in einem Gemüsekühlhaus in Dar'a, und die in Decken gewickelten Körper, über die er stieg, waren Leichen.

Die Klos der Jugendherberge waren mit Papier verstopft und liefen über. Jemand hatte ein Hakenkreuz an die Wand geschmiert. Er hoffte, dass es niemand von seinen Leuten gewesen war. Er hatte sie im Bus daran erinnert: »Wir sind die Guten, kapiert? Wir machen keinen Ärger.«

»Erzähl keinen Scheiß«, hatte Kevin geknurrt. »Gruß vom Bürgermeister, oder was?«

Calvin zog einen Kugelschreiber aus der Tasche und malte seine schwarze Sonne neben das Hakenkreuz. Es war befreiend, Klowände zu bekritzeln.

Aber beim Frühstück mit den Jungs kehrten die Kopfschmerzen zurück. Er suchte eine Apotheke in der Stadt, kaufte eine Menge Tabletten und trank ab mittags mit Jason um die Wette. Cindy versuchte, ihn davon abzuhalten, und er küsste sie und versprach ihr irgendetwas.

Die Jungs tranken und sprachen über das Trinken und über die Mädchen, über Hansa Rostock, über Autos, die sie gerne fahren würden, über Prügeleien – aber da war nichts Politisches. Keine Ziele. Keine Pläne. Gar nichts. Nur eine Menge Ausländerwitze, die immer damit endeten, dass irgendwer anderer Hautfarbe durch irgendetwas plattgemacht, vergast oder verbrannt wurde. Er lachte über die Witze und trank noch mehr. Aber auch die Witze hatten keine wirklichen Inhalte. Es war egal, wer plattgemacht wurde oder warum. Das Denken überlassen wir der Partei … und vielleicht dem NSU …

Es gab einen Cocktail, der Beate Zschäpe hieß, ein weiterer Witz.

Früher, dachte er, als Pascal noch da gewesen war – war er da auch so gewesen wie die anderen? Hatte er da nicht gedacht? Es war so einfach, nur einer von vielen zu sein.

Nuri war nie eine von vielen gewesen, nicht mal vor dem Frühjahr 2011. Sie war immer anders gewesen. Das Mädchen, das die Schatten sah.

Es gab einen Infostand der Jungen Nationaldemokraten, die Aufkleber und Buttons verteilten, und einen Stand der Gefangenenhilfe, vor dem sich die Mädchen versammelten. Sie beschlossen alle, mitzumachen und Briefe an die inhaftierten Kameraden zu verschicken. Mädchen schrieben immer Briefe. Die Kameraden, sagten die von dem Infostand, zeichneten sich im Gefängnis durch das beste Betragen aus, sie schrubbten ihre Zellentüren noch von außen, Disziplin war ihre Stärke. Schon Hitler hatte das bewiesen, als er im Gefängnis *Mein Kampf* geschrieben hatte.

Abends war das Bier zu teuer, sie schmuggelten ihre eigenen Flaschen auf das nächste Konzert und bekamen Ärger. Eine Weile tanzte ein schwarzhaariges Mädchen ganz nahe bei Calvin, und das Wissen, dass es nicht Nuri sein konnte, pochte schmerzhaft in seinem betrunkenen Hirn. Die Masse um ihn, die Refrains und Parolen brüllte, verwandelte sich für Sekunden in eine Masse von Demonstranten in Damaskus.

Dann sah er zwischen ihnen seinen Vater, und zuerst dachte er, auch sein Vater wäre nur eine Vision. Aber er war wirklich, er ließ seine Bierflasche gegen Calvins klirren und sagte: »Wir sollten später mal reden. Wolf hat gesagt, du gerätst gern in Schwierigkeiten? Aber es wäre besser geworden?«

Calvin nickte. »Man lernt alles. Auch, ein Anführer zu sein.«

Er war froh, als die Menge seinen Vater davonschwemmte. Kurz darauf geriet Kevin in eine Schlägerei mit einer Gruppe Linker, die eine Absperrung durchbrachen. Oder vielleicht durchbrach Kevin die Absperrung. Calvin versuchte, ihn aus dem Pulk zu ziehen, kassierte selbst Schläge, trank noch mehr und ging kotzen. Cindy hielt seinen Kopf fest. Cindy hatte Pfefferminzbonbons. Cindy war da.

»Geh weg«, sagte er. Und dann. »Bleib hier. Wir müssen reden.«

Aber es war zu laut zum Reden.

Sie schleifte ihn mit sich, und er fand sich auf einem der öffentlichen Klos wieder, einem erstaunlich sauberen, vermutlich für Damen. Die Wirklichkeit stülpte sich in und aus seinem Kopf, und er merkte erst spät, dass Cindy nicht vorhatte, zu reden, sondern dabei war, ihn auszuziehen.

»Hier hat man wenigstens drei Minuten alleine«, flüsterte sie.

Er zwang sich, zu sich zu kommen. »Cindy? Warte. Es ist … Es ist alles verkehrt.«

»Du hast zu viel getrunken«, sagte sie. »Das ist verkehrt. Ich liebe dich. Meine Mutter kommt raus. Aus der Klinik. Sie hat vorhin eine SMS geschickt. Ich habe ihr von uns erzählt. Am Anfang wollte ich nicht erzählen, dass wir zusammen sind, falls es nicht hält. Aber jetzt … Sie hat sich gefreut.« Ihre Finger wanderten zu seiner Hose, und er stieß sie weg.

»Cindy, ich kann das nicht. Nicht jetzt. Hör zu. Ich habe … ich habe im Moment zu viel Ärger. In der Berufsschule und zu Hause … und die Sache mit dem Plan für unseren Tag X … das geht mir alles im Kopf rum. Ich brauche … ich brauche eine Weile für mich. Das ist mir jetzt klar geworden. Ich mag dich, aber …«

»Moment«, sagte Cindy und ließ ihn los. »Calvin? Wie blau bist du?«

»Ziemlich blau«, gab er zu. »Morgen weiß ich vielleicht nicht mehr, was ich gesagt habe. Es ist wichtig, dass ich es jetzt sage, kapierst du?«

»Calvin … ich krieg das nicht ganz auf die Reihe. Versuchst du gerade, mit mir Schluss zu machen?«

Er hörte sich selbst stöhnen. »Nein! Ich will dich nur nicht mit in etwas hineinziehen … Ich dachte, ich müsste mit etwas anderem Schluss machen, aber …«

»Mit etwas? Oder mit jemandem?«

Er verfluchte den Alkohol lautlos. Er wusste noch nicht einmal, was er sagte, *während* er es sagte.

»Gib mir Zeit. Zeit ist alles, was ich brauche … Sie ist golden, weißt du … Cindy? Macht es noch Sinn, was ich erzähle?«

»Nein«, sagte sie ehrlich.

Er riss sich zusammen, stellte sich gerader hin. »Wir machen alles wie bisher. Wir sind beide in der Clique. Aber lass mich eine Zeit lang in Ruhe denken. Und nachts schlafen. Ein, zwei Wochen. Dann sehen wir weiter.«

Er sah trotz des Alkohols, wie ihr Gesicht zerbrach. Ihre Unterlippe zitterte, und sie biss darauf.

»Nicht weinen«, hörte er sich sagen. »Bitte, nicht weinen.«

»Aber ich liebe dich. Bleib bei mir. Ich liebe dich …«

»Ich bleibe doch«, sagte er und nahm sie in die Arme. »Ich bin doch da.« Ihre Tränen waren so nachgiebig und weich wie ihr ganzer Körper. Draußen wogte der entfernte Lärm von Gesang, Gebrüll und Streit wie Wellen. Calvin dachte das Wort Hitler und dass der mit nichts etwas zu tun hatte.

Und dann wachte er auf und lag in seinem Schlafsack und wusste nicht einmal, wie er dort hingekommen war. Cindy lag neben ihm in ihrem eigenen Schlafsack, die Augen geschlossen, das Gesicht verquollen von Tränen. Es war fünf Uhr früh. Er ging ins Bad und sah in den Spiegel und ohrfeigte sich selbst dafür, dass er Cindy wehgetan hatte. Sie konnte für nichts etwas.

Dann stellte er sich unter die Dusche und drehte das Wasser eiskalt.

So war das Wasser, wenn es keinen Strom gab. Aber in den belagerten Städten von Syrien hatten sie nicht einmal Wasser.

»Ich komme nach Hause«, flüsterte er. »Nuri? Ich bin aufgewacht, und ich komme nach Hause. Auch wenn du fünfzehn Sprachen auf einmal mit mir sprichst.«

»Du hast Besuch«, sagte Frau Silbermann.

»Ich?«, fragte Nuri. »Ich wohne nicht hier.«

Frau Silbermann lächelte. »Nein. Aber du hast trotzdem Besuch. Sie wollten schon länger kommen, aber es war bisher zu viel los in der Uni.«

Sie öffnete die Küchentür, und dort, auf einem der schweren, klobigen Holzstühle, saß der schmale, rothaarige Junge von der Demonstration und lächelte ihr entgegen. Sie hatte ihn völlig vergessen. Der junge pakistanische Arzt saß neben ihm. Die dritte Person am Küchentisch war ein Mädchen, dunkelhaarig, mandeläugig und mit sehr langen, getuschten Wimpern. Sie trug ein Kopftuch, grün mit Goldstickerei. Sie trug es auf die komplizierte, modische Art, die Nuri von Freundinnen in Damaskus kannte. Dazu hohe Stiefel und Minirock.

»Du erinnerst dich an Tim und Marwan?«, fragte Frau Silbermann und stellte die kleinen Teegläser auf den Tisch. »Und das ist Alya. Tim ist mit mir in dem Verein zur Unterstützung des Asylbewerberheims ...«

»Ich weiß«, sagte Nuri.

»Alya studiert mit ihm. Eine Dreiviertelstunde von hier, mit dem Auto.«

»Ruth hat gesagt, wir könnten vielleicht zusammen kochen«, sagte Tim. *Ruth.* Frau Silbermann besaß einen Vornamen. »Wir ... haben ein paar Sachen mitgebracht ...« Er zuckte die Schultern, ein wenig verlegen.

Nuri dachte daran, wie er versucht hatte, sie nach Hause zu bringen. Das war die Nacht gewesen, in der sie Calvin gefunden hatte, in der verlassenen Garage.

»Also kein Arabisch für Frau Silbermann heute«, sagte Nuri. »Und kein Deutsch für mich?«

»Wozu brauchst du einen Deutschkurs?«, fragte Alya und lachte.

»Redewendungen«, sagte Nuri. »Besser Geld für Oma als für Sinti und Roma.« Sie lächelte. »Wäre doch schade, wenn wir die Sprüche auf den Plakaten der NPD nicht verstehen könnten.«

In diesem Moment riss jemand die Küchentür auf. Es war Tom.

»Ich wollte nur sagen, ich geh dann«, sagte er. »Meine Mutter ist da.«

Frau Silbermann ging mit ihm hinaus und versuchte, Nuri wieder zurück in die Küche zu schieben, aber Nuri schlüpfte mit ihr in den Flur. In der offenen Haustür lehnte Toms Mutter. Benjis Mutter. Calvins Mutter. Blass und mit einem gehetzten Ausdruck um die Augen.

An ihrer Seite stand Benji. Sie hielt ihn am Handgelenk fest.

»Benji hier wollte sich entschuldigen«, sagte sie zu Frau Silbermann. »Dafür, dass er die letzten Male nicht gekommen ist.«

»Ich komm sowieso nicht mehr«, knurrte Benji und sah weg.

»Oh nein, der junge Herr hat ja was Besseres zu tun«, sagte seine Mutter. »Verkriecht sich im Reisebus nach Rostock und muss dann zurückgeschickt werden, für achtundzwanzig Euro.«

»Hilfst du denen in der Küche schon mal mit dem Gemüse?«, sagte Frau Silbermann zu Nuri.

»Gleich«, sagte Nuri.

Frau Silbermann seufzte. »Weißt du, Benji, du musst nicht herkommen«, sagte sie, während Tom umständlich seine Schnürsenkel band. »Ich zwinge keinen.«

»Ich kann schon fast ein ganzes Buch lesen«, sagte Tom.

»Bullshit«, knurrte Benji. »Das Telefonbuch vielleicht.«

Tom kam erstaunlich schnell hoch und sprang Benji an, Frau Silbermann hielt ihn erstaunlich schnell fest.

»Er hat gesagt, ich kann nicht lesen«, keuchte Tom, die Fäuste geballt. »Arschloch!«

Auch Benji hatte die Fäuste geballt, sie waren beide viel stärker als Frau Silbermann, sie würden sich nicht mehr lange von ihr trennen lassen. Ihre Mutter hob nur die Hände.

»Und Calvin?«, fragte Nuri leise. »Haben Sie was gehört? Hat er sich gemeldet? Aus Rostock?«

»Ja, als er Benji in den Zug gesetzt hat«, sagte Calvins Mutter. »Warum soll er sich sonst melden? Er ist ja kein Kind mehr.«

»Aber Sie machen sich Sorgen. Ich mache mir auch Sorgen.«

Calvins Mutter schüttelte den Kopf, während Benji und Tom sich noch immer gegenseitig anfauchten.

»Ich weiß nicht, was Sie mit Calvin zu tun haben.«

»Doch«, flüsterte Nuri. »Ich stand mal vor Ihrer Tür.«

Die Frau presste ihre Lippen aufeinander. »Mädchen«, sagte sie ganz leise. »Du standst nie vor unserer Tür. Und du wirst nie wieder dort stehen. Wenn Calvin nachts verschwindet, schlafe ich, verstanden?«

»Ich …«, begann Nuri, seltsam hilflos.

»Du kennst Calvins Vater nicht«, sagte die Frau, noch immer sehr leise. »Ich kenne ihn gut. Calvin ist zurückgegangen. Dahin, wo er hingehört. Und ich habe dich nie gesehen.« Sie drehte sich um, packte Benji wieder am Handgelenk und bedeutete Tom mit einem Nicken, ihr zu folgen. Sie verabschiedete sich nicht einmal von Frau Silbermann.

Ehe Nuri in die Küche zurückkehrte, ging sie in Frau Silbermanns Bad, setzte sich auf den Klodeckel und atmete ein paarmal tief durch. *Calvin ist zurückgegangen. Dahin, wo er hingehört.*

Sie schrieb die Worte mit ihrem Finger an den Spiegel, aber aus dem Spiegel blickte ihr ein Gesicht mit einer entzündeten Augenbraue entgegen und mit hellen, zerzausten Haaren. Es sah sie an und wurde blasser und war schließlich verschwunden, in einer unerreichbaren Ferne.

Die Lampe in der Küche hing tief, und der Geruch nach einer überbordenden Orgie an Gewürzen füllte die Luft. Draußen wurde es dunkel. Frau Silbermann zündete Kerzen an. Sie hatte Nuris Eltern angerufen und ihnen gesagt, dass Nuri über Nacht bleiben würde. Sie hatte auch gefragt, ob sie herkommen wollten, sie würde sie mit dem Auto abholen. Ummi hatte gesagt, sie blieben nach Einbruch der Dunkelheit trotzdem lieber zu Hause.

Tim und Alya und Marwan waren bewundernswert, sie kochten syrisch nach einem Rezeptbuch, in dem Dinge standen, die nicht funktionierten, und sie ließen sich von Nuri erklären, *wie* die Dinge funktionierten, und lachten über alles, was trotzdem schiefging.

Später saßen sie am Tisch und aßen, und es schmeckte nach allem außer nach dem Gericht, das es darstellen sollte, aber das war egal. Sie spielten auch Karten. Alya zeigte Nuri, wie man am besten schummelte, und Tim wurde jedes Mal rot, wenn Nuris Hand die seine beim Kartenablegen zufällig berührte. Sie sprachen den ganzen Abend arabisch.

Sie bemühten sich alle so sehr um Nuri, dass es wehtat.

»Wir feiern nächste Woche bei uns in der WG«, sagte Tim, als sie die Karten wegräumten. »Nur so. Ich dachte … vielleicht willst du kommen? Ruth kann dir helfen, einen Zug rauszusuchen. Es ist nicht weit. Du kannst deinen Bruder mitbringen …« Er verstummte. »Bitte. Komm.«

Nuri nickte langsam. »Ich überlege es mir.«

Sie wusch zusammen mit ihnen das Geschirr ab und dachte darüber nach, wie perfekt sie waren: tolerant, intelligent, gebildet, engagiert. Sie wünschte, sie hätte für einen von ihnen das empfinden können, was sie für Calvin empfand. Sie hatten die Bildung mit Nuri gemein, Filme, Bücher, all das. Aber das, was am Grunde von allem lag, das in der Tiefe Verborgene, teilten sie nicht.

In der Tiefe lag die Wut. Und die Fähigkeit, die schwarzen Flügel zu sehen und zu hören.

Keiner von ihnen besaß sie.

Als die drei in Marwans klapprigem, altem Auto davongefahren waren und Frau Silbermann Nuri ins Gästezimmer begleitete, stand eine schweigende Frage in der Luft.

»Doch«, sagte Nuri. »Ich mag sie. Das war ein schöner Abend.« Sie setzten sich nebeneinander auf die Bettkante. »Frau Silbermann? Calvins Mutter hasst mich.«

Frau Silbermann seufzte. »Ich wünschte, du würdest über den schönen Abend nachdenken, nicht über Calvins Mutter. Sie … hasst dich nicht. Sie hat gesagt, sie hätte dich nie gesehen. Jemand wird sie gefragt haben, Nuri. Sie hat für dich gelogen. Sie ist über hundert Schatten gesprungen und schützt dich. Sie alle schützen dich. Sogar Tom. Sogar Benji. Aber Calvins Mutter ist vor allem Calvins Mutter. Sie schützt vor allem Calvin. Deshalb will sie nicht, dass du wiederkommst.«

Nuri nickte und schloss für einen Moment die Augen.

»Schlaf gut«, sagte Frau Silbermann und stand auf. »Träum davon, wie wir beim Syrischkochen alles verkehrt gemacht haben. Träum von dem Lachen.«

»Ja«, sagte Nuri. Und träumte von einem Reisebus, der nach Rostock fuhr. Und fuhr und fuhr und nie zurückkehren würde.

Am Nachmittag des nächsten Tages klingelte Nuris Handy.

Sie saß am Küchentisch und sah Ummi dabei zu, wie sie die längst verwelkten Sonnenblumen malte.

»Nuri?«, fragte Frau Silbermann am Telefon. »Komm her. Hier ist jemand, der mit dir sprechen möchte.«

»Tim«, sagte Nuri. »Er will wissen, ob ich zu seiner Party komme, richtig? Das kann ich ihm doch am Telefon sagen.«

»Persönlich ist es besser«, sagte Frau Silbermann und legte auf.

Nuri wanderte die Strecke zu Frau Silbermann hinaus, obwohl es regnete. Sie hatte keine Lust, mit Tim zu sprechen, obwohl er nett war. Oder vielleicht gerade, weil er nett war. Frau Silbermann wollte so sehr, dass sie ihn nett fand.

Als sie schließlich in Frau Silbermanns Straße einbog, wurden ihre Schritte noch langsamer. Der Blauregen, der zwischen dem Wein am Haus emporrankte, war aufgeblüht. Der Regen glänzte auf seinen Blüten. Und dann stand Nuri vor dem niedrigen Gartentor. Auf den Stufen des alten Hauses saß nicht Tim. Dort saß Calvin.

Er war ziemlich nass. Er blickte zu ihr auf, als sie durch das Gartentor kam, blieb aber sitzen. Er sah müde aus.

»Wie war die Auszeit?«, fragte Nuri vorsichtig und setzte sich neben ihn, mitten in den Regen.

Er sagte eine ganze Weile gar nichts, und sie fragte sich, warum er gekommen war. Vielleicht, um ihr zu sagen, dass aus der Auszeit ein endgültiges Aus geworden war. Und sie fragte sich, warum sie das berührt hätte. Denn natürlich hatte Frau Silbermann recht. Von allen falschen Kerlen, die man sich aussuchen konnte, war Calvin der falscheste.

»Ich habe nachgedacht«, sagte er. »Und ich bin zu einem Schluss gekommen. Sturzbesoffen, nachts, auf einer öffentlichen Toilette.« Er lachte. »Ich … habe mit Cindy Schluss gemacht. Ich … habe gedacht, ich fahre mit meinen Leuten nach Rostock. Aber ich habe mich geirrt. Das war schwer einzusehen, es war eine ganze Menge Alkohol dafür nötig. Es sind nicht mehr meine Leute.«

Nuri nahm seine Hände. »Das tut mir leid«, sagte sie aufrichtig. »Sie waren immer deine Freunde … von klein an … Du gehörst da hin.«

»Eben nicht«, sagte Calvin und drückte ihre Hände, so plötzlich und so fest, dass es wehtat. Er hörte sie nach Luft schnappen und ließ los. »Entschuldigung. Ich bräuchte vielleicht etwas zum Zusammenknüllen. Es ist schon scheiße, nicht mehr dazuzugehören. Aber … ich gehöre hierher.«

»Auf diese Treppenstufe?«, fragte Nuri zweifelnd.

Er zuckte die Schultern. »Vielleicht. Eine Treppenstufe ist … kein Ort.

Ein Nirgendwo. Das hört sich jetzt blöd an, aber … ich gehöre nirgendwohin.«

»Prima, ich auch nicht«, sagte Nuri.

Ihre Augen begannen, verdächtig zu brennen, und es war gut, dass Calvin sie in diesem Moment in die Arme nahm, denn so sah er nicht, dass sie vielleicht heulte. Aber dann wurde der Regen zu stark, Nuri stieß die Haustür auf, und aus der Küche rief Frau Silbermann, sie sollten sich erst weiterküssen, nachdem sie die Tür wieder geschlossen hatten – so als wohnten sie hier seit einer Ewigkeit zur Untermiete.

»Ich mache Tee«, sagte sie mit ihrem gewöhnlichen Seufzen.

»Erzähl mir von Nabil.« Calvin stellte sein Teeglas auf den Fußboden. »Ist er wiedergekommen?«

Nuri schlug die Beine unter und nickte. Sie saßen im Warteraum auf dem Sofa. Calvin dachte wieder an die morschen Balken des Balkons und an das Verbotsschild. Er hatte sich benommen wie ein Idiot. Er war sehr froh, dass er sich benommen hatte wie ein Idiot. Andernfalls hätte Nuri ihn nie festgehalten, und er hätte nie mit ihr gesprochen.

Frau Silbermann hatte gesagt, sie müsste noch mal mit dem Auto weg.

Sie waren allein im Haus, aber sie taten nichts, als auf diesem Sofa zu sitzen, mit einem halben Meter zwischen sich. Die Geschichte, die weitererzählt werden musste, brauchte diesen halben Meter, um nicht zerquetscht zu werden.

»Wir haben alle Hebel in Bewegung gesetzt, um Nabil zu finden«, sagte Nuri. »In Syrien ist es so – einer kennt einen, und der kennt den Nächsten, es funktioniert alles über Leute, die du kennst. Diesmal funktionierte es nicht. Mein Vater war tagelang unterwegs, um auf Ämtern nachzufragen. Nichts. Er war zuerst auf dem Amt, wo Annas Vater Anna abgeholt hatte, aber dort sagten sie ihm nur, dass Nabil nicht da sei.

›Warum hat er das getan?‹, fragte ich Aarif.

›Die Frage ist, warum habe *ich* das nicht getan?‹, sagte Aarif. ›Warum habe ich nicht gemerkt, wo ihr hinwolltet? *Ich* hätte es tun müssen. Nabil war nicht einmal für den Aufstand. Er ist nur hingegangen, um euch rauszuholen.‹

Er machte sich Vorwürfe. Mir machte niemand Vorwürfe. Ich wünschte, sie hätten es getan. Ich wünschte, sie hätten mich angeschrien.

Wenn ich in den Spiegel sah, sah ich dort das Gesicht meines Bruders, das ich vorher nie genau angesehen hatte, ein freundliches Gesicht voller Schwermut. Nabil hatte die gleichen hellen Flecken in den Augen wie ich; es war mir erst aufgefallen, als sie ihn weggezerrt hatten.

Ich begann, Spiegel zu meiden.

Inzwischen ging ich auf die Sekundarschule, die Marhala ath-Thanawiya, nur dass ich dann eben nicht mehr hinging. Ich schickte einer Freundin eine SMS, ich wäre sehr krank und sie sollte das den Lehrern weitersagen. Ich kettete mich mit einer unsichtbaren Kette an Aarif und seinen Computer. Wenn er weg war, kümmerte ich mich um die Internetseite. Ich sammelte Informationen, fasste zusammen, schrieb – ohne Anna, allein mit dem Grauen. Das war die Zeit, in der ich aufhörte, zu essen.

Ich saß abends mit meiner Familie auf den Kissen in unserem größten Zimmer und tat so, als äße ich, aber ich trank nur Wasser.

Homs stand inzwischen unter Belagerung, dort waren die Leute mit Olivenzweigen in den Händen auf die Straße gegangen, um zu zeigen, dass sie friedlich bleiben wollten. Am 6. Mai, noch vor unserer Frauendemonstration, waren Panzer in die Stadt gerollt. Die Sicherheitskräfte gingen auf Oppositionellen-Jagd wie auf Fuchsjagd. Sie gingen von Bau zu Bau und erschossen alle Füchse.

Am 7. Mai wurde das benachbarte Baniyas belagert. Kein Strom, kein Wasser, kein Telefon.

Am 8. Mai griffen Männer mit Gewehren einen Bus mit Arbeitern an, die aus dem Libanon nach Hause kehrten, schleiften sie nach Homs hinein und töteten zehn von ihnen. Obwohl diese Männer gar nicht demonstriert hatten.

Ich fragte mich, wie es in unserem Dorf aussah. Wer lebte jetzt in unserem Haus am Fluss? Versteckte sich dort jemand vor den Fuchsjägern mit ihren Panzern?

Später schrieb jemand im Netz, die Mehrheit der Leute von Homs wäre noch nicht mal gegen das Regime, nur zwei oder drei Stämme führten den Protest. Sie hatten die Stadt trotzdem kollektiv bestraft.

Und das ist nur ein Beispiel. Nur eine Stadt. Es gab mehr Städte in Syrien, als ich je geahnt hätte, Städte, über die im Netz berichtet werden musste. Ich wurde eine manische Sammlerin von Orten.

›Du isst nichts‹, sagte Aarif eines Tages.

›Ich esse die Listen, die ich mache‹, sagte ich. ›Wenn ich genug Listen gemacht habe, kommt Nabil zurück.‹ Es war ein dummer Satz, er hörte sich nur Sekunden lang gut an. Dann fing ich an, zu weinen, und er nahm mich in die Arme.

›Niemand kommt davon zurück, dass du in einen Hungerstreik trittst‹, sagte Aarif.

›Die schwarzen Flügel‹, flüsterte ich. ›Sie sind jetzt überall. Auch im Computer. Ich weiß nicht, was das für ein Vogel ist …‹

Er streichelte mein Haar und ließ mich heulen. ›Ein Albtraumvogel, Nura‹, flüsterte er. ›Aber der Albtraum wird vorübergehen.‹ Er ging in die Küche hinunter und kam mit einem Glas Tee wieder, das zu fünfzig Prozent aus Milch und Zucker bestand, obwohl wir sonst nie Milch in den Tee taten.

›Wenn du das nicht trinkst, schmeiße ich dich aus meiner Kammer‹, sagte er. Es war keine Drohung, nur eine Feststellung. Mir wurde schlecht von dem süßen Tee, aber ich behielt ihn bei mir. Von diesem Tag an fütterte mich Aarif mit Milchtee, als wäre ich ein krankes Lamm.

›Du siehst furchtbar aus‹, sagte er. ›Guck mal in den Spiegel.‹

Wie sollte ich Aarif erklären, dass ich im Spiegel nur Nabil sah?

Der Computer rief mich zurück; wir saßen nebeneinander und starrten auf seinen Schirm. In Tafas, einem ebenfalls belagerten Ort in der Nähe von Dar'a, verhafteten sie 250 Menschen. Ich versuchte, mir 250 Menschen vorzustellen, die in Bussen entführt werden. Es waren zu viele, sie passten nicht in meinen Kopf.

Selbst die Christen protestierten. Und die Kurden, die Kurden waren großartig. Sie gingen überall mit auf die Straße, obwohl Assad ihnen nach Jahren endlich die Staatsbürgerschaft versprach, um sie auf seine Seite zu ziehen.

Dann kam der Tag, an dem wir eine Nachricht von Anna bekamen, mit schrecklicher Verspätung.

Es tut mir leid, Nura, schrieb sie. *Sie haben mir gedroht. Ich habe alles unterschrieben, ich habe es nicht mal gelesen. Nabil und ich waren zusammen in diesem Bus, sie haben uns beschimpft und auf den Kopf geschlagen. Nabil hatte eine Wunde an der Schläfe, es ging ihm nicht gut, er konnte sich kaum auf den Beinen halten. Ich habe versucht, ihn festzuhalten, weil er gegen die Wände im Bus fiel, aber sie haben mich von ihm weggezerrt. Ich habe sie gefragt, wohin sie ihn bringen, als wir getrennt wurden, aber sie haben nicht geantwortet. Ist er wieder zu Hause?*

Nein, schrieb ich sofort. *Wohin haben sie Euch zuerst gebracht? War das ein anderer Posten als der, wo Dein Vater Dich abgeholt hat?*

Ja, schrieb Anna. *Ich weiß nicht, wo das war, ich kannte das Stadtviertel nicht. Ich bin mir sicher, Nabil kommt bald nach Hause. Er ist klug, er weiß, wie er sich schützen kann.*

Ich schrieb ihr wieder, ich schrieb ihr einen sehr, sehr langen Brief, auch von Nabils Gesicht im Spiegel, weil Anna mich vielleicht verstand. Aber sie antwortete nicht wieder.

Wir hatten sowieso Angst, dass sie unsere Nachrichten abfingen. Handys, hieß es, sollte man zehn Meter von sich entfernt ablegen, wenn man sie nicht benutzte, der Geheimdienst hatte überall seine Ohren. Und wenn es an der Haustür klopfte, machten wir den Laptop aus und verließen die Kammer. Aber es war nie einer von ihnen.

Sie hatten vielleicht genug damit zu tun, draußen ihren Horror zu verbreiten, wo wieder Panzer durch die Straßen fuhren.

›Wir werden alles dokumentieren‹, sagte Aarif. ›Die Heckenschützen auf den Häusern werden Gesichter bekommen. Und später, wenn alles vorbei ist, werden wir sie erkennen. Nichts bleibt ungesühnt.‹

Das Netz wurde zum Irrgarten der Dokumentation. Wir glaubten, wir könnten unser Land retten, die Freiheit retten, die Demokratie retten, wenn wir genug Posts verfassten, genug Videos sammelten, genug Bilder auf Twitter verschickten. Aber aus YouTube-Videos kann man keine Schutzwälle errichten. All diese Demonstrations-Freitage, denen die Internetgemeinde heroische Namen gab! Der *Freitag der Herausforderung*, der *Freitag der Frauen*, der *Freitag der Freiheit*.

In manchen Orten protestierten die jungen Männer noch immer mit Blumen in den Händen und bloßem Oberkörper. Das Militär erschoss sie.

›Die Welt‹, sagte Aarif, ›wird den Syrern helfen, solange ihre Proteste friedlich bleiben.‹

Die Welt half uns auf großartige Weise. Die Europäische Union beschloss Sanktionen gegen dreizehn Personen der syrischen Führungsriege, unter anderem Mahir al-Assad, den Bruder des Präsidenten, das sadistische Oberhaupt der Sicherheitskräfte. Was hat er wohl getan, als er von diesen Sanktionen hörte, Sanktionen auf Papier? Herzlich gelacht, nehme ich an.

Der UN-Generalsekretär Ban Ki-moon rief den Präsidenten zum Dialog mit den Demonstranten auf. Er verlangte, dass man die UN-Truppen nach Dar'a hineinließ. Verlangen kann man viel.

Am 27. Mai stand Mariam vor der Tür.

Ihr Babybauch war gewachsen, sie sah aus wie ein schwangerer Vollmond, und ich wollte das zu ihr sagen und mit ihr darüber lachen. Aber es war keine Zeit für ein Lachen.

›Ich habe mit Ali gesprochen‹, sagte Mariam, gehetzt um sich blickend, und meinte nicht den Propheten, wie ich einen abstrusen Moment lang glaubte. Sie meinte ihren Ehemann. ›Ali lässt euch warnen. Sie wissen von Aarif und dir. Macht diese Internetseite zu. Sie wissen, dass ihr das seid.‹

›Bist du hergekommen, um uns zu drohen?‹, fragte ich fassungslos.

›Ich will nur helfen‹, sagte Mariam. ›Ihr seid Alawiten. Warum müsst ihr unbedingt diesen Unsinn verbreiten? Sie waren lange geduldig, aber wenn ihr weitermacht, werden sie euch von jetzt an als Feinde betrachten. Verstanden?‹

›Du weißt von Nabil, oder?‹, sagte ich. Wir standen immer noch in der Tür, ich hatte sie nicht hereingelassen.

›Ja‹, sagte Mariam. ›Gerade deshalb. Ali hat versucht, sich zu kümmern. Aber wie soll er Nabil helfen, wenn seine Schwester und sein Cousin gegen Assad arbeiten? Hört auf mit dem, was ihr tut, Nura. Sprich mit Ali. Er würde gern ein paar Namen von Leuten hören, die in dieser Internetgeschichte mit drinhängen. Die richtigen Namen. Ihr müsst euch nur ein bisschen kooperativ zeigen, wenn ihr Nabil helfen wollt.‹

Ich nickte. Das Begreifen rieselte langsam durch mich wie sehr kalter Winterregen.

›Du hast meine Nummer‹, sagte Mariam. ›Ruf mich an, wenn du eine Info loswerden willst. Deine Freunde bei der Opposition wollen dich doch gar nicht haben, Nura! Weißt du, was sie rufen, auf ihren Demos in der Vorstadt? *al-Alawiya ila al-Tabut – wa-al-Masihiya ila Beirut!* Christen nach Beirut, Alawiten in den Sarg!‹

Da machte ich die Tür zu und ging sehr langsam nach oben, in die kleine Dachkammer.

Aarif stand an dem winzigen Fenster und rauchte.

›Aarif‹, sagte ich leise. ›Wir müssen die Facebookseite …‹

›Schau ins Netz‹, sagte Aarif. ›Es gibt eine neue Dimension. Vielleicht hilft uns das Ausland jetzt.‹

Am 27. Mai liefen Menschen durch die Straßen von Dar'a und anderen Orten und hielten das Foto eines Jungen in die Höhe. Und ein Name hallte durch die Weiten des Internets. Der Namen eines Jungen, den niemand zuvor gekannt und der eigentlich nichts mit dem Syrischen Frühling zu tun hatte: Hamza Ali Al-Khateeb.

Ich las seine Geschichte in Aarifs Kammer und roch den Rauch von Aarifs Zigarette und zugleich den Widerhall des Parfüms, das meine Schwester getragen hatte. Ihre Worte klangen noch in meinen Ohren.

Hamza Ali Al-Khateeb war am 29. April verschwunden – ein ganz gewöhnlicher Dreizehnjähriger, nicht besonders interessiert an Politik. Er war mit seiner Familie nach Dar'a gegangen, als alle gingen, in jenem langen Menschenzug, der versuchte, Nahrungsmittel in die belagerte Stadt zu bringen. Als das Militär und der Geheimdienst das Feuer eröffnet hatten und die Menschen auseinandergelaufen waren, hatte im allgemeinen Durcheinander niemand gewusst, wo Hamza abgeblieben war.

Eine der vielen konträren Quellen berichtete, Hamza sei zusammen mit 51 anderen Menschen von der Air Force Intelligence festgenommen worden, die für ihre Brutalität bekannt war und Mahir al-Assad direkt unterstand.

Am 25. Mai, beinahe einen Monat später, lieferte die Regierung Hamzas Körper bei der Familie ab. Sie brauchten ihn nicht mehr, sie hatten alles mit diesem Körper getan, was sie hatten tun können, und nun war er Abfall. Die Familie fotografierte und filmte ihn und veröffentlichte das Material.

Hamzas Körper war übersät mit Spuren von Zigaretten, die man darauf ausgedrückt hatte. Sein Penis war abgetrennt, dem Bericht im Netz zufolge waren beiden Kniescheiben und der Kiefer gebrochen. Die anderen Verletzungen entsprachen solchen, die entstehen, wenn Menschen mit einem Kabel ausgepeitscht und durch Elektroschocks gefoltert werden. Drei Schusswunden hatten sein wochenlanges Martyrium beendet.

Ich sah auf. Aarif stand am Fenster und rauchte stumm.

Dann sagte er: ›Es gibt schon jetzt eine Seite im Netz, dem Jungen zu Ehren. Ein virtueller Grabstein. Die ausländische Presse wird schreiben. Jetzt muss Amerika etwas tun.‹

Ich ging in das kleine Bad unten im Haus und übergab mich, aber ich hatte nichts im Magen als den Milchtee. Ummi fragte mich, was los sei. Ob ich krank sei.

›Ja‹, sagte ich. ›Wir sind alle krank.‹

Als ich in den Spiegel sah, war Nabil verschwunden. Stattdessen blickte mir ein Mädchen entgegen, das ich nicht kannte. Seine schwarzen Locken waren verklebt, und sein Gesicht sah aus wie das eines Vogels, spitz und knochig. Nur die Augen mit den hellen Punkten darin erinnerten an Nabil.

An diesem Tag erschien das Video von Hamzas totem Körper im Fernsehen auf Al Jazeera. Und im Anschluss die Massenproteste in ganz Syrien. Er war ein Symbol geworden – der kleine Junge, der den großen Assad doch noch zu Fall bringen würde. Der regimetreue Sender zeigte einen Arzt, der erklärte, alle Veränderungen an Hamzas Leiche seien nach dem Tod durch Prozesse der Verwesung entstanden und Hamza wäre bei den Schießereien vor Dar'a umgekommen. Es gäbe somit keinen Hinweis auf Folter von Kindern.

Wie dumm muss man sich anstellen, dachte ich, um sich nach dem Tod beide Kniescheiben zu brechen?

Ummi machte den Fernseher aus und ging in den Innenhof, um das Blau des Abends zu malen. Aber ich sah, dass sie heimlich weinte.

›Aarif‹, flüsterte ich. ›Wir müssen die Facebookseite zumachen.‹ Und ich erzählte ihm, noch immer flüsternd, vom Besuch meiner Schwester.

Aarif ballte seine Hand zur Faust und schlug gegen die Wand seiner Kammer. Dann löschte er die Seite, an der wir so lange gearbeitet hatten.

›Aber wir rufen nicht da an‹, flüsterte er. ›Wir verraten keinen.‹

›Denkst du, ich bin verrückt?‹, flüsterte ich. ›Natürlich nicht. Die echten Namen der Leute kennst sowieso nur du. Ich bin bloß das Kind, das hier an deinem Computer klebt.‹

›Nura‹, sagte Aarif. ›Du bist schon lange kein Kind mehr.‹

Das wäre der Moment gewesen, in dem man sich im Film geküsst hätte. Es war aber kein Film. Es war Damaskus. Wir küssten uns nicht. Stattdessen holte Aarif ein Stück Brot aus der Tasche und hielt es mir hin. Und ich zwang mich, es zu essen.

Es war dumm, sich zu Tode zu hungern, er hatte recht. Es half keinem, Nabil am allerwenigsten.

Zwei Tage später standen die Leute vom Geheimdienst vor der Tür.«

Nuri nahm ihr Glas und trank einen Schluck kalten Tee.

»Und dann?«, fragte Calvin.

Aber sie schüttelte den Kopf, stand auf und ging zur Balkontür. Hinter ihr fiel der Regen, grau und stetig.

»Aarif«, sagte Calvin. »Hast du ihn geküsst? Später? Ich meine, das ist unwichtig …«

»Nein«, sagte Nuri, mit dem Rücken zu ihm.

Er wusste nicht, ob sie meinte, dass es nicht unwichtig war oder dass sie ihn nicht geküsst hatte. Er wagte nicht, zu fragen.

Er dachte an zwanzig Fünf-Liter-Kanister Benzin in einer Laube und an einen Tag X, der in einem Reisebus auf der Rückfahrt von Rostock festgelegt worden war. Er war ursprünglich gekommen, um sie zu fragen, was er tun sollte. Der Geheimdienst würde die Kanister finden. Nein. Er begann, die Dinge durcheinanderzubringen: Erzählung und Realität, Vergangenheit und Gegenwart. Und sein Benzinlager war ein Witz, wenn man daran dachte, was auf der Welt geschah.

Er stand auf und ging zu ihr, stellte sich neben sie, vor den Regen. Sie war gar nicht da, ihr Kopf war in einem alten Haus, in dem es einen wunderschönen Innenhof voller bemalter Fliesen gab und Tauben vor den Fenstern und schreckliche Bilder auf einem Bildschirm.

»Gibt es denn gar nichts Schönes mehr zu erzählen?«, fragte er leise. »Wird alles nur immer schlimmer? Wenn das ein Film wäre, würde ich den Fernseher ausmachen.«

»Ja«, sagte Nuri. »Aber wenn es ein Film wäre, hätten wir uns ja auch geküsst.« Sie sah ihn an und lächelte. »Ich erzähle dir etwas Schönes, ja? Schließ deine Augen. Gib mir deine Hand.« Er folgte ihr zögernd durchs Zimmer, und sie sagte: »Wir sind dort, kannst du es fühlen? Wir gehen durch meine Stadt. Damaskus. Die Altstadt. Es riecht nach tausend Gewürzen. Und nach den Nachtblumen. Es ist sehr dunkel, man sieht fast nichts. Nur ein paar vereinzelte Lampen dort, wo jemand noch ein Buch liest, oder ein flackerndes Kerzenlicht, wo zwei sich lieben und sich dabei sehen wollen. Die Stadt ist beinahe still. Irgendwo fährt ein Auto, irgendwo surrt die Elektrizität durch Kabel, die gefährlich frei hängen. Aber die Elektrizität ist nur dazu da, Licht zu machen, Wasser zu wärmen, Laptops und Handys zu laden. Nicht mehr dazu, zu foltern. Es ist Frieden. Hörst du die Zikaden? Siehst du die Sterne? In einem der alten Suqs, der überdachten Märkte, ist immer ein Sternenhimmel zu sehen, selbst tagsüber. Das sind die Einschusslöcher eines anderen Kriegs, aus der Zeit der französischen Besatzung … Aber wir wollen nicht über Kriege sprechen. Alle Kriege sind vorüber.« Sie führte ihn die Gasse entlang, und er vertraute ihrer Hand und ließ sich führen. »Wir werden das tun, weißt du?«, flüsterte sie. »Wir werden wirklich durch diese Gassen gehen. Zusammen. In ein paar Jahren. Und es wird genauso sein wie jetzt. Noch besser.«

»Aber … Nabil«, sagte Calvin. »Bitte, Nuri … sag mir, dass er da sein wird, wenn wir durch Damaskus gehen. Sag mir, dass es ihm gut geht.«

»Oh, ich weiß, dass es ihm gut geht«, flüsterte Nuri. »Er ist dort.«

»In Damaskus?«

»Ja.«

»Aber es ist noch immer Krieg, wie kann es ihm gut gehen?«

»Auch der Krieg hat Nischen«, sagte Nuri. »Aber einer guten Geschichte soll man nicht vorgreifen. Und jetzt ist es Jahre später. Hörst du die Tauben da oben in der Dachrinne? Sie haben den Krieg schon vergessen. Du hast dich von all diesen Freunden losgesagt, du darfst jetzt jemand anders sein …« Und weil es Jahre später war, küssten sie sich mitten in Damaskus, im Frieden, im Geruch der Nachtblumen.

Als Calvin die Augen öffnete, standen sie in Frau Silbermanns Flur.

»Nuri«, flüsterte er. »Ich habe mich nicht von ihnen … wie hast du das genannt? Losgesagt. Es ist nicht so einfach. Und ich muss dich etwas fragen. Ich … ich sitze auf zwanzig Kanistern mit Benzin und auf einem Lageplan. Der Plan ist frei erfunden, es ist ein Plan vom Asylantenheim und seinen Fenstern und Türen und Notausgängen. Ich habe natürlich keine Ahnung, wo die wirklich sind. Aber das Benzin brennt sehr gut. Die Jungs warten auf den Tag X.«

Nuri ließ ihn los und trat einen Schritt zurück. »Bitte?«

»Das Zeug lagert in einer Laube vor der Stadt.«

Sie starrte ihn an. Die hellen Flecken in ihren Augen schienen zu zittern.

»Bist du denn völlig wahnsinnig?«, flüsterte sie.

Er nickte. »Wir sind alle wahnsinnig, glaube ich. Nuri, wir müssen eine Lösung finden. Sie haben mich gedrängt, den Tag festzulegen, an dem wir losschlagen. Morgen ist Sommersonnenwende, mit Feuer und allem Drum und Dran, das ist bei uns eine ziemliche Feierei. Das ist der Einundzwanzigste. Am Dreiundzwanzigsten ist X. Bis dahin muss etwas passieren.«

»Du … du hast allen Ernstes vorgehabt, das Heim anzuzünden?«

»Nein!« Calvin merkte, dass er zu laut geworden war. Er hätte gerne gegen irgendetwas geschlagen. »Ich hatte nie vor, irgendwas anzuzünden! Ich wollte nur … Ich musste doch irgendwas tun! Den Jungs irgendwas bieten, was sie interessant finden, um sie abzulenken. Sie haben uns mal zusammen gesehen, und ich musste … Ich habe einfach versucht, Zeit zu gewinnen, verstehst du?«

»Indem du Benzinkanister gestapelt hast.«

»Ja.«

Nuri zog ihn zurück in den Warteraum und ließ sich aufs Sofa fallen.

»Du musst dieses Benzinlager auffliegen lassen. Die Polizei anrufen. Diesen Sicherheitsdienst, der das Heim überwacht. Ich weiß nicht, wen noch.«

»Nein.« Er schüttelte den Kopf. »Auffliegen lassen ist nicht drin. Das sind immer noch meine Freunde.«

»Das sind keine Freunde«, sagte Nuri kalt. »Das sind Leute, die Blut sehen wollen.«

»Quatsch. Sie wollen niemandem schaden. Sie wollen nur ein paar Flammen. Ein Feuerwerk. Lärm. Das ist alles.«

Nuri schüttelte den Kopf. »Hörst du eigentlich, was du da für einen Unsinn redest? Was stellst du dir denn vor? Dass wir den Anschlag zusammen planen und ich vorher das Asylantenheim evakuiere?«

Calvin trat mit einem Fuß gegen das Sofa. »Und wenn? Wenn ich mir genau das vorstelle? Wer sagt denn, dass das nicht geht? Hast du eine bessere Lösung?«

Sie sprang auf, und ihre Augen blitzten jetzt. »Idiot«, zischte sie. »Das ist kein Spiel! Weißt du, wie viele Leute das sind? Weißt du, wie viele Sprachen sie sprechen? Glaubst du, die würden alle auf mich hören? Das ist … das ist völlig …«

Calvin zwang sich, tief durchzuatmen. »Ich will nicht mit dir streiten. Es ist alles nicht so einfach.«

Nuri schloss die Augen und presste ihre Zeigefinger an die Schläfen.

»Okay, das Benzin verschwindet«, sagte sie dann. »Es kommt vor, dass Leute Benzin klauen. Die erste Frage ist: Wie kommen wir in die Laube?«

»Ich habe den Schlüssel. Von Cindy.«

»Zweite Frage: Wie holen wir das Benzin?«

Calvin schluckte. »Frau Silbermann hat ein Auto. Ich kann fahren. Ich meine, ich hab keine Fahrerlaubnis, aber ich kann fahren. Morgen geht nicht, wegen der Feier, da muss ich noch hin, bevor ich … ihnen irgendwie sage, dass ich raus bin. Übermorgen geht.«

Nuri nickte. »Ich frag sie, ob wir das Auto kriegen.«

»Aber erzähl ihr nicht, was wir damit machen, ja?«

»Nein«, sagte Nuri. Und dann: »Scheiße.«

Er zog sie vom Sofa hoch, und einen Moment lang stand sie wieder ganz dicht vor ihm. Aber die Schatten waren jetzt irgendwo im Raum.

»Nachts in Damaskus war es schöner mit dir«, flüsterte Nuri.

In diesem Augenblick hörten sie jemanden die Treppe heraufkommen. Frau Silbermann.

»Ich denke, ich sollte jetzt gehen«, sagte Calvin.

»Er steigt aus«, sagte Nuri, als die Haustür sich hinter Calvin schloss.

Frau Silbermann nickte langsam. Nuri hatte das seltsame Gefühl, dass sie schon länger da war und ihr Gespräch gehört hatte. Vermutlich bildete sie sich das ein. Und als sie fragte, ob sie das Auto in zwei Tagen leihen könnten, sagte Frau Silbermann Ja.

Alles war gut.

Sommersonnenwende.

Ein Wendepunkt.

Das Feuer war riesig. Draußen, auf den Wiesen vor der Stadt.

Er sah es schon von Weitem. Und als er den Pfad zwischen den hohen Gräsern und Stauden entlangging, auf das Feuer zu, hatte er auf einmal das Gefühl, dass alles sich irgendwie lösen würde.

»Wann sagst du ihnen, dass du aussteigst?«, hatte Nuri gefragt, flüsternd, am Telefon. »Wann?«

Er hatte keine Antwort für sie gehabt.

Er hatte Jason und Kimberley das Feuer organisieren lassen, und sie waren glücklich gewesen, Verantwortung zu übernehmen. Für etwas, das keine weiterreichenden Konsequenzen hatte, natürlich. Sie waren sich alle sehr sicher, dass sie die Gruppe nicht führen wollten, er hatte vorsichtig herumgefragt. Was wäre, wenn? Wenn ich auch weggehen würde, wie Pascal?

»Aber es ist ja keine Kindergartengruppe, die du zurücklässt«, hatte Nuri gesagt.

Sie hatten sich ganz kurz gesehen, am Morgen, vor der Berufsschule, sie hatten sich an einer Ecke in Frau Silbermanns Viertel getroffen.

»Es geht nicht darum, sie so zu verlassen, dass möglichst alle glücklich sind. Es geht darum, dass du sie daran hinderst, etwas Schreckliches zu tun.«

»Es geht darum, dass ich sie eben doch als Kindergartengruppe zurücklasse«, hatte er geantwortet. »Wir holen das Benzin raus, und sie werden einen Schreck bekommen, weil sie denken werden, dass die Sache aufgeflogen ist. Und sie werden weiter sinnlose Patrouillen organisieren und mehr nicht.«

Und dann hatten sie sich umarmt, unter den weißen Blüten einer Robinie.

»Morgen Abend«, hatte sie geflüstert.

Und er war zu seinem Praktikum gefahren, um sinnlos Metallstücke aneinanderzuschweißen, in einem Betrieb, der ihm doch nie eine Lehrstelle geben würde.

Da war Tau auf den hohen Stauden, durch die er auf das Feuer zuging. Er streifte sie mit der Hand, spürte die kühle Feuchte der Tropfen. Alles war in Ordnung.

Um das Feuer herum gab es in einigem Abstand einen Ring aus brennenden Fackeln, die ihre Gluttropfen in den Nachthimmel schickten wie geheime Botschaften. Es war schön. Am Ende der Wiese, hinter dem Feuer, begann der Wald.

Als er aus der Dunkelheit trat, hinein in den Geruch nach Grillfleisch und den Singsang der Stimmen, begleitet von der Musik aus einem Gettoblaster, da ging er sehr aufrecht. Er war ihr Anführer – heute zum letzten Mal. Noch einen Abend lang. Dann würde er es ihnen sagen.

Sie waren alle da, alle Jungs aus dem Viertel und noch eine Menge mehr. Er fand den harten Kern der Clique hinter den Flammen, und dort, zwischen Kimberley und Jason, saß Pascal.

Calvin blieb stehen.

Einen Moment nahm er einfach das Bild in sich auf: Pascal, auf dessen Gesicht das rötliche Licht des Feuers spielte, und die anderen, mit denen er lachte wie in alten Zeiten.

Das war Deutschland. Das war sein Deutschland. Die Geborgenheit am Feuer, die Lieder, die Freundschaft der Menschen dort und das große, grüne Wilde, Heroische, in dessen Mitte sie saßen.

Das war sein Deutschland.

Gewesen.

Er wusste jetzt, dass es eine Seifenblase war und dass sie platzen würde. Jenseits des Feuers war nichts Heroisches, dort waren die anderen, die bekämpft werden mussten, bis aufs Blut, nur deshalb, weil sie anders waren. Wenn einer von ihnen jetzt hier wäre und ans Feuer treten würde – Nuri, Aarif, Yassir, Nabil, all die Helden seiner Albträume –, dann hätten sich die am Feuer in Tiere verwandelt und ihre Zähne gezeigt.

Pascal stand auf, als er Calvin sah, und schüttelte ihm die Hand, und er schob die Gedanken an Zähne und Tiere fort. Pascals Händedruck fühlte sich gut an.

»Du bist wieder da«, sagte Calvin.

»Sieht so aus.«

»Auf Freigang?«, fragte Calvin und lachte. »Wie lange bleibst du?«

»Für immer«, sagte Pascal grimmig. »Sie haben mich gefeuert. In der Probezeit einen Fehler gemacht – aus, Ende, danke schön.«

»Oh, Scheiße«, sagte Calvin. Er nahm sich ein Bier aus der Kiste, öffnete es mit einer anderen Flasche, und eine Weile tranken sie nur und sahen in die Flammen. Pascal und Calvin standen als Einzige, alle anderen saßen im Gras. Er dachte wieder an damals, als er fünf Jahre alt gewesen war und Pascal sieben und jemand ihn von dem alten Klettergerüst hinter den Wohnblocks gestoßen hatte, irgendein größerer Junge. Wie Pascal ihm hochgeholfen und dem anderen gedroht hatte, ihn zu verprügeln, wenn er Calvin noch einmal schubste.

Vielleicht würde Pascal sogar die Sache mit Nuri verstehen. Er musste nur allein mit ihm reden. Er würde ihm erklären, dass er die Clique verließ, und alles würde sich regeln lassen.

»Was war denn?«, fragte Calvin vorsichtig.

Pascal zuckte die Schultern. »Hab mich provozieren lassen. Du darfst ja nicht sagen, was du denkst, in diesem Land. Vor allem nicht im Westen.« Er trat mit dem Fuß gegen eine leere Steakpackung, die wenig Widerstand bot, schien sich darüber zu ärgern und trat noch einmal zu und noch einmal, bis er die Packung in Gras und Erde hineingetreten hatte. Calvin ballte die Fäuste; er konnte Pascals Wut mitfühlen. Es war seine Chance gewesen, die Werften hier machten alle dicht.

»Was hast du denn gesagt?«, fragte Jason und stand ebenfalls auf, und wie auf ein Zeichen standen auch die anderen auf, die ganze Clique umringte Pascal. Selbst Rudolf Heß erhob sich und wedelte mit dem Schwanz.

»Der Typ, der mich eingearbeitet hat, war ein Kanake«, sagte Pascal und zuckte die Schultern. »Das hab ich gesagt. Mehr nicht. In der Pause, zu irgendjemand anderem. Und dann kam der Kanake direkt an und wollte wissen, ob ich was gegen Ausländer hab.« Er zuckte die Schultern und sah ins Feuer. »Ich hab gesagt, ich will nicht über Politik reden, aber von da an konnt ich dem Kanaken nichts recht machen auf Arbeit, an allem hatte er was zu meckern. Na ja. Hat ein Mal zu viel gemeckert. Irgendwann hatte er meine Faust im Gesicht. Er hat nicht mal zurückgeschlagen, der Feigling, er ist mich verpetzen gegangen wie ein Schulkind, und das war's.«

»Hört sich an wie was, was mir passieren würde«, sagte Calvin. »Ich dachte, du bleibst ruhig bei so was.«

Pascal zuckte wieder mit den Schultern. »Dachte ich auch«, knurrte er.

»Calvin hat sich inzwischen mit dem Bürgermeister geprügelt«, meinte Melli und stieß ihn an.

»Mit dem Bürgermeister?«, wiederholte Pascal. Er begann langsam, zu grinsen, als rettete diese Tatsache sein Ego zumindest für den Abend.

»Ja, aber jetzt macht er Pläne. Tag X. Übermorgen, Pascal … übermorgen steigt im Viertel 'ne Party.«

»Wird ziemlich heiß«, sagte Kevin, und sie lachten alle.

»Calvin mutiert nämlich jetzt zum Denker«, sagte Jason und zuckte die Schultern. »Wolf war schon leicht angenervt von seinen Plänen. Und für Cindy hat er keine Zeit mehr. Demnächst kauft er sich 'ne Brille.«

Calvin spürte, wie Pascal ihn musterte. »Ich brauch mich nicht dafür zu entschuldigen, wenn ich denke«, sagte er leise, aber bestimmt. »Das Land braucht Denker.«

Er fragte sich, ob Pascal in ihn hineinsehen konnte, bis auf den Grund seiner Seele, wo irgendwo die Olivenbäume am Orontes Wurzeln geschlagen hatten, die Bäume, in denen sich ein schwarzhaariges Mädchen verbarg und all seinen Worten lauschte. Schließlich steckte Pascal sich eine Zigarette an und hielt Calvin das Päckchen hin, und Calvin nahm eine.

»Lass uns ein Stück gehen«, sagte er. »Ich würde gerne ein paar Sachen mit dir bereden.«

Pascal nickte. Sie verließen das Feuer und gingen auf den Waldrand zu, und eine Weile taten sie nichts, als nebeneinander herzugehen und zu rauchen. Schließlich warf Pascal seine Kippe auf den Boden und trat sie aus, zerstörte sie mit der Spitze seines weißen Turnschuhs wie zuvor die Steakpackung. Zum ersten Mal fiel Calvin auf, dass Pascal nie Springerstiefel besessen hatte. Auch Wolf vermutlich nicht. Nur er selbst spielte Bilderbuch-Nazi. Er liebte seine Stiefel noch immer, obwohl es ihm kindisch vorkam.

Sie waren beim Waldrand angekommen, und Calvin brach einen Ast ab und begann, die Blätter abzureißen. »Wenn du jetzt wieder da bist«, sagte er. »Übernimmst du wieder? Die Clique?«

»Ich weiß nicht«, sagte Pascal. »Schau dir an, wie viele Leute am Feuer sitzen. Wir werden immer mehr. Eines Tages überrennen wir Deutschland einfach … Ich dachte, wir könnten die Gruppen teilen. Du eine, ich eine. Aber es klappt nicht, hm? Mit dir und den Jungs? Irgendwas ist komisch.«

»Pascal … manchmal passieren Dinge, die … ich hab … privat ziemlich Stress zurzeit.«

»Cindy?«

»Ja. Auch.« Er riss noch einen Ast ab, er hätte den ganzen verdammten Waldrand von seiner Rinde befreit, wenn er es dann geschafft hätte, ehrlich mit Pascal zu reden. Aber auf einmal war es zu schwer. »Hast du eigentlich ein Mädchen? Zurzeit?«

Pascal schnaubte. »Ich hatte immer zu viele andere Sachen zu tun. Unschöne Sachen. Ich will da kein Mädchen mit reinziehen. Anführer haben keine Mädchen.«

»Eva Braun?«

»Hat Hitler erst in letzter Minute geheiratet. Aber … ist das das Problem? Mit Cindy? Dass du kein Mädchen brauchen kannst, das an dir dranhängt?«

Calvin zerbrach den zweiten Ast in sehr viele kleine Stücke.

Nein, Pascal, das ist nicht das Problem. Ich gehe weg. Ich bin nicht mehr Teil dieser gemeinsamen Sache. Ich habe Dinge gesehen, die die Jungs nicht gesehen haben und nie sehen werden und du auch nicht. Weintraubenfelder und verletzte Kinder und gekachelte Innenhöfe und die Leiche eines Jungen.

Ich war dort.

»Was denkst du über Syrien?«, fragte er unvermittelt.

»Über was?«, fragte Pascal zurück.

»Syrien. Das Land. Wir haben Leute von da. Sie fliehen. Sie …«

In diesem Moment schrie jemand vom Feuer her und winkte. Pascal fluchte, jetzt winkten mehrere Leute, es schien etwas passiert zu sein. Calvin fluchte ebenfalls. Er war so nahe daran gewesen, mit Pascal zu reden. Wirklich zu reden.

Sie setzten sich beide gleichzeitig in Bewegung und rannten über die Wiese zurück.

Und dort, neben dem Feuer, das höher und höher in den Himmel aufloderte, standen André und Cindy. Es war Calvin nicht einmal aufgefallen, dass André vorher gefehlt hatte, weil er so selten etwas sagte. Cindy war sehr blass und außer Atem.

»Irgendwas ist los«, sagte Kevin. »Mit der Laube. Die sind mit den Rädern da, sind wohl echt gerast …«

André nickte ein paarmal und verschränkte die Arme. Er sah Calvin an. Dann sah er Pascal an. Und dann sagte er: »Gut, dass du hier bist. Sehr gut. Ich war bei der Laube, wegen Biernachschub. Da stand noch 'n Kasten. Und ich bin da hin, hab nichts geahnt …« Er kniff die Augen leicht zusammen. »Oder vielleicht hab ich was geahnt. Jedenfalls seit ich eine heulende Cindy bei mir vor der Tür stehen hatte, die ich trösten musste. Nach Rostock. Weil der große Herr Anführer eine Beziehungspause braucht.«

Er legte so viel ätzende Säure in seine Stimme, wie er konnte, und Calvin war weniger erschrocken als erstaunt, weil er das von André nicht erwartet hatte. André war immer so still gewesen.

Jetzt legte er einen Arm um Cindy, aber Cindy schüttelte seinen Arm ab. Auch sie sah Calvin an. Ihr Blick unter den langen, getuschten Wimpern war seltsam. Gleichzeitig verwundet und so klar wie nie zuvor.

»Vor der Laube stehen zwei Polizeiautos«, sagte André nüchtern. »Die Tür ist aufgebrochen, und überall kriechen Bullen rum. Ich hab Cindy da gefunden, sie war wohl kurz vor mir angekommen. Sie haben uns nicht gesehen. Wir sind dann direkt hierher.«

»Die haben einen Tipp gekriegt«, sagte Cindy leise. »Die wussten, was sie da finden.«

»Da liegen auch noch Flugblätter rum und Kram«, sagte André. »Eine Menge sogenannter verbotener Symbole, Fahnen und was weiß ich. Gut, dass wir heute Abend alle hier sind und niemand in der Laube ist. Das Nachspiel wird schlimm genug. Jemand hat uns verraten.«

Er sah in die Runde – und dann zu Calvin.

Auch Pascal sah jetzt Calvin an.

Alle sahen Calvin an.

Er hob die Hände und trat einen Schritt zurück. »Was glotzt ihr so?«, fragte er. »Ich habe ganz bestimmt niemanden verraten. Ich wäre ja blöd, wenn ich meinen eigenen Plan auffliegen lasse! Zwei Tage vor unserem Tag X!«

Die meisten Gespräche am Feuer waren jetzt verstummt, die Biertrinker und Grillfleischesser sahen mit großen Augen zu Pascal und Calvin und ihren Leuten hinüber.

»Wie kommst du gerade auf Calvin?«, fragte Pascal langsam.

»Wie gesagt … ich habe was geahnt.« André zuckte die Schultern. »Und dann ist er heute Morgen in die falsche Richtung gefahren. Mit dem Rad. Ich bin ihm nach. Hast du leider nicht gemerkt, Calvin … Du hattest es zu eilig …« Er schenkte Calvin ein mitleidiges Lächeln. Auch dieses Lächeln hätte Calvin André nie zugetraut. »Er ist ins Reiche-Leute-Viertel gefahren, draußen. Und dann hält er da an einer Ecke unter so einem Baum, und wer hält noch? Ein Mädchen, das wir kennen. Wolf hat uns schon mal ein Foto von ihr geschickt. Aber wir haben uns von Calvin Geschichten erzählen lassen.«

Er holte sein Handy heraus, tippte etwas und hielt das Display der Clique entgegen. Man sah wenig auf dem Foto. Zwei verschwommene Gestalten. Eine hatte eindeutig blondes Haar und trug einen schwarzen Kapuzenpullover, die andere hatte schwarze Locken. Sie standen unter einem ebenso verschwommenen Baum voller weißer, verschwommener Blüten.

Es sah aus, als umarmten sie sich.

»Guck an!«, sagte Jason. »Die Braut aus dem Asylantenheim. Mit der du *nur mal gesprochen* hast, um sie auszuhorchen. Du Scheißverräter. Verpfeifst uns an die Bullen.«

»Meine Mutter haben sie aus dem Schlaf geklingelt«, sagte Cindy. »Die hat gerade angerufen, die weiß gar nicht, was sie machen soll. Die Laube gehört ja ihr. Sie hat geheult, am Telefon.«

»Das tut mir leid«, sagte Calvin. Es gab nichts anderes zu sagen. Doch: »Ich habe euch die Bullen nicht auf den Hals gehetzt. Das ist nicht wahr.«

»Das nicht, aber das andere schon, oder wie?«, fragte Pascal.

Calvin nickte. Und dann, sehr verspätet, machte er zwei Schritte zurück.

»Dinge passieren«, sagte er. »Scheiße, Leute verknallen sich. Ist so. Ich wollte euch sowieso sagen, dass ich hier rauswill. Jetzt habt ihr ja Pascal wieder. Ich gehe. Ich glaube …« Er sah sich im Kreis der anderen um, die alle mit verschränkten Armen dastanden. »Ich glaube, es wäre besser, ich gehe *jetzt*.«

»Das wäre eine wirklich gute Idee«, sagte Pascal. »Es wäre vor *zwei Stunden* eine wirklich gute Idee gewesen, weißt du? Fuck, Calvin. Seit wir klein waren, waren wir …«

»Ja«, sagte Calvin, eilig jetzt. »Tut mir leid. Leute gehen unterschiedliche Wege. Ich hab mit der ganzen Deutschlandsache nichts mehr zu tun. Aber ich habe niemanden verpfiffen.«

Pascal schüttelte den Kopf, es war, als hätte er ihn gar nicht gehört. »Dass du deine eigenen Leute an die Bullen verrätst … an diesen korrupten, kranken Staat … und *dann* noch hierherkommst und tust, als wäre alles in Ordnung, das ist … das ist ziemlich …« Er schien nach Worten zu suchen. Und dann fand er eines. »Das ist ziemlich *blöd*, weißt du?«

Er machte einen Schritt auf ihn zu, und Calvin machte einen Schritt rückwärts. Pascals Augen waren noch nie so blau und so kalt gewesen. Da war auch keine Enttäuschung mehr in ihnen. Nur die Wut war geblieben, und sie vermischte sich mit der Wut über die verlorene Lehrstelle im Westen.

Und dann drehte Calvin sich um und rannte. Quer über die Wiese, auf den Wald zu. Feigling, dachte er, ich bin ein Feigling. Gleichzeitig wusste er, dass er viel früher hätte rennen müssen. Er hörte die anderen hinter sich. Er musste den Wald erreichen.

Der Wald war schwarz und bot Schutz.

Im Augenwinkel glaubte er hinter sich die Schatten von riesigen Flügeln zu sehen. Er tauchte mit einem letzten Satz zwischen die Bäume, rannte weiter und merkte, wie ihre Äste nach ihm griffen – und dann stolperte er in der Dunkelheit über eine Wurzel und fiel. Noch bevor er am Boden aufkam, begriff er, dass der Wald keine Rettung war. Er war eine Falle.

Er schaffte es, sich auf den Rücken zu rollen, und sah zu einer Gestalt auf, die er im Dunkeln kaum erkannte.

»Pascal?«, hörte er sich selbst fragen, keuchend.

»Sieht so aus«, sagte Pascal. »Kevin? Die Lampe.«

Und dann blendete das Licht Calvin, er sah nichts mehr, legte eine Hand vor die Augen und versuchte, aufzustehen.

Aber sie ließen ihn nicht so weit kommen.

Der erste Schlag, der aus der gleißenden Helligkeit kam, traf ihn mit solcher Wucht ins Gesicht, dass die Welt um ihn herum von Weiß auf Schwarz umschaltete, er spürte, wie sein Nasenbein wieder brach. Er hatte vergessen, wie weh es tat. Da war nichts als der Schmerz; der Schmerz war das Zentrum, um das alles sich drehte. Sie beschrieben ihn immer alle als hellrot und grell, aber der Schmerz hatte keine Farbe, er war zu sehr Schmerz, um Zeit für eine Farbe zu haben. Calvin hasste das Gefühl, dass ihm die Tränen in die Augen traten, denn sie sahen es, natürlich, im Licht der Taschenlampe.

»Tut mir leid«, hörte er Pascal sagen. »Wegen damals. Wegen dem Sandkasten. Aber du bist jetzt ein anderer. Antideutsch. Jungs?«

»Mit Vergnügen«, sagte Kevin und schien die Taschenlampe weiterzugeben, und dann landete seine Faust in Calvins Magen, und er rollte sich reflexartig zusammen und übergab sich. Danach prasselten die Schläge nur so auf ihn nieder, eine Stiefelspitze stieß ihn seitwärts in Erbrochenes, das sich sauer und feucht an sein Gesicht presste, und er würgte auch den letzten Inhalt seines Magens hoch. Um ihn war ein Kokon aus Schmerz.

»Für den Führer«, hörte er Jason sagen, und er schaffte es, eine Antwort zu keuchen, gurgelnd und plötzlich rebellisch. Es gab nichts zu verlieren.

»Für den … Führer? Aber der lebt doch gar nicht mehr. Hat wohl nicht ganz geklappt damals mit seinen Ideen …«

Jemand griff nach ihm, rollte ihn herum und zog ihn hoch, und er blickte noch einmal in Pascals Gesicht.

»Schau dich an«, sagte Pascal. »Ekelhaft. Melli? Kannst du ihm mal die Kotze aus dem Gesicht wischen? Ich kann so nicht mit ihm reden, da wird einem ja schlecht.«

Calvin sah Melli kurz im Licht auftauchen, sah ein Taschentuch, sah, dass auch sie mit der Übelkeit kämpfte. Aber eines sah er nicht in ihrem Gesicht: Mitleid.

»Wenn du damals gelebt hättest, weißt du«, sagte Pascal. »Ein Vaterlandsverräter. Sie hätten dich erschossen. Was dachtest du denn, was wir mit dir machen?«

»Keine … Ahnung. Mich höflich nach Hause geleiten?« Er konnte sich nicht einmal auf den Füßen halten, Pascal hielt ihn, und natürlich war es dumm, blöde Antworten zu geben.

»Nach Hause. Das werden wir tun«, sagte Pascal. Er zog Calvin noch näher zu sich heran. »Wie heißt die Kleine mit vollem Namen? In welchem Block wohnt sie?«

»Das … geht euch einen Scheiß an«, flüsterte Calvin.

»Es wird weniger wehtun, wenn du es uns sagst«, meinte Pascal liebenswürdig.

Calvin schüttelte nur den Kopf und presste die blutenden Lippen aufeinander, und Pascal zuckte bedauernd die Achseln. Dann kam aus der Helligkeit ein weiterer Faustschlag, der die ohnehin zerstörte Augenbraue traf.

»Dieses Mädchen hat dich verhext«, zischte Pascal, der ihn immer noch hielt, damit er nicht wegsacken konnte. »Es ist ein Plan. Sie verführen die deutschen Männer, lassen sich von denen vögeln und setzen Kinder in die Welt, die halbblütig sind und die man nicht mehr aus dem Land werfen kann. Calvin …« Er klang jetzt sanft. »Wir können dich nicht laufen lassen, das verstehst du doch. Wir müssen ein abschreckendes Beispiel schaffen. Wir bringen dich nach Hause, aber es wird dort etwas … dunkel sein, fürchte ich. Das hier war erst der Anfang.«

Er dachte an Kamal und die Garage und dass das alles sehr anders gewesen war. Kamal hatte ihm eine Lektion erteilen wollen, ihm wehtun wollen – und gehen. Das hier war anders.

Da war eine Flasche in jemandes Hand, er sah sie kurz im Licht glänzen, eine Schnapsflasche. Ziemlich voll. Die Hand, die sie hielt, gehörte keinem der Jungs. Sie gehörte Kimberley. Jasons Mädchen. Wusste sie denn nicht, was es bedeutete, zu lieben?

Calvin machte einen verzweifelten Versuch, sich wegzuducken, aber die Flasche traf ihn an der Schläfe, und er tauchte kurz in eine kühle Bewusstlosigkeit. Als er zu sich kam, lag er wieder auf der Erde, über sich die Gesichter der Clique, die im Licht wie Masken wirkten, verzerrt. Die schwarzen Flügel waren jetzt überall.

Und dann dachte er an Hamza. Hamza war dreizehn gewesen. Er hatte sich nicht wehren können.

Er selbst war achtzehn und stark, und er konnte sich wehren.

Er riss sich noch einmal zusammen, kam hoch und schlug um sich, ohne Ziel oder Sinn, er besaß die gleiche Wut wie sie. Er war kein Opfer. Er war ein Täter. Er rammte jemandem eine Faust in die Magengrube, er schloss seine Zähne um jemandes Arm, unfair kämpfen war die einzige Chance … Er gab alles.

Aber es war nur ein kurzes Aufbäumen. Der Waldboden war sein Freund, er war ihm schon wieder zu nah. Sie hielten ihn jetzt zu zweit fest. Er hörte, wie die Flasche seinen Arm brach, das Geräusch der brechenden Knochen war so nah, als befände es sich in seinem Kopf, und dann brach auch etwas näher an seinem Ohr, er sah nichts mehr, Blut lief ihm in die Augen, sein Mund war voll mit Blut, das Zeug war überall, er hustete und spuckte, und er spürte, dass er heulte wie ein kleines Kind.

Er hörte sich etwas sagen, er hörte sich flehen. »Bitte. Bitte nicht.« Man verstand es nicht mehr.

Da war Cindys Stimme, sehr weit entfernt. »Nein!«, sagte sie. »Hört auf!«

»Bisschen spät für die Bedenken«, sagte Pascal.

Und er hoffte, er hoffte wirklich, dass jetzt alles endgültig vorbei war. Aber es war nicht vorbei. Sie ließen ihn nicht weg. Sie taten etwas mit seinem Kopf, da war etwas Kaltes. Eine Rasierklinge.

»Die Rasur hatte er dringend nötig«, sagte Pascal. »Egal, wie sie ihn finden, er war einer von uns.« Er gab Calvins Kopf einen letzten Tritt, ehe er ging.

»Mach's gut, Junge. Auf damals. Prost.«

Und endlich also doch: Schwarz.

Er lag sehr lange im Schwarz.

Die Flügel rauschten nicht mehr. Vielleicht, weil er nichts mehr hörte.

Er hatte einen Namen auf den Lippen, Worte, aber er konnte sie nicht aussprechen, weil sein Kiefer sich nicht bewegen ließ.

Aber er wollte etwas sagen, einen letzten Satz, wenigstens das.

Und schließlich flüsterte er, unverständlich, ertrinkend in dem Roten, Dickflüssigen: »Nuri. Ich hab's gemacht, ich bin … ausgestiegen. Ist … super gelaufen.«

Dann schloss er die Augen und ließ sich fallen.

Keine Auszeit.

Das Feuer auf der Wiese ist heruntergebrannt, nur noch eine in den Boden getretene Steakpackung zeugt davon, dass hier jemand gegrillt hat. Sie haben alles mitgenommen, alles aufgeräumt, jede Flasche, jede Scherbe. So sind sie. Gute deutsche Bürger.

Obwohl – doch, da sind noch ein paar Reste. Als hätten sie das Feuer irgendwie übereilt verlassen.

Er findet den Körper im Wald, auf der Seite, zusammengekrümmt und reglos.

Er hätte viel früher da sein müssen. Seine Finger drücken das Handy ans Ohr. Und er spricht. Und legt auf. Und übergibt sich.

»Oh verdammt«, hört er sich wispern. »Das ist meine Schuld. Aber das wirst du nie mehr erfahren. Frau Silbermann hat mich angerufen, und ich bin dir nach und habe rausgefunden, wo die Laube ist … Die Polizei hat das ganze Nest ausgehoben, Benzin und Propagandamaterial und alles. Und dann kam die SMS von Nuri, dass du ihr nicht antwortest und dass sie sich Sorgen macht, und ich wollte nicht hier rausfahren, wirklich nicht, aber ihr zuliebe … Marwan wäre mitgekommen, aber er hat Dienst … Shit, Shit, Shit. Sie haben gedacht, du warst das mit der Polizei, oder? Hey, hörst du das? Nein, hörst du nicht. Sie sind da … Hier!« Und, lauter, viel lauter: »Wir sind hier!«

Der Wald war auf einmal voller Licht und reflektierender Kleidung.

»Wir haben fast zeitgleich zwei Anrufe bekommen«, sagte einer der Sanis kopfschüttelnd. »Das andere war ein Mädchen. Wollte ihren Namen nicht nennen.«

»Nuri?«, fragte Tim. Hatte sie doch selbst angerufen, auf Verdacht? »Hatte sie einen Akzent?«

Der Sani schüttelte den Kopf. »Höchstens einen pommerschen. Die klang durch und durch deutsch.«

Eine von ihnen? Tim zuckte die Schultern. Die Sanis hievten den Körper jetzt auf die Trage, er gab seine Personalien zu Protokoll, eilig. Er musste los. Frau Silbermann wartete. Alya wartete, Marwan wartete, sie alle warteten auf seinen Anruf.

Auch Nuri wartete. Ihm wurde wieder schlecht, wenn er daran dachte, dass er es ihr sagen musste.

Keine Auszeit.

Internetsuche
Deutscher Freiheitskampf Neonazis
Amnesty Bericht Syrien
Beate Zschäpe / NSU

10

Wer leben will, der kämpfe also! Und wer nicht streiten will in dieser Welt des ewigen Ringens, verdient das Leben nicht.
(Adolf Hitler, Mein Kampf)

In Öl gebackene Auberginen von der Schale befreien und pürieren. Tahin, Salz, Zitronensaft und Gewürze hinzufügen, Joghurt mit Knoblauch vermischen und zuletzt unterheben.
Mit Oliven und Paprikapulver dekorieren.
(Kampf-Alternative aus Syrien)

Nuris Telefon meldete sich um kurz nach zwei Uhr nachts. Sie fuhr hoch, tastete in der Dunkelheit nach dem Handy und schlich sich aus dem Raum, in dem sie alle gemeinsam auf ihren Matratzen schliefen.

»Tim hat ihn gefunden«, sagte Frau Silbermann ohne Einleitung.

»Gefunden«, wiederholte Nuri. Sie hörte, wie hohl und leer ihre Stimme klang. Sie dachte an Yassir, sie dachte an Nabil, sie dachte an Aarif. Sie ballte die Fäuste, sodass sich die Nägel schmerzhaft ins Fleisch ihrer Handflächen gruben. Es lag an ihr. Sie brachte das Unglück mit. Die schwarzen Flügel. Zu jedem.

»Nein«, flüsterte sie. »Es kann nicht immer meine Schuld sein …«

»Natürlich nicht«, sagte Frau Silbermann. »Sie hätten ihn sowieso irgendwann fertiggemacht, auch ohne dich, weil er zu viel gedacht hat. Tim hat die Sanitäter geholt. Willst du mit Tim reden?«

»Mit Tim reden. Nein«, sagte Nuri, aber Frau Silbermann hörte es nicht mehr, weil sie Tim das Telefon gegeben hatte.

»Hey«, sagte er. »Nuri. Ich war zu spät. Tut mir leid.«

»Zu spät.« Sie schien die Dinge in dieser Nacht ständig nur zu wiederholen, wie ein Papagei. Als Frau Silbermann ihr ein paar Stunden zuvor erzählt hatte, dass die Polizei bei der Laube war, hatte sie auch das nur wiederholt: »Die Polizei ist bei der Laube …«

Sie war zu müde, um wütend auf Frau Silbermann zu sein. Frau Silbermann hatte gedacht, sie täte das Richtige. Und Nuris und Calvins Plan, die Benzinkanister eine Nacht später alleine rauszuholen, wäre wahrscheinlich auch schiefgegangen.

»Er liegt auf der Unfallchirurgie«, sagte Tim durchs Telefon.

»Was?« Nuri hielt das Telefon von sich weg, dann wieder ans Ohr. »Er liegt auf … Ich meine, er … lebt?«

»Mehr oder weniger«, sagte Tim bitter. »Du kannst ihn besuchen. Morgen früh. Obwohl er nicht gut aussieht. Es tut mir …«

»Tut es nicht«, sagte Nuri. »Trotzdem danke.«

Und sie legte auf und stieg zurück über ihre schlafenden Eltern, über den schlafenden Kamal – legte sich wieder zwischen sie, das Handy fest umklammert. Und starrte in die Nacht und spürte ihren Herzschlag. Sie war glücklich. Das Glück schmerzte in ihrem Kopf, aber sie war glücklich. Er lebte. Die schwarzen Flügel hatten ihn nicht mitgenommen.

Einmal hatte Fabienne gefragt, warum sie ihn liebte. Sie hatte keine Antwort gewusst. Auf solche Fragen gibt es keine Antwort.

Erwachen in einem Raum voller Weiß und Metall und irgendeinem Piepen. Und alles merkwürdig wattiert – von innen heraus wattiert.

Er bewegte den Kopf. Aber das war keine gute Idee. Der Schmerz zuckte hindurch wie ein Gewitter. Sein Mund war taub, er hatte keinen Mund. Pascal hatte all seine Worte unter den weißen Turnschuhen zertreten. Wie die Steakpackung. Ein abstruser Gedanke. Da waren Leute, die mit ihm sprachen. Er war sich nicht sicher, was sie sagten. Sie trugen Blau und sprachen vielleicht nur miteinander, gar nicht mit ihm. Eine Frau hielt etwas wie ein Buch oder eine Akte und schrieb. Manchmal beugten sich Gesichter zu ihm, und einmal leuchtete ihm jemand mit einer Taschenlampe in die Augen. Dann fielen Schlagworte zu ihm durch wie durch einen Schlitz; harte, kalte Münzen von Worten, deren Aufprall schmerzte.

»Jochbein gebrochen links. Unterkiefer gebrochen links. Unterarm gebrochen rechts: Elle und Speiche gesplittert. Zwei Rippen geprellt. Lunge intakt. Contusio, diverse Blutergüsse und Abschürfungen. Verlegung auf Normalstation.«

Er schloss die Augen. Davor tanzten die Lichter der Taschenlampe, plötzlich vervielfacht. Tausend Lichter. Die Sterne über Damaskus. Er hatte den Verdacht, dass er nicht tot war, und das beunruhigte ihn. Ein Schlussstrich wäre so einfach gewesen. Und so schmerzfrei. Er ließ sich zurückgleiten in die Nacht der Damaszener Gassen. Er würde hier auf Nuri warten, gleich hier an dieser Ecke, wo die Nachtblumen an der Mauer blühten. Nuri …

Aber als er das nächste Mal erwachte, stand nur der Arzt an seinem Bett. In Weiß diesmal.

Es gab jetzt ein Fenster und ein winziges Stück Wolkenhimmel. Sein

Mund war nicht länger gefühllos; etwas pochte in der Unterlippe, und seine Zunge war riesig. Überhaupt alles in seinem Mund schien angeschwollen zu sein und kaum hineinzupassen.

»Guten Morgen«, sagte der Arzt, die Arme vor der Brust verschränkt. »Hören Sie mich? Schön. Ich kann nicht behaupten, dass Sie mir unbedingt sympathisch sind, aber wir haben Sie wieder einigermaßen zusammengeflickt. Hübsches Brandmal auf dem Rücken. Reichsflagge. Schick. Und die Tätowierung, erste Güte. Aber fürs Hakenkreuz hat der Mut dann doch nicht gereicht, hm?«

Er schüttelte den Kopf, und sein höfliches Sie war Gift. »Muss ziemlich wehgetan haben, was die da mit Ihnen gemacht haben. Wird auch noch eine Weile wehtun. Vielleicht lernen Sie daraus. Da sind zwei Leute in Uniform, die darauf bestehen, sich mit Ihnen zu unterhalten.«

Calvin nickte sehr langsam.

Die Uniformen schoben sich ins Bild wie Stabpuppen, die bis jetzt unter der Puppenbühne gewartet hatten. Sie redeten viel und notierten viel und waren sehr lästig. Sie wollten wissen, was passiert war. Wann genau. Warum. Ob er jemanden anzeigen wollte. Diesmal schüttelte er den Kopf. Das ganze verfluchte Krankenhauszimmer schüttelte sich mit, und ein Feuerwerk aus Schmerz explodierte irgendwo hinter seinem linken Auge.

»Wer war denn an dem Abend mit Ihnen unterwegs?«, fragte der eine Polizist. »Das ist kein Spaß hier, das müssen wir fragen. Ein paar Namen haben wir schon, wir überprüfen nur ... Wer war da mit Ihnen bei diesem ... Sonnenwendfeuer? Mit wem sind Sie in den Wald gegangen? Wer hat Sie so zugerichtet?«

Calvin brachte die Antwort nur mühsam hervor, und sie war die gleiche, die er vor Kurzem schon einmal gegeben hatte.

»Das geht euch einen Scheiß an«, flüsterte er und schloss die Augen.

Dann verschwanden die Uniformen und nahmen sein Bewusstsein mit.

Als er zum dritten Mal zu sich kam, war nur der Arzt da, zusammen mit einer Schwester. Er sah ihn jetzt deutlich, einen Mann mit silbergrauem, kurzem Haar und keinem deutschen Gesicht. Seine Haut war dunkel.

»Woher kommen Sie?«, flüsterte Calvin.

Der Arzt musterte ihn durch eine schmale Brille. »Ich könnte so antworten wie Sie vorhin«, sagte er. »Das geht Sie einen Scheiß an. Aber wir äußern uns hier etwas kultivierter. Ich komme aus Zimmer vier. Dies ist die Visite.«

»Ich meine … aus welchem *Land?*«

»Syrien. Sieht aus, als hätte ein nichtarischer Facharzt Sie zusammengeflickt. Stillhalten.« Seine Hände tasteten vorsichtig Calvins Kiefer ab; es tat verdammt weh. Vielleicht war er nicht *so* vorsichtig.

»Syrien«, sagte Calvin. »Ich …«

»Nicht reden.«

»Wo?«, fragte Calvin, ein Wort nur.

»Homs«, antwortete der Arzt und tastete weiter. »Da habe ich zuletzt gearbeitet. Aber Sie sollen nicht reden, haben Sie das nicht gehört? Zufällig weiß ich, dass Ihre Ohren nichts abbekommen haben, reines Glück. Der Unterkieferbruch ist ziemlich gelenknah, der ganze äußere Gehörgang war voller Blut. Ein bisschen wie in einem schlechten Film. Jetzt öffnen Sie den Mund … Nicht weiter. Wir sind von innen reingegangen, es bleiben nur Narben an der Schleimhaut. So.«

Er stand auf, desinfizierte seine Hände und musterte Calvin einen Moment lang.

»Ich nehme nicht an, dass Sie gestern sehr viel mitbekommen haben«, sagte er schließlich. »Ich habe der Polizei gesagt, dass es Unsinn ist, Sie so früh zu befragen, aber ich bin nur der behandelnde Arzt.« Er hob die Hände. »Ich habe Sie operiert. Der Unterkieferknochen und die Nase sind gebrochen. Wenn es nach mir gegangen wäre, hätte ich Ihnen die Kiefer zusammengedrahtet, völlige Ruhigstellung, sechs Wochen Brei durch einen Schlauch. Hat man früher standardmäßig so gemacht. Aber Sie haben Metallplatten drin. Übungsstabil. Das heißt, sie dürfen kauen. Sie müssen sogar kauen, damit das Gelenk nicht versteift. Allerdings erst in ein paar Tagen. Zwei Zähne haben wir auch wieder eingesetzt. Und die Unfallchirurgen hatten Spaß mit Ihrem Arm.«

Er nahm die Akte, die die Schwester ihm reichte, und kritzelte irgendetwas hinein. Hinter ihm nahm Calvin jetzt drei Betten wahr, in denen andere Patienten lagen. Der Mann neben ihm hatte ein Gipsbein, das in einem seltsamen Metallgestell aufgehängt war, und einen Kopfverband. Alles in diesem Zimmer war weiß, die Wände, die Bettwäsche, der Gips … Es war ein Zimmer aus Schnee. Er fror.

»Homs«, murmelte er. »Die Sonne auf den Olivenbäumen … Da gab es ein Dorf … der widerspenstige Fluss, der verkehrt herum fließt … Ich erinnere mich an sein Wasser.« Er schloss die Augen. »Ich war da.«

Sekunden später spürte er die Nähe eines atmenden Menschen, und als er die Augen wieder öffnete, sah er in das Gesicht des Arztes. Er hatte helle Augen, grün wie Calvins eigene, nicht so dunkel wie die von Nuri.

»Wovon reden Sie?«, fragte er leise. »Sie können nicht da gewesen sein. Es gibt Homs nicht mehr. Nur noch Krater und Wände wie Puppenhäuser ohne Fronten. Jemand hat mir erzählt, dass es hier auch so war, am Ende des Krieges.« Seine Stimme war heiser, als hätte er zu viel vom Staub der zerstörten Häuser eingeatmet. Aber in seinen Augen lag das Grün der Olivenblätter am Fluss.

»Dann hatte sie recht«, sagte Calvin. »Sie hat es gewusst. Die schwarzen Flügel waren da. Der ganze Fluss war rot, voller Blut.«

»Ja«, sagte der Arzt, »ich glaube.« Dann schüttelte er plötzlich den Kopf und richtete sich wieder auf. »Gehirnerschütterung«, sagte er, lauter. »Oder eine Nachwirkung der Narkose. Sie haben geträumt.« Er war schon fast bei der Tür, als er sich noch einmal umdrehte. »Ihre Mutter ist draußen. Ich lasse sie jetzt herein.«

Sie war noch blasser und dünner, als er sie in Erinnerung gehabt hatte. Wie lange war er schon hier?

Sie flog auf sein Bett zu, wie um ihn zu umarmen, blieb dann aber davor stehen und starrte ihn nur an, stumm.

»Mama«, sagte Calvin. »Hey. Tut mir leid.« Er merkte, dass man ihn immer noch nicht besonders gut verstand. Er bekam den Kiefer nicht ausreichend weit auf. »Ich … sehe scheiße aus, ich weiß.«

Sie nickte langsam. Hinter ihr kam Benji mehr durch die Tür gesickert, als dass er wirklich aktiv den Raum betrat. Er sah Calvin kurz an, sah dann aus dem Fenster und dann auf seine Turnschuhe. Weiße Turnschuhe. Calvin dachte an Pascals weiße Turnschuhe, hell im Taschenlampenlicht.

Einer der anderen Patienten machte den Fernseher an. Junge, schlanke Frauen in bunten, staubfreien Innenräumen sprachen von Liebe und Haarshampoo. Calvin versuchte, die Geräusche auszublenden.

Tom drängelte sich jetzt an Benji vorbei, schnappte sich einen Stuhl und zerrte ihn neben das Bett. Er setzte sich umgekehrt darauf, legte Arme und Kopf auf die Lehne und sah Calvin an.

»Krass«, sagte er. »Was hast du gemacht? Mama hat nur gesagt, dass du einen Unfall hattest. War das mit dem Fahrrad?«

»So ähnlich«, sagte Calvin und grinste. Aber offenbar sah das Grinsen auch schlimm aus, die Falten auf der Stirn seiner Mutter vertieften sich.

»Psst«, sagte sie. »Tom. Nicht so laut. Und hör auf, mit dem Stuhl zu kippeln. Wenn man Kopfweh hat, nervt das, kapiert?«

»Ist okay«, meinte Calvin. »Ich bin ziemlich gedopt. Es tut quasi nichts weh.«

Eine Lüge.

»Bist du mit einem Auto zusammengerasselt oder was?«, fragte Tom. »Ich meine, ist es irgendwie geheim?« Er sah von Mama zu Benji zu Calvin und zurück zu Mama.

»Das war kein Auto«, sagte Benji und schlurfte näher. »Das war seine eigene Clique. Die haben ihn allegemacht.«

»Woher weißt du …?«, begann Calvin.

Mama sah weg, sah aus dem Fenster. »Pascal war bei uns«, sagte sie leise. »Tom war nicht da, aber Benji.«

»Was?« Calvin versuchte, sich aufzusetzen, kam mit dem eingegipsten Arm an den Infusionsständer neben dem Bett und fluchte, als der Schmerz ihn daran erinnerte, dass er auch in seinem Arm wohnte, nicht nur im Kopf. »Er hat es gewagt, bei uns zu Hause aufzutauchen?«

Calvins Mutter nickte, und er spürte, dass Benji an der Tür ebenfalls nickte.

»Deutschland bleibt deutsch«, sagte sie. »Das soll ich dir von ihm ausrichten. Und dass er für eine Weile untertaucht. Im Untergrund, hat er gesagt, kann man besser arbeiten. Wie er da stand, mitten in unserer Küche, da hat er mich an deinen Vater erinnert.«

»Quatsch«, flüsterte Calvin. »Der ist anders.«

»Ja und nein«, sagte seine Mutter. »Er hat eine Menge über das Land geredet und über uns und die Feinde. Nur die NPD, hat er gesagt, hilft den Unterdrückten und Ausgebeuteten noch, weil alle anderen weggehen von hier und weil es die Parteien einen Dreck kümmert, was aus uns wird. Und er hat recht, Calvin ... er hat gesagt, dass es schade um dich ist und dass du etwas hättest werden können, etwas Großes ...« Auf einmal zerbrach ihre Distanz, und sie war ganz nah, sie versuchte jetzt doch noch, ihn zu umarmen, und er setzte sich auf, damit es möglich war. Er hielt ihren mageren, verbrauchten Körper mit einem Arm, und sie flüsterte: »Wir sollen uns genau überlegen, sagt Pascal, auf welcher Seite wir stehen ... ich und die Jungen ...«

Calvin spürte, wie die Wut in ihm aufwallte. »Wenn er dir was tut«, flüsterte er. »Oder den Kleinen. Einen einzigen Kratzer, dann ...«

»Dann was?«, flüsterte seine Mutter. »Was willst du denn machen?« Sie schüttelte den Kopf. »Pascal ... Er sagt, dass man auch aus dem Untergrund Dinge sieht. Dass er dich beobachtet. Dass es nächstes Mal nicht so gut für dich ausgehen wird.«

»Aha«, sagte Calvin.

Er machte sich von seiner Mutter los, hievte mühsam seine Beine aus dem Bett und schaffte es irgendwie in das winzige Bad hinüber, während er fühlte, wie alle im Raum ihn anstarrten. Der Schmerz begleitete ihn wie ein treuer Hund.

Calvin drückte auf den Lichtschalter, stützte sich mit dem besseren Arm aufs Waschbecken und sah in den Spiegel. Das Gesicht, das ihm entgegenblickte, war schwer als sein eigenes zu erkennen. Sein Kopf verschwand beinahe ganz unter einem weißen Verband und trug eine senkrechte Schiene um die gebrochene Nase. Da war ein seltsamer Bart aus weißen Binden um den Kiefer, an der linken Schläfe breitete sich ein riesiger Bluterguss aus. Überhaupt war das ganze Gesicht ein einziges Gemälde aus blauen Flecken und blutigen Kratzern. Und auf einmal brach das Lachen aus Calvin heraus.

»Dass es … dass es nächstes Mal nicht so gut für mich ausgehen wird!«, keuchte er. »Guckt mich an! Das ist ja wirklich *total* gut ausgegangen … Ich bin …« Er konnte nicht weitersprechen, er musste einfach zu sehr lachen. Es war ein irres Lachen, und als er sich umdrehte, sah er das Erschrecken in Toms und Benjis Augen. Vielleicht dachten sie, er hätte den Verstand verloren. Vielleicht *hatte* er den Verstand verloren.

»Unten an unserem Block ist ein neues Graffito«, sagte Benji leise. »Türkenficker.« Er zuckte die Schultern. »Ich meine nur. Steht da.«

»Warum?«, fragte Tom.

»Was hast du Pascal gesagt?«, fragte Calvin leise.

Seine Mutter hob die mageren Schultern, auf denen das zu knallige, türkisfarbene Top verrutschte. »Nichts. Ich hab früher auch nie was gesagt, wenn dein Vater wütend war. Weißt du, Calvin …« Sie trat näher an ihn heran, so nahe, dass Benji und Tom sie nicht hörten. »Das ist sicher kein Vergleich, aber … ich hatte auch mal einen Bruch hier.« Sie zeigte an ihre Schläfe. »Jochbogen, hat der Arzt gesagt.«

»Und das hat mein Vater gemacht?«

»In der offiziellen Version bin ich ausgerutscht«, sagte sie, »und gegen die Kante der Spülmaschine gefallen. Es ist nicht klug, sich mit Leuten anzulegen, die jähzornig sind.«

Calvin wollte ihr etwas Nettes sagen, aber in diesem Moment stieg die Übelkeit wieder in ihm hoch, und so sagte er nichts, sondern übergab sich ins Waschbecken.

Irgendwann schleppte er sich zurück zum Bett.

»Das Graffito ist ziemlich bescheuert«, sagte er mit einem müden Grinsen. »Kann eigentlich keiner Türken von Syrern unterscheiden? Es … gibt fast keine türkischen Asylanten mehr in Deutschland.«

Seine Mutter griff nach seiner Hand und lächelte ein halbes, schmerzliches Lächeln – beinahe so, als verstünde sie ihn. Doch dann schüttelte sie den Kopf.

»Du machst dein Leben kaputt mit diesem Mädchen«, wisperte sie. »Und unseres dazu. Und … Deutschland.«

Damit drehte sie sich um und ging, und Benji sickerte hinter ihr aus der Tür.

»Schutt und Asche«, flüsterte Calvin und schloss erschöpft die Augen. »Ich wünschte, es läge in Schutt und Asche. Dieses verfluchte Deutschland. Es ist sowieso zu nichts gut.«

Einen Moment lang lag er mit geschlossenen Augen da, und dann merkte er, dass Tränen darin standen. Er blinzelte sie weg, weil sie peinlich waren. Vielleicht sah einer der anderen Patienten sie. Warum verstand nicht einmal seine Mutter ihn?

Und wo war Nuri? Hatte sie die Laube auffliegen lassen? Vielleicht. Wahrscheinlich.

Sie hatte ihn nie wirklich gemocht. Er hatte sich völlig grundlos halb totschlagen lassen.

»Dann war also alles für die Katz«, flüsterte er. Er grinste plötzlich wieder, nur für sich selbst. »Für die Katze, die Hund heißt.«

»Äh, Calvin? Hast du sie noch alle?«

Calvin öffnete die Augen. Tom saß noch immer an seinem Bett. Er sah nicht so aus, als wollte er seinen Platz dort demnächst verlassen.

»Mama wartet draußen auf dich«, flüsterte Calvin. »Du solltest gehen. Aber … Tom? Vorher musst du mir zwei Dinge versprechen.«

»Mmh.« Tom nickte, neugierig.

»Erstens«, sagte Calvin. »Geh nie, niemals zu einem Sonnenwendfeuer. Auch wenn du denkst, die Leute da wären deine Freunde. Und renn nie, niemals in einen Wald, wenn du wegrennst. Und sag niemals die falschen Sachen, wenn du denkst, dass es sowieso nicht mehr darauf ankommt.«

»Okay«, sagte Tom. »Aber das waren schon drei Sachen.«

»Nein«, sagte Calvin. »Das gehörte alles zu Erstens. Zweitens kommt noch. Zweitens … verlieb dich nie in ein Mädchen.«

Tom kicherte. »Wie? Lieber in einen Jungen?« Er stand auf und ging zum Fenster. »Mama ist noch gar nicht draußen«, sagte er. »Wetten, Benji hat sie überredet, dass sie ihm in der Eingangshalle ein Eis kauft oder so was? Aber … Calvin. Da unten sitzt so eine auf der Bank, die wir kennen. Die, die auch zu Frau Silbermann geht, mit den schwarzen Haaren.«

»Bist du sicher? Was macht sie?«

»Hört Musik«, sagte Tom. »Ich glaub, die wartet auf irgendwas. Vielleicht will sie jemanden besuchen, und sie darf noch nicht rein, weil der Arzt da ist oder so.«

»Vielleicht«, sagte Calvin. »Tom? Du musst jetzt wirklich gehen.«

Es dauerte ewig.

Natürlich, Mama und Tom und Benji mussten erst alle die Treppe hinuntergehen und über den Parkplatz und fort sein ... Es dauerte so lang, dass Calvin schon dachte, Tom hätte sich geirrt. In dem Moment, als er aufgab, öffnete sich die Tür.

Nuri kam auf ganz andere Art herein als Calvins Mutter.

Sie blieb keine Sekunde stehen, sie brauchte nur drei Schritte bis zu seinem Bett, und dann kniete sie neben ihm, warf ihre Arme um ihn und presste ihre Wange an seine Schulter, und es tat so weh, dass er die Zähne zusammenbeißen musste, um nicht zu schreien.

»Du bist also doch gekommen«, sagte er leise.

»Natürlich«, flüsterte sie. »Ich wollte nur deiner Mutter nicht begegnen. Sie war die letzten Tage die ganze Zeit hier, die Ärzte sagen, sie hat sogar im Warteraum geschlafen, auf dem Fußboden, schon als du noch auf Intensivstation warst. Sie hat sich geweigert, zu gehen.«

»Sie hat mich nicht mal gefragt, was passiert ist«, sagte Calvin leise. »Was *ist* passiert? Nuri?«

»Ich wünschte, wir könnten woanders reden«, flüsterte sie.

Calvin sah die Blicke der Männer von den anderen Betten. Der Fernseher lief noch immer, aber keiner sah hin.

»Mir wird schlecht, wenn ich auf den Beinen bin«, sagte er. »Mein Kopf ist irgendwie Matsch. Wir müssen hier reden.«

Nuri nickte. »Ich habe versucht, dich anzurufen. Du bist nicht rangegangen. Dann habe ich Frau Silbermann angerufen, und Frau Silbermann hat Tim angerufen, und Tim hat dich gefunden. Das ist die ungefähre Reihenfolge.« Sie fuhr mit dem Finger durch sein Gesicht, und er zuckte zusammen. »Ich hatte Angst, weißt du. Dass ich dich nicht so wiedersehe, sondern ganz anders. Ich hatte Angst, dass ...« Sie beendete den Satz nicht. »Wenn ich sie zwischen die Finger kriege«, sagte sie, »bringe ich sie um. Jeden Einzelnen.«

Calvin lächelte. »Du bist ja wie Kamal! Wie genau stellst du dir das vor?«

»Ich bin noch dabei, mir eine möglichst schmerzhafte Methode auszudenken«, sagte Nuri ernst. »Du weißt, ich komme aus einem Land, in dem wir das wirklich gut können. Es liegt mir quasi im Blut.«

»Und wer ist Tim?«

»Tim. Oh. Ein linker Student. Hilft Asylanten, kann Arabisch und so weiter. Frau Silbermann hat versucht, mich mit ihm zu verkuppeln. Ich meine, er ist nett. Er macht alles so … richtig. Würde mich auf Dauer nerven.«

Calvin lachte.

Er hätte gerne die Hand ausgestreckt, um das schwarze Haar zu berühren, das sie energisch zurückschüttelte. Sie war so anders als jeder andere Mensch, den er kannte, sie war so sehr sie selbst – aber er fühlte sich jetzt zu müde, um die Hand auszustrecken. Sie gehört mir, dachte er. Nein, natürlich nicht, sie gehört gar niemandem. Nicht so wie Cindy, die gerne jemandem gehören würde wie ein Hund.

»Aber wieso hat er mich gefunden?«, flüsterte Calvin. »Ich kriege die Zusammenhänge nicht ganz auf die Reihe.«

Nuri seufzte. »Die Wahrheit ist, Frau Silbermann hat gehört, was wir vorhaben. Sie fand die Idee, dass wir die Kanister einfach rausholen wollten, natürlich nicht so brillant. Sie hat dir Tim auf die Fersen gesetzt, ohne mir was zu sagen, und er hat rausgefunden, wo eure Laube ist, und hat die Polizei gerufen. Die haben gedacht, das warst du, oder?«

Calvin nickte. »Ich hasse Frau Silbermann«, sagte er. Und nach einer Weile: »Ich hasse diesen Tim.« Und wieder eine Weile später: »Ich hasse vielleicht gar niemanden.«

»Ich rede nicht mehr mit den beiden«, sagte Nuri schlicht.

»Du solltest mit ihnen reden«, murmelte Calvin. »Sie sind auf deiner Seite …« Und dann: »Als ich in diesem Scheißwald lag … da hab ich gedacht, das ist das Ende der Geschichte. Und dann bin ich hier aufgewacht zwischen dem ganzen weißen Kram, und ich dachte, gut, *das* ist das Ende. Aber ich habe mich geirrt. Das ist erst der Anfang. Pascal war bei meiner Mutter. Den können sie sowieso für nichts einlochen, der war ja die ganze Zeit im Westen, und die anderen halten sich vermutlich schön bedeckt wegen der Sache mit den Kanistern. Nur Cindy hat ein Problem, weil das die Laube ihrer Mutter ist … gerade Cindy. Letztendlich bleiben die doch alle, wie sagt man das, auf freiem Fuß. Nuri, ich … ich weiß nicht, wohin ich gehe, wenn die mich hier rausschmeißen. Ich kann nicht ewig im Krankenhaus bleiben.«

»Nein«, sagte sie. »Aber eine Weile. Wir finden eine Lösung. Jetzt ruhst du dich erst mal aus und wirst gesund.«

»Ich versuch's«, sagte Calvin. »Erzähl mir was.«

Sie nahm seine Hand und strich leise darüber. »Ich erzähle dir … vom Essen in unserem Haus. Stell dir vor, wie wir alle zusammensitzen, um einen Tisch, der voll mit Schüsseln und Schälchen ist, Mezze, Vorspeisen, und wir sind Kinder, Kamal und Nabil und ich und Yassir und Anna. Und du auch, du bist dabei, du bist ein Kind. Siehst du es vor dir? Es ist irgendein Fest. Das Haus quillt über vor Onkeln und Tanten. Diese Tanten, die den ganzen Tag nichts tun außer reden und essen … Weißt du, wer die Feste erfindet? Die Nachbarn der Tanten, die froh sind, wenn die Tanten verreisen. Siehst du den Busen von der ganz links? Wie er bebt, getarnt unter schwarzem Stoff, wenn der Onkel neben ihr spricht! Das ist übrigens nicht ihr Mann, sondern ein anderer Onkel, ein unverheirateter. Wir kriechen zwischendurch unter den Tisch, denn von dort kann man die Tante an den Füßen kitzeln. Sie denkt dann, es wäre der besagte Onkel, und wird rot. Steck deine Hand nur in den Hummus, den Kichererbsenbrei, wenn mein Vater nicht hinsieht! Man kann damit Muster auf den Tisch malen. Die Hackfleischbällchen muss man mit dem kleinen Finger aushöhlen, ehe man sie in die Schale zurücklegt. Wie schwierig wird es sein, nicht laut zu lachen, wenn eine von den Tanten sich über die Fleischbällchen ohne Füllung wundert! Wenn wir sie in Latakia besuchen und über die Berge fahren, sehen wir von den gewundenen Straßen aus das Meer. Das ist die größte aller Tanten, sagt mein Vater, sie trägt Blau und hat sich mitten zwischen die Länder gebettet. Schau, die Wellen sind freundliche Fettröllchen, die ihr Kleid wölben …«

Calvin schlief. Sie sah seine regelmäßigen Atemzüge. Er hatte ein Lächeln auf dem Gesicht. Sie hoffte, er träumte von den Tanten. Wie wäre es gewesen, mit ihm dort zu sitzen, mit einem fünfjährigen, blonden Calvin, der vielleicht noch keinen Pascal kannte?

Sie fuhr über seine Stirn, auf der Suche nach einer hellen Haarsträhne, aber es war keine da. Nur der Verband, aber kein Haar, das darunter hervorfiel.

Als Nuri leise aufstand und sich umdrehte, stand ein Arzt hinter ihr. Sein weißer Kittel verschmolz mit der Wand, und sie fragte sich, ob das Weiß der Ärzte eine Art Tarnung war, damit sie durchs Krankenhaus gehen konnten, ohne von jedem angesprochen zu werden. Das Haar des Arztes war silbergrau und seine Augen grün, aber sein Gesicht war nicht das eines Deutschen, und als er sprach, erkannte sie seinen leisen Akzent.

»Wer sind Sie?«, fragte er. »Eigentlich sollte nur Familie ...«

»Was haben Sie mit seinen Haaren gemacht?«

Der Arzt stieß ein trockenes Lachen aus. »Haare?«, fragte er. »Dieser Junge ist nicht mit Haaren bei uns eingeliefert worden. Er trägt die gleiche Frisur wie all seine Freunde. Aber Sie ...«

»Das tut er nicht«, sagte Nuri. »Sie kennen ihn gar nicht. Hören Sie auf, zu urteilen.«

»Ich lese nur Tätowierungen.«

Nuri biss sich auf die Unterlippe. »Hat er ... Ist er tatsächlich kahl rasiert hierhergekommen? Das ... das waren *sie*. Um ihm zu zeigen, wo er hingehört.«

»Wo gehört er hin?«, fragte der Arzt, schob sie sanft in den Flur und schloss die Tür zum Zimmer. »Er hat von den Olivenbäumen bei Homs gesprochen. Vom Fluss, der verkehrt herum fließt. Ich gebe zu, ich war noch nie so überrascht, jemanden von diesem Fluss sprechen zu hören.«

Nuri lächelte. »Er war dort. Mit mir.«

»Ich fürchte, das begreife ich nicht.«

»Das macht nichts«, sagte Nuri sanft. »Woher kommen Sie?«

»Ich lebe seit dreißig Jahren in Deutschland.« Er zögerte. »Dschisr asch-Schughur.«

Nuri biss sich auf die Lippen. Der Ort der desertierten Soldaten. Hundertzwanzig, hatten sie gesagt. Sie erinnerte sich an die Bilder der erschossenen Männer in Uniform.

»Noch Familie da?«, fragte sie.

»Da nicht«, sagte der Arzt. »Sie sind weggegangen. Ich weiß nicht, wo sie jetzt sind. Und Sie?«

»Ich bin erst seit Kurzem hier. Ich …«

»Aber der Junge da drin? Mag sein, die Rasur ist neu. Aber die Tätowierung ist alt. Das Brandmal auch. Dieser Junge ist ein …«

Nuri legte den Finger an die Lippen. »Dieser Junge ist ein Junge«, flüsterte sie. »Sonst nichts.«

Sie ließ den Arzt stehen.

Sie hätte ihm alles erklären können. Sie hätte nur das Wort *Aussteigen* verwenden müssen. Aber sie war zu müde zum Erklären. Sie hatte die letzten Nächte kaum geschlafen. Sie sehnte sich plötzlich danach, in der winzigen, kahlen Wohnung auf ihre Matratze zu fallen. Sie sehnte sich nach den Bildern ihrer Mutter, mit Tesafilm an die Wand geklebt. Sie sehnte sich nach der ruhigen Stimme ihres Vaters. Vor allem sehnte sie sich nach jemandem, der sie verstand.

»Fabienne? Kann ich mit dir reden?«

»Es sieht nicht aus, als müsste ich gerade dringend irgendwohin«, sagte Fabienne. Sie lachte. »Wir sitzen hier nur rum, wie immer. Die eingesperrten Befreiten.« Sie nahm das Baby hoch, das auf ihrem Arm geschlafen hatte und jetzt begann, nach ihrer Brust zu suchen. Sie saßen draußen, auf den Bänken bei den Müllcontainern, und jenseits des Feldes drehten sich die Windräder wie stets. Delfine hatte ihre Puppe in einen Pappkarton mit einer Schnur gesteckt und zog sie damit zwischen den Containern spazieren. Auf der anderen Straßenseite hastete eine alte Frau vorbei, die Angst vor Ausländern hatte und ihre Discountertüte fest an sich drückte. Es war eine seltsame Sorte von Alltag – wie ein stehendes Gewässer, in dem nichts wirklich geschieht, aber langsam der Sauerstoff zur Neige geht und der Schlick fault. Bis das Gewässer eines Tages kippt.

»Hat das Baby eigentlich keinen Namen?«, fragte Nuri.

»Sie bekommt einen, wenn sie ein Jahr überlebt hat«, sagte Fabienne ernst.

»Das ist klug«, sagte Nuri. »Vielleicht sollte man Menschen überhaupt erst Namen geben, wenn sie es geschafft haben, erwachsen zu werden. Es wäre dann nicht so schmerzhaft, sie zu verlieren. Man würde auch Geld sparen, wenn man keine Namen auf den Grabstein gravieren müsste.«

»Calvin«, sagte Fabienne, unvermittelt.

»Ja«, sagte Nuri. Und dann erzählte sie ihr alles. Von zwanzig Kanistern Benzin und vom Sonnenwendfeuer und Frau Silbermann, die die falschen Dinge gehört hatte, und von Tim und Jochbeinfrakturen und einer eigentlich unwichtigen Rasur, und am Ende merkte sie, dass sie die Fäuste geballt hatte. »Er … er kann nicht wieder nach Hause. Ich habe … Ich will immer etwas Gutes, weißt du? Nein, ich will … ich will gar nichts. Nur in Frieden gelassen werden und existieren.«

»Das wollen wir alle«, sagte Fabienne und fuhr über den weichen Haarflaum des Babys, das beim Trinken seine winzigen Fäuste öffnete und schloss.

»Ich wollte, dass es keine gefährlichen Pläne mehr gibt für einen Tag X«, murmelte Nuri und kickte einen Stein weg. »Ich wollte, dass Calvin diese Leute verlässt. Und was ist dabei rausgekommen? Sie haben ihn halb totgeschlagen, er hat niemanden mehr, und er kann nirgendwohin, weil sie ihn überall finden. Es ist wie Damaskus. Aber dies ist Deutschland. Wie kann es wie Damaskus sein?«

»Warum hat Calvin niemanden?«, fragte Delfine, die mit ihrem Pappkarton und der adoptierten, rosa Puppe jetzt neben ihnen stand. »Er hat doch dich.«

»Ich kann ihm nicht helfen!«, rief Nuri. »Ich kann ihn schlecht bei uns im Schrank verstecken!«

Delfine sah sie mit ihren großen schwarzen Murmelaugen an, nachdenklich.

»Wieso nicht?«, fragte sie.

Als sie ihn das nächste Mal besuchte, schlief er, und sie erzählte ihm wieder von Dingen, die nicht wichtig waren; von der Küste bei Latakia und davon, wie sie als Kinder die Fische manchmal wieder ins Wasser geworfen hatten, wenn die Angler nicht hinsahen.

Sie erzählte von Farben und Gerüchen, sie erzählte sich die nächsten

Tage lang eine ganze Vergangenheit, die nie so schön gewesen war, wie sie sie machte. Calvin driftete vom Schlaf zum Wachen und zurück, die Wunde über dem Bruch an der Schläfe infizierte sich, und er begann zu fiebern, und Nuri saß stundenlang einfach neben dem Bett. Manchmal schlief sie ein, den Kopf auf der Bettkante. Er sprach nie wirklich mit ihr, da waren nur einzelne Wörter, fieberverzerrt.

Sie unterhielt sich nie mit dem syrischen Arzt über Syrien.

Sie wanderte ohne Calvin durch Calvins Deutschland, das sie nicht verstand, und sie dachte an jemand anderen, der anderswo im Fieber gelegen hatte. Das Fieber machte ihr Angst. Manchmal fuhr sie mit dem Bus hinaus und ging am Strand entlang, allein, und warf Steine ins Wasser, mit sehr viel Wut. Einmal begegnete ihr Ramo dort, wie zufällig.

Er fragte, worüber sie sich Sorgen machte.

»Ich mache mir Sorgen darüber, dass ich eines Tages mit euch darüber reden muss, worüber ich mir Sorgen mache«, erwiderte Nuri. »Mit dir und Kamal und meinen Eltern.«

Sie saßen im Sand, ein Stück weit entfernt von den spielenden, blonden Touristenkindern und ihren Strandkorbeltern.

»Ein Asylsuchender«, begann Nuri, »ist jemand, der verfolgt wird und Schutz braucht. Richtig?«

»Hm«, sagte Ramo. »Und?«

»Wenn da jemand wäre, den man aufnehmen müsste, weil er in Gefahr ist, würdest du es tun? Und würdet ihr aufhören mit eurer Blutrache und diesem ganzen kindischen Unsinn, du und Kamal?«

»Was hat das eine mit dem anderen zu tun?«, fragte Ramo, kopfschüttelnd. »Ich glaube nicht, dass es kindischer Unsinn ist, sich zu wehren. Das, was da in der Zeitung stand, mit dem Nazinest, was sie ausgehoben haben … literweise Benzin. Wir sollten eine lebende Fackel für sie werden, für ihren Nationalismus. Und keiner von ihnen sitzt. Mangel an Beweisen. So ein Pech. Das Benzin war nur zufällig da, wo die Flugblätter der Nazis herumlagen.« Er lachte verächtlich. »Kamal hat gesagt, wenn er noch mal einen von denen zwischen die Finger kriegt, dann probieren wir das mit dem Benzin mal umgekehrt. Die Arier brennen auch ganz gut. Ich frage mich ja, wie sich das anhört, wenn einer von denen so richtig schreit.«

Nuri stand auf und klopfte sich den Sand von der Jeans. »Kindergarten«, sagte sie. »Geh nach Hause, Käfer zertreten. Ihr seid alle noch nicht so weit, dass ihr einen Namen verdient. Fabiennes Baby ist erwachsener.«

Sie stapfte davon durch den Sand, Tränen in den Augen. Sie hasste die Tränen.

Und dann wachte er auf, und das Fieber war gesunken.

Und seine Mutter saß an seinem Bett. Er versuchte, sie anzulächeln, während er sich aufsetzte.

»Ich glaube, ich bleibe nicht mehr lange hier«, sagte er leise, mit einem Blick zu den anderen Patienten. Es waren nicht mehr dieselben, aber auch diese ging nichts etwas an.

Seine Mutter nickte. Sie hatte eine frisch gefärbte, pinke Strähne vorn, die ihr nicht stand.

»Ja«, sagte sie. »Wird Zeit, dass du nach Hause kommst. Benji läuft Amok. Ich krieg ihn nicht an die Leine genommen.«

»Sein Erzeuger?«

»Heinrich? Der erzieht höchstens den Fernseher, vor dem er sitzt.«

»Schmeiß ihn raus.«

»Den Fernseher?« Sie lachte – auf einmal gelöst, erleichtert darüber, dass es ihm besser ging.

»Dein Vater kommt vielleicht zurück in die Stadt«, sagte sie schließlich. »Wir haben telefoniert. Er denkt drüber nach, sich hier einen Job zu suchen. Er klang … nachdenklich.«

»Weiß er, was mit mir ist?«

Sie schüttelte langsam den Kopf. »Es ist ja auch nichts. Du kommst nach Hause, und alles wird wie früher. Du wirst dich mit Pascal und den Jungs … vertragen …«

»Ich glaube nicht«, sagte Calvin leise. »Ich bin nicht mehr der, der sich mit ihnen verträgt. Ich … hatte gedacht, du hättest das verstanden. Nuri war hier. So oft wie du. Wir … haben bisher nie richtig geredet, ich war immer nur halb da …« Er merkte, wie sehr er sich danach sehnte, wirklich mit ihr zu sprechen. »Bist du ihr nie begegnet?«

»Ich vermeide solche Begegnungen«, sagte seine Mutter, und plötzlich flüsterte sie, niemand durfte dies hören. »Calvin, das geht nicht. Das ist eine so andere Kultur … Diese Leute passen hier nicht her! Auch, wenn ich nichts gegen sie habe. Ich dachte, nach der Zeit hier könntest du … das Ganze vergessen. Das mit diesem Mädchen. Es ist auch nicht gut für sie. Willst du, dass Pascal sie in die Finger kriegt? Oder dein Vater?«

Er schüttelte den Kopf. »Was wolltest du sagen – über Benji?«

»Er ist hier«, sagte sie. »Benji?« Benji verließ seinen Platz an der Tür zögernd und kam näher. Calvin zog ihn mit dem gesunden Arm zu sich.

»Ich hab nichts gemacht«, murmelte er und versuchte, sich aus Calvins Griff zu entwinden.

»Jetzt hör mal gut zu«, sagte Calvin, ohne ihn loszulassen. »Eure Mutter reißt sich den Arsch auf für euch, und ihr macht ihr das Leben schwer. Du hörst von jetzt an auf sie, kapiert? Und du gehst zur Schule. Ohne dass sie dich hinschleift. Sieh zu, dass du mehr lernst als ich. Du musst nicht in dieser Sozialförderungssonstwas-Mühle landen. Du hast doch was im Kopf.« Er bezweifelte das, aber irgendetwas musste er Benji sagen. »Wenn ich nicht mehr da bin, bist du der große Bruder. Toms Vorbild. Kapiert?«

»Dann behandel mich nicht wie ein kleines Kind!«, fauchte Benji und riss sich los.

»Mach ich, wenn ich sehe, dass du keins mehr bist«, sagte Calvin kalt und nickte seiner Mutter zu. »Nimm ihn jetzt mit.«

Seine Mutter lächelte und legte einen Arm um Benji. »Ich habe sie ja trotzdem lieb«, sagte sie. »Sie haben es nicht leicht …«

»Genau das ist dein Problem«, flüsterte Calvin und ließ sich zurücksinken, plötzlich wieder erschöpft. »Du lässt ihnen alles durchgehen.«

Aber da schloss die Tür sich schon hinter ihr. Sie glaubte immer noch, dass er nach Hause käme. Vielleicht hatte Benji verstanden, dass es nicht so war. Er schloss die Augen, und dahinter standen dumme, kindische Tränen, die ihn wütend machten. Er würde die Wohnung vermissen. Er würde die Stockflecken vermissen und die billige Auslegeware und sogar Heinrich und den Fernseher.

Der Arzt sagte ihm am nächsten Morgen, dass er noch vier Tage hatte.

Vier Tage Schonzeit. Dann würde er gehen. Nur wohin, das wusste er nicht.

In einem Raucherraum in einem Krankenhaus sitzen zwei Leute, allein, an einem weißen Plastiktisch. Ist dies eine Auszeit?

Ein weißer Plastikstuhl hält zwei Leute aus, das ist erwiesen, sogar, wenn einer von beiden einen Gips am Arm trägt, es ist möglich, sich auf einem solchen Stuhl sehr lange zu umarmen und sich zu küssen, obgleich es unbequem ist.

Die beiden Leute haben lange nicht miteinander gesprochen, da einer von ihnen halb in einem Traum lebte, zwischen Schmerzmitteln und Schlaf, und auch jetzt wird im Raucherraum nicht gesprochen. Da ist eine gewisse Verzweiflung in der Umarmung auf dem weißen Plastikstuhl.

Der Junge scheint sich an dem Mädchen festzuhalten, das auf seinem Schoß sitzt, so als könnte er den Halt verlieren, wenn er sie loslässt. Er hat Angst, man sieht das in seinen Augen, Angst vor etwas, das kommen wird. Er ist nervös.

Und schließlich, nach einer langen Zeit, setzt sie sich auf einen zweiten Stuhl, ihm gegenüber, und sieht zu, wie er, mühsam mit einer Hand, eine Packung Zigaretten hervorkramt. Sie lässt ihn eine Weile rauchen, und schließlich sagt er den ersten Satz, den der Raum an diesem Tag hört.

»Morgen schmeißen sie mich raus.«

Ende der Auszeit.

Nuri legte eine Hand auf seine Hand.

»Weißt du denn jetzt, wohin du gehen wirst?«

Er inhalierte den Rauch der Zigarette tief und zuckte die Schultern. Verdammt, er hatte zwei Wochen lang nicht geraucht. Die vermutlich längste Zeit, seitdem er zwölf war.

»Wenn du mit vierzig an Krebs sterben willst, bitte, nur zu«, hatte der Arzt gesagt, der ein wenig freundlicher mit ihm sprach, seit Nuri im Krankenhaus aufgetaucht war.

»Tue ich nicht«, hatte Calvin geantwortet. »Irgendwer da draußen schlägt mich vorher tot.«

Der Arzt hatte gelacht.

»Weißt du jetzt, wohin du gehen wirst?«, fragte Nuri noch einmal.

Er zuckte die Schultern.

»Du hast lange nichts mehr erzählt. Du hast gesagt, der Geheimdienst stand vor der Tür …«

Nuri drückte seine Hand. »Ja. Ich … musste an die Geschichte denken, als wir im Zoo waren. Wirklich, wir waren im Zoo. Letzte Woche. Die Kinder aus dem Flüchtlingsheim und ein paar Erwachsene von diesem Verein, der den Flüchtlingen hilft. Die haben gezahlt, und ich bin mitgegangen, zum Übersetzen. Frau Silbermann war nicht dabei, sonst wäre ich zu Hause geblieben. Da war dieser Raubtiergeruch in den Häusern … Ich hätte es fast nicht ausgehalten. Es war der gleiche Geruch wie damals.« Sie holte tief Luft. »Der Geheimdienst stand vor der Tür. Das ist wahr.

Es geschah zwei Tage nach der Sache mit Mariam.

Ummi ging an die Tür. Mein Vater war nicht da, ich weiß nicht, wo er war. Die Stimmen vor der Tür waren hart wie Steine.

Ich saß im Innenhof, umgeben von den Mustern der Fliesen, ein Lehrbuch auf den Knien, weil ich immer noch nicht zur Schule ging. Aarif war auf einem Treffen mit irgendwelchen Leuten, die ein Komitee gegründet hatten, um die Demos und die medizinische Hilfe für die Verletzten besser zu koordinieren.

›Du bleibst besser hier‹, hatte er gesagt und mich zum Abschied umarmt. ›Es kann gefährlich sein, hinzugehen.‹

Wenn er gewusst hätte, dachte ich später, wie gefährlich es war, zu Hause zu bleiben!

›Meine Söhne?‹, hörte ich Ummi mit ihrer leisen Stimme fragen. Der Wind raschelte in den Blättern der toten Rosen im Innenhof, und beinahe ertrank ihre Stimme in dem Rascheln. ›Meine Söhne sind nicht hier. Einer von ihnen ist verhaftet worden, der andere ist nicht zu Hause. Ich weiß nicht, wo er ist.‹

›Dann rufen Sie Ihre Tochter‹, sagte einer der Männer mit den harten Stimmen. ›Wir wollen nur mit ihr reden.‹

Und da merkte ich, dass das Rascheln in den toten Rosen nicht vom Wind herrührte. Es war ganz windstill. Aus den Rosen aber erhob sich jetzt, was dort die ganze Zeit über gelauert hatte, es stieg mit schwarzen

Schwingen auf, bis es die Sonne verdeckte, und ich ließ das Buch fallen und hielt die Arme über meinen Kopf, um mich zu schützen.

›Meine Tochter ist in der Schule‹, hörte ich Ummi sagen.

›Nach unseren Informationen besucht sie die Schule schon seit Wochen nicht mehr‹, sagte der Mann. ›Sie haben doch nichts dagegen, wenn wir uns in Ihrem schönen Haus umsehen.‹

Und ich dachte für einen Moment, dass ich weglaufen sollte. Aber der Innenhof war eine Falle.

Dann betraten sie ihn, sie waren zu zweit, und die Schatten der Flügel verdichteten sich und schlüpften in ihre Körper. Sie waren gut angezogen und sehr gepflegt. Einer von ihnen nahm meinen Arm und zog mich auf die Beine, höflich, behutsam, wie man eben einer Dame auf die Beine hilft.

Ich versuchte, meinen Arm wegzuziehen.

›Wenn du uns bitte folgen würdest‹, sagte er da, noch immer höflich – und verdrehte mir dabei den Arm auf dem Rücken, sodass ich nach Luft schnappte vor Schmerz.

›Warten Sie!‹, sagte Ummi. ›Nehmen Sie mich auch mit!‹

Die beiden sahen sich an. ›Von mir aus‹, sagte der eine.

Draußen wartete ein Taxi. Sie verbanden uns im Wagen die Augen, und die Welt wurde schwarz. Die beiden Männer waren noch immer höflich, es war wie ein Spiel, das wir spielten. Ich dachte, dass ich hätte Angst haben sollen, aber ich spürte nichts, gar nichts. Dies war wie etwas, das immer hatte geschehen müssen, und jetzt, da es geschah, war es nur der natürliche Verlauf der Dinge. Wie eine Prüfung, vor der man sich so lange fürchtet, bis sie da ist und man seine Furcht nicht mehr finden kann.

Niemand sagte etwas. Irgendwann tastete Ummi nach meiner Hand, und ich hielt sie fest.

Es tat mir leid wegen Ummi. Es war falsch, sie in das hier hineinzuziehen. Gleichzeitig war ich dankbar, dass sie da war. Nicht, weil ich erst fünfzehn und weil sie meine Mutter war und weil ich glaubte, dass sie mich schützen könnte. Nur weil sie ein anderer Mensch war. Jemand, der später Dinge erzählen konnte. Der wissen würde, wo sie mich hingebracht hatten.

Unsere Fahrt durch die gesichtslose Stadt dauerte eine Ewigkeit. Schließlich hielt der Wagen, und die Männer brachten uns, noch immer mit verbundenen Augen, in ein Haus. Ich glaube, es war ein großes Haus. Der Straßenlärm blieb zurück, unsere Schritte hallten. Ich sah mit den Augen einer Blinden, wie die Männer uns lange, kahle Flure entlangführten, wie sie Türen öffneten und uns hindurchschoben. Es gab keine Verzögerung vor den Türen. Sie hatten das tausendmal getan – Menschen mit verbundenen Augen durch diese Gänge gebracht. Es war Routine.

Und dann nahm man uns die Augenbinden ab, und wir standen in einem Büro mit einem Schreibtisch, auf dem sich Papiere und Akten stapelten. Darüber hing die gerahmte Fotografie unseres geliebten Präsidenten, geschmückt mit frischen Blumen, und daneben die seines Vaters Hafiz und seines verstorbenen Bruders, Basil al-Assad mit der unausweichlichen Sonnenbrille. Es gab auch eine ebenfalls gerahmte Seite aus dem Koran: gestickte Worte inmitten von Perlen, Samt und goldenen Glitterfäden, Worte voller Weisheit und Würde, voller Harmonie und … voller Hohn, dachte ich.

Hinter dem Tisch saß ein Mann, den ich noch nie gesehen hatte. Er trug einen Anzug und ein glatt rasiertes Gesicht, er war die Sorte Mann, die in einem amerikanischen Film den Guten spielen würde, schlank, drahtig, gepflegt und mit wachen, intelligenten Augen. In einem deutschen Film sind das immer die Bösen, aber das habe ich erst später gelernt.

Ich warf einen Seitenblick auf meine Mutter, und ich sah, wie die Haut um ihre Mundwinkel zuckte, als wollte sie anfangen zu weinen. Da kam mir zum ersten Mal der Gedanke, dass sie auch Ummi behalten würden, wenn sie mich behielten – dass sie mir als Zeugin nichts nützte, was ihr Hiersein sinnlos machte, und ich drückte kurz ihre Hand und flüsterte: ›Es tut mir leid.‹

›Du sprichst, wenn du etwas gefragt wirst‹, sagte der Mann hinter dem Tisch.

Ich nickte. Dann räusperte sich jemand hinter uns, und ich fuhr herum. Die beiden, die uns hergebracht hatten, waren nicht mehr da. An der blassgelben Wand lehnte stattdessen ein junger Mann, der mir bekannt vorkam. Vielleicht, dachte ich, bildete ich mir das nur ein. Er trug einen Schnurrbart und eine Brille mit schmalem Rand, weißes Hemd, glänzend saubere Schuhe. Er hielt eine Akte im Arm. War dies unsere Akte? Und was stand darin – über Aarif und mich?

Der Mann hinter dem Schreibtisch deutete auf zwei Stühle, und wir setzten uns. Eine Weile schwieg er nur und sah uns an.

›Fadwa Djablawi‹, sagte der Mann schließlich und sah Ummi an. ›Es macht mich unendlich traurig, wie du deine Kinder erziehst. Du hast zwei Söhne und eine Tochter, ist das richtig?‹

Ummis *Ja* war so leise, dass man es kaum hörte.

Er schlug mit der flachen Hand auf den Tisch und sagte, sehr laut jetzt: ›Sieh mich an, wenn ich mit dir spreche‹, und da sah sie ihn an.

›Wir wollten mit deinem jüngeren Sohn sprechen‹, sagte der Mann.

›Er war … nicht zu Hause, als die Herren bei uns waren‹, erwiderte meine Mutter. ›Ich weiß nicht, wo er in diesem Moment ist, ich …‹

›Schade‹, sagte der Mann. ›Sehr schade.‹

›Kamal hat nichts mit irgendetwas zu tun‹, sagte ich, und er schlug wieder mit der flachen Hand auf den Tisch, ungeduldig jetzt, wie jemand, der versucht, einen Hund zu erziehen. ›Sage deiner Tochter, dass ich sie fragen werde, wenn ich sie hören will‹, sagte er.

›Mein Sohn interessiert sich nicht für … Politik‹, sagte Ummi. ›Er ist irgendwo mit seinen Freunden. Sie spielen viel Fußball. Und …‹

›Fußball‹, unterbrach der Mann hinter dem Tisch sie. ›Aha.‹ Er ließ sich von dem jungen Mann ein Blatt Papier reichen und legte es vor uns auf den Schreibtisch. Es war ein Ausdruck von vier sehr schlechten schwarz-weißen Fotos untereinander. Auf jedem von ihnen war Kamal zu sehen – Kamal zusammen mit Leuten, die ich nicht kannte. Das letzte zeigte ihn in die Kamera grinsend, im Hintergrund eine syrische Fahne. Nicht die Fahne, die das Assad-Regime verwendete. Der Unterschied ist gering, aber man sah deutlich, dass es die Fahne der Revolution war.

›Ihr Sohn ist maßgeblich daran beteiligt, die Demonstrationen zu organisieren‹, sagte der Mann.

›Die Demonstrationen sind nicht organisiert‹, sagte ich. ›Die Menschen sind von selbst aufgestanden, um sich auf der Straße zu treffen und …‹ Es war ein Satz von Aarif, ich merkte, dass ich ihn nur nachplapperte.

›Wenn du nicht endlich den Mund hältst, wird es schlimmer, als es sonst werden würde‹, sagte der junge Mann neben uns, und ich erkannte seine Stimme. Es war drei Jahre her, seit ich sie zuletzt gehört hatte, an einem Seitenarm des Flusses, der verkehrt herum floss, zwischen Felsen und blühendem Oleander. Ich hörte meinen eigenen Schrei wieder, und ich sah das Gesicht über mir, ohne Bart, ohne Brille, jünger, pickeliger, weniger erwachsen: Yussuf.

Er merkte, dass ich ihn erkannte, denn ein leises Grinsen breitete sich über sein Gesicht.

Hallo, Nura. Du hattest nicht gedacht, dass wir uns wiedersehen, oder? Ich habe nicht vergessen, wie du mich bloßgestellt hast.

Aber der Mann hinter dem Tisch winkte Yussufs Einwand mit einer Handbewegung beiseite.

›Natürlich sind sie organisiert‹, sagte er müde, als hätte er das an diesem Tag schon hundert Mal gesagt. ›Aus dem Ausland. Es gibt Koordinationskomitees, die sich über Twitter und andere Plattformen verständigen, und du weißt das so gut wie ich. Amerika und Israel haben einen Gutteil an …‹

›Die Komitees organisieren die medizinische Versorgung der Verletzten‹, sagte ich. ›Das ist alles. Und keiner von uns wusste, dass Kamal sich für die Revolution interessiert. Wir dachten, er ist …‹

›Schwer zu glauben‹, sagte der Mann hinter dem Tisch. ›Und du, Nura, du interessierst dich für diese sogenannte Revolution? Du und …‹

›Aarif‹, sagte Yussuf dienstfertig. Und ich dachte, dass er Aarif nicht einmal kannte, er hatte nur seinen Namen auswendig gelernt. Wie sehr ich wünschte, Aarif wäre da gewesen! Und wie froh ich war, dass er es nicht war. Er saß irgendwo bei seinem Treffen, und vielleicht, das war ein seltsamer Gedanke, begegnete er Kamal: meinem hitzköpfigen Bruder, von dessen Aktivitäten auch Aarif wahrscheinlich nichts wusste. Beinahe lächelte ich. Kamal war schlauer als Aarif und ich. Er hatte weder uns noch unseren Eltern oder Mariam etwas erzählt. Ich hatte ihn nie besonders gemocht. In diesem Moment bewunderte ich ihn.

Und ich begann, Angst um ihn zu haben.

›Es gab da eine Seite im Netz‹, sagte der Mann hinter dem Tisch. ›Sie wurde vor zwei Tagen geschlossen. Aber man kann nicht leugnen, dass sie vorher existiert hat. Eine Seite voller falscher Informationen und Verleumdungen.‹ Er sah Ummi an, als könnte nur sie, die Erwachsene, ihn verstehen. ›Wir alle sind Alawiten. Wir sind eine große Gemeinschaft, und die Assads haben uns zu dem gemacht, was wir sind. Ihnen verdankst du, dass deine Kinder zur Schule gehen und studieren dürfen. Ihnen verdanken wir alle, dass wir einen modernen Staat haben, tolerant, liberal, fortschrittlich. Ihr seid sehr undankbar. Und ihr scheint manches nicht zu begreifen. Ich bin euer Freund.‹ Jetzt sah er wieder mich an, sein Blick wie der eines enttäuschten Lehrers. ›Ich bin auch der Freund deiner Brüder, Nura. Und der Präsident ist euer Freund. Aber wer den Präsidenten verrät, der wird zum Feind. Das ist leicht zu begreifen.‹

Er stand auf, kam um den Tisch herum und sah auf mich herab. Er war sehr groß.

Er lächelte.

Ich dachte an Annas Worte. Sie waren höflich, hatte sie geschrieben. Sie wollten, dass ich etwas unterschreibe … Vielleicht waren sie wirklich höflich zu Frauen. Vielleicht war die Nichtgleichstellung in diesem Moment unser Glück.

›Wir können nicht dulden, dass jemand solche Lügen über seine eigene Religionsgemeinschaft verbreitet wie du‹, sagte er zu mir.

›Wir haben die Seite doch geschlossen‹, sagte ich leise und kam mir feige vor.

›Ja‹, sagte er. ›Das war richtig. Aber es war nur ein Schritt. Ich wüsste gern ein paar Dinge. Erstens – wie ist eure Verbindung zum Ausland? Woher habt ihr euer Material bekommen und die Texte, die ihr ins Netz gestellt habt?‹

›Von niemandem‹, antwortete ich, perplex. ›Die Texte waren von uns.‹

›Alles, was ihr veröffentlicht habt, sind Lügen‹, sagte der Mann. ›Und wir wissen, dass ihr Verbindungen zum Ausland habt.‹

›Anna?‹, murmelte ich verwirrt.

›Ah‹, sagte der Mann. ›Ein Name. Wir kommen der Sache näher. Aber das ist nur ein Vorname …‹

›Aber … sie hat nichts damit zu tun! Nicht mehr. Sie war aus Deutschland … Sie ist wieder dort …‹

›Nicht aus Amerika?‹, fragte der Mann, und es schien ihn persönlich zu ärgern, dass Anna keine Amerikanerin war. Er hatte jetzt eine steile Falte über der Stirn, und auf einmal beugte er sich zu mir hinunter und erklärte, unnötig laut und beinahe zusammenhanglos: ›Es gibt keine Revolution. Es hat nie eine gegeben. Die ganze Sache ist von außen gesteuert, um das Regime zu schwächen. Wir wollen Namen und Adressen. Telefonnummern. Und wir wollen wissen, wo Kamal ist. Und der andere …‹

›Aarif‹, sagte Yussuf. ›Aber vergessen Sie nicht. Es gibt noch jemanden. Einer von ihren Freunden war in Dar'a dabei. Yassir Umari. Der Bruder ist Kommunist seit den Achtzigern. Sie hat Verbindungen nach sozusagen überall.‹

›Das … das ist doch lächerlich!‹, rief ich und sprang auf und wusste, dass das dumm war. ›Ich habe überhaupt nichts getan! Ich … ich war auf einer Demo, okay, ich habe geholfen, ein paar Internetseiten zu verlinken … ein paar Listen zu schreiben mit Fakten, die sowieso längst bekannt sind … ich …‹

Da stand Yussuf plötzlich hinter mir und packte mich im Nacken wie eine ungehorsame Katze.

›Du bist eine Verräterin‹, sagte er leise in mein Ohr. ›Weißt du, was deine Freunde von der sogenannten Revolution mit dir tun würden, wenn sie an der Macht wären? Sie würden dich umbringen wie eine Ratte. Ihr seid Feinde für sie, das habe ich dir schon mal gesagt.‹

›Er hat leider recht‹, sagte der andere Mann und seufzte. ›Im Grunde seid ihr arme, verblendete Kinder. Was wollt ihr denn? Assad hat euch alles gegeben, Bildung und Brot. Was wollt ihr?‹

Und ich sagte das Wort, das wir so oft gesagt hatten und das beinahe zu abgenutzt schien.

›Freiheit.‹

Da lachte der Mann, und Yussuf fiel in sein Lachen mit ein.

›Die Freiheit, euch von den Sunniten umbringen zu lassen?‹, fragte der Mann.

›Die Freiheit, eine Regierung zu wählen‹, sagte ich. ›Eine Regierung, die nicht korrupt ist. Die Freiheit, zu schreiben und zu lesen und laut zu sagen, was wir denken. Ohne Zensur. Ohne Bedrohung. Wir wollen einen Staat ohne Folter. Ein Ende der Gewalt.‹

Ich kam mir vor wie eine seltsame Heilige, ich wünschte, Aarif hätte mich sehen können. Wie dumm ich war! Ein dummes, sechzehnjähriges Mädchen, ein Kind, dem die Worte, die es sagte, zu groß waren wie geerbte Kleider.

›Nura‹, hörte ich Ummi sagen. ›Du weißt nicht, worüber du sprichst.‹

Und sie hatte recht.

Yussuf lachte wieder.

›Erzähl uns nur, wo wir Kamal finden‹, sagte der Mann. ›Und Aarif. Und sag uns, wer euer Auslandskontakt ist. Dann kannst du gehen und weiter große Reden schwingen. Nachts, unter der Bettdecke, wo keiner sich daran stört.‹

›Es gibt keinen Auslandskontakt‹, sagte ich. ›Und ich weiß nicht, wo die beiden sind.‹

›Ich glaube, sie weiß es wirklich nicht‹, sagte Ummi. ›Sie …‹

›Schweig‹, herrschte der Mann sie an, zum ersten Mal wütend. Dann hob er die Hand und schlug mich ins Gesicht, und ich wäre gefallen, wenn Yussuf mich nicht gehalten hatte. Sein warmer, feuchter Atem war ganz nah an meinem Ohr. Meine Wange brannte, aber sein Atem störte mich mehr.

›Wo sind sie?‹

Ich biss die Zähne zusammen und schwieg.

Er schlug mich noch einmal, und Yussuf hielt mich wieder fest. Ich weiß nicht, wie oft er fragte und wie oft ich den Kopf schüttelte und nichts sagte, nicht aus Heldenhaftigkeit, sondern weil ich nichts zu sagen hatte, und wie oft er mich schlug. Ich weiß nur, dass der Raum irgendwann verschwamm und dass ich Ummi leise schluchzen hörte. Die Decke im Raum begann, sich nach außen zu wölben, und der Schreibtisch mit den Papieren darauf kam näher und rutschte wieder in die Ferne, so wie damals, als ich klein war und hohes Fieber hatte. Damals waren die Tanten gerade zu Besuch gewesen, und sie waren um mich herumgeflattert wie aufgebrachte, bunte Käfigvögel. Ich fragte mich, wo die Tanten jetzt waren. Vielleicht flatterten sie in Latakia am Meer entlang und rangen die

Hände über die Jugend mit ihren abstrusen Träumen von Meinungsfreiheit.

Ich weiß auch noch, dass ich auf den Boden rutschte, weil Yussuf mich losließ, und dass ich mich in diesem Moment an eine essenzielle Frage erinnerte: ›Wo ist Nabil? Er war gegen die Revolution. Er wollte mir nur helfen. Was haben Sie mit ihm gemacht?‹

›Bring sie weg‹, sagte der Mann zu Yussuf.

Die Augenbinde war wieder da, obwohl ich einen Moment lang dachte, es wäre dunkel um mich, weil ich das Bewusstsein verloren hatte. Die Reihenfolgen der Dinge gerieten ein wenig durcheinander.

Yussuf schleifte mich die Flure entlang davon, ich hörte Ummi meinen Namen rufen.

Ich ließ sie zurück in diesem schrecklichen Zimmer mit dem aufgeräumten Schreibtisch und dem gepflegten Mann und seinem traurigen Lächeln, zurück in der Welt des Lichts. Und meine unnatürliche, dumme, törichte Ruhe ließ ich bei ihr. Jetzt, endlich, kehrte die Angst zu mir zurück.

Einmal blieben wir stehen, und er öffnete eine Tür, wozu er eine Hand brauchte. Ich versuchte, mich seinem Griff zu entwinden – aber das war ebenso lächerlich wie alles andere zuvor.

Ich *war* lächerlich; ich war eine Witzfigur in dieser Welt aus unsichtbaren Fluren und Treppen.

Ich, die Blinde, stolperte immer wieder auf den Stufen, und ich musste mich an Yussuf festkrallen, um nicht hinzufallen. Es roch nach Schimmel und Kälte.

Dann blieben wir wieder stehen, und ich fand endlich den Atem, eine Frage zu stellen.

›Ist das deine Rache?‹, flüsterte ich. ›An Mariam und an mir?‹

›Das hier hast du dir selbst zuzuschreiben‹, antwortete er. ›Du hättest es anders haben können.‹

›Wo ist Nabil?‹, fragte ich noch einmal. ›Ist er dort, wo du mich hinbringst?‹

Da packte er mich ganz plötzlich, zog mein Gesicht zu sich heran und küsste mich. ›Du bist noch schöner als damals, noch schöner als deine Schwester, aber das weißt du ja‹, wisperte er und küsste mich weiter, er presste seine Lippen auf meine und zwang seine Zunge in meinen Mund, und ich wollte ihn beißen, aber der Mann mit den Akten hatte mich zu oft ins Gesicht geschlagen, ich hatte die Kraft nicht, was mich wütend machte.

Yussufs Kuss war beinahe verzweifelt. Es war etwas wie ein Abschiedskuss. Und da wuchs meine Angst.

Schließlich endete der Kuss, und Yussuf öffnete wieder eine Tür. Als sie sich hinter uns geschlossen hatte, nahm er mir die Augenbinde ab.

Wir standen in einem schmalen Flur, von dem links und rechts Dutzende weitere Türen abgingen. Türen zu Zellen. Da waren jetzt noch zwei Männer, einer hielt eine Taschenlampe. Pfützen irgendeiner Flüssigkeit standen auf dem Boden. Es herrschte ein bestialischer Gestank, ein Gestank wie in einem Raubtierkäfig, eine Mischung aus Fäkalien und dem sauren Geruch von Erbrochenem, Schimmel und etwas Metallischem. Blut.

Bisher war alles, was ich mitbekommen hatte, indirekt gewesen. Aus zweiter Hand. Bilder, Texte, Berichte, das alles war abstrakt. Schrecklich, aber abstrakt. Das hier war konkret.

›Sie sucht ihren Bruder‹, sagte Yussuf. Seine Stimme war eiskalt, er hatte alle Wärme mit dem Kuss vor der Tür gelassen. Ich dachte an die Fische damals. ›Nabil‹, sagte er, zu mir gewandt. ›Der damals deinen kleinen Sunni-Freund aus dem Wasser gezogen hat, Schlampe. Haben sie mir so erzählt. Sie hätten besser daran getan, beide im Fluss zu bleiben.‹

›Hier kannst du suchen‹, sagte der Mann mit der Lampe. Ich sah ihn nicht richtig, aber ich sah, dass er die gleiche Statur hatte wie die Männer, die manchmal aus dem Nichts auftauchten, sich zwischen die Demonstranten mischten und die schwarzen Flügel mit sich brachten: gedrungen, übertrieben muskulös, mit brennenden Augen. ›Was willst du sehen?‹, fragte er. ›Du sammelst Informationen, hat man uns gesagt. Zeig uns, wo du reinwillst.‹ Er wies auf die langen Reihen der Türen mit vergitterten kleinen Fenstern darin, hinter denen alles dunkel war. Ich schwieg.

›Los! Zeig auf eine Tür!‹, brüllte Yussuf plötzlich und stieß mich vorwärts. Ich stützte mich an der kalten, feuchten Wand ab und zeigte wahllos auf irgendeine Tür.

Der Lichtstrahl wanderte dorthin, und der Mann, der keine Lampe trug, schloss auf. Dann schubsten sie mich in die Zelle, und diesmal fiel ich wirklich. Ich kam hoch und kniete einen Moment im Dunkeln, wieder blind. Der Gestank war hier noch schlimmer. Es gab ein winziges Fenster, ganz oben. Das wenige Licht, das bis nach unten sickerte, ließ mich zunächst nichts sehen. Aber dann gewöhnten sich meine Augen daran.

Vor mir, in der Mitte der Zelle, hingen vier menschliche Körper, die Hände über dem Kopf gefesselt, die Seile an Haken befestigt. Schlachtvieh. Ihre Zehen berührten den Boden, aber nicht so weit, dass sie darauf stehen konnten. Zuerst dachte ich, sie wären tot, doch als ich langsam aufstand, sah ich sie atmen. Es waren vier Jungen, nur wenig älter als ich. Die Köpfe waren ihnen auf die Brust gesunken, ich sah ihre Augen nicht im Schatten; ich war mir nicht sicher, ob sie bei Bewusstsein waren. Ich merkte, wie mich ein Zittern überkam, es war ein Zittern wie Schüttelfrost, ich musste mich zusammenreißen, damit meine Zähne nicht laut aufeinanderschlugen. Es war so leise in der Zelle. Ich hörte den Atem der Jungen jetzt.

Ihre Körper waren nackt und übersät mit blutigen Striemen. Ich war sehr dankbar, dass es nicht heller war. Ich begann, an der Reihe der Körper entlangzugehen, um in die Gesichter zu sehen, obwohl ich alles lieber getan hätte als das.

›Nabil?‹, flüsterte ich.

Einer der Jungen hob den Kopf. Er war nicht Nabil. Er war gar niemand. Das Gesicht, das er einst gehabt hatte, war nicht mehr zu erkennen, es war geschwollen und blutverkrustet, ein asymmetrisches Kunstwerk aus Fleisch. Auch seine Augenlider waren angeschwollen, der Blick, mit dem er mich ansah, war nicht mehr als ein Suchen durch kleine Schlitze. Ich dachte nicht, dass er sprechen konnte, aber da war eine Stimme im Raum, die aus seiner Brust zu kommen schien, leise, zwischen rasselnden Atemzügen. ›Raus‹, flüsterte er. ›Du musst … hier raus. Mach, was sie sagen.‹ Dann schloss er die Augen wieder, er war zu erschöpft, um mehr zu sagen, und ich wollte etwas tun, irgendetwas, Helden in Büchern tun immer etwas Großartiges in diesen Momenten – sie finden Wege, Fesseln zu lösen, Ketten zu sprengen, Menschen durch winzige Fenster zu befreien.

Aber ich tat gar nichts, ich stand nur da, starr, gelähmt. Dann öffnete sich die Tür, und der Strahl der Taschenlampe leuchtete in das Gesicht des Jungen, und ich sah, dass die vorherrschende Farbe Rot war. Und ich sah weg.

›Und? Hast du sie nach deinem Bruder gefragt?‹, sagte Yussuf hinter mir. ›Frag schon! Frag! Sie reden sicher gerne mit dir, deine Freunde von den Demos!‹

Im gleichen Moment riss mich der andere Mann mit sich in den Gang und warf die Tür zu.

›War er dabei?‹, fragte der mit der Lampe. Ich schüttelte nur den Kopf.

›Welche jetzt?‹, fragte er. ›Sag es uns, Lady, wir öffnen dir alle Türen. Wir haben nichts zu verbergen.‹

Ich zeigte wieder auf irgendeine Zelle, und wieder stießen sie mich hinein. Diese Zelle besaß kein Fenster, das Licht der Taschenlampe wanderte über Leiber, die am Boden lagen, moderne Kunst aus Rot und Fleischfarben, gespickt mit ein paar Kleiderfetzen, Rinnsale von getrocknetem Blut wie hingemalt auf nackte Rücken. Die Bilder vor mir zersplitterten, ich weiß nicht genau, was ich sah, ich glaube, einer der Jungs auf dem Boden bewegte sich, und der Mann mit der Lampe trat ihn, während ein Arm mich im Nacken packte und hinunterdrückte, nahe zu den Übereinanderliegenden auf dem feuchten Boden.

›Schau genau hin!‹, sagte der Mann zu mir. ›Ist er hier? Dein Bruder? Das sind alles die Hunde, die wir bei den Demonstrationen aufgesammelt haben. Hey!‹ Er brüllte jetzt. ›Heißt einer von euch Nabil?‹

Ich kämpfte gegen den Arm im Nacken, sträubte mich, rutschte auf dem glitschigen Boden aus und fiel, in diesen Haufen von Körpern hinein, hörte ein Stöhnen unter mir, von dem Jungen, auf dem ich landete, suchte nach Halt, griff in Dreck und Blut, rollte mich zur Seite und lag auf dem kalten Boden, und endlich kam ich auf die Knie und übergab mich.

Sie ließen mich kotzen, bis mein Magen vollkommen leer war, dann sagte der Mann, der bisher nichts gesagt hatte: ›Sie ist zu schwach für das hier‹, und ich hörte etwas wie Mitleid in seiner Stimme, aber die anderen beiden lachten und zogen mich hoch, und sie brachten mich auch aus dieser Zelle, aber drinnen blieb der Haufen an Leibern, von denen keiner Nabil war und alle Nabil hätten sein können.

›Warum tun Sie das?‹, keuchte ich, draußen im Gang. ›Wenn Sie sie umbringen wollen, warum bringen Sie sie dann nicht einfach um?‹

›Wir wollen noch ein paar Informationen von ihnen‹, sagte Yussuf. ›Genau wie von dir, Nura.‹

Und damit schubsten sie mich in die nächste Zelle, ich weiß nicht, ob ich darauf gezeigt hatte, wahrscheinlich; sie zwangen mich, immer wieder auf Türen zu zeigen. Und meine Besichtigungstour der unterirdischen Zellen endete nicht. Später habe ich gehört, dass sie mit anderen Ähnliches gemacht haben, es ist eine ihrer vielen Methoden, dich zu brechen.

Sie riefen den Namen meines Bruders so oft, dass er seine Bedeutung verlor, und sie ließen mich Dinge sehen, die von vorneherein keine Bedeutung haben konnten, weil sie zu schrecklich gewesen wären. Ich sah viele Jungen über dem Boden hängen an diesem Tag, es schien eine praktische Methode zu sein, sie absolut wehrlos zu machen, ich sah viele Körper in Ecken liegen und kauern, ich sah ihre Haut, in roten Buchstaben beschrieben mit dem Buch, das mein Vater nie begonnen hatte. Manche waren bewusstlos, manche taten vielleicht nur so, um den Stiefeltritten meiner Begleiter zu entgehen. Das Schlimmste war, dass ich es war, die diese Begleiter mitbrachte und das mitleidlose Licht, ich war es, die die Tür nach draußen für sie öffnete – und wieder schloss.

Tiere, dachte ich, sie halten sie hier unten fest wie Tiere, gnadenloser als Tiere. Ich weiß nicht, ob Tote zwischen ihnen lagen, sie schienen sich alle in einem Zwischenstadium zwischen Leben und Tod zu befinden, einem Vorhof der Hölle. Sie hatten nichts getan, als auf der Straße Fahnen zu schwenken.

Ich wartete auf die letzte Zelle, jene, in der ich bleiben würde, bis sie mich holten, um mich in ein Tier zu verwandeln oder in ein Kunstwerk. Irgendwann wünschte ich mir nur noch, dass es aufhörte, dass sie mich in diese letzte Zelle brachten und mich für fünf Minuten in Ruhe ließen.

›Yussuf‹, flüsterte ich. ›Ich kann nicht mehr.‹

›Das habe ich schon häufiger gehört hier unten‹, sagte Yussuf. Dann holte er aus, und ich sah im Taschenlampenlicht seine Faust auf mich zurasen und dachte wieder an die Fische, und alles wurde schwarz. Es war eine Erlösung.

Als ich aufwachte, war es still um mich, und ich war allein.

Ich bewegte mich sehr langsam und vorsichtig. Mein Kopf schmerzte, hinter meiner Stirn pochte die Handschrift von Yussufs Schlag. Aber mehr schien mir nicht passiert zu sein. Ich setzte mich auf. Es gab keine Fenster, kein Licht.

›Hallo?‹, flüsterte ich. Meine Stimme kam von den Wänden zurück und sagte mir, dass der Raum klein war, eng, allerdings mit einer hohen Decke wie die anderen Zellen.

›Hallo‹, flüsterte jemand, und ich erschrak. Ich war also doch nicht allein. Die Stimme war sehr nah. Und sie war sehr jung. Dann klammerte sich jemand an meinen Arm.

›Hallo‹, sagte die Stimme wieder, und noch ein drittes Mal ›Hallo‹. Und dann: ›Allah‹, und dann: ›Bleib hier.‹

›Wer bist du?‹, flüsterte ich. ›Was …?‹

›Nicht reden‹, sagte die Stimme. ›Wir müssen beten.‹

Also beteten wir. Der Körper, der sich an mich drückte, war schmal und zerbrechlich, und ich dachte: Das ist ein Mädchen, ein kleines Mädchen, fast noch ein Kind. Und ich hielt sie fest, aber nicht zu fest, weil ich nicht wusste, ob sie verletzt war. Wir wärmten uns gegenseitig in der Kälte zwischen den Mauern, und ich dachte darüber nach, wie lange ich nicht mehr gebetet hatte. Auf einmal dachte ich auch an die schwarzen Flügel und daran, dass ich ihr Rauschen die ganze Zeit über nicht gehört hatte. Und ich begriff, warum: Ich befand mich mitten im Herzen ihrer Schatten, zu weit innen, um sie zu hören.

›Was glaubst du?‹, fragte das Mädchen in meinen Armen, als wir nicht mehr beteten.

›Ich bin Alawitin‹, sagte ich.

›Das meine ich nicht‹, sagte sie. ›Was *glaubst* du?‹

›Ich glaube, dass Allah uns hilft‹, wisperte ich. ›Ich glaube, dass wir hier rauskommen. Ich glaube …‹

›Nicht weinen‹, sagte das Mädchen. Ich fühlte ihre behutsam tastenden Finger in meinem Gesicht. ›Hast du was zu essen?‹

›Nein‹, sagte ich. ›Tut mir leid.‹ Und, nach einer Weile: ›Wie alt bist du?‹

›Dreizehn‹, sagte sie, und ich war froh, dass sie nicht noch jünger war, weil sie sich so zerbrechlich anfühlte, aber dreizehn war auch zu jung.

›Wie kommst du hierher?‹, flüsterte ich.

›Mit meinem Vater‹, antwortete sie. ›Sie haben ihn von der Straße weggeholt, ich weiß nicht, was er gemacht hat, aber sie haben ihn in einen Wagen gezerrt, und ich habe mich an ihm festgehalten, obwohl er mich wegstoßen wollte. Er hat sie angebettelt, dass sie mich an die Luft setzen. Haben sie nicht. Ich bin ein gutes Mittel, wenn sie was aus ihm rauskriegen wollen.‹

›Wo … ist er jetzt?‹

›Irgendwo‹, sagte das Mädchen. ›Als sie mich zum ersten Mal geholt haben, um mir Fragen zu stellen, haben sie gesagt, sie lassen ihn zugucken. Aber ich habe ihn nicht gesehen. Vielleicht war er trotzdem da. Haben Sie dich verhört?‹

›Ich … nein. Noch nicht.‹

›Sie wollen alles Mögliche wissen, was du gar nichts weißt‹, flüsterte das Mädchen. ›Wenn du ohnmächtig wirst, gießen sie dir kaltes Wasser über den Kopf, damit du wieder aufwachst. Aber einer von denen hat eine Tochter, die aussieht wie ich. Hat er gesagt. Du kennst die Geschichten von den Elektroden, die sie dir an die Finger und Zehen klemmen? Finger und Zehen, wenn du Glück hast. Der mit der Tochter ist reingekommen, und er hat gesagt, sie sollen aufhören und den Strom abschalten. Er hat etwas zu sagen. Aber nur manchmal. Beim nächsten Mal weiß ich nicht. Lass uns weiterbeten.‹

Wir beteten weiter, und ich dachte: Dreizehn, und ich dachte: Sie hat sich an ihrem Vater festgehalten, und ich dachte: Noch so eine dumme Heldin. Heldentum nützt keinem etwas.

Dann hatten wir zu Ende gebetet. Das Mädchen in meinen Armen sagte: ›Ich glaube nicht an Allah.‹ Und mit diesem Satz auf den Lippen schlief sie ein.

Ich wachte auf, weil Licht in meine Augen schien und mich jemand hochzerrte. Die Tür war offen, doch ich begriff es erst, als sie mich hindurchschleiften.

›Dschinan‹, sagte das Mädchen aus der Dunkelheit. ›Ich heiße Dschinan. Nur, falls …‹

Das Licht und Yussufs glänzender schwarzer Schuh trafen sie gleichzeitig. Ich sah sie nur für Sekunden, nicht einmal das, ich sah sie für einen schwarzen Flügelschlag. Ihre Kleider starrten vor Dreck, sie kauerte auf dem Boden und wich dem Schuh aus, aber selbst im Ausweichen sah ich ihre Augen, große, erstaunlich helle Augen, blaugrau wie der Himmel irgendwo da draußen, halb verborgen zwischen einem wilden Vorhang aus braunem, verfilztem Haar. Da war Blut in ihrem Gesicht, aber nicht viel. Der Mann mit der Tochter im Herzen, die ihr ähnlich sah, hatte eingegriffen … Und Yussuf, der keine Tochter hatte und kein Herz, trat noch einmal zu und schloss die Tür.

›Wohin bringst du mich?‹, wisperte ich. ›Was passiert jetzt mit mir?‹

Er antwortete nicht. Er zog mich den ganzen langen Gang entlang, auf eine Tür an seinem Ende zu.

Diese Tür war keine Zellentür, sie hatte kein Gitterfenster.

Haben Sie dich verhört?

Ich blieb stehen. Yussuf knurrte. ›Komm.‹

›Nein‹, flüsterte ich. ›Du musst mich schon tragen, wenn ich da durchgehen soll. Ich habe beschlossen, dass ich aufhören werde, eine Heldin zu sein.‹

›Du?‹ Er lachte. ›Du bist weit davon entfernt, irgendwas zu sein. Du bist nichts als eine Schande für deine Familie. Für deine Sippe. Für uns alle.‹

Er verdrehte mir einen Arm und schob mich vor sich her, und der Schmerz in meinem dummen Arm war so stark, dass meine dummen Beine Yussuf gehorchten und vorwärtsgingen.

Hinter der Tür warteten die Fragen, auf die es keine Antworten gab, ich wusste es. Und dort wartete die ganze morbide Phantasie dieser kranken Menschen, die sie in Methoden steckten, Schmerz unterschiedlicher Qualität zu kreieren. Es würde niemanden geben, der eine Tochter hatte, die aussah wie ich. Yussuf streckte den Arm nach der Tür aus und öffnete sie, und dahinter lag eine steile Treppe, die im schwachen Licht einer kahlen Glühbirne nach oben führte. Ich spürte den Luftzug von dort, kühl und frisch.

Da presste Yussuf mich mit seinem ganzen Körper gegen die Wand und streifte mir die Augenbinde über. In der Sekunde, als ich wieder blind wurde, begannen hinter mir die Schreie.

Sie kamen vom anderen Ende des Flurs, und ich begriff, dass die Tür, hinter der die Fragen warteten, diese andere war. Dass ich nicht hindurchgehen würde, nicht heute. Yussuf hielt mich noch einen Moment fest, und ich bin sicher, dass er es nur tat, damit ich hörte.

Die Schreie wurden von den Wänden zurückgeworfen und vertausendfacht. Es war das erste Mal, dass ich Folterschreie hörte, und sie sind anders als jede andere Sorte von Schrei. Sie sind wie eine vibrierende Materie, die man berühren kann, als kämen sie aus einem unauslotbaren Inneren. Manche sagen, sie sind nicht menschlich, aber ich denke, sie sind menschlicher als alles andere, denn sie stellen die Verabschiedung des Menschen von der Menschlichkeit dar; die Überschreitung der Grenze. Die Schreie sind das Letzte, was ein Mensch von sich gibt, ehe er aufhört, ein Mensch zu sein.

Das Schlimmste war, dass die Schreie nicht aufhörten. In meinem Kopf spulte sich ein Satz ab, *gleich ist es vorbei, gleich ist es vorbei, er verliert das Bewusstsein, was immer sie mit ihm machen, wer immer er ist; dann ist es vorbei.*

Aber ich hörte die Schreie noch durch die Tür, als Yussuf mich die Treppe hinaufschleifte.

›Wer …?‹, flüsterte ich.

›Keine Ahnung‹, sagte Yussuf. ›Sie sind alle gleich, wenn sie dort sind. Erst eine große Klappe, aber dann – lauter Feiglinge. Du hast Nabil nicht gefunden, hm? Kann sein, er ist da drin.‹

›Nein‹, flüsterte ich. ›Nein, das sagst du nur, um …‹

Aber Yussuf gab mir einen Stoß, sodass ich stolperte und fiel. Irgendwann war ich am Ende der Treppe, wurde wieder durch die Gänge geführt, in denen die Schritte hallten, und ich atmete gierig die Luft.

Dann nahm mir jemand die Augenbinde ab. Ich blinzelte. Ich stand wieder vor dem Schreibtisch, im gleichen Zimmer wie zuvor. Und Ummi saß auf dem gleichen Stuhl. Ich dachte, es wären Tage vergangen, oder doch zumindest die ganze Nacht, doch plötzlich war ich mir nicht sicher.

Bashar al-Assad sah mich von seiner gerahmten Fotografie herab an. Er lächelte.

Hinter dem Tisch saß der Mann mit dem guten Anzug und blätterte in einer Akte, und neben ihm stand noch jemand. Ali. Nicht unser Prophet, immer noch nicht. Für Propheten ist kein Platz mehr in dieser Welt. Es war Mariams Ehemann.

Ummi stand auf. Sie sah verheult aus. Ihre Bluse war an einer Stelle verkehrt geknöpft.

Der Mann hinter dem Tisch blickte auf und musterte mich kurz, und ich blickte an mir hinab. Ich sah fürchterlich aus, meine Kleidung war voller Dreck und Blut, und der säuerliche Geruch von Erbrochenem hing darin.

›Nimm deine Tochter mit und sieh zu, dass sie sich wäscht‹, sagte er zu Ummi. ›Und vergiss nicht: Ich erwarte einen Anruf. Namen. Bald. Noch behandeln wir euch als Freunde.‹ Er warf einen Blick zu Ali hinüber. ›Aber wenn wir euch wieder herzitieren müssen, werden die Dinge anders laufen.‹

›Ja‹, flüsterte Ummi. ›Natürlich. Natürlich.‹

Ali nickte, und ich begriff, dass ich ihm dankbar sein musste. Dass er es irgendwie geschafft hatte, mich aus den Kellern zu holen. Sein Gesicht war seltsam, beinahe gequält.

Als sie uns wieder die Augenbinden umlegten und uns in einen Wagen schoben, spürte ich in mir etwas Schweres, das leise raschelte. Die schwarzen Flügel, zu denen kein Vogel gehörte. Sie schienen jetzt zu schlafen. Ich hatte sie in mir die Treppe hinaufgebracht.

Wir packten sofort, als wir zu Hause waren. Abi war da, und er weinte, als er uns sah, und ich erzählte nichts. Ich habe seitdem niemandem etwas erzählt über … das, was am Ende der Treppe lag. Aarif fragte mich, als er nach Hause kam, aber ich sagte nur, er sollte packen.

Niemand kam, um noch einmal nach ihm und Kamal zu fragen. Vielleicht hatten sie zu viel mit anderen Leuten zu tun, ich weiß es nicht. Zwei Tage später zogen wir in ein Stadtviertel weiter draußen, in eine kleine

Wohnung im vierten Stock. Wir nahmen kaum etwas mit, und wir sagten niemandem, wohin wir gingen.

Dar'a, der Orontes, Bab Tuma, und nun dies – nirgendwo, wo man auf der Welt ankam, dachte ich, schien man lange zu bleiben.

Kamal musste irgendwie von der Sache erfahren haben, denn er tauchte in den zwei Tagen, in denen wir noch im alten Haus waren, nicht auf. Auch seine Handynummer existierte nicht mehr. Das Foto, auf dem er vor der Fahne der Freiheit gestanden und gelacht hatte, war für lange Zeit das letzte Bild von ihm, das ich im Kopf behielt.«

Nuri verstummte und sah starr geradeaus.

Calvin drückte seine Zigarette aus, vor ihm im Aschenbecher sammelte sich inzwischen ein kleiner Berg aus Kippen. Es war unmöglich gewesen, Nuri zuzuhören, ohne zu rauchen. Das Seltsame war, dass ihre Stimme immer unbeteiligter geworden war, es war, als läse sie ein Buch vor, dessen Inhalt sie nicht persönlich berührte. Das Fenster des Raucherraums stand offen, doch die Geräusche fluteten erst jetzt langsam von draußen zurück.

»Du hast das … nie jemandem erzählt?«, wiederholte er leise.

Sie nickte, kaum merklich, den Blick noch immer starr geradeaus gerichtet. Er fragte sich, was sie sah.

»Aber Nabil geht es gut«, murmelte er. »Das hast du doch gesagt.«

Und dann ging er um den blöden, weißen Plastiktisch herum, kniete sich hin und legte den gesunden Arm um sie. Da verließ die Starre ihren Körper, und sie legte den Kopf auf seine Schulter, als wäre sie unendlich müde.

»Aarifs Lieblingswitz geht so«, flüsterte sie, kaum hörbar. »Als Mohammed vor den Toren von Damaskus stand, hat er sich geweigert, die Stadt zu betreten. Sie wäre zu schön, hat er gesagt. Und das Paradies darf man nur ein Mal betreten. Wenn man Damaskus betritt, bleibt einem kein Paradies mehr im Jenseits. Wenn … Wenn man heute Damaskus betritt, bleibt einem keine Hölle mehr im Jenseits. Und was ist, wenn man morgen Damaskus betritt?«

»Und?«, fragte Calvin.

Nuri lachte. »Welches Damaskus?«

Er kniete noch immer neben ihr und hielt sie fest, und er wusste nicht, ob sie wirklich lachte oder doch eher weinte.

»Dschinan«, flüsterte sie, »habe ich später wiedergesehen. Nur damit du beruhigt bist.«

»Oh, die ganze Geschichte ist ausgesprochen beruhigend«, sagte Calvin. »Ich werde daran denken, wenn ich nachher durch die Tür da unten gehe und das Krankenhaus verlasse. Dann wartet irgendwo mein eigener Yussuf auf mich. Pascal. Ich hoffe, mir fällt der richtige Witz ein.« Er bemühte sich, zu grinsen. »Ich dachte, vielleicht ziehe ich in mein Baumhaus, um ihm zu entgehen. Kindisch, was? Es ist mitten im Wald, auf der Insel. Cindy hat mich mal dort gefunden … Früher habe ich mir vorgestellt, wie es in einem Krieg mein Zufluchtsort wird, während ich heldenhaft an der Seite meiner Leute kämpfe.« Er schnaubte.

»Du kannst nicht in ein Baumhaus ziehen, das Cindy kennt«, sagte Nuri sanft. »Du musst an einen Ort, an dem dich keiner sucht.«

»Hm. Damaskus? Ich weiß nicht, wie es zurzeit mit den Flügen ist …«

»Sei zwei Minuten lang ernst«, bat sie und sah auf die Uhr. Und dann lächelte sie plötzlich. »Ungefähr jetzt müsste er da sein.«

»Wer?«, fragte Calvin und sprang auf. Es war keine gute Idee, aufzuspringen, auch nach diesen beiden Wochen nicht. Er stand einen Moment ganz still und wartete, bis der Schmerz, der durch die Erschütterung kam, nachließ. Nuri öffnete die Tür des Raucherraums.

Im langen, weißen Flur des Krankenhauses lehnte jemand an der Wand. Als er sie sah, kam er auf sie zu, langsam, zögernd.

Es war Kamal.

Kamal in einer alten, schwarzen Lederjacke, speckig und ein wenig zu klein.

Er sah sich kurz um, als könnte jemand ihn beobachten, dann streckte er die Hand aus.

»Du bist jetzt Asylbewerber, hört man«, sagte er mit seinem Akzent, der viel schwerer wog als der von Nuri. »Es ist okay. Du kannst zu uns kommen.«

In seinen dunklen Augen spiegelte sich die Mühe, die es ihn kostete, das zu sagen. Er hatte eine breite Narbe seitlich am Hals, die Calvin vorher nie bemerkt hatte. Calvin schluckte.

»Ich … *was?*«, fragte er.

»Du kannst bei uns wohnen«, sagte Nuri. »Sie sind alle einverstanden. Keiner wird dich verpfeifen.«

Kamals Händedruck war kräftig und für die irreale Situation sehr real. Calvin schluckte.

»Danke«, sagte er steif. »Aber das geht nicht. Wirklich nicht.«

»Muss gehen«, sagte Kamal. »Einer mehr ist auch egal, ist sowieso kein Platz.«

Internetsuche

Folter Syrien

Jochbeinbruch

11

Um die Neiddebatte zu beenden, erzählt [der Bürgermeister] ständig, wie wenig die Stadt den Flüchtlingen biete. Stockbetten aus Eisen, ein Tisch, zwei Stühle, ein Stahlschrank – mehr nicht. Nichts Wohnliches. Kein Teppich. Kein Bild. Kein Fernseher auf der Stube.
(süddeutsche.de, Artikel vom 17.10.2012)

Die BRD bietet die lukrativste soziale Hängematte für Asylschmarotzer, deshalb explodieren die Zahlen der zu Versorgenden.
(Beitrag in einem rechten Internetforum)

Sie nahmen ein Taxi bis vor die Tür des Asylantenheims, und Calvin trug eine Mütze, die Nuri von einem Freund geborgt hatte – Ramo, hatte sie gesagt, der Kurde – und die man sehr tief ins Gesicht ziehen konnte. Auch der graue Wollmantel war nicht sein eigener, er gehörte Nuris Vater. Die ausgetretenen, grünen Turnschuhe, die er jetzt trug, stammten aus irgendeiner Kleiderspende. Im Auto mussten sie sich auf einmal zusammenreißen, um nicht zu lachen.

Das Beste war die Sonnenbrille, ebenfalls von Ramo.

»Fehlt nur noch das Bündel unter deinem Arm, möglichst in hässlichen, geblümten Stoff gewickelt«, flüsterte Nuri so leise, dass die Taxifahrerin es nicht hörte. »Dann kannst du als Bilderbuch-Asylant auftreten. Genauso sehen sie doch aus, im Fernsehen, in den Flüchtlingslagern. Sie filmen immer nur die, die seltsame Dinge übereinander anhaben.«

Calvin grinste und klopfte auf die Plastiktüte, in der er seine Sachen trug. »Geht das statt Bündel?«

»Du weißt, warum sie das filmen«, sagte Kamal leise. »Weil *alle* seltsame Dinge übereinander anhaben. Darf ich dich daran erinnern, dass in den Flüchtlingslagern in der Türkei und im Libanon Hunderte von Leuten erfroren sind?«

»Wir wollen jetzt lachen, nicht übers Erfrieren nachdenken«, sagte Nuri und legte ihre Hand auf die von Calvin, und da drehte die Taxifahrerin den Kopf, und sie verstummten.

Der blau-weiße Block ragte hoch in den Himmel, die vier Eingänge waren Mäuler und das Feld mit den Windrädern auf der anderen Straßenseite ein makaberes Symbol unerreichbarer Freiheit. Calvin sah das Heim an diesem Tag anders als je zuvor. Es war bedrohlich. Ein fremdes Lebewesen, das er nicht verstand und dem er sich auslieferte.

Die Dämmerung floss wie Tinte durch den Himmel und klebte an der Fensterfront. Sie hatten auf dem Krankenhausgelände herumgehangen, bis der Tag vorüber war, denn nur in der Dämmerung erschien ihnen diese Aktion sicher genug, selbst in Calvins lächerlicher Verkleidung.

Nuri bezahlte das Taxi. Calvin fragte sich, von welchem Geld. Er wusste nicht, von wie viel im Monat sie lebten, es konnte nicht viel sein. Er hatte in seinem Portemonnaie genau zwei Euro dreizehn. Und dann war da also der Weg vom Taxi zu einem der vier Eingangsmäuler. Sie hatten ihre Ankunft so berechnet, dass es dämmerig, aber zwei Stunden zu früh für die Patrouille war.

Er sah sie in dem Moment, in dem er aus dem Taxi stieg. Sie mussten die Zeiten geändert haben. Es waren Kevin und einer der Jungs, die nicht im inneren Kern der Clique waren, sie gingen langsam, fast schlenderten sie. Schwarze Kleidung, weiße Turnschuhe, Rudolf Heß an der Leine. Noch waren sie so weit weg, dass Calvin nicht hören konnte, was sie sagten, und beinahe hätte er ihnen reflexartig zugenickt. Rudolf Heß zog jetzt in Calvins Richtung.

Aber es gab keinen Calvin. Es gab nur einen Asylbewerber mit einer Plastiktüte in der Hand.

Rudolf Heß bellte.

Kevin brüllte irgendetwas, das die Worte *Gesocks* und *Nach Hause!* und *Straße frei machen* enthielt, und Calvin ballte die Fäuste. So fühlte es sich also an. Es war seltsam. Es tat weh.

Dann überwand er die letzten zehn Meter, die ihn von der Tür des Heims trennten, Nuri zog ihn mit sich ins Treppenhaus, und die Tür schlug zu. Calvin atmete tief durch. Kamal drängte sich im Treppenhaus an ihnen vorbei, brach aus der erzwungenen Gruppe aus, verschwand.

Calvin folgte Nuri langsam die Stufen hinauf. Der Flur roch nach Schatten und etwas Saurem. Die Tür im ersten Stock stand einen Spalt weit offen.

»Ich kann das nicht«, sagte Calvin leise und nahm die Sonnenbrille ab, die ihm nicht gehörte. »Nuri. Ich kann da nicht reingehen. Ich gehöre nicht hierher.«

»Wir auch nicht.«

»Ich meine … ich gehöre nicht zu euch.«

»Oh, ich werde dich nicht zwingen«, sagte Nuri und sah zu ihm auf, in der Dunkelheit des Flurs. Dann stellte sie sich auf die Zehenspitzen und küsste ihn. Er wollte es nicht, er hatte Angst, dass die Tür ganz aufging und ihre Eltern sie sahen. Aber er wollte es doch, er schloss die Augen und befand sich an einem Ort, an dem sie ganz allein waren, allein zu zweit, ohne Patrouillen und Kampfhunde an kurzen Leinen und Brüder und Eltern. Damaskus nach dem Krieg.

Schließlich löste sich Nuri von ihm und stieß sanft die Tür auf. Und dahinter, in dem winzigen Stück Flur, stand eine kleine, schmale Frau mit einer zu großen Brille und streckte die Hände aus, und Calvin trat über die Türschwelle und ließ zu, dass sie seine Hände in ihre nahm. Er hörte, wie auch diese Tür hinter ihm zufiel. Es gab kein Zurück mehr.

»*Ahlan wa-Sahlan!*«, sagte die kleine Frau mit der zu großen Brille. »*Beiti Beitak.*«

»Das heißt …«, begann der kleine, rundliche Mann, der hinter ihr auftauchte.

»Sch«, machte Nuri. »Er kann das selbst übersetzen.«

»Herzlich willkommen«, sagte Calvin leise. »Mein Haus ist dein Haus.«

»Bravo!«, riefen Nuris Eltern, und ihre Mutter lachte. Er warf Nuri einen Blick zu. Natürlich wusste sie, dass er außer ein paar Grußformeln nichts beherrschte, nicht drei Sätze Arabisch. Aber sie zuckte nur die Schultern und grinste. Wenn sie jetzt anfingen, in einem Wasserfall auf Arabisch auf ihn einzureden, dachte er, war er aufgeschmissen.

»Mein Mantel steht dir hervorragend«, sagte Nuris Vater auf Deutsch. »Aber Ramos Mütze kannst du jetzt ablegen. Ich begreife sowieso nicht, warum Ramo glaubt, er müsste im Sommer mit einer Wollmütze herumlaufen. Eine Menge Jungs scheinen das zu glauben.«

Calvin griff an seinen Kopf und dachte an den kahl rasierten Schädel darunter, mit den langsam nachsprossenden Haarstoppeln. Pascals Abschiedsgruß. Bilderbuch-Nazi. Die Springerstiefel steckten zusammen mit seinem Waschzeug und seiner Unterwäsche in der Plastiktüte, er vermisste ihr Gewicht.

»Ich würde die Mütze lieber … aufbehalten.«

»Der Blick meiner Tochter sagt mir, dass ich den Mund halten soll über den Kleidungsstil junger Leute«, sagte Nuris Vater und lächelte. »Komm, mein Junge. Iss mit uns.«

Calvin streifte die Turnschuhe ab und folgte ihm in den nächsten Raum, das, was in einer deutschen Wohnung das Wohnzimmer gewesen wäre. Auf dem Boden war ein großes, rechteckiges Tuch ausgebreitet, auf dem ein Dutzend Schüsseln und Schälchen stand, und um das Tuch herum lagen vier Matratzen, bedeckt mit weiteren Tüchern. Die beiden schmalen Stockbetten in dem kleinen Nebenraum, durch dessen offene Tür er sehen konnte, waren matratzenlos. Darauf stapelten sich Plastiktüten aller Größen, in denen Kleider und Vorräte zu lagern schienen.

»Aber«, begann er und wollte zu Nuri sagen: Die Matratzen gehören *auf* die Betten! Und ein Tischtuch gehört *auf* den Tisch! Doch Nuri drückte ihn sanft auf eine der Matratzen, und zugleich begann der Geruch, der aus den Schalen und Schälchen aufstieg, den Raum zu füllen und seine eigenen, immateriellen Hände nach Calvin auszustrecken. Er merkte, wie hungrig er war, er hatte während der zwei Wochen im Krankenhaus so gut wie nichts gegessen, er hatte sich nicht nach Essen gefühlt. Hier also waren all die Gerüche, die Nuri an die Teile ihrer Geschichte erinnerten, die Gewürze, deren Namen er nie zuvor gehört hatte.

Nuri schlug die Beine unter und setzte sich neben ihn, goss Leitungswasser aus einer Flasche in Gläser und schob ihm eine Plastikpackung zu, die aussah, als enthielte sie Taschentücher.

»Brot«, sagte sie. »Fladenbrot. Wir haben ein paar Dinge entdeckt, die man doch im Supermarkt kaufen kann. Schau, man nimmt die Fladen und tunkt damit den Hummus auf … Kichererbsenbrei … oder die anderen Dinge …«

Calvin nickte, nahm einen Brotfladen und sah sich im Kreis der Gesichter um. Nuris Eltern lächelten ihm zu, aufmunternd, aber schweigend, und er kam sich vor wie ein exotisches Tier. Sie wandten ihren Blick nie von ihm. Kamal aß einfach, er sah niemanden an, er war damit beschäftigt, Nahrung aufzunehmen, zielgerichtet und zügig, das war alles. Calvin war ihm dankbar dafür.

Er mochte Kamal noch immer nicht, und er würde ihn nie mögen, aber das war leichter, als mit Menschen an einem Tisch zu sitzen, die er nur aus einer Erzählung kannte und die er eigentlich mögen *sollte*. Vor allem, wenn der Tisch ein Fußboden war. Irgendwann standen Nuri und ihre Mutter auf und holten Platten mit etwas anderem darauf aus der Küche, und Nuri sagte: »Hühnchen«, und: »Bulgur«, und Nuris Vater verteilte weiße Porzellanteller mit merkwürdigen, falschen Goldrändern und Sprüngen, die sehr nach einer Spende des Vereins der Freunde der Asylbewerber aussahen.

»Bulgur«, wiederholte Calvin leise. Das Wort schmeckte seltsam. Er hatte keine Ahnung, was Bulgur war, Nuris Mutter häufte jetzt Dinge auf seinen Teller, und er hob abwehrend die Hand. Sie lächelte durch die große Brille.

»*Kul, kul, Habibi*«, sagte sie, und Nuris Vater übersetzte: »Iss, iss, mein Junge.«

Dann sah er Nuri an. »Ach so, er spricht ja Arabisch«, sagte er und grinste ganz leise vor sich hin. Ihr Vater schien genau zu wissen, dass das mit dem Arabisch nicht stimmte. Calvin bemühte sich, zu lächeln und das Hühnchen zu essen, Bulgur schien etwas Ähnliches zu sein wie Reis, und die Gewürze, nach denen alles schmeckte, befanden sich jetzt in seinem Mund und waren so fremd, dass er am liebsten aufgesprungen und gerannt wäre – fort, fort, wie ein kleiner Junge auf der Flucht vor der großen Unbekanntheit des Universums, das er in einer sternklaren Nacht entdeckt hat. Aber er konnte nirgendwo hinrennen.

Nuris Mutter sprach arabisch. Endlich. Sie sprachen alle, in rauchigen, unverständlichen Worten, und er klinkte sich aus. Die Wand ihm gegenüber war weiß und kahl bis auf ein mit Tesafilm festgeklebtes Stück Papier, auf dem sich unverständliche Schriftzeichen um eine kleine Zeichnung von verwelkten Sonnenblumen rankten. Vor dem Fenster hing ein Himmel, der ebenso gut der Himmel eines anderen Kontinents hätte sein können. Bettwäsche lag in einem ordentlichen Stapel an einer Wand.

Das Huhn auf seinem Teller wurde nicht weniger, obwohl er davon aß. Er wünschte, er hätte nach einem Stück Brot fragen können, nach richtigem Brot mit Margarine und Wurst. Und dann klopfte es, und Delfine stand mit ihrer Mutter vor der Tür und brauchte irgendetwas, und Nuris Mutter stand auf und holte das Irgendetwas aus der Küche. Delfine grinste Calvin zu. Vorübergehend sprachen alle französisch; Delfine und ihre Mutter wurden offenbar gedrängt, zum Essen zu bleiben, obwohl sie nicht blieben, und alle waren freundlich, alle redeten durcheinander, alle lachten. Wenn jetzt jemand angeklopft hätte, dachte Calvin, irgendjemand von der Straße, sie hätten auch den eingeladen, mit ihnen zu essen. *Beiti Beitak,* mein Haus ist dein Haus. Das Konzept beunruhigte ihn.

»*Kul, kul, Habibi*«, wiederholte Nuris Mutter, mitten aus ihrem arabischen Wortschwall heraus, und schon wieder sahen ihn alle an. Er versuchte, die Fremdheit des Essens mit einer Menge Leitungswasser herunterzuspülen. Es war schwer.

»Was esst *ihr* denn so?«, fragte Nuris Vater vorsichtig.

Calvin zuckte die Schultern. »Was eben so da ist. Wir gehen manchmal zu McDonald's.«

»Ja«, sagte Kamal, »McDonald's ist gut.« Dann schob er seinen leeren Teller weg und stand auf. »Aber zu teuer. Ich bin noch mal weg.«

»Wohin gehst du?«, fragte Nuris Vater.

Kamal zuckte die Schultern. »Zu Hause habt ihr nie so viel gefragt. Und da gab es Straßenkämpfe und Militärsperren und Raketen *und* Schabiha.«

Nuris Vater wischte den Einwand mit einer Handbewegung weg. »Der Anführer der Bande, die sich hier rumtreibt, ist unruhig«, sagte er. »Einen von den Afghanen haben sie gestern vor dem Supermarkt abgefangen, da war es noch nicht mal Nacht. Der hatte Glück, die Polizei war in der Nähe. Kamal …«

»Ich brauche *Luft,* Abi«, sagte Kamal genervt. »Geht schlafen.«

Calvin half beim Abwasch.

Und für eine Weile war er mit Nuris Mutter allein in der kleinen Küche, ein Geschirrhandtuch in der Hand. Er stapelte die Teller mit dem gesunden Arm auf das Regalbrett über der Spüle. Es gab keine Schränke.

Sie arbeiteten schweigend zusammen, und zum ersten Mal, seit er die Wohnung betreten hatte, fühlt er sich entspannt genug, um sich umzusehen: drei Stühle, ein Tisch, ein Waschbecken, die Kochplatte – und das selbst angebrachte Regalbrett. Regalbretter und Winkel kosteten Geld. Calvin begann, die sorgfältig verschlossenen Plastiktüten zu begreifen, die auf den leeren, eisernen Stockbetten lagerten.

Nuris Mutter benutzte nur gerade so viel Wasser, dass es möglich war, darin abzuspülen.

»Ihr braucht kein Wasser zu sparen«, sagte Calvin zu Nuri, als sie hereinkam. »Es gibt genug Wasser in Deutschland.«

Sie zuckte die Schultern. »Wasser gibt es nur soundso viel auf der Erde, oder? Und nur soundso viel nicht verschmutztes.«

»*Shukran.*« Nuris Mutter ließ das Wasser aus dem Becken, und das Wort blieb im Sieb hängen und glänzte dort. »Danke.«

»Danke … auch«, sagte Calvin. »Für das Essen und … alles … ich …«

Sie lächelte ihn wieder an, sie schien viel zu lächeln, die übergroße Brille machte auch ihr Lächeln größer. Calvin hängte das Handtuch an einen Haken. Darüber hingen Bilder, mit einfachen Wasserfarben gemalt, aber von einem milden, leisen Leuchten: Pflanzen mit verschlungenen, verwirrenden Blättern wie die arabischen Schriftzeichen im Wohnzimmer.

»Sag deiner Mutter, dass ihre Bilder schön sind«, sagte Calvin.

Nuri übersetzte. Und ihre Mutter lächelte.

Als sie die Matratzen auf dem Boden nebeneinanderlegten, wo zuvor das Tischtuch gelegen hatte, wartete Calvin noch immer darauf, dass Nuris Vater ihn beiseitenahm und mit ihm redete – darüber, warum er hier war. Wie lange er bleiben würde. Und was zwischen ihm und Nuri war. Was wussten ihre Eltern? Durfte jemand in Nuris Kultur einen Jungen küssen, ohne ihn zu heiraten? Wussten sie, wer er gewesen war, ehe er zum Flüchtling wurde? Was er getan hatte? Warum er im Krankenhaus gewesen war?

»Calvin«, sagte Nuris Vater. »Ich … Du siehst ja selber, wir haben nur vier Matratzen.« Er lachte. »Wir werden ein wenig zusammenrücken müssen. Hier, am Ende der Männer, das wird dein Platz sein.«

»Wir kriegen das alles schon hin«, sagte Nuri und drückte Calvins Hände. Nur seine Hände.

Er wartete, bis sie alle im Bad gewesen waren, dann ging er selbst hinein. Die Zahnbürste war immerhin seine, seine Mutter hatte ihm ein paar Sachen ins Krankenhaus gebracht. Er verbot sich jeden Gedanken an zu Hause. Es war noch immer mühsam, sich mit dem Gipsarm zu waschen.

Schließlich setzte er sich auf den Klodeckel, um einen Moment lang nur dazusitzen und allein zu sein. Er stützte den Kopf in die Hände und fluchte lange und lautlos.

Sie wachte mitten in der Nacht auf.

Das Licht der Straßenlaterne draußen fiel hilflos auf die Decken, unter denen die schlafenden Körper ihrer Familie lagen. Sie zählte, es war eine automatisierte Angewohnheit, die Menschen zu zählen, die da sein sollten, wenn man aufwachte.

Es waren drei, drei Menschen in der Tiefe der Nacht. Es hätten vier sein sollen. Einer mehr als sonst. Sie stand leise auf und stieg über die Decken hinweg.

Im Flur hörte sie das Surren der Badezimmerlüftung. Unter der Tür sickerte Licht hervor.

Und hinter der Tür, im grellen Schein der Neonröhre, hockte eine schlafende Gestalt auf dem kalten Fliesenboden, Kopf und Arme auf den Klodeckel gestützt. Sie kniete neben Calvin, ehe sie überhaupt nachdachte, schüttelte ihn an den Schultern, panisch.

»Calvin? Was ist passiert? Calvin?«

Er murmelte irgendetwas und hob dann den Kopf, blinzelnd.

»Nuri«, sagte er. Er sah nur verschlafen aus, sonst nichts. »Kannst du … dieses Licht ausmachen? Es ist furchtbar hell … Sonst ist alles okay.« Nuri löschte das Licht und kniete sich wieder auf den Boden.

»Was soll das?«, fragte sie schroff. »Du hast mir einen Wahnsinnsschrecken eingejagt! Was machst du hier auf dem Fußboden?«

Sie hörte ihn lachen, ganz leise und ein bisschen traurig. »Ich wollte nur nachdenken, und dann bin ich eingeschlafen, schätze ich. Ich … kann nicht neben Kamal schlafen. Das geht nicht. Er ist doch zurückgekommen, oder? Er hasst mich, Nuri. Wahrscheinlich ist das in Ordnung so. Ich … habe die ganze Zeit darauf gewartet, dass wir reden … wir alle … dass deine Eltern was zu der ganzen Situation sagen … Warum fragen sie mich nichts? Sie können mich doch nicht einfach so bei sich aufnehmen, als wäre ich … keine Ahnung … die zugelaufene Katze!«

»Doch«, sagte Nuri. »In unserer Kultur ist es üblich, Gästen die Tür zu öffnen. Sie werden schon noch anfangen, mit dir zu reden. Das dauert.«

»Meine Mutter würde dich nie bei uns übernachten lassen«, murmelte Calvin.

»Ich weiß«, sagte Nuri. »Wir kennen uns. Sozusagen.«

»Das ist … ach, Scheiße«, sagte Calvin. »Sie ist kein schlechter Mensch, meine Mutter, sie ist …«

»Wir sind auch keine besonders guten Menschen«, sagte Nuri. »Wir können ziemliche Arschlöcher sein, wenn wir wollen. Wir wollen nur gerade nicht.« Sie nahm Ramos Mütze weg und fuhr mit der flachen Hand über Calvins geschorenen Kopf, auf dem sie die nachwachsenden Haare fühlte. »Wenn dich das beruhigt … wir haben sehr, sehr lange geredet, bevor ich dich mit hierhergebracht habe. Ich habe mich mit Kamal und mit seinem Freund Ramo gestritten, und es war laut hier, lauter, als du denkst. Was du erlebst, ist die Ruhe nach dem Sturm, nicht vor dem Sturm.«

Er schüttelte langsam den Kopf. »Ich glaube, da kommt noch ein Sturm. Kamal wartet auf eine Gelegenheit.«

»Auch mein Bruder ist kein schlechter Mensch. Genau wie deine Mutter.«

»Ich habe geträumt«, flüsterte Calvin. »Von den schwarzen Flügeln. Das Fenster ist gesplittert, das Fenster hier im Wohnzimmer, etwas wollte herein, und du hast dich davor geduckt, aber ich weiß nicht, wo ich selber war …«

»Es war nur ein Traum«, sagte Nuri und strich ihm noch einmal über den Kopf. »Deine Haare … sind wie Federflaum. Federflaum … Heißt das so? Vielleicht wirst du eines Tages fliegen.«

»Nuri? Erzähl mir noch einen syrischen Witz. Bitte.«

»Hm. Einen Witz von Aarif? Kennst du Rami Machluf? Das ist ein Verwandter der Assads, er besitzt die ganze Telekommunikation des Landes, er kriegt Prozente von allem, was da passiert, deshalb nennen ihn die Syrer Mister Fünf Prozent. Und Mahir al-Assad habe ich schon mal erwähnt, das ist noch so einer aus der Familie, der Chef der vierten Division, die Hamza in ihren Fängen hatte. Also: Treffen sich Bashar al-Assad, Mahir al-Assad, Rami Machluf und ein Schaf. Sagt das Schaf: Wie schön, jetzt sind wir eine Herde.«

Calvin schwieg.

»Der Witz ist scheiße«, sagte Nuri. »Aber er hat einen zweiten Teil. Bashar sagt: Ein Schaf? Garantiert furchtbar gefährlich, das sind Raubtiere! Schnell schlachten. Mahir sagt: Moment, Moment! Wir sollten das Schaf erst so lange übers Feuer hängen, bis es zugibt, dass es ein Kamel ist. Wie ihr wollt, sagt Rami Machluf, aber seht zu, dass das Schaf seinen Anwalt in Amerika anruft, bevor es gar ist – ich will meine fünf Prozent.«

Sie zog Calvin auf die Beine, und er ließ sich ziehen. Keiner von ihnen lachte.

»Gehen wir rüber? Schlafen?«

»Noch ein Witz ... Schläft ein Exnazi neben einem Syrer mit einem scharfen Messer«, flüsterte Calvin leise. »Wachen beide lebendig auf.«

Nuri seufzte. Sie führte ihn im Halbdunkel der Straßenlaterne an dem Matratzenlager entlang und zeigte. »Du kannst hier schlafen. Neben mir. Ich rücke zur Seite. Sie werden es verstehen.«

Calvin nickte, aber er legte sich nicht auf die Matratze, sondern daneben auf den Boden, und er drehte ihr den Rücken zu. »Ich will morgen von keinem beschuldigt werden«, flüsterte er, »dass ich einem Mitglied der Familie zu nahe getreten bin ...«

»Wenn du nicht sofort aufhörst, Unsinn zu reden, küsse ich dich vor allen Familienmitgliedern beim Frühstück«, zischte sie, »und es wird dir wahnsinnig peinlich sein.«

Sie tastete nach seiner Hand und ließ sie nicht mehr los, bis sie schlief.

Der nächste Tag war blau und voller weißer Wolken. Sie frühstückten am Küchentisch, eine beinahe deutsche Angewohnheit. Toastbrot und Kaffee. Sie sprachen über alles außer darüber, warum Calvin da war und wie lange er bleiben würde.

Kamal winkte Nuri mit sich hinaus. »Ich denke, wir haben was zu besprechen«, sagte er auf Arabisch. Sie warf einen Blick zurück, und Calvin lächelte, ein Lächeln, das mit seiner noch immer verpflasterten, zweimal gebrochenen und wieder zusammengeflickten Nase irgendwie schief ausfiel. »Ist okay«, sagte er. »Ich helfe mit dem Abwasch.« Er hielt seinen Gipsarm hoch. »Abwaschen ist ein Sport, den man auch einarmig machen kann. Ich hatte meine Morgenzigarette sowieso schon. Vor dem Frühstück. War schön da draußen. Es ist total idyllisch gelegen, dieses

Asylantenheim, inmitten der deutschen Landschaft aus Windrädern und ursprünglichem, naturbelassenem Asphalt.«

»Ich hoffe, du hast Ramos Sonnenbrille mitgenommen«, sagte Nuri. »Falls ein paar ursprüngliche, naturbelassene Rechte vorbeikommen.«

Er nickte, und sie wollte zurück in die Küche gehen, um ihn zu umarmen. In seiner Ironie lag zu viel Wut, es tat weh. Aber Kamal zog sie mit sich.

Draußen bei den Mülltonnen zündete er sich selbst eine Zigarette an.

»So«, sagte er und blies den Rauch ins Morgenblau. »Nura. Was wird jetzt?«

Sie zuckte die Schultern, den Blick auf die Windräder gerichtet, drüben auf dem Feld. »Abwarten. In zwei Wochen kommt der Gips ab.«

»Ist das D-Day? In zwei Wochen? Ohne Gips lässt du ihn wieder laufen?« Er schüttelte den Kopf. »Wenn man nachts nach Hause kommt und nicht mal mehr das Klo benutzen kann, dann läuft etwas schief. Dein Nazi ...«

»Er ist kein Nazi.«

»Er hat auf der Toilette geschlafen.«

»Neben der Toilette. Und nur die halbe Nacht. Er war erschöpft, das ist alles. Kamal, die haben ihn fast totgeschlagen! Seine eigenen Leute! Kann sein, dass er komisch ist. Er ist ... traumatisiert.«

»Ach, niedlich«, sagte Kamal mit einem lautlosen Lachen. »Und wir nicht?«

»Er hat Angst, dass du ihm was tust. Er hat Angst, neben dir zu schlafen.«

»Fein«, sagte Kamal, »das sollte er auch. Wenn ich dich irgendwann erwische, wie du mit diesem Typen ... dann ziehe ich jede Unterstützung zurück. Ich bin in das verfluchte Krankenhaus gegangen und habe versucht, freundlich zu sein, aber es ist verdammt noch mal nicht leicht. Und übrigens, Talkalakh ist gefallen, Assads Armee ist da. Nach fast zwei Jahren. Scheiße, es ist nur irgendeine Stadt, in der wir nie waren. Aber früher hast du jede dieser Städte notiert ... Du willst nicht ins Netz, ich weiß. Du interessierst dich nicht mehr für unser Land.«

»Doch«, sagte Nuri und sah weiter die Windräder an. »Schau, Kamal ... sie drehen sich und drehen sich und kommen nie an ...« Sie riss ihren Blick von der hypnotisierenden Bewegung der Räder los und sah ihren Bruder an. Seine dunklen Augen, sein Haar, das wie das ihre war und dessen Locken er abschnitt, um nichts Weibliches an sich zu haben, nichts Sanftes.

»Ich muss auch erst ankommen, verstehst du?«, sagte sie leise. »Im Jahr 2013. Ich befinde mich momentan im Juli 2011. Und ich brauche Calvin, weil er der Einzige ist, dem ich Dinge erzählen kann.«

»Du bist genauso verrückt wie er«, sagte Kamal und trat seine Zigarette aus. »Vielleicht zieht ihr zusammen aufs Klo.« Dann umarmte er sie plötzlich und drückte sie so fest an sich, dass sie glaubte, ihre Rippen brechen zu hören. »Mach keinen Unsinn, ja?«, flüsterte er. »Wir gehen alle zurück, bald, und drehen die Windräder der Revolution weiter. Dein Calvin geht auch zurück, wenn du mich fragst. Zu seinen Leuten. Er hat nie gelernt, ohne sie zu existieren, der hat nie irgendwas gelernt … Das hier ist nur ein Ausflug.«

Nuri machte sich von ihm los. »Er lernt doch schon«, sagte sie.

Im Treppenhaus lehnte Delfine am Geländer zwischen zweitem und erstem Stock. Sie strahlte, als sie Nuri sah. »Kann ich mit zu euch?«, fragte sie und hielt ihre Puppe hoch, das hässliche, rosa Adoptivkind. »Sie hat Calvin gestern nicht richtig Guten Tag gesagt. Ich wollte ihm von ihrem Vater erzählen, dem Prinzen. Calvin ist doch da, oder?«

»Natürlich«, sagte Nuri.

Er war da. Natürlich. Er saß in der Küche und sah sie zuerst nicht, als sie in der Tür standen, Nuri, Delfine mit ihren Neon-Haargummi-Zöpfen und die Babypuppe. Er saß an dem weiß laminierten Tisch und höhlte Zucchini aus, während Ummi am Herd stand und in einem Topf die Füllung anrührte. Ein kleiner Berg von Paprika und Auberginen türmte sich auf dem Tisch, und Calvin befand sich in einem privaten Kampf gegen Gemüse. Er hatte den Gipsarm auf dem Tisch abgelegt wie einen Fremdkörper. Es roch nach Thymian und Oregano, Kardamom und frischer Zitrone, und der Dampf, der sich durch das gekippte Fenster nach draußen wand, war ein weißes Negativ der schwarzen Schatten – Flügel aus lauter winzigen Dufttropfen. Natürlich fehlten Zutaten: Saatar, den man nur unzureichend durch Oregano ersetzen konnte, Sumach, das Gewürz des

Essigbaums, dessen Fehlen Ummi durch mehr Zitronen ausglich, und der spezielle Geruch der Luft, die Zuhause war.

Dennoch war in diesem Moment alles gut.

Nuri legte einen Arm um Delfines Schultern, blieb eine Weile im Türrahmen stehen und sah zu, wie Calvin und Ummi schweigend zusammenarbeiteten. Ihr Schweigen war ein stummes Zwiegespräch zwischen Messern und Schneidebrettern, das Geräusch des Rührlöffels im Topf eine leise Übersetzung zwischen verschiedenen Sprachen.

Dann kam Nuri gegen die offene Tür, die leise quietschte, und Calvin fuhr herum und schnitt sich in den Zeigefinger. Das Bild des Friedens zerbrach, Blut tropfte auf die hellen Schnittflächen der Zucchinischeiben. Calvin steckte den Finger in den Mund und murmelte etwas wie »Fuck«.

Neben den Zucchinischeiben lag eine Zeitung. Auf der aufgeschlagenen Seite war mit Kugelschreiber eine großformatige Anzeige eingekreist.

RECHTSBERATUNG KOSTENLOS – Parteibüro NPD

Wir helfen beim Ausfüllen von Anträgen. Wir übersetzen unverständliches Amtsdeutsch. Wir helfen bei der Formulierung von Beschwerdebriefen. Wir sind da, wenn niemand mehr da ist.

Keine Voranmeldung notwendig.

Calvin sah, dass Nuri las.

»Dein Vater hat mich endlich gefragt«, sagte er. »Nach meinen Leuten. Wer sie sind, und warum. Er sitzt drüben im … Wohnzimmer? Schlafzimmer? Esszimmer?«

»Im einzigen Zimmer«, sagte Nuri und lächelte.

»Ja. Ich glaube, er schreibt an seinem Buch.« Jetzt war es Calvin, der lächelte, noch immer schräg, aber in seinem Lächeln lag ein gewisser Grad an Nervosität. »Er hat gesagt, er würde nachher gerne mit mir reden.«

»Sie auch reden«, sagte Delfine und streckte Calvin die Puppe entgegen. »Sie lern. Deutsch.«

Es war eine erstaunliche Bemerkung über die rosa Babypuppe. Calvins Lächeln wurde zu einem Grinsen.

»Du lernst vor allem«, sagte er zu Delfine. »Du lernst ziemlich schnell, was? Und ich lerne, Gemüse zu schneiden …«

»Ohne dir den Finger abzusäbeln«, ergänzte Nuri. Sie setzte sich zu ihnen und hielt den Rest der Zucchini fest, während Calvin einarmig weiterschnitt und Delfine und ihre Puppe halfen, indem sie französische Kinderlieder sangen, die nicht ganz richtig klangen. Ummi summte mit.

»Alles könnte genau so bleiben«, flüsterte Nuri.

»Nein«, sagte Calvin leise. »Nuri. Ich tue nur so. Wir tun alle nur so. Niemand hier ist entspannt.«

Draußen war es zu warm für die Lederjacke, die Nuri ihm gegeben hatte, aber wenigstens war es jetzt eine Lederjacke, kein Wollmantel mehr. Die Jacke war alt und sah beinahe aus wie die von Kamal. Kleidersammlung? Er wusste es nicht. Er trug auch noch immer Ramos Sonnenbrille mit den verspiegelten Gläsern und die Wollmütze. Zugegeben, im Spiegel sah er aus wie jemand anders.

»Ich kenne Ramo von genau zwei Gelegenheiten«, sagte Calvin und kickte ein Steinchen ins Wasser. Sie standen am winzigen Hafen eines der Inselorte, die keinen Strand besaßen, sondern nur einen verschlafenen Steg auf der dem Land zugewandten Seite. Sie waren mit dem Bus gekommen, am hellen Tag. Ein waghalsiges Unternehmen. Niemand hatte Calvin erkannt, aber überall gab es Leute, die ihn hätten erkennen können.

»Zwei Gelegenheiten … Bei der ersten haben wir die fertiggemacht, und bei der zweiten haben sie mich fertiggemacht. Ramo und Kamal. Und jetzt laufe ich in Ramos Sachen rum.«

»Ja«, sagte Nuris Vater. »Dinge ändern sich im Krieg.«

»Wir sind in Deutschland«, sagte Calvin steif. »Hier haben wir Frieden.«

Nuris Vater streckte eine Hand aus und strich vorsichtig über den Verband auf Calvins zusammengeflickter Nase. »Sieht nicht so aus«, sagte er. »Ramo … du musst da aufpassen. Ramo hat sich ein bisschen in Nura … verguckt, sagt man das so? Er hat ihr die Sachen für dich geliehen, aber es zerreißt ihn natürlich.«

Sie verließen den Hafen und wanderten eine Kopfsteinpflasterstraße entlang, hinauf zu einer winzigen, uralten Kirche zwischen riesigen, uralten Bäumen. Unter ihnen glänzte das Wasser klar und blau wie der Himmel, beinahe unwirklich.

»Ein schönes Land habt ihr«, sagte Nuris Vater. »Ich war damals beeindruckt davon, wie grün es ist. Hat sie dir erzählt, dass ich in Köln studiert habe? Damals hätte ich bleiben können. Ich habe es nicht versucht.« Er lächelte, und sein Gesicht bekam ganz neue Falten. »Ich war verliebt. In eine Frau und in ein Land. Das Land hat es schwer. Es ist weniger ein Land als eine Art ständiges … Vergewaltigungsopfer. Alle reißen es dauernd an sich, erst die Franzosen, dann die Assads, und jetzt vielleicht die Islamisten. Ihr … habt es genauso schwer wie wir, euer Land zu lieben, oder?«

»Ich war eine Weile stolz darauf«, sagte Calvin vorsichtig. »Aber eine Menge Leute schämen sich, weil sie aus Deutschland kommen. In der Schule haben sie uns das auch dauernd erzählt – dass die Deutschen immer die Bösen waren. Dass man sich mehr oder weniger entschuldigen muss, ein Deutscher zu sein. Es nervt, das andauernd zu hören. Ist vielleicht ein Grund dafür, dass die Jungs … dass sie so sind.« Er zog die Zeitungsseite mit der Anzeige aus der Tasche. »Das«, sagte er, »ist auch ein Grund.«

Nuris Vater nahm das Stück Papier und las, und Calvin beobachtete ihn dabei. Die grünen Baumschatten rochen nach genau dem Deutschland, auf das er stolz hatte sein wollen. Die alten Steine der Kirche waren vorchristlich und erinnerten ihn an die schwarze Sonne auf seinem Arm. Wie konnte er aufhören, all diese Dinge zu lieben?

»Wir sind da, wenn niemand mehr da ist«, murmelte Nuris Vater und gab das Stück Papier zurück.

Calvin zerriss es in kleine Stücke und zuckte die Schultern. »Meine Mutter war oft bei denen, wenn sie nicht wusste, wie es weitergehen soll. Wenn das Amt wieder irgendwelche Gelder gekürzt hatte. Die haben ihr geholfen, sich zu beschweren. Schriftlich. So was kann sie alleine nicht. Die helfen einer Menge Leute.« Er zerknüllte die Fetzen der Zeitungsseite in seiner Faust. »Angeblich hilft uns ja der Staat. Man kriegt am Ende immer was, aber sie lassen einen betteln, sie lassen einen auf Knien zu den Ämtern kriechen, damit man auch merkt, wie weit unten man steht, mitten in der tiefsten Scheiße. Hast du keine Ausbildung? Dann kriegst du auch keine Arbeit. Ach so, deine Eltern hatten auch schon keine Ausbildung? War ja klar. Wenn wir genug gebettelt haben, füttern sie uns durch, damit wir still sind. Aber ich sag Ihnen was: Die Leute haben keine Lust mehr, still zu sein. Die wollen auch nicht gefüttert werden. Die wollen, dass man sie ernst nimmt. Die von der NPD, die sagen ihnen, dass sie was werden können, Ausbildung hin oder her. Als Tom zur Schule gekommen ist, hat einer von denen Buntstifte verteilt und Luftballons, außerhalb des Schulgeländes, drauf durfte er nicht. Und er hat zu den Kindern gesagt, dass sie stolz auf sich sein können, weil sie in Deutschland zur Schule kommen. Deshalb wählen die Leute die. Sie wollen auf irgendwas stolz sein.«

Nuris Vater nickte. »Aber diese Partei … die … NPD. Die füttert die Leute auch nur«, sagte er nachdenklich. »Mit Buntstiften und Luftballons.«

»Klar«, sagte Calvin. »Sie brauchen die Leute. Wenn sie einem das Hirn mit Luftballons vollstopfen, denkt man nicht mehr selber. Ich habe mich mit einem von denen angelegt. Er fand es eine schlechte Idee, dass ich nachdenke. Trotzdem. Das mit der Rechtsberatung ist gut.«

»Was ist mit den anderen Parteien? Ihr habt doch mehrere, oder?«

»Mehrere? Wir haben eine ganze Masse. Aber die anderen interessieren sich nicht für uns. Hier, in dieser Ecke von Deutschland, hier wohnen doch bloß die Verlierer. Früher hatten wir den Kommunismus, und eine Menge Leute heulen ihm jetzt nach.«

»Aber … das war eine Diktatur.«

Calvin ließ die Reste der Zeitungsseite in einen Papierkorb rieseln. »Natürlich. Und davor war alles Scheißgroßgrundbesitz. Solche Typen wie ich waren Tagelöhner. Nichts mit Lesen und Schreiben. Die, denen der ganze Kram gehörte, wollten nie, dass wir denken. Schon vor hundert Jahren nicht.«

Nuris Vater schwieg eine Weile.

»Ich verstehe eins nicht«, sagte er schließlich vorsichtig. »Warum hast du keinen Schulabschluss? Du bist ein kluger Junge.«

»Haha«, sagte Calvin und trat nach einem Stück Holz, das den Hügel hinabrollte.

»Ich meine das ernst. Meine Tochter weiß schon, mit wem sie sich einlässt. Was du eben gesagt hast, über die Leute, die nicht gefüttert werden wollen …«

»Das hört sich gut an, aber das ist auch schon alles«, sagte Calvin. »Ich war nicht mal schlau genug für die normale Grundschule. Nuri ist schlau, ich nicht. Sie spricht alle diese Sprachen und …« Er brach ab, setzte sich auf die Bank, die im tiefen Baumschatten hinter der kleinen Kirche stand, und suchte nach seinen Zigaretten. Aber dann hielt er die Packung zuerst Nuris Vater hin.

»Nein, danke.« Er setzte sich neben Calvin. »Einseitiges Siezen ist dumm.«

»Ich kann doch nicht Du zu Ihnen sagen.«

»Schade«, sagte Nuris Vater. Dann streckte er die Hand aus und sagte: »Samir.«

Calvin schüttelte die Hand, obwohl ihm nicht wohl dabei war.

»Die ganze Misere mit den Rechten und der NPD und Deutschland«, sagte Nuris Vater, Samir, »hat also gar nichts mit den Ausländern zu tun.«

»Was? Natürlich nicht.« Calvin lachte beinahe. »Sie brauchen nur jemanden, an dem sie ihre Wut auslassen können.«

»Die Ausländer sind wie dieses Stück Holz. Das du weggekickt hast, meine ich. Man muss etwas wegkicken.«

Calvin nickte. »Warum ich keine Ausbildung habe … es ist so … Wenn jeder dir sagt, du kannst nichts, dann kannst du natürlich auch nichts. Das Spiel kann man schon ziemlich früh anfangen. Ich habe zwei kleine Brüder. Ich hatte gehofft, sie würden … durch die Nachhilfe bei Frau Silbermann … Aber Benji schlägt jetzt schon über die Stränge. Meine Mutter kriegt das nicht hin. Ich sollte zu Hause sein. Mich kümmern. Aber ich bin nicht der Typ dafür. Ich … hätte jetzt wirklich gern noch irgendwas zum Wegkicken.« Er sah sich um. Es war nichts da. »Wegkicken ist gefährlich«, sagte er.

Samir nickte. »Zufällig weiß ich das sehr genau.«

»Die Jungs … meine Clique … die werden was machen. Irgendwas. Das Asylantenheim ist nicht sicher.«

»Zufällig weiß ich auch das«, sagte Samir und lächelte. »Wir versuchen alle, über die Ämter woanders hinzukommen. Keine Chance, wie es aussieht.«

»Ämter.« Calvin schnaubte. »Deutschland besteht aus Ämtern.«

Er rauchte seine Zigarette stumm zu Ende, und als er sie auf der Bank ausdrückte, fragte Nuris Vater ganz plötzlich: »Liebst du sie?«

Es war eine Frage wie ein Eimer kaltes Wasser.

Calvin suchte nach einer Antwort. Er stand auf.

»Ich …«, begann er. »Wir …« Was sollte er sagen? Was konnte er erklären? Liebte er Nuri?

»Entschuldigung«, sagte Samir da und stand ebenfalls auf. »Das war eine dumme Frage. Sich halb totschlagen zu lassen, ist wahrscheinlich Beweis genug.«

Es blieb Calvins einziger Ausflug mit Samir Aljafari. Von da an redeten sie nur noch in der Wohnung oder vor dem Block, bei den Mülltonnen.

Calvin schlief in der zweiten Nacht neben Kamal. Er gewöhnte sich an das Essen, das Nuris Mutter kochte, und er gewöhnte sich daran, ihr in der Küche zu helfen. Sein Arm heilte, seine Nase heilte, sein Kiefer heilte. Manche Dinge heilten nicht.

Und irgendwo tickte etwas, leise, im Verborgenen, wie eine Zeitbombe.

Drei Tage nach seiner Entlassung aus dem Krankenhaus erfuhren sie aus dem Radio – es war Fabiennes Radio –, dass er vermisst gemeldet war. Keiner von der Clique schien etwas über seine Verbindung mit der Laube gesagt zu haben, wofür sie natürlich eigene Gründe hatten … Die Polizei suchte ihn nur, weil er verschwunden war.

Es musste seine Mutter gewesen sein, die die Meldung aufgegeben hatte.

Sie sagten im Radio etwas über das Pflaster auf seiner Nase, von dem Pascal vielleicht bisher nichts gewusst hatte, und er löste es mit Nuris Hilfe, was schmerzhaft war. Den Gipsarm verbarg er ohnehin im Ärmel der zu großen Jacke, wenn er draußen war.

Er versuchte, nicht an das Sofa zu denken, auf dem seine Mutter jetzt lag und gegen die Kopfschmerzen kämpfte, an denen er schuld war.

»Ich hab ihr gesagt, dass ich nicht nach Hause komme«, sagte er zu Nuri. »Sie sollte sich keine Sorgen machen.«

Nuri nickte. »Sie ist eine Mutter. Sie macht sich trotzdem Sorgen.«

Er nickte, und dann ging er in die Küche und half Ummi Zwiebeln schneiden, und der scharfe Saft ließ seine Augen tränen.

Am nächsten Tag gab es einen Zwischenfall draußen, irgendeiner von den kleinen afghanischen Jungen war der Patrouille in die Hände gefallen. Sie erfuhren nicht, was sie mit ihm gemacht hatten, er kam nach Hause und schwieg mit großen Augen.

Es gab mehr Zwischenfälle.

Niemand ging in den kommenden Tagen länger hinaus.

Und Calvin träumte jede Nacht von Pascal. Er träumte von Pascals Gesicht, das über ihm im Nichts hing und lächelte. Und er träumte von seiner Faust in Pascals Gesicht. Manchmal hätte er gerne ein Fenster eingeschlagen. Stattdessen saß er in der Küche und schnitt Zwiebeln, die Küche wurde seine Zuflucht, und wenn er sich in den Finger schnitt, sah er das Blut an, als wäre es nicht seines.

Am dritten Tag kam der Regen, ein tagelanger Dauerregen, und machte ihr Gefängnis unerträglich. Die Wäsche an den Leinen, die quer durchs Zimmer gespannt waren, trocknete nicht mehr richtig.

Aber es war eine Erleichterung, Wäsche aufzuhängen – es war eine Erleichterung, irgendetwas Sinnvolles zu tun.

Wenn im Heizungskeller Platz war, hängten sie die Wäsche dort auf. Und beinahe lachte Calvin über diesen Keller, denn er war das Einzige, was sich ungefähr dort befand, wo er es auf seinem fiktiven Plan eingezeichnet hatte. Und es gab wirklich einen Feuerlöscher, direkt neben den riesigen Kesseln der Gasheizung. Das Herz des Hauses, dachte er, hatte er an der richtigen Stelle vermutet.

Er lernte jetzt Arabisch von Nuri. Er lernte, dass eine Frau mit dem Namen ihres ältesten Sohnes bezeichnet wird, und Nuris Mutter hieß also eigentlich Um Nabil. Er lernte, dass das wichtigste Wort ihrer Küche *Nar chafifa* war, auf kleiner Flamme. Sie versuchten, alles hier auf kleiner Flamme zu kochen, selbst ihre Angst, selbst ihre Erinnerungen – und Calvins Wut und sein Hass, auf kleiner Flamme köchelnd, stauten sich an. In seinen Träumen brachte er Pascal jetzt um.

In seinen Träumen schlief er mit Nuri, im Hausflur, im Bad, auf dem Matratzenlager im Wohnzimmer.

Doch sie waren nie allein.

Und alles, was sie teilten, waren Blicke.

Am achten Tag standen sie am Fenster und sahen den Himmel an, der so hoch und so weit fort war.

»Das hier … ist ein Gefängnis«, sagte Calvin. »Ich war heute zehn Mal zum Rauchen draußen, und der Tag ist immer noch nicht vorbei. Die Zeit ist wie … Leim. Es macht einen wahnsinnig, wenn man nichts tun kann … es ist …«

»Natürlich ist es das«, sagte Nuri.

»Sie hoffen, dass wir irgendwann freiwillig zurückgehen«, sagte Kamal. »Weil wir uns lieber in unserer Heimat umbringen lassen, als hier zu verrotten.«

In dieser Nacht weckte Nuri Calvin. Die Uhr zeigte kurz nach eins.

»Okay, es ist verrückt, aber … lass uns rausgehen«, wisperte sie. »Man kann ja hoffen, dass die Patrouilleläufer im Bett liegen und deutsche Heldenträume träumen. Wenn wir hierbleiben, werden wir uns eines Tages hassen.«

Draußen zogen die schweren Wolken der letzten Tage fort. Am Himmel gab es überlebende Sterne.

»Hey«, flüsterte Calvin. »Es hat aufgehört zu regnen.«

Nuri nickte. »Wir haben uns eine Woche lang nicht geküsst, weißt du das?«

»Schande über uns«, sagte Calvin und fühlte die Schwere dieser Woche mit den Wolken davonziehen. »Wir sollten es nachholen.«

Sie hatten es nicht verlernt.

Dies wurde die zweite Phase der Nächte.

In jener ersten Nacht gingen sie nur um den Block und fühlten die Nachtluft in ihren Gesichtern, aber dann trieb Nuri zwei Räder auf, deren Besitzer Calvin nicht kannte – es war nicht Ramo diesmal, und dafür war er dankbar.

Sie stellten die Räder im Keller des Blocks unter und erzählten niemandem davon, obwohl es vermutlich viele Leute wussten.

In einer Nacht fuhren sie hinaus zur Seebrücke des ersten Badeortes und lehnten sich in der Mitte ans Geländer und stellten sich vor, sie wären auf einem Schiff. Titanic.

Wenn man auf einer Eisscholle sterben könnte, ein Held werden, sich füreinander opfern!

In der Nacht darauf suchten sie das Sonnenblumenfeld, aber es gab nur noch Stoppeln. Es machte nichts aus, es gab andere Dinge; den Wald, die Strände, die Wiesen.

Sie kehrten die Realität um. Sie schliefen tagsüber und lebten nachts. Sie standen morgens auf, damit Nuris Eltern sich nicht wunderten, aber sie waren nicht wirklich wach. Und zwischen der Realität der Nächte und der Unwirklichkeit der eintönigen Tage saßen sie in der Küche, mitten in Ummis Wolke von Gerüchen.

Ein Mal, nur ein Mal, gab es in der Kaufhalle Granatäpfel. Sie waren unreif und nicht zu gebrauchen, als sie sie aufbrachen, die vielen kleinen Kerne, die die Frucht ausfüllten, waren blassrosa statt rot. Aber Nuri roch an einem Stück Granatapfel und lächelte. Sie saßen in der Küche, müde, nach einem Frühstück aus Kaffee und Kaffee. Calvin sah sich um.

»Wir sind … allein«, stellte er verwundert fest.

Nuri legte eine Hand auf seine Hand.

»Ich habe lange nichts erzählt«, sagte sie. »Die Nächte waren zu … zu sehr Nächte. Vielleicht wird es Zeit.

Der Geruch von Granatäpfeln erinnert mich immer an die Zeit, in der wir untergetaucht waren. Wir hatten einen Granatapfelbaum in einem Topf auf dem Balkon, wir hatten den Baum mitgenommen aus dem Innenhof mit den blau gemusterten Fliesen. Der Baum war winzig, und er trug nie mehr als zwei Granatäpfel auf einmal. Ich liebte ihn für seine Tapferkeit.

Die Wohnung lag im vierten Stock, aber das habe ich schon erzählt. Die Altstadt und das, was Damaskus ausmachte, waren so weit fort, als gehörten sie zu einem fernen Traum, einer Geschichte aus dem Repertoire eines Märchenerzählers, wie sie in eben jener Altstadt noch manchmal in den Caféhäusern sitzen.

In den meisten Caféhäusern sind heute natürlich Fernseher, denen aber niemand zuhört.

All das gab es nicht in der Neustadt, und überhaupt verließen wir die Wohnung nicht.

Ich ging nach wie vor nicht zur Schule, Aarif ging nicht mehr zur Uni, und Abi ging nicht zu den Klassen, die er hätte unterrichten sollen. Wir verbrachten unsere Tage damit, irgendwo nicht hinzugehen.

Ummi, die sonst am meisten zu Hause saß, war auf einmal die Einzige, die hinausging. Jemand musste hinaus, jemand musste auf den Suq gehen oder in einen Laden, um einzukaufen. Sie war nie lange fort. Wir lebten von den Ersparnissen meiner Eltern. Es wird später nichts zu erben geben, sagte Abi. Die Kinder werden leer ausgehen, wenn wir sterben, aber sie werden in einem freien Land leben. Dabei gab es nur noch ein Kind im Haus, und es tat mir weh, das einzige zu sein.

Wir lebten also im Untergrund im vierten Stock, und um uns herum war plötzlich alles ruhig. Auch die Revolution schien ein ferner Traum geworden zu sein. An manchen Tagen kamen wir uns dumm vor, alles erschien so normal – die Sonne ging auf und unter, die Autos fuhren in endlosen Kolonnen auf der mehrspurigen Straße vorbei, und im Staatsfernsehen sagten sie, Assad hätte die Lage in der Hand und es herrschte wieder Frieden. Er hatte die Steuern ermäßigt, er hatte den Kommandanten von Dar'a ersetzt, er hatte allen Forderungen der Demonstranten Folge geleistet. Die Krise war vorüber.

Nur über das Internet tröpfelten Nachrichten herein wie Nährflüssigkeit, die über einen Schlauch in einen kranken Organismus rinnt. Ich dachte daran, wie viele Menschen kein Internet hatten, wie viele Menschen das glauben mussten, was ihnen im Fernsehen und im Radio vorgekaut wurde, und wie viele Menschen in Orten wohnten, in denen es noch ruhiger war als hier. Es musste ganze Landstriche geben, in denen niemand gemerkt hatte, dass es überhaupt eine Revolution *gab*.

In Dschisr asch-Schughur wurden 120 Soldaten erschossen, das Fernsehen zeigte die uniformierten Leichen, die in den Straßen aufgereiht lagen. Die Soldaten, das erfuhren wir kurz danach, waren die erste größere Gruppe von Deserteuren, die sich geweigert hatten, auf Demonstranten zu schießen. Sie waren alle mit einem gezielten Schuss von hinten exekutiert worden, angeblich von bewaffneten Banden. Das Militär stürmte die Stadt. Es wurde behauptet, die Einwohner hätten darum gebeten, um vor den Banden beschützt zu werden.

Aber als die Armee eintraf, fand sie eine Geisterstadt. Die Leute waren alle geflohen. Die türkische Grenze war nah. Auf den Marktplatz hatten die Menschen in riesigen Lettern auf den Boden geschrieben, dass sie kein Militär in ihrer Stadt haben wollten. Dass es eine Lüge war. Es gibt Luftaufnahmen von diesen Schriftzügen.

Es gab in diesen Tagen so viele kleine und große Heldentaten, die aus dem Internet flossen wie Blut. Assad hielt eine Rede und versprach Reformen, sagte aber nicht, welche. Friedliche Demonstranten, sagte er, würden ab jetzt nicht mehr verfolgt. Allerdings würde man 64000 Menschen suchen, die als Terroristen eingestuft würden. Da saßen wir in unserem Mauseloch von einer Wohnung und waren Terroristen.

Selbst die Syrer in türkischen Flüchtlingslagern brachen nach Assads Rede in Proteste aus. Niemand wollte mehr verhandeln. Von da an galt der Slogan KEIN DIALOG MIT MÖRDERN. Bashar al-Assad, dachte ich, saß genauso in einem Mauseloch wie wir, er konnte nicht vor und nicht zurück.

Er tat mir nicht leid.

In Homs ging das Morden weiter. Die Stadt wurde zur Hauptstadt der Revolution erklärt. Ich dachte an das rote Wasser des Nahr al-Asi.

Selbst in der Altstadt von Damaskus gab es jetzt Demonstrationen.

In Hama, das schon von Assads Vater in den Achtzigerjahren komplett zerstört worden war, gingen 200000 Leute auf die Straße, genauer gesagt, auf die Autobahn nach Aleppo. Es war eine großartige und einschüchternde Vorstellung.

Am 30. Juni stand auch Aleppo auf, Aleppo, die Altehrwürdige, eine weitere Stadt voller Geschichte. Die Menschen brauchten noch immer Schlagworte, sie nannten die Bewegung ›Aleppo Vulcano‹. Eine Facebookgruppe hatte dazu aufgerufen, und Aarif lächelte. Aber die, die verhaftet und erschossen wurden, waren keine virtuellen Charaktere im Netz, sie waren real, und sie lächelten nicht. Ich begann, das Internet zu hassen.

Und dann bekamen wir Nachricht von Kamal.

Die Nachricht kam auf seltsamem Weg, es war ein Zettel auf Papier, und er oder jemand anders hatte ihn unter unserer Tür durchgesteckt, musste also unten ins Haus gekommen sein. Es sah aus wie Kamals Schrift, aber sicher waren wir uns nicht.

Nura, kannst du zum Tishreen Park kommen? Morgen, 17 Uhr. Ich liebe euch alle. Kamal.

Der Tishreen Park ist groß, zu groß, um dort jemanden zu finden. Groß genug, um darin ungesehen zu bleiben.

›Ich gehe‹, sagte Abi. ›Nura bleibt hier.‹

›Nein‹, sagte ich. ›Ich gehe. Er hat an mich geschrieben.‹

›Der Tishreen Park ist schön‹, sagte Ummi leise. ›Ich habe früher dort gemalt … Ich wünschte, ich könnte gehen.‹

›Ich gehe mit Aarif‹, sagte ich.

›Das tust du nicht‹, sagte Abi. ›Es ist zu gefährlich.‹ Natürlich, ich war fünfzehn.

Ich war nicht fünfzehn, ich war in den Kellern unter den hallenden Fluren gewesen, ich war hundert Jahre alt.

Wir stritten. Es war ein langer und handfester Streit, und es war gut, zu streiten, es war besser, von meinem Vater angeschrien zu werden, als seine stummen Blicke zu sehen und an Nabils Verhaftung zu denken, an der ich schuld war. Am Ende gab mein Vater nach.

›Du denkst, ich kann nichts tun, Nura‹, murmelte er, als ich schon in der Tür stand. ›Du denkst, ich tue nie etwas, ich schreibe nicht einmal dieses Buch … aber ich tue Dinge. Sie geschehen … inwendig …‹

›*Ich denke*‹, sagte ich, ›du bleibst bei Ummi und passt auf, dass sie uns nicht nachkommt, um ein paar Palmen zu malen.‹ Ich versuchte zu lachen.

Und wir gingen.

Wir nahmen kein Taxi, wir gingen zu Fuß, und es war heiß an diesem Tag. Das Grün des Parks winkte aus der Ferne verlockend wie eine Fata Morgana, aber er verschwand nicht, als wir ankamen. Es war seltsam: Alles war da. Die Rasenflächen, die feinblättrigen Robinien mit ihren gegen das Ungeziefer weiß getünchten Stämmen, die Wasser- und Eisverkäufer, selbst die Familien mit ihren Picknickdecken und die Kinder auf den bunten Spielplatzgeräten. In der Ferne ragten die gewöhnlichen Wolkenkratzer der Großstadt in einen azurblauen Himmel. Von irgendwoher hörte man den Lärm des Freizeitparks, in dem sich seit Jahrzehnten die alten handbetriebenen Schiffsschaukeln und Karussells um die Wette drehten.

›Aarif‹, fragte ich, ›wo ist der Krieg?‹

Wir gingen einmal durch den gesamten Tishreen Park. Ich trug ein Kopftuch und eine Sonnenbrille, und Aarif hatte ebenfalls eine Sonnenbrille im Gesicht. Kamal würde uns trotzdem erkennen. Er würde sich totlachen und flüstern: ›Toll, dass ihr neuerdings Theater spielt. Wie heißt das Stück?‹

Kamal tauchte nicht auf.

Schließlich setzten wir uns auf eine der eckigen, modernen Bänke. Ich schloss die Augen und lauschte. Doch die Platanen- und Robinienblätter raschelten zu laut, ich konnte nicht sagen, ob das Rauschen der Schwingen da war.

›Warum, denkst du, hat er uns geschrieben?‹, fragte ich leise. ›Woher wusste er, wo wir sind?‹

›Das wüsste ich auch gerne‹, sagte Aarif nachdenklich. Wir saßen sehr dicht beieinander, unsere Schatten hatten die Arme umeinander gelegt, aber wir nicht.

›Später‹, sagte ich. ›Wenn alles anders ist. Gehst du dann zurück an die Uni?‹

›Nein‹, sagte Aarif und lachte. ›Ich habe diese Stadt satt. Diese Häuser. Diese vielen Menschen, die dich alle vielleicht belauschen und die selbst keinem mehr trauen. Ich ziehe aufs Land und tue das, was jeder gute Syrer tun sollte, ich baue Schafe an und halte mir eine Olivenherde.‹

Ich lachte, stand auf und zog ihn an beiden Händen hoch, und wir spazierten weiter durch den Park, obwohl wir wahrscheinlich beide nicht daran glaubten, dass Kamal noch auftauchen würde. Wir waren wie ein ganz normales Pärchen, das spazieren geht. Wenn alles anders wäre, dachte ich, wäre dies nicht die Geschichte der schwarzen Flügel, es wäre eine Liebesgeschichte.

Ich ließ meine Hände an der weißen Mauer entlanggleiten, die den Kinderspielplatz begrenzte, in Gedanken versunken – und als ich dort ankam, wo die Mauer einfach aufhörte, passierte es. Jemand hatte auf der anderen

Seite gekauert und war plötzlich neben mir. Er legte einen Arm um mich, wie um mich zu begrüßen – und nahm mich in den Schwitzkasten. ›Nura.‹

Es war Ali. Mariams Ehemann.

›Wir brauchen dich‹, sagte er leise.

›Wozu?‹, fragte ich. Alle Leute auf dem Spielplatz hatten gesehen, wie er mich gepackt hatte. Niemand unternahm etwas. Ali schleifte mich über die Wege, gefolgt von einem wortlosen Aarif. Die Leute sahen weg.

Am Rand des Parks, wo es leerer war, blieben wir stehen, und Ali drückte mich auf eine Bank, die hinter ein paar dichten, sorgsam eckig zurechtgeschnittenen Büschen stand. Er bedeutete Aarif mit einer Geste, sich ebenfalls zu setzen, und als Aarif nicht gehorchte, materialisierte eine Waffe in Alis Hand. Ich hatte nicht gewusst, dass sie beim Militär so kleine und handliche Waffen hatten. Er hielt Aarif die Mündung unter die Nase.

›Sie sind ja verrückt‹, sagte Aarif.

Da schlug der Ehemann meiner Schwester Aarif mit der Pistole ins Gesicht und zischte: ›Setz dich endlich! Du machst mich nervös!‹

Aarif setzte sich neben mich, eine Hand vorm Gesicht, um das Blut von seiner Lippe zu verbergen.

›Also war es nicht Kamals Schrift‹, sagte ich.

›Doch‹, sagte Ali. ›Er war damit einverstanden, einen Zettel für mich zu schreiben.‹

›Sie haben ihn verhaftet.‹

Er schüttelte den Kopf. ›Ich verhafte niemanden. Ich bin Offizier, kein Polizist und kein Geheimdienstler. Ich verteidige das syrische Volk und kämpfe gegen die bewaffneten Hooligans, die sich Rebellen nennen. Ich habe dich auch nicht hergerufen, um dich zu verhaften.‹

›Aber wo ist Kamal?‹

›Du siehst ihn wieder, wenn du kooperierst.‹

›Woher wusstet ihr, wo wir wohnen? Wer hat uns den Zettel unter der Tür durchgesteckt? Wer …‹

Ali kniff die Augen zusammen. ›Kannst du einen Moment den Mund halten, Mädchen?‹

›Nura. Mach einfach, was er will‹, sagte Aarif leise. Ich sah ihn voller

Erstaunen an. Aarif, der Revolutionär der Komitees und Bildschirme. Da saß er und sagte: *Mach einfach, was er will.*

Ich wollte auch etwas. Ich wollte Fragen stellen. Ich würde all meine Fragen herausschreien, quer durch den Park, ehe sie mich wieder in die Keller hinunterschleppten.

›Nura‹, sagte Ali leise, beinahe gequält. ›Niemand erfährt von mir, wo ihr wohnt. Und Kamal ist in Sicherheit. Deine Schwester … sie sagt, du hast das zweite Gesicht. Du kannst in die Zukunft sehen. Ich bin hier, um dich um einen Gefallen zu bitten.‹

Ich glaube, ich habe nie zuvor ein so erstauntes Gesicht gemacht. ›Ich … was?‹

›Es geht ihr nicht gut‹, sagte Ali ernst. ›Es ist etwas mit dem Kind. Sie soll in einem Monat niederkommen, und seit einer Woche hat sie diese Anfälle, ihr wird schwindelig, und sie klagt über unerträgliche Kopfschmerzen. Sie sagt, sie sieht Dinge. Ein Flimmern vor den Augen. Ich weiß nicht, was noch. Und dann übergibt sie sich. Wir waren bei drei Ärzten, sie haben etwas von Bluthochdruck erzählt. Von Eiweiß im Urin. Aber sie will nicht in ein Krankenhaus. Bitte, Nura … Mariam sagt, du hast vorausgesehen, dass der Aufstand in Dar'a beginnt und dass Homs zu seiner Hauptstadt wird. Sie sagt, du siehst … Schatten. Du musst uns sagen, was aus unserem Kind wird! Was aus ihr wird! Ob ich sie zwingen soll, ins Krankenhaus zu gehen. Ob auch dort Schatten sind … Sie sitzt im Wagen. Komm mit.‹

›Und wenn ich nicht mitgehe? Erschießt du mich dann?‹

›Ich weiß es nicht‹, sagte Ali. ›Ich weiß im Moment nicht, was ich tue. Es wäre vermutlich klüger, deinen Freund zu erschießen. Aber ich habe es schon einmal gesagt: Ich bin Offizier, kein Mörder.‹

Ich ging mit. Natürlich ging ich mit, es hatte gar nichts mit Alis Pistole zu tun. Mariam war meine Schwester. Ich versuchte, meinen Hass für sie wiederzufinden, und ich fand ihn. Aber er reichte nicht so weit, dass ich sie leiden sehen wollte.

Ali packte meinen Arm wieder und eskortierte mich bis zu seinem Wagen, und Aarif ging neben uns her. Ali ignorierte ihn jetzt. Dann öffnete er die hintere Wagentür, und da saß sie, meine Schwester, und sah zu mir auf. Sie sah sehr ordentlich aus, wie immer, mühevoll frisiert, gut angezogen.

Aber ein paar Haarsträhnen hatten sich gelöst und hingen ihr ins Gesicht, verschwitzt und leblos, und sie atmete seltsam. Ihr Bauch erschien mir noch enormer als beim letzten Mal, grotesk, absurd.

›Nura‹, sagte sie. Mehr nicht.

Ali nahm meine Hände und legte sie auf den angeschwollenen Bauch meiner Schwester, und ich hatte das seltsame Gefühl, dass das, was sie in sich trug, gar nicht ihr Kind war, sondern die Freiheit – jene Freiheit, die das Land bis zum Platzen füllte und die es nicht gebären konnte. An dessen Ungeborensein es, infolgedessen, langsam und qualvoll zugrunde ging.

›Was wird geschehen?‹, fragte Ali.

Es war eine seltsame Haltung, in der ich da auf der Straße hockte, die Hände auf dem Bauch meiner Schwester, ihren tief herabgebeugten Mann über mir. Dann richtete Ali sich einen Moment auf, um etwas vorne im Auto zu suchen, und ich warf Aarif einen Blick zu.

›Ich kann die Zukunft nicht voraussehen‹, wisperte ich.

Mariam schien mich nicht zu hören, sie hatte die Augen geschlossen und konzentrierte sich ganz aufs Atmen.

›Erfinde irgendwas‹, flüsterte Aarif. Ich hörte die Angst in seiner Stimme. ›Denk dir was aus!‹

Also ließ ich meine Hände auf Mariams Bauch liegen. Ich versuchte, die Schatten zu spüren. Sie waren da. Aber das lag daran, dass sie in diesem Moment überall waren. Sie wuchsen in der Waffe, die der Vater des Kindes trug, der jetzt wieder über mir stand. Sie sprossen aus Mariams Haut und aus Aarifs angehaltenem Atem. Und dann begann sie zu zucken, seltsam und schrecklich, sie drehte den Kopf nach hinten, und ein Speichelfaden rann aus ihrem Mundwinkel.

›Das ist ein Krampf‹, sagte Aarif neben mir.

Ich nickte. Ich dachte an den Strom, den sie benutzten, damit Menschen Dinge gestanden, die sie nicht getan hatten. Es war, als wäre der Strom zu ihnen zurückgekommen. Ich wollte nicht hinsehen. Doch meine Schwester war jetzt wieder still. Sie sah aus, als schliefe sie.

›Die Schatten sind da‹, sagte ich. ›Bring sie in die Klinik, Ali, egal, was sie sagt. Aber in den Krankenhäusern von Damaskus sind mehr Schatten als irgendwo sonst. Bring sie raus aus diesem Land. In die Türkei oder … keine Ahnung. Setz sie in ein Flugzeug.‹

›Nein. Da wäre sie ganz allein‹, sagte Ali. ›Latakia hat gute Krankenhäuser. Und eine Menge Verwandte, die sich kümmern können.‹

Ich nickte. Die Tanten. Er hatte recht, es war ruhig in Latakia. Die Assads und ihre Getreuen saßen dort in ihren Villen und sahen aufs Meer hinaus. Warum hatte ich ein so schlechtes Gefühl, wenn ich den Namen der Stadt hörte?

›Bring sie außer Landes‹, wiederholte ich. ›Nichts bleibt, wie es ist.‹

Als Ali die Türen des Wagens schloss und den Motor anließ, war Mariam noch immer nicht bei Bewusstsein.

›Ich danke dir‹, sagte er durchs heruntergekurbelte Fenster, sein Gesicht hart vor Sorge wie ein Stück Holz von einem Olivenbaum. Ich legte eine Hand aufs Fenster, damit er nicht wegfahren konnte, was er natürlich trotzdem konnte. ›Was ist mit meinen Brüdern?‹, fragte ich. ›Was ist mit Kamal? Du hast gesagt, ich sehe ihn wieder, wenn ich kooperiere.‹

›Du siehst ihn wieder, wenn er wiedergesehen werden will‹, sagte Ali. ›Ich weiß nicht, wo er ist. Ich habe ihn laufen lassen.‹

Wir sahen dem Auto lange nach.

›Komm nach Hause, Hellseherin‹, sagte Aarif schließlich. ›Du solltest Schauspielerin werden.‹

›Ich habe nicht gespielt‹, murmelte ich. ›Aber ich habe auch nicht hellgesehen.‹ Ich glaube, in diesem Moment umarmte ich ihn, und ich glaube, er hielt mich ganz fest.

Drei Wochen später bekamen wir eine weitere Botschaft. Sie war nicht von Ali. Es war eine Botschaft auf dem Handy meiner Eltern. Einer unserer alten Nachbarn hatte geschrieben.

Samir, dein Sohn ist hier. Komm und nimm ihn mit.«

»Und dann?«, fragte Calvin.

»Und dann«, sagte Nuri und zerquetschte den unreifen Granatapfel in ihrer Faust. Er hätte nicht gedacht, dass sie so viel Kraft hatte. »Dann hörte sie auf zu erzählen. Ich muss eine Weile an die Luft, ja? Hilf du Ummi weiter in der Küche.«

Kibbe – Fleischbällchen

Man nehme ein Kilo Lammkeule ohne Knochen, 700 g Bulgur, 4 TL Salz, 1 TL Saatar-Gewürz und den zweifelnden Blick eines 17-jährigen Jungen mit gebrochenem Arm. Den Jungen bittet man, den Bulgur für eine halbe Stunde in einer Schüssel Wasser einzuweichen, man kann dies auf Arabisch tun, da er einfache Anweisungen inzwischen versteht.

Das Fleisch muss in Würfel geschnitten und zweimal durch den Wolf gedreht werden, den man im fünften Stock bei der Familie aus Afghanistan bekommt. Auch den Bulgur sollte der Junge durch den Wolf drehen. Aber der Junge hat Angst vor der zermalmenden Macht des Metalls.

Die Hälfte des Lammhacks muss man mit 4 TL Salz, 1 TL Saatar und dem Bulgur verkneten. Wenn man keine Saatar-Mischung hat, kann man die Algerier fragen, die leider aber auch nichts mehr haben. Die Schwarzafrikaner haben Thymian im Topf auf dem Fensterbrett, das geht zur Not. Der Junge hat auch Angst vor den Afrikanern, aber er holt den Thymian, weil da ein Mädchen ist, das sonst über ihn lacht.

Kibbe-Füllung

Man schneide 800 g Zwiebeln klein und dünste sie in Olivenöl. Aber Olivenöl ist zu teuer, also nehme man das Sonnenblumenöl vom Discounter. Die zweite Hälfte des Lammhacks gibt man zu den Zwiebeln in die Pfanne, wobei man ein wenig für die Würzmischung überbehält. 3 TL Salz, je eine Kinderhand voll Thymian, geröstete Pinien, Pistazien, Walnüsse und Granatapfelkerne werden eingearbeitet. Wenn man keine Pinienkerne hat, fragt man die Algerier, die festgestellt haben, dass Pinienkerne in Deutschland Gold wert sind, aber gehackte Haselnüsse anbieten. Wenn man keine Pistazien hat, fragt man die Kurden, die festgestellt haben, dass Pistazien in Deutschland ebenfalls Gold wert sind, und einem ihre letzten Mandeln schenken. Wenn man keine Granatapfelkerne hat, hat man keine.

Stattdessen fügt man drei EL Heimwehtränen zu der Mischung und verknetet alles gut. Der Junge bestreicht das einzige Backblech auf der Etage mit Butter und arabischen Wortfetzen. Darauf legt er die Kugeln, die die Frau aus dem Teig geformt hat, und drückt kleine Mulden hinein für die Füllung. Anschließend verschließt er die Kugeln wieder. Sie tragen jetzt Geheimnisse.

Würzpaste

Man rühre 1 EL Mehl, 50 g Lammhack und 1 TL Harissa zusammen. Nach Harissa kann man die Libyer fragen. Der Junge mit den grünen Augen hat wieder Angst. Er klopft dennoch an ihre Tür.

Die Paste streicht man auf die Kibbe, verziert sie mit einem Klecks Butterschmalz und gart sie so lange im Ofen, wie es dauert, einen Brief nach Hause zu schreiben, der niemals abgeschickt wird. Im Fall der Frau, die die Kibbe macht, ist zu Hause sehr weit weg, im Fall des Jungen sehr nah. Doch es ist genauso unerreichbar. Man achte darauf, die Vorstellung des Jungen, seinen Vater dort zu treffen, im Ofen mit verdampfen zu lassen.

Wenn die Kibbe fertig sind, muss man jedem ein paar bringen – den Afghanen, den Afrikanern, den Kurden, den Libyern. Es bleiben nicht viele übrig. Aber haben Sie das Lächeln des Jungen gesehen, der sie ihnen gebracht hat?

»Calvin kocht«, sagte Delfine zu ihrer Puppe.

»Jeder weiß, dass ihr nachts weg seid«, sagte Kamal.

»Pass auf sie auf«, sagte Samir. »Pass auf meine Tochter auf, ja?«

»Lass uns weiterkochen«, sagte Um Nabil. »Ich werde dich zeichnen, wie du Zwiebeln schneidest.«

Die Kichererbsen für Falafel musste man eine Nacht voller Leben und einen Tag voller Schlaf lang einweichen. Aber es war schwierig, Koriander im Mörser grob zu zerstoßen, wenn man weder einen Mörser noch den Koriander hatte. Und Samir erzählte von all den Nachtischen, die die Tanten an Feiertagen aßen.

»Weißt du noch? Knafe?«, fragte Nuri träumerisch. »Dieses fusselige Teigzeug in Sirup, wo einem schon vom Drandenken die Zähne rausfallen?«

»Man braucht nur Zucker und Wasser, um es zu machen«, sagte Samir. »Wenn man die Pistazien weglässt. Und man braucht Kataifi-Teigfäden.«

»Du weinst ja«, sagte Calvin.

Da nickte Nuris Vater. »Ich kann nicht über den Krieg weinen und nicht über die Deutschen, die uns hassen«, sagte er. »Nicht über Assad und nicht über den Tod, den mein Land stirbt. Das Ausmaß des Todes ist zu groß. Also weine ich über die Abwesenheit von Kataifi-Teigfäden.«

Die Nächte waren so schön.

Die Schatten der Fahrräder im Licht der Straßenlaternen begleiteten sie wie eigene Geschöpfe.

Und draußen auf der Insel lagen die Strände, die Felder, der Wald. Ein Märchen. Man konnte sich darin küssen. Mehr geschah nie. Und sie hielten sich im Schutz der Bäume fest, im Schutz des Mondes, im Schutz der Sterne. Sie schwiegen viel zusammen statt zu reden. Der Geruch von Nuris Haar würde nie mehr von der Erinnerung an die Nacht zu lösen sein. Es konnte nicht so weitergehen, das wussten sie beide, irgendwann würde die letzte dieser Nächte kommen.

Und sie kam.

»Ich zeige es dir also endlich«, flüsterte Calvin und ließ den Strahl der Taschenlampe über einen Urwald aus Brombeergrün wandern. »Das Baumhaus. Cindy hat sich die Leggins hier damals zerrissen … Ich frage mich, was sie jetzt macht …«

»Ungefährlichere Sachen«, wisperte Nuri. »Mordpläne gegen Asylbewerber oder so. Ich will jetzt nicht an Cindy denken. Ich habe Jeans an. Ich glaube, ich war noch nie in einem Baumhaus …«

»Wenn all das hier vorbei ist«, sagte Calvin ernst, »fliegen wir nach Syrien, und ich baue dir ein Baumhaus am Nahr-al-Asi, in einem Olivenbaum.«

Den Strahl der Lampe fand die Eiche, Calvins Eiche … und Calvin blieb stehen.

Am Fuß der Eiche lag ein Haufen von Balken und Brettern. Eine zerrissene, schmutzige Decke. Stücke einer Leiter. An manchen Stellen hatten die Runen, die Calvin mit dem Taschenmesser ins Holz geschnitten hatte, überlebt.

Er fiel auf die Knie, mitten in die Dornen der Sträucher, und einen Moment lang war er unfähig, irgendetwas zu sagen. Dann sah er zu dem Baum empor.

Die Nägel, die er in den Stamm geschlagen hatte, waren noch da, und an einigen Ästen hingen gesplitterte Stücke des Bauholzes. Das war alles. Sie hatten das Baumhaus nicht nur abgerissen, sie hatten es *zerhackt*. Calvin dachte an die Axt in der Laube, mit der er die Arme der Puppe abgetrennt und die Katze zerteilt hatte. In den alten, zerfurchten Stamm der Eiche waren zwei Buchstaben geschnitzt, ein N und ein C. Nuri und Calvin. Doch dazwischen trug die Rinde kein Herz.

Sie trug ein Hakenkreuz. Eine tiefe Narbe in der Rinde.

Es gab mehr Hakenkreuze, schwarz, mit flüssiger Farbe hingepinselt, die hier und da herabgetropft war wie Blut. Die Hakenkreuze kletterten über den ganzen Holzhaufen wie eine merkwürdige Sorte von Spinnen, und der Holzhaufen sah, wenn man es recht überlegte, aus wie ein Scheiterhaufen. Die beiden Buchstaben am Stamm, in der Mitte des Haufens, waren die Verurteilten.

Sie würden brennen.

»Oh, Calvin«, sagte Nuri, die hinter ihm stand. »Oh, Scheiße.«

»Ja, Scheiße«, murmelte Calvin. »Aber das hier ist eine Weile her, denke ich. Das haben sie in ihrer ersten Wut gemacht, vor ein paar Wochen. Ich …«

Er fuhr mit dem Finger über eines der Hakenkreuze. Als er den Finger ins Licht der Lampe hielt, waren schwarze, klebrige Reste daran. Die Farbe war frisch. Unter dem Hakenkreuz stand noch etwas. In verschnörkelten, alten Lettern ins Holz geschnitzt. *BIS BALD.*

Etwas raschelte ganz in der Nähe. Ein Reh? Ein Wildschwein? Calvin stand auf und löschte die Lampe. Da waren Schritte. Sie kamen näher, verstummten, verharrten. Irgendwo schrie etwas. Ein Tier. Ein Vogel. Sicher. Und auf einmal klammerte Nuri sich an ihn, presste ihren Körper an seinen, zitternd. Er drückte sie mit dem gesunden Arm an sich.

»Es ist niemand hier«, wisperte er. »Es ist nur der Wald …«

Er spürte ihren Atem, der sich mit seinem mischte, er fühlte ihre Brüste durch die Jacke hindurch, ihre Hüfte an seiner. Sie waren eins, ein einziges Lebewesen im Wald, furchtsam lauschend.

Und er dachte, dass er nie näher daran gewesen war, mit Nuri zu schlafen.

Das Rascheln verschwand.
Sie tasteten sich zurück, ohne die Lampe anzuknipsen.

Erst nachdem sie ihre Fahrräder in den Keller gebracht hatten, in der beginnenden Frühdämmerung vor dem Asylantenheim, sprachen sie wieder.

»Nuri«, sagte Calvin und nahm sie noch einmal in die Arme, nach wie vor ungeschickt mit dem Gips. Er schluckte. »Ich bin schon viel zu lange bei euch. Diese Botschaft … Sie hassen euch meinetwegen noch mehr. Wenn sie rauskriegen, wo ich stecke, ist das das Ende.«

»Aber das Ende war doch immer schon da«, flüsterte sie, ihr Gesicht abgewandt. »Von Anfang an.« Und sie ließ ihn stehen und ging hinein.

Calvin schlief nicht. Er sah Nuri dabei zu, wie sie träumte, das schwarze Haar wirr auf dem Kissen. Sie würde noch eine Weile schlafen. Er würde gehen, ohne dass sie es merkte.

Schließlich schlich er in die Küche. Die Töpfe standen auf dem Herd, noch voll von den Gerüchen, die niemals ganz die richtigen waren. Hier hatten sie gesessen und zusammen gelacht, hier hatte er Gemüse geschnitten, hier war er, manchmal, glücklich gewesen.

Und auf einmal wusste er, was er tun würde.

Er würde ihnen ein Abschiedsgeschenk dalassen.

Eine Busstunde entfernt gab es die Dinge, die in dieser Küche fehlten. In der Stadt der Studenten. Er war mit der Clique ein paarmal da gewesen, um ins Kino zu gehen. In einer Nebenstraße der Innenstadt wachte ein kleiner, stiller Vietnamese über ein Arsenal an Dosen-Litschis und fremdländischen Gewürzen, und damals war es ein Heidenspaß gewesen, immer wieder an der offenen Ladentür vorbeizumarschieren und »Schlitzauge, geh nach Hause!« zu rufen. Calvin erinnerte sich an den furchtsamen Blick des Mannes – der Blick eines kleinen Tieres in einer Hecke.

Calvin wurde übel, wenn er jetzt daran dachte.

Er schlüpfte in die alte Lederjacke und warf einen letzten Blick auf Nuri. Sie war noch schöner, wenn sie schlief. Sie lächelte, aber ihr Lächeln war wie Tränen. Träumte sie die Geschichte von Nabil und Damaskus weiter?

Oder träumte sie von der Geschichte zwischen Calvin und ihr, die nicht funktionieren konnte?

C und N und ein Hakenkreuz. *BIS BALD.*

»Bis bald, Pascal«, flüsterte Calvin. »Du wirst schon sehen.«

Dann riss er sich vom Anblick der träumenden Geschichtenerzählerin los und verließ die Wohnung, seinen Zufluchtsort und sein Gefängnis.

Er hatte Glück, der Bus kam, ehe der Morgen richtig begann.

Auf der Fahrt übers Land fühlte er sich merkwürdig – er war schon so lange nicht mehr tagsüber draußen gewesen. Wie schön die Felder und Wiesen waren, in ihrem Gewand aus frühem Tau! Sie glänzten und glitzerten wie Äcker voller Juwelen. Deutschland, Deutschland über alles.

Er fragte sich, wie das Land ausgesehen hatte, als Hitler die ersten Autobahnen baute. Er stellte es sich vor: die Straßen der Städte geschmückt mit den Flaggen der NSDAP, Rot, Weiß, Schwarz. Feierlich, prunkvoll. Und die Aufmärsche der Soldaten! Er sah vor sich, wie Kevin in Uniform hinter einem Panzer hermarschierte, schöner, männlicher, stolzer als in seinen lächerlichen Tarnhosen. Er sah, wie Melli und Kimberley und Cindy über Waldwege wanderten, die Haare geflochten, singend.

Doch der Panzer seiner Vorstellung überrollte Nuri, und die singenden Mädchen trugen Äxte.

Der kleine Vietnamese war nicht mehr da, der Laden geschlossen. Die Scheiben waren voller Schmierereien. Es gab überall Cliquen wie die von Pascal. Der Besitzer des Ladens nebenan sagte dem Jungen mit der Wollmütze, dessen kahlen Kopf niemand sah, dass der Vietnamese im Krankenhaus lag.

»Herz«, sagte er. »Die haben nur versucht, ihn einzuschüchtern, war an so einem Abend, keiner auf der Straße sonst … Ich wollte gerade dichtmachen. Er hat sich zu sehr aufgeregt, hab ich gehört. Herzinfarkt. Der macht den Laden nicht wieder auf, das glaub ich nicht. Ich hätt ja geholfen, aber was willst du da machen? Wenn da so viele von denen auf einmal auftauchen?«

»Die Polizei rufen?«, sagte Calvin.

»Ach was«, sagte der Mann. »Die kommen sowieso immer zu spät. Und man muss ja auch gucken, wo man selber bleibt. Bei den Jungs sollte man sich nicht unbeliebt machen, die kommen sonst ganz schnell auf Besuch, hab ich gehört … Und so traurig bin ich nicht, dass der Laden weg ist. Ich mein, ich bin ja gegen Gewalt, aber die Vietnamesen sind schon ein Problem. Die machen unsere Umsätze hier! In Obst und Gemüse sind die wie 'ne Mafia. Türken gibt es auch zwei Familien in der Stadt jetzt. Ich bin Pazifist, ich sag immer: Zu Hause können die machen, was sie wollen. Aber hier, sind wir mal ehrlich, hier sind das zwei Familien zu viel. Die leben von meinen Steuergeldern, und mir gibt keiner …«

»Ist Ihnen mal aufgefallen«, sagte Calvin leise und sehr deutlich, während er einen Schritt näher trat, »dass Sie ziemlich viel Scheiße reden?«

Er hatte die Fäuste in den Taschen geballt. Aber er ließ sie dort. Er hatte keine Zeit für Prügeleien. Er brauchte Sesampaste und Koriandersamen.

Es war nicht einfach, zu fragen.

Er kam sich ohne die Clique nackt vor in dieser Stadt, deren hübsche, gepflasterte Einkaufsstraße so voll mit bunten Menschen war: Studenten, Leuten mit Geld und Bildung, Leuten, die eine Ausbildung hatten und eine Zukunft. Er sah ein Pärchen auf einem Brunnenrand sitzen und sich küssen, mitten in der Sonne dieses Sommertages. Sie war blond und er, dachte Calvin, ein Neger. Sie trug einen Minirock und hohe Lederstiefel, er trug eine Jeans mit einem kleinen, unauffälligen Markenzeichen und eine abgerissene, bunt gewebte Tasche.

Er blieb stehen und beobachtete ihren Kuss. Sie hatten hier nichts zu befürchten. Hatten sie nicht? Und wenn die Sonne des Sommertages wich und die Nacht kam?

Der Kuss endete, und Calvin fragte, er fragte gerade diese beiden.

»Entschuldigung – Tahina? Ich suche Tahina? Und … andere Zutaten für … für etwas Syrisches … Freunde von mir sind …« Er brach ab. Das Mädchen mit den hohen Stiefeln lächelte stumm.

»An der Ecke, der Laden hat so was«, sagte der Junge mit breitem süddeutschem Akzent. Er wies auf seine blonde Freundin. »Sie spricht noch nicht so viel Deutsch.«

Calvin schüttelte den Kopf, und der süddeutsche Neger lachte mit all seinen weißen Zähnen. Dann tauchte er in einen neuen Kuss mit dem nicht deutschen Ariermädchen ein.

»Passt auf«, hörte Calvin sich leise sagen. »Passt bloß auf. Ihr habt keine Ahnung.«

Eine halbe Stunde später stand Calvin mit einer braunen Papiertüte vor dem Laden an der Ecke.

In der Tüte war ein Schatz. Der Laden hinter ihm hatte Regale aus Holz, er hatte Gemüse, das ausgestellt war wie Kunstwerke – und er hatte jetzt Calvins Handy.

»Jetzt habe ich ... kann doch nicht sein! Jetzt habe ich mein Portemonnaie zu Hause gelassen! Aber ich habe versprochen, diese Sachen mitzubringen ... wir wohnen außerhalb ... Ich bin übermorgen wieder in der Stadt. Könnte ich ... ein Pfand dalassen?«

Die Frau mit der grünen Schürze hatte das Handy hinter die Theke gelegt, mit einem Zettel daran, auf dem ein Betrag von dreiunddreißig Euro fünfzehn und der Name Andreas Schmidt notiert waren. Er würde das Handy nie wiedersehen. Er hatte es ohnehin loswerden müssen, es war eine Spur, die zu ihm führte. Er wanderte die Ausfallstraße entlang zur Bushaltestelle, streifte die Wollmütze ab und hielt sein Gesicht in den Wind. Niemand kannte ihn hier. Seine Schritte waren leicht.

Die Tüte lag in seinem Arm wie ein kleines Kind. Es war die wertvollste braune Papiertüte der Welt: Tahina in einer Tube, Harissa im Glas, eingeschweißte Kataifi-Teigfäden, Koriander, Kreuzkümmel, fertige Saatar-Mischung, ein Gläschen mit Sumach. Diese Tüte enthielt ... blödes Wort ... all seine Dankbarkeit für Fadwa Djablawi, wie sie eigentlich hieß. Für ihr Lächeln und ihre Kochkunst und ihre Worte.

Kulu Tayib. Alles ist schön. Er würde sie vermissen.

Und dann hielt ein Auto neben ihm.

Jemand kurbelte ein Fenster herunter, mühsam über den Beifahrersitz greifend – ein altes Auto ohne elektrische Fensterheber. Calvin ging weiter, ohne den Fahrer anzusehen, und das Auto fuhr im Schritttempo neben ihm her.

Die Angst war sofort da.

Damaskus. Autos, die Leute mitnehmen, welche für immer verschwinden. Nabil.

Und Pascal.

Und dann sah er doch hin.

Der, der sich aus dem Auto beugte, war nur wenig älter als Calvin selbst. Er trug ein T-Shirt mit dem Gesicht Che Guevaras. Pascal hatte ein ähnliches. Che Guevara war ein Kämpfer gegen die Regierung – genau wie die Jungs. Obwohl er streng genommen natürlich sehr undeutsch war. Auf dem Heck dieses Autos klebte ein *Storch Heinar*-Aufkleber. Calvin schluckte. Storch Heinar, die offiziellen Gegner der NPD, die sich über *Thor Steinar* lustig machten.

Calvin hatte den Typen im Wagen noch nie gesehen, aber vielleicht täuschte er sich. Sie hatten sich mit diesen Leuten viele Schlägereien geliefert, die ganze Scheißwelt, dachte er, bestand aus Feinden. Die Linken erinnerten sich an früher und würden ihm sicherlich gerne die Nase ein drittes Mal brechen, und die Rechten warteten ohnehin darauf, das zu tun.

»Richtung Insel?«, fragte der Typ. »Steig ein.«

»Danke, geht schon«, knurrte Calvin.

»Komm, steig ein, ist doch blöd, zu warten. Was ist?«

Du bist feige, Calvin. Wer Angst zeigt, wird gefressen. Sowieso.

Calvin zuckte die Schultern. »Okay.« Er setzte die Wollmütze wieder auf, was unsinnig war, weil sie jetzt nichts mehr verbarg, und kletterte mit der braunen Papiertüte ins Auto.

»Riecht gut«, sagte der Typ und nickte in Richtung der Tüte. Dann trat er aufs Gaspedal.

Aus den Lautsprechern kam eine Sorte elektronischer Musik, deren Text französisch klang.

Der Typ sagte nichts. Er fuhr nur. Das alte Auto fraß die gerade Straße auf, als wäre dies ein Computerspiel. Calvin erinnerte sich daran, wie er auf dem Schoß seines Vaters gesessen hatte, im Casino, vor einem Bildschirm mit genau so einem Spiel, der Zigarettenrauch in der Luft dick wie Nebel. Und sein Vater war so groß und so stark und so ... perfekt gewesen.

Er war ausgezogen, als Calvin vier oder fünf gewesen war. Er dachte an seine Mutter, die sagte, sie würde das kennen – gebrochenes Jochbein. Er konnte sich den Vater, der mit ihm vor dem Casinobildschirm saß, nicht vorstellen, wie er jemanden schlug. Obwohl.

»Kochorgie vor, hm?«

Calvin zuckte zusammen. »Was?«

»In der Tüte«, sagte der Typ.

»In der Tüte«, sagte Calvin langsam, »ist Syrien.« Es klang blöd. Es klang bescheuert.

»Mit wem kochst du?«

Calvin zuckte die Schultern. »Ich liefere das Zeug nur ab. Ist ein Abschiedsgeschenk.«

Er sah aus dem Fenster und suchte die grüne, deutsche Wunderlandschaft der Busfahrt. Sie war nicht mehr da. Die Felder und Bäume vor dem Fenster dieses Autos waren nur Felder und Bäume, moderne Mähmaschinen fuhren darüber, Mähmaschinen, die die überdüngten Felder schon im Juli mähten, um die zweite Saat auszubringen. Es gab keine Adler über dem Wald.

»Und dann? Was machst du, nachdem du die Tüte abgegeben hast?«

»Keine Ahnung«, sagte Calvin. »Hauptsache weg. Musstest du noch nie irgendwo weg?«

»Ich hab mal einen Job gekündigt, weil ich die Leute da nicht leiden konnte.«

»Und wenn es umgekehrt ist?«, fragte Calvin, schob die Sonnenbrille zurück und schloss die Augen. Die durchwachte Nacht holte ihn jetzt ein, obwohl er wusste, dass er nicht unaufmerksam werden durfte. Dem Typen nicht vertrauen. »Wenn man weggeht, weil man die Leute zu sehr mag? Weil es … gefährlich für sie ist, wenn man bleibt?«

»Das ist bitter«, sagte der Typ, und das Auto röhrte, weil er sich verschaltete, plötzlich unkonzentriert. Dann schwieg er wieder. Nur die französische Rapmusik füllte das Auto. Und Calvin schlief ein.

Als er aufwachte, stand das Auto. Es war sehr still. Keine Musik mehr.

»Sind wir da?«, fragte Calvin und setzte sich auf.

»Kommt drauf an, wo du hinwillst«, sagte der Typ neben ihm. Er saß im

Auto und rauchte, mit heruntergekurbeltem Fenster. »Die Stadt wäre die richtige.«

Calvin sah sich um. Das Auto stand auf dem Parkplatz vor dem McDonald's. Der Typ hielt ihm das Zigarettenpäckchen hin, aber Calvin schüttelte den Kopf.

»Ich kann von hier aus zu Fuß gehen«, sagte er und setzte die Sonnenbrille wieder auf. »Danke fürs Mitnehmen.«

Er wollte die Tür öffnen, aber da legte der Typ ihm eine Hand auf die Schulter. Er erstarrte und war mit einem Mal hellwach. Scheiße. Also doch. Er hätte niemals in dieses Auto steigen sollen

»Was?«, fragte er unbehaglich. »Willst du irgendwas von mir? Ich würde gerne aussteigen.«

»Kannst du machen«, sagte der Typ. »In drei Minuten. Ich …« Er seufzte und strich seine roten Locken zurück. »Wir kennen uns, weißt du. Ich bin Tim.«

»Tim«, wiederholte Calvin, verständnislos.

»Calvin«, sagte der Typ und seufzte noch einmal. »Scheiße. Ich habe dich gefunden.«

Da erinnerte sich Calvin an den Namen. »Du bist … Frau Silbermann hat dich … Du hast die Laube …«

»Richtig. Ich habe die Laube auffliegen lassen.«

Einen Moment lang starrten sie sich an. Tims Gesicht war die Art Gesicht, zu dem die Wörter *klug* und *ernst* passten. Er hasste dieses Gesicht. Es würde mit gebrochener Nase vielleicht besser aussehen.

»Wo hast du die ganze Zeit gesteckt?«, fragte Tim. »Bei ihr?«

Calvin biss auf seine Unterlippe und schwieg.

»Hör zu. Es geht Frau Silbermann nicht gut. Sie macht sich wahnsinnige Sorgen um Nuri, weil sie quasi nichts mehr von ihr gehört hat … und ich auch. Und außerdem mache ich mir Sorgen um Frau Silbermann. Sie schläft nicht. Sie … macht sich Vorwürfe, dass alles schiefgelaufen ist.«

»Schön«, sagte Calvin. »Ich steige jetzt aus.«

»Du denkst, dass ich dich verpfeife. Bei der Polizei.«

»Naheliegend«, sagte Calvin, noch immer auf der Hut, aber mit einem verlockenden Kribbeln in den Fäusten. »Was bist du? Frau Silbermanns

Privatdetektiv? Sie will mich finden und zur Polizei schleifen, damit ich brav wieder nach Hause gehe und die mich endgültig allemachen, ja? Die Prinzessin muss wieder zu ihr zurückkommen und sich endlich mit den richtigen Leuten abgeben.« Er öffnete und schloss die Fäuste und zwang sich, tief durchzuatmen. Nein. Er würde diesem Typen und seiner heiligen Frau Silbermann nicht den Gefallen tun, zuzuschlagen.

»Es tut mir leid«, sagte Tim.

»Was?«, fragte Calvin verwirrt.

»Es tut mir leid, was passiert ist. Ich wusste nicht, dass … dass du sie an diesem Abend treffen würdest. Deine Leute. Frau Silbermann hat gesagt, du steigst aus, und ich dachte, das wäre es. Ich dachte, du siehst sie nicht wieder. Ich wollte nicht, dass sie dich so zurichten. Ich war ziemlich …«

»Sag jetzt nicht *geschockt*«, zischte Calvin, »sonst leih ich dir einen rosa Glitzerstift, und du kannst das ganze Gespräch in dein Stickeralbum kleben.«

Da lachte Tim, er warf den Kopf zurück und lachte sehr herzlich, und das machte Calvin noch wütender.

»Komm, komm, immer schön ernst bleiben«, knurrte er, und auf einmal schnellte seine Hand vor, die gesunde, und packte Tim am Kragen und zog ihn zu sich heran. »Warum sitzen wir in diesem Auto und reden? Warum hast du mich mitgenommen? *Was soll das Ganze?*«

»Du warst bei Nuri und ihrer Familie. Und du gehst«, sagte Tim. »Gehst du zu Pascal zurück?«

»Bitte?« Er ließ Tim los. Die Frage war zu verrückt.

»Wir brauchen jemanden, der rausfindet, was die vorhaben. Du könntest zurückgehen. Für uns.«

Calvin verschränkte die Arme. »Vergiss es.«

»Sie haben etwas vor. Etwas Neues.«

»Ich habe nichts damit zu tun.«

»Du willst einfach weggehen und es passieren lassen? Und Nuri vergessen? Ich dachte, ihr seid zusammen.«

»Zusammen, zusammen«, murmelte Calvin und sah weg. »Was ist das schon? Ein vorübergehender … Zustand. Frau Silbermann kriegt das schon hin, Nuri und dich am Ende zu verkuppeln, mach dir keine Sorgen.

Ich … ich habe gelernt, syrisch zu kochen … Ich und kochen, lächerlich, was? Ich kann es fast. Aber ich passe nicht ins Bild. Werd ich nie.«

»Ich gehe jetzt da rein und hole zwei Cola«, sagte Tim. »Und du denkst über meine … unsere … Bitte nach.«

»Scheiß auf die Cola«, murmelte Calvin, aber er blieb sitzen, und Tim stieg aus, er ließ ihn wirklich alleine im Auto. Er sah ihm nach, wie er über den Parkplatz ging. Er hatte die Fäuste wieder geballt.

Und dann war Tim in dem McDonald's-Flachbau hinter dem idiotischen, überlebensgroßen Plastikclown verschwunden, und plötzlich sah Calvin etwas ganz anderes.

Zeitlupe.

Zwei Mädchen, oder jedenfalls sehr junge Frauen, vermummt, zu warm angezogen für das Wetter, Röcke, Mäntel, Kopftücher. Ein kleines Kind an der Hand einer der Frauen. Ein Baby im Wagen. Das Kind, vielleicht drei Jahre alt, hält eine Colaflasche in der Hand. Teuer. Eine Besonderheit. Vielleicht ein Geburtstag. Das Kind lacht, sie lachen alle.

Dann ein Auto.

Tiefergelegt, vibrierende Bässe, Spoiler, getönte Heckscheibe. Die Tür öffnet sich.

Auch hier Lachen. Tiefer. Das Auto spuckt vier Jungs aus wie Figuren in einem Computerspiel, das ein Vater mit seinem kleinen Sohn auf dem Schoß in einem Casino spielt. Weiße Turnschuhe. Schwarze Kleidung. *Thor Steinar. Consdaple.* Zu viele Klischees – sie tragen das gar nicht alle. Diese Militärhose zum Beispiel mit dem Tarnmuster – billiges Zeug, vom Discounter. Einer hat eine alte Jacke, die wirklich vom Militär stammt, die kleine Deutschlandflagge auf der Schulter leuchtet bunt im Nachmittagslicht.

Es sind nur vier, obwohl sie wirken, als wären sie mehr.

Die Zeitlupe hält an. Das tiefe, dröhnende Lachen auch. Es vermischt sich mit den Bässen.

Sie stellen sich den Frauen in den Weg, Arme verschränkt, breitbeinig. Sie sind eine Mauer. Eine halbkreisförmige Mauer. Die Frauen weichen zurück. An die gelb gestrichene Wand.

Der mit der Tarnhose greift nach vorn, blitzschnell – die Colaflasche fällt, ein empörter Kinderschrei, aber nur verhalten, angstvoll. Kinderaugen, die sich jetzt hinter allem verstecken. Weiter zurück kann niemand, da ist die Wand.

Wie leer dieser Parkplatz ist.

»So«, sagt der mit der Militärjacke. »Und was machen wir hier? Einen Wochenendausflug? Solltet ihr nicht in eurem Heim sitzen?«

»Schon gemerkt«, fragt der mit der Tarnhose, »dass ihr hier nicht herpasst?«

»Aber vielleicht suchen sie Gesellschaft«, sagt der mit dem *Thor Steinar*-Shirt mit einem Lächeln. »Wir haben noch Plätze frei, im Auto. Kleiner Ausflug gefällig?«

Wieder das Lachen. Und noch immer der leere Parkplatz.

Und Calvin erkennt sie genau.

Pascal. Kevin. André. Jason.

Natürlich.

Und dann ist da noch jemand, er kommt von der Seite, rennt, bricht die Zeitlupe, ist einfach da – stellt sich zwischen die drei und die Frauen, die in ihrer Angst vergessen, dass man auch mit einem Kinderwagen fliehen könnte. Der, der da steht, verschränkt die Arme wie die vier vor ihm und starrt sie herausfordernd an.

»Was genau wollt ihr?«, fragt er.

Calvin kennt den Akzent.

»Kamal«, flüstert er.

Er sieht Pascal grinsen.

»Mach mal den Weg frei, ja? Wir möchten mit den Mädchen reden. Und geh dich waschen, du stinkst.«

Calvin war mit einem Satz aus dem Auto.

Er trug die Brille und die Wollmütze noch immer. Er war jemand anders. Jemand, den Pascal nicht kannte und nicht erkennen würde. Er sprang ebenfalls zwischen die vier von der Clique und die Frauen und stellte sich neben Kamal. Die alte Lederjacke verbarg den Gipsarm. Vielleicht. Hoffentlich.

Er sah das Erstaunen in Kamals Augen, doch er hatte keine Zeit dafür. Er starrte Pascal an.

Zwei gegen vier.

»Verschwindet«, knurrte Kamal.

»Oh, das ist aber unhöflich«, sagte Pascal. »In Deutschland sind wir höflicher zueinander. Was, Jungs? Sollen wir ihnen ein bisschen Höflichkeit beibringen?«

»Unbedingt«, sagte Jason.

»Dauert nicht mehr lange«, sagte Pascal, »dann machen wir mit dieser ganzen unhöflichen Knoblauchgesellschaft ohnehin Schluss. Diese Stadt lässt sich nicht einfach so verschmutzen von einem hässlichen Asylantenfleck auf der Karte, die wehrt sich. Wir kriegen unsere Party noch.«

»Und wie sieht die Party aus?«, fragte Kamal.

»Das ist eine Überraschung, Liebling«, flötete Jason.

In diesem Moment kamen zwei Leute über den Parkplatz gerannt. Der eine war Tim. Den anderen hatte Calvin schon irgendwo beim Asylantenheim gesehen, er sah Kamal ein wenig ähnlich, und Calvin dachte an Nuris älteren Bruder. Nabil. Aber Nabil war noch immer in Damaskus.

Oder nicht?

Vier gegen vier. Sie standen sich jetzt gegenüber.

Das Kind hinter ihnen machte ein Geräusch, als wollte es anfangen zu weinen, doch das Geräusch verstummte, erstickt, als seine Mutter es an sich presste. Calvin drehte sich halb um, nur für Sekunden, und sah die Angst in ihren Augen.

»Scheiße, macht, dass ihr wegkommt«, knurrte Jason. »Wir wollen mit den Mädels hier reden.«

»Kamal«, sagte Calvin laut. »Wo ist eigentlich das Messer?«

Er sah Pascals Gesichtszüge entgleisen, als er seine Stimme hörte. Die Bewegung der Hand war zu rasch, Calvin konnte nicht rechtzeitig ausweichen – Pascal riss ihm die Sonnenbrille vom Gesicht. Dann stand er einen Moment nur da und starrte ihn an. Seine Augen blitzten, unglaublich blau. Um Nabil hätte gesagt: Seine Augen sind schön. Alles ist schön.

»Hallo, Calvin«, sagte Pascal leise.

»Hallo, Pascal«, sagte Calvin.

Kamal stellte sich gerader hin, sie waren eine Wand, die niemand durchbrechen würde. Und ein Gefühl schwappte über Calvin wie eine warme Welle – das Gefühl des *WIR*. Er stand in einer Reihe mit seinen Leuten, und dies waren wirklich seine Leute, obwohl sie ihm so fremd waren.

Das, was sie schützten, saß hilflos hinter ihnen in der Falle, aber sie würden es nicht preisgeben.

Zum ersten Mal hatte er einen durch und durch ehrbaren Grund, die Fäuste zu ballen.

Deutschland war nie ein Grund gewesen, immer nur ein Vorwand, und er hatte es vermutlich gewusst. Er war nur ein kleiner Junge, der den Helden spielen wollte, so viel war ihm selbst klar. Aber wollen das nicht alle kleinen Jungen?

Pascal trat einen Schritt auf ihn zu.

»Kennst du das Wort *Rassenschande?*«, fragte er.

»Nein«, sagte Calvin. »Aber ich kenne das Wort *Kinnhaken.*«

Er holte aus, aber jemand hielt seinen Arm fest. Es war der, dessen Namen er nicht kannte.

»Warte, Calvin«, sagte er. »Sie sind hier.«

Und dann hielt ein weiteres Auto auf dem Parkplatz, und jemand stieg aus und sagte sehr laut: »Was ist hier los?«

Pascal drehte sich um. Das Auto, das gehalten hatte, war blau und silbern. Die Bullen.

ACAB. All Cops Are Bastards.

Wie oft, dachte Calvin, hatte er diese Abkürzung an Wände gesprüht? Verdammt, er war immer noch vermisst gemeldet. Er hob die verspiegelte Sonnenbrille auf und verbarg seine Augen wieder dahinter. Aber die Bullen sahen ihn nicht einmal an.

»Was ist hier los?«, wiederholte der, der ausgestiegen war.

»Nichts weiter«, antwortete Pascal. »Hier ist gar nichts los. Fahren Sie nach Hause.«

Ein Satz aus dem Arabischen Frühling.

»Sie haben versucht, die Mädchen einzuschüchtern«, sagte Kamal.

»Aber es ist okay, wir kriegen das geregelt«, sagte der ohne Namen.

Calvin nickte.

»Nein«, sagte Tim. »Bitte bleiben Sie. Das geht nicht gut.«

»Ich denke doch, das entscheiden immer noch wir«, sagte der Polizist. »Kann ich mal die Personalausweise sehen?«

Zwischen Calvins zusammengebissenen Zähnen befanden sich die Flüche eines halben Lebens.

Pascal trat vor und zog seinen Ausweis aus dem Portemonnaie.

»Wir haben nichts getan«, sagte er und lächelte den Polizisten an. »Und wir haben alle gültige deutsche Ausweise. Von denen da sollten Sie besser die Aufenthaltserlaubnis prüfen. So was kennt man ja. Illegale Einreise und so.«

»Halten Sie den Mund«, sagte der Polizist.

»Gerne«, sagte Pascal. Sie sahen schweigend zu, wie der Polizist die Ausweise von Pascal, Kevin, Jason und André prüfte und die Daten an seinen Kollegen durchgab, der im Auto telefonierte. Calvin spürte Kamals Nervosität.

»Wenn sie dich einmal in der Kartei haben, ist es gelaufen«, flüsterte er.

Calvin kannte die Bilder, die er sah. Bilder aus Nuris Erzählungen. Er spürte, wie gerne Kamal gerannt wäre.

»Quatsch«, flüsterte Tim. »Bleib ganz ruhig, das hier ist völlig sinnlos. Scheint das Einzige zu sein, was Polizisten in diesem Land jemals tun: Personalien überprüfen. Es hat keinerlei Folgen.«

»Sicher?«, fragte Kamal.

»Sicher«, sagte Calvin leise. »Außer für mich.«

Er spürte, wie jemand ihn am Ärmel zog, und ließ sich ziehen, die Polizisten bemerkten nicht, dass er ein paar Schritte zurücktrat; sie hatten genug zu tun. Es war der Typ ohne Namen gewesen, der Calvin am Ärmel gezogen hatte.

»Hau ab!«, zischte er. »Nimm die Mädchen mit zum Heim!«

Calvin zögerte.

»Los!«, flüsterte der andere. »Jetzt können die Typen dir nicht folgen. Ach, übrigens – meine Sonnenbrille steht dir.«

»Ramo?«, fragte Calvin.

Ramo nickte. »Verschwindet jetzt!«

Calvin scheuchte die beiden jungen Frauen vor sich her, dicht an der Wand entlang über den Parkplatz, dann die Straße runter, in Richtung der Wohnblöcke. Das kleine Kind hatte begriffen, dass es nicht der richtige Moment zum Heulen war. Aus den tausend Fensteraugen starrten feindliche Blicke.

Da, schau dir die Vermummten an. Kopftuchratten. Wie sie rennen!

So ist es im Krieg, dachte Calvin, du scheuchst Leute eine Straße entlang, und auf den Dächern stehen die Scharfschützen. Du hast Glück oder kein Glück. Wenn sie auf dich zielen, treffen sie immer.

Er wusste, dass der Streifenwagen irgendwann neben ihnen auftauchen würde. Die Bullen mussten inzwischen gemerkt haben, dass er verschwunden war, sie waren nicht blind. Doch sie kamen nicht. Sie hatten sie, stellte er voller Erstaunen fest, laufen lassen.

»*Kulu Tayib*«, sagte Calvin in seinem gebrochenen Arabisch. Alles ist schön.

Und dann standen sie vor dem Heim, und zwei Paar Hände drückten ganz kurz Calvins Hände, leicht wie Schmetterlinge. Das *Shukran* war ein geflüstertes. Die Tür des zweiten Blocks schloss sich hinter den Frauen und dem Kinderwagen.

Und Calvin ging durch die altbekannte Tür des ersten Blocks, setzte sich drinnen auf die Treppe und suchte seine Kippen.

Eine halbe Stunde später öffnete sich die Haustür. Calvin sprang auf. Aber es war Tim.

»Hier bist du«, sagte er. »Du hast was in meinem Wagen vergessen.« Er hielt die braune Papiertüte hoch.

»Was ist mit Pascal?«, fragte Calvin. »Du hast ihn nicht hierhergeführt, oder?«

»Ganz blöd bin ich nicht«, sagte Tim und grinste. »Wir sind eine gute Weile anderswo spazieren gefahren. Die Polizei hat keinen von den Typen mitgenommen. Blöd gelaufen. Sie haben ja wirklich nichts getan. Noch nicht.«

Calvin nickte.

Wir kriegen unsere Party noch.

Da ging die Tür noch einmal auf, und Kamal und Ramo kamen herein. Im ersten Stock wurde ebenfalls eine Tür geöffnet, und plötzlich war das Treppenhaus voller Leute und voller arabischer Satzfetzen. Samir umarmte Kamal und schüttelte allen die Hände, Kamal erklärte hektisch Dinge, Um Nabil rief, sie sollten heraufkommen, und Nuri drängte sich durch das Gewühl zu Calvin.

»Kamal hat eben eine SMS geschrieben«, sagte sie. »Dass ihr in Schwierigkeiten seid oder wart oder … *Wo warst du?*«

»Einkaufen«, sagte Calvin. Er stand mit seiner braunen Papiertüte auf dem Treppenabsatz und kam sich seltsam vor. »Ich … das ist … für deine Mutter. Die Sachen, die es nie gab.«

Nuri steckte ihre Nase in die Tüte und atmete den Duft daraus tief ein. Dann umarmte sie ihn und die Tüte zusammen.

»Ich habe mir Sorgen gemacht«, flüsterte sie. »Du kannst doch nicht einfach verschwinden! Komm.«

Und sie zog ihn die Treppe hinauf.

Die Wohnung war zu klein für alle diese Leute. Die Wohnung war gerade groß genug.

»Ihr habt in der Zwischenzeit ein paar Heldentaten vollbracht, hört man«, sagte Um Nabil in der Küche. Oder irgendetwas in der Richtung, ganz verstand Calvin es nicht. Sie nahm die Gläser und Päckchen aus der braunen Tüte, als wären es Juwelen.

»Wir dachten, du kommst nicht wieder«, sagte sie, und das verstand Calvin sehr genau. Aber er brauchte nicht zu antworten, denn jetzt sagte Ummi: »Also kochen wir. Für alle. Calvin? *Saa'idni*. Hilf mir.«

Calvin zog die Jacke aus und krempelte den Ärmel an seinem gipslosen Arm hoch.

»Bereit für den Kampf«, sagte er und grinste.

Nuri schmiegte sich für Sekunden an ihn.

Dann krempelte sie ebenfalls ihre Ärmel hoch.

Und sie kochten. Falafel und Tahina, Joghurtsoße und Tabbouleh-Salat aus Petersilie, Tomaten und Bulgur. Sie rührten Sirup und zupften Teigfäden auseinander und hackten Pistazien und stachen Kreise aus Fladenbrot aus, die zu Sfiha wurden, winzigen Pizzas. Sie rösteten Sesam und hackten Korianderblätter, und Samir, Kamal, Ramo und Tim saßen im Wohnzimmer und halfen und redeten und lachten. Kamals Handy spielte Musik von zu Hause.

Und Calvin fühlte sich betrunken.

Natürlich tauchte Fabienne mit Delfine und dem Baby auf, das die Nase krauszog über all die Gerüche. Delfine fand, ihre Puppe müsste auch in den Töpfen rühren, Calvin hob sie hoch, damit das möglich war.

Als er sie wieder absetzte, kam Nuri zu ihm und küsste ihn mitten in der Küche. Um Nabil beschäftigte sich eingehend mit dem Abwasch, um nichts zu sehen. Sie küssten sich lange. Nuri schmeckte nach allem, was sie klein geschnitten hatten und was jetzt im Ofen garte. Einmal öffnete Calvin mitten im Kuss die Augen und sah Kamal in der Küchentür stehen.

Er nickte.

Ganz langsam.

Und dann klingelte es.

»Noch jemand, der mitessen will«, murmelte Nuri in seinen Armen. Aber Calvin machte sich von ihr los und lauschte. Samir war an die Tür gegangen. Die Stimme, die Calvin von dort hörte, war sehr deutsch. Eine Stimme mit blauen Augen.

Pascal.

Calvin fühlte sich plötzlich hart am Arm gepackt und blickte in Kamals Gesicht.

»Komm«, flüsterte er. Dann zog er Calvin hinüber ins Wohnzimmer und deutete auf eine der Matratzen, die im Moment längsseits an der Wand lehnte. »Dahinter.«

Calvin hatte keine Zeit, darüber nachzudenken, ob dies eine gute Idee oder ob es feige war. Er streckte sich hinter der Matratze aus und versuchte, sich so flach wie möglich an die Wand zu pressen. Er sah nicht, was im Wohnzimmer geschah, er hörte jetzt nur noch. Um ihn war es dunkel.

»Natürlich ist er hier«, sagte Pascal. Er war jetzt in der Wohnung. »Ich gehe gleich wieder, ganz gesittet, ich will bloß Calvin, kapiert? Wir haben was Persönliches zu klären.«

»Ich weiß nicht, wo dein … Callam? … Wo er ist«, antwortete Kamal. »Ich habe nichts mit ihm zu tun.«

»Das sah aber eben auf dem Parkplatz ganz anders aus«, sagte Pascal. »Da stand er neben dir.«

»Der mit der Wollmütze?«, fragte Kamal. »Ist er das? Ich weiß nicht, wo der hergekommen ist. Er war einfach da. Und jetzt möchtest du gehen.«

»Das möchte ich nicht«, sagte Pascal. Seine Stimme war näher, er schien es geschafft zu haben, sich an Kamal vorbei ins Wohnzimmer zu drängen. Calvin hörte andere Stimmen vom Treppenhaus her, Pascal war nicht allein gekommen. Er hatte die Jungs von der Clique mitgebracht.

»Was du da machst, ist Hausfriedensbruch«, hörte er Nuri sagen.

»Ach, wen haben wir denn da«, sagte Pascal. »Was du da machst, ist Blutschande und seit 1935 in Deutschland durch das Blutschutzgesetz verboten. Leute, die die Reinerhaltung des deutschen Blutes nicht achten, gehören hinter Gitter.«

»Dieser Staat hat völlig andere Gesetze«, sagte Nuri.

»Ja«, sagte Pascal. »Nur erkennen wir diesen Staat nicht an. Das deutsche Reich existiert bis heute. Rechtlich hat sich das nie geändert. Und jetzt lass mich durch. Meine Jungs da draußen werden langsam unruhig.«

Calvin versuchte, die Matratze beiseitezukippen, um Pascal entgegenzutreten. Aber jemand hatte sich dagegengelehnt und drückte sie an die Wand. Dem Gewicht nach zu urteilen, waren es sogar zwei Menschen. Und dann sah er durch die Ritze zwischen Wand und Matratze die schwarzen Schwingen. Sie schwebten unter der Decke des Raumes, verschwommen, und da war kein Körper, der zu ihnen gehörte. Ihr Rauschen füllte die Stille wie stetig steigendes Wasser.

»Wo ist er?«, fragte Pascal.

Niemand antwortete. Pascals Schritte durchquerten den Raum zweimal.

Er blieb ganz dicht vor der Matratze stehen.

»Was lungert ihr da so rum und glotzt?«, fragte er. Seine Stimme enthielt jetzt einen Hauch Nervosität. »Wir kommen zurück. Wir kriegen unseren kleinen Verräter noch. Richtet ihm das aus.«

Die Spannung wich nicht, als die Wohnungstür ins Schloss fiel. Sie warteten alle.

Aber nichts passierte. Und nach einer sehr langen Zeit schob Kamal die Matratze weg.

»Warum?«, flüsterte Calvin und kam auf die Beine. »Warum hast du mir geholfen? Du hasst mich.«

Kamal zuckte die Schultern. »Warum hast *du* geholfen? Auf dem Parkplatz?«

»*Ich* hätte diesem Pascal eine reingehauen«, knurrte Nuri, die hinter ihrem Bruder auftauchte. »Aber die Idioten hier haben mich festgehalten. Ich meine, wir sind so viele, wir …«

Calvin legte den gesunden Arm um ihre Schultern. »Ich muss weg«, sagte er. »Ich glaube, das haben jetzt alle begriffen. Nach diesem Essen werde ich gehen.«

»Dann lass uns niemals essen«, erwiderte Nuri ernst.

Aber Um Nabil breitete schon das gemusterte Tischtuch auf dem Boden aus, und Samir legte die Matratzen zum Sitzen hin.

Tim sah auf die Uhr.

»Oh, verdammt. Frau Silbermann wartet seit einer Stunde.«

»Bring sie mit«, sagte Nuri und seufzte. »Es ist Zeit. Fahr sie holen und lass sie mit uns feiern.«

»Was feiern wir denn?«, fragte Calvin vorsichtig. Er dachte an den Abschied und die Reihe von Mädchenbeschützern auf dem Parkplatz, an das Leben und den Krieg und Pascal.

»Wir feiern die Existenz von Pinienkernen und Granatäpfeln. Und natürlich von Sesampaste.«

Frau Silbermann sah sehr klein aus und älter als je zuvor. Sie bedankte sich zu oft für die Einladung. Selbst ihr Haar schien weißer geworden zu sein. Weiß wie Schnee. Tim führte sie am Arm zu einem Stuhl, weil sie nicht auf dem Boden sitzen konnte. Sie sah Calvin eine Weile an. Beinahe so, als müsste sie sich daran erinnern, wer er eigentlich war.

»Tim sagt, du musst weg hier?«, fragte sie schließlich.

Calvin nickte.

Frau Silbermann seufzte. »Mein Haus hat genügend Zimmer. Es sollte ein *Beit Midyaf* sein, ein Haus, das offen steht für Gäste. Nicht nur für eine Handvoll Nachhilfeschüler. Damals, als ich ... übersetzt habe, ... damals hatte ich ein offenes Haus. Ich habe es irgendwann aufgegeben. Zu übersetzen und die Türen zu öffnen. Vielleicht sollte ich wieder damit anfangen.«

Da stand Nuri auf und ging zu Frau Silbermann, um ihre Hände zu drücken.

»*Shukran*«, flüsterte sie leise. »Vielen Dank.«

»Sprichst du wieder mit mir?«, fragte Frau Silbermann in gespieltem Erstaunen.

»Jetzt schon«, sagte Nuri. »Essen wir.«

Internetsuche
Hama 1982
Saatar Gewürzmischung

12

Die Aufnahme von 5000 Flüchtlingen in Deutschland leistet einen bescheidenen Beitrag zur dringend notwendigen Unterstützung der Erstaufnahmestaaten. Jordanien hat bislang laut UNHCR 366 000 Flüchtlinge aus Syrien aufgenommen, der Libanon 370 000, die Türkei 260 000, der Irak 116 000 und Ägypten 43 000.
(Artikel auf der Website der Organisation Pro Asyl vom 21. 3. 2013)

Einwanderung ja – aber nicht in unsere Sozialsysteme!
(Wahlslogan der Partei Alternative für Deutschland bei der Bundestagswahl 2013)

Der Garten hatte sich verändert. Er war weniger bunt, aber grüner geworden. Am Morgen hingen faserige rote Fünf-Uhr-Schlieren.

Der Frühling war lange vorbei, und irgendwann würde auch der Sommer vorbei sein. Die Zeit war wie ein nervöses Tier, das lange stillhielt und dann plötzlich vorwärtssprang. Die Stunden im Asylantenheim waren ewig gewesen, doch nun waren sie vorüber, und sie würden nicht wiederkehren.

Calvin stand neben dem nicht mehr blühenden Jasminbusch und rauchte und sehnte sich.

Nicht nur nach Nuri. Er sehnte sich nach dem Matratzenlager. Er sehnte sich nach den Gerüchen aus Um Nabils Küche und nach ihren Bildern. Er sehnte sich nach den Fenstern, die bei Regen immer irgendwo das Wasser durchließen und die Samir und Kamal mit Papierstreifen abgedichtet hatten.

Nirgendwo, wo man ankam, schien man lange zu bleiben. Sie hatte das einmal gesagt. Nun war er einer der Wandernden.

»Die Wandernden«, sagte er laut. Es klang wie aus einer ihrer Erzählungen.

»Ja, die ewig Wandernden«, sagte Frau Silbermann hinter ihm, und er fuhr herum. »Ich gehöre auch zu ihnen«, sagte sie und ließ ihre Finger durch die Äste des Jasmins gleiten, wie um die Tautropfen einzufangen.

»Sie?« Calvin trat die Zigarette aus, sah ihren Blick und hob die Kippe auf.

»Ich habe ein Geschenk für dich«, sagte Frau Silbermann und griff in die Tasche ihrer Strickjacke. Was sie ihm entgegenstreckte, war eine kleine runde Dose mit einem Aufdruck in einer anderen Sprache. Eine Bonbondose. Leer.

Frau Silbermann lächelte. »Für die Kippen. Wenn sie voll ist, leerst du sie am Mülleimer. Ein geniales Prinzip.«

Calvin fühlte die Wut in sich aufsteigen. Sie machte sich über ihn lustig. Sie glaubte, er käme mit ihrem Sarkasmus nicht mit.

»Mäßig genial«, sagte er trocken. »Der USB-Anschluss fehlt.«

Dann verschloss er die Kippe in der kleinen Dose. Es war die erste von vielen, die er in Frau Silbermanns Garten rauchen würde, zwischen dem Grün und der Sehnsucht der ewig Wandernden.

Um acht Uhr saßen sie in der Küche und frühstückten.

Calvin vermisste sogar das billige Toastbrot aus dem Asylantenheim.

Frau Silbermann hatte Brötchen aufgebacken, vielleicht ein Zeichen guten Willens. Oder nur ein Zeichen von Hunger. Das Schweigen schwappte lange zwischen ihnen hin und her. Calvin wollte Dinge fragen. Wie lange bleibe ich? Und was tue ich danach? Was ist mit Nuri? Aber als er diese Fragen dachte, fiel ihm auf, dass es Fragen waren, die Frau Silbermann *ihm* hätte stellen müssen.

Schließlich räumten sie gemeinsam den Tisch ab.

Und dann brach Frau Silbermann das Schweigen.

»Calvin«, sagte sie und betrachtete das Honigglas in ihrer Hand. »Es tut mir leid, was passiert ist.«

Calvin sah sie nur an. Das Honigglas zwischen ihren Fingern zitterte leise.

»Es macht Sie fertig, oder?«, sagte er und fühlte, dass er grausam war. »Sich schuldig zu fühlen. Es ist eine längere Geschichte.«

Sie stellte das Glas auf die Anrichte und schien tief durchzuatmen.

»Die Polizei hat nach der Sache mit den Kanistern ein Auge auf deine Clique. Hoffe ich. Das ist immerhin ein Vorteil.«

»Ist es nicht komisch, dass keiner von denen die Bullen auf mich gehetzt hat? Dass keiner gesagt hat, das war Calvins Plan? Das wäre perfekt für Sie gewesen, oder?«

»Natürlich haben sie nichts gesagt«, sagte Frau Silbermann. »Das wäre so gut wie zuzugeben, dass sie dich fertiggemacht haben. Und … nein. Es wäre nicht perfekt für mich gewesen. Du verstehst mich nicht. Ich bin nicht auf Rache aus.«

»Rache«, wiederholte Calvin. »Muss ich das kapieren?«

Sie schüttelte den Kopf.

Calvins Blick fiel auf den Kalender neben der Anrichte. Frau Silbermann kreuzte die vergangenen Tage schwarz aus, es war ein kleiner Friedhof an Tagen.

»Zwanzigster Juli«, murmelte er. »Oha.« Er sah seinen Arm an. »Der sollte vor einer Woche ab.«

»Der Arm?«

»Nein«, sagte Calvin, plötzlich froh über Frau Silbermanns Anfall von Humor. »Der Gips.«

»Ich fahre dich ins Krankenhaus.«

»Langsam«, sagte Calvin. »Ich werde polizeilich gesucht. Krankenhaus ist tabu. Haben Sie kein Messer?«

Sie schüttelte den Kopf, aber sie fand dann doch ein Brotmesser für ihn.

»Über das Gesuchtwerden müssen wir reden. Du kannst nicht ewig untergetaucht bleiben. Deine Mutter macht sich sicherlich Sorgen.«

»Kann ich untergetaucht bleiben und ihr sagen, dass sie sich keine Sorgen zu machen braucht?«

»Ja. Nein. Du musst zur Schule gehen. Dein Praktikum weitermachen. Alles das.«

Calvin rutschte mit dem Messer ab, ritzte die Haut oberhalb des Gipses auf und fluchte.

»Sie liefern mich also wieder bei der Polizei ab, statt mich hierzubehalten.«

»Nein!« Sie sah jetzt beinahe so wütend aus wie er. »Ich liefere dich nirgendwo ab! Aber wir müssen darüber nachdenken, was wir tun.«

»Nachdenken«, wiederholte Calvin. »Das tue ich seit Wochen. Bringt nichts.« Er hatte es endlich geschafft, den Gips mit dem Messer aufzusägen, und löste ihn mit der freien Hand. Dann betrachtete er den blassen Arm darunter, dessen Muskeln er zu lange nicht benutzt hatte. Er krempelte den Ärmel ganz bis zur Schulter hoch und wusch die Gipskrümel unter dem Küchenwasserhahn ab.

Dabei fiel sein Blick auf die Tätowierung am Oberarm. Die schwarze Sonne mit dem Reichsadler darauf. Frau Silbermann sah sie ebenfalls an, und er krempelte den Ärmel herunter.

»Was ist eigentlich mit Tom und Benji?«, fragte er, um abzulenken. »Kommen die noch?«

»Tom ja. Aber Benji ist entschlossen, erwachsen zu sein. Es geht schief. Wie immer.«

Calvin nickte. »Wo waren Sie, als Sie ein Kind waren? Haben Sie damals schon hier gewohnt?«

Frau Silbermann lachte leise. Schließlich trat sie ans Fenster und streifte sehr langsam ihren eigenen Ärmel hoch. Das Morgenlicht fiel auf ihren sehnigen, altersfleckigen Arm.

Und Calvin sah die Schrift innen am Handgelenk. Auch Frau Silbermann trug eine Tätowierung. Eine Zahl.

»Beantwortet das deine Frage?« Sie holte tief Luft und atmete wieder aus. »Dein Hitler, weißt du, war ein persönlicher Freund von mir.«

Calvin schwieg.

»Muss ich es dir erklären? Was ein Konzentrationslager ist? Dass sie den Häftlingen in einem von ihnen Nummern eintätowiert haben?«

»Es hat nie Konzentrationslager gegeben.« Der Satz war so alt, dass er sich von selbst sagte. In der Schule hatten sie Filme gesehen. Aber Filme waren nur Filme. *Alles Fälschung und Hetze.* Pascal hatte das gesagt. Nicht nur er.

»Es gibt auch den syrischen Bürgerkrieg nicht«, sagte Frau Silbermann. »Das ist eine Erfindung von Obama. Und niemand hat an einem Sonnenwendfeuer einem achtzehnjährigen Jungen die Nase, das Jochbein und den Unterarm gebrochen.«

Calvin suchte nach Worten, aber er suchte vergeblich. Seine Augen kehrten zurück zu der eintätowierten Zahl.

»Wie lange waren Sie da?«

»Ich war zwölf, als wir reinkamen. Fünfzehn, als der Krieg aufhörte. Vorher hatte ich eine idyllische Kindheit in einem polnischen Dorf, dessen Namen ich nie wieder aussprechen werde, weil es nicht mehr existiert.«

Er nickte langsam. »Okay, das … tut mir leid«, sagte er nach einer Weile. »Aber es ist lange her. Hat nichts mit mir zu tun.«

»Nein«, sagte Frau Silbermann und zog ihren Ärmel herunter. »Hat es nicht. Also frag nicht, wo ich war, als ich ein Kind war.«

»Und *mein* Hitler ist es auch nicht«, sagte Calvin leise. »Nicht mehr. Sie haben … Sie haben das überlebt. Immerhin.«

»Ja, ich hatte das Pech, bis zum Ende zu überleben.«

»Das Pech?«, wiederholte Calvin. »Ist es nicht *Glück*, zu überleben?«

»Nein«, sagte sie hart. »Wer überlebt, hat Verantwortung. Wer überlebt, muss Dinge ändern. Tot sein ist so, als ob man eine Party vor dem Ende verlässt. Die, die bleiben, müssen aufräumen.« Sie lachte, nur für Sekunden. »Bei der Party des Kriegs stand das Blut am Ende kniehoch«, sagte sie. »Und es war schwierig, irgendwohin zu kommen, ohne über einen zerfetzten Traum zu steigen. Überleben ist keine gute Option, glaub mir. Man hat die Erinnerungen.«

»Die Erinnerungen an den Wald und eine Menge netter Gesichter über einem«, sagte Calvin. »Hah. Ja. Aber das ist natürlich lächerlich. Nuri war in diesen Kellern …«

»Erzähl mir das nicht.«

»Sie wollten doch, dass Nuri erzählt?«

»Ja. Das war im April. Ich habe es mir anders überlegt. Ich glaube, ich wollte eine Geschichte, die gut ausgeht. Wir kriegen keine. Nicht in Syrien.«

»Nuri hat gesagt, sie geht gut aus.« Er klang ein wenig wie ein Kind, das recht behalten will, er merkte es selbst. »Wenigstens für ihre Familie.«

»Das ist schön«, sagte Frau Silbermann.

Sie drehte sich halb zu ihm um und lächelte. Die Falten um ihre Augen herum waren tief und voller Damals. Er fragte sich, wie sie als junges Mädchen ausgesehen hatte.

»Meine Geschichte geht nicht gut aus. Ich erzähle sie auch nicht. Nur vielleicht in Stichpunkten. Du kannst das irgendwo nachlesen. Polnische Juden. Eine Weile versteckt. Aufgeflogen, abtransportiert, Viehwaggon, Lager, Ende. Birkenau. Hübscher Name, findest du nicht? Eine Wiese mit Birken, grün und weiß, es klingt nach so viel Licht! Eine Weile habe ich da Musik gemacht. Sie hatten ein Mädchenorchester, wirklich. Später wurden Bücher darüber geschrieben. Es gibt sogar eine Oper. Ich habe sie nie gesehen. Wenn ich nicht in diesem Orchester gespielt hätte, hätten sie mich ausselektiert. Dann wäre ich nicht hier, und du wärst nicht hier …«

Und ich hätte Nuri nie getroffen, dachte Calvin.

»Ausselektiert«, wiederholte er.

»Ja. Ich war schwach und nicht gut geeignet zum Arbeiten. Du weißt, was dann passierte.«

»Nein.«

»Doch, das weißt du.« Sie sah ihm in die Augen. »Ihr lernt Dinge in der Schule. Du kannst nicht völlig unwissend da rauskommen.«

Eine Weile schwiegen sie, dann sagte Frau Silbermann unvermittelt: »Fred Perry, übrigens. Die Polohemden mit dem deutschen Kragen, die ihr so gerne tragt. Fred Perry war ein Held der Skinheads. Aber wusstest du, dass er Jude war? Ein paar Jahrzehnte früher, ein anderes Land, und er wäre auch durch den Kamin gegangen.«

»Ich dachte, Sie wollten nicht darüber reden«, sagte Calvin.

Frau Silbermann schüttelte den Kopf.

»Nuri hat recht. Es ist seltsam, du hörst einem so zu, dass man beginnt zu reden. Obwohl du gar nicht zuhören willst. Oder doch?« Sie sah wieder aus dem Fenster. »Ich habe Geige gespielt. Weil meine Eltern es wollten. Als Kind habe ich es gehasst ... Die Geige hat mir das Leben gerettet. Wie ich wünschte, ich hätte nie gelernt, sie zu spielen. Haben sie ein Orchester in Tadmur gegründet, nachdem sie es wiedereröffnet haben? Gibt es in Assads Kellern Musik?«

»Die Instrumente da unten sind zu anderen Dingen da«, sagte Calvin hart.

»Du warst dort.«

»Mit Nuri. Natürlich. Warum sind Sie hier? Birkenau ist nicht um die Ecke, oder? Ich habe den Namen noch nie gehört ...«

»Es hat einen zweiten Namen. Auschwitz-Birkenau. Und nein, es ist nicht um die Ecke. Da war jemand, den ich gut kannte. Ein junger Mann. Er sah alt aus, als der Krieg vorüber war. Er hat mir das Haus vererbt. Ich wollte nie darin wohnen. Ich war froh, als es in der DDR nicht mehr mir gehörte, kein Privateigentum und all das ... Aber es fiel nach der Wende an mich zurück. Damals war ich weit weg. Israel. Das gelobte Land. Der neue Staat der Juden. Die Araber mussten Platz für uns machen, und sie taten es nicht gerne. Aber ich dachte, wir könnten uns arrangieren. Ich dachte, es ist doch genug Land da für alle. Genug Träume. Ich habe mich auf die arabische Sprache gestürzt, hungrig danach, etwas Neues zu lernen. Keine Geige mehr, nur noch Worte. Meine Freunde sprachen arabisch, meine Freunde sprachen jiddisch, meine Freunde sprachen englisch. Es war alles, dachte ich, eine Frage der Übersetzung. Es hat zwanzig Jahre gedauert, bis ich gemerkt habe, dass das falsch war. Die Wüste ist nah, und die Träume sind verdorrt. Kein Land für niemanden, nur Kriege. Ich …« Sie stützte die Hände aufs Fensterbrett, als wäre sie auf einmal unendlich müde. »Letztendlich bin ich hierher zurückgekommen. In dieses verdammte Deutschland. Vielleicht dachte ich, ich kann hier etwas … ändern. Etwas retten. Vielleicht nur das Haus und die Vergangenheit dieses Mannes. All diese Zimmer … Er hatte mit seinen Kindern darin gelebt, vor dem Krieg. Er war der Einzige der Familie, der das Lager überlebt hat. Wie ich. Eine Woche nach der Befreiung hat er sich einen Strick genommen. Sein Traum vom gelobten Land kann nicht mehr platzen.«

Calvin sah an Frau Silbermann vorbei in den Garten. Ein Mädchen mit Hungeraugen spielte dort Geige. Gleich hinter den Hecken lag die israelische Grenze, streng bewacht. Vom Birnbaum hing ein Strick. Er schüttelte den Kopf, und all das verschwand. Nur etwas blieb, ungreifbar. Ein Schatten. Dunkel, flüchtig. Die schwarzen Flügel.

»Warum …« Er stockte. »Warum sind es die Juden? Die immer gehasst werden?«

»Juden eignen sich gut dazu, schuld zu sein«, sagte Frau Silbermann mit einem Schulterzucken. »Minderheiten sowieso. Es gab dann doch erstaunlich viele. Deine Leute hatten eine Menge Arbeit damit, sie alle in Rauch aufzulösen und ihre Brillen und Schuhe zu sortieren … Euer Hitler hat die Juden gebraucht, und deine Clique braucht die Asylbewerber. Irgendwen braucht man immer.«

»Ja«, sagte Calvin. »Sie brauchen auch jemanden. Gut, dass ich da bin.«

Er drehte sich um, um zu gehen, um endlich eine zu rauchen.

Euer Hitler. Deine Leute.

Aber dann blieb er in der Tür noch einmal stehen.

»Das mit dem Sterben und dem Überleben stimmt nicht«, sagte er leise. »Da sind die Sonnenblumen. Auf dem Feld. Nachts. Und das Meer. Und … Sesampaste. Nachtblumen in Damaskus. Haben Sie die schönen Sachen alle vergessen?«

Sie sprachen nie wieder über Birkenau.

Calvin starrte den ganzen Morgen lang das Telefon an, und als es klingelte, stürzte er hin, als hinge sein Leben davon ab. Frau Silbermann war irgendwo oben, fort und doch da, ständig wachsam.

»Wie läuft's?«, fragte Nuri.

»Scheiße«, sagte Calvin knapp. »Wann kommst du?«

Sie zögerte. »Calvin. Ich komme nicht. Erst mal. Hat sie dir das nicht gesagt?«

»*Was?*«

»Frau Silbermann und meine Eltern haben gestern Nacht noch telefoniert … Sie finden, es ist zu gefährlich. Wenn ich da jetzt rausfahre, fährt mir einer von Pascals Leuten nach. Vielleicht tauchen sie sowieso bei Frau Silbermann auf. Das ist alles nur eine Übergangslösung …«

»Klar«, sagte Calvin und schluckte. »Alles klar. Kamal ist froh, dass ich weg bin, hm? Alle waren froh. Ihr seid mich los.« Er trat gegen eines der Bücherregale, aber es änderte nichts. Da stand er in Frau Silbermanns Wohnzimmer zwischen den orientalischen Teppichen wie in einer Wüste, allein. Sie würde nicht kommen. Er unterbrach die Verbindung.

Das Telefon klingelte Sekunden später wieder.

»Du bist verrückt!«, sagte Nuri ärgerlich. »Alle hier vermissen dich. Begreifst du nicht, dass wir eine Weile warten müssen, ehe wir dich besuchen? Bist du so blöd? Ich dachte, du wärst klüger …«

»Nein«, sagte Calvin. »Ich bin ein dummer Rechter ohne Schulabschluss. Frau Silbermann weiß das.«

Sie beobachteten die Straße.

Beide. Auch wenn sie nicht darüber sprachen. Sie schlichen im Haus umeinander herum und versuchten, höflich zu sein, und beobachteten die Straße. Keiner von den Jungs tauchte auf.

Es sei denn, sie waren unsichtbar.

Calvin hasste sich dafür, dass er mit Nuri gestritten hatte. Er vermisste sie so sehr, dass er manchmal keine Luft bekam. Sie rief nicht wieder an. Er rief sie auch nicht an.

Er lief herum wie ein Tiger im Käfig.

Er rauchte zu viel.

Am Nachmittag des dritten Tages klingelte es. Calvin und Frau Silbermann sahen sich an.

Sie saßen bei einem ihrer schweigsamen Frühstücke.

»Die Post«, sagte Frau Silbermann.

»Es ist Sonntag«, sagte Calvin.

Da legte Frau Silbermann eine Hand auf seine, eine warme und altersfleckige Hand. »Bleib hier«, sagte sie. »Notfalls nimmst du das Fenster. Ich regle das.«

Er wollte etwas sagen wie *Danke,* aber da war sie schon fort.

Er hörte jetzt Stimmen im Flur, er sprang auf – und blieb stehen, erstarrt. Es waren die Stimmen von Kamal und Ramo. Frau Silbermann brachte sie mit in die Küche. Sie sahen verlegen aus.

»Wir sind einen wahnsinnigen Umweg gefahren«, sagte Kamal.

Ramo nickte. »Wir wollten nur … besuchen«, sagte er. »Nuri sagt … du denkst, keiner kommt wieder.«

»Sie ist immer noch sauer, oder?«

Kamal zuckte die Schultern. »Keiner versteht die Frauen.«

Sie tranken Tee mit Frau Silbermann, noch immer verlegen, und standen mit Calvin im Garten herum und rauchten und lachten über die Kippendose.

»Hier wird man also gezähmt«, sagte Kamal. »*Ya Allah,* fängst du bald an zu stricken?«

Calvin grinste, ebenfalls verlegen. »Blödsinn. Ich häkle. Hat mehr Stil.«

Als sie zurückfuhren, in die verkehrte Richtung, sah er ihnen lange nach.

Wenn alles anders gewesen wäre, dachte er, hätten diese beiden Chaoten Lehrstellen und würden arbeiten. Und er würde nicht gesucht werden und zur Schule gehen. Aber nein, sie saßen alle nur herum, ohne irgendwas zu tun.

Er hatte das ungute Gefühl, dass Pascal und die Clique nicht nur herumsaßen. Die Tatsache, dass keiner von ihnen hier aufgetaucht war, bedeutete vielleicht, dass sie wichtigere Dinge zu tun hatten.

»Nuri? Ich bin ein Idiot. Es tut mir leid.«

»Kommst du mit an den kitschigen Strand, Idiot?«, fragte sie und lachte befreit. »Ich überrede Frau Silbermann. Sie kann mich irgendwo in der Stadt einsammeln, unauffällig, und uns rausfahren und wieder abholen.«

»Du spinnst.«

»Natürlich«, sagte sie.

Frau Silbermann lauschte drei Minuten ins Telefon. »Das ist Wahnsinn«, sagte sie dann. »Natürlich ist die Clique nicht unbedingt da draußen unterwegs … trotzdem … nein. Ich mache das nicht.«

Eine Viertelstunde später saßen sie im Auto.

Eine Auszeit? Schon wieder? Aber die letzte ist lange her …

Die Seebrücke ist beinahe leer, die Sonne sinkt schon. Wenn sie ins Meer fällt, werden die Farben sanfter. Die Urlauber sind längst in ihren Hotels, die Vollpension hat sie an die Abendbüfetts gerufen. Nur ein paar Jugendliche mit einem Gettoblaster sitzen noch zwischen Muschelstücken und Plastikmüll, am anderen Ende des Strandes.

Und die beiden auf der Brücke klettern aufs Geländer und balancieren zum Horizont.

Er dachte, sie würden lange reden, da draußen am Strand. Aber sie haben lange zusammen geschwiegen und sich nur umarmt. Jetzt breiten sie die Arme aus wie beim Fliegen.

Und wenn wir fallen?

Dann schwimmen wir. Das Wasser ist warm. Als Kinder sind wir in Latakia im Hafen getaucht. Einer der Onkel hat uns erzählt, wie sie da früher Austern von den Felsen gekratzt und an die Leute in den Restaurants verkauft haben …

Pass auf!

Er sieht sie fallen, und er erschrickt, aber sie kommt hoch und winkt, das nasse, schwarze Haar am Kopf wie eine Badekappe, ihre dunklen Augen glänzend vor Lachen. Da springt er auch.

Ins Leere. Ihr nach.

Das Wasser ist überhaupt nicht warm, das war eine Lüge. Aber es glänzt wie ihre Augen, glänzt im Abendlicht, als würde man in flüssigem Silber schwimmen.

Und wenn wir nicht an Land schwimmen, sondern da hinaus? Immer weiter? Wo kommen wir hin?

Schweden.

Na ja.

Sie küssen sich, wassertretend.

Ich muss dich etwas fragen, sagt sie. *Es ist wichtig.*

Was denn?

Es ist … liebst du mich?

Dumme Frage. Nächste Frage.

Und meine Familie? Ich meine … glaubst du jetzt, dass sie dich vermissen?

Natürlich.

Gut. Würdest du … Sie holt tief Luft, küsst ihn noch einmal, diesmal fast zu lange. Flüstert, dicht an seinem Ohr: *Würdest du zu Pascal zurückgehen? So tun, als ob du zurückgehst?* Sie spricht auf einmal sehr schnell. *Tim sagt, sie machen neue Pläne. Wir haben alle Angst, weißt du. Die Behörden sagen, es gibt nichts zu befürchten, es ist ja überall Polizei … Jemand muss rausfinden, was Pascal vorhat. Du müsstest ihnen sagen, du hast es dir überlegt und …*

Nein. Er friert plötzlich im Wasser. *Nuri, nein. Ich liebe dich. Ich liebe deine Familie. Ich tue alles für dich. Ich … gehe wieder Sesampaste besorgen. Ich lerne noch drei Sprachen. Ich … Scheiße, ich häkle dir ein Schuhregal!*

Sie lacht nicht.

Ich erschieße Pascal, wenn ich an eine Waffe komme. Aber ich gehe nicht zurück. Würdest du zurück nach Damaskus gehen?

Ich weiß nicht, sagt sie. *Vielleicht.*

In dieser Nacht schlich Calvin alleine in die Küche hinunter und machte den Gasherd an.

Das Wort Gasherd erinnerte ihn wieder an Frau Silbermanns Geschichte. Er fand einen eisernen Schürhaken mit einem abgeflachten Ende, legte ihn über den Ring aus bläulichen Flammen und krempelte den einen Ärmel hoch. Dann sah er die schwarze Sonne der Wewelsburg ein letztes Mal an. Die Sonne, um die sich die Männer der SS geschart hatten.

Ade, ihr Ritter der Tafelrunde, ihr Helden eines kleinen Jungen. Verdorrte Träume. Er dachte an die Totenkopfsymbole auf den SS-Uniformen. Draußen in der Laube hatten sie versucht, sie nachzuzeichnen, mit Edding, auf ihre Jacken. Er dachte auch an das kleine Mädchen mit der Geige in Auschwitz-Birkenau. Der Adler auf der Sonne wetzte seine Krallen. Man musste den Pulloverärmel um die linke Hand wickeln, um sich nicht am Griff des Schürhakens zu verbrennen. Ade, ade. Das heiße Eisen, handtellergroß, traf die Tätowierung mit einem Zischen, er roch das verbrannte Fleisch. Er biss die Zähne zusammen, um nicht zu schreien, aber er schrie doch.

Frau Silbermann fand ihn auf dem Boden. »Mein Gott«, sagte sie.

»Das Gas«, flüsterte Calvin. »Sie müssen das Gas abstellen.«

Sie drehte den Knopf am Herd, zwang ihn auf die Beine und stellte den Wasserhahn an. »Halt den Arm hier drunter, sonst verschmort das Gewebe weiter. Was war der Plan?«

»Ich bin … nur versehentlich …«

»Jetzt erzähl mir nicht, dass du nachts syrisch kochen wolltest«, sagte sie ärgerlich. »Das ist eine verdammt große Wunde. Bist du so sehr darauf aus, dich umzubringen?«

»Überleben ist nicht die beste Option«, sagte Calvin, aber er grinste. Zum ersten Mal grinste er Frau Silbermann an. »Ich habe es geschafft, oder? Ich bin die Tätowierung los. Jetzt muss ich mir nur noch was für das Brandmal auf dem Rücken überlegen.«

Frau Silbermann wählte, während Calvin mit dem Arm unter dem Wasserstrahl dastand, zitterig und erfüllt von einem seltsamen Triumphgefühl. Ihm war schlecht.

»Nuri?«, sagte Frau Silbermann. »Sprich mit deinem Freund. Er dreht durch.«

»Ich drehe nicht durch«, sagte Calvin. »Ich beweise ihr nur, dass ich es ernst meine. Ich kann nicht zu Pascal zurückgehen, also beweise ich es anders. Ihr und … allen.«

»Calvin?«, fragte Nuri durchs Telefon. Sie klang verwirrt, nur halb wach, und er wusste genau, wie sie in diesem Moment aussah, das schwarze Haar durcheinander, die Stirn voller Träume.

»Die schwarze Sonne ist tot«, sagte er. »Schlaf weiter, Nuri.«

»Bis morgen«, flüsterte sie.

»Also dann«, sagte Nuri. »Ich gehe einen Umweg, wie besprochen, und ich sehe zu, dass mir wirklich niemand nachkommt. Ich glaube nicht, dass sie uns noch beobachten. Sie haben andere Dinge zu tun.«

»Warte«, sagte Ummi. »Nimm die Schüssel mit dem Safranreis mit. Und ein paar von den Artischockenböden, die so grün sind wie seine Augen … Und vergiss nicht die Schüssel mit den dicken Bohnen, die ich auf dem Balkon gezogen habe.«

»Ummi«, sagte Nuri vorsichtig. »Wir haben keinen Balkon.«

»Nein«, sagte ihre Mutter und lächelte. »Wir haben nichts von all diesen Dingen. Wir haben auch keinen Calvin mehr bei uns. Geh jetzt.« Sie scheuchte Nuri mit beiden Händen aus der Wohnung, und Nuri sah ein feuchtes Glitzern in ihren Augen.

Fabienne saß draußen, das Baby auf dem Schoß.

»Schau, sie kann jetzt sitzen«, sagte sie. »Wie war's gestern Abend? Hast du ihn gefragt?«

»Ja. Er hat gesagt, er kann das nicht. Würdest du zurückgehen? Zu den Problemen, von denen du kommst?«

»Klar gehen wir zurück«, sagte Delfine und sprang von der Mülltonne, auf der sie gesessen hatte. »Der Vater von meiner Puppe, der Prinz, der hat gestern angerufen. Er holt uns nächste Woche. Und dann laden wir dich und Calvin ein. Ich baue euch zum Schlafen ein Bett aus Maniokblättern, wenn ihr uns besucht, so eins hatte die Puppe früher immer.« Sie sah die hässliche, rosa Babypuppe an. Natürlich war es eine andere Puppe gewesen. »Sie erinnert sich an vieles nicht mehr«, sagte Delfine nachsichtig. »Sie war noch so klein.«

Etwas war anders, als Nuri sich diesmal dem Haus näherte.

Die Dolden des Blauregens blühten, der wilde Wein hatte neue Triebe. Aber die Schatten waren da.

Sie sah sich um. Nein, sie war allein. Niemand war ihr gefolgt. Die Schatten befanden sich *im* Haus.

Sie öffnete die Tür sehr vorsichtig, bereit, zurückzuspringen.

Dahinter lag nur der leere Flur. Am Fuß der Treppe stand ein Paar Kinderturnschuhe.

Natürlich, es war ein Dienstag. Tom war hier. Aber da war noch ein Paar Schuhe. Damenstiefel mit hohen Absätzen, die billige Sorte.

Nuri stieg langsam die Treppe hinauf. Es war sehr still im Haus. Dann öffnete sie die Tür zu dem Dachbodenraum, in dem Frau Silbermann Nachhilfe gab und aus dem Calvin vor langer Zeit ein Arabischlehrbuch gestohlen hatte. Und da saßen sie, um den niedrigen Tisch herum. Frau Silbermann, Calvin, Tom und ihre Mutter.

Der Tee in den kleinen Gläsern war nicht angerührt. Das Schweigen schien schon eine ganze Weile im Raum zu schweben.

»Also«, sagte Calvins Mutter schließlich. »Ich warte.«

Calvin schüttelte den Kopf. »Noch einmal: Nein.«

»Er will wirklich nur reden«, sagte seine Mutter. »Er meint es ernst. Er hat gesagt, diesmal wird alles anders.«

»Ach was«, sagte Calvin. Dann krempelte er seinen Ärmel hoch, und Nuri sah die Brandwunde dort, rot glänzendes Fleisch unter halb zerfetzter, abgestorbener Haut. Sie zuckte unwillkürlich zusammen. »Das«, sagte er, »war die schwarze Sonne. Wenn er sieht, dass ich sie zerstört habe … was wird er sagen?«

»Ich weiß es nicht. Sprich mit ihm. Es kommt alles in Ordnung. Benji versteht sich besser mit ihm als mit Heinrich.«

»Er ist cool«, sagte Tom. »Er bringt mir Karate bei.«

Calvin schüttelte den Kopf. »Er kann dir höchstens beibringen, wie man Leuten das Jochbein bricht.«

»Vergiss, dass ich das gesagt habe«, bat seine Mutter. »Wir fangen von vorne an.«

»Ihr … ihr versteht da etwas nicht!«, rief Calvin. »Wir reden jetzt seit einer Stunde im Kreis! Ich habe von vorne angefangen. Hier ist vorne. Genau hier. Ich … Mama …« Er stand plötzlich auf und ging um den Tisch, um die Arme von hinten um seine Mutter zu legen. »Es tut mir leid. Ich habe dich sehr lieb. Aber ich bleibe verschwunden.«

»Calvin«, sagte Frau Silbermann. »Du kannst nicht ewig hierbleiben. Wenn du das wirklich willst, können wir versuchen, dich in den Zeugenschutz zu holen. Dann bekommst du einen neuen Namen und eine neue Identität. Du musst weg hier.«

»Zeugenschutz?«, fragte seine Mutter unruhig. »Das ist überhaupt nicht nötig. Pascal hat jetzt was anderes zu tun. Sie verteilen Handzettel, für die Wahlen im September. Sie interessieren sich nicht mehr für dich.«

»Das glaubst du ihnen?«

»Du weißt, wie die Jungs sind.« Sie zuckte die Schultern. »Bleiben nie lange bei einer Sache. Komm nach Hause.«

»Nicht zu meinem Vater«, sagte Calvin. »Früher habe ich mir gewünscht, dass er wieder einzieht … Aber jetzt ist es anders.« Er kniete sich vor seine Mutter auf den Fußboden und sah ihr ins Gesicht. »Du musst eine Sache verstehen. Ich bin kein Nationalsozialist mehr. Damit musst du leben. Und er ist einer. Damit muss *er* leben. Aber ich werde nicht mit ihm leben. Nirgendwo.«

Die Szene war seltsam, ein wenig wie ein Heiligenbild in einer christlichen Kirche, der kniende Junge, die blonde Frau … Nuri stieß die Tür auf.

»Hallo, Calvin«, sagte sie leise, und das Bild zersplitterte. »Ich dachte, wir wären verabredet.«

Er war mit einem Satz auf den Füßen und neben ihr, als müsste er sie vor irgendetwas beschützen. Frau Silbermann deutete auf ein Kissen.

»Nuri. Setz dich. Wir haben hier ein Problem.«

Aber Calvin legte einen Arm um sie, sodass es unmöglich wurde, sich zu setzen.

»Das ist Nuri.«

»Wir kennen uns«, sagte seine Mutter steif. »Und ich hatte Nuri um etwas gebeten. Ich kann ihr nicht helfen, wenn sie sich nicht daran hält.«

»Nuri«, sagte Tom, der nicht zugehört hatte, »kannst *du* irgendwie machen, dass er mitkommt? Es ist scheiße ohne ihn zu Hause …«

»Tom!«, sagte seine Mutter.

»Ist aber doch scheiße!«, rief Tom. »Und ich hab keine Lust mehr auf diesen Streit. Ich …«

»Hör mal«, sagte Frau Silbermann. »Warum gehst du nicht raus in den Garten? Da liegt der alte Fußball rum. Wenn wir hier eine Lösung haben, sagen wir dir Bescheid, ja?«

Tom schüttelte den Kopf, und seine Mutter sagte: »Mach, was sie sagt«, und Tom schüttelte wieder den Kopf.

»In zwei Minuten bist du draußen«, sagte Calvin scharf.

Da knurrte Tom und ging.

»Siehst du«, sagte seine Mutter. »Auf dich hört er. Du warst nicht da, und nichts lief. Jetzt ist dein Vater da. Auf ihn hören die beiden auch.«

»Oh, ich hoffe nicht«, sagte Calvin. »Am Ende verteilt Tom noch NPD-Reklame mit Pascal.«

»Solange er was Sinnvolleres tut, als beim Imbiss rumzuhängen, soll mir das recht sein.«

»Mama!«

»Du hast gesagt, du bist kein Nationalsozialist mehr. Ich auch nicht. Ich überlasse die Politik euch Jungs. Aber ...«

»Frauen sind unmündig«, sagte Frau Silbermann mit einem Lächeln. »Das wusste schon Hitler.«

Nuri machte sich sanft von Calvin los, setzte sich und goss Tee in ein leeres Glas. Sie sah sich im Raum um, und dann fand sie, was sie suchte. Neben den Teetassen stand ein Teller mit belegten Broten. Wurst. Schafskäse. Hähnchen. Perfekt.

Sie würde sich zwingen, zu erzählen, und hier war der Aufhänger. Sie hasste es, sich zwingen zu müssen, aber es ging nicht anders. Sie hob eines der Brote auf.

»Der Geruch von kaltem Hähnchen erinnert mich immer an Heriisse. Heriisse besteht aus Hühnerklein und geschältem Weizen, den man sehr lange kochen muss. Es ist ... wie eine sehr dicke Suppe. Meine Mutter hat immer Lorbeerblätter hineingetan, Zimt und Orangenblütenwasser ... Sie hat ein ganzes Gewürzarsenal angelegt, ein Waffenlager aus Duft und Geschmack auf zwei Brettern in der Küche, obwohl es schwerer wurde, Dinge zu besorgen. Es war Juli 2011.«

»Ich verstehe nicht ...«, begann Calvins Mutter.

Calvin legte den Finger an die Lippen. »Sie erzählt«, sagte er leise. »Sie erzählt weiter. Wir sind in einem Viertel von Damaskus. Zu Beginn eines Bürgerkriegs.«

Nuri wollte widersprechen, das Wort *Bürgerkrieg* gefiel ihr nicht, aber sie hatte keine Zeit für Begriffserklärungen. Calvin hatte sich endlich gesetzt. Verstand er, was sie tat?

»Ali, der Schwiegersohn Mohammeds, unser Prophet, liebte Heriisse«, fuhr sie fort. »Angeblich. Ich weiß nicht, ob ihm früh die Zähne ausgefallen sind, sodass er nur noch Heriisse essen konnte …« Sie bemühte sich um ein kleines Lachen. Nur niemanden ansehen! Die Stühle der Geschichtenerzähler in den Cafés waren wackelig, sie standen manchmal oben auf einem Tisch … Nuri fühlte, wie wackelig sie saß. Aber was sie erzählte, musste erzählt werden, hier und jetzt und vor diesen Leuten.

»Die Schiiten kochen Heriisse, wenn sie für die Ernte danken, aber wir sind keine Schiiten, und die einzige Ernte, die es gab, waren die Nachrichten im Internet.

Von Ende Juni an marschierten Pro-Assad-Demonstrationen durch die Straßen, junge Leute mit weißen T-Shirts und merkwürdig leeren Gesichtern. Die Megafon-Bekundungen ihrer Liebe zu Assad waren so laut, dass man nicht schlafen konnte, und wer sich beschwerte, verschwand.

Am 1. Juli, dem *Freitag des Abschieds,* nahm das Regime keinen Abschied. Abschied nahmen achtundzwanzig Demonstranten vom Leben und eine Menge mehr nahmen Abschied von der Freiheit.

Am 6. Juli fiel *Amnesty International* überraschend auf, dass es möglicherweise sein könnte, dass in Syrien gegen Menschenrechte verstoßen wurde, und dass die UN den Fall untersuchen sollte. Dabei bezogen sie sich gar nicht auf das jetzige Geschehen, sondern auf die Zerstörung der demonstrierenden Stadt Talkalakh im Mai. Ämter auf der ganzen Welt arbeiteten mit einer minimalen, jedoch wichtigen Verspätung. Das Regime erklärte, die Leute in Talkalakh wären von Verbrecherbanden getötet worden, nicht von der Regierung. Leider war das Gegenteil nach zwei Monaten nicht mehr nachzuweisen.

Später griffen ein paar Assad-Leute die französische und die amerikanische Botschaft mit Steinen an, weil die Botschafter mit der Revolution sympathisiert hatten. Wir hofften auf Wut aus dem Ausland. Sie kam. Wir hofften auf Taten aus dem Ausland. Sie kamen nicht.

Am 26. Juni rollten Panzer in den Damaszener Vorort Kanaker, und es gab Massenverhaftungen überall. Wir saßen still und sahen nicht zur Tür. Dies war ein letzter Versuch, die Sache vor Beginn des Ramadan unter Kontrolle zu bekommen. Denn im Ramadan eskalieren Konflikte, das weiß jeder. Wer von Morgengrauen bis Sonnenuntergang fastet, kann nur seine Wut essen.

Samir, dein Sohn ist hier, sagte das Handy.

Wir fuhren diesmal alle zusammen, mit einem Taxi. Auch in Bab Tuma lagen jetzt Sandsäcke, gab es Militärabsperrungen. Alles wirkte ärmer, heruntergekommener, dreckiger als zuvor. Und vor unserem Haus saß jemand, den wir nicht kannten. Neben ihm kniete der Nachbar, der die Nachricht geschickt hatte.

›Ein Glück, dass ihr kommt‹, sagte er. ›Er braucht einen Arzt.‹

›Nabil‹, flüsterte Aarif.

Der Unbekannte sah uns mit seinem rechten Auge an, das halb zugeschwollen war. Ich weiß nicht, was mit dem linken passiert war, es schien verklebt zu sein, vielleicht von Schorf, man erkannte es nicht mehr. Um seine Stirn lag ein Verband, der vielleicht einmal weiß gewesen war. Ich fasste nach Aarifs Hand.

›Ich nehme keine Verletzten mit‹, sagte der Taxifahrer.

Mein Vater erhöhte den Preis.

›Nein‹, sagte der Fahrer und startete den Motor. ›Weiß ich, was hier passiert ist? Ob er gesucht wird oder was?‹ Er fuhr einfach weg, und ich rannte zur nächsten größeren Straße, froh, dem Unbekannten, der vor unserem Haus auf dem Boden saß, zu entkommen. Es dauert lange, bis ich es schaffte, ein Taxi herzuwinken. Diesmal nannte Abi direkt einen völlig überhöhten Preis.

›Unser Sohn hatte einen Unfall mit dem Motorrad‹, sagte er.

Der Taxifahrer knurrte, aber er nahm uns mit. Es war schwierig, Nabil in das Auto zu bekommen. Abi sagte: ›Zum Krankenhaus‹, und der Taxifahrer sagte: ›Sind Sie sicher?‹, und Nabil murmelte etwas. ›Nein.‹

›Weiß jemand, dass du hier bist?‹, fragte Aarif und beugte sich über ihn. ›Haben Sie dich freigelassen oder bist du …‹

›Sie haben ein paar von uns rausgelassen‹, flüsterte Nabil. Ummi streichelte die ganze Zeit über seine Hand und lächelte. ›Ich glaube, sie hatten uns … satt. Ihr könnt mich also ganz … offiziell …‹

›In ein Krankenhaus bringen. Fahren Sie schneller‹, sagte Abi.

›Mein Herr, ich fahre, so schnell ich kann‹, sagte der Taxifahrer. ›Es ist Verkehr auf den Straßen. Und ich bin keine Ambulanz. Ich habe mit dieser Sache nichts zu tun.‹

›Es … nützt nichts‹, wisperte Nabil. ›Krankenhäuser haben … wenig … für Leute wie uns … übrig. Ich …‹ Er schloss das eine Auge und legte den Kopf zurück. ›Ich möchte nach Hause.‹

Die Hektik, oh, die Hektik, als wir in die Wohnung kamen und alle versuchten, nützlich zu sein!

Ummi gab Befehle, leise und lächelnd.

›Heißes Wasser. Saubere Tücher. Desinfektionsmittel … wir haben Araq. Samir, ruf irgendeinen Freund an, zu dem du noch Kontakt hast. Einen Arzt. Oder einen, der einen Arzt kennt. Nura, wir kochen Heriisse.‹

›Heriisse?‹, fragte ich, perplex.

Sie schob mich sanft in Richtung Küche. ›Es ist Hühnerfleisch da, weich den Weizen ein. Aarif, hilf mir jetzt mit der Matratze. Und dann hilf mir, ihn zu waschen.‹

Ich weiß nicht, ob sie mich in die Küche schickte, damit ich nicht sah. Ich sah später genug. Ich konzentrierte mich darauf, das Hühnerfleisch zu zerkleinern und zusammen mit dem Weizen zu kochen. Ich roch mit geschlossenen Augen an der Zimtstange, den Lorbeerblättern, dem letzten Rest Orangenblütenwasser. Nabil hatte den Geruch der wilden Tiere mitgebracht, den ich aus den Kellern kannte.

Das Sprudeln im Topf übertönte die Geräusche aus dem Wohnzimmer weitgehend: kurze Anweisungen. Ein Stöhnen. Ein Schrei. ›Gleich vorbei‹, sagte jemand, den ich nicht kannte.

Als ich wieder ins Zimmer kam, lag Nabil auf einer Matratze am Fenster. Seine Stirn war frisch verbunden, das Auge abgedeckt. Neben ihm kniete ein fremder Mann. Doktor Adnan, wie ich lernte.

›Helfen Sie ihm?‹, fragte ich.

›Ich versuche es‹, sagte er. ›Wir versuchen immer, zu helfen. Das ist unser Beruf. Vor einer Weile haben sie mich deswegen verhaftet.‹ Er strich durch sein schütteres weißgraues Haar, und ich sah eine Narbe über seinem linken Ohr, einen Striemen wie von einem Schlag mit einem Stock oder einem Kabel.

›Warum hat er geschrien?‹, fragte ich feindselig.

Aarif drückte meine Hand.

›Ich habe ein paar Wunden ausgeschnitten‹, sagte der Arzt. ›Sie infizieren sich sonst. Und er bekommt jetzt Flüssigkeit und Elektrolyte.‹ Er nickte zu dem Schlauch hin, der in Nabils Armbeuge verschwand. Abi lehnte am Fenster und hielt die gläserne Flasche am Ende des Schlauchs wie etwas unendlich Kostbares.

›Ohne Ultraschall und Röntgen kann ich nicht viel sagen.‹ Doktor Adnan verrieb Desinfektionsmittel auf seinen Handflächen.

›Nabil wollte nicht ins Krankenhaus‹, murmelte Abi.

›Ja. Vermutlich ist das richtig so. Ich … muss los. Eine Menge Leute warten. Ich lasse Ihnen was da gegen die Schmerzen. Und Sie …‹ Er sah Ummi an, dann mich. ›Versuchen Sie, ihm etwas zu essen einzuflößen. Er braucht Kraft.‹

So begann ich, meinen Bruder mit einem Löffel zu füttern wie ein Baby. In den kommenden Tagen wechselten wir uns damit ab. Nabil versuchte zu schlucken und lächelte manchmal. Alles in seinem Mund schien angeschwollen und wund. Er war schon im Taxi schwer zu verstehen gewesen, seine Sprache verwaschen. Sie sagen, das ist eine Nachwirkung des Stroms. Wenn sie dir die Elektrode in den Mund stecken.

Manchmal mussten wir raten, was er uns mitteilen wollte. Manchmal schien er auch mit Leuten zu reden, die gar nicht da waren.

›Sie haben ihn zu oft auf den Kopf geschlagen‹, sagte Aarif.

›Sei still‹, sagte ich. ›Er ist jetzt hier. Alles ist gut.‹

Und ich ging ins Bad und übergab mich und fütterte meinen erwachsenen Bruder weiter mit Suppe.

Und Aarif drückte meine Hand, wenn er mir in der Wohnung begegnete, und sagte nichts mehr.

In der ersten Nacht war ich es, die neben Nabils Matratze Wache hielt. Ich saß ganz dicht bei ihm, obwohl ich Angst vor diesem Körper zwischen den Tüchern hatte. Nabil hatte beinahe den ganzen Tag geschlafen, aber jetzt wachte er auf, und er sah den Mond vor dem Fenster und flüsterte etwas.

›Was?‹, fragte ich.

›Das … ist schön.‹

›Nabil‹, sagte ich. ›Es tut mir leid.‹

›Dir?‹, fragte er, erstaunt. Seine Hand, die schlauchfreie, suchte meine Hand. ›Was tut dir leid, kleine Nura?‹

›Es tut mir leid, was passiert ist. Ich bin schuld.‹

Nabil verzog sein verschwollenes Gesicht, und ich dachte zuerst, er hätte Schmerzen. Aber er versuchte zu lachen. ›Du bist ja … größenwahnsinnig!‹, wisperte er, und bis ich dieses Wort verstanden hatte, musste er es vier Mal sagen. ›Die kleine Nura ist schuld? Bestimmt nicht.‹

›Du hast mich gerettet. Sie hätten *mich* verhaften sollen. Du wolltest diese ganze Revolution nicht.‹

›Ich will sie immer noch nicht‹, sagte Nabil. ›Ich will nur … den Mond ansehen.‹

›Ich war in den Kellern‹, flüsterte ich. ›Sie haben mich runtergeschickt und wieder raufgeholt, das war alles. Sie haben mir nicht gesagt, ob du da warst …‹

Nabil schüttelte langsam den Kopf. Die Wunde an seiner Stirn hatte angefangen, durch den Verband zu nässen.

›Ich war nicht da‹, sagte er. ›Kleine Nura, ich war nicht da. Ich war in einem … schönen Land voller Olivenhaine und Weinfelder.‹ Ich starrte ihn an, aber er machte sich nicht lustig über mich, er meinte es ernst. ›Ich war in meinen Träumen‹, sagte er. ›Immer wenn … wenn sie mich geholt haben … war ich in meinen Träumen. An allen wunderbaren Orten. Das Haus bei den Oleanderbäumen …‹

›Was wollten sie von dir wissen?‹, fragte ich. ›Was war es, das du ihnen nicht sagen konntest?‹

Es waren mit Sicherheit Namen gewesen und Daten. Vielleicht, dachte ich, war es die Wahrheit gewesen über das, was Kamal tat. Über seine Kontakte. Über Aarifs Computer. Oder über mich selbst.

Nabil antwortete nicht. Er schloss die Augen, und ich schlief an seiner Seite ein, neben der Matratze, auf dem kahlen Boden.

Aber der Boden war ein sonniger Felsen am Fluss, im Duft von Wasser und grünen Bäumen.

Unter der weißen Decke trug mein Bruder also die Spuren der Zeit, in der er in seinen Träumen gelebt hatte. Ich will sie nicht beschreiben, es ist nicht nötig. Einmal, als er den Mund öffnete, sah ich die Brandspuren der Elektroden deutlich. Die Infektion der anderen Wunden an seinem Körper ging nicht zurück. Wir hatten keine Antibiotika.

Die schwarzen Flügel hatten sich zusammengefaltet und nisteten in unserem Wohnzimmer. Die Schatten lebten in den Wunden meines Bruders wie Maden. Und ich hasste sie so sehr, dass ich fror.

Aarif sagte, sie hätten begonnen, Hama und Deir ez-Zor in Schutt und Asche zu legen. Es interessierte mich nicht. Der Onlinegruppe *Anonymous* gelang es, die Seite des syrischen Verteidigungsministeriums zu hacken und einen Aufruf zur Desertion dort zu platzieren. Es interessierte mich nicht. Die Regierung rächte sich und hackte die *Anonymous*-Seite. Sie stellte Bilder von verbrannten Körpern darauf und behauptete, es wären Assads Soldaten, die die revolutionäre Muslimbruderschaft umgebracht hätte. Es interessierte mich nicht.

Anfang August beschossen sie Hama und auch Homs schlimmer denn je. Es hieß, der Orontes wäre rot von Blut. Die Leute wussten nicht, wohin mit ihren Toten, und warfen sie aus den Fenstern der Hochhäuser direkt in den Fluss. Ich wünschte, ich hätte es damals nicht gesehen.

Ich saß bei Nabil und erzählte ihm von unserer Kindheit und den Tanten und allen lustigen Dingen, die mir einfielen.

Er war zu schwach, um aufzustehen. Der Arzt sagte, seine Hüfte sei an einer Seite möglicherweise zertrümmert. Ummi und ich leerten abwechselnd die Bettpfanne, die eigentlich eine gewöhnliche Pfanne war. Die Männer halfen, Nabil zu waschen.

Einmal, in einer weiteren Nacht, fragte ich ihn, wie er es zu unserem früheren Haus in der Altstadt geschafft hatte.

›Da war ein Mädchen‹, sagte er. ›Zwölf oder dreizehn. Sie war einfach da, in der Straße. Als wäre sie mit mir aus diesem Laden … diesem Laden von Dummköpfen gekommen.‹ Er versuchte zu lachen. ›Sie hat gesagt, wir müssen weiter, sie hat mich gestützt und gefragt, wo ich wohne … Jemand hat uns ein Stück mitgenommen … Irgendwie haben wir es geschafft, und dann war sie verschwunden. Ich glaube, sie gehörte in meine Träume.‹

›Dschinan‹, flüsterte ich.

Sein funktionierendes Auge weitete sich vor Erstaunen. ›Ja, so hieß sie. Woher weißt du das?‹

›Sie scheint immer da zu sein, wenn man jemanden braucht‹, sagte ich. ›Du hast recht, es gibt sie nicht. Wir haben sie erfunden.‹

›Schön‹, sagte er und legte seine Hand auf meine. ›Schön, dass wir etwas zusammen erfinden können, kleine Nura.‹

Es wurde nicht besser mit meinem Bruder.

In seinem Urin war frisches Blut. Doktor Adnan sagte, er hätte innere Verletzungen. Die Blase oder die Niere. ›Er muss operiert werden‹, sagte Abi in der Küche zu dem Doktor. Da lag Nabil schon eine Woche lang auf seiner Matratze. ›Ich gebe Ihnen, was immer Sie wollen, wenn Sie dafür sorgen …‹

›Hören Sie zu‹, sagte der Doktor und seufzte. ›Es gibt in den Krankenhäusern zu wenig von allem und nichts für Leute wie Sie. Ich lasse Ihnen wieder Schmerzmittel da.‹

Da wollte ich die Tür aufreißen und Doktor Adnan anschreien. *Auch in den Krankenhäusern arbeiten Ärzte,* wollte ich schreien, *es ist ihr Beruf, zu helfen, egal, wer jemand ist!* Doch ehe ich die Tür öffnen konnte, legte sich eine Hand auf meine Schulter.

›Ich muss dir etwas sagen‹, flüsterte Aarif und zog mich mit nach drüben, in das Zimmer, in dem die Matratzen der übrigen Familienmitglieder lagen.

›Gerade jetzt?‹, fauchte ich.

›Gerade jetzt. Du brauchst eine positive Neuigkeit.‹ Aarif hielt mich an den Schultern fest und sah mir ins Gesicht, und in seinen Augen lag ein seltsames Glitzern. ›Hör zu, Nura. Colonel Riad al-Asaad, dessen Name so verdammt ähnlich klingt wie Assads … der von der Luftwaffe … Am 4. Juli hat er bei der Zerstörung der Stadt Deir ez-Zor den Dienst in der Armee quittiert. Er hat sich geweigert, weiter auf Zivilisten zu schießen. Und gestern hat er die Gründung einer Freien Syrischen Armee im Netz verkündet. *Eine Armee der Gerechten.* Hunderte von Soldaten sind mit ihm desertiert. Sie haben gelobt, die Zivilisten und Demonstranten von jetzt an zu schützen und beim Sturz der Regierung zu helfen. Sie werden gegen das Militär und die Schabiha kämpfen. Und sie haben alle Soldaten des Landes aufgerufen, ebenfalls zu desertieren und sich ihnen anzuschließen. Alle Soldaten und alle Männer. Das … ist der Beginn der wirklichen Befreiung.‹

Ich nickte und dachte an das Land aus Nabils Träumen. Aarif glaubte, seine freie Armee würde dieses Land erschaffen. Und ich versuchte, es ebenfalls zu glauben. Wenn der Frieden kam, würde es kein Problem mehr sein, Nabil operieren zu lassen. Er musste nur noch ein wenig ausharren, gar nicht mehr lange.

Aarif stand noch immer ganz dicht vor mir. ›Ich werde …‹, sagte er.

›Nein!‹, flüsterte ich. ›Sag es nicht!‹

Er sagte es nicht. Er beugte sich zu mir herab und küsste mich auf die Stirn. Und in der Küche sprach der Arzt mit meinem Vater. Und im Wohnzimmer lag Nabil und schlief und wartete auf die Zeit, in der er gesund werden konnte. Und irgendwo fand meine Mutter in diesem Moment die Schönheit wieder.

Da küsste Aarif mich richtig, in dem kleinen Flur zwischen den Schatten. Aber wir waren nicht im Flur. Wir küssten uns in dem Syrien der Träume, in dem es nur Oliven und Weinfelder gibt und vermutlich eine unerträgliche Menge von Sternenhimmeln.«

Nuri sah auf. Sie sah Frau Silbermann an, dann Calvin und dann seine Mutter.

Frau Silbermann lächelte. Calvin und seine Mutter nicht. Der Ausdruck auf ihren Gesichtern war seltsam. Als wären sie weit fort. Dennoch griff Calvin über den niedrigen Tisch und nahm Nuris Hand. Da war nicht die leiseste Spur von Eifersucht. Es ging nicht um Eifersucht.

»Du weinst«, flüsterte er. Sie nickte. Es war nur eine einzige Träne, die auf den Tisch tropfte.

»Wenn ich an Heriisse denke, weine ich immer«, hörte sie sich wispern.

Calvins Mutter schwieg. Sie knetete eine Zigarettenpackung zwischen den Fingern, ohne es zu merken, offenbar schon eine ganze Weile. Man würde die Zigaretten nicht mehr rauchen können.

»Es war der 12. August, als es geschah«, sagte Nuri. »Ich werde das nicht vergessen, denn es war wieder ein Freitag mit einem Namen. Er hieß: *Wir werden nicht knien, außer vor Gott.* Es war auch der Freitag, an dem sie im Midan-Distrikt auf Demonstranten schossen. Midan begann drei Straßen weiter, die Schüsse waren so nah, als explodierten sie in unseren Köpfen.

Und es war der Tag, an dem Ummi kein Huhn mehr auftreiben konnte.

Es geschah gegen halb sieben Uhr abends. Draußen senkte sich die Sonne, und die Nacht kam, wunderschön, dunkelblau wie weicher Stoff. Ich saß bei meinem Bruder wie immer. Aber die anderen saßen auch dort. Neben der Matratze stand eine Flasche Araq. Der Doktor kam nicht mehr, wir wussten nicht, was mit ihm passiert war. Unsere Schmerzmittelvorräte waren aufgebraucht, und die Apotheken in unserer Nähe hatten auch nichts. Seltsam, das zu denken, es war vergleichsweise so *früh* in diesem … Krieg. Ummi flößte Nabil den Araq mit einem Löffel ein.

›Kleine Nura‹, wisperte er und sah mich an. ›Ummi? Abi? Aarif?‹ Wie um sicherzugehen, dass wir alle da waren.

›Was ist denn?‹, fragte ich, und ich fühlte mich merkwürdig leicht. Als würde ich unter der Decke schweben.

›Nichts‹, sagte Nabil. Ich nahm wieder seine Hand, wie so oft in den letzten Tagen.

›Haben wir dir von der Freien Syrischen Armee erzählt?‹, fragte ich, plötzlich eilig. ›Sie werden für uns kämpfen. Es kommt jetzt alles in Ordnung. Du musst nur noch ein wenig Geduld haben …‹

›Nein‹, flüsterte Nabil. ›Es gibt nicht genug … Araq. Und es ist Unsinn, zu kämpfen. Es geht nicht gut.‹

›Stimmt, es gab noch nie genug Araq auf der Welt‹, sagte Aarif und grinste, was ungefähr ein Kunststück gewesen sein muss. Ich hoffe sehr, dass Nabil das Grinsen gesehen hat.

Ummi bettete Nabils Kopf in ihren Schoß. Ich sah die Schweißtropfen auf seiner Stirn. Ich sah, wie er versuchte, die Zähne zusammenzubeißen. Ich wusste nicht einmal, was genau ihm alles wehtat.

›Es ist gleich vorbei‹, wisperte Ummi. ›Du schaffst es.‹

Abi schien nach Worten zu suchen, fuhr nur mit einer Hand durch die Luft und fand keine. Es war wie mit seinem Buch. Ich sah die Verzweiflung in seinen Augen. Und dann, im letzten Moment, gab ich Nabil einen letzten Satz mit auf den Weg.

›Falls du Dschinan siehst‹, flüsterte ich. ›Grüßt du sie von mir?‹

Ich versuche mir einzubilden, dass er nickte.

Und dann war er fort, mein Bruder. Er war nicht mehr da. Er war in dem Land mit all diesen Bäumen und Sternen. Die schwarzen Flügel erhoben sich und verließen seinen geschundenen Körper, sie flatterten einmal suchend durchs Zimmer, fanden das offene Fenster und schwangen sich hinaus.

An diesem Abend schlief ich in Aarifs Armen ein, obwohl wir nichts taten, als uns gegenseitig festzuhalten, gar nichts, wir küssten uns nicht mal.

›Morgen früh‹, sagte er, ehe wir einschliefen, ›werde ich nicht mehr hier sein. Du weißt, wohin ich gehe.‹

›Weißt du denn, wo sie auf euch warten?‹

›Natürlich‹, sagte er. ›Denk an mich, wenn du von der Freien Syrischen Armee hörst. Keine Internetseiten mehr. Keine Komitees. Ich werde wirklich kämpfen.‹

Am Morgen wachte ich auf, und der Platz neben mir war leer.

Und im Wohnzimmer, auf der Matratze, lag Nabil und war genauso tot wie am Abend zuvor. Das Motto des Freitags war falsch gewesen. *Wir werden nicht knien, außer vor Gott.* Ich kniete vor meinem Bruder. Gott ist so viel unwichtiger als die Menschen, die wir wirklich kennen! Die Revolution ist auch nicht für Gott. Oder für die Freiheit oder die Gerechtigkeit. Sie ist … sie war, als sie anfing … das klingt jetzt vielleicht dumm … sie war für unsere Brüder. Für die Menschen.«

Calvin drückte ihre Hand noch immer über den Tisch hinweg, und Nuri merkte, dass mehr Tränen auf den Tisch tropften. Das hatte sie nicht geplant. Sie hatte nur geplant, zu erzählen. Die Tränen waren dumm und nutzlos. Aber dann kam jemand um den Tisch herum, kniete sich hin und nahm sie in die Arme, und es war nicht Calvin oder Frau Silbermann, es war Calvins Mutter. Und da war eine Nässe auf Nuris Gesicht, die nicht von ihren eigenen Tränen kam.

Calvins Mutter sagte lange gar nichts.

Dann wischte sie sich übers Gesicht, sagte: »Es tut mir leid«, und dann: »Ich verstehe«, aber das waren nur Floskeln, die eigentlich nichts sagten. Ihre Arme sagten alles. Sie hatte einen Sohn, und er würde nicht in einem Bürgerkrieg sterben, aber sie hatte sein blutiges Gesicht unter den Verbänden nicht vergessen.

Vom gekippten Fenster her drangen Kinderstimmen.

Frau Silbermann ging zum Fenster, um es ganz zu öffnen. »Schau an«, sagte sie und räusperte sich. »Da ist dir jemand nachgekommen, Nuri, um mich auch einmal zu besuchen.«

»Wer?«, fragte Nuri lahm und dachte an Nabil und dachte: *Es interessiert mich nicht.*

»Wir kommen!«, rief Frau Silbermann hinunter. »Gleich!«

Sie rief die Worte auf Französisch.

Und dann standen sie alle beim Fenster und sahen hinunter. Dort stand Tom, den Ball unterm Arm, und grinste zu ihnen hoch. Neben ihm stand Delfine. Sie sahen wild aus, sie hatten Gras im Haar, sie hatten wohl schon eine Weile Fußball gespielt. Fabienne saß mit dem Baby im Garten und sah ebenfalls nach oben.

»Sie haben das Klingeln nicht gehört!«, rief sie, entschuldigend. »Wir dachten, wir warten …«

Tom und Delfine warteten nicht, sie jagten schon wieder dem Ball nach. Die Puppe lag neben Fabienne in einem Bett aus Blättern.

»Nuri«, sagte Calvins Mutter.

»Ja?«, sagte Nuri.

»Ich … wollte nur wissen, ob ich den Namen richtig ausspreche.«

»Du lernst es«, meinte Calvin und legte beide Arme um Nuri. »Man kann alles lernen.«

»Selbst das Totsein«, sagte Nuri und schluckte. »Nabil kann es inzwischen richtig gut. Und Aarif würde sagen, wir sollten jetzt lieber dumme Witze erzählen. Aber … mir fällt keiner ein.«

»Sitzen eine alte Frau und ein Neonazi beim Arzt im Wartezimmer«, sagte Calvin. »Die alte Frau guckt sich den Neonazi eine Weile an, dann meint sie: ›Oh, Sie Armer. Erst die Chemo und jetzt auch noch orthopädische Schuhe!‹«

Internetsuche
Birkenau
FSA
Torture in Syrian hospitals

13

»Wenn unsere Gegner sagen: ›Ja, wir haben Euch doch früher die […] Freiheit der Meinung zugebilligt.‹ Ja, Ihr uns! Das ist doch kein Beweis, daß wir das Euch auch tuen sollen! […] Daß Ihr das uns gegeben habt, das ist ja ein Beweis, wie dumm Ihr seid!«
(Joseph Goebbels, Rede vom 4. Dezember 1935)

Glück ist eine Oase, die zu erreichen
nur träumenden Kamelen gelingt.
(Sprichwort der Beduinen)

Am Abend des 27. Juli 2013 rief Frau Livia L. bei der Polizei an, um zu melden, dass ihr seit mehreren Wochen vermisster Sohn Calvin nach Hause zurückgekehrt sei.

Anwohner sahen, wie der Junge an diesem Abend gemeinsam mit seiner Mutter, seinem kleinen Bruder und einem unbekannten Mädchen den Block betrat, in dem sich ihre Wohnung befand.

Es wäre vermutlich nichts passiert, wenn Calvins Vater keine SMS geschrieben hätte.

»Er ist nicht da«, sagte seine Mutter, als sie noch auf der Straße vor Frau Silbermanns Haus standen. Sie klang beinahe erleichtert. »Er schreibt, dass er weggefahren ist, um was zu regeln, was auch immer. Und dass er erst in ein paar Tagen wiederkommt.«

Sie seufzte. Es ging also schon wieder los, dachte Calvin. Sein Vater begann zu verschwinden.

Wie dankbar er ihm war!

Sie gingen schweigend zurück, Calvin und Nuri Hand in Hand, Fabienne mit dem im Tuch umgebundenen Baby. Delfine und Tom stürmten voraus. Es hatte etwas vom Abspann eines Films. Das Happy End.

»Wir kriegen hier kein Happy End«, hatte Frau Silbermann gesagt. Und natürlich trennten sich Fabienne und Delfine von ihnen, als sie die Grenze des Viertels erreichten.

»Also«, sagte Nuri.

Calvin sah sich um. »Die Patrouille ist noch nicht da. Komm mit.«

»Aber … Okay.«

Sie begegneten niemandem. Vor der Tür zu Calvins Block blieben sie noch einmal stehen.

»Komm mit rauf«, sagte Calvin.

»Und dann?«

»Du kannst bei uns zu Abend essen. Und wir haben auch eine Kante auf der Matratze frei. Ich war so lange bei euch …«

Seine Mutter nickte. »Ich mache Nudeln. Magst du Nudeln? Das sind …«

»Es *gibt* Nudeln in Syrien«, sagte Nuri und lächelte. »Ja, dann komme ich mit. Nur zum Abendessen. Ich … ich bringe Nabil mit. Wenn er willkommen ist. Er braucht keinen Stuhl.«

Keine der vier Personen verließ das Haus an diesem Abend wieder. Eine Nachbarin berichtete später, sie hätte mehrere Leute gesehen, die die Tür beobachteten. Wer diese Leute waren, wäre bei der Dunkelheit schwer zu erkennen gewesen. Allerdings hätte sie zuvor durchaus erkannt, dass das Mädchen, welches mit Calvin L., seiner Mutter und seinem Bruder den Wohnblock betrat, nicht deutscher Herkunft war. Sie hätte sich gleich gewundert, was es in einer deutschen Wohnung tat.

»Wenn ich wirklich hier schlafe, muss ich aber meine Eltern anrufen«, sagte Nuri.

»Tu das«, sagte Calvin.

»Wär es nicht besser, du bringst sie nach Hause?«, fragte Benji, der in der Tür lehnte, ein wenig zu breitbeinig. »Ich mein, das ist ein bisschen viel auf einmal. Erst bist du ewig weg, dann tauchst du wieder auf, aber mit … ihr, und jetzt lernen wir nachts alle Arabisch und beten morgen früh auf einem fliegenden Teppich oder was?«

Calvin packte ihn hart an den Schultern und sah ihm in die Augen.

»Bisschen viel mit Pascal zu tun gehabt in letzter Zeit?«

Benji schüttelte ihn ab. »Der macht mich wenigstens nicht dauernd blöd von der Seite an. Tom kannst du vielleicht so behandeln, der ist ein Kind, aber ich …«

»Du bist zehn. Geh ins Bett«, sagte Calvin. »Und kümmer dich um deinen eigenen Kram.«

Am nächsten Morgen gegen sieben Uhr, sagte die Anwohnerin, sei das Ausländermädchen zusammen mit Calvin L. aus der Wohnung gekommen, sie hätten sich daraufhin aber getrennt. Calvin L. tauchte später bei der Berufsschule auf.

Gegen sieben Uhr dreißig explodierte eine alte Granate aus dem Zweiten Weltkrieg vor einer der vier Türen des Asylantenblocks: so ein Ding, wie es sich manchmal im Schlick findet lässt. Es war die Tür zu dem Block, in dem das Ausländermädchen lebte. Die Granate war außen am Türknauf angebracht und detonierte, als die Tür von einem Kind von innen geöffnet wurde. Das Kind wurde schwer verletzt ins Krankenhaus eingeliefert. Der Fall wird von der Polizei untersucht.

Am Haus des erwähnten Calvin L. waren über Nacht mehrere Graffiti angebracht worden. *KEINE RASSENSCHÄNDER IN UNSEREM VIERTEL! NÜRNBERGER GESETZE NEU AUFLEGEN. DAS AUGE GROSSDEUTSCHLANDS SIEHT ALLES.*

Die Stadt ließ die Graffiti innerhalb von Stunden übermalen.

Keiner der Anwohner hatte die Sprayer gesehen.

In der gleichen Nacht warfen Unbekannte Farbbeutel auf das Haus einer älteren Dame jüdischen Glaubens. Im Garten des Hauses wehte am Morgen, angebracht an einem einfachen Stock, eine rot-weiße Fahne mit einem schwarzen Hakenkreuz.

Der Bürgermeister sprach von einem schlechten Scherz und betonte, dass er keinen Zusammenhang mit der Explosion der Granate sehe.

Nuri wählte Calvins Nummer erst gegen vier Uhr nachmittags. Jetzt war er auf jeden Fall zu Hause und nicht mehr in der Berufsschule. Dann fiel ihr ein, dass das Handy dreißig Kilometer weit weg in einem Bioladen lag, weil er es gegen Sesampaste und Pinienkerne eingetauscht hatte. Sie lächelte. Aber das Lächeln tat weh.

Sie saß im fünften Stock des Blocks auf Fabiennes Bett, neben sich das schlafende Baby. Fabienne hatte Delfine mit hinausgenommen, damit Nuri einen Moment allein sein konnte.

Dies war der schwerste Tag. Die schwerste Stunde.

Dies war das Land, in das niemand kommen durfte, der Frieden suchte, und dies war das Gespräch, das sie nie hatte führen wollen.

Aus den anderen Zimmern der Wohnung drang Radiomusik, der die Mitbewohnerinnen unbekannter Herkunft lauschten. Nuri presste ihre Finger gegen die Schläfen und versuchte, sich Stille vorzustellen. Absolute Stille. Etwas Schönes. Den Wald.

Aber im Wald lagen die Trümmer eines Baumhauses.

Sie stellte sich Frau Silbermanns Haustür vor, durch die sie an einem Tag im April mit einem seltsamen Gefühl gegangen war.

Aber Frau Silbermanns Haustür war vernarbt von hässlichen Farbflecken in Schwarz, Weiß und Rot.

Sie öffnete die Augen. Sie hatte die Nummer des Handys von Calvins Mutter. Sie brauchte nur zu wählen …

Sie dachte an die Tür. Die Explosion. Den Jungen. Sie hatte das alles gesehen, aus ein paar Hundert Meter Entfernung. Und genau das hatten sie geplant – nicht dass sie die Granate, die ja außen hing, zum Explodieren brachte. Sondern dass sie sah, wie jemand anders die Explosion auslöste. Sie hatte den Krankenwagen gerufen. Es war furchtbar schwierig gewesen, die Nummer zu wählen, beinahe unmöglich.

Ummi hatte sie still in die Arme genommen. Die Polizei hatte Fragen gestellt.

»Die haben das Ding doch selber angebracht«, hatte einer der Polizisten gemurmelt, »um es den Deutschen in die Schuhe zu schieben.«

»Sch«, hatte ein anderer gesagt, mit einem Blick zu Nuri. »Die verstehen dich.«

»Nein«, hatte sie ernst geantwortet. »Ich verstehe Sie nicht. Wie können Sie so etwas denken? Glauben Sie, wir rennen da draußen rum und finden innerhalb von Tagen eine alte Granate? Und warum sollten wir …?«

Die Polizisten waren schweigend gegangen, peinlich berührt.

»Ja?«, sagte Calvin. Sie hatte nicht einmal gemerkt, dass ihre Finger letztlich doch die Nummer eingetippt hatten.

»Ich … dachte, deine Mutter meldet sich«, sagte Nuri leise. Sie atmete tief durch. »Hast du mitgekriegt, was …?«

Er seufzte. »Gerade eben. Ich bin seit fünf Minuten zu Hause. Scheiße.«

Sie schwiegen beide, und es kam Nuri vor, als dauerte das Schweigen Stunden.

»Wir sind schuld«, sagte sie schließlich. »Wir sind schuld daran, was diesem kleinen Jungen passiert ist. Es war der, der gerne aus Fenstern sieht. Der dich mal gesehen hat, mit der Katze. Einer von den Afghanen.«

Wieder eine Weile Schweigen.

»Überlebt er das?«

»Ich weiß es nicht«, sagte Nuri ehrlich. »Ich besuche ihn im Krankenhaus, sobald sie uns hier rauslassen. Momentan haben wir alle eine Art …

Hausarrest. Die Leute von der Sicherheit haben ihre Autos da draußen, ein paar stehen vor den Blocks herum, alle in Schwarz und mit diesen Rausschmeißergesichtern. Ich weiß gar nicht, bewachen sie uns vor den Nazis oder die Nazis vor uns, weil sie glauben, wir würden Rache üben?«

»Rache klingt gut«, sagte Calvin.

»Nein«, sagte Nuri. »Doch. Wie war es denn in der Berufsschule?«

»Unwichtig.« Calvin schnaubte. »Ziemlich still. Nur Blicke. Ich weiß nicht, wie das weitergeht.«

»*Ich* weiß es«, sagte Nuri und atmete tief durch. »Es gibt zwei Möglichkeiten.«

»Will ich die hören?«

»Nein«, sagte Nuri. »Möglichkeit Nummer eins: Wir tun so, als wäre nichts, und machen mit allem weiter. Dann wird es einen weiteren Sprengsatz geben. Oder sie fangen jemanden von meiner Familie irgendwo ab. Sie haben ... uns einen Brief geschrieben. Es geht um arabische Frauen, die deutsche Männer verführen, um das Land mit ihren Bastarden zu überschwemmen. Irgendwas mit Beischlaf, der nicht zwischen unterschiedlichen Rassen vollzogen werden darf, weil sonst das arische Blut verunreinigt wird ...«

Calvin knurrte. »Hör auf. Sonst kotze ich.«

Sie lachte, und plötzlich hatte sie wieder dumme Tränen in den Augen. Sie wollte genau das tun – mit ihm telefonieren und lachen, auch oder gerade, wenn alles schrecklich war. Mit Yassir hatte sie selten gelacht, mit Aarif auf andere Weise, ihr Lachen hatte immer einen verworrenen, intellektuellen Hintergrund gehabt – Triumph über einen Sieg, verzweifelte politische Witze. Mit Calvin konnte sie einfach so lachen. Er war nicht dumm, er war vermutlich sehr viel klüger, als er selbst dachte, aber seine Gedanken folgten geraden, verständlichen Linien.

»Möglichkeit zwei«, fuhr sie fort, »ist ... ach, verdammt. Calvin? Ich kann nicht dastehen und zusehen, wie so etwas noch mal passiert. Diese Sprengsätze ... Die haben irgendwo mehr von dem Zeug. Wir leben im Krieg. Es gibt keinen Frieden, nur Feuerpausen.« Und dann holte sie tief Luft. »Calvin Lüttke. Ich liebe dich.«

»Machst du mir gerade einen Heiratsantrag?«, fragte er, und er klang so ehrlich perplex, dass sie die Zähne zusammenbeißen musste, um sich nicht an ihren Tränen zu verschlucken.

»Nein«, sagte sie. »Ich … Hör zu. Wir werden uns nicht wiedersehen.«

»Was?«

»Ich werde ab heute nichts mehr mit dir zu tun haben und du nichts mit mir. Wir können nicht … Es wäre egoistisch, weiterzumachen. Die anderen haben ein Recht auf eine Chance. In Syrien exekutiert die Armee die Familien der Rebellen. Und die Rebellen exekutieren die Familien regimetreuer Alawiten. Die Familien können nichts dafür, verstehst du? Deine Mutter. Tom und Benji. Die Leute im Flüchtlingsheim. Sie können nichts dafür, dass wir uns getroffen haben und dass wir … zusammen … waren.«

»Du versuchst gerade, Schluss zu machen«, stellte Calvin fest. Seine Stimme klang hohl.

»Wenn das der Ausdruck ist, ja«, sagte Nuri. »Es wird etwas passieren, nicht morgen und nicht übermorgen, aber bald. Etwas … Schlimmeres. Etwas, das sie planen. Vielleicht finden Tim und seine Leute rechtzeitig Genaueres heraus. Aber wenn wir zusammenbleiben, … wir … machen alles nur noch schlimmer. Ich schicke dir den Rest der Geschichte.« Den letzten Satz hatte sie nur noch geflüstert.

»Bullshit«, sagte Calvin. Und noch einmal, lauter: »Bullshit!« Sie konnte sehen, wie er aufsprang. »Was du da gerade machst, ist doch genau das, was meine Leute wollen!« Und dann wurde er auf einmal seltsam ruhig, seine Stimme beinahe kalt. »Nuri? Oder ist es etwas … ganz anderes? Ist Aarif wieder aufgetaucht? Ich meine, ich habe mir die ganze Zeit diese Quasi-Liebesgeschichte angehört und … Ich dachte, er wäre tot.«

Nuri ließ eine Weile verstreichen.

»Das dachte ich auch«, sagte sie endlich. »Aber er … er hat es geschafft, das Land zu verlassen. Er ist auf dem Weg hierher. Damals … ehe wir weggegangen sind … da haben wir beschlossen, zu heiraten, weißt du. Ich bin selber durcheinander.«

»Nuri«, sagte Calvin.

»Mach's gut«, sagte Nuri. »Mach's gut.«

Und sie unterbrach die Verbindung und nahm das schlafende Baby hoch: ein großes, lebendiges, warmes Taschentuch, in das all ihre Tränen fielen.

»Was für eine irre Idee«, flüsterte sie in sein winziges Ohr. »Aarif könnte aufgetaucht sein.«

Als Fabienne sie fand, war sie völlig leer geweint, ausgetrocknet wie eine Pflanze in der Steinwüste.

»War das richtig?«, fragte Fabienne.

Nuri nickte. »Ich tue sonst nie das Richtige, aber diesmal …«

Fabienne legte ihre Arme um sie. »Lass uns kochen, ja? Ich habe dir noch nie gezeigt, wie man in meiner Heimat kocht.«

»Und ich hab Hunger«, sagte Delfine.

»Ich bin nicht Calvin«, murmelte Nuri. »Ihr könnt mich nicht mit Kochen ablenken.«

Das Baby wachte auf und gähnte. Und Nuri dachte, dass es wunderbar sein musste, ein Baby zu haben. Wenn man einen Vater dazu hatte. Aber es waren gar keine Tränen mehr da. Und was hatte sie sich überhaupt vorgestellt? Mit Calvin in einer Blockhütte im Wald zu leben und deutsche Volksweisen zu singen, während zu Hause ihr Land abbrannte?

Stille.

Es war komisch, die Stille war absolut, obwohl es Geräusche gab. Es war vielleicht keine Stille, es war gar nichts verkehrt mit den Geräuschen. Calvin fühlte sich bloß taub, nicht nur akustisch, sondern am ganzen Körper taub, als hätte jemand alle seine Nerven abgeschaltet. Er schlief und aß und saß in der Berufsschule unter den Blicken der anderen, die an ihm abperlten.

Das Einzige, was geschah, war, dass zwei Polizisten auftauchten und wissen wollten, ob es einen Zusammenhang gab zwischen den Schmierereien am Haus, dem Sprengsatz an der Tür des Heims und seinem Verschwinden vorher.

»Es gibt keinen Zusammenhang«, sagte er. »Ich war in Rostock bei ein paar Kumpels, weil ich Ärger mit dem Praktikumsbetrieb hatte. Und keinen Bock auf Schule. Soll vorkommen. Ich weiß nicht, was die Graffiti sollen.«

»Gerüchten zufolge haben Sie sich im Asylbewerberheim aufgehalten …«

»Gerüchten zufolge«, sagte Calvin kalt, »lebt Hitler in Argentinien und gibt Tangokurse.«

Am dritten Tag merkte er, dass er das Handy seiner Mutter mit zur Berufsschule genommen hatte. Da erst gestand er sich ein, dass er eigentlich die ganze Zeit über wartete. Er wartete auf einen Anruf von Nuri. Die Realität konnte erst weitergehen, wenn sie anrief. Sie würde plötzlich in der Leitung sein und ihm sagen, dass das alles Unsinn gewesen war und dass sie überreagiert hatte. Konnte man auf einen Sprengsatz an einer Tür *überreagieren*? In jedem Fall würde sie ihn fragen, wann sie sich treffen konnten, und sie würde ihm sagen, dass das mit Aarif erfunden war und er nicht hier war oder dass er hier war und nur ein Freund war oder dass …

Aber sie rief nicht an. Als das Handy klingelte, war es sein Vater. Das war eine seltsame Geschichte – er lebte seit zwei Tagen mit ihm in einer Wohnung, ohne dass er ihm begegnet war. Er war immer dann weg, wenn Calvin da war, und umgekehrt. Sie wichen einander aus, es war allen klar.

»Calvin«, sagte sein Vater.

»Sieht so aus«, sagte Calvin. »Ich hab Livias Handy.«

»Wir … müssen reden. Ich bin heute Abend zurück. Acht oder so.«

»Und?«

»Und dann setzen wir uns an den verdammten Küchentisch und reden über ein paar Dinge! Es scheint da eine Menge böser Gerüchte im Viertel zu geben. Sachen, die ich nicht glauben will.«

»Hm«, sagte Calvin. »Klar. Wir reden.« Aber als er auflegte, dachte er: *Danke für die Warnung.*

Seine Mutter gab ihm den Umschlag, als er von der Berufsschule kam. Tom und Benji spielten unten Fußball, sie hatten die Wohnung für sich.

»Ich dachte, es ist besser, wenn dein Vater das hier nicht im Briefkasten findet«, sagte sie beiläufig.

Calvin zog mehrere doppelseitig beschriebene Blätter aus dem Umschlag. Billiges Papier, dünn, liniert, mit einem Graustich. Der Kugelschreiber war an manchen Stellen verschmiert wie azurfarbenes Blut.

Im Frühjahr 2012 …, stand oben auf dem ersten Blatt. Keine Einleitung, kein Brief für ihn, nichts. Diese Blätter enthielten den Rest dessen, was sie ihm erzählen musste, um endlich in der Gegenwart anzukommen. Das hier war das Ende der Geschichte.

Und da, endlich, sickerte die Gewissheit zu Calvin durch, dass Nuri nicht anrufen würde.

Nie mehr.

Er faltete die Blätter wieder und schob sie ungelesen in die Tasche seiner Jacke, die im Flur hing.

»Sagst du mir jetzt, was passiert ist?«, fragte seine Mutter leise.

»Nichts, eigentlich.« Calvin sah an ihr vorbei. »Vor drei Tagen hat sie angerufen, um mir zu sagen, dass sie Schluss macht. Aus, Ende, vorbei.«

»Aber … es war doch alles gut? Am Abend vorher war sie bei uns … Sie mochte die Nudeln …«

»Ja«, sagte Calvin bitter. »Du warst großartig. Ich dachte auch, dass alles gut wäre. Nichts ist gut. Nichts, nichts, nichts, kapierst du?« Er merkte, dass er schrie.

»Ich mochte sie«, sagte seine Mutter kaum hörbar. Ihre Finger spielten mit einer frisch gebleichten Haarsträhne. »Ich mochte sie wirklich, weißt du. Sie war so …«

»Ja«, fauchte Calvin, »genau das war sie.«

Es gibt zwei Möglichkeiten, hatte Nuri gesagt, und auch hier gab es zwei Möglichkeiten: Er konnte zusammenbrechen und heulen wie ein dummes Kind. Oder er konnte hinausgehen und sich besinnungslos saufen. Es regnete. Es war gut, dass es regnete, er wollte, dass die Sonne nie, nie, nie wieder schien.

»Ich komme später wieder«, sagte er, und seine Mutter sagte: »Warte, dein Vater wollte …«, aber da hatte er die Küchentür schon hinter sich zugeschlagen. Er legte das Handy auf den mit Zeitschriften überfüllten Beistelltisch im Flur, zog Livias Portemonnaie aus ihrer Handtasche und nahm einen Schein heraus, obwohl er sich dafür hasste. Dann war er auf der Treppe.

Minuten später jagte er sein altes Rad gegen den Wind, über die Brücke, die Straße entlang, die sie so oft zusammen entlanggefahren waren. Auf die Insel, die keine wirkliche Insel war, alles war falsch, die ganze Welt war eine einzige, verfluchte Täuschung.

Die Tankstelle war keine Täuschung, und er fuhr mit zwei Flaschen Bier und einer Flasche Klarem weiter, das Bier wagemutig auf dem Gepäckträger verstaut, den Klaren in einer Hand. Der Wind hatte nachgelassen, es regnete nicht mehr, man konnte jetzt gemütlich durch den Abend fahren.

Scheiß auf gemütlich.

Warum kamen sie nicht? Hier war er, ganz alleine. Keine Berufsschullehrer in der Nähe, keine der Polizeistreifen, die seit dem Anschlag ständig um die Wohnblöcke fuhren.

»He!«, brüllte er dem Verkehr auf der Durchgangsstraße entgegen. »Wo bleibt ihr denn? Kommt doch und holt mich! Den Blutschänder, den Verräter! Los, holt ihn euch!«

Er öffnete die Schnapsflasche am Waldrand, wo sie damals die Himbeeren gepflückt hatten. Die letzten Früchte, die an den Sträuchern hingen, waren schwarz und ungenießbar. Er setzte die Flasche an und trank mit großen Schlucken, und die Flüssigkeit brannte in seiner Kehle wie elektrischer Strom. Das Bier half beim Herunterspülen. Er hatte lange nicht mehr getrunken, er war außer Übung …

Aber wenn Araq ein Schmerzmittel war, dann war es auch Klarer.

Nach einer Weile legte er sich auf den Rücken, steckte sich eine Zigarette an und sah in den roten Abendhimmel.

»Ich lese doch diese Zettel nicht«, sagte er laut. »Ich kann mir schon denken, wie das alles ausgeht. Aarif geht zur Armee und wird ein Held, weil alle in dieser Geschichte dauernd damit beschäftigt sind, Helden zu sein und zu leiden und für die Freiheit zu kämpfen … zum Kotzen. Und dann kehrt er zurück, es gibt einen filmreifen Fick zwischen irgendwelchen Trümmern, Yassir taucht auch noch auf, und anschließend sterben beide tragisch. Aber am Ende – Überraschung! – lebt Aarif doch noch und hat euch nach einer entbehrungsvollen Reise hier gefunden, wo er euch vor den Angriffen der bösen Nazis beschützen wird.«

Er lachte und tauschte die Zigarette wieder gegen die Flasche. Er merkte selbst, dass seine Worte etwas langsam kamen. Eine Nebenwirkung des Schmerzmittels.

Doch der Schmerz wurde nicht kleiner. Er raste und wütete in seiner Brust, der Ärger verbrannte sich selbst, und zurück blieb … nichts. Keine Zukunft. Kein Mädchen mit schwarzen Locken, das zu viele Schatten sah. Niemand, mit dem er nachts durch ein Sonnenblumenfeld rennen und lachen konnte.

Irgendwann schob er das Rad wieder zur Landstraße, und dann fand er sich an einer Bushaltestelle wieder, die ihm bekannt vorkam. Natürlich, es war die Haltestelle, an der er Nuri einmal zufällig getroffen hatte. Der Ort, an dem sie ihm das arabische Wort für *Regen* beigebracht hatte, nur dass es nicht *Regen* geheißen hatte, sondern: *Ich mag dich.*

Er dachte an die Nacht, die sie in seinem Bett verbracht hatte, in der kleinen Wohnung im fünften Stock. Calvin hatte auf einer Matratze neben dem Bett geschlafen. Und sie hatten nichts getan, als Hände zu halten, auch in dieser letzten und privatesten Nacht.

Wir sind auf zwei Booten, hörte er Nuri flüstern, *die durch die Nacht treiben. Komisch, was … man kann sich gerade so erreichen …*

Es würden immer zwei Boote bleiben. Nie dasselbe.

Nuri in dieser Wohnung … *Schöne Vorhänge,* hatte sie gesagt. Die Vorhänge waren ihm nie aufgefallen, sie trugen ein Muster aus winzigen Blättern, und sie waren vermutlich das einzig Schöne in der Wohnung.

Als er den Kopf bewegte, drehten sich die schwarzen Graffiti auf den Kunstglaswänden der Bushaltestelle, sie rotierten schneller und schneller und wurden zu schwarzen Sonnen. Es ging ihm erst verspätet auf, was die Graffiti darstellten, sie waren beim letzten Mal noch nicht da gewesen: natürlich, Hakenkreuze. Er versuchte, sie zu zählen, und vergaß bei der Zahl neun, was er hatte tun wollen. Auf einer der Wände stand die Zahl *88. HH.* Hansestadt Hamburg. Nein, natürlich hieß es das nicht.

»Heil Hitler!« Man konnte es rufen, es tat gut, es war so dumm, so lächerlich. Er hob die Bierflasche auf, die noch halb voll war. »Führer befiel, wir folgen!« Die Flasche traf das Kunstglas im Takt der Worte. »Rassenschande! Blutsünde! Bringt die Ausländer alle um!« Er versuchte, sie alle zu sammeln und auszuspucken, all diese tödlichen Worte, die ihre Geschichte kaputt gemacht hatten: Pascals Worte, Kevins Worte, die Worte seines übermächtigen Vaters, die Worte einer ganzen Schicht.

»Wenn ihr nicht wärt, hätte sie nicht Aarif genommen!«, schrie er. »Sie wäre bei mir geblieben!«

Er ließ die Reste der Bierflasche fallen, packte die Schnapsflasche, um weiterzutrinken, ließ dann auch die fallen. Da waren überall Splitter, Reichskristallnacht, sie hatten in der Schule Fotos gesehen. Und Pascal hatte natürlich gesagt, das wäre alles erfunden. Ein paar Leute hatten auch gesagt, es sei doch sicher ein großer Spaß gewesen, die Geschäfte der Saujuden kaputt zu schlagen. Im Asylantenheim gab es so viele Fenster. So viele Reichskristallfenster zum Zerschlagen!

Er spürte, wie die alte Wut der Jungs wieder in ihm hochkam.

»Nura Aljafari!«, schrie er. »Du hast mich die ganze Zeit nur benutzt, um deine Geschichte loszuwerden! Ich hasse dich! Ich hasse euch alle! Verreckt doch, ich helfe euch nicht mehr, ich nicht!«

Und er zerschlug auch die letzte Wand der Haltestelle.

Nein. Natürlich hasste er sie nicht, natürlich liebte er sie, er hätte noch immer alles getan, um sie zu schützen.

»Heil Hitler!« Ein weiterer, verzweifelter Schrei, voller Sarkasmus jetzt. »Es lebe Bashar al-Assad! Es lebe der Tod!« Die Worte quollen von seinen Lippen wie Blut, er schrie sie in endloser Wiederholung, und plötzlich waren da Scheinwerfer, grell, blendend. Jemand hielt ihn fest. Er kämpfte, schlug um sich, sah aus dem Augenwinkel Uniformen. Die Bullen. Er spuckte ihnen mehr Worte entgegen, dann gaben seine Beine unter ihm nach, und er spuckte ihnen den Inhalt seines Magens entgegen. Er landete auf den Knien, im sauren Geruch des Erbrochenen, ein Bild vor Augen: Nuri in den Kellern unter Damaskus. Sie schleiften ihn mit sich, bugsierten ihn ins Auto. Ein weiteres Bild: Nabil, der in einen Bus gezerrt wird.

Das Auto fuhr los, er spuckte ihnen den Rücksitz voll, es war nichts dagegen zu machen, er tat nur, was ein guter Nazi tun sollte: randalieren. *Heil Hitler, Heil Hitler!* Er konnte nicht aufhören.

Irgendwann hielt das Auto, und er wurde herausgezerrt, durch eine Tür, da war Wasser, da war noch mehr grelles Licht, da waren Fragen. *Warst du alleine da draußen? Von wem sind die Graffiti an der Haltestelle?* Und ein neues Bild tauchte auf: Yassir, dem sie andere Fragen stellten – über ein Graffito an einer Schule in Dar'a.

»Ich habe sie doch zerstört«, flüsterte er, am Ende seiner Kräfte. »Die Hakenkreuze. Ich habe sie zerstört. Heil …«

»Schafft ihn bloß weg«, sagte jemand, und dann lag er irgendwo, auf etwas Hartem.

Und er schlief.

»Wir haben ihn in die Ausnüchterungszelle gesteckt. Vielleicht kann man jetzt mit ihm reden. Fast hätten wir ihn in die Klinik eingeliefert, Alkoholvergiftung. Wir haben seinen Ausweis gefunden. Wenigstens ist er achtzehn. Die letzten paar, die wir so besoffen aufgegriffen haben, waren Fälle für die Kinderklinik.« Ein heiseres Lachen. »Außer *Heil Hitler* haben wir nicht viel aus ihm rausgekriegt. Einmal hat er was anderes gesagt, irgendwas mit Assad …«

Calvin schlug die Augen auf. Die Matratze war dünn und hatte einen Plastikbezug. Die Zelle hatte geflieste Wände und ein metallenes Plumpsklo. Aufsetzen war keine gute Idee. In seinem Kopf explodierten mehrere Feuerwerke. Aber daran war er selbst schuld, so viel war klar. Ihm war immer noch übel. Neben ihm stand ein Eimer. Er sah lieber nicht hinein.

Auf der Matratze lag eine Wolldecke. Der Eimer, die Decke, die Matratze – das alles, dachte er bitter, war ein Hotelzimmer verglichen mit den Kellern des Geheimdienstes. Und der Polizist vor dem Gitter der Zelle sah nur resigniert aus und nicht bereit, ihm etwas anzutun, außer ihn Papiere ausfüllen zu lassen.

»Keine Chance, ein Held zu werden«, murmelte Calvin.

»Wie bitte?«, fragte der Polizist.

Und dann saß Calvin an einem Schreibtisch und gab zu Protokoll, dass die Graffiti nicht von ihm stammten.

»Wie hätte ich die denn sprayen sollen?«, fragte er müde. Die Uhr an der Wand zeigte halb acht. »Mit einer Schnapsflasche? Und … ich habe sie kaputt gemacht. Die Hakenkreuze.«

»Heil Hitler.« Der Polizist lächelte fein. *»Heil Hitler* ist in Deutschland ein strafbarer Satz.«

»Auch wenn nicht alle Leute der Meinung sind, dass das sinnvoll ist«, murmelte ein jüngerer Polizist, der am Fenster lehnte. Der hinter dem

Schreibtisch warf ihm einen Blick zu, und der Jüngere zuckte die Achseln. »Ich meine ja nur.«

»Sie haben hier nichts zu meinen«, sagte der ältere Polizist. Dann sah er wieder zu Calvin. »Pullover aus.«

»Wie?«

»Ziehen Sie den Pullover aus. Die Kollegen meinten, er wäre hochgerutscht, als Sie damit beschäftigt waren, sie zu treten. Ich will dieses Brandmal sehen.«

»Sie … haben kein Recht …«, protestierte Calvin schwach. Die Kopfschmerzen brachten ihn um.

»Aufstehen!«, kommandierte der Polizist, lauter jetzt. »Pullover runter! Los, ich will das hier hinter mich bringen. Ich kann Ihnen gar nicht sagen, wie ungern ich mich mit Ihnen beschäftige.«

»Willkommen im Klub«, knurrte Calvin, allerdings so leise, dass es niemand hörte. »Die gesamte rechte Szene, die linke Szene, das Heim und der Bürgermeister sind schon drin. Wenn Sie einen brauchen, den man irgendwie rauskicken kann – bitte, ich bin Ihr Mann.«

Er stand auf und zog den Pullover aus.

»Das Tragen solcher Symbole ist nicht verboten, solange sie nicht öffentlich zur Schau gestellt werden«, sagte Calvin, lauter.

»War das Hochrutschen des Pullovers gestern ein öffentliches Zurschaustellen?«, fragte der Polizist. »Darüber muss ich nachdenken. Reichskriegsflagge. Schick. Hat hoffentlich sehr wehgetan. Ziehen Sie sich wieder an. Ein Bußgeld wegen Zerstörung öffentlichen Eigentums gibt es sowieso. Sie müssen hier unterzeichnen, dass Sie die Haltestellenwände ohne Mithilfe zerschlagen haben. Lüttke … Calvin … irgendwie kommt mir der Name bekannt vor. Gab es da nicht was im Zusammenhang mit dem Anschlag auf das Asylbewerberheim?«

»Nein«, sagte Calvin. »Die Untersuchung wurde eingestellt.« Er lächelte den Polizisten an.

Der Polizist lächelte schneidend kalt zurück. »Untersuchungen kann man immer wiederaufnehmen.«

Und einen Moment lang dachte Calvin: Es wäre so einfach. Sag das Wort. Sag: *Aussteiger.*

Er sagte es nicht. Wie konnte er erklären, dass es Sarkasmus sein konnte, nachts in einer zerstörten Bushaltestelle *Heil Hitler* zu brüllen? So murmelte er nur etwas Unverständliches.

»Sie scheinen mir noch immer nicht ganz nüchtern«, sagte der Polizist. »Ihre Eltern sollten Sie abholen.«

»Nein!« Calvin sprang auf. »Machen Sie mit mir, was Sie wollen, aber lassen Sie meine Eltern aus dem Spiel!«

Der Polizist drückte ihn wieder auf den Stuhl. »Halten Sie den Mund.«

In diesem Augenblick wurden draußen Stimmen laut, dann öffnete sich die Tür, und ein Beamter sah herein.

»Sind Sie hier fertig? Da draußen ... ist ein Freund von unserem Kandidaten. Er besteht darauf, ihn abzuholen.«

Die Tür öffnete sich etwas weiter, und jemand schob sich herein.

»Guten Tag«, sagte er. »Ich habe gehört, Calvin hat Probleme. Ich kann Ihnen versichern, dass er wirklich nur betrunken war. Ich bringe ihn nach Hause ...«

Es war Samir Aljafari. Er stand im künstlichen Polizeilicht wie eine Erscheinung, sein kurz geschorenes, silbernes Haar glänzte, und seine dunklen Augen waren voller Sorge. Calvin hatte seinen singenden Akzent vermisst.

Der Polizist starrte Samir an. Alles an seiner Erscheinung schrie: *Ausländer.*

»Das ... müssen Sie mir erklären.«

»Im Moment muss ich Ihnen gar nichts erklären«, sagte Samir freundlich. »Später vielleicht. Schriftlich. Ich will nur den Jungen mitnehmen.«

»Samir«, sagte Calvin. »Ich ... ich habe Mist gebaut ...«

»Komm jetzt«, sagte Nuris Vater.

Als sie auf der Straße standen, merkte Calvin, wie warm es war. Der Beginn eines heißen Sommertages. Der Himmel war blau und unglaublich weit oben.

Sie gingen bis zum Ende der Straße. »Bleiben wir in der Nähe der Polizei«, sagte Samir und setzte sich auf die Treppe vor einem Haus. »Mein Bein. Das Knie macht nicht mehr so gut mit seit ... egal.«

Calvin setzte sich neben ihn.

»Woher wusstest du …?«

»Gerüchte reisen schneller als der Wind«, sagte Samir. »Und ich lasse nicht gern einen Freund bei der Polizei sitzen.« Er zuckte die Schultern. »Alte Gewohnheit.« Er lächelte.

Er hatte also ein Mal etwas *getan,* dachte Calvin. Nicht nur zugesehen und über ein Buch nachgedacht. Er hatte etwas getan, und es schien ihn glücklich zu machen.

»Hast du Nuras Brief bekommen?«

Calvin nickte. »Nur noch nicht gelesen.«

»Es war ihr wichtig, dass du den Brief hast. Sie … Es geht ihr nicht gut.«

»Ach nein?« Calvin dachte an Aarif. »Aber sie ist nicht allein. Oder?«

»Nein, sie ist nicht allein.« Samir seufzte. »Hör zu, Calvin, ich mag dich wirklich. Aber wir werden uns nach heute nicht wiedersehen. Die Sache zwischen euch hat … alles schlimmer gemacht. Liebe löst keine Probleme, weißt du? Sie schafft welche.«

»Das ist ein abgewandelter NPD-Spruch.«

»Alle im Asylantenheim haben Angst«, sagte Samir. »Wir wissen immer noch nicht, was Pascal plant. Wir fühlen uns ganz wie zu Hause – hah! Wie in einem Bürgerkrieg. Wir sitzen in der Falle und warten auf den nächsten Angriff.«

Er stand auf, mühsam, und Calvin streckte die Hand aus, um ihm zu helfen. Er nahm sie, dankbar.

Das änderte nichts an dem, was er gesagt hatte.

»Ich hätte sie vielleicht sogar geheiratet«, murmelte Calvin. »Wenn es hätte sein müssen. Ist das nicht dumm?«

»Ja«, sagte Samir. »Das *ist* dumm. Du wirst eines Tages eine deutsche Frau heiraten. Sie … muss ja nicht blond sein.«

Er ging mit einem Lächeln. Aber Calvin sah, dass es traurig war.

Und plötzlich wusste er, was er tun würde.

»Bring mich nicht gleich um«, sagte Calvin.

Er stand breitbeinig da, die Arme verschränkt, bereit, kehrtzumachen und zu rennen. Er trug wieder die Springer. Die Schnürsenkel waren neu und viel weißer als zuvor.

Er hatte lange gewartet, an die Mauer gelehnt, rauchend.

Die Mauer gehörte zu Pascals Block. Und auf der Treppe stand jetzt Pascal.

Er kam herunter, blieb aber auf der letzten Stufe stehen und musterte Calvin, seine blauen Augen schmal.

»Ich hab Hallus. Calvin Lüttke? Welche Ehre! Die Bullen warten um die Ecke, ja? Spielst du Köder?«

Calvin hob die Arme. »Ich bin allein. Es ist also vielleicht ein bisschen viel verlangt, mich nicht umzubringen.«

»Ja«, sagte Pascal. »Aber weißt du, es würde solche Mühe machen. Und ich habe so viel anderes zu tun. Drei Minuten. Ich gebe dir drei Minuten meiner Zeit.« Er zündete sich eine Zigarette an und lehnte sich gegen das dünne Eisengeländer der Treppe. »Erklärung«, verlangte er.

»Ich komme zurück.«

»Schlechte Erklärung«, sagte Pascal. »Versuch's noch mal.«

»Ich unterschreibe jeden Artikel über Untermenschen und Rassentheorien. Ich bin fertig mit denen. Ich bin … aufgewacht?«

»Aha«, sagte Pascal.

»Meine Freunde, die Bullen … Ich habe letzte Nacht bei ihnen geschlafen. In der Ausnüchterungszelle. Und ich hab 'ne Klage am Hals wegen Vandalismus und wegen dem Hitlergruß. Ich … ich musste meine Wut loswerden … Die, mit der ich quasi zusammen war …« Er zuckte die Schultern, ließ die leere Zigarettenpackung fallen und trat darauf. »Sie ist jetzt mit einem aus ihrem eigenen Land zusammen. Hat angerufen und das war's. Diese kleine, widerliche Nutte. Kann man von denen hypnotisiert werden? Es war die ganze Zeit, als wenn ich unter Wasser gewesen wäre oder auf Droge … Jetzt kann ich wieder denken. Was immer ihr macht, Pascal, ich bin wieder dabei. Sagt mir, was ich tun kann.«

»Du glaubst im Ernst, nach der Sache bei McDonald's, ich nehme dich zurück?«, fragte Pascal. »Du musst ziemlich blöd sein.«

»Bin ich«, sagte Calvin. »Blöd genug, um mich von einer kleinen Knoblauchfressernutte um den Finger wickeln zu lassen.«

Pascal schüttelte den Kopf und grinste, ganz leicht.

»Aber du warst im Asylantenheim.«

Calvin nickte. »Ja. Widerlich. Schmutzig. Ekelhaft. Sie essen auf dem Fußboden und schlafen alle in einem Raum, dicht zusammen, wie Tiere. Ich war nur ein Mal da, ziemlich am Ende der Geschichte. Das hat gereicht. Ich hätte da schon aufwachen müssen.«

»Und sie war bei dir zu Hause.«

Calvin seufzte. »Ja. Das war die allerletzte Nacht. Ich dachte, ich krieg sie rum, wenn ich sie mit zu uns raufnehme. Ein Satz mit x.«

Da lachte Pascal auf einmal. »Die Kleine hat dich die ganze Zeit nicht rangelassen? Du bist ständig mit ihr rumgerannt und hast sie nicht mal gefickt?«

Calvin sah weg, und Pascal lachte noch immer, ehrlich amüsiert jetzt.

»Die hat dich schön verarscht, was? Ein Blick aus großen, dunklen Augen, und du springst …«

»Hitler wollte, dass die Frauen bei der Rassenschande straffrei bleiben«, sagte Calvin. »Er hat gesagt, Frauen sind *sexuell unmündig*, ich hab das nachgelesen. Auch Hitler hat Fehler gemacht.«

»In dem Fall schon«, sagte Pascal. Er sah Calvin einen Moment lang an. »Okay. Du kriegst eine Chance. Sagen wir, eine halbe. Ich nehm dich heute Abend mit raus zum Treffpunkt.«

Calvin nickte. »Das mit der Laube … Ich habe nie die Polizei auf die Clique gehetzt. Das waren die Scheißausländer, die hatten was spitzgekriegt, denk ich. Ich hab auch im Krankenhaus nichts gesagt. Darüber, wer … du weißt schon.«

Pascal nickte. »Das war sehr korrekt. Aber es wird keine Entschuldigungen geben wegen der Sommersonnenwende.«

Calvin schüttelte den Kopf. »Ich hatte keine erwartet.«

Sie trotteten zusammen den Weg zwischen den Blocks entlang, beinahe wie in alten Zeiten. Doch Pascal war weder dumm noch blind, er würde Calvin nie mehr wirklich vertrauen.

»Die war doch aus Syrien, oder?«, meinte er. »Na. Erst zetteln sie einen Krieg im eigenen Land an, und dann laufen sie weg und verstecken sich bei uns.«

»Die anderen meinten … der Krieg wäre erfunden?«

»Ja, dachte ich am Anfang auch. Scheint nicht so zu sein. Aber es sind die Rebellen, die den Krieg vom Zaun gebrochen haben. Die haben Anweisungen von Amerika und Israel, ist ja klar, Assad ist gegen Israel. Gegen den Judenstaat. Er findet auch, dass dieser hässliche schwarze Fleck auf der Weltkarte wegmuss. Die Jungen Nationaldemokraten und wir unterstützen Assad.«

»Ja«, sagte Calvin. »Macht Sinn.«

»Und was plant ihr nun?«

Sie saßen im Licht von zwei Dutzend Kerzen. Der neue Treffpunkt war ein stillgelegter Kornspeicher unten am Hafen, ungenutzt und noch nicht restauriert. Auf der Rückseite ließen sich ein paar der Bretter, mit denen die Fenster vernagelt waren, beiseiteschieben. Es war kalt in dem riesigen Raum im Erdgeschoss, Schatten tanzten über die alten Backsteinwände. Oben verlor sich der Raum in einem Durcheinander von Balken.

»Was wir planen?« Pascal lachte. »Schön hinten anstellen, beim Fußvolk. Du bist neu, kapiert. Du giltst hier nichts mehr. Weniger als nichts. Sieh das hier als deine Probezeit an. Infos gibt es erst mal keine.«

»Ihr plant also was«, sagte Calvin. »Das ist gut. Ich hasse sie. Alle. Den ganzen menschlichen Abfall in diesem beschissenen Block.«

Er zog eine Flasche aus der Bierkiste, die er auf dem Rad mitgebracht hatte. Es war irgendwie klar gewesen, dass Calvin das Bier bezahlte.

Wie sie ihn ansahen!

Es gab zwei neue, Niko und Stefan, jünger als die übrigen. Niko war aus Thüringen hergezogen, er war Mitglied der Jungen Nationaldemokraten und schien als Bindeglied zwischen Clique und Verein zu fungieren, ein großer, hübscher Kerl mit fein geschnittenem Gesicht. Stefan war still und eher klein, aber er sah nach einem Vollzeitprogramm in Kraftsport aus. Ab und zu blinzelte er, als bräuchte er eigentlich eine Brille.

Wer Calvin am seltsamsten ansah, war Cindy. Sie saß neben Pascal, eine Hand auf seinem Knie. Sie schien jetzt ihm zu gehören. Ihr Blick suchte Calvins Gesicht nach etwas ab, und sie schien die ganze Zeit etwas sagen zu wollen. Sie sagte es nie, auch in den Wochen, die folgten, nicht.

Bei ihrem zweiten Treffen im Speicher hielt Jason plötzlich Calvins Arm fest und schob den Ärmel hoch.

»Deine schwarze Sonne?«, sagte er und nickte zu der Brandwunde hin. »Du hast sie gelöscht.«

»Nicht ganz freiwillig«, sagte Calvin. »Lass los, das tut weh.«

»Ist auch besser so«, sagte Jason und verstärkte seinen Griff. »Du brauchst was Neues. Unser Tätowierer ist weg vom Fenster, musste schließen, zu viele Leute, die noch nicht achtzehn waren. Aber so was geht doch auch mit Füller.«

»Klar geht das«, sagte Kevin.

Sie brachten das nächste Mal einen mit, einen alten Kinderfüller mit frischer Patrone. Die flackernden Schatten wurden Zeuge einer neuen Tätowierung. Diesmal auf dem Unterarm.

Wenn man die Spitze eines Füller tief genug in die Haut sticht, bleiben Tintenpunkte unter den obersten Hautschichten zurück.

»Ich halt den Arm fest«, erbot sich Kevin fürsorglich. Rudolf Heß saß hechelnd neben ihm und sah zu, wie Kimberley Punkt für Punkt eine ordentliche Swastika in Calvins Arm stach.

»Finde ich sowieso hübscher als die schwarze Sonne«, sagte sie und blickte zu ihm auf, um zu sehen, ob es weh genug tat.

Er hatte die Zähne zusammengebissen, um den Schmerz still zu ertragen, den die Füllerspitze ihm zufügte.

»Du machst das gut«, knurrte er, »wunderbar.«

Die schwarzen Flügel hatten ihr Nest ganz oben zwischen den Balken des alten Speichers.

Er spürte, wie sie warteten.

»Du bist also zurück«, sagte Calvins Vater, als sie allein im Wohnzimmer waren. »Was hast du bloß für einen Scheiß gebaut? Eine Freundin aus Syrien?«

»Nicht mehr«, sagte Calvin. »Und du? Damals? Ich weiß jetzt, warum ihr euch getrennt habt. Wenn ich mitkriege, dass du ihr was tust …« Er nickte zur Küche hin, wo seine Mutter mit Geschirr klapperte. »Dann kriegst du's mit mir zu tun, klar? Ich kann auch zuschlagen.«

»Hey, hey, nicht streiten!«, rief Livia aus der Küche. »Jetzt sind wir endlich wieder alle zusammen, und ihr knurrt euch an …«

Calvins Vater wuschelte ihm durchs Haar, als wäre er noch immer ein kleiner Junge. Allerdings war die Bewegung ziemlich ruppig, und als er den Arm um Calvins Schulter legte, war Calvin nicht sicher, ob das eine Zärtlichkeit oder ein Schwitzkastengriff war.

»Wir knurren uns nicht an«, sagte er. »Es ist alles gut. Ich bin stolz auf unseren Sohn. Er ist wieder da, wo er hingehört.«

»Kann ich nächstes Mal mit, wenn ihr euch mit der Clique trefft?«, fragte Benji, der von irgendwo her aufgetaucht war.

»Nein«, sagte Calvin.

Tom tauchte ebenfalls auf, kam zu Calvin und drückte sich gegen sein Knie wie eine Katze.

»Ich wollte dich was fragen«, sagte er leise. »Die, mit der ich bei Frau Silbermann auf der Wiese gekickt hab … Die hab ich irgendwie gar nicht mehr da gesehen. Sie hat was von einem Prinzen erzählt, der sie abholt. Hat der sie schon abgeholt? Oder wo ist sie?«

»Delfine«, sagte Calvin leise. »Vergiss sie, Tom, versprich mir das. Vergiss sie gründlich.«

Der Juli ging zu Ende, und alle sprachen von etwas Großem, aber Calvin wusste nicht, wovon. Er war immer noch dabei, ihnen zu beweisen, dass er wieder einer von ihnen war. Er malte Graffiti. Er geriet in eine Klopperei mit ein paar Jungs aus dem Heim. Er ließ sich von Niko die genauen Ziele der *Jungen Nationalen* erklären und sagte, er würde überlegen, einzutreten.

Er fing ein neues Praktikum an, weil der alte Betrieb ihn endlich doch feuerte. Diesmal Kfz. Es ging nicht gut. Er war mit den Gedanken woanders, er wurde ständig angeschrien. Er biss die Zähne zusammen und versuchte, noch pünktlicher zu kommen, noch schneller zu arbeiten.

Aber in den ersten Augustwochen wurde es schlimmer, weil er nicht mehr viel schlief.

Sie hängten jetzt Wahlplakate auf.

»Sieht feierlich aus«, sagte Melli. »Oder?«

Sie hatte recht, die ganze Ausfallstraße wurde von den rot-weißen Bildern gesäumt, die mit Kabelbinder an den Laternen befestigt waren, so hoch, dass niemand von der linken Szene sie abschneiden konnte.

»So sah es damals aus«, sagte Pascal zufrieden. »Im Reich. Alle Straßen zu beiden Seiten beflaggt.« Die Wahlplakate besaßen eine schwarze Wellenlinie über dem roten Feld, die den Eindruck von wehenden Fahnen noch verstärkte.

Udo Pastörs trug auf seinem Plakat Schlips und Jackett und sah beinahe aus wie ein CDU-Politiker. Aber natürlich sportlicher. *KONSEQUENT FÜR DEUTSCHE INTERESSEN*. Die älteren Leute, die Händchen haltend in neuer Sicherheit spazieren gingen, stammten noch vom letzten Wahlkampf. *Kriminelle AUSLÄNDER RAUS*, stand unter ihnen. »Kriminelle« war sehr klein gedruckt.

Damals hatte das Plakat nur die Polen gemeint, Calvin erinnerte sich.

Die Mädchen liebten das Bild mit den beiden kleinen Kindern und ihren Eltern: *FAMILIEN STÄRKEN!*

Von den Plakaten der Grünen konnte man mit einem Messer die oberste, bedruckte Schicht abpulen. Die CDU- und SPD-Plakate waren besser verarbeitet, es war also klüger, sie zu besprayen. Sie hatten eine Menge zu tun.

Calvin schlief nicht, weil er tagsüber die NPD-Plakate aufhängte und sie nachts, nach vier Uhr, wieder abschnitt. Es war ein riskantes Unternehmen. Er fuhr weite Strecken mit dem Rad übers Festland und die Insel, er kletterte ohne Leiter an den Laternen hoch. Im Viertel schnitt er keine Plakate ab, so dumm war er nicht. Manchmal schleppte er die Plakate ins nächste Feld oder in ein Gebüsch. Manchmal musste er sie unter den Laternen liegen lassen, weil ein Auto kam, und dann wusste er, dass er sie eigenhändig am nächsten Tag wieder aufhängen würde.

Pascal schimpfte über die Linken, die in diesem Jahr mehr Plakate zerstörten als sonst. Ein paarmal legte er sich auf die Lauer, um sie zu erwischen. Calvin lag mit ihm auf der Lauer. Keine Linken erschienen.

ASYLBETRÜGER? NEIN DANKE.

In der Nacht, in der er drei dieser Plakate in einen Bach geworfen und ihnen lange nachgesehen hatte, las er endlich Nuris Brief. Er wanderte am Bach entlang, auf den der Mond weiße Muster zeichnete, und irgendwo fand er einen Baumstamm, den ein Biber zu Fall gebracht hatte, und setzte sich darauf. Über den Sommerhimmel zischte etwas Weißes. Eine Sternschnuppe. Verdammt, das war eine Sternschnuppe gewesen. Natürlich, sie kamen immer in den Augustnächten. Er hatte versäumt, sich etwas zu wünschen.

Lass mich endlich herausfinden, was sie vorhaben.

Sie hatten etwas über Telefonate nach Polen gesagt. Etwas musste besorgt werden, es schien schwierig zu sein, und Pascal schien eine Menge vor dem Computer zu sitzen und zu recherchieren. Calvin hatte den Speicher durchsucht, alleine, nachts, schon zwei Mal.

Er hatte nichts gefunden.

Noch eine Sternschnuppe schoss über den Himmel und fiel ins Spiegelbild der Sommernacht im Bach. Er fluchte leise. Diesmal hatte er sich etwas gewünscht. Das Falsche. Man ist seiner Wünsche nicht Herr.

Wie gut, dass er nicht an Sternschnuppen glaubte.

Anfang Januar 2012 explodierte eine Autobombe in Al Midan, in Damaskus. Angeblich ein Selbstmordanschlag der Rebellen auf einen oder mehrere Polizeibusse. Seit Januar gab es die al-Nusra-Front, eine weitere Sorte von Kämpfern gegen das Regime, die sich auf Selbstmordanschläge spezialisiert zu haben schien.

Das Verrückte war, dass ich die Explosion hörte, bevor sie stattfand. Ich stand in dieser Straße, und ich wusste, dass am Ende der Straße etwas passieren würde, die dunklen Schwingen flogen über mich hinweg, und ich hörte die Explosion. Ich hörte sie ein zweites Mal, zehn Minuten später, als auch die anderen Leute sie hörten, und dann war da nur noch Chaos und Rauch und Rennen.

Es war unwichtig, eigentlich. Nur eine weitere Explosion.

Zu Hause war kein Aarif, mit dem ich darüber sprechen konnte.

Wir waren in eine Art Starre verfallen, mein Vater hatte begonnen, jeden Tag an der Stelle, an der Nabils Matratze gelegen hatte, zu beten.

Am Tag der Autobombe, als sie wieder eine Menge Leute verhafteten, legte ich mich auf meine eigene Matratze, schloss die Augen und rief die schwarzen Schwingen. Ich fragte sie: Wo seid ihr? Wo werdet ihr sein? Und sie antworteten mir. Sie kamen wie ein Silberhauch von Tau, ich spürte sie an meiner Wange. »Hier, genau hier, wo du liegst«, wisperten sie. »Es ist besser, aufzustehen und zu gehen.«

Da setzte ich mich auf und ging zu Abi, der still am Fenster stand und hinaussah.

»Wir müssen weg«, sagte ich. »Wir müssen aus dieser Wohnung raus.«

»Ich weiß«, sagte Abi leise. »Wir werden verrückt hier.«

»Das meine ich nicht«, sagte ich. »Ich meine, wir müssen raus. Weil etwas passieren wird.«

Doch in diesem Moment kam Ummi herein. Sie war fort gewesen, um irgendetwas zu besorgen, und auf ihrem Gesicht lag ein Lächeln, das anders war als sonst.

»Ihr ahnt nicht, wen ich getroffen habe«, sagte sie. »Einfach so, auf der Straße! Nein, ich glaube, es war nicht einfach so. Sie ist mir absichtlich begegnet. Mariam.« Ihr Strahlen war heller als ein Mittagshimmel über der Wüste, heller als eine Explosion am Ende der Straße. »Sie hatte ihr Kind auf dem Arm. Einen Jungen. Samir, wir sind Großeltern! Sie … sie ist gerade erst wieder hier, sie war in einem Krankenhaus in der Türkei, um das Kind zu bekommen, es gab Komplikationen, sie hatte Krämpfe, sie mussten das Kind vor der Zeit holen, aber es war ein gutes Krankenhaus … Jetzt, wo es ihr und dem Baby gut geht, wollte sie zurück nach Hause … Es ist so ein hübscher kleiner Junge. Nura, er hat deine Augen.«

»Warum hast du Mariam nicht mitgebracht?«, fragte mein Vater, zugleich traurig und ebenfalls strahlend.

»Sie wollte nicht«, sagte Ummi. »Armes Kind. Sie weiß selbst kaum, ob wir ihre Feinde oder ihre Freunde sind. Sie lässt Nura grüßen. Nura wüsste schon, weshalb.«

Ich holte tief Luft. »Wir müssen weg hier«, sagte ich noch einmal.

»Und Kamal?«, fragte Ummi. »Er muss eine Chance haben, uns zu finden. Wir können nicht weg aus Damaskus.«

Und der Januar ging zu Ende. Aus dem syrischen Frühling war ein Winter geworden, und aus dem Winter wurde wieder ein Frühling und aus dem Frühling ein Sommer. Im Juli stiegen Zeichen aus Al Midan zum Himmel. Rauchzeichen. Staubzeichen. Feuerzeichen.

Es war der 16. oder 17. Juni, als alles begann. Die Freie Syrische Armee war plötzlich da. Ihre Kämpfer bewegten sich lautlos und schnell, sie sickerten von irgendwo her ins Viertel und verschwanden dort – hinter alten Barrikaden, in Häusern.

Am 18. Juni gab es einen Anschlag, bei dem mehrere Angehörige von Regierung und Sicherheitsdienst getötet wurden. Wir hörten die Leute auf den Straßen darüber jubeln.

Ich konnte nicht mit ihnen jubeln, sie jubelten über den Tod.

Aber es war mehr im Gange, mehr geplant als simple Anschläge. Die unsichtbaren Kämpfer warteten in ihren Verstecken darauf, loszuschlagen. Ich lief ruhelos durch die Gassen, denn die Wohnung, das wusste ich, war ein schlechter Ort. Ich hatte immer wieder versucht, meine Eltern von dort wegzuholen, es hatte immer wieder Streit gegeben, es gab jetzt zu viel Streit zwischen uns.

Schließlich kehrte ich doch nach Hause zurück. Da stand ein junger Mann in den Schatten im Hausflur. Er trug das Wappen der FSA. Er wollte Wasser haben, sonst nichts, und er wollte, dass ich den Mund hielt. Ich holte ihm welches.

»Kennst du einen, der Aarif heißt?«, fragte ich. »Aarif Djablawi? Ist er hier?«

Er schüttelte den Kopf. »Geh rauf in eure Wohnung, Mädchen«, sagte er. »Wir befreien Damaskus.«

Ein heroischer Satz.

Das Militär kam einige Stunden später, die Soldaten liefen im Gleichschritt durch die Straßen und Gassen, und ich saß am Fenster oben und verschloss meine Ohren vor den Schüssen. So flog mein schwarzer, körperloser Vogel ohne Ton über Damaskus, auf lautlosen Schwingen.

Ich sah Menschen in den Straßen fallen, sah Menschen weglaufen, sah Menschen andere Menschen weiterzerren. Dann rollten die Panzer heran, von denen aus noch mehr Schüsse fielen. Und in jedem Kämpfer, den ich laufen sah, in Deckung tauchen, weiterlaufen, sah ich Aarif. Ich flüsterte seinen Namen. Er war da, dort unten, er kämpfte für uns.

Und sie drängten die Panzer zurück.

Für einen Tag war Al Midan ein befreites Viertel.

Man kann natürlich nicht vierundzwanzig Stunden lang seine Ohren von innen verschließen. Wir schliefen nicht in dieser Nacht, wir saßen zusammen und hielten uns fest, Ummi und Abi und ich, eine sehr klein gewordene Familie.

Am nächsten Tag kam mehr Militär, später hörten wir, dass sie Soldaten von den Golanhöhen nach Damaskus geschickt hatten, und innerhalb kürzester Zeit brachten sie die Straßen wieder unter Kontrolle. Nicht, dass wir gemerkt hätten, dass wir befreit gewesen waren. Es war ein Wort, das erst hinterher verwendet wurde.

Für eine Weile war alles still. Sehr still.

In dieser Stille ging ich hinunter, und da lag im Eingang des Wohnblocks ein Körper. Der junge FSA-Kämpfer. Er hatte keine Chance bekommen, ein Held zu werden, sie hatten ihn erwischt, ehe er überhaupt hinauskonnte, und jetzt lag er da wie Abfall, der weggeräumt werden musste. Überhaupt waren die Straßen voller Abfall. Umgekippte, zerstörte Autos lagen dort, ausgebrannte Wracks. Die Einschusslöcher an den Hauswänden bildeten seltsame Blumenmuster.

Ich beschreibe all das vielleicht zu leise, zu emotionslos, aber genau das war es – es war das erste Mal, dass ich den wirklichen Krieg miterlebte, einen Kampf zwischen zwei feindlichen Parteien, nicht nur einen Kampf des Regimes gegen Demonstranten mit Olivenzweigen in den Händen. Und als solcher, als Kampf, wurde es plötzlich … wie soll ich das sagen? Es wurde von mir weggerückt. Der Tod des Jungen im Hausflur berührte mich mehr als die Körper, die ich später zu Dutzenden in den Straßen liegen sah, aufgereiht wie Ware zum Verkauf. Diesen einen Kämpfer hatte ich gekannt, ich hatte ihm Wasser gegeben, und ich schloss seine Augen für ihn und holte ein Laken und deckte ihn damit zu.

»Wir müssen ihn irgendwohin bringen«, sagte Abi. »Er kann nicht hierbleiben.«

»Aber was willst du mit ihm tun?«, fragte Ummi.

Ich nahm die Hand des toten Soldaten, sie war sehr kalt und sehr staubig, und sie entglitt mir. Die Bewegung sah aus, als wiese der tote Soldat die Treppe hinauf und als schüttelte er den Kopf, weil durch das Herabfallen des Armes ein Muskel an seinem Hals bewegt wurde. Geht nicht zurück hinauf.

»Komm, Abi«, sagte ich. »Wir tragen ihn zu dritt raus.«

Und wir trugen den Soldaten in seinem Kokon aus weißem Lakenstoff die Straße entlang, er war wie eine riesige, weiße Friedensfahne. Als wir ihn absetzten, weil wir nicht weiterwussten, kamen die schwarzen Flügel, laut und grell, knatternd diesmal.

Wir hoben die Köpfe.

Und da sahen wir die Hubschrauber. Sie lärmten über den Himmel wie große, tödliche Insekten, und die Fracht, die sie fallen ließen, brannte ätzende Löcher ins Blau über Damaskus. Die Insekten spien Kugeln, spien Explosiveres als Kugeln, spien Wut.

Wir hörten, wie der Himmel zerriss.

Aber da waren wir schon am Boden, ich verbarg meinen Kopf in meinen Armen, und mein Gesicht lag auf der Brust des toten Soldaten. Seine Jacke roch, das war seltsam, nach Rosmarin. Ich fragte mich, wo seine Heimat war.

Dann fragte ich mich nichts mehr, denn das Geräusch von näher kommenden Motoren mischte sich ins Knattern der Hubschrauber. Eine andere Sorte Insekten war auf dem Vormarsch, riesige, mörderische Käfer – die Panzer kehrten zurück. Ja, dies war ein Krieg von Insekten. Wir rannten, wir winzigen Menschen, wir suchten Schutz vor den tastenden Fühlern, vor den Geschossen, die die Käfer spuckten und die in Wände tauchten, als wären sie flüssig. Wir rannten weiter, und dann zog mich mein Vater in die Dunkelheit eines fremden Hauseingangs.

»Was wollen sie?«, fragte Ummi, die dort kauerte. »Die Kämpfer von der FSA sind doch längst weg.«

»Sie wollen Rache«, sagte mein Vater bitter. Und er hatte recht. Dies war die Strafe für das böse Kind Al Midan, das einen Tag lang geglaubt hatte, frei zu sein. Es gab Fußvolk zwischen den Insekten, Soldaten, die von Haus zu Haus gingen. Ich sah, wie sie eine Frau und ihre drei Söhne auf die Straße zerrten, und dann sah ich nichts mehr. Mein Vater hatte mir eine Hand über die Augen gelegt. Als er sie wegnahm, lagen die Frau und die Jungen in ihrem Blut auf der Straße. Ich weiß nicht, was sie getan hatten. Den Leuten der FSA Wasser gegeben, vielleicht. Ich hüllte mich in die Schatten der schwarzen Flügel und rollte mich zu einem kleinen Ball, und um uns spritzten Steine auf, Qualm und Staub stiegen mir in Nase, Mund und Augen, es war kaum zu unterscheiden, was was war – über der Welt lag ein feiner weißer Nebel aus Verbranntem und Pulverisiertem.

Wir verließen den Hauseingang irgendwann, weil er uns wie eine Falle vorkam, wir schliefen in dieser Nacht im Schutz einer Mauer, die nur noch halb vorhanden war. Ich betrachtete die Mauer mehr als vierundzwanzig Stunden lang als einen Freund, und als am nächsten Abend eine endgültige Stille einkehrte, verließ ich sie beinahe mit Bedauern. Sie stürzte eine Viertelstunde später vor unseren Augen ein, als hätte nur unsere Angst sie noch aufrecht gehalten.

Und wir gingen langsam nach Hause durch eine Straße, die ich noch nie gesehen hatte. Strommasten ragten schräg heraus, abgerissene Kabel hingen daran wie durchtrennte Adern. Irgendwo lief Wasser aus einer Leitung. Mein Vater kniete sich hin und fing es in seinen Händen auf, um sich den Staub abzuwaschen und zu trinken, und wir machten es ihm nach. Als wir die Leitung verließen, lief das Wasser weiter in den Dreck, wo es versickerte, lebenswichtig, vergeudet. Wasser ist das Blut der Welt.

Unser Haus hatte kein Gesicht mehr.

Wir trafen die anderen Bewohner davor, Leute, die wir nicht wirklich kannten, weil wir uns ständig in unserer Wohnung versteckt hatten. Die Vorderfront des Hauses fehlte in fast allen Stockwerken, es war ein seltsames Kunstwerk aus Rohren, Stahlträgern und Steinen geworden, aus Teppichen, Möbeln und Körpern, die irgendwo dazwischen begraben lagen. Ich sah ein Hochglanzposter des Präsidenten im zweiten Stock an einer der Wände hängen, die noch standen. Er lächelte so kultiviert wie immer in seinem makellosen Anzug.

Irgendwo schwelte etwas, Rauch stieg auf.

Trotzdem stiegen die ersten Leute über die Trümmer, um zu retten, was zu retten war.

Später lernten wir, dass Al Midan vergleichsweise Glück gehabt hatte. Die Rebellenhochburg draußen beim Flugplatz, im Vorort Duma, bestand aus Narben, und in al-Qabun hatten sie Bulldozer benutzt, um die Häuser zu zerstören. Dort hatten nur Sunniten gewohnt. Hinterher wohnte dort Leere. Man konnte, sagten sie, von einem Ende des Viertels zum anderen sehen, weil ganze Straßenzüge einfach fehlten. Es war sehr luftig geworden in al-Qabun.

Ich setzte mich in den Schutt vor unserem Haus. Ich dachte an die Dinge darin. Ummis Bilder und ihre Farben. Ihre Gewürzsammlung, oder deren Reste. Aarifs Laptop, der mein Draht zur Welt gewesen war. Die Kiste mit den alten Fotos. Vier Fotos hatte mein Vater in seiner Tasche, die gab er mir später, das war alles, was von der Vergangenheit unserer Familie blieb.

Es musste doch möglich sein, dort hinaufzuklettern und etwas herauszuholen, eine Reisetasche voll vom Notwendigsten: den Blicken aus dem Fenster, den Tränen im Wohnzimmer, der Erinnerung an Nabils letzte Worte …

»Gehen wir«, sagte Abi. »Es ist Zeit. Hier gibt es nichts mehr.« Seine Bewegung schloss die ganze Stadt ein. »Und das ist erst der Anfang vom Nichts.«

»Ach was«, sagte Ummi. »Es ist nur ein Stadtviertel. Damaskus ist groß. Wir können …«

Aber ich hörte nicht weiter zu, ich stand auf und ging die Straße entlang. Umgekippte, ausgebrannte Autowracks lagen im Weg, stille Körper, Steinhaufen. Ich zwang mich, genau hinzusehen, auch die Körper anzusehen. Alles, was blieb, um dies zu dokumentieren, war die Erinnerung.

Und dann sah ich, wie sich etwas unter einem der Geröllhaufen regte. Zuerst dachte ich, es wäre ein Tier, eine Katze vielleicht oder eine Ratte. Aber es war eine schmale Hand, die sich aus dem Geröll emporreckte, ein magerer Arm. Ich war mit drei Schritten da und begann, Steine wegzuräumen.

Mein Herz raste, und ich hatte unglaubliche Angst vor dem, was ich ausgraben würde. Beinahe wünschte ich, die Hand hätte sich nicht mehr geregt.

Ich bat Allah lautlos, mir dieses eine Mal zu helfen, mir, die ich so selten mit ihm sprach.

Da war Blut an dem Arm, aber es kam aus oberflächlichen Wunden, die die Kanten des Gerölls gerissen hatten. Schließlich griff ich einfach nach der Hand und zog, die Hand klammerte sich an meine, und dann fielen wir gemeinsam hintenüber, die andere Person und ich.

»Nura?«

Ich kannte diese Stimme. Ich kannte das Gesicht, das sich unter dem Staub und den Schürfwunden erahnen ließ. Ich hatte es damals nur für Sekunden gesehen, in einem Lichtstrahl, der durch eine Zellentür gefallen war.

»Dschinan«, flüsterte ich.

Sie nickte und strich sich das Haar aus den Augen, das zu einem Teppich aus Blut und Dreck verklebt war. Ich half ihr auf die Füße, und sie hielt mich einen Moment lang mit beiden Armen umschlungen. Sie war beinahe unverletzt, es war ein Wunder.

»Wie schön«, sagte sie, »jemanden zu finden. Gerade hier. Gerade heute. Wie komisch. Schau! Es ist Gold.« Sie hob eine Handvoll Staub auf und warf ihn hoch, und er fiel durchs Licht und glitzerte und funkelte, und sie hatte recht. Es war Gold.

»Das ist das Gold«, wisperte sie, »aus dem wir unsere Freiheit machen.«

»Du redest nicht wie jemand, der dreizehn ist«, sagte ich. Wir gingen gemeinsam die Straße entlang, durch das Gold, zurück zu unserem Haus.

»Das war ein Satz von meinem Vater«, sagte Dschinan. »Er hat das so ähnlich gesagt.«

»Es gibt dich nicht«, flüsterte ich und tastete nach ihrer Hand. »Ich habe mir dich ausgedacht.«

»Kommt drauf an«, sagte sie.

»Wenn es dich gibt … Was machst du hier?«

»Ich hatte hier eine Tante«, sagte sie. »Man hat immer Tanten, weißt du?«

Ich nickte. »Aber meine hassen uns. Sie waren früher einmal nett. Jetzt nennen sie uns Verräter.«

»Meine Tante war auch nett«, sagte Dschinan und wischte sich das Blut von der

Backe, wo es aus einer Schürfwunde quoll. »Ich habe bei ihr gewohnt.« Sie zeigte hinter uns.

Ich sah zurück. Es gab nichts mehr, worin man wohnen konnte. Die Welt der Tanten war unter mehr Geröll verschwunden, als man je wegräumen konnte, eine begrabene Tantenwelt aus Klatsch und Kuchen und Kanarienvögeln in Käfigen.

Ich nehme an, die Tanten kommen alle in ein Paradies, in dem es solche Dinge in Massen gibt, und dazu ein Heer an Neffen und Nichten, die sich ständig mit Backwerk von ihnen füttern lassen.

»Warum lachst du?«, fragte Dschinan.

»Ich denke an ein Paradies für Tanten.«

»Ich denke an die Berge«, sagte Dschinan nachdenklich.

»Die Berge?«

»Ich habe noch ein bisschen Familie da. Irgendwo im Norden, Richtung Türkei. In der Nähe von Darkush. Mein Vater hat gesagt, wenn es sonst nichts mehr gibt, soll ich dorthin gehen. Wo geht ihr hin?«

»Wir«, sagte ich und schluckte.

Dschinan lächelte mich an und wischte noch mehr Blut von ihrer Backe.

»Ihr kommt mit«, sagte sie. »Zusammen ist es einfacher.«

»Nein. Wir können nicht. Dschinan, weißt du, dass Nabil tot ist? Mein Bruder, den du nach Hause gebracht hast? Ich habe noch einen Bruder. Er wird uns nie finden, wenn wir …«

»Er findet euch«, sagte Dschinan fest.

Der Staub war immer noch golden um sie, ihr verfilztes Haar war golden, alles an ihr war golden. Ich war mir nie sicherer gewesen, dass es sie nicht gab. Aber ihr Griff um meine Hand war fest und wirklich und beinahe schmerzhaft. Sie brauchte mich. Uns. Sie war erst dreizehn.

»Aarif kennst du nicht zufällig auch?«, murmelte ich. »Einen Aarif, der bei der FSA kämpft?«

»Wenn du mir von ihm erzählst, lerne ich ihn kennen«, sagte sie. »Mein Vater hat gesagt, in den Bergen ist die Zeit lang.«

Sie hatte Aarif also nicht wiedergesehen, nicht in Damaskus. Wo dann? In den Bergen an der türkischen Grenze? Wann hatten sie übers Heiraten gesprochen? Vielleicht war das der Teil der Geschichte, den sie ihm doch nicht zumuten wollte. Oder der ihn nichts mehr anging.

Er ließ die Blätter leise den Bach hinabschwimmen, den NPD-Plakaten nach, die keine Spuren hinterlassen hatten.

»Ich liebe dich«, flüsterte er. »Unsinn, was? Aber … Scheiße, es lässt sich nicht ändern. Ich würde alles für dich machen. Ich finde raus, was sie vorhaben. Vielleicht komme ich irgendwie an Pascals Computer. Ich versuche, mich zu beeilen. Schluss mit Plakate abschneiden. Das ist Kinderkram. Ich konzentriere mich von jetzt an auf das, was wirklich wichtig ist. Keine schwarzen Flügel mehr. Es muss endlich Ruhe sein.«

Er wanderte langsam am Bach entlang. In den Ästen einer Weide sang eine Nachtigall. Oder ein Sprosser. Sein Vater hatte immer versucht, ihm den Unterschied beizubringen, als er klein gewesen war. Sein Vater, der Naturmensch, der unbesiegbare Deutsche. Was für eine schöne Zeit es gewesen war. Er hatte niemals Fragen gestellt.

»Wenn ihr irgendwann Kinder habt«, flüsterte Calvin, »Aarif und du … Wo wachsen die auf? Hier oder dort? Und was für Fragen werden sie stellen?«

Der nächste Abend war warm und nachgiebig.

Er dachte an die Sternschnuppen und den falschen Wunsch.

Er lief mit Stefan Patrouille und versuchte, ganz zufällig auf das Thema zu kommen.

»Wie läuft es denn inzwischen mit dem Projekt für das Asylantenheim?«, fragte er. »Vor ein paar Monaten … da war ich der, der solche Sachen geplant hat …«

»Hm«, sagte Stefan. »Hab ich von gehört.«

»Pascal versucht, was zu besorgen, was schwierig ist, oder?«, sagte Calvin. »Hör mal, ich weiß, er traut mir nicht, aber ich hab ein paar ganz gute Kontakte. Und ich kenn mich aus mit dem Zeug.«

»Ach?«, fragte Stefan und sah ihn an, eine Augenbraue hochgezogen.

Frag jetzt nicht: Mit welchem Zeug? Ich weiß nicht, wovon wir hier reden. Sag du es mir.

»Klar, von früher«, sagte Calvin.

»Früher«, wiederholte Stefan. »Was genau hast du gemacht? Früher?« Er grinste.

»Na ja«, sagte Calvin nur.

»Bei meinem Alten stand ewig so ein Eimer im Schuppen«, meinte Stefan. »Leer, natürlich. *Wegerein.* So hieß es vor '89. Wir machen ja inzwischen Witze, dass Pascal das Zeug längst hat und nur darüber nachdenkt, wo er den Zucker herkriegen soll.«

Calvin lachte zusammen mit Stefan, ohne zu verstehen, worum es ging.

»Natürlich ist es auch eine Frage der Schaltung. Das muss genau geplant sein, sagt Pascal. Beinahe schon höhere Computertechnik.«

Calvin nickte. »Und wenn ich … wenn ich mal vorsichtig mit Pascal rede?«, fragte er. »Wird Zeit, dass die Sache ins Rollen kommt. Ich glaube, ich hätte da Ideen …«

»Wofür?« Stefan grinste noch immer. »Für den neuen Supercomputer oder dafür, wo man den Zucker kaufen kann?«

Als er sich später zu Hause unter die Dusche stellte, dachte Calvin, dass alles einfach war. Mit Livias altem Handy kam er nicht ins Netz, aber in der Berufsschule würde er wieder an den PC gehen und das Wort nachsehen, *WEGEREIN*, und vielleicht war alles ein harmloser Streich, geschmacklos, aber harmlos, wie die Sache mit der aufgehängten Puppe.

Eine halbe Stunde später, gegen elf Uhr, bekam Calvin eine SMS von Jason.

Komm zum Speicher. Hier gibt es was zu sehen.

Als er die losen Bretter beiseiteschob, hörte er die anderen drinnen lachen, ausgelassen, wie Kinder. Es schien mehr Kerzen zu geben als je zuvor, sie flackerten auf Balken und Mauersteinen, eine war auf einen alten Feuerlöscher geklebt, andere thronten als Flammenkreis auf einer kaputten Radfelge. Es hatte etwas Feierliches, das nicht zu dem Lachen passte.

Pascal lehnte an einem der mannsdicken Balken des Speichers und sah ihm entgegen.

»Hey, Calvin«, sagte er und grinste. »Guck dir an, was wir gefangen haben! Ist mir quasi in die Arme gelaufen. Hat uns nachspioniert. Leider spricht es nicht mit mir. Aber jetzt bist du ja da, hm? Und ich dachte, du hast vielleicht Lust, hier mitzuspielen und dich zu rächen?«

Vor ihm, auf dem Boden des Speichers, lag etwas im flackernden Kerzenlicht. Ein Körper, an Händen und Füßen mit Klebeband gefesselt. Still. Erst als Pascal der Person am Boden einen gezielten Tritt mit der Spitze seines sehr sauberen, weißen Turnschuhs gab, krümmte sie sich, rollte sich mühsam zusammen und drehte sich dabei auf die Seite, sodass das Kerzenlicht auf ihr Gesicht und ihr Haar fiel.

Nuri.

Der Wunsch seiner Sternschnuppe, den er nicht hatte wünschen dürfen, war gewesen, sie wiederzusehen.

Internetsuche
battle of Damaskus
Nationaler Widerstand

14

Es nützt nichts, lediglich im Hinterzimmer von der Revolution und der geistigen und politischen Wende zu philosophieren. Nein, man muss auch Taten sprechen lassen! Bildung und Aktivismus müssen sich gegenseitig ergänzen, (...) um jene Kräfte zu entfesseln, die unseren Kampf eines Tages zum Erfolg führen sollen. (...)
Dabei ist Fantasie gefragt, denn Wege dazu gibt es beinahe unendlich viele. (...) Grenzen setzen einzig die eigene Kreativität und die gegenwärtige Rechtslage.
(Artikel auf der Homepage der Jungen Nationaldemokraten, Jugendorganisation der NPD)

Um ein tadelloses Mitglied einer Schafherde zu sein, muss man vor allem eines sein: ein Schaf.
(Albert Einstein zugeschrieben)

Langsam.

Denken.

Fakt ist: Sie sind viele, du bist einer. Fakt ist: Der Schuppen ist ein geschlossener Raum, in den niemand hineinsehen kann. Fakt ist: Das ist eine Falle, und es gibt keinen Ausweg.

Fakt ist: Du brauchst eine Auszeit.

Du hältst sie an, die Zeit, alles erstarrt in der Bewegung. Du rennst. Du bist draußen, du tippst eine Nummer ins Handy: 110. 112. Irgendwas.

Nein. Keine Auszeit. Du bist nicht gerannt. Und du stehst noch immer da, und sie warten darauf, dass du etwas sagst.

»Das … das ist verdammt brenzlig.« Er hörte selbst, wie hohl seine Stimme klang. »Das ist eine Straftat.«

»Asylbewerberin verschwindet«, sagte André, der mit verschränkten Armen neben Nuri stand. »Fall bleibt ungeklärt. Eine ganz normale Zeitungsmeldung.«

»Hey, Calvin, entspann dich!«, meinte Kevin und streichelte Rudolf Heß. »Niemand kann uns was, solange niemand sie findet.«

»Und es dauert nicht mehr lange, dann ist die Geschichte mit dem Asylantenheim sowieso vorbei. Ich hab den Schlüssel.« Pascal hielt ihn hoch, ein silbern glänzendes, lächerlich kleines Ding.

»Woher?«

Pascal grinste. »Sie war einverstanden, ihn abzugeben.«

Calvin nickte langsam. Dann hockte er sich auf den Boden neben Nuri, drehte ihr Gesicht zu sich und sah sie an. Sie hatte sich nicht einfach mitnehmen lassen, sie hatte sich gewehrt, er sah die Spuren. Die eine Hälfte des Gesichts bestand aus einer großflächigen Schürfwunde, rötlich glänzend, die Art Wunde, die entsteht, wenn man von einem Rad auf einen Kiesweg fällt. Oder wenn man gegen eine raue Backsteinwand gepresst wird. Die schwarzen Locken waren voller Dreck und Staub. Der Staub einstürzender Häuserwände in Al Midan.

Nuri sah ihn an, und er sah die Kerzen in ihren dunklen Augen flackern. Sie waren groß vor Angst. Niemand ist tapfer abseits der Kinoleinwand. »Hilf mir«, flüsterte sie.

Er wollte nicken, aber er rührte sich nicht, er versuchte, das Nicken in seinen Blick zu legen. Pascal und die anderen durften nichts merken. Er spürte, wie sie ihn beobachteten.

»Ich dachte, du hattest immer etwas Bestimmtes mit ihr vor«, sagte Pascal und grinste. »Bitte schön.« Er stieß mit dem Fuß gegen Nuris Beine. »Ich schenke sie dir.«

Calvin sah sich im Kreis der Jungs um, und erst da merkte er, dass die Mädchen nicht da waren. Niemand hatte die Mädchen angerufen. Ihm wurde eiskalt.

Es gibt keine glücklichen Zufälle, in denen im richtigen Moment etwas passiert, das alles auflöst.

Pascal verteilte seine Befehle durch Kopfnicken.

Jason und André hoben Nuri auf wie eine Puppe, trugen sie dorthin, wo Pascals Nicken sie hinwies – legten die Puppe so, dass die Fahrradfelge mit dem Ring aus Kerzen sich an ihrem Kopfende befand. Sie wehrte sich jetzt wieder, wand sich, versuchte zu beißen … Seltsam war, dass sie nicht schrie. Calvin wünschte, sie hätte geschrien, so laut, dass es irgendwer irgendwo draußen hörte. Ein Nicken von Pascal, ein weiterer stummer Befehl. Kevin grinste. Dann rammte er ihr seine Faust in den Magen, und sie krümmte sich. Und stöhnte. Pascal schnalzte missbilligend mit der Zunge.

»Kevin, sorg dafür, dass sie still liegt und nicht so ungeduldig ist. Da.« Er ließ ein zerknülltes Stofftaschentuch vor Kevin auf den Boden fallen. »Stopf ihr das Maul, dann beißt sie niemanden mehr.«

Kevin gehorchte, und Nuri gab einen erstickten Laut von sich.

Calvin merkte, wie schlecht ihm war. Was immer kam, er würde zusehen müssen. Hilflos.

Es gibt keine einsamen Helden, die plötzlich übermenschliche Kräfte entwickeln.

Pascal reichte ihm ein paar Fackeln, damit er sie anzündete, und er gehorchte, genau wie die anderen. Sie steckten die Fackeln in einem weiten Kreis um Nuri herum in die rohe Erde, aus der der Boden bestand. Schließlich hockte sich Kevin neben Nuri und zog ihren zusammengekrümmten Körper wieder auseinander, bis sie gerade lag.

»Schön ruhig«, sagte er. »Sonst muss ich noch mal zuschlagen.«

Speichel rann über die Lefzen des Hundes, der hechelnd neben ihm saß.

Es gibt keine Helden, es gibt nur Folterkammern. Nicht nur die Assads, nicht nur die des Dritten Reichs. Auch die alltäglichen Folterkammern der modernen westlichen Gegenwart.

Das Ganze hatte etwas von einem Opfer. Calvin spürte die alten germanischen Götter in den Schatten. Sie hatten schwarze Flügel. Er versuchte, an Livias Handy zu kommen, steckte die Hand in die Tasche …

»Calvin?«

Er ließ das Handy los, um die Arme zu verschränken. »Was?«

»Du weißt genau, was ich meine. Hier hast du sie, deine Verräterin, die einen anderen Typen heiraten will. Sie wird gar niemanden heiraten. Hat uns tatsächlich nachspioniert. Du wolltest sie doch ficken. Also fick sie, bevor wir sie nach Hause schicken.« Er kniete sich hin, öffnete den Reißverschluss an Nuris Jeans, während Kevin ihre Oberarme festhielt, und zog ihre Hose und ihren Schlüpfer bis zu den Knien hinunter. Dann trat er zurück. »Na?«

Sie lachten alle wieder, ihr schmutziges Kleine-Jungen-Lachen.

»Sollen wir weggucken?«, fragte Pascal. »Brauchst dich nicht alleine zu fühlen. Du machst bloß den Anfang. Wir kommen auch noch dran. Ist eine Art Privatparty.«

Wo hatte Pascal seine Intelligenz gelassen? Das, was ihn anders sein ließ als Kevin? Calvin bekam die Zähne beinahe nicht auseinander, um zu sprechen. »Und … Rassenschande und alles?«

»Hebeln wir heute Nacht mal aus.« Pascal zuckte die Schultern. »Außerdem – hey, wir zeugen hier keine Kinder, oder? Wir haben nur ein bisschen Spaß. Das Flittchen da kriegt seine Strafe für das, was es mit dir angestellt hat, und es gibt einen Esser weniger im Heim. Es ist quasi eine gute Tat.«

Reden, reden, reden!, dachte Calvin. Zeit schinden! Zeit … wofür?

»Und hinterher?«, fragte er. »Ich meine, was machen wir mit ihr?« Gott, ihm war so schlecht.

Jason zeigte auf einen Teil des Speichers, der im Dunkeln lag. »Hast du die alte Baugrube dahinten mal gesehen?«

»Gibt genug Geröll und Zeug, um was zu bedecken, was man da reingeworfen hat«, sagte Niko.

»Demnächst brennt das alles hier sowieso«, sagte Stefan.

»Ihr wollt wirklich … einen Menschen umbringen?«

»Ach, Mensch würde ich das nicht nennen«, meinte Kevin und griff nach einer Bierflasche, die auf dem Boden stand.

Pascal schüttelte den Kopf. »Kein Alkohol heute. Mach dir die Party nicht kaputt. Calvin? Wir warten auf deinen Einsatz.«

Noch mehr von dem dreckigen Lachen. Er wollte ihnen ins Gesicht spucken. Schreien. Mit den Fäusten auf sie losgehen.

Einer gegen sechs.

»Schön, wenn ihr drauf besteht, dass ich euch zeige, wie es geht«, sagte er, äußerlich ruhig. »Aber löst ihr wenigstens die Fußfesseln. So wird das nichts, die kriegt die Beine ja nicht auseinander.«

»Von mir aus. Halten wir sie eben fest.«

In Pascals Hand lag jetzt ein Taschenmesser. Er schnitt das Klebeband durch, und Nuri schaffte es, ihn zu treten, ehe André und Jason ihre Beine festhielten. Pascal ließ das Taschenmesser fallen und fluchte.

Und dann änderte er seinen Plan, Calvin spürte es. Die schwarzen Flügel strichen sanft über ihn hinweg und wurden eins mit Pascal.

»So«, knurrte er und zog sich mit einem raschen Handgriff die Hose herunter. »Dann mache ich eben den Anfang, damit du kapierst, wer hier der Herr ist.«

Kevin hielt noch immer Nuris Oberarme fest, André und Jason drückten ihre Beine auseinander. Pascals Gewicht würde den schmalen Körper zerquetschen wie das Gewicht eines ganzen Hauses in Al Midan.

Das war der Moment.

Etwas detonierte in Calvin. Eine Sprengladung aus Angst und Hass, eine Splitterbombe.

Gib mir diesen schwarzen Vogel, er gehört mir. Er ist ich, und ich bin er. In meiner Tasche ist auch ein Messer. Ich habe von Kamal gelernt.

Er stürzte sich auf Pascal, warf ihn zur Seite, auf den Boden, und presste die Klinge gegen Pascals Hals. Klingen blitzen übrigens niemals auf, auch nicht im Kerzenlicht, das Messer, ein Springmesser, war unbeeindruckend unsichtbar und doch beeindruckend gut geschliffen.

»Ach, schau an«, sagte Pascal, am Boden liegend, sehr ruhig. »Also doch. Noch immer ein Verräter. Durchgefallen, würde ich sagen. War nur ein dummer Test.« Er hielt Calvins Hand mit dem Messer fest wie die eines Kindes. Er war immer schon der Stärkere gewesen.

Aber er war nicht so wütend wie Calvin. Calvin zögerte keine Sekunde, alle rechnen damit, dass du zögerst … Er befreite seinen Arm mit einer blitzschnellen Drehbewegung, hob die Klinge und versenkte sie in Pascals Brust. Der Widerstand war seltsam. Er hatte noch nie ein Messer in den Körper eines Menschen gestoßen.

Pascal schrie nicht. Einer der anderen schrie. Und Calvin zog das Messer heraus und zog es quer über Pascals Hals, wo es einen roten Strich hinterließ, oberflächlich diesmal, aber stark blutend. Blut war wichtig, er brauchte möglichst viel Blut, es machte die Situation schlüpfrig und unübersichtlich. André und Jason hielten Nuri nicht mehr fest, sie hockten einfach auf dem Boden, in den Gesichtern starres Entsetzen. Nur Kevin hielt noch immer Nuris Arme fest. Calvin war mit einem Satz bei ihm.

»Du bist ja … ja wahnsinnig«, stammelte Kevin. Er hatte ebenfalls ein Messer in der Tasche, Calvin wusste das, aber Kevin war zu langsam. Immer gewesen.

Calvins Springmesser traf ihn am Oberarm, ehe er überhaupt aufstehen konnte, und er kroch rückwärts von Nuri weg. Calvin drehte sich um, die Jungs waren zurückgewichen, Pascal kniete auf dem Boden, eine Hand auf der Brust, zwischen deren Fingern es rot hervortropfte. Der schwarze Vogel schrie nach Blut. Mehr Blut. »Es wird schön sein«, flüsterte er, »dieses rote Blut, es wird überall sein, es wird unser Lohn für das, was wir durchgemacht haben …«

Aber Nuris Augen hielten ihn fest.

Er drängte die schwarzen Schatten zurück, packte Nuri an den Schultern und zog sie auf die Beine.

Und dann waren sie draußen.

Draußen.

Das Messer durchtrennte Klebeband, da war auch kein Knebel mehr, nur ein Stofftaschentuch auf dem Boden, ausgespuckt wie Gift.

Zieh dich an, mach schnell. Steig auf den Gepäckträger.

Die Nacht nahm sie auf, eine Nacht voller Lichter.

Aber die Lichter schützten und wärmten niemanden, es war nur der heuchlerische Schein der Straßenlaternen. Der Schemen des Rades mit den beiden Menschen darauf glitt die Ausfallstraße entlang, auf die Brücke zu. Hinter ihnen, in einem alten Speicher, im feierlichen Schein der Fackeln, lag ein Mensch in seinem Blut.

Sie fuhren lange, schweigend. Calvin dachte an die Seebrücke und daran, wie sie dort balanciert waren. Sie balancierten jetzt wieder, sie balancierten mit dem alten Fahrrad auf einer Linie zwischen den schwarzen Schwingen und einem weißen, leeren Nichts.

Er fuhr nicht zu den Seebädern.

Die Straße, auf die er abbog, war schmal und alt und führte zur Binnenseite der Insel, dorthin, wo das Schilf die zerklüfteten Buchten fraß. Ein paarmal geriet das Rad in die Furchen des alten Kopfsteinpflasters.

Kurz vor dem Wasser stiegen sie ab, und er ließ das Rad ins lange Gras fallen. Hier hatte das Land sich zu winzigen Hügeln gewellt, und es roch nach Kiefern. Das Gras war voller gelber und violetter Blumen, die mit geschlossenen Blütenblättern vom Morgen träumten.

»Calvin …«, sagte Nuri.

»Komm. Gehen wir zum Strand. Es sind nur ein paar Meter.«

Sie folgte ihm schweigend. Hier begann die Steilküste, erst sanft und dann immer schroffer. Der Strand war nur ein schmaler Sandstreifen, auf dem man unterhalb der Kreidefelsen entlangwandern konnte. Schließlich setzten sie sich auf einen Baumstamm, der kahl und rindenlos wie das Skelett eines Urtiers auf dem Sand lag. Nuri zitterte, und Calvin wollte einen Arm um ihre Schultern legen.

»Darf ich?«

Sie nickte. Sie fühlte sich winzig an, zerbrechlich wie ein Ast im Wind. Aber sie war nicht zerbrechlich, er wusste das, sie war zäh, ein Geschöpf aus Draht und Willen.

In diesem Moment schien es nicht so. Sie weinte jetzt. Das Weinen schüttelte ihren Körper, und er hielt sie weiter fest, während das Meer in kleinen Wellen an den Strand schwappte. Ein Meer aus Tränen. Wie viele Menschen waren notwendig, um ein solches Meer zu weinen? Wenn man alle Menschen auf der Welt zusammennahm, die in diesem Moment weinten, reichte es vermutlich.

»Glaubst du, ich habe ihn umgebracht?«, fragte Calvin nach einer Weile.

»Ich weiß nicht«, flüsterte Nuri.

»Wenn, dann bin ich jetzt ein Mörder. Dann suchen sie mich wieder, aber auf eine andere Art. Ich hätte sie gerne alle umgebracht. Es war … verlockend. Sie hatten solche Angst vor dem Blut! Sie waren auf einmal wie gelähmt …«

»Aber du, du hattest keine Angst vor dem Blut«, sagte Nuri leise. »Es hat dich gerufen. Menschen sind wie Haie, sie sehen das Blut und geraten in einen Rausch. Ich habe das erlebt. Die Gedanken setzen aus, und im Blutrausch werden wir Raubtiere. Du warst dabei, eines zu werden.«

Calvin nickte. »Aber wenn ich ihn umgebracht habe, Nuri, tut es mir nicht leid. Sie hätten dich auch umgebracht. Sie haben es geplant.«

Er nahm sie fester in die Arme, und diesmal erwiderte sie seine Umarmung, noch immer zitternd.

»Ist es nicht komisch«, wisperte sie, »wie viel Übung ich darin habe, mich nicht vergewaltigen zu lassen? Ich schaffe es immer gerade so.« Sie lachte.

»Lach nicht«, sagte Calvin. »Nuri, verdammt, warum warst du da? Hast du wirklich versucht, den Jungs nachzuspionieren?«

»Ich wollte wissen, ob jemand … den ich einmal kannte … ob es stimmt, dass er wieder bei ihren Treffen ist. Dass er wieder andere Blutpartys mit ihnen plant.« Sie nickte. »Ich weiß es jetzt.«

»Ich.«

»Natürlich.«

»Wieso interessiert es dich? Wir sind nicht mehr zusammen. Wir …« Er schüttelte den Kopf. »Wir müssen Aarif anrufen. Er wird sich fragen, wo du bist. Wenn er dich sucht und auf die Jungs stößt … Scheiße, ich weiß nicht mal, warum ich mit dir hier rausgefahren bin. Ein alter Reflex.«

Nuri machte sich von ihm los. »Wir können Aarif nicht anrufen. Er ist in Syrien. Ich weiß nicht mal, ob er lebt. Ich habe ihn seit dem Tag, an dem er zur FSA gegangen ist, nicht wiedergesehen.«

Calvin setzte sich gerader hin. »Was? Du hast gesagt, er wäre hier! Du hast gesagt, ihr würdet heiraten! Du hast …«

»Ja«, sagte Nuri und sah weg. Das Mondlicht ließ die Schürfwunde auf ihrer Wange glänzen. »Sieht aus, als hätte ich gelogen.«

Er starrte sie an, perplex. »Warum?«

Da sah sie ihn wieder an, ihre Augen dunkler als die Nacht.

»Damit du nichts mehr mit mir zu tun haben willst. Ist das so schwer zu verstehen? Damit alles vorbei ist zwischen uns. Wir … wir machen alles schlimmer! Wir schüren den Hass nur. Die Granate an der Tür war doch eindeutig.«

»Der Junge aus Afghanistan … er hat einen Arm verloren, ist das richtig?«

»Ja. Aber das ist noch Glück. Und die Polizei ermittelt immer noch und hat keinen Verdächtigen. Das weißt du alles von deiner Clique.«

Calvin nickte. Er holte Luft, um etwas zu sagen, und brach ab.

»Schau!«, flüsterte er nur. »Im August sind hier die Sternschnuppen reif. Sie fallen mit dem Tau. Da!«

»Wirklich«, sagte Nuri.

Und sie sahen dem weißen Schweif des gefallenen Sterns nach, der nur ein Stück Stein war und für immer verglühte.

»Man darf sich etwas wünschen, wenn man eine fallen sieht«, sagte Calvin. »Ist das in Syrien auch so?«

Sie nickte. Und eine Weile saßen sie nur da und warteten auf die nächste Sternschnuppe. Sie kam, ein heller, weißer Streifen, lange nachglühend in der Atmosphäre.

»Ja«, sagte Nuri. »Das habe ich mir auch gewünscht.« Sie sah Calvin an und nahm seine Hände in ihre.

»Woher weißt du, was ich mir gewünscht habe?«

Sie zuckte die Achseln, und dann zog sie seinen Kopf zu sich heran.

»Halt«, wisperte Calvin. »Du hast gesagt, du hast dich entschieden. Und dass wir nicht zusammen sein können.«

»Ich weiß«, wisperte sie. »Es ist richtig, und es ist vernünftig. Aber ich …

ich glaube, ich kann mich nicht an vernünftige Dinge halten. Ich habe dich vermisst. So sehr, als wärst du fünftausend Meilen weit weg.«

Calvin dachte an die Plakate, die er aufgehängt hatte. An den Füllfederhalter, der das Hakenkreuz Punkt für Punkt in seinen Arm gestochen hatte. An seinen Vater, der zu Hause in der Küche saß und der im Übrigen nur heimgekehrt war, weil er seinen Job verloren hatte.

»Fünftausend Meilen weit weg«, sagte er. »Ja. Das war ich.«

Der Mond wandte sich ab, er wollte ihren Kuss vielleicht nicht sehen. Auch die Wellen, die an den Strand schwappten, sahen weg. Es lag zu viel in dem Kuss der beiden kurzlebigen, verletzlichen und verletzten Menschen, sodass man Gefahr lief, sie ernst zu nehmen. Es war einfacher, über sie zu lachen und *kitschig* zu sagen und: *Ach. Sie sind doch erst achtzehn.*

Sie schlief in seinen Armen ein, im warmen, langen Sommergras oben hinter der Steilküste.

Sie war unendlich erschöpft.

In ihrem Kopf schwammen Bilder, und sie gab ihnen einen Stoß und ließ sie wegschwimmen: Pascal über ihr, die Wut von Jahrtausenden in seinen Augen. Kevin, der ihre Oberarme festhielt. Der Hund, geifernd, gierig, gehorsam. Die Kerzen.

Sie sah, wie all diese Bilder sich auf den Wellen entfernten, und schmiegte sich enger an Calvin.

Nie, dachte sie, ehe sie einschlief, hatte sie ihn so sehr gemocht wie in dieser Nacht.

Er war nie wirklich zurückgegangen zu Pascal, sie hätte es wissen müssen.

Aber er hatte das Blut geschmeckt in dieser Nacht, es hatte einen Moment gegeben, in dem er hatte töten wollen. Und es war ihre Schuld. Auch diesen Gedanken schob sie fort.

Als Calvin aufwachte, schlief Nuri noch, und er lag lange nur da und kämpfte gegen das Kribbeln in dem Arm, auf dem ihr Kopf lag. *Das hier,* sagte eine Stimme in ihm, *ist Nura Aljafari, achtzehn Jahre alt, und sie liebt mich. Wir werden weggehen. Zusammen. Es muss möglich sein.*

Irgendwann stand er auf, um sich die Beine zu vertreten und ein Klo zu suchen, und als er zurückkehrte, war sie noch da – natürlich war sie noch da.

»Calvin?«, fragte sie schläfrig. »Riechst du das? Die Blumen und das Gras am Morgen … Genau das ist auch der Geruch der Berge. Zuerst war da natürlich der Geruch von Diesel …« Sie setzte sich auf. »Wir sollten ihnen sagen, dass sie die Schlösser zu unserem Block auswechseln müssen.«

Er nickte. »Gib mir Kamals Nummer. Ich schreibe ihm. Und dann erzähl von den Bergen.«

Sie lächelte.

»Gut. Hör zu. Es waren die Berge, und alles war schön. Das ist eine Geschichte von Sonnenaufgängen über Bächen und gewundenen Pfaden. Eine Geschichte vom Licht.

Wir verließen Damaskus einen Tag später. Al Midan war still, als wir gingen, nur die Tauben gurrten in den Straßen. Wo sind die Tauben, wenn die Granaten fallen? Warum geschieht ihnen nichts? Ich weiß noch, dass ich damals den seltsamen Gedanken hatte, dass die Tauben die Toten sind. Und dass es vielleicht am Ende in ganz Damaskus, in ganz Syrien keine Menschen mehr geben würde, sondern nur noch Tauben: ein Staat aus gurrendem, fliegendem Grau.

Wir nahmen beinahe nichts mit. Eine Tasche voller Erinnerungen und warme Kleidung, das war alles. Hinter uns begannen die Bleibenden, aufzuräumen. Die Stadtviertel, durch die wir mit dem Bus fuhren, sahen aus wie immer, und der Bus fuhr wie immer, und die Leute liefen herum und kauften ein und redeten wie immer.

›Vielleicht ist es Unsinn, wegzugehen‹, sagte meine Mutter leise.

›Die Berge sind schön‹, sagte mein Vater. ›Du kannst dort malen. Wenn Nura sagt, wir sollten gehen, dann gehen wir. Sie hatte recht mit Dar'a und mit Homs und auch mit der Wohnung …‹

›Still‹, sagte ich.

An einer intakten Mauer unseres Wohnblocks hatten wir einen Zettel für Kamal hinterlassen.

Wir gehen in die Berge, nach Tall Achmar, nördlich von Aleppo.

Es gingen viele in diesen Tagen. Am Busterminal herrschte Chaos, die Überlandbusse waren überfüllt: mit Taschen, mit Menschen, mit großen, sperrigen Verzweiflungen und kleinen Hoffnungen, die in die Ritzen zwischen den Sitzen rutschten.

Bei jedem Kontrollposten des Militärs schloss ich die Augen. Manchmal mussten wir alle aussteigen. Unsere Ausweise zeigen.

›Fotos im Gepäck? Wohin wollen Sie?‹

›Wir besuchen Freunde, für ein paar Tage, Sie sehen es ja, kaum Gepäck.‹

Es war die längste Busfahrt meines Lebens, einmal um den Globus der Angst. Jedes Mal, wenn sie unsere Taschen durchsuchten, dachte ich, sie fänden etwas. Ich weiß nicht, was. Vielleicht meinen Namen.

Wir stiegen dreimal um, Dschinan führte uns. Wir übernachteten in einer völlig heruntergekommenen Busstation in einem Ort, dessen Namen ich vergessen habe. Dschinan schlief mit dem Kopf auf meiner Schulter. Wenn sie schlief, sah sie aus wie ein sehr viel jüngeres Kind.

Am Abend des nächsten Tages kamen wir an. Wir waren erschöpft, aber wir mussten den Rest des Weges zu Fuß gehen, von der Straße hinauf ins Bergland, auf einem steilen Pfad zwischen trockenem Buschwerk und Geröll.

›Es sieht ganz anders aus jetzt‹, sagte Dschinan. ›Als ich zuletzt hier war, war ich sehr klein …‹ Und ich begann mich zu fragen, ob sie überhaupt wusste, wohin wir gingen. Da streckte sie die Hand aus, um die eine schmutzige Binde gewickelt war. Es war die Hand, an der ich sie aus dem Schutthaufen gezogen hatte. Sie strich damit durch die Luft und sagte: ›Schau, wie schön alles ist.‹

Und in diesem Moment begann der Staub des Pfades zu glitzern, und das Geröll wurde zu Klumpen von Gold. Sicher lag es nicht an ihrer Hand, es lag nur am Abendlicht, aber da war etwas um Dschinan, das ich nicht erklären konnte.

Wir wanderten in den Frieden.

Das Dorf, in dem wir ankamen, war einfach zu weit von allem entfernt: von der Straße, von den Städten, selbst von den Nachrichten. Die Häuser schmiegten sich in die Felswände eines kleinen Tales, und ein Bach plätscherte über breite, flache Felsen, beschattet von alten Aprikosenbäumen. Der Pfad kreuzte den Bach, mitten im Dorf, die Felsen bildeten eine Art natürliche Brücke. Zwischen den Obstbäumen standen Schafe und sahen uns mit der gelangweilten Verwunderung an, die nur Schafe besitzen.

Das Haus von Dschinans Familie lag am Rand des Dorfes, es war die Sorte Haus, die an einem Ende repariert wird, während sie am anderen Ende schon wieder in sich zusammenfällt. Der Vorbau aus Beton war neu, oben ragten die Enden der Stahlstreben heraus, weil jemand vielleicht ein zweites Stockwerk hatte bauen wollen. Wäsche lag zum Trocknen auf einer niedrigen, alten Mauer, und das Dach verlor seine braunen Schindeln wie Herbstblätter.

Ich liebte das Haus vom ersten Moment an.

Der alte Mann, der herauskam, umarmte Dschinan, das war ihr Großonkel, und dann waren wir umringt von Frauen: seiner Ehefrau, seinen beiden Schwestern, einer unübersichtlichen Anzahl von Nachbarinnen. Ihre Augen waren groß vor Hunger nach Neuigkeiten.

Sie räumten uns ein Zimmer frei, ohne zu fragen, wie lange wir bleiben würden.

Und schließlich lagen wir unter dicken grauen Wolldecken und atmeten die Kühle der Bergnacht.

›Hier sind keine schwarzen Schwingen‹, flüsterte ich.

Ich hatte Dschinan nie von den schwarzen Schwingen erzählt, aber ich hatte das Gefühl, dass sie mich trotzdem verstand.

›Nein‹, flüsterte sie und nahm meine Hand.

So begann unser Leben in den Bergen, zwischen Schafen und Aprikosenbäumen im Licht der Höhe. Die Menschen kamen noch nach Tagen zu uns, um uns erzählen zu hören, und sie schüttelten die Köpfe und wollten nicht glauben, was fernab ihres Dorfes geschah, aber sie glaubten es wohl, ich sah es in ihren Augen.

Abi saß mit den Männern des Dorfes zusammen, und Ummi fand ein Heim bei Dschinans Großtante, in der Küche, zwischen Gewürzen, Pfannen und Töpfen. Alles war leiser geworden.

Ich wanderte stundenlang mit Dschinan durch die Berge, wir pflückten

Blumen, balancierten über Felsen und lagen im trockenen Gras, ohne viel zu reden. Und manchmal, wenn ich Dschinans schmächtige Silhouette vor dem letzten Licht des Abends sah, dachte ich wieder, dass es sie vielleicht gar nicht gab.

›Dein Vater‹, sagte ich einmal, als wir zusammen auf einer Bergkuppe standen. ›Hast du irgendwas von ihm gehört?‹

›Da hinten‹, sagte Dschinan, ›liegt die Türkei.‹

›Ja‹, sagte ich. ›Es ist nicht so nah, wie ich dachte. Du wartest nicht auf ihn, oder?‹

›Es gibt eine Menge Leute, die in die Türkei fliehen.‹

›Aber hier im Dorf‹, murmelte ich, ›gibt es keine Bedrohung.‹

Sie drehte sich um und sah mich an.

›Mein Vater ist tot‹, sagte sie. ›Natürlich warte ich auf ihn.‹

Ummi stand jeden Tag eine Stunde lang vor dem Haus und sah ins Tal hinab, in Richtung der Straße. Sie wartete auf Kamal. Wir wussten alle, dass sie umsonst wartete. Manchmal ging sie allein zum Bach, hinter dem Dorfausgang, und zeichnete an seinem Ufer. Wir ließen sie in Ruhe.

Dann schaffte mein Vater es eines Tages, das Radio im Haus so einzustellen, dass es Al Jazeera empfing. Er hing den ganzen Tag vor dem kleinen, schwarzen Kasten und lauschte, auch wenn man natürlich nie wusste, wer die Wahrheit sagte und wer nicht.

›Sie kämpfen noch immer‹, erzählte er. ›Überall. Die FSA schlägt das Militär zurück, aber die Armee ist besser ausgerüstet. Und al-Nusra verteilt Bomben wie Bonbons. Seit Juli ist die Hälfte von Aleppo in Rebellenhand. Die Nahrungsmittel sind überall knapp, und die Regierung wirft Granaten auf die Schlangen vor den Bäckereien. Wie kann man Granaten auf Menschen werfen, die sich für Brot anstellen!‹

Ich dachte an die uralten Straßen von Aleppo. Wir waren einmal dort gewesen, es war eine wunderschöne Stadt, wie aus einem Märchen. Ich saß den ganzen Tag auf einem Felsen und spürte die Nachrichten des Radios durch meinen Körper laufen. Wenn ich die Augen schließe, dachte ich, kann ich Kontakt zu Aarif aufnehmen. Natürlich funktionierte es nicht.

Was tat er in diesem Moment?

Er hatte so fest daran geglaubt, dass sie das Regime stürzen würden. Am Tag des Radios gestand ich mir zum ersten Mal ein, dass es nicht passieren würde. Auch wenn al-Nusra die Freie Armee unterstützte, wer immer al-Nusra überhaupt war. Es schien eine Gruppierung zu sein, die plötzlich irgendwo auftauchte, zerstörte und wieder verschwand. Der alte Name der Alawiten ist Nusairier, und ich fragte mich am Tag des Radios, ob ein Zusammenhang bestand. Ich hätte gerne nachgesehen, doch es gab kein Internet.

›Du denkst nach‹, sagte Dschinan hinter mir. Ich hatte sie nicht kommen hören.

›Ja‹, sagte ich. ›Aber ich will nicht nachdenken. Ich will eigentlich nur hier sitzen.‹

›Schließ die Augen‹, sagte Dschinan. ›Was siehst du?‹

›Eine Menge Nichts‹, antwortete ich und versuchte, zu lachen. Aber dann hörte ich etwas, und ich schlang die Arme um die Knie, dort auf meinem Felsen, und versuchte mir einzureden, dass das Geräusch nicht da war.

›Ist das der Bach, der rauscht?‹, flüsterte ich.

›Nein‹, sagte Dschinan. ›Den Bach hört man nicht von hier aus.‹

›Sind es die Aprikosenbäume im Wind?‹

›Ich glaube nicht‹, antwortete Dschinan.

Da schlug ich die Augen auf.

›Komm‹, sagte ich. ›Ich muss mit meinem Vater sprechen. Die Türkei, in der Ferne … Dschinan, ich habe sie mir nicht genau angesehen. Sieht sie schön aus?‹

›Man sieht nur blauen Dunst. Sehr weit weg.‹ Sie zuckte die Achseln.

›Weit weg ist gut‹, sagte ich.

Wir saßen lange zusammen an diesem Abend, in dem zerfallenden Haus über dem Tal der Aprikosen. Abi erzählte uns ein Märchen: ein Märchen von einem grünen Land voller hübscher, kleiner Städte.

›Im Frühjahr blüht dort alles‹, sagte er. ›Die Gärten hinter ihren niedrigen Zwergenzäunen sind ein Teppich aus Krokussen und Narzissen und

Tulpen, ich habe die Namen der Blumen dort gelernt. Jeder darf sagen, was er will, niemand hat Angst.‹

›Wir bleiben in Tall Achmar‹, sagte Ummi. ›Hier wird nichts passieren.‹

›Doch‹, sagte ich und nahm ihre Hand. ›Das wird es. Es tut mir leid.‹

›Ich möchte nach Hause‹, sagte meine Mutter leise. ›In Latakia ist alles ruhig.‹

›Aber sie hassen uns dort.‹

›Ich weiß‹, sagte sie. ›Ich habe nicht gesagt, dass ich nach Hause *kann.* Ich habe nur gesagt, ich *möchte* nach Hause.‹ Und dann, nach einer Pause: ›Geht ohne mich. Ich verlasse dieses Land nicht. Kamal ist hier. Mariam ist hier. Und die Schönheit ist hier. Ich bleibe.‹

Der nächste Morgen war hell wie ein Tautropfen, ein kühler, windiger, wunderbarer Septembermorgen. An diesem Tag brannten die Suqs von Aleppo im Kreuzfeuer zwischen Regierung und Rebellen. Die uralten, geschnitzten Holztüren der Läden fingen Feuer wie Zunder, die Gassen und Moscheen der Altstadt leuchteten in den Flammen ein letztes Mal in all ihrer Schönheit auf, ehe sie für immer zu Asche zerfielen, zusammen mit all ihren Geschichten.

Ich wusste nichts davon, als ich durch den Frühnebel ging und die Blumen des Berges roch und die Schafe hörte. Auf dem Tisch hatte ich eine Botschaft von Ummi gefunden, eine abgerissene Ecke von einem alten, linierten Schulheft, das sie zum Malen benutzte.

Ich bin am Bach.

Die anderen schliefen noch. Ich weiß nicht, warum ich aufgewacht war, ich war unruhig.

Und dann – dann kam mir unterhalb des Dorfes jemand entgegen.

Er kam durch den Nebel, groß und zielstrebig und sehr abgerissen. Ich blieb stehen. Ich erkannte seinen Gang. Ich schluckte. Ich rannte.

Ich warf mich ihm in die Arme wie ein Kind, und er hielt mich fest. Er roch nach der Lederjacke, die er trug und die ich nicht kannte, nach Schweiß und Motoröl und Feuer und Dreck.

›Du bist hier‹, flüsterte ich. ›Ich hätte nie gedacht, dass du kommst. Wie hast du …‹

Er hielt mich mit beiden Armen von sich ab und musterte mich.

›Du siehst so erwachsen aus.‹

›Das täuscht‹, sagte ich. Ich dachte kurz darüber nach, ob wir uns je umarmt hatten. Ich glaube nicht. Wir hatten uns nicht einmal wirklich gemocht. Jetzt war alles anders.

›Kamal‹, sagte ich.

›Nura‹, sagte mein Bruder.

›Du weißt, dass Nabil tot ist?‹

›Ja.‹

›Weißt du etwas von Aarif?‹

Er schüttelte den Kopf.

›Und du? Woher kommst du?‹

›Das spielt keine Rolle‹, sagte er. ›Jetzt bin ich hier.‹

›Lass uns Ummi suchen‹, sagte ich und nahm seine Hand. ›Sie ist am Bach. Sie ist oft dort. Ich weiß die Stelle.‹

Wir schlugen einen anderen Pfad ein, und ich führte meinen Bruder und war plötzlich nur noch stolz und froh.

›Es ist wunderschön hier‹, sagte ich. ›Oben im Dorf ist alles voller Aprikosenbäume, und die Schafe glauben, sie könnten hinaufklettern, aber sie vergessen dabei, dass sie keine Ziegen sind, und Ummi zeichnet die Blumen …‹ Ich blieb stehen. ›Wir können nicht bleiben, Kamal. Ich … die Schatten kommen. Aber Ummi weigert sich, zu gehen.‹

Der Bach lag hier tiefer im Tal. Wir erreichten die Stelle, wo man hinabsteigen konnte, und Ummis rot-violett gemustertes Kleid leuchtete zwischen den Ästen der Büsche zu uns herauf. Wir merkten erst, als wir hinabstiegen, dass sich das Kleid zu weit in der Mitte des Baches befand. Sie schien im Wasser zu stehen oder zu sitzen, was seltsam war … Kamal rannte jetzt, und ich folgte ihm, rutschend, stolpernd, fallend.

Ummi stand nicht im Wasser. Das rot-violette Muster des Kleides trieb dort, unter den Zweigen eines Busches, der sich weit über die silbernen Wellen beugte. Kamal war mit einem Satz im Bach und zog das Rotviolett unter den Zweigen hervor, schleifte es an Land – legte es zwischen Gras und Steine und Staub. Aber Dschinan war nicht da, und der Staub war nicht golden.

Das Haar unserer Mutter klebte in langen, schwarzen Strähnen an ihrem Hals, ihr Gesicht war sehr blass und völlig still. Kamal wartete nicht ab, er beugte sich über Ummi, legte seine Lippen auf ihre und blies ihr Luft in die Lungen, er presste seine Hände mit ausgestreckten Armen auf ihre Brust und begann, darauf zu drücken, als hätte er das tausend Mal getan. Und vielleicht hatte er das. Er beugte sich wieder über sie, sie brauchte mehr Luft. Ich kniete mich neben ihn. Ich wusste nicht, wie ich meine Hände auf ihren Körper legen musste, aber ich wusste, dass ich helfen musste.

Kamal zerrte mich in die richtige Position.

›Fester drücken. Ruckartig. Zähl bis dreißig. Schneller.‹

Ich gehorchte seinen Befehlen und spürte den Körper unter mir, der im Bach gelegen hatte und der vielleicht meine Mutter war oder vielleicht nicht mehr. Ich zählte und drückte, und Kamal atmete für Ummi, und die schwarzen Flügel schwebten leise über uns, sehr hoch. Beobachtend.

Ich wusste, was sie gewollt hatte.

Sie hatte bleiben wollen. In ihrem Land, bei der Schönheit ihrer Heimat, für immer. Sie hatte im Fluss bleiben wollen, damit wir gehen konnten.

Sicher hatte sie auch ein Stück des Büros mit in den Fluss genommen, jenes Büros, in dem sie gewartet hatte, als sie mich durch die Keller führten, allein mit dem gut gekleideten Mann. Und ein Stück von Nabils Tod und von den Vorwürfen ihrer Familie und von Mariams Fortgehen.

Ich wollte meine Mutter anschreien. *Wie kannst du uns alleine lassen?* Und zugleich wollte ich sie umarmen und ihr sagen, wie gut ich sie verstand.

Wir wechselten uns ab mit den Händen, wir kämpften lange gegen den eisernen Willen unserer sanften Mutter. Als wir einzusehen begannen, dass es nichts nützte, sah ich auf. Und da stand Dschinan auf dem Pfad, der zu uns hinunterführte. Eine Weile sah sie uns nur zu, dann streckte sie die Hand aus, um zu winken. Der Staub, ich wusste es, würde golden werden.

Er wurde nicht golden, er blieb grau.

Ich schloss die Augen, erschöpft.

›Das war's‹, sagte Kamal.

Als ich die Augen öffnete, war Dschinan bei uns angekommen. Sie hockte neben Kamal, der die Hand unserer Mutter hielt. Und unsere Mutter atmete.

Sie hustete und atmete weiter, und Kamal zog sie hoch und hielt sie fest.

›Ich bin wieder da‹, sagte er leise. ›Und du auch, ja? Geh nicht wieder weg, Ummi. Wir gehen zusammen, wenn wir gehen.‹

Fern von uns, weitab von Bächen und Blumen, leckten die letzten Flammen über jahrtausendealte Mauern. Und die Suqs von Aleppo verglühten leise.«

Sie waren während ihrer Erzählung den Wanderweg hinaufgestiegen, der zur Steilküste führte, und nun saßen sie dort, ganz vorne, über dem Wasser.

»Weggehen kann eine Lösung sein«, sagte Calvin leise. »Solange man es zusammen tut.«

Er holte das Springmesser aus der Tasche und ließ es aufschnappen, holte weit aus und schleuderte es von sich. Es beschrieb einen schönen Bogen und landete im Meer – eine tödliche Sternschnuppe.

»Da fliegt er, der schwarze Vogel«, sagte Calvin. Und dann sah er Nuri an, mit einem halben Grinsen. »Ich habe Hunger. Es gibt Sanddorn hier. Aber er ist nicht reif.« Er wurde ernst, legte eine Hand an ihre Wange, die ohne Abschürfung. »Wir könnten das auch machen«, sagte er leise. »Wir könnten weggehen. Zusammen.«

Nuri spürte einen Stich in sich, als er das sagte, es war ein Schmerz ganz tief innen, punktförmig und scharf, und sie wusste, was er bedeutete. Es war der Schmerz eines weiteren Abschieds – und es war der Schmerz, den man empfindet, wenn man für Sekunden glücklich ist.

»Ja«, sagte sie schlicht.

»Und dann?«, fragte Calvin.

»Dann? Keine Ahnung.« Sie lachte auf einmal. »Ist es nicht egal? Alles ist besser als das, was bisher war.«

Er nickte.

»Kannst du das denn? Deine Familie verlassen? Ihr wart immer füreinander da … Ihr habt das alles gemeinsam … überstanden.«

»Wir haben es nicht überstanden«, sagte Nuri und zuckte die Schultern. Sie gab sich Mühe, es aussehen zu lassen, als bedeutete es fast nichts. »Nabil hat sie auch verlassen. Ich bin mir sicher, es ist ihnen lieber, ich gehe so, nicht wie er. Und wenn wir bleiben, sind wir eine Gefahr für sie.«

»Wenn du das wirklich willst«, sagte Calvin, »fahre ich jetzt mit dem Rad zurück und hole ein paar Sachen. Ich besorge Geld, und wir hauen ab. Wir gehen irgendwohin und erfinden uns neu. Wir können zum nächsten Bahnhof fahren. In einen Zug steigen. Oder wie auch immer.«

Nuri legte den Kopf schief. »Du kannst nicht zurückgehen und irgendetwas holen. Sie suchen dich inzwischen.«

»Sie suchen uns beide«, sagte Calvin. »Und einer muss fahren. Da es *mein* Fahrrad ist, fahre ich.« Er grinste wieder. »Warte hier. Genau hier. Ich bin in zwei Stunden wieder da.«

»Aber«, sagte sie. Und dann nichts mehr.

Sie umarmte ihn nur und drückte ihre verletzte Wange an seine, und dann setzte sie sich wieder hin und sah aufs Wasser hinaus. Und begann, auf seine Rückkehr zu warten.

Und Ummi? Und Abi? Und Kamal? Und Delfine mit ihrem Prinzen, der niemals kommen würde?

Konnte sie das wirklich tun?

Es musste doch erlaubt sein, ein bisschen persönliches Glück zu erleben! Sie konnte nicht so tun, als hätte es Calvin nie gegeben. Sie würde ihnen allen weniger schaden, wenn sie ging.

Sie sagte es sich wieder und wieder.

So lange, bis sie es glaubte.

Er rief sie an, bevor er das Viertel erreichte. Er hatte auf einmal Angst.

Sie meldete sich direkt nach dem ersten Klingeln.

»Frau Silbermann?«

»Calvin?«

»Habe ich ihn umgebracht?

»Bitte? Wen?«

»Pascal.«

»Calvin. Wo seid ihr?«

»Amerika.« Er lachte bitter. »Nein. Es ist … Ich würde gern vorbeikommen. Aber ich muss vorher wissen, ob die Polizei mich sucht. Kam irgendwas im Radio? Über einen Unfall am Hafen, in einem alten Speicher, gestern Nacht?«

»Calvin, was …« Sie fing sich. »Nein. Es war nichts im Radio. Aber Nuris Familie hat mehrfach hier angerufen. Und deine Mutter.«

»Sagen Sie ihnen, dass alles in Ordnung ist? Frau Silbermann. Wir müssen weg. Ich erkläre es Ihnen später. Ich werde bei Ihnen auftauchen und Sie um ein Darlehen bitten und … ich fahre jetzt nach Hause, um ein paar Sachen zu holen. Ich bin mit dem Rad unterwegs. Ich müsste so in einer Dreiviertelstunde bei Ihnen sein. Wenn ich dann nicht da bin, ist mir etwas passiert. Es kann sein, dass ich es nicht schaffe. Dass sie mich irgendwo abfangen. Können Sie dann die Polizei alarmieren? Aber erst dann?«

»Calvin«, sagte sie noch einmal. Aber er legte auf und holte Luft.

Die Neubauten lagen grau und groß im Sommertag wie immer.

Nichts Besonderes zu sehen.

An der Bushaltestelle stand eine alte Frau mit Gehwagen. Auf den Balkons wuchsen halb tote Geranien im Rhythmus von verzerrter Musik. Er erkannte die Worte, seine Finger trommelten den Rhythmus auf dem Lenker: ein altes Lied. *Landser.* Wie stolz sie gewesen waren, verbotene CDs zu besitzen!

Kinderkram zum Mitgrölen.

Die Asylanten, sie sind da!
Und jetzt schreit alle schön Hurra!
Sie halten weit die Hände auf, um unser Geld zu nehmen.
Und wer nicht auch das letzte gibt, der sollte sich was schämen.
Die Asylanten, sie sind da!
Und jetzt schreit alle schön Hurra!
Im Koffer Rauschgift und Koran, so kommen sie aus aller Welt.
Mohammed, Ali und der Clan. Auf ihrer Fahne steht nur: Geld!

Er dachte an die Reichsfahne auf seinem Rücken. Das deutsche Reich, in dem Frau Silbermann in Auschwitz-Birkenau Geige gespielt hatte, um dem Gas zu entgehen.

Es existierte immer noch, überall.

Er musste diese alten CDs loswerden.

Die Fahne konnte er nicht loswerden. Sie war nicht nur in seine Haut eingebrannt, sondern auch in seine Vergangenheit, genau wie Frau Silbermanns Häftlingsnummer.

Benji würde sich darum reißen, die CDs zu erben, vor allem die Sammlung der *Lunikoff Verschwörung*. Als *Landser* verboten werden sollte, hatte der Sänger einfach *Lunikoff* gegründet.

»Wenn man uns irgendwo niederknüppelt«, hatte Pascal gesagt, »kommen wir anderswo wieder hoch. Denk an *Blood and Honour*. Bloß ein Musiknetzwerk, und sie verbieten es. Dumm genug. Jetzt gibt es *Division 28.*«

Calvin merkte, dass er angehalten hatte. Er stand unter diesem verdammten Balkon und versank in Erinnerungen.

Oben hatte jemand die CD gewechselt, und auch die Zeilen des nächsten Liedes konnte Calvin auswendig, *Frontalkraft*, sie begleiteten ihn, sangen hinter ihm her, und als er sich umdrehte, stand jemand auf dem Balkon. Ein Mann, der ein wenig aussah wie Heinrich, ein schlaffer, bierbäuchiger Verlierertyp, spießig hinter seinen Geranien, ordentlich, brav.

Schwarz war der Tag, an dem ihr kamt
und uns auch das Letzte nahmt.
Weiß sind die Kämpfer, in tapferen Reihn,
die warten, das Land vom Joch zu befrein,
von Knoblauchgestank und Allah-Schrein.
Rot wird das Blut in den Straßen sein …
Deutschlands Ehre: Schwarzweißrot,
Unser Opfer: selbst der Tod.

Niemand wartete vor dem Block. Es war verdächtig ruhig. Er wünschte, er hätte Frau Silbermann am Telefon mehr erzählt, für den Fall, dass er nicht zurückkam.

Er stieß die Haustür sehr schnell auf. Es stand niemand dahinter. Nur die Schatten waren da. Hinter der Wohnungstür oben war alles still. Er lauschte lange.

Für gewöhnlich war sein Vater um diese Zeit irgendwo unterwegs.

Aber wenn nicht?

Wenn er schon wusste, was passiert war?

Calvin steckte den Schlüssel ins Schloss, drehte ihn sehr leise um und betrat die Wohnung noch leiser. Auf dem Sofa lag seine Mutter, die Augen geschlossen, vollkommen still.

Er war mit einem Satz bei ihr, schüttelte sie – sie blinzelte und setzte sich auf, verwirrt.

Er nahm sie in die Arme. »Ich dachte … ich dachte an einen Bach … Egal, vergiss es. Geht's dir gut?«

Sie streichelte über sein nachwachsendes Haar.

»Ja, alles in Ordnung. Ich hab nur einen kleinen Moment die Augen zugemacht, weil die Kopfschmerzen wieder da sind. Wo warst du? Frau Silbermann hat vorhin angerufen … Sie hat gesagt, ich soll mir keine Sorgen machen, und wenn ich das höre, mache ich mir natürlich noch mehr Sorgen.«

»Ich bin nur hier, um ein paar Sachen zu packen. Wir müssen weg. Wo ist dieser biologische Vater von mir, der ab und zu hier wohnt?«

»Hey, hey«, sagte sie beschwichtigend. »Ich dachte, ihr versteht euch jetzt? Was ist denn nun schon wieder?«

»Ist er da?«

Sie schüttelte den Kopf.

»Streit gehabt?«

Sie zuckte die Schultern. Er nahm sie noch einmal in die Arme und sah sie sehr genau an.

»Hat er …?«

»Nein«, sagte sie. »Alles in Ordnung, sag ich doch. Er hat nur ein paar Tassen zerschmissen.« Sie lächelte. »Tassen sind mir egal. Der kommt schon wieder. Benji und Tom brauchen ihn.«

»Das tun sie nicht«, sagte Calvin. »Scheiße, ich wünschte, ich könnte sie mitnehmen. Wenigstens Tom. Was ist mit Pascal? Hast du was gehört?«

»Von Pascal? Sollte ich?«

»Nein. Ich habe … Mama. Versprichst du mir was? Mach was aus deinem Leben, wenn ich weg bin, okay?«

Sie rief ihm hinterher, als er ins Schlafzimmer ging.

»Sagt der Herr, der keinen Schulabschluss hat und gerade abhaut?«

Er warf wahllos Kleider in eine Tasche. »Ja. Ich mache auch was aus meinem Leben. Schulabschlüsse sind nicht alles, Mama. Nuri wartet auf mich. Ich dachte, sie hätte jemand anderen, aber es stimmte gar nicht … Ich kann dir das jetzt nicht so schnell erklären … Ich war nie wirklich zurück in der Clique. Ich wollte nur rausfinden, was sie vorhaben. Aber ich habe es nicht geschafft. Sie haben Nuri gestern Nacht geschnappt. Sie haben …« Er war froh, dass da eine Wand zwischen ihnen war und er nur durch die Tür sprach, während er weiter Dinge in die Tasche stopfte – T-Shirts, Hemden, die Nuri vielleicht auch tragen konnte, den Rasierer. »Hast du mal gesehen, wie jemand ein Mädchen vergewaltigt?«

»Was?!«

»Ich auch nicht. Aber fast. Hast du mal gesehen, wie jemand einem anderen ein Springmesser in die Brust sticht?«

»Calvin, wovon …«

»Ich schon«, sagte er und zog den Reißverschluss zu.

Seine Mutter saß immer noch auf dem Sofa, als er mit der Tasche zurückkam. Sie starrte ihn an, als wäre sie aus einem Traum aufgewacht. Die Schminke unter ihrem rechten Auge war verlaufen, ihr Haar zerwühlt vom Liegen. Calvin kniete sich vor sie und nahm ihre Hände in seine.

»Jetzt hör mir zu. Du musst etwas für mich tun. Merk dir das Wort Wegerein. *We-ge-rein.*

Du musst zur Polizei gehen. Sag ihnen, dass sie den alten Speicher am Hafen durchsuchen müssen. Sie werden den gleichen Kram da finden wie in Cindys Laube. Und sie müssen an Pascals Computer. Die Clique plant etwas gegen das Heim. Sie haben Nuri den Schlüssel zu ihrem Block weggenommen. Wegerein ist etwas, das sie versuchen, übers Netz zu besorgen. Ich wollte sie nie verraten, aber das war dumm.«

Er stand auf, zog seine Mutter mit sich hoch und umarmte sie – ein letztes Mal.

»Ich fahre jetzt raus auf die Insel.«

»Wohin?«

»Kann ich dir nicht sagen.«

»Ich hoffe, es ist ein schöner Ort …« Sie klang auf einmal verträumt.

»Ja«, sagte er. »Er ist schön, auch wenn wir da nicht bleiben.« Und auf einmal brach er zusammen, er drückte sie so fest an sich, dass sie leise aufschrie, und in seinen Augen standen Tränen. »Wir sind da mal spazieren gegangen, du und ich und Tom und Benji. Im Winter, lange her … Wir waren mit den Rädern rausgefahren … Es war arschkalt, ich habe Tom auf den Schultern getragen und du Benji … und überall war Raureif, auf den Sanddornbüschen und auf den Kreideklippen und auf dem Gras …«

»Ich glaube«, sagte sie leise, »ich erinnere mich.«

Er stand auf. »Ich muss los. Sag meinen dummen Brüdern, dass ich sie lieb habe.«

Calvins Mutter nickte. »Dann mach, dass du wegkommst. Frauen soll man nicht warten lassen.«

Sie schenkte ihm zum Abschied ein trauriges Lächeln. Irgendjemand hatte sie für immer warten lassen. Er fragte sich, wer das war. Vielleicht das Glück.

Als er die Haustür öffnete, quietschte eine andere Tür in der Wohnung, und Calvin fuhr herum. Es war die Tür zur Küche gewesen. Und dort stand Benji.

Calvin fluchte. Er war die ganze Zeit da gewesen.

Verdammt. Erinnerte Benji sich, an welchem Ort sie damals spazieren gegangen waren?

»Warum hast du nichts gesagt?«, fragte er seine Mutter. »Wusstest du nicht, dass er da ist?« Aber jetzt war nicht die Zeit für Vorwürfe. »Zehn Euro«, sagte er zu Benji. »Du kriegst zehn Euro von mir, wenn du keinem sagst, was du gehört hast.«

»Du denkst, man kann mich für zehn Euro kaufen?«

Benji kniff seine blassblauen Augen zusammen und biss die Lippen aufeinander. Eine Weile musterte er Calvin so, abschätzig, den Kopf leicht nach hinten gelehnt.

»Fünfzehn«, sagte Calvin.

»Du bist noch blöder, als ich dachte. Ich bin nicht käuflich.«

»Zwanzig?«

Benji starrte ihn nur weiter an. Und schließlich zuckte er die Schultern. »Von mir aus.«

»Du kriegst das Geld hinterher«, sagte Calvin. »Wenn ich weiß, dass du geschwiegen hast.«

»Wie denn, wenn wir uns nicht wiedersehen?« Benji grinste. »Guter Versuch.«

»Ich geb ihm die zwanzig Euro«, sagte ihre Mutter. Sie klang besiegt.

»Danke«, murmelte Calvin. »Pass auf ihn auf.«

Dann war er im Flur und zog die Tür hinter sich zu.

Er erklärte Frau Silbermann an ihrem Küchentisch alles noch einmal, noch eiliger.

Er schickte sie mit derselben Information zur Polizei wie seine Mutter. Sicher war sicher. Frau Silbermann machte sich Notizen.

»Wenn ihr selbst hingeht, wäre es klüger«, sagte sie am Ende. »Ich habe dir schon mal gesagt, dass du in den Zeugenschutz gehen kannst.«

»Und Nuri? Sie hat nicht mal eine richtige Aufenthaltserlaubnis.«

»Die Leute von der Polizei würden sich kümmern.«

»Ja, genauso gut, wie sie sich bis jetzt gekümmert haben«, knurrte Calvin.

»Ich verstehe nicht … du scheinst doch zu glauben, dass sie etwas tun werden? Sonst würdest du mich nicht hinschicken.«

»Ich glaube nicht, dass sie etwas tun werden«, sagte Calvin. »Aber man kann es wenigstens hoffen.«

»Und wohin wollt ihr, Nuri und du? Das geht doch schief, Calvin. Die finden euch. Und wovon wollt ihr leben? Grabt ihr in der Ostsee nach Gold, oder fangt ihr Hasen im Wald?«

»Ich …« Er zögerte. »Ich hatte Sie ja vorgewarnt, dass ich Sie um ein Darlehen bitten würde.«

Frau Silbermann stand auf und ging zum Fenster, um in den Garten hinauszusehen. Calvin trommelte ungeduldig mit den Fingern auf der klobigen, alten Tischplatte. Er merkte, dass es der Rhythmus des Asylantenliedes war, und hielt die Hand still.

»Bitte«, sagte er gequält. »Wir geben Ihnen das Geld zurück! In ein paar Jahren, wenn wir irgendwas auf die Beine gestellt haben. Wir brauchen nur ein bisschen Zeit. Wir sind doch beide nicht dumm, Nuri jedenfalls nicht, und ich kann arbeiten, was auch immer …«

»Es ist nicht so, dass ich euch nichts leihen würde«, sagte Frau Silbermann. »Aber wenn ich es tue, schicke ich euch ins Verderben. Ich muss dich eigentlich jetzt packen und zur Polizei schleifen. Nein. Sie anrufen.«

Calvin sprang auf. »Sie haben längst angerufen«, sagte er leise. »Richtig? Weil Sie an das Rechtssystem moderner Staaten glauben …«

»Das tue ich nicht«, erwiderte Frau Silbermann, ohne sich zu ihm umzudrehen. »Ich sage dir nur, was vernünftig wäre. Aber ich habe ein Herz. Das Herz ist der erste Feind der Vernunft. Kannst du fahren?«

»Natürlich. Aber ich habe keine Fahrerlaubnis.«

»Na dann«, sagte Frau Silbermann.

Sie drehte sich noch immer nicht um.

Er begriff nur langsam. Er wollte ihr danken, aber sie scheuchte ihn weg. »Geh jetzt«, sagte sie und nahm das Telefon, das neben ihr auf dem Fensterbrett gelegen hatte. »Ich rufe da nämlich jetzt an und sage ihnen, dass jemand mir gestanden hat, Pascal schwer verletzt zu haben, und dass es schlau wäre, Pascal zu finden, falls er nicht schon im Krankenhaus ist. Welche Richtung nehmt ihr?«

»Osten?«

»Schön. Dann sag mir jetzt, dass du nach Westen fährst.«

»Ich fahre nach Westen. Frau Silbermann, das ist lächerlich.«

»Ich lüge ungern. Ich erkläre ihnen, dass du gesagt hast, ihr würdet nach Westen fahren.« Sie drehte sich um, ungeduldig, das Telefon in der erhobenen Hand. »Was machst du noch hier?«

Er nickte und ging, grußlos.

Der zweite Abschied auf immer innerhalb einer halben Stunde. Er bekam Übung.

Er stand breitbeinig da, die Hände in den Taschen, ein wenig in den Knien wippend. Selbstbewusstsein und Haltung waren alles. Er wünschte, er hätte ausgesehen wie sein Vater, der gar nicht sein Vater war, sondern nur der von Calvin.

Calvin.

Er glaubte also, Benji würde ihn verraten. Er glaubte, er wäre käuflich wie eine Nutte. Er hatte ihn nie ernst genommen.

Er tat es nur deshalb. Weil Calvin ihm sowieso nichts zutraute. Es war ein Racheakt gegen das Misstrauen.

Er beobachtete das Mädchen, das quer über den grünen Rasen kam. Als sie nahe genug war, pfiff er.

»Kimberley!«

Und dann stand sie vor ihm, groß, schlank, in einem sehr engen, violetten T-Shirt. Ihre Augen sahen zu ihm herab, aber er würde ihnen noch beibringen, zu ihm aufzusehen. Eines Tages.

»Willst du zufällig wissen, wo Calvin ist?«, fragte Benji.

Sie packte ihn am T-Shirt. *»Wo?«*

»Hey!« Benji wand sich. »Zuerst musst du mich loslassen.«

Sie verdrehte die Augen, gehorchte aber. »Also?«

»Calvin dachte, er kann mich kaufen. Er hat gesagt, er gibt mir was, wenn ich ihn nicht verrate. Was bietet ihr für die Info?«

Da lag Kimberleys Arm plötzlich um seinen Hals, und er bekam nur noch schlecht Luft.

»Was wir bieten? Dass wir dich nicht fertigmachen, kleiner Klugscheißer.«

»Zigaretten«, keuchte Benji. »Zwei Stangen polnische Zigaretten.«

»Träum weiter.«

»Ich sag sonst nichts.«

Er hielt viel aus, sollte sie ihm ruhig die Luft abdrücken.

Und schließlich gab sie auf und ließ los.

»Okay. Scheiße, du bist krass. Zwei Stangen. Kriegst du die Tage. Wo ist er?«

»Auf der Insel«, sagte Benji. »Nicht die Seite mit den großen Stränden, die andere. Erste oder zweite Abbiegung von der Straße. Wo die Klippen sind und der Sanddorn ganz vorne am Wasser wächst. Kiefernwald. Er ist da mit ihr, und sie wollen abhauen. Ich würde mich beeilen. Kennst du die Stelle?«

Sie nickte langsam.

»Danke«, sagte sie und tätschelte ihm die Wange. »Bist ein braver Junge.«

Calvin fand den Autoschlüssel auf dem Fensterbrett neben der Eingangstür. Er hatte schon befürchtet, er würde den Wagen kurzschließen müssen.

Die Papiere waren im Handschuhfach, zusammen mit einem Umschlag voller Scheine. Verdammt, sie hatte vorausgedacht. Wann hatte sie den Umschlag dort platziert? Seit wann wusste sie, dass Nuri und er weggehen würden? Der Motor röhrte, der Wagen machte einen Satz – aber am Ausgang von Frau Silbermanns blumigem, buntem Stadtviertel hatten er und Calvin sich aneinander gewöhnt.

Sein Vater hatte ihm das Fahren auf einem Feldweg beigebracht, als er zwölf gewesen war. Bei einem seiner seltenen Besuche. Später war er mit Pascal durch den Wald geheizt, über die Sandwege, in einer geborgten Schrottkarre. All das waren gute Erinnerungen. Er würde sich später darum kümmern, was er mit diesen Erinnerungen tat.

Die Brücke zur Insel war länger denn je.

Keine Kontrollen.

Er bog auf die Kopfsteinpflasterstraße ab, die zu den Klippen führte, zu Sanddorn und Kiefern.

Zu Nuri.

Sie würde ganz vorne bei den Klippen sitzen und ihm entgegensehen.

Dschinan kam ihm in den Sinn, die alles in Gold verwandelte.

»Nuri«, sagte er laut. »Das ist das Ende unserer Geschichte mit dem schwarzen Vogel. Und der Anfang einer anderen Geschichte. Der Anfang.«

Internetsuche
Blood and Honour
Aleppo Suq Bilder

15

Seit die Fluchtroute über die türkisch-griechische Landgrenze durch einen Frontex-Einsatz und den Bau eines Grenzzauns effektiv geschlossen werden, fliehen immer mehr Menschen von der Türkei über die Ägäis auf die griechische Insel Lesbos.
Zuletzt wurde am 18. März in Deutschland bekannt, dass in der Woche davor erneut ein Boot mit Flüchtlingen (...) zwischen der Türkei und Griechenland unterging – auf Lesbos wurden Leichen von Männern, Frauen und Kindern angespült.
(proasyl.de im Jahr 2013)

Einmal Deutschland und zurück! Asyl ist kein Selbstbedienungsladen
(Plakat bei einer Demonstration gegen erste syrische Flüchtlinge in Deutschland 2013)

Er stellte Frau Silbermanns altes Auto am Rande eines Feldwegs ab, unter den tief hängenden Zweigen einer Pappel, wo man es nicht sofort sah. Die Tasche ließ er unter dem Beifahrersitz liegen. Er ging ohne Gepäck den Weg entlang, leicht, beschwingt, beinahe singend.

Die Sonne hing hoch am Mittagshimmel; es war heiß, er zog sein T-Shirt aus. So stellte er es sich in Syrien vor. Ob er es jemals sehen würde? Wenn alles vorbei war? Er stellte sich vor, wie er Mariams Baby besichtigen musste und von den Tanten in Latakia genötigt wurde, große Mengen an seltsamen Dingen zu essen. Er würde alles tun. Helfen, Trümmer wegzuräumen und Städte wieder aufzubauen. Das Haus mit dem gekachelten Innenhof suchen und dort neue Kletterrosen pflanzen. In den Bergen Schafe hüten. Selbst die Tanten ertragen. Alles.

Er näherte sich dem Klippenweg diesmal von der anderen Seite, durch den Kiefernwald, der seinen süßlichen Duft verbreitete wie eine Droge. Dann war er bei den Klippen. Nuri saß nicht dort. Er trat ganz vorne ans Holzgeländer und sah sich um. Er war länger fort gewesen, als er geplant hatte.

»Nuri?«, rief er. »Ich habe Frühstück mitgebracht. Nuri?«

Irgendwo in der Ferne kläffte ein Hund.

Und dann hörte er eine helle Stimme rufen, vom Strand her.

»Calvin?«

Er beugte sich vor, sah aber nichts, sie musste sich da unten hinter der nächsten Ecke befinden, die Klippen waren hier zerklüftet. Jedes Jahr brach ein Stück von der Insel ab, das Meer forderte das Land zurück.

»Nuri?«, rief er. »Warte! Ich komme!«

Er schlüpfte unter dem eher symbolischen Geländer durch und begann, auf Händen und Knien durch die Kreidefelsen hinunterzuklettern. Es war nicht einfach, halb rutschte er, und für Momente hatte er Angst, abzustürzen. Es waren schon Leute hier in den Klippen verunglückt. Aber er erreichte den schmalen Strand unverletzt, Hände und Jeans voller weißgelber, schmieriger Kreide, mit einem triumphierenden Grinsen.

»Nuri?«

Er sah sie noch immer nicht. Spielte sie Verstecken mit ihm?

Er ging in die Richtung, aus der ihre Stimme gekommen war, um ein silberblättriges Sanddorngebüsch herum.

»Hey, Calvin«, sagte die Stimme. Es war eine Frauenstimme, aber es war nicht Nuris Stimme, er begriff es zu spät. Hinter dem Gebüsch stand Kimberley.

»Tag, Calvin«, sagte sie und verschränkte die Arme.

Jetzt standen auch die anderen auf. Sie waren alle da, alle bis auf die beiden Neuen, sie hatten im Schatten des Sanddorns gewartet.

Scheiße.

Der sonnige Tag war fort. Er fiel über die Grenze in eine andere Wirklichkeit.

»Tja«, sagte Kevin.

Der Hund, der gebellt hatte. Natürlich. Rudolf Heß. Er musste ihn irgendwo in der Nähe angebunden haben.

Calvin sah sie der Reihe nach an. Kimberley, Jason, Kevin, André, Melli, Cindy. Pascal. Pascal stand aufrecht, er trug unter der offenen Jacke kein T-Shirt, sondern nur einen dicken weißen Verband, durch den es an der rechten Seite rötlich suppte. Quer über seinen Hals waren mehrere braune Pflaster geklebt, die die Schnitte abdeckten.

Auch Kevins Arm war verbunden.

Kriegshelden.

»Nicht gut gezielt, würde ich sagen«, sagte Pascal mit einem Lächeln. »Das Herz ist links, mein Freund. Und für die Lunge war's nicht tief genug. Zu viele Muskeln dazwischen. Dumm gelaufen.«

»Erwartest du, dass ich mich entschuldige?«, fragte Calvin.

»Eigentlich nicht«, sagte Pascal.

Calvin nickte. Er war seltsam ruhig. Vielleicht, weil es keinen Zweck mehr hatte. Es hatte keinen Zweck mehr, ihnen etwas vorzuspielen, keinen Zweck mehr, zu lügen, keinen Zweck mehr …

»Dreh dich um und lauf«, sagte Cindy leise.

Keinen Zweck mehr, zu laufen.

»Nein«, sagte Calvin.

»Bitte«, sagte Cindy.

Er sah ihre groß geschminkten Augen. Das Flehen darin. Es tat ihm leid um sie. Nur um sie.

»Du weißt, was passiert ist, ja?«, fragte er. »Was sie mit Nuri gemacht haben?«

»Sie weiß alles«, sagte Pascal und legte einen Arm um Cindy. »Aber wir wissen noch nicht alles. Wir hätten gern ein paar kleine technische Details über das Asylantenheim. Hat mit dem Plan zu tun, den du gemalt hast.«

»Das glaube ich nicht«, sagte Calvin, ohne Eile jetzt. Er hatte alle Zeit der Welt, denn es gab keinen Ausweg. »Ich meine, dass Cindy alles weiß. Ich glaube, dass sie eine Menge Dinge nicht weiß. Versprich mir, Cindy, dass du ins Netz guckst, wenn das hier vorbei ist. Du bist nicht dumm. Ich gebe dir ein paar Stichworte. Tadmur. Die Kinder von Dar'a. Der Beschuss der Bäckereien von Aleppo. Hamza Al-Katheeb. Nein, das ist zu schwer zu merken. Nimm etwas anderes, nimm … Auschwitz-Birkenau.« Er verschränkte die Arme. »Und frag Pascal mal, wie er sich das vorgestellt hat, eine Ausländerin zu ficken, und wie es sich angefühlt hätte, sie hinterher wegzuwerfen.«

Cindy sah Pascal an. »Was soll das alles?«

»Er versucht, seine Haut zu retten«, sagte André.

»Zu spät«, sagte Jason. »Los.«

Sie waren alle auf einmal über ihm, auch die Mädchen, er sah das Violett und Rosa durch die schwarzen Jacken blitzen wie kleine, tödliche Blumen. Er kassierte einen Schlag gegen den Kopf und verlor das Bewusstsein.

Als er wieder zu sich kam, lag er auf dem steinigen Sand, die Hände auf dem Rücken ließen sich nicht bewegen. Es war das gleiche Baumarktklebeband wie bei Nuri. Sie hatten auch seine Knie und Füße damit aneinandergefesselt.

»Der Plan vom Asylantenheim«, sagte Pascal über ihm. »Der stimmte nicht, oder?«

Calvin schwieg.

»Nichts sagen gilt nicht«, sagte Pascal. »Wir geben dir eine Chance. Beschreib es. Wenn du reinkommst, wohin führt die Treppe?«

»Wohin soll sie schon führen? Nach oben.« Er versuchte, den Kopf so zu drehen, dass er die Klippen sehen konnte – sehen, ob Nuri dort oben war. Aber es gelang ihm nicht, Pascal hielt seinen Kopf fest und drückte ihn hinunter, er bekam Sand in den Mund und versuchte, ihn auszuspucken.

»Sand ist gesund«, sagte Pascal. »Schluck runter.«

»Was?«

Calvins Gesicht wurde wieder hinuntergedrückt. »Du sollst ihn runterschlucken! Sag mal, bist du so blöd?«

»Du hast momentan keine gute Position, Junge«, sagte André. »Also friss den Sand.«

Und Calvin schluckte. Sie lachten viel dabei, es war eine Comedyshow und Calvin der geladene Gast. Schließlich ließen sie von ihm ab, noch immer lachend. Pascal hob Calvins Kopf mit einer Hand leicht an. »Okay. Wie ist das mit dem Keller? Kommt man von außen rein?«

»Es … gibt gar keinen Keller.« Er keuchte, spuckte, bekam kaum Luft. Und spürte dennoch den Trotz in sich aufsteigen. »Wozu … wozu wollt ihr das wissen?«

»Du hast etwas falsch verstanden«, sagte Pascal freundlich. »*Wir* stellen hier die Fragen. Du bist der, der antwortet.« Er nickte den Jungs zu. »Wasser.«

Kevin packte ihn unter den Armen, Jason und André hielten seine Beine, und so wateten sie mit ihm hinein. Er wehrte sich, aber das Klebeband hielt seine Hände und Füße zu fest zusammen. Zuerst begriff er nicht, was sie vorhatten. Pascal blieb stehen, als das Wasser ihm bis zu den Knien reichte. Die Mädchen scharten sich um ihn.

»Kevin?« Es war ein Befehl.

Und Kevin, der jetzt kniete, ließ Calvins Oberkörper langsam und beinahe zärtlich nach hinten ins flache Wasser sinken. Calvin versuchte, hochzukommen, aber es ging nicht, Kevin hielt seine Schultern wie ein Schraubstock. Das Wasser drang ihm in Mund und Nase, er würgte, und seine Lungen versuchten, zu husten, er atmete Wasser ein. Kevin hielt ihn weiter unter der Oberfläche, die Welt verschwamm, während er weiterkämpfte. Das also war es, sie wollten gar keine Antworten, dies war eine Exekution. Das Blut dröhnte in seinem Kopf, er sträubte sich weiter, ohne sich wirklich bewegen zu können. Er versuchte, an Nuri zu denken, aber ihr Bild entglitt ihm.

Dann hob Kevin seinen Oberkörper plötzlich aus dem Wasser. Er hustete und spuckte, holte in gierigen, langen Atemzügen Luft. Die Welt war seltsam grell. Also doch keine Exekution?

»Wir waren beim Keller«, sagte Pascal und sah auf ihn herab, seine Finger mit leichter Ungeduld auf die verschränkten Arme trommelnd. Calvin sah ihn nur undeutlich, alles war noch immer verschwommen. »Die haben eine Gasheizung, soviel wir wissen, da muss es einen Heizungskeller geben. Also? Wie kommt man rein?«

Die Antwort war lächerlich einfach. Calvin schwieg. Er hatte immer noch damit zu tun, Luft zu holen.

»Kevin?«, sagte Pascal nur.

Und Kevin drückte ihn wieder unter Wasser. Und wieder war er im ersten Moment zu perplex, um die Luft anzuhalten, wieder wand er sich, wieder nützte es nichts. Alles wiederholte sich. Der Würgereiz, der Hustenreflex, das Verschwinden der Bilder. Die Gewissheit, zu sterben.

Diesmal ließen sie ihn länger unten, oder vielleicht kam es ihm nur so vor. Als sie ihn wieder hinaufzogen, sah er nichts außer Helligkeit. Atmen, Atmen. Sauerstoff.

»Okay«, stieß er hervor. »Ich … rede ja. Die Treppe zum … Keller …«

Kevin wollte ihn wieder unter Wasser drücken, aber Pascal sagte: »Warte.«

Kevin wartete. Und Calvin wollte nicht sterben. Wirklich nicht. Er war genauso gierig nach dem Leben wie nach dem Sauerstoff.

»Wenn man reinkommt, geradeaus«, flüsterte er. »An der Treppe vorbei, am anderen Ende ist eine Feuerschutztür. Grau. Dahinter führt eine Treppe runter zum Heizungskeller.«

»Feuerlöscher da?«, fragte Pascal.

»Ja. Neben der Tür. Gleich links.«

»Schön«, sagte Pascal. »Geht doch. Ist da ein Durchgang zwischen den einzelnen Teilen? Es gibt vier Eingangstüren zu dem Block, aber wie kommt man von einem Teil in den anderen?«

»Gar nicht. Es geht nicht.«

»Kevin?«

Das Wasser nahm ihn wieder auf. Wie ironisch, dass es nur knietief war! Er kämpfte wie bei den ersten beiden Malen, obwohl er seinem Körper sagte, dass es Unsinn war. Dass sie ihn wieder raufholen, ihm wieder ein paar Atemzüge erlauben würden. Aber auch diesmal war er am Ende überzeugt davon, dass sie es nicht tun würden. Es gibt immer ein letztes Mal.

Luft.

»Durchgänge zwischen den einzelnen Teilen?«

»Es … es gibt keine. Wirklich … nicht. Jeder Block hat einen eigenen Heizungskeller, sie sind alle gleich aufgebaut und …«

»Was, wenn er die Wahrheit sagt?«, fragte Cindy.

Pascal fluchte. Und in diesem Moment verstand Calvin: Pascal wollte nicht aufhören. Er brauchte noch eine Frage. Die Fragen waren ohnehin dumm, all das hätte man auch anders herausfinden können. Pascal wollte ihn kämpfen sehen, bis zum Letzten.

Er beugte sich über Calvin und befahl leise: »Sag Heil Hitler.«

Das war wirklich dumm. Es war nur ein Satz.

Er sagte ihn nicht.

»Cindy«, sagte er. »Denk dran, im Internet nach Birkenau zu suchen. Ich habe auch ein paar Sachen gefunden. Von Birkenau kommst du irgendwie auf Dachau. Ein tolles Suchwort ist *Kälteversuche,* das geht auch im Wasser …«

Und da war es wieder, das Wasser, und Cindys Gesicht verschwand. Er wusste nicht, wie lange er das durchhalten würde. Gar nicht, eigentlich. Er gab jedes Mal auf, und das war das Schlimmste. Dass sie das Ertrinken dann doch wieder unterbrachen.

Als Kevin ihn diesmal rauszog, standen Cindy und Melli nicht mehr bei ihnen.

»Sag es. *Heil Hitler.*« Pascal hatte sein Handy herausgezogen und hielt es hoch.

»Heil Hitler.«

»Danke schön«, sagte Pascal mit einem Lächeln in der Stimme. Sehen konnte Calvin es nicht mehr, er sah nur noch sehr schlecht, es musste am Sauerstoffmangel liegen.

»Sag, dass alle Ausländer Untermenschen sind.«

»Alle Ausländer sind Untermenschen.«

»Schön. Hey, stört dich doch nicht, dass wir das mitschneiden, oder? Wirst bestimmt berühmt auf YouTube. Bekenntnis eines Neonazis. Ein gefundenes Fressen für unsere linken Freunde.«

»Können wir jetzt aufhören?«, fragte André. »Die Mädchen sind alle schon an Land. Ich glaub, Cindy kotzt. Und ich hab auch nicht mehr so viel Bock.«

»Dann geh zu den Mädchen und heul«, sagte Pascal. »Die Welt ist eine bessere ohne Verräter wie Calvin Lüttke.«

»Dann mach ihn alle und lass uns abhaun«, sagte Jason. »Wenn jemand kommt …«

»Schiss? Willst du selber ein bisschen baden?« Pascals Freundlichkeit war eisig. »Ich würde das hier gerne bis zum Ende aufnehmen, als Warnung an die anderen Volksverhetzer da draußen. Außerdem ist es ein wissenschaftliches Experiment, und mehr als drei oder vier Mal hält er sowieso nicht durch. Würde mich interessieren, was die längste Zeit ist, die er unter Wasser schafft. *Kevin?*«

»Ja«, sagte Kevin.

Willkommen in der Welt ohne Sauerstoff.

Nuri hörte ihn ihren Namen rufen und begann zu rennen. Zwischen den Kiefern durch, deren Stämme sich in der Sonne zu Säulen verwandelten. Sie stolperte über eine Wurzel, schlug der Länge nach hin und lachte leise über sich selbst, als sie sich aufrappelte. Danach ging sie langsamer weiter, den Kopf voller winziger Singvögel.

Irgendwo dahinter saßen die Tränen des Abschieds, klein und schwer wie Blei, aber jetzt war keine Zeit für Tränen.

Calvin, ich komme. Ich bin nur ein wenig spazieren gegangen.

Als sie die Stelle oben an der Steilküste erreichte, an der sie sich verabredet hatten, war dort niemand. Ein Hund kläffte im Wald zu ihrer Linken. Dann hörte sie Stimmen. Von unten, vom Wasser her.

Und sie beugte sich über das Geländer.

Ein Bild: Menschen stehen um einen Körper herum, der am Boden liegt.

Fesseln aus Klebeband. Ein Darüberbeugen, eine Unterhaltung, nicht zu verstehen aus der Entfernung. Menschen tragen den Körper ins Wasser, drei halten ihn fest, einer steht mit verschränkten Armen daneben. Die Mädchen im Bild sind so bunt, das Wasser so blau. Fast könnte man denken, es wäre ein Spiel.

Die Polizei, sie musste die deutsche Polizei anrufen.

Aber es würde zu lange dauern, bis sie da wären …

Sie kauerte jetzt ganz vorne an der Kante auf der Erde, ihr war mit einem Mal schwindelig. Über ihr saßen die schwarzen Flügel in den Ästen.

Sie wusste genau, was sie sah. Der Mann, der da stand, die Arme über der verbundenen Brust verschränkt, war ein Mann in einem Büro, hinter einem Tisch. Das Wasser war der Keller, und es rief nach Calvin und spuckte ihn wieder aus, und das Hin und Her war das Schlimmste.

Dschinan. Wird er dich dort unter Wasser finden, weil du immer da bist, wenn es nicht weitergeht? Wird das Wasser zu Gold werden, durch deine kleine Hand? Und in dem Moment, in dem er dich findet – werde ich ihn verlieren?

Das Schlimmste ist nicht, wenn sie dich quälen. Das Schlimmste ist, wenn sie dich dabei zusehen lassen, wie sie jemanden quälen, den du liebst. Sie schloss die Augen, um nichts mehr sehen zu müssen. Sie konnte ihm nicht helfen. Tränen brannten hinter ihren Lidern.

Warum war niemand da? Kein Spaziergänger auf dem Weg? Wenn sie rief, würden die dort unten die Ersten sein, die sie bemerkten, und dann nützte ihr Rufen niemandem etwas.

Der Hund kläffte wieder. Natürlich. Kevins Hund. Rudolf Heß.

Und auf einmal schlug etwas in Nuri um.

Die schwarzen Schwingen erhoben sich mit einem ohrenbetäubenden Rauschen aus den Kiefern, sie rief sie zu sich, sammelte ihre Kraft in ihrem Herzen, sprang auf und rannte. Sie rannte auf das Kläffen zu.

Kevin hatte den Hund am Beginn eines steilen Pfades angebunden, der durch die Klippen abwärtsführte. Dort also waren sie hinuntergeklettert. Der Hund bellte ihr entgegen, hechelnd, an seiner Leine hin und her springend; Speichelfäden unter dem Maul. Sein gedrungener Körper sah dem von Kevin tatsächlich ähnlich, sein Nacken, sein starker Kiefer, trainiert aufs Zuschnappen und Totbeißen …

Nuri blieb stehen, gerade so weit entfernt, dass er sie nicht erreichen konnte.

Der erste Stein flog und traf, der Hund jaulte auf, aber die Leine hielt ihn, er konnte nicht weg. »Lauter«, sagte Nuri, ihre Stimme eiskalt. »Schrei lauter.« Es gab genug Steine, auch Steine mit spitzen Kanten. Ihr Krieg gegen den Hund war unfair, er konnte nichts dafür. Sie warf hart und aus kurzer Entfernung, die schwarzen Schatten saßen tief in ihr. Das Schmerzgebrüll des Hundes war beinahe menschlich.

Er blutete jetzt aus einer Wunde an der Flanke, er sprang wild im Kreis herum und schnappte in die Luft wie ein Wahnsinniger. Der nächste Stein, splitterförmig, riss die Flanke weiter auf, der darauffolgende war groß genug, um den Hund stürzen zu lassen. In Nuris Augen brannten Tränen, die nicht geweint wurden.

Der Hund schrie jetzt schrill, panisch, unerträglich, er kam nicht mehr auf die Beine, vermutlich war einer seiner Hinterläufe gebrochen.

Nuri hielt die Luft an und lauschte.

Endlich hörte sie Stimmen, die den steilen Pfad heraufkamen. Und sie sprang auf und rannte fort, durch den Kiefernwald, selbst nur ein Schatten. Sie riss sich die schwarzen Flügel gewaltsam aus dem Herzen, während sie lief. Es war schwer, sie begriff das jetzt, sie hätte gerne noch ein paar Steine geworfen. Blutrausch.

»Scheiße! Was … Rudolf? Wir müssen mit ihm zum Tierarzt. Welches Schwein war das? Welches Schwein verletzt denn ein hilfloses Tier? Wir müssen …«

Sie blieb einen Moment stehen. Kevin heulte, sie hörte es deutlich. Sie zählte die Stimmen. Sie waren alle mitgekommen. Pascals Stimme kam als letzte, er klang erschöpft nach dem steilen Pfad, aber er war da.

Nuri betete, während sie zwischen den Kiefern durchrannte. *Allahu akbar. Gott ist groß. Wird er uns helfen? Wir brauchen keine Propheten mehr, wir brauchen nur noch ein bisschen Glück …*

Sie kletterte an einer anderen Stelle hinunter, es war schwierig, sie stürzte ein paarmal beinahe, und dann sah sie ihn dort unten liegen, im flachen Wasser – und dann war sie bei ihm. Er lag auf dem Rücken, reglos, mit geschlossenen Augen. Seine Haut war seltsam weiß. Sie zerrte ihn an

Land und fiel neben ihn auf die Knie, dachte an Kamal, an Ummi beim Bach …

Sie presste ihre Lippen auf die von Calvin, merkte, dass sie selbst nicht genug Luft hatte, atmete tief ein und versuchte es noch einmal. Und noch einmal. Nein, natürlich, man musste die Nase des Ertrunkenen zuhalten, sonst entwich die Luft wieder.

Sie war konfus, sie machte alles falsch, ihre Hände zitterten. Sie suchte die richtige Stelle auf Calvins Brust, um zu drücken. Ruckartig, hatte Kamal gesagt, zwanzig Mal? Dreißig Mal? Egal.

Kamal! Warum bist du nicht hier?

Sie wünschte, sie hätte ihn anrufen können. Sie wünschte, sie hätte irgendjemanden anrufen können. Aber sie hatte keine Zeit. Die brennenden Tränen kamen endlich aus dem Versteck ihrer Augen und fielen auf Calvins Gesicht. Und kein Wunder geschah.

Sie gab nicht auf.

Atemspende, Herzmassage, Atemspende, Herzmassage … Ihr war schwindelig vor Anstrengung, sie wünschte, sie hätte an diesem Morgen irgendetwas gegessen.

Aber sie gab nicht auf.

Sie würde so lange weitermachen, bis sie einfach neben ihm umfiel. Sie hatten sich versprochen, zusammen wegzugehen.

Was immer das bedeutete.

Oben war der Wald jetzt vollkommen still.

Kein Hundejaulen mehr, keine Stimmen von gar niemandem.

Vielleicht, dachte Nuri, waren sie beide die letzten Menschen auf der Welt.

Und dann lief eine Bewegung durch den Körper unter ihren Händen. Er bäumte sich auf wie in einem Krampfanfall und sackte wieder in sich zusammen, hustete, krümmte sich wie ein Embryo. Nuri packte ihn an den Schultern und schüttelte ihn.

»Calvin?«

Da schlug er die Augen auf und nickte, sehr schwach.

Sie wusste nicht, womit sie das Klebeband durchschneiden sollte, es gab kein Messer mehr. Sie ging am Ufer entlang und suchte einen Stein mit einer einigermaßen scharfen Kante. Als sie zurückkehrte, dorthin, wo er auf sie wartete, ohne sich rühren zu können, in seinen nassen Kleidern und mit seinem nun wieder grünen Blick, da mochte sie ihn so sehr, dass es unbeschreiblich wehtat. Ihn und das Leben.

Es dauerte eine Ewigkeit, bis sie das Klebeband durchtrennt hatte. Calvin zitterte, er war eiskalt. »Kannst du gehen?«

»Hm.« Es war mehr ein Murmeln. »Aber nicht da hoch. Nicht die Klippen hoch.«

»Außen rum dann. Sie sind weg, denke ich.«

»Was hast du …«

»Ich habe den Hund umgebracht. Vielleicht. Kevin hat geheult. Die sind mit dem Hund weg, bestimmt. Und sie wissen nicht, dass ich hier bin. Komm.«

Sie stützte Calvin, sie humpelten zusammen am Strand entlang, und irgendwann ging es, irgendwann lief er wieder selbst. Der einzige Spaziergänger, den sie trafen, war ein Mann mit einem Golden Retriever, der nach Bernstein suchte. Er sah sie seltsam an, und Nuri fragte sich, was für ein Bild sie abgaben: ein klatschnasser Junge und ein Mädchen, dessen eine Gesichtshälfte aus einer Schürfwunde bestand.

»Alles okay mit euch?«, fragte der Mann.

»Ja«, sagte Nuri und lächelte. »Danke.«

Die Straße über die Insel war ein Highway.

»Der Highway 66.« Calvin grinste. »Die ersten Kippen, die ich geraucht habe, hießen danach. Liegt in Amiland, oder?«

»Ja«, sagte Nuri. »Zwischen Chicago und Kalifornien. Fahren wir da hin?«

»Auf jeden Fall«, sagte Calvin. »Wenn wir es irgendwie aus Deutschland rausschaffen. Wir brauchen neue Pässe.«

»Hast du Kontakte zu jemandem, der so was macht?«

»Klar«, sagte Calvin und lachte. »Bloß leider im falschen Milieu.«

Sie stellten das Radio an und öffneten die Fenster, um den Kiefern- und Heuduft der Insel hereinzulassen. Sie lachten eigentlich die ganze Zeit. Übermüdet, erschöpft, albern. Sie fühlten sich wie auf Droge, sie hätten ewig einfach so weiterfahren können.

Sie sprachen nur über Dinge, die nichts mit den letzten vierundzwanzig Stunden zu tun hatten. Am Mittag machten sie halt bei einem winzigen Hafen, wo es Fischbrötchen und Cola gab. An einer Laterne glänzte ein Aufkleber der NPD: *EIGENTUM UND ARBEITSPLÄTZE SICHERN! GRENZEN DICHT!*

Sie lachten auch über den Aufkleber.

»Wenn die wüssten, dass wir rauswollen, nicht rein!«, sagte Calvin.

An einem Straßenschild klebte noch ein Aufkleber, hübsch rund. *GOOD NIGHT LEFT SIDE.* In der Mitte war eine schwarze Silhouette abgebildet, die auf eine rote Figur am Boden einschlug.

»Komisch«, sagte Nuri, »wenn man sucht, findet man überall solche Dinge.«

»Lass uns nicht suchen«, sagte Calvin. Er holte einen Edding aus der Tasche, um den Aufkleber zu übermalen, es war immer gut, einen Edding dabeizuhaben. Aber der Stift war im Wasser ertrunken. Er warf ihn mit einem Fluch ins Gebüsch.

»Komm weg hier«, sagte er.

Sie hielten in einem Waldstück in der Nähe eines Campingplatzes, Calvin stellte das Auto mitten zwischen die Bäume, und es verschmolz mit dem Abend.

Hinter den Reihen der allgegenwärtigen Kiefern rauschte das Meer.

Sie fanden zwei Schlafsäcke und ein Zelt im Kofferraum, beides so alt wie das Auto, aber frisch gewaschen.

»Sie hat an alles gedacht«, sagte Nuri und drückte den Schlafsack einen Moment an sich. »Ich werde sie vermissen.«

»Sie dich auch«, sagte Calvin. »Ich glaube, du warst die Tochter, die sie nie hatte.«

Dann sammelten sie Holz für ein illegales Strandfeuer und wärmten eine Dose mit Ravioli auf. Sie hatten auf dem Weg bei einem Supermarkt gehalten, und Calvin hatte Nuri im Einkaufswagen geschoben, noch immer albern.

Jetzt hing zwischen den Wipfeln des Waldes eine blaue Nachdenklichkeit.

Nuris Handy meldete sich, und sie starrte es an wie eine Schlange.

»Wir sollten das Ding wegwerfen«, sagte sie. »Man kann uns damit orten.« Aber sie las die Nachricht trotzdem. Sie kam von Frau Silbermann.

Konnte die Polizei nicht anrufen, um zu melden, dass ihr weg seid. Das Telefon ist mir runtergefallen. Weiß nicht, wie das passieren konnte. Ihr könnt eure Ausweise also weiter verwenden. Niemand hat euch vermisst gemeldet.

»Ach, Frau Silbermann«, sagte Nuri. »Ich bin sicher mehr als dreißig Kilometer vom Asylantenheim entfernt. Illegal also. Da hilft mir mein Ausweis sowieso nicht weiter.«

»Sie hat nicht gesagt, wozu du ihn verwenden sollst«, meinte Calvin. »Vielleicht zum Graben …«

Zwei Minuten später kam noch eine Nachricht. *War wegen des Speichers bei der Polizei. Die kümmern sich. Wegerein war ein Herbizid in der DDR, es enthält v. a. Natriumchlorat.*

Nuri machte das Handy aus.

»Damit beschäftigen wir uns morgen«, sagte sie, rollte sich neben Calvin zusammen und legte ihren Kopf auf sein Knie. »Denkst du, man kann mit dem Zeug jemanden vergiften?«

»In großen Mengen?«, sagte Calvin. »Aber das ist jetzt Sache der Polizei. Wir sind da raus.« Er ließ seine Hände durch ihr Haar gleiten. »Wir sind jetzt nur noch wir.«

Sie lagen in den Schlafsäcken neben der erloschenen Feuerstelle, und über ihnen standen so viele Sterne, dass es eigentlich Verschwendung war.

»Im Wasser … ich dachte, das ist das Ende«, flüsterte Calvin. »Ich war mir sicher.«

»Ich weiß.«

»Wenn ich irgendwann wirklich die Kurve kratze … dann wünsche ich mir, dass du für die Leute kochst, die zur Beerdigung kommen. Oder … du und Ummi.«

»Gut«, sagte Nuri, suchte seine Hand und hielt sie fest. Sie rückte so nahe an ihn heran, dass ihre Wangen sich berührten, und er spürte, dass es die verletzte Wange war, die sie an ihn schmiegte.

»Wie würdest du gern sterben«, flüsterte sie, »wenn du es dir aussuchen könntest?«

»Gar nicht«, sagte Calvin.

»Aber wenn du müsstest?«

»Ich weiß nicht. Lass uns zuerst uralt werden. Wir setzen uns neben so ein Weinfeld am Drusenberg und sterben da, zusammen, mit ungefähr neunzig.«

Sie lachte leise. »Ich würde lieber sterben, bevor ich alt werde. Es muss schnell gehen. Und es muss passieren, wenn ich glücklich bin, weil man dann das Glück mitnehmen kann in den Tod. Vielleicht klettere ich mit vierzig auf ein sehr hohes Haus und springe runter.«

»Das ist … ziemlicher Unsinn«, sagte Calvin langsam.

»Ja. Vermutlich haben sie alle sehr hohen Häuser in meinem Land bis dahin zerbombt.«

»Warum willst du dich umbringen?«

»Ich habe …« Sie verstummte. Dann wisperte sie, kaum hörbar: »Ich bin ein Feigling, Calvin. Ich habe wahnsinnige Angst davor, zu leiden. Ich habe wahnsinnige Angst vor Sachen wie Krankheit und Schmerzen und …« Sie verstummte.

»Folter«, sagte er und drückte ihre Hand ganz fest. »Das ist kein Grund, mit vierzig von einem Dach zu springen. Denk nicht mehr dran.« Er küsste sie, aber nicht richtig, weil er zu müde war, um sich aufzusetzen. »Nuri?«

»Hm?«

»Hast du eigentlich je … mit Aarif … oder mit … jemand anderem …?«

»Ich erzähle dir das Ende meiner Geschichte morgen«, flüsterte Nuri.

Und dann packte der Schlaf sie, und er folgte ihr.

Dunkelheit zwischen den Kiefern, Dunkelheit am Strand.

Nur ein bisschen Meeresleuchten. Durch die Nacht gehen Albträume spazieren. Und die Schläfer in den Schlafsäcken zucken, schrecken immer wieder hoch, ohne aufzuwachen. Der eine ertrinkt. Er ertrinkt jetzt zum fünften Mal in dieser Nacht. Die Panik ist die gleiche wie am Tag. *Heil Hitler.*

Die andere dreht und wendet sich im Schlaf, irgendwo in ihren Erinnerungen schreit ein Mensch in einem Raum tief unter der Erde, hinter einer Tür, es ist ein unmenschlicher Schrei.

Lang lebe Assad.

Schließlich halten sich die beiden dort aneinander fest, trotz der Schlafsäcke, und dann liegen sie ruhig. Endlich. Sie schlafen, traumlos jetzt, sie haben alles hinter sich gelassen, und da ist nur noch Dunkelheit.

Und ein bisschen Meeresleuchten.

Der nächste Tag brachte Regen, und sie flohen in die Trockenheit des Autos. Sie fuhren, bis es mittags aufhörte zu regnen. Dann stiegen sie einfach irgendwo aus und gingen spazieren, und weil es warm war, suchten sie eine Stelle zum Schwimmen. Sie fanden eine winzige Bucht, verborgen im Schilf, hinter einem Feld. Niemand war dort je geschwommen, außer den Enten.

Als Calvin bis zu den Knien im Wasser stand, wurde ihm schwindelig. Er konnte es nicht. Wenn er nur daran dachte, Wasser in den Mund oder die Augen zu bekommen, musste er sich beinahe übergeben. Vielleicht würde er nie wieder schwimmen. Er wusch sich, im Wasser stehend, während Nuri schwamm.

Hinterher lagen sie nackt auf dem sehr kleinen Stück Sand und schliefen wieder. Wie lange würden sie brauchen, bis sie alle Erschöpfung aus ihren Köpfen herausgeschlafen hatten?

Calvin wachte als Erster auf und sah Nuris nackten Körper neben sich liegen. Zuvor, beim Schwimmen, hatte er sich gezwungen, nicht zu genau hinzusehen.

Aber sie waren jenseits aller Grenzen. Und sie war wunderschön. Nicht ebenmäßig oder perfekt, sondern schön.

Er hatte Cindy nie auf diese Weise nackt gesehen, sie hatte immer darauf geachtet, dass ein Stück des Betttuchs über ihr lag oder dass sie Unterwäsche trug, die ihrer Figur schmeichelte. Sie war immer geschminkt gewesen. Solariumsgebräunt. Rasiert. Verzweifelt bemüht darum, schön zu sein. Sie hatte mit ihrem Gewicht gekämpft, obwohl er nie gefunden hatte, dass ihre Pummeligkeit störte.

Cindy hätte sich niemals nackt mit ihm an den Strand gelegt, in diesem Licht, das nichts verbarg. In Nuris Realität gab es Wichtigeres. Überleben.

Möwen schrien über dem Schilf.

Calvin legte eine Hand auf Nuris nackte, magere Schulter. Sie regte sich ganz leicht, halb wach.

»Was …?«

»Nichts.«

Er rollte sich auf den Bauch, um seine Erektion zu verbergen. Er würde mit ihr schlafen, irgendwann. Wenn sie wollte. Es musste nicht jetzt sein, jetzt wollte er nur, dass sie da war.

»Ich denke gerade«, sagte Calvin leise, »dass ich eigentlich glücklich bin.«

»*Eigentlich* ist ein dummes Wort«, sagte Nuri und drehte sich auf die Seite, um ihn anzusehen. »Willst du das Ende der Geschichte hören?«

»Ja. Aber eigentlich ist nicht dumm. Es ist nur real. Man kann nicht vollkommen glücklich sein.«

Sie nickte, nachdenklich. »Denkst du auch an deine Familie? Daran, dass du sie nie wiedersiehst?«

»Nie«, sagte Calvin, »ist ein schlimmeres Wort als eigentlich.«

»Vielleicht sehen wir sie ja doch wieder. Eines Tages. Stell dir vor … wir haben diese beiden völlig wilden Kinder, die die ganze Zeit Unsinn machen, sie haben Haare wie ich, nur dass sie sich weigern, sie kämmen zu lassen, und ihre Augen sind so grün wie deine … und dann tauchen wir bei deinen Eltern auf, und die wilden Kinder singen auf Arabisch irgendetwas Unanständiges, und dein Vater kriegt fast einen Herzinfarkt, weil er inzwischen alt geworden ist.«

»Und dann besuchen wir deine Familie, und die wilden Kinder spielen Ringwerfen mit den Sesamkringeln der Tanten und verführen Mariams Kind dazu, sich danebenzubenehmen.«

»Sie werden uns hassen«, sagte Nuri zufrieden. »Wo leben wir eigentlich?«

Er dachte nach. »Irgendwo, wo es warm ist. Kannst du Spanisch?«

»Nein.«

»Gut«, sagte er. »Ich auch nicht. Wir ziehen also nach Spanien. Und jetzt muss die Geschichte zu Ende erzählt werden.«

Sie drehte sich auf den Rücken, verschränkte die Hände im Nacken und sah in den Möwenhimmel, noch immer nackt. »Ja. Ich habe nur noch keinen Geruch gefunden. Vielleicht ist es der Geruch des Himmels da oben … Der Geruch der Freiheit.

Wir blieben. Die Aprikosenbäume trugen längst keine Früchte mehr.

Wir gaben Dschinans Verwandten Geld. Sie lachten und zuckten die Schultern. Sie konnten nichts mit unserem Geld anfangen.

Wir lebten von dem, was sie hatten, und es war nicht viel, aber sie teilten es voller Stolz: Bulgur, Hirse, ein paar Kartoffeln, das Gemüse des Gartens. Die Milch der Schafe.

Wir sprachen nie über Ummis Versuch, alleine hierzubleiben, im Bach, zwischen den Blumen.

Und Kamal erzählte uns nie, was er getan hatte oder wie er uns gefunden hatte. Er war aus Aleppo gekommen, das bekamen wir irgendwann heraus, mehr nicht.

Es wurde Oktober, es wurde Dezember. Abi machte Pläne. Er erzählte seine deutschen Märchen so lange, bis wir sie auswendig konnten, wie die Geschichten der Geschichtenerzähler in den alten Cafés. Wir wussten, wann in Deutschland der Schnee kam und wie die geschmückten Geschäfte in der Weihnachtszeit aussahen, wann die Kinder Ostereier suchten und was die Deutschen trugen, wenn sie durch den Bergwald wanderten, nämlich Gesundheitssandalen. Und dass sie Fußball liebten und Musik und Kino und die Wärme, die sie nie hatten.

Kamal lächelte über Abi. Nicht wir waren die Kinder, die ihm lauschten – er, der Erzähler, war das Kind. Wir taten so, als glaubten wir ihm. Was für ein wunderbares Land.

›Nehmt ihr mich mit dahin?‹, fragte Dschinan.

›Du bleibst schön hier‹, sagte ihr Großonkel und strich ihr über den Kopf. ›Sonst haben wir niemanden mehr, der sich um uns kümmert, wenn wir alt und vergesslich werden, was?‹

Das kleine, schwarze Radio erbrach in unregelmäßigen Intervallen weitere Nachrichten.

Am 12. Dezember schoss die Armee die ersten Scud-Raketen aus der Nähe von Damaskus auf Rebellenstellungen im Norden des Landes. Scud-Raketen treffen sehr ungenau. Sie scheinen Zivilisten und deren Häuser zu bevorzugen.

›Zeit, zu gehen‹, sagte Abi wieder.

Aber er hatte es nicht geschafft, mit seinen deutschen Bekannten von damals Kontakt aufzunehmen. Es gab nur sehr selten überhaupt Netz, um zu telefonieren.

›Hast du es bei Anna und ihrem Vater versucht?‹, fragte ich.

Abi nickte. ›Die Nummer scheint nicht mehr zu stimmen. Wir versuchen sie zu finden, wenn wir da sind. Von Deutschland aus. Sie werden uns bei sich aufnehmen, bestimmt.‹

Aber ich dachte daran, dass Anna mir nie mehr geantwortet hatte. Vielleicht wollte sie vergessen. Die Dinge, die hier geschahen, wollte jeder vergessen.

Es gelang uns beinahe. Das Dorf war zu friedlich, die schwarzen Flügel hielten still, und wir nahmen Abis Deutschlandpläne irgendwann nicht mehr ernst. Nur Kamal tigerte unruhig die Pfade hinauf und hinunter, wortlos wie meistens. Ich fragte mich, warum er blieb. Warum er nicht zurück dorthin ging, wo er etwas tun konnte.

Vielleicht witterte er etwas, der Tiger. Vielleicht blieb er, um Ummi zu schützen.

Eine seltsame Sache geschah. An einem Tag, zu einer Stunde, zu der das Handynetz funktionierte.

Das Handy meines Vaters klingelte auf der Mauer neben dem Eingang, als ich direkt daneben stand.

Vor mir fiel der Hang zum Tal ab, ich sah den Bach mit den breiten Felsen und die Bäume, die ihn beschatteten, und dachte, wie schön das alles war.

Ich nahm das Handy von der Mauer.

›Nura?‹

Ich kannte die Stimme in der Leitung nicht, sie war tief und rau und verschwommen, verwischt, wie im Nebel. Und ich erinnerte mich an die Undeutlichkeit in der Sprache meines Bruders.

›Nura, bist du das? Kannst du mich hören?‹

›Ja. Wer …?‹

›Denk an das Weinfeld.‹ Ein Husten am anderen Ende der Leitung, oder nur eine Störung der Verbindung. Ich spürte, wie meine Augen sich weiteten.

›Yassir?‹ Nein, dachte ich, es konnte nicht Yassir sein. Diese Stimme war die Stimme eines alten Mannes.

›Ungefähr‹, sagte er. ›Ich gehe weg. Ich wollte nur Auf Wiedersehen sagen.‹

›Auf Wiedersehen? Wiedersehen wo? Wo bist du? Was hast du die ganze Zeit über gemacht?‹

›Zu viele Fragen‹, sagte er, und diesmal war es eindeutig ein Husten.

›Ist es nicht irre‹, sagte ich, ›dass ihr das Ganze angefangen habt? Alles, was jetzt los ist … durch ein einziges Graffito an eurer Schule?‹

›Ich habe kein Graffito gemalt.‹

›Deine Eltern haben gesagt, du hättest im Gefängnis gesessen …‹

›Ja‹, sagte Yassir. ›Ich war im Gefängnis, Nura. Aber ich habe nichts gesprayt. Sie sind in die Schule gekommen und haben gefragt, wer das war, und ein paar haben sich aus Angst gemeldet, weil sie dachten, sie werden sowieso verraten. Ich habe mich auch gemeldet.‹

›Obwohl du es nicht warst?‹

Er hustete wieder. ›Ich wäre so gerne dabei gewesen. Ich wollte …‹

›Ein Held sein‹, sagte ich und lächelte. ›Für deinen Bruder in Tadmur.‹

›Ja.‹

›Du hast dich einsperren und foltern lassen für etwas, das du nicht gemacht hast.‹

›Ja. Ich … habe seitdem eine Menge gemacht. Heldenkram ohne Verstand. Sachen in die Luft gesprengt. Es war … laut. Sonst nichts. Werd bloß nie ein Held, Nura. Helden sind Mörder. Geht es euch gut?‹

›Wunderbar‹, sagte ich, und jetzt hatte ich dumme, sinnlose Tränen in den Augen. ›Wir sind im Norden, in den Bergen. In der Nähe der türkischen Grenze. Es ist schön hier … die Schafe …‹

›Geht rüber.‹

›Yassir, kannst du zu uns kommen? Es ist nordwestlich von Aleppo …‹

›Leb wohl, Nura‹, sagte er. ›Und sag auch den anderen Lebwohl von mir. Du hattest immer recht mit den Schatten. Hör auf sie. Hör auf … die Schatten.‹

Dann zerbrach die Verbindung.

Es war Januar, und der Wind in den Bergen war kalt, als sie kamen.

Sie waren auf einmal da.

Du gehst abends schlafen, und du stehst morgens auf, und sie sind da. Sie tauchen auf wie ein Phantom. Wie die Schatten.

Sie hatten die Schatten mitgebracht. Und diesmal hatte ich nichts gemerkt. Ich hasste mich dafür.

Wir erwachten von den Rufen und den Schüssen – die Rufe waren kurze, gebellte Befehle, die Schüsse waren Schüsse ins Herz des Dorfes. Ich lag da und starrte in die Dunkelheit. Die Schafe blökten, panisch. Dann ging die Tür auf, und jemand riss mich von meinem Lager. Es war Kamal.

›Steh auf‹, flüsterte er, ›sie sind hier, wir müssen uns verstecken.‹

›Wer?‹, fragte ich, halb noch im Schlaf. ›Die Armee?‹

›Nein‹, sagte mein Bruder und stieß mich aus dem Zimmer in den Hof. ›Nicht die Armee. Die Rebellen.‹

›Aber die Rebellen sind wir‹, sagte ich, verwirrt. ›Die Rebellen sind unsere Freunde.‹

›Du wirst gleich sehen, wie sehr sie unsere Freunde sind‹, zischte mein Bruder, und dann stieß er mich weiter, durch den Hof, hinter einen Stapel aus Eisenträgern und Brettern, der dort lag, um das Haus vorne weiterzubauen, während es hinten wieder in sich zusammenfiel.

Wir kauerten dort am Boden, wir alle – meine Eltern und Dschinan und ihre Großtante und ihr Großonkel, und wir hörten jetzt Schreie von draußen, nicht nur Rufe, sondern Schreie, schrill und hoch wie das Blöken der Schafe. Einer der Schreie brach einfach ab, mittendrin, und ich packte Dschinan, unwillkürlich, und drückte sie an mich. Ich sah die Umrisse meiner Eltern, die sich aneinanderklammerten.

›Wo ist Kamal?‹, flüsterte ich.

Er war irgendwo draußen, wo die Schüsse und die Schreie waren, im Morgen, der langsam heraufzog.

Wir hörten, wie jemand vorne an die Haustür hämmerte, und gleich darauf hallten Rufe durchs Haus.

›Im Namen Allahs … Wo sind die Ketzer? Gebt uns die Ketzer heraus.‹ Es war wie in einem Film, ich hätte niemals gedacht, dass es solche Sätze im wahren Leben gibt. ›Im Namen Allahs …‹ Aber Allah war nicht da, er hatte uns wieder vergessen, oder er versteckte sich wie wir, vielleicht hatte er Angst bekommen vor seinem eigenen Namen. Stiefel kamen durch den Hof, Schüsse fielen, die Soldaten brüllten jetzt Dinge über Mörder und Verräter, die mit dem Regime gemeinsame Sache machten. Sie brüllten auch etwas über Gerechtigkeit und einen Gottesstaat, in dem Ketzer keinen Platz hätten, und dass sie den Sunniten nichts tun würden, wenn sie die Ketzer herausgäben.

Dschinans Großtante und ihr Onkel, beide Sunniten, saßen neben uns und rührten sich nicht. Dann hörten wir wieder Schüsse, sehr nah, ein weiteres Schaf blökte, es musste sich in all dem Durcheinander in den Hof verlaufen haben. Es blökte ein letztes Blöken, sie hatten das Schaf getötet, weil sie die Ketzer nicht finden konnten, es war Irrsinn.

Ich wollte hinausgehen und ihnen sagen, dass wir auf der Seite der Revolution standen, auf der Seite der Freiheit und der Demokratie, aber so dumm war nicht einmal ich. Als sie gingen, flogen die schwarzen Flügel mit ihnen, aber sie streiften den Orangenbaum, der mitten im Hof wuchs, und es prasselte und knisterte in seinen Ästen. Wir rochen das Feuer und saßen noch immer still, wagten noch immer nicht, uns zu rühren.

Aber schließlich konnten wir nicht mehr dort bleiben, wo wir waren, wir krochen aus unserem Versteck und rannten. Wir rannten durch ein Flammenmeer. Es war rot und gelb und sehr hell, es war wunderschön. Der Orangenbaum reckte schwarze Äste in den Himmel, und das Haus brannte wie eine Fackel. Ich sah das Schaf, das am Boden lag, mit wahnsinnig verdrehten Augen. Es blutete aus einer Wunde an seiner Flanke, es war nicht tot, es stieß mit den Beinen in die Luft und blökte wieder, aber wir konnten dem Schaf nicht helfen, wir rannten weiter und überließen es den Flammen. Ich dachte an Aarifs Witz von Mahir al-Assad und Rami Machluf und dem Schaf. Dschinan zog mich durch die tödliche Hitze hinaus auf die Straße, doch die Straße war zu einer Hölle geworden. Die Kämpfer waren überall.

Wir sahen, wie sie eine Familie aus einem Haus zerrten, eine alawitische Familie, Männer, Frauen, Kinder. Eine der Frauen warf sich auf den Boden, zu Füßen der Kämpfer, zerraufte ihr Haar und flehte sie an, sie zu verschonen oder doch wenigstens die Kinder zu verschonen. Der Soldat setzte ihr die Mündung seines Gewehrs mitten ins Gesicht und schoss. *Im Namen Allahs.*

Das Blut spritzte auf den kleinen Jungen, der neben seiner Mutter gekauert hatte. Die Gewehrmündung wanderte zu ihm hinüber.

Wir rannten.

Den Weg entlang, zum Bach mit den flachen Felsen, wo sonst die Kinder spielten. Das Wasser war rot wie in Homs. Die Luft war voller Staub wie in Al Midan. Einmal drehte ich mich um, und da sah ich Kamal auf einem Hausdach stehen, einen großen Stein in der Hand, ich sah ihn zielen. Einer der Kämpfer in der Gasse unten fiel. Mein Bruder war zielsicher. Aber da war ein anderer Kämpfer, der auch zielte, mit einem Gewehr, auf das Dach. Kamal stand nicht mehr dort, der Schuss ging ins Leere. Dschinan zog mich weiter.

Einer war jetzt hinter uns, er legte das Gewehr im Rennen an, und wir ließen uns fallen, seitwärts, ins Wasser. Es war eiskalt. Ich hörte Dschinan schreien. Ich schleifte sie mit, wir krochen durch den Bach, geduckt, ein paar Felsen zwischen uns und unserem Verfolger. Aber es gab keine weiteren Schüsse, vielleicht hatte er ein anderes Opfer gefunden.

Ich sah die schwarzen Schwingen von der anderen Seite kommen, und da war einer der Aprikosenbäume, niedrig, geduckt, er wuchs halb im Wasser, sein Stamm gabelte sich schon weit unten. Ich hob Dschinan hinauf, sie war leicht wie ein Gedanke, aber meine Hände wurden glitschig, als ich sie anfasste, und rot. Ich kletterte ihr nach. Sie mussten uns gesehen haben, irgendwer musste uns gesehen haben, wie wir auf den Baum kletterten. Seine Blätter waren dicht, jetzt verbargen sie uns, aber zuvor … Ich krallte mich in die Äste und wartete mit geschlossenen Augen darauf, dass sie uns holen kamen. Sie kamen nicht.

Es war ein Wunder.

Der Geruch von Feuer und Angst hüllte uns ein, und dann öffnete ich die Augen und sah durch die Blätter Dschinans Onkel, er war gefallen und kniete auf dem Weg, neben dem Fluss, er schien nicht hochzukommen, obwohl er unverletzt war. Er war nicht mehr der Jüngste, vielleicht versagten einfach seine Beine. Die Straße war jetzt leer, ein leerer Korridor inmitten von Häusern, die Fackeln geworden waren. Sie hatten nicht alle angesteckt, ich sah das Muster, es waren nur die Häuser der alawitischen Familien. Fünf solche Familien hatte es gegeben, sechs Häuser brannten – das sechste war das von Dschinans Familie. Aber natürlich griff das Feuer auch auf die anderen sunnitischen Häuser über. Ich sah die Kämpfer löschen. Wirklich, sie löschten die Brände der Häuser, die nicht brennen sollten. Ich sah einen von ihnen einer jungen Frau aufhelfen, einer verschleierten Frau.

Dann ging er drei Schritte weiter, bis er neben Dschinans Onkel stand. Er schien ihn anzusprechen. Er zeigte. Vielleicht fragte er nach uns, irgendwer musste ihnen gesagt haben, dass Dschinans Familie uns aufgenommen hatte. Der Onkel versuchte wieder, auf die Beine zu kommen.

Der Kämpfer streckte die Hand aus und zog ihn hoch.

Und dann erschoss er ihn.

Da sah ich in den Himmel, an dem der Morgen sich rot und violett und gelb abzeichnete. Die Berge waren so hoch wie immer, und die Wolken zogen über Tall Achmar, als wäre nichts geschehen.

Was war schon ein kleines Dorf.

Die Häuser brannten noch über eine Stunde weiter, nachdem die Schüsse verhallt waren. Niemand wagte, sie zu löschen. Gegen Abend kamen die ersten Familien aus ihren Verstecken. Ich hätte nicht gedacht, dass es möglich ist, so lange in einem Aprikosenbaum zu sitzen, aber wenn es ums Überleben geht, ist vieles möglich.

Ich trug Dschinan auf meinen Armen durch den Bach und legte sie auf einen flachen Felsen, auf den die Sonne schien. Die Kugel des Kämpfers, der hinter uns gewesen war, hatte ihr Bein gestreift, da war immer noch eine Menge Blut. Ein Schaf, das mehr Glück gehabt hatte als unseres, kam und schnupperte an ihrem Gesicht.

Sie hatte die Augen geschlossen, aber sie atmete, und dann blinzelte sie und lächelte das Schaf an. Als sie die Hand ausstreckte und seinen wolligen Kopf streichelte, bildete ich mir für Sekunden ein, sein Fell wäre golden.

›Nicht sterben‹, flüsterte ich. ›Nicht sterben, okay?‹

›Okay‹, sagte Dschinan.

Wir fanden uns wieder. Alle. Es war ein Wunder.

Meine Eltern hatten sich in einem Keller versteckt, unter einem leer stehenden Haus am anderen Ende des Dorfes, zusammen mit Dschinans Großtante und den Schwestern des Onkels. Mein Vater war auf dem Weg zum Keller verletzt worden, er hatte einen Streifschuss abbekommen wie Dschinan, an der Hüfte. Er konnte nicht gut laufen. Kamal kehrte erst am nächsten Morgen zurück, dreckig, voller Schrammen, aber unverletzt.

›Zwei‹, sagte er.

Wir hatten unser Lager auf der kahlen, kalten Erde aufgeschlagen, ein Stück weit entfernt von den Häusern. Eine Hügelkuppe trennte uns vom Dorf. Es war nicht weit genug weg, die Kämpfer konnten jederzeit wiederkommen, aber weiter konnten wir an diesem Abend nicht gehen.

›Zwei was?‹, fragte ich meinen Bruder.

›Ich habe zwei erledigt‹, sagte Kamal und zuckte die Schultern. ›Große Steine, richtige Wurftechnik.‹ Mehr sagte er nicht, ich glaube, die ganzen nächsten Tage über nicht.

An den Mauern der Häuser im Dorf standen jetzt schwarze Schriftzüge.

DSCHABHAT AL-NUSRA. Al-Nusra-Front.

Keine der alawitischen Familien außer uns hatte überlebt. Bei zwei Kindern waren wir nicht sicher, die hatten sie mitgenommen. Sie entführten gerne Leute. Wir erfuhren später, dass sie die Alawiten in allen Dörfern ausrotteten. Sie zogen nach Süden, um Assads Regime zu stürzen, aber sie wollten es nicht stürzen, um eine Demokratie zu schaffen. Sie wollten den Gottesstaat. Eine neue Diktatur. Und viele al-Nusra-Kämpfer waren gar keine Syrer.

Wir verließen das Dorf am nächsten Morgen, sehr früh. Dschinan ging nicht mit. Sie und ihre Tanten würden Zuflucht in einem Nachbardorf suchen, sagte sie, bei anderen Verwandten. Sie winkte mir lange nach, vom Bach aus, neben den Aprikosenbäumen.

Wir erreichten die Straße, ohne den al-Nusra-Kämpfern zu begegnen, Kamal stützte Abi, halb trug er ihn. Abi war auch der Grund, dass wir nicht versuchten, die türkische Grenze zu Fuß zu erreichen. Wir schlugen ein Lager neben der Straße auf, zwischen den Bäumen, halb verborgen. Am dritten Tag fanden wir einen Lastwagenfahrer, der uns gegen das entsprechende Geld mitnahm.

Eine unverhältnismäßig hohe Summe. Der Lastwagen besaß eine Art doppelten Boden, der Fahrer und sein Freund waren seit einem Jahr darauf spezialisiert, nicht nur Waren über die Grenze zu bringen. Sie verdienten gut.

Und dort, im Dunkeln, unter der Ladefläche, zerbrach ein gläserner, glänzender Traum in mir.

Der Traum von der Revolution.

Syrien, habe ich einmal gesagt, ist weniger ein Land als ein ständiges Vergewaltigungsopfer. Und die Revolution, die so wunderbar begonnen hat, ist auch ein Vergewaltigungsopfer. Sie ist von den Islamisten gekidnappt worden wie die Menschen, die sie mitnehmen.

In der Hochebene hinter Latakia, wo Assads Clan herkommt, haben sie über zweihundert Alawiten exekutiert. Das hörten wir später. Sie führen einen heiligen Krieg gegen die Ketzer, und in den befreiten Regionen, wo es keine Rechtsprechung mehr gibt, lassen sie die Scharia gelten: das uralte Recht des Korans. Du kannst dort getötet werden, wenn du einen Witz über den Propheten machst. Oder wenn du kein Kopftuch trägst. Oder wenn du die Demokratie willst. Genau wie im alten Regime.

Am meisten schmerzte es, dass Mariam recht gehabt hatte.

al-Alawiya ila al-Tabut – wa-al-Masihiya ila Beirut! Christen nach Beirut, Alawiten in den Sarg.

Sie singen es wirklich, aufgehetzt von den Islamisten, die mit ihren Waffen plötzlich da sind und Pseudo-Heldentum verbreiten wie eine Krankheit. Und die so viel effektiver agieren als die FSA.

Nicht dass es in der FSA nicht auch Leute gäbe, die Alawiten exekutieren. Die irgendwen exekutieren. Die plündern und stehlen und brandschatzen und Menschen entführen. Selbst die FSA ist gespalten in viele kleine Lager, islamistische und säkulare, manche hassen sich gegenseitig, ich weiß das jetzt, es gab nie eine einheitliche Freie Syrische Armee.

In der Dunkelheit unter der Ladefläche begriff ich, dass meine Geschichte zu Ende war. Meine und die von Aarif und Yassir und Kamal und allen Menschen, die ich liebte. Wir waren in eine Sackgasse gelaufen. Der Westen hatte der Revolution nie geholfen. Der Irak hat ihr geholfen, und Libyen, die Saudis, Ägypten, Tunesien. Aus ihren Kämpfern besteht, größtenteils, al-Nusra, und sie kämpfen nicht für ein freies, säkulares Syrien, sondern für ein islamistisches Großkalifat.

Kurz nach dem Angriff auf das Dorf der Aprikosen gab es ein Statement im Netz, in dem die *al-Qaeda* offiziell verkündete, die al-Nusra-Front sei nichts weiter als ihr syrischer Arm.

Kamal hatte es immer gewusst.

Wir waren nicht allein in der Dunkelheit unter der Ladefläche. Verborgen unter den Kisten voller Pinien und Trockenfrüchten lagen drei junge Männer mit uns, teilweise verletzt. Ich roch ihr Blut. Ich sah sie nur kurz, als das Licht auf sie fiel, sie waren sehr jung. Desertierte Soldaten der Armee, die nicht zur FSA hatten überlaufen wollen. Sie wollten nur leben.

Kurz vor der Grenze hielt der Lastwagen, und wir hörten Befehle draußen. Eine Armeekontrolle. Sie begannen, die Kisten abzuladen.

›Wir werden sterben‹, flüsterte der Junge neben mir. Er hatte unglaubliche Angst, er zitterte. Ich fragte mich, was er gesehen hatte, bevor er in diesem Lastwagen gelandet war. ›Die erschießen uns. Die machen uns fertig, ich weiß es.‹

›Sch!‹, machte ich, und er war still, aber er zitterte noch stärker. Ich hätte gerne nach Abis oder Ummis Hand getastet, doch ich war in der Hektik auf dem Platz ganz außen gelandet, zwischen diesem Jungen und der rauen, hölzernen Bretterwand. Ich dachte, dass der Junge recht hatte. Sie luden mehr und mehr Kisten ab, langsam, als wollten sie es möglichst spannend machen.

›Wir werden sterben‹, wisperte der Junge noch einmal, ›wir werden sterben …‹

Und dann fand ich das Zittern seiner Hände unter meinem T-Shirt wieder, auf meiner Brust. Ich erschrak für Sekunden, aber ich ließ seine Hand dort. Ich spürte, wie er sich an mich drückte, wie seine andere Hand nach unten wanderte, den Verschluss meiner Hose suchte. Und ich begriff: Wir würden sterben, und das war die letzte Gelegenheit. Vielleicht hatte er noch nie mit einer Frau geschlafen. Und ich hatte noch nie mit einem Mann geschlafen. Vielleicht hatten wir nur Minuten. Ich gebe zu, dass ich es nicht wirklich wollte. Ich wollte vor allem, dass der Junge aufhörte, diese schrecklichen Worte zu flüstern, und ich glaube, ich wollte auch, dass er glücklich war. Ich hatte das Gefühl, dass er jünger war als ich, jedenfalls im Herzen – ein halbes Kind.

Er tat mir weh, als er in mich eindrang, wir lagen auf der Seite, ich mit dem Gesicht zur Bretterwand, und ich biss mir auf die Unterlippe, um nicht zu schreien. Draußen gingen Soldaten auf und ab, wir hörten ihre Schritte und wie sie mit dem Fahrer über seine Papiere sprachen, die offenbar in Ordnung waren, über das Wetter, über die Preise von Trockenfrüchten. Und ich dachte, mitten im Schmerz, den der Junge in mir verursachte, dass diese Soldaten trotz ihrer rauen Stimmen genauso ängstlich klangen wie der Junge hinter mir. Das Gebiet war beinahe ganz von Rebellen kontrolliert, und wenn die al-Nusra-Front diese Soldaten gefangen nahm, war das ihr Ende.

Dann lief ein Ruck durch den Lastwagen und durch den Körper des Jungen, beinahe gleichzeitig. Sie luden die Kisten wieder auf. Minuten später fuhren wir weiter.

Und unsere Körper in der Dunkelheit trennten sich, ich roch wieder Blut, diesmal war es mein eigenes, und ich zog im Dunkeln meine Hose hoch. Also waren wir doch nicht gestorben. Ich versuchte, glücklich darüber zu sein, aber ich war durcheinander.

Beim Aussteigen sah ich weg. Aber dann packte Kamal mich und umarmte mich so fest, dass es wehtat, wir umarmten uns alle, Ummi und Abi und er und ich, und der Himmel über uns war ein türkischer Himmel.

Ummi weinte. Kamal fluchte. Abi atmete die Luft der Türkei tief ein. Und ich? Ich tat gar nichts. Ich blickte nur den Himmel an.

Wir sahen einer eisigen Winterkälte und schrecklichen Zuständen entgegen, wir ahnten es, als wir die Zelte sahen und die Menschen, die vor ihnen kauerten. Doch es gab ein Märchenland, in das mein Vater uns bringen würde, koste es, was es wolle. Und es gab dieses grenzenlose Blau über uns, das einem erlaubte, zu sagen, was man dachte. Über Propheten und Präsidenten zu lachen, wann immer man wollte. Und zu schreiben, was immer man schreiben wollte.

Wir waren frei.«

»Das ist … das ist wunderbar«, sagte Calvin nach einer Weile. »Das ist Scheiße. Die Revolution.«

»Ja«, sagte Nuri. »Kaputt. Da kann man nichts machen.«

»Aber sie geht doch weiter. Sie kämpfen noch.«

»Natürlich. Sie bringen sich jeden Tag weiter gegenseitig um. Sich und alle, die ihnen in die Quere kommen. Es ist eine Art Wettkampf, wer mehr Zivilisten pro Tag tötet. Und es ist egal, wer gewinnt. Ein Assad-Regime oder ein Islamisten-Regime – wo ist der Unterschied?«

»Du bist *für* Assad?«

»Was? Nein. Aber ich bin auch nicht für die Islamisten. Ich bin für … das Leben.« Sie schloss die Augen, schüttelte den Kopf. »Das klingt dumm. Es kümmert auch keinen, wofür ich bin oder wofür wir sind oder …« Sie schüttelte wieder den Kopf.

Calvin legte seine Hand auf ihren Bauch. »Und das in diesem Lastwagen. War das das einzige Mal, dass du Sex hattest?«

»*Ich* hatte keinen Sex«, sagte Nuri. »Er hatte Sex. Ich war nur da.«

»Und jetzt? Du bist achtzehn …«

»Hundertundachtzehn.«

»Natürlich.« Calvin lachte. »Hey, Shit, wie können wir lachen?«

»Es geht eigentlich ganz leicht«, sagte Nuri. Sie öffnete die Augen und lächelte ihn an, ein Lächeln voller Dunkelheit. »Weißt du, es ist immer ein Trotzdem-Lachen.«

»Und könnten wir trotzdem … willst du … ich meine, mit mir … ich meine, irgendwann?«

Nuri streckte eine Hand aus und fuhr mit zwei Fingern über sein Gesicht, dann über den Hals hinab bis zu dem Punkt, an dem man die Hände ansetzt, um jemanden wiederzubeleben.

»Natürlich«, sagte sie schlicht.

Der Wind war warm, und das Schilf raschelte, und niemand sah die beiden in der winzigen Bucht. Niemand außer den Möwen und den Enten und ein paar kleinen Singvögeln, die ihre Nester im Reet gebaut hatten.

Calvin fand seine Jeans mit einer Hand, griff in die Tasche, ja, er hatte an alles gedacht. Spießer.

Er wurde seltsam schüchtern, weil Nuri so ganz anders war als Cindy, und alles war neu, aber auch für sie war alles neu, dachte er, sie kannte nur die Nacht hinter einer Bretterwand, Zentimeter entfernt vom Tod.

Sie küssten sich lange, weil sie das schon konnten.

»Was denkst du?«, flüsterte sie.

»Ich denke ans Ertrinken. Meinst du, es ist möglich, dass ich in dir ertrinke?«

Sie lächelte. »Ich habe Übung darin, dich zu retten.«

Jeder Zentimeter ihres Körpers war ein Stück des Landes, von dem sie erzählt hatte, es gab die Berge und Täler und die Straßen und die Zerstörung, die Wange und die blauen Flecken, die Pascal hinterlassen hatte. Er wurde wütend, wenn er sie zu lange ansah, und deshalb sah er sie lange an. Er sammelte all seine Wut. Er musste sie loswerden. Ihre Finger wanderten über seinen Körper wie seine über ihren, und vielleicht erforschte auch sie ein Land. Deutschland. Nicht das mit den Eichen, das andere, das wirkliche.

»Du hast sie überall«, flüsterte sie. »Die Sommersprossen. Ich hätte nicht gedacht, dass jemand so viele Sommersprossen haben kann. Ich stelle mir vor, sie sind wie Sternschnuppen, und manchmal fällt eine herunter … darf man sich dann etwas wünschen?«

»Auf jeden Fall«, wisperte er. »Vorsicht. Ehemals gebrochener Arm. Und … hier auch Vorsicht. Zu viele Tritte abbekommen.«

Sie lachte. »Wir sind Wracks. Ruinen. Ausgebrannt.«

»Ja«, wisperte er und legte ihr einen Finger auf den Mund. »Sch. Weißt du, Nuri. Männer können dabei nicht reden.«

Sie nickte stumm, registrierend, lernend, grinsend. Und er lernte von ihr, was er tun musste. Cindy hatte sich nie darum gekümmert, sie war stets zufrieden damit gewesen, sich um ihn zu kümmern. Nuri dirigierte ihn wie Musik. Sie führte seine Hände zwischen ihre Beine, schob dann seinen Kopf sacht dort hinunter, strich über die nachwachsenden Haare – und er schmeckte alle Gewürze und Gerüche von Nuris Odyssee in ihrer Tiefe, süß und salzig, bitter und hoffnungsfroh. Weintrauben und Feigen, Oliven und Granatäpfel, Kardamom und Asche. Irgendwann verschlangen sie sich ineinander, Fuß zu Kopf, Kopf zu Fuß, und er dachte an die billigen Pornos seiner Schulzeit. Das hier hatte nichts damit zu tun. Ihre Zungen erzählten sich gegenseitig die Geschichten weiter, die angefangen worden waren, die Geschichten der Flucht, seine und ihre, die Geschichten der Zukunft. Er kam sich ein bisschen vor, als wäre er betrunken.

Schließlich setzte sie sich auf, atemlos, und zog ihn dann an sich, und er ließ sich in sie hineingleiten wie in warmes Wasser. Vor diesem Wasser hatte er keine Angst.

Sie sog die Luft tief ein, und er hielt inne.

»Tu ich dir weh?«

Sie nickte. Schüttelte den Kopf. Nickte wieder. »Ich weiß nicht. Geht schon. Langsam.«

Er versuchte, zu gehorchen, was nicht leicht war, es war, als fiele er in eine Tiefe, die er nicht ausloten konnte. Er tauchte daraus auf, um hektisch nach seiner Jeans zu suchen, Nuri lachte, er kämpfte einen aussichtslosen Kampf gegen die Packung eines Kondoms, schaffte es … »Rassenschande«, wisperte sie. »Komm. Aber vergiss nicht … ich bin auch noch da.«

Sie führte seine Hände zurück zwischen ihre Beine, er versuchte, den Rhythmus seiner Finger an den Rhythmus ihrer Körper anzugleichen, und dann fielen sie zusammen.

Von einem Aprikosenbaum in einen Bach.

Vom Minarett der zerstörten Moschee in Dar'a.

Vom sechsten Stock eines Wohnblocks im sogenannten Brennpunktviertel.

Später gingen sie Hand in Hand zurück zu Frau Silbermanns Auto. Sie waren zwei ganz normale Achtzehnjährige.

Auf den letzten Metern vor dem Wagen fing es an zu regnen, plötzlich und in Strömen, und natürlich fand Calvin den Autoschlüssel nicht. Einen Moment lang war der Regen so stark, dass er Panik in sich aufsteigen fühlte. Er hielt sich mit beiden Händen am Auto fest. Nuri fand den Schlüssel, und dann saßen sie im Auto, klatschnass.

»Lach doch mal«, sagte sie. »Es ist nur Wasser.«

»Oh, super«, sagte Calvin. »Lach mal über Keller.«

Sie sah auf ihr Handy. »Frau Silbermann hat geschrieben. Sie schreibt … Mist. Die Polizei hat diesen Speicher durchsucht und nichts gefunden. Nicht mal irgendwelche Flugblätter.«

»Shit«, sagte Calvin und krallte beide Hände ums Lenkrad. »Gut. Vielleicht war es ja auch Unsinn? Vielleicht planen sie gar nichts? Es geht uns nichts mehr an.«

»Nein«, sagte Nuri.

Sie klang nicht überzeugt.

Sie fanden eine Jugendherberge und checkten mit ihren Ausweisen ein, und niemand fragte irgendwas. Niemand prüfte Nuris Aufenthaltserlaubnis. Die Jugendherberge war voll, und die Leute hatten anderes zu tun, als über Ausweise nachzudenken.

Doppelzimmer waren teurer, natürlich, nur deshalb bekamen sie überhaupt eines.

Und darin stand – ein Stockbett.

Sie sahen sich an und grinsten.

Sie fielen über das ungewürzte, lauwarme Jugendherbergsessen her wie Wölfe, zwischen Schulklassen und Fahrradtouristen. Und sie schmuggelten zwei Flaschen Tankstellenbier auf das Zimmer, wo Calvin am offenen Fenster rauchte.

»Es ist ein bisschen wie Flitterwochen«, sagte er.

Dann versuchten sie, auf dem unteren der beiden schmalen Betten miteinander zu schlafen, ohne dass es quietschte, aber es quietschte selbstverständlich, und darüber mussten sie so sehr lachen, dass es beinahe unmöglich war, weiterzumachen. Schließlich standen sie zu zweit am Fenster, halb angezogen, und sahen hinaus in die Zweige eines riesigen Ahornbaums, hinter dem es langsam Abend wurde.

»Kann alles immer so bleiben?«, flüsterte Nuri.

Calvin legte seine Arme von hinten um sie.

»Ja«, sagte er. »Immer.«

Und dann klingelte Nuris Handy.

Am anderen Ende war eine aufgeregte Fabienne.

»Nuri?«

»Hallo«, sagte sie und merkte, dass sie grinste wie ein Schulmädchen. »Wenn du wissen willst, wo ich bin – das kann ich dir leider nicht sagen.«

»Ich will nicht wissen, wo du bist«, sagte Fabienne. »Ich weiß, ihr seid weg. Gut für euch. Aber … ich kann die Sprache immer noch nicht, du weißt das und … Nuri. Gerade war ich unten, und da waren zwei Männer in Arbeitsanzügen vor der Tür, irgendein Firmenaufdruck. Ich hab sie reingelassen, sie waren höflich, sie haben im Keller den Feuerlöscher ausgewechselt. Warum wechseln sie abends um sechs den Feuerlöscher aus? Das … das ist doch sinnlos. Und … Nuri. Die hintere Tür lässt sich nicht öffnen, Delfine wollte da raus, nur so, sie ist abgeschlossen. Machen die eine Übung hier oder irgendwas?«

»Okay, Fabienne … bleib ganz ruhig, ja? Das mit der Tür ist sicher nur ein Versehen. Irgendwer hat … ich weiß nicht. Es gibt eine Erklärung, ganz bestimmt.«

»Meinst du? Wir sind alle nervös, seit du weg bist. Kamal hat gesagt, sie hätten versucht, dir etwas zu tun.«

»Ja. Aber es geht mir gut. Grüß Delfine, ja? Und meine Eltern. Sag ihnen, dass ich an sie denke. Und dass ich mich melde.«

»Natürlich«, sagte Fabienne. »Gute Nacht.« Und im Hintergrund hörte Nuri, wie Delfine ebenfalls »Gute Nacht!« rief.

»Gute Nacht, Delfine«, sagte Nuri und legte auf.

Sie atmete ein paarmal tief durch. Dann drehte sie sich zu Calvin um.

»Da war ein Feuerlöscher. Ein Feuerlöscher, der nicht benutzt wurde. Im Speicher.«

»Ja.«

»Kann man in Deutschland Feuerlöscher einfach so kaufen?«

»Natürlich. Aber was …«

»Und Arbeitskleidung? Wie Techniker sie tragen? Ist die schwer zu kriegen?«

»Nein. Ich …«

»Jemand hat den Feuerlöscher im Heizungskeller des Heims ausgetauscht«, sagte Nuri.

Calvin überlegte einen Moment. »Scheiße«, sagte er dann. »Der Heizungskeller.«

»Ja …?«

»Sie wollten wissen, wo die Tür zum Heizungskeller ist. Gestern. Im Wasser.«

»Das hast du mir nicht gesagt.«

»Ich … ich hatte es vergessen! Guck mich nicht so an, das war ziemlich krass gestern! Ich habe es nicht extra vergessen, ich …«

Sie stand vom Bett auf und umarmte ihn. »Ist okay«, flüsterte sie. »Alles okay. Nicht streiten, das ist das Letzte, was wir jetzt brauchen können.«

»Wegerein«, sagte Calvin. »Shit. Es muss noch was anderes sein. Die haben da unten Internet, vor dem Speisesaal steht ein Computer. Komm.«

Sie saßen zusammen auf dem Stuhl vor dem Computer, der ewig brauchte, um die Seiten zu laden.

Wegerein. Herbizid in der DDR. In Glasflaschen und Blechcontainern aufzubewahren. Nur in größeren Mengen für Mensch und Tier giftig.

»Das ist es nicht«, sagte Nuri. »Frau Silbermann hat doch geschrieben, da drin ist … Lass mich mal tippen.«

Natriumchlorat.

Der erste YouTube-Treffer war ein Video: *80 g Natriumchlorat und Zucker – Explosion einer Rohrbombe.*

Sie starrten auf den Bildschirm, auf dem nichts zu erkennen war bis auf das gesprengte Wurzelwerk irgendeines Baumes und die Reste eines Rohres, verwackelt, unscharf.

»Der Feuerlöscher«, sagte Calvin. Seine Lippen waren auf einmal trocken. »Die Heizung funktioniert mit Gas, ja?«

Nuri nickte. »Die Heizkessel sind im Keller. Aber es gibt eine Feuerschutztür.«

»Haha«, sagte Calvin. »Die immer halb offen steht, mit einem Holzkeil dazwischen, wenn ich mich richtig erinnere, weil alle Angst davor haben, sich im Keller einzuschließen, wenn sie Wäsche aufhängen. Kellererfahrungen.« Er seufzte.

»Gas«, sagte Nuri, »brennt nur, wenn es eine gewisse Konzentration in der Luft erreicht, oder?«

»Ich habe keine Schulbildung, schon vergessen? Ich bin …« Er schluckte den Rest des Satzes und seine Bitterkeit runter. »Wen interessiert die Konzentration. Die haben sich was ausgedacht. Irgendwas. Oder jemanden gefunden, der sich was ausgedacht hat, deshalb die ganzen Netzrecherchen. Die ewige Planungszeit. Die machen nichts, was nur vielleicht klappt.«

Nuri war schon dabei, zu wählen.

Frau Silbermann ging nicht ans Telefon. Sie versuchte Kamal. Ramo. Ihren Vater.

»Scheiße«, flüsterte sie. »Das kann doch nicht sein! Die schlafen alle!«

»Ruf Fabienne noch mal an.«

»Nein«, sagte Nuri. »Wir machen ihr bloß Angst. Ich rufe jetzt die Polizei an.«

»Die orten uns.«

»Na und?«

»Nuri, wir …« Er sah gequält auf ihre tippenden Finger. Aber sie wählte gar nicht die Nummer der Polizei. Sie hatte endlich jemanden gefunden, der nachts ans Telefon ging.

»Tim?«, hörte Calvin sie sagen. »Hör zu. Bist du wach? … Dann wach auf. Du musst für uns die Polizei anrufen. Ich erkläre dir jetzt, was du denen sagst …«

Als sie auflegte, war sie blass.

»Tim sagt, er denkt nicht, dass die ihm glauben, nachdem sie im Speicher nichts gefunden haben. Aber er versucht es. Calvin. Wie lange …?«

»Vier Stunden.«

»Woher weißt du, was ich fragen wollte?«

»Du wolltest fragen, wie lange wir brauchen, wenn wir auf geradem Weg zurückfahren. Um eins können wir da sein.«

»Aber du willst nicht zurück.«

»Du auch nicht«, sagte er.

Minuten später jagte er Frau Silbermanns altes Auto die Landstraße entlang.

Internetsuche

waterboarding

al-Nusra

Scud-Raketen

16

Das Leben gleicht dem Feuer: Es beginnt mit Rauch und endet mit Asche, doch wie groß die Flamme ist, entscheidest du.
(Arabisches Sprichwort)

Verwundung, Qual wie ein Tier, und Tod.
Ein kleiner Fleck, schmutzigrot –
und man trug sie fort und scharrte sie ein.
Wer wird wohl der nächste sein?
(Kurt Tucholsky: Krieg dem Kriege)

»Nuri? Die Polizei war da. Im Asylantenheim. Das wollte ich nur schnell durchgeben.«

»Und?«

»Nichts«, sagte Tim. »Sie haben nichts gefunden. Die Feuerlöscher sind alle okay, Datum nicht abgelaufen oder so. Der Sicherheitsdienst ist alarmiert, die sind in der Nähe der Blocks.«

»Okay. Die haben neue Feuerlöscher gekauft, das geht, sagt Calvin, und sie haben den Inhalt so ersetzt, dass man es von außen nicht sieht.«

»Steile These«, sagte Tim. »Ja. Ich habe ihnen was Ähnliches vorgeschlagen. Die Polizei war … nicht ganz erfreut.«

»Verdammt. Danke. Tim? Geh schlafen. Tut mir leid, dass ich dich nachts …«

»Ist okay. Wo seid ihr?«

Sie beendete die Verbindung und starrte das Handy an.

»Was sagt er?«, fragte Calvin, den Blick starr auf die Straße gerichtet. Sie waren seit zwei Stunden unterwegs, ohne dass sie viel gesprochen hatten. Nuri sah ihn von der Seite an, die noch immer kaum vorhandenen Haare, die flächige Narbe auf seinem Unterarm, die unter dem hochgekrempelten Pullover zu sehen war. Ein schwarzer Pullover übrigens, mit Kapuze.

»Du hast ihn verkehrt rum an«, sagte sie.

»Was?«

»Den Pullover. Die schwarze Sonne ist innen.«

»Ja«, sagte er. »Sie ist unsichtbar. Ich … habe nicht so viele Pullover.«

Nuri nickte. »Was die Jungs machen, ist auch unsichtbar. Tim hat gesagt, die Bullen haben nichts gefunden. Die Feuerlöscher sind in Ordnung. Was immer sie da dran gebastelt haben, sie haben das wirklich gut gemacht.«

»Oder gar nicht.«

Sie nickte langsam und ließ sich in ihren Sitz zurücksinken. »Oder gar nicht.«

Er fuhr auf den Seitenstreifen und hielt an, schloss einen Moment die Augen, den Kopf auf dem Lenkrad.

Nuri kaute an ihrer Unterlippe. Sollten sie umkehren? Die Sache vergessen?

»Calvin? Schläfst du?«

Er knurrte. »Ich denke.« Beinahe musste sie lachen. Aber dann hob er den Kopf und sah sie an. Und das war der Moment, der Blick, den sie später in Erinnerung behalten würde – für immer. Die grünen Augen in einem nächtlichen Auto, in dem es eigentlich keine Farben gab.

»Du musst es wissen. *Du* musst wissen, ob wir weiterfahren. Spürst du sie? Diese verfluchten schwarzen Flügel?«

Sie schloss die Augen. Konzentrierte sich. »Ich kann nicht hellsehen. Ich kann gar nichts. Ich kann nur …«

»Fühlen«, sagte Calvin. »Mach das.«

»Aber wir sind nicht *da!*«, flüsterte sie verzweifelt. »Es ist der falsche Ort! Ich kann nur fühlen, wo die schwarzen Schatten *sind*, nicht, wohin sie ziehen!«

Sie lauschte in die Stille. Da war nichts. Ihr Herzschlag. Ihr Atem. Nichts sonst.

Und dann spürte sie, wie sich unter diesen Geräuschen etwas regte, das sie schaudern ließ. Da war es, das Rascheln der Flügel, tief in ihr selbst. Und in der Ferne rief der schwarze Vogel. Sie spürte, wie sich das, was in ihr war, nach ihm sehnte.

Er hatte seine Flügel zärtlich über die Stadt gebreitet, aus der sie geflohen waren, sie konnte ihn beinahe sehen, wenn sie an die Stadt dachte.

Sie öffnete die Augen.

»Fahr weiter«, sagte sie leise, gepresst. »Irgendetwas ist dort.«

An der nächsten Tankstelle kauften sie vier Becher mit kaltem Fertig-Kaffee. Sie mussten wach bleiben.

»Erzähl mir was«, sagte Calvin, wieder auf der Straße. »Irgendwas, damit ich nicht einschlafe. Sind die Dinge alle wahr geworden, die du vorher gespürt hast?«

Sie nickte im Dunkeln. »Ja. Am 15. April dieses Jahres haben sie die

Umari-Moschee in Dar'a gesprengt. Du weißt, die Sprengung, die ich als Kind miterlebt habe. Als der goldene syrische Falke starb.« Sie seufzte. »Im April fiel das Minarett der Umayyaden-Moschee in Aleppo. Alle beschuldigten sich gegenseitig, es zerstört zu haben bei ihren Schießereien. Am 12. Juni 2013 haben Leute von al-Nusra den FSA-Kommandeur Abu Basir an einer Straßensperre bei Latakia exekutiert, zusammen mit seinem Bruder. Seitdem bekriegen sich beide Rebellenfronten gegenseitig. Anfang August haben die Rebellen so gut wie alle alawitischen Dörfer in den Bergen um Latakia eingenommen. Die Leute flohen in die Stadt hinunter. Wer nicht floh … na ja. Aber … nein. Meine Geschichte ist zu Ende. Was ist denn mit deiner Geschichte?«

Sie sah sein vages Lächeln im Scheinwerferlicht eines entgegenkommenden Autos.

»Die fängt gerade an«, sagte er. »Vorher war nicht viel. Nur ein paar Jungs, die einem Typen nachgerannt sind, der Pascal heißt … und eine Menge Sozialämter und Förderschulen und arbeitslose Eltern … eine Mutter, die immer Kopfweh hat, wenn etwas schiefgeht … Das ist keine Geschichte.«

»Doch«, sagte Nuri. »Ich glaube, jemand sollte sie später erzählen. Es gibt viele solche Geschichten in eurem Land. Es ist kein Märchenland.«

Und dann schwiegen sie wieder für eine Weile.

Bis sie von ferne die Brücke sahen. Die Lichter der Stadt dahinter spiegelten sich im Wasser zwischen Festland und Insel, es funkelte und glänzte und gleißte.

»Der schwarze Vogel, Calvin«, flüsterte Nuri und schloss die Augen. »Er kommt nicht von irgendwoher, um die Menschen schlecht zu machen. Er ist in ihnen. Diese dunklen Schwingen … es sind *unsere* Schwingen. Vielleicht will ich deshalb irgendwann von einem hohen Haus springen.« Sie hatte die Augen noch immer geschlossen, um die Worte besser sagen zu können, die ihr so essenziell erschienen. »Calvin? Hörst du mir zu?«

»Nein«, sagte Calvin. »Nuri. Der Speicher brennt.«

Nuri setzte sich auf und öffnete die Augen.

Vom höchsten Punkt der Brücke sah man es deutlich – dies also war der Grund für das Funkeln und Gleißen, das sich im Wasser spiegelte. Das war es, was die nächtliche Stadt schöner machte als je zuvor, es waren Flammen.

Der alte Speicher am Hafen hatte sich in ein überdimensionales Sonnenwendfeuer verwandelt, das zischend zu den Sternen emporloderte.

»Was …?«, begann Nuri. »Es ist nichts im Speicher. Wieso haben sie ihn angezündet?«

»Vielleicht war doch etwas drin.«

Sie krallte sich in den Sitz. »Oder jemand.«

Sie fuhren von der Brücke in die Stadt. Feuerwehrsirenen jaulten, Feuerwehrautos versperrten den Weg zum Hafen, Feuerwehrleute waren dabei, Schläuche auszurollen, eine schwarze Menschenmasse hatte sich versammelt, um zuzusehen. Calvin hielt am Straßenrand.

»Siehst du einen von ihnen? Von der Clique?«

»Ich sehe gar nichts«, sagte er. »Nur Chaos. Das Ding muss schon eine Weile brennen. Es ist von unten komplett nach oben durchgebrannt, schau dir das an, du siehst oben die einzelnen Balken … Nichts mehr zu retten.«

Sie legte eine Hand auf sein Knie. »Fahr weiter. Vergiss den Speicher.«

»Aber …«

»Wir müssen zum Asylbewerberheim. Frag mich nicht, warum.«

Er startete den Motor wieder, er brauchte ein paar Anläufe, ehe Frau Silbermanns Auto kooperierte. Dann jagte er den Wagen weiter. Durch die Stadt, auf die Ausfallstraße, die lange und gerade Achse ins Viertel hinauf … Die Blocks lagen schwarz und still in der Nacht. Sie schliefen. Hier war nichts.

Aber Nuri spürte die Spannung in der Luft. Das Auto bog um die letzte Ecke. Dort war die Wiese, dort das Feld mit den Windrädern, dort die Laterne, an der Calvin die Puppe erhängt hatte.

Dort war die Bushaltestelle, an der sich die Jungs aus dem Viertel trafen.

Es war niemand da.

Oder doch? War da ein Schatten gewesen? Ein stiller Beobachter? Einer, der wartete?

Sie sahen die erste Explosion, als das Auto auf Höhe der Haltestelle war.

Ein plötzliches Licht, das an der Ecke des Hauses auftauchte, blendend, und ein ohrenbetäubendes Krachen. Die zweite Explosion folgte Sekunden später. Calvin bremste.

Das Fenster des Heizungskellers, in einem Schacht halb unter der Erde gelegen, wurde nach außen gedrückt, und von dort schoss das Licht im Splitterregen nach draußen, es gab noch eine Explosion, insgesamt waren es vier, eine für jeden Teil des Blocks. Vier Eingänge, vier ausgetauschte Feuerlöscher, vier getrennte Kellerräume. Der Feuerlöscher im Speicher war also nur einer von mehreren gewesen. Und die Gasleitungen brannten, und das Gas floss nach, bis der Sicherungsmechanismus es stoppte.

Zeitzünder. Ging das? Konnte man einen Zeitzünder in einen Feuerlöscher einbauen und ihn wieder verschließen, sodass man nichts sah? Vielleicht. Man brauchte Technik, Drähte, Wissen, ein Schweißgerät … Ein Feuerlöscher, der eine Rohrbombe wurde. Es war irre. Es war irre gut geplant. Durchgerechnet bis ins kleinste Detail. Die Verschaltung des Ganzen musste von jemandem gemacht worden sein, der sich wirklich damit auskannte. Nicht Pascal. Jemand, den sie gefunden hatten. Über das Netz. Ein Fachmann. Die Leute vom Sicherheitsdienst hatten in den letzten Stunden vergeblich das Heim überwacht. Keiner von Pascals Jungs hatte es nötig, hier aufzutauchen.

»Calvin«, sagte Nuri.

Er saß im Auto wie gelähmt. Das Licht vor ihnen wuchs. Da waren Flammen. Jemand schrie. Keine der Türen wurde geöffnet.

»Calvin. Komm.«

Nuri zog ihn aus dem Auto. Und dann war er wieder in der Realität. 110. Wo war Nuris Handy?

Was? Ja. Eine Explosion. Mehrere. Keine Ahnung. Verdammt, es brennt! Kommen Sie her! Schicken Sie jemanden! Machen Sie irgendwas! … Was? Beim Asylantenheim natürlich.

Er ließ das Handy einfach fallen, denn jetzt rannten sie.

Und noch während sie rannten, begriff er: Die Einsatzfahrzeuge der Feuerwehr waren alle beim Speicher. Pascal war nicht dumm. Aber der

Plan, sie abzulenken, um woanders zuzuschlagen, dieser Plan stammte nicht von Pascal. Er stammte von einem, der auch einmal ein Anführer gewesen war. Calvin.

Der schwarze Vogel ist in uns. Es sind unsere Schwingen.

Das Feuer brannte jetzt so hell, dass man es hörte, ein Knistern, ein Knattern wie von Segeln. Darüber das Rauschen der Schwingen, er hatte es nie so deutlich gehört.

Die Außentüren ließen sich nicht öffnen. Jemand warf sich von innen dagegen. Da waren jetzt mehr Schreie, aber Calvin verstand nichts, er wusste nicht einmal, in welcher Sprache die drinnen schrien. Schweißtropfen standen auf seiner Stirn, er versuchte mit aller Gewalt, die Tür aufzuziehen. Dann deutete Nuri nach unten, und Calvin sah den Keil, einen einfachen, kleinen Holzkeil. Er hatte sich durch ihre Anstrengungen zwischen der Tür und dem rauen Beton der Vortreppe verklemmt, es dauerte, bis Calvin ihn herausbekam. Die Menschen drinnen fielen ihm entgegen, hustend, verschlafen und verwirrt. Es waren nicht viele. Die meisten schliefen noch in ihren Wohnungen …

Calvin rannte zur nächsten Tür. Vier Türen, vier Holzkeile. Wie perfide genau sie sich das alles überlegt hatten!

Er dachte an Frau Zschäpe und den NSU.

Das Feuer fraß sich von unten nach oben durch, er sah, wie es wuchs, es begann als Knospe und wurde zum Giganten, und dann war er im Treppenhaus des ersten Blocks. Der PVC-Belag des Bodens brannte wie Zunder, der Rauch stieg schwer und giftig hoch und erschwerte die Sicht. In einer der unteren Wohnungen stand die Tür offen, Leute versuchten dort, mit Decken zu löschen. Er hörte sich selber brüllen: »Kommt da raus! Es hat keinen Sinn! Raus hier!«

Er packte jemanden am Ärmel, riss daran, zog andere Leute aus Wohnungen, und immer wieder brüllte er, er brüllte, bis er heiser war: »Raus! Raus!«

Irgendwer half ihm, gegen die Türen zu hämmern. Wo war Nuri? In einem anderen Block? Er sah nichts mehr. Treppen rauf – brüllen – husten – Treppen runter – die Feuerleiter vor dem Fenster – wie erklärst du den Leuten eine Feuerleiter, wenn sie panisch versuchen, in die falsche Richtung zu rennen? Das ganze Treppenhaus war voll Rauch, und die Kunststoffumhüllung des Geländers war eine lange Zündschnur nach oben.

Noch immer keine Feuerwehr.

Eine Tür drückt er mit der Schulter ein. Sie schlafen, sie schlafen zu fest! Er reißt ein Kind aus einem Bett, zieht eine Frau am Arm hinauf, hört ihren Schreckensschrei. Hinter ihm prasseln die Flammen. »Aufwachen!« Er hat keine Zeit für Freundlichkeit oder Erklärungen. Er weiß nicht, was diese Leute sehen, wenn er sie aus dem Schlaf reißt, vielleicht Erinnerungen an andere schreckliche Nächte, in denen sie geweckt worden sind, in ihren Kriegen, in ihren Katastrophengebieten, in ihren eigenen, kleinen Höllen.

Wie viel Zeit ist vergangen, seit sie die Türen aufbekommen haben?

Wie viel Zeit seit der ersten Explosion?

Auch östlich von Damaskus, in der Region von Ghuta, schlafen die Menschen.

Kinder, Frauen, Männer. Manche träumen von der Freiheit.

Das Gas kommt gegen drei Uhr. Zeugen sagen später, sie hätten keine Explosion gehört, sondern ein Geräusch, das sich anhörte wie das Öffnen einer Limonadenflasche. Die Büchse der Pandora öffnete sich leise. Dann kommt der Geruch, ähnlich dem von Zwiebeln. Noch ganz zuletzt denken die Syrer ans Kochen.

Sarin. Ein Tod im Schlaf. Aber zunächst sind da die Krämpfe. Später ist die Welt gerührt und weint über all die kleinen Kinder, die zucken. Warum erst, wenn sie im Gas sterben? Ach, ihr Deutschen mit euren Erinnerungen!

In einem Wohnblock, im ersten Stock, wacht ein Mädchen auf, das vor einem halben Jahr noch in den Bergen war. Um sie herum scheint der Staub manchmal golden zu sein. Sie weiß, dass etwas nicht stimmt, als sie sich aufsetzt, da ist etwas Fremdes im Raum. Es bewegt sich, sacht und lautlos, wie ein großer Vogel.

»Nura«, flüstert sie. »Die schwarzen Flügel … Was hast du über sie gesagt?«

Sie hat Probleme mit dem Atmen. Die Dinge verschwimmen. Sie denkt an ihren Vater, der Arzt war.

Er wollte nur helfen, und sie haben ihn eingesperrt.

Sie rüttelt die anderen. Keiner von ihnen wacht auf. Und der Luftzug der schwarzen Flügel sinkt tiefer. Sie spürt beinahe Nuras Hand, die sie aus der Wohnung zieht, die Treppe hinunter, sie hört sich selbst keuchen. Sie kann sich kaum auf den Beinen halten.

Und dann ist sie draußen.

Am Ende der Straße fällt ein alter Mann, er fällt einfach so und bleibt liegen. Zuckt. Es ist seltsam.

Und dann hört er das Heulen der Sirenen, endlich, endlich.

Die Welt ist unübersichtlich geworden, zerrissen in Farben und Schreie. Gelb, Orange, Purpur. Blau, wo der Kunststoff verbrennt. Keine Luft mehr. Der Rauch in der Lunge bringt ihn fast um. Aus diesem Block sind sie alle raus. Also Treppen runter, nächster Eingang.

Er sieht Menschen, die versuchen, etwas mitzuschleppen, etwas zu retten, er schreit wieder: »Raus hier! Nichts mitnehmen!«

Aber das letzte Foto aus der Heimat, die letzte Tischdecke, die letzte Hoffnung – natürlich nehmen sie sie mit, und deshalb sind sie zu langsam. Jemand fällt auf der Treppe, andere stolpern über den Körper, rennen, trampeln ihn nieder, Calvin ist keine lenkende Kraft mehr, er ist nur einer von vielen, er kann niemanden retten. Er versucht, den stillen Körper des Gestürzten mitzuschleifen, lässt es dann – raus.

Die Feuerwehr steht da draußen, aber es ist bisher nur ein Wagen. Grüppchen von Menschen sind auf dem Rasen versammelt, aber auch für diesen Anblick ist keine Zeit. Es gibt nichts mehr zu löschen, auch nicht für die Feuerwehr. Das Asylantenheim ist zum Scheiterhaufen geworden.

Und es lodert weiter in die Nacht hinauf und greift nach dem Mond, um ihn zu verschlingen.

Aus dem dritten Eingang quellen noch immer Menschen wie Hirn aus einem Schädel.

Eine Hand auf seiner Schulter. Ramos Gesicht, dreckverschmiert.

»Calvin!«, brüllt er gegen alles andere an. »Wo ist Nuri?«

Er stürzt wieder vor, der vierte Eingang ist ein schwarzes Loch, der vierte Eingang ist der Eingang zu Nuris Block. Er schreit ihren Namen. Schreit nicht mehr, hustet nur noch, flucht lautlos. Es ist unmöglich, hier jemanden zu finden. Er stolpert über etwas, hebt es auf. Ein Kind. Er kennt das Kind nicht, er trägt es hinaus, es ist leicht. Er legt es ins Gras. Jetzt sind mehr Feuerwehrautos im Einsatz.

Und plötzlich sieht er sie.

Sie rennt quer über den Rasen, zwischen den Menschengruppen hindurch, rennt auf ihn zu, die Haare fliegend, überhaupt fliegt sie. Er steht auf und breitet die Arme aus.

Dann sind sie eins, umarmen sich mitten auf dem Rasen, sie sehen alle zu, bestimmt, sollen sie doch zusehen! Er fährt ihr durchs Haar, es ist schweißnass und rußverschmiert, ihre Augen sind so groß. So dunkel.

»Fabienne!«, keucht sie. »Delfine! Und das Baby! Sie sind noch oben! Ganz oben! Die anderen aus der Wohnung sind raus, aber die Tür hat sich irgendwie verklemmt ... Sie kommen von der Wohnung aus nicht an die Feuerleiter ...«

Er nimmt ihre Hand. »Los.«

Jemand hinter ihnen schreit. »Nein!«

Und nun ist irgendwer neben ihnen, rennt mit ihnen auf den Eingang zu, versucht, sie aufzuhalten. »Ihr könnt da nicht mehr rein! Bleibt stehen! Das ist Wahnsinn!«

Sie rennen weiter. Und der schwarze, ausgebrannte Eingang schluckt sie.

Ab dem ersten Stock brennt alles noch immer, die Flammen sind ausdauernd. Die Welt zerbricht in einzelne Worte, vielleicht liegt es am Rauch, den sie einatmen.

Tasten durch den Rauch.

Glühendes Metall eines Geländers.

Hand zieht Hand, immer nach oben. Geduckt gehen. Atmen kurz über dem Boden. Vierter Stock. Fünfter. Sechster. Hier überall noch das Gelb und das Rot, und das Knattern der Flammen.

Ein Stöhnen. Das Haus stöhnt. Die Sirenen fern, zu fern.

Die Tür.

Luft holen, so gut es geht. Schulter gegen Tür rammen, noch einmal, noch einmal – und sie gibt nach, splittert, bricht. Umgestürzte Möbel. Mehr Rauch. Körper auf dem Teppich.

Fabienne. Delfine. Sie rühren sich nicht. Das Baby. Es liegt in sein Tragetuch gewickelt auf dem Bett, ruhig, sein kleines Gesicht friedlich zwischen den Nebelschwaden.

Tränen, wieder Tränen in Nuris Augen, aber überall sind Tränen, das ist der Rauch. Noch brennt hier nichts, der Rauch ist das Problem, die giftigen Dämpfe suchen sich ihren Weg in jede Lunge. Es ist die Nacht zum 21. August. Es ist kurz vor drei Uhr.

Sie hört jetzt Worte, Megafonworte, groß und laut in der Nacht.

»Raketen. Sie werfen Raketen. Geht auf die Dächer.«

Kann man sich denn vor dem schwarzen Vogel auf Dächern verstecken?

Ein Wagen hält neben ihr, jemand zerrt sie hinein. Sie will sich wehren, aber sie kann nicht. Und das Auto ist merkwürdig, es ist voll mit übereinanderliegenden Menschen. Manche zucken, wie der alte Mann. Ihr ist übel.

Dann ist sie in einem anderen Raum. Ist das ein Krankenhaus? Jemand hält sie auf den Beinen, ein Wasserstrahl trifft sie, ein scharfer Schmerz flammt in ihrem Arm auf, sie sieht die Nadel erst, als der Mann sie herauszieht. Und sie begreift, dass all das Versuche sind, zu helfen.

Da ist eine neue Stimme, sich überschlagend: »Das Gas sinkt nach unten! Bringt die Leute rauf! Niemand darf mehr hier im Keller versorgt werden …«

Um sie herum rennen die Menschen panisch hin und her, es ist ein einziges Chaos.

Sie denkt wieder an das Mädchen mit den dunklen Augen, das in die Türkei gegangen ist. Ihr Name ist jetzt nicht mehr da. Hat das Mädchen es geschafft? Hat sie Deutschland erreicht?

Das Märchenland?

Nuri sieht, wie er das Baby aufhebt, das Tuch nimmt, das Kind irgendwie an sich festbindet. Die Hände wieder frei hat. Fabienne hochzerrt, mit sich nach draußen schleift.

Sie versucht, Delfine aufzuheben, aber sie ist zu schwer, und Nuri ist selbst kaum noch bei Bewusstsein, der verdammte Rauch. Sie fasst Delfine unter den Armen und zieht sie aus der Wohnung. Sechs Stockwerke. Es ist unmöglich. Fabienne liegt jetzt auf dem obersten Treppenabsatz auf dem Boden, Calvin rüttelt sie, schlägt ihr ins Gesicht, kriegt sie irgendwie auf die Beine, zieht sie mit sich die Treppe hinunter.

Aber Nuri kann ihm nicht nach. Sie sitzt nur da, mit Delfine in ihrem Schoß. Es ist alles so trübe geworden.

Sie muss aufstehen. Rennen. Sie versucht zu kriechen. Zentimeterweise, Delfine mit sich schleifend wie eine Puppe. Der Husten schüttelt sie. Yassir – sein letzter Anruf – er hat auch gehustet, er war krank – sie weiß natürlich, was er damit gemeint hat, dass er sich verabschieden wollte.

Wenn man an einen Himmel glauben würde, ein Paradies, dann könnte man davon ausgehen, dass man sich wiedersieht … Sie muss auf einmal lächeln.

Sie kann nicht mehr weiter, keinen Millimeter, sie liegt halb über Delfine gebeugt. Nabil. Er wartet irgendwo.

Nein, er wartet nicht, niemand wartet.

Ich war immer schuld. Ich habe die schwarzen Schwingen mitgebracht. Überallhin. Der Hund, den ich fast getötet habe … Ich wollte sein Blut sehen, ich wollte ihn leiden sehen. Ist das denn wahr, oder glaube ich das nur? Allah, sprich mich frei von dieser Schuld. Lass mich noch einmal anfangen, in dem staubigen Vorort von Dar'a, irgendwo im Nichts. Lass mich alles noch einmal tun und es richtig machen.

Ich werde Yassir mit nach Homs nehmen, mit nach Damaskus, mit in die Berge. Ich werde Mariam den Frieden erklären, schon in unserer Kindheit. Ich werde zu keiner Demonstration gehen, damit niemand für mich verhaftet wird. Ich werde Aarif nicht zur FSA lassen. Niemand wird sterben, niemand wird gefoltert werden. Ich werde niemanden an meinen eigenen Bruder und seine Wut verraten, die in einer leeren Garage warten. Ich werde nicht spazieren gehen, ich werde am verabredeten Platz bei den Kreideklippen sein, und niemand wird im Wasser gequält werden.

Ich werde …

Warte, bitte. Einen Moment nur. Ich bin noch nicht fertig mit allem. Die Geschichte ist zu Ende, aber … ich muss Calvin noch ein Mal sehen. Bitte, warte doch. Ich muss ihm etwas sagen. Allah. Bitte.

Die Regierung behauptet, die Rebellen hätten das Gas benutzt. Ein Teil der vergasten Kinder, hübsch aufgereiht in den Videos auf YouTube, werden von Alawiten bei Latakia erkannt. Angeblich sind sie von den Rebellen entführt worden.

Keiner kennt die Wahrheit.

Die Wahrheit ist nur, dass sie tot sind. Sunniten, Alawiten, Christen. Der Tod kennt keine Konfessionen.

Und die Welt schreit auf. Scud-Raketen sind offenbar ein anerkanntes Instrument in der Kriegsführung gegen das eigene Volk, Folter ist tolerierbar. Aber Giftgas ist verboten. Wer hat diese Spielregeln erfunden, im Sandkasten der Macht?

Und da ist er. Sie sieht ihn verschwommen, spürt ihn mehr, als dass sie ihn sieht.

»Ich bin schuld«, flüstert sie.

Er schüttelt den Kopf, keuchend, hustend. »Komm jetzt!«

Er nimmt ihr Delfine aus den Armen, zieht sie hoch. Irgendwo hinter ihm ist ein Mann in Uniform.

»Eins noch«, flüstert sie. »Versprich mir … hol Dschinan raus.«

Er legt den Finger auf ihre Lippen, zerrt sie weiter, sie wünscht so sehr, sie könnte ihn besser sehen, deutlicher. Dieser Rauch und die Dunkelheit! Verdammt. Sie braucht Licht.

Und dann kommt das Licht.

Es flammt mit einem Knall hinter Calvin auf, lodert, schießt empor und verspritzt sich selbst nach allen Seiten. Das Feuer ist da, ist im sechsten Stock angekommen. Es ist zwischen ihnen.

Der Staub seiner Funken ist golden.

Wunderschön.

Und die schwarzen Schwingen breiten sich aus und fliegen davon.

Fort, fort.

Für immer.

Dschinan schläft ein. Sie merkt es, und es ist gut.

Ihr Kopf fällt zur Seite, und sie sieht Flüssigkeit von irgendwo herabtropfen. Die Tropfen, die auf dem dreckigen Boden zerbersten, sind golden.

Sie schläft ein, ja, aber sie kann wieder atmen.

Sie weiß mit plötzlicher Klarheit, dass das Gift nicht gewonnen hat. Sie wird wieder aufwachen müssen. Weiterleben. Und dieser Gedanke wiegt schwer.

Wo die Giftgasraketen eingeschlagen haben, liegen die Vögel tot unter den Bäumen.

Nur ein einziger Vogel wacht noch über die Stadt. Er ist kein Vogel, er ist nur ein Schatten.

Schwarz.

Das Asylantenheim stand schon in Flammen, als Frau Silbermann ankam. Tim hatte sie abgeholt.

Ihr eigenes Auto stand schräg geparkt an der Bushaltestelle, ihr Herz sank, als sie es sah.

Sie fühlte sich älter als je zuvor.

Tim stützte sie, sie gingen zusammen über die Wiese, auf die angststarren Grüppchen verstörter Gestalten zu. Und blieben stehen. Die Feuerwehr war mit vier Wagen angerückt und dabei, zu löschen, überall waren Uniformen, dazwischen die schwarz gekleideten Sicherheitsleute, die zu helfen versuchten. Ein Krankenwagen bog auf das Gelände, auch ein Polizeiauto. Das Blau und Gelb und Orange der Autos bildete einen grellen Gegensatz zu den Menschen, die sich aneinanderdrängten, dunkel und farblos.

Und dann sah sie Calvin. Er kam aus der letzten Tür des Blocks, er schleifte eine Frau mit sich und ließ sie erst draußen los, weit genug entfernt von der Tür, löste mit seltsam verlangsamten Bewegungen ein Tuch, das er um die Hüften trug, hielt ein Baby in den Armen. Die Frau, die neben ihm auf den Boden sank, war nicht fähig, ihr Kind zu halten, und Frau Silbermann machte einen Schritt in die Richtung der beiden, aber Calvin drückte das Baby einfach dem Nächstbesten in die Hand, der dort stand, und rannte zurück in das brennende Gebäude. Ein Feuerwehrmann folgte ihm, versuchte, ihn zu hindern – sie waren beide fort.

Der Mann, dem Calvin das Baby in die Hand gedrückt hatte, taumelte ein paar Schritte rückwärts. Frau Silbermann trat zu ihm, während Tim sich neben die Frau am Boden kniete. Fabienne, Frau Silbermann erkannte sie jetzt.

Dann wandte sie sich dem Mann zu.

Er war jung.

Er hielt das Baby und starrte es an, völlig hilflos, er schien noch nie ein Baby gehalten zu haben. Dann hob er den Kopf und sah das brennende Inferno an, und dann sah er die Mutter des Babys, die reglos auf dem Asphalt lag. In diesem Moment schlug das Baby die Augen auf und bewegte seine winzigen Hände, die außen dunkel waren und innen weiß.

Frau Silbermann erkannte den jungen Mann, der es hielt, mit verblüffender Verspätung.

Es war Pascal. Unter seiner offenen Joggingjacke sah man einen weißen Verband.

Er hatte tatsächlich die Stirn, hier zu stehen und sich das anzusehen. Sein Werk. Hatte er keine Angst, dass jemand ihn bemerkte? Nein, natürlich nicht. Warum sollte er nicht hier sein? Er war, im weiteren Sinne, ein Nachbar. Nichts Verdächtiges dabei, hinauszugehen, wenn es vor der eigenen Haustür brannte.

Frau Silbermann wünschte sich in diesem Moment ein Messer. Möglichst scharf. Ein Mal etwas Unvernünftiges tun. Ihr glühender Hass musste ihn verbrennen, dachte sie, wie das Feuer dort.

Aber dann sah sie ihn noch einmal an, ihn und das dunkle Baby, und sie erkannte, dass er Tränen in den Augen hatte, bittere, schwere Tränen. Er ließ das Baby seinen Zeigefinger greifen, und es begann, daran zu saugen, es hatte Hunger – erstaunlich, was Babys alles können, gerade noch schlafen sie durch den Rauch eines ganzen Hauses, und schon sind sie wach und hungrig, neben einem brennenden Scheiterhaufen.

Begriff Pascal? Begriff er, was er getan hatte? Begriff er, wer er war?

Wenn er das begriff, war es vermutlich die schlimmste Strafe, die man jemandem wünschen konnte.

Frau Silbermann suchte ihren Hass und fand ihn nicht mehr.

Dann war da der Feuerwehrmann und trug ein kleines Mädchen auf seinen Armen, er trug es an Pascal vorbei, und das Mädchen schlug die Augen ebenfalls auf und sah das Baby und den Mann, der es hielt.

Und murmelte, nur halb bei Bewusstsein: »Bist du der Prinz?«

Internetsuche

Sarin

Giftgasangriff von Ghuta

17

Mit Zuversicht ins Superwahljahr 2014!
Das NPD-Präsidium bedankt sich bei 560 660 Wählern, die der NPD zur Bundestagswahl 2013 trotz »Lagerwahlkampf«, gesellschaftlicher Kriminalisierung und medialer Inszenierung einer Scheinalternative ihr Vertrauen geschenkt haben.
(Homepage der NPD, Eintrag vom 23.09.2014)

»Hat sie jetzt einen Namen?«, fragte Frau Silbermann.

Das Baby war so leicht auf ihrem Arm, an ihrer Schulter. Und es lachte schon wieder.

Fabienne nickte. »Es wurde Zeit. Sie ist zwar noch kein Jahr alt … egal, sie hat das Feuer überlebt, zusammen mit uns allen.«

Delfine hüpfte am Strand mit einem Springseil herum, sie sahen sie von den Dünen. Hinter Delfine lag die blaue Unendlichkeit des Meeres, und vor ihr saß Tom und versuchte zu begreifen, wie man Seil sprang, ohne sich zu verheddern.

»Es ist ein arabischer Name«, sagte Fabienne. »Er hat etwas mit dem Koran zu tun, aber die Abkürzung bedeutet Licht.«

»Und?«, fragte Frau Silbermann. »Wie heißt sie?«

»Das wissen Sie doch«, sagte Fabienne sanft.

Nachwort

Der Tag war sonnig, aber wolkendurchzogen. All dieses zerrissene Blau, so hoch und unendlich! Freiheit. Es war ein zu großes Wort.

Die Äste der Büsche wippten über dem Stein, einem einfachen Stein, rechteckig, schlicht. Frau Silbermann richtete sich auf, mühevoll, und wischte sich die Erde von der Hose. Die Blätter der Bäume neben dem Stein reckten sich der Sonne entgegen, es waren junge Bäume wie wilde Kinder, nicht ganz gerade gewachsen, sehr lebendig. Sie hatte sie eben erst gepflanzt.

Eine Olive. Einen Granatapfel. Einen Weinstock.

Sie zog die Gartenhandschuhe aus und strich mit der bloßen Hand über die glatte Oberfläche des Steins. Dann zog sie zwei flache Kiesel aus der Tasche und legte sie oben auf seinen Rand.

»Warum macht man das?«, fragte Samir Aljafari.

»Es bedeutet, dass wir uns erinnern. Ein Gruß an die Toten.« Frau Silbermann zuckte die Schultern.

»Glauben Sie denn an einen Gott?«, wollte er wissen.

»Ich weiß nicht. Manchmal. Wie ist es mit Ihnen?«

»Es gab eine Zeit, in der ich dachte, Gott wäre unter den Trümmern meines Landes erstickt. Aber jetzt denke ich, er ist noch da. Er versucht, wieder hochzukommen, wie eine Pflanze. Wie diese Bäume. Man muss ihm nur helfen. Er braucht … Licht und Wasser.«

Sie sah, wie er sich verstohlen mit dem Handrücken übers Gesicht wischte. Sie hätte ihm gerne gesagt, dass er weinen durfte, aber vielleicht wollte er nicht, dass sie es merkte.

Sie fuhr mit dem Finger die Buchstaben nach, die mit einem Pinsel auf den Stein aufgetragen waren, von der Hand einer Malerin, ein wenig zitterig jedoch.

Nura Aljafari & Calvin Lüttke
**9. 4. 1995 *21. 2. 1995*
† 21. August 2013

Es war lediglich ein Gedenkstein, der richtige Stein würde auf dem Friedhof draußen stehen. Vorerst gab es dort nur ein Grab mit einem einfachen Holzkreuz. Aber die Namen, die Gedanken, gehörten in Frau Silbermanns Garten.

Die Katze, die Hund hieß, spielte mit den Zweigen des Olivenbaums.

»Sie haben … erreicht, was sie wollten, oder?«, sagte Samir leise. »Ich … Entschuldigen Sie.« Er weinte jetzt doch. »Sie haben die Leute rausgeholt. Nura … wollte immer etwas tun. Nicht nur etwas schreiben oder dokumentieren, sie wollte etwas tun. Aber sie hatte wahnsinnige Angst, auch wenn sie das nicht zugegeben hat. Sie hat … am Ende hat sie …«

Frau Silbermann nahm ihn in die Arme, einen fremden, weinenden Mann aus einem Land, das sie nie ganz begreifen würde. Er war gekommen, um Frieden zu finden, und hier stand er und besaß nichts als einen Stein in ihrem Garten.

Und natürlich seine Frau. Seinen Sohn. Sie waren noch in der Klinik. Sie hatten es geschafft, aber der Rauch war tief in ihre Lungen gedrungen. Kamal hatte am Ende ebenfalls zu lange versucht zu helfen, und ein Stück einer Zwischendecke war eingestürzt und hatte ihn getroffen, aber was waren schon Knochenbrüche. Er würde überleben.

Ramo war tot. Und zwei afrikanische Frauen, die Frau Silbermann nicht kannte.

Eine war in der Panik überrannt und totgetreten worden, die andere an den Folgen des Rauchs gestorben. Die Kinder waren alle gerettet worden.

Pascal hatte nicht lange mit den Tränen gekämpft.

Er hatte sie auch schon wieder vergessen.

Er behauptete jetzt, unterstützt von den Leuten seiner Clique, dass die Asylbewerber das Heim selbst angezündet hätten. Es hätte einen Krieg zwischen den einzelnen Gruppen gegeben, den Muslimen und den Nicht-Muslimen, und einer von denen hätte ihn gefragt, ob er Sprengstoff besorgen könnte, woraufhin er verneint hätte, aber irgendwoher hätten sie doch etwas bekommen, die hätten ja ihre Kontakte. Niemand konnte Pascal und der Clique bisher etwas nachweisen. Es würde dauern, bis der Fall ganz aufgerollt war. Vielleicht Jahre. In zwei der Heizungskeller schien neben den Sprengsätzen auch Benzin verschüttet worden zu sein, mehrere geschmolzene Kanister waren gefunden worden.

Wer den Speicher am Hafen angesteckt hatte und warum, blieb nach polizeilichen Angaben ebenfalls unklar.

Frau Silbermann trank mit Samir Aljafari Tee aus den syrischen Gläsern, die vielleicht nichts mehr bedeuteten. Er schlief momentan noch bei seiner Familie im Krankenhaus. Wahrscheinlich würden sie nach Berlin-Hellersdorf gebracht werden, in ein anderes Bundesland. Dies war ein Ausnahmefall. Frau Silbermann hatte sich erkundigt, ob es möglich war, Flüchtlinge privat aufzunehmen. Man hatte ihr gesagt, dass es besser wäre, Nuris Familie weiter fortzubringen. Der Zeugenschutz spielte sicher eine Rolle.

»Schreiben Sie das Buch«, hatte sie gesagt, auf Arabisch, schon in der Tür. »Fangen Sie gleich morgen damit an.«

Er hatte gelächelt. »Ich fange immer morgen damit an. Seit dem Tag, an dem Nura geboren wurde.«

Irgendwann räumte sie das Teetablett weg. Sie musste sich einen Moment am Küchentisch festhalten. Demnächst würde sie sich eingestehen müssen, dass sie wirklich alt und dass das Leben endlich war.

Am Küchenschrank hing, mit Tesafilm angebracht, ein Zeitungsausschnitt.

ROMEO UND JULIA IM BRENNPUNKTVIERTEL. LIEBE SCHLÄGT BRÜCKEN ZWISCHEN RECHTEM LAGER UND AUSLÄNDERN …

Die Liebe hatte keine Brücken geschlagen, dachte Frau Silbermann, sie hatte einen Häuserblock angezündet.

Würde es etwas ändern – in irgendeinem Kopf, in irgendeinem Herzen? Die Menschen brauchten Geschichten, über die sie weinen konnten, um zu fühlen. Manchmal dachte sie, dass es die einzige Möglichkeit war, sie zu irgendetwas zu bewegen: eine gute Geschichte, rührselig und tragisch. Am besten ein totes Kind.

Sie schnaubte verächtlich.

Schließlich stieg sie die Treppe hinauf und betrat das Gästezimmer. Langsam. Zögernd.

Sie blieb in der Tür stehen. Die Septembersonne fiel schräg durch die

Scheiben. Der Wind trug die erste Ahnung von Herbstgeruch durchs offene Fenster.

Sie hielt die Luft an.

Auf dem Bett lagen zwei Menschen, Hand in Hand, fest schlafend. Sie waren so schön.

Das schwarze Haar auf dem hellen Kissen, die widerspenstigen Locken. Der blonde Schimmer auf dem Kopf daneben, die immer noch erschöpften Gesichter, die Wunde auf einer Wange, inzwischen verschorft.

Sie stand da und sah sie an, sah sie atmen, zusammen im Traum. Auf dem Nachttisch blühten ein paar Zweige in einer Vase. Und eine einzelne Sonnenblume. Deutschland, ein Märchenland.

Und dann blinzelte sie, und die Vision zerbrach.

Die Zweige waren noch da, auch die Sonnenblume.

Und der schlafende Körper. Aber es war nur einer.

Niemand durfte wissen, dass er hier lag, er war offiziell tot, nur ein Kommissar und zwei Ärzte wussten, dass er nicht im Krankenhaus gestorben war, wie es in der Zeitung gestanden hatte.

Zeugenschutzprogramm.

Er würde einen neuen Namen bekommen, eine neue Identität. Fortgehen. Noch einmal anfangen.

Frau Silbermann setzte sich auf die Bettkante, und er schlug die Augen auf. Er schlief eigentlich nur, seit er hier war, und ab und zu wachte er auf und sah sie an, aber er sagte beinahe nichts, und dann schlief er weiter. Sie fragte sich, wann er die Kraft haben würde, aufzustehen und zu leben.

Nuri hatte immer vom Grün in seinen Augen gesprochen, das sie so liebte. Frau Silbermann verstand sie jetzt.

»*Ich* hätte es sein sollen«, sagte er jetzt.

»Wie bitte?«

»Ich bin der, der hätte draufgehen sollen.«

»Wieso glaubst du …«

Er lächelte und setzte sich vorsichtig auf. »Es ist sehr einfach, Ihre Gedanken zu lesen.«

»Wir müssen jetzt nicht darüber reden. Wir haben all die Tage nicht darüber geredet, und …«

»Aber es ist Zeit, oder?« Er griff nach der Packung Zigaretten auf dem Nachttisch, betrachtete sie einen Moment und legte sie wieder hin. »Ich gebe Ihnen recht. Und ich hätte gerne getauscht. Sie wollte …« Frau Silbermann sah ihn schlucken. »Sie wollte den schwarzen Vogel loswerden. Sie hat gesagt, wenn sie vierzig ist, springt sie von einem Hochhaus. Verrückt, oder? Sie hat gedacht, sie wäre schuld. Ich habe ihr gesagt, dass das nicht stimmt … Aber es stimmt natürlich. Wir sind alle schuld. Alle Menschen. Sie hat das gewusst. Ich …« Er verstummte, nahm die Packung Zigaretten wieder, zog eine heraus und zerdrückte sie in seiner Hand.

Vielleicht war das seine Art, zu weinen.

»Es ist leichter zu sterben, als zu überleben«, murmelte er leise. »Wissen Sie noch?«

»Ja.«

»Hier sitzen wir zwei Arschlöcher und haben überlebt«, sagte er bitter.

»Ja. Hier sitzen wir.«

»Was machen wir jetzt? Wie machen wir weiter?«

»Ich weiß es nicht«, sagte Frau Silbermann und legte einen Arm um ihn – legte einen Arm um diesen Jungen mit den sehr grünen Augen und den vielen Narben. »Ich weiß es wirklich nicht, Calvin. Überlebende haben Verantwortung. Sie sind da, um etwas zu ändern …«

Er nickte.

»Jemand muss den Leuten sagen, was nicht stimmt mit Typen wie Pascal. Und mit dem ganzen nationalen Scheiß-Widerstand. Zum Kotzen.«

Er schüttelte ihren Arm nicht ab, aber er nahm eine zweite und eine dritte Zigarette und zerdrückte auch die. Der Tabak rieselte in Krümeln über das Bett. Wen kümmerte Tabak.

»Sie hat etwas gesagt, am Ende«, flüsterte Calvin. »Bevor das Feuer bei uns war. Sie hat gesagt: *Hol Dschinan raus.*« Er schwieg eine Weile. »Dschinan war dreizehn«, sagte er dann. »Sie ist irgendwo in den Bergen, oder sie war da ... Aber vielleicht gibt es sie gar nicht. Der Staub wurde golden, wenn sie da war, ist das nicht seltsam?«

»Nicht alles an Nuris Geschichte muss wahr sein«, sagte Frau Silbermann. »Sie war eine große Geschichtenerzählerin.«

Er nickte. Zerdrückte eine vierte Zigarette und stützte sein Gesicht in die Hände. Das Feuer hatte ein paar der Sommersprossen gefressen, auf einem Oberarm und an der Schläfe.

»Ich werde sie vermissen. Ich vermisse sie jetzt schon. Wahnsinnig. Ich ... ich wäre mit ihr alt geworden. Hört sich blöd an, oder?« Er schnaubte. »Ich habe mir das wirklich vorgestellt. Idiot. Wir beide in Damaskus, unter den Sternen. Der Geruch der Nachtblumen. Eine Auszeit. Sie ist jetzt vielleicht dort. In dem friedlichen Land, das sie haben wollte. Bei ihrem Bruder. Eine Auszeit für immer.«

Er machte sich von Frau Silbermann los, stand auf und trat ans Fenster. Man konnte den Gedenkstein von hier aus sehen und die jungen Bäume.

Er streckte die Hand aus, als wollte er den Staub einfangen, der dort in einem Lichtstrahl tanzte.

Golden.

Wie der Falke.

An diesem Abend ging er zu dem Stein, der nur ein Stein war, und rauchte die letzte Zigarette aus der Packung. Alle anderen hatte er zerstört.

Er wünschte, er hätte damit aufhören können, wütend zu sein.

Er hatte so viele Worte im Kopf. *Rassenschande* war eines davon. *Asylbetrüger. Abstechen* gab es auch, im Zusammenhang mit Pascal. Und dann war da das Wort, das schwerer wog als alles andere.

Freiheit.

Die Freiheit, etwas nicht zu tun.

»Nuri«, sagte er. Sah den Olivenbaum an, den Granatapfelbaum, den Weinstock. »Nuri? Scheiße.«

Die Bäume schwiegen, nur der Wind bewegte ihre Blätter.

»Wut macht so müde«, sagte er. »Ich bin immerzu wütend, weißt du das? Ich würde so gerne alles zerschlagen. Die Tassen in der Küche. Die

Flaschen. Das Fenster. Aber dann sehe ich, dass die Fenster offen sind … Frau Silbermanns Fenster sind jetzt immer offen.«

Er setzte sich ins Gras und ließ die Asche zwischen die Bäume fallen. Asche zu Asche. Nein, natürlich lag sie hier nicht, es war nur ein Gedenkstein. Die Katze, die Hund hieß, strich um seine Beine.

»Ich wünschte, ich könnte dir sagen, dass … dass wir es geschafft haben, sie rauszuholen. Delfine und Fabienne und das Baby und … und fast alle anderen. Wenn du mich hören könntest … Aber eins ist gut. Dass du das mit dem Giftgas in Syrien nicht mehr mitbekommen hast, das ist wirklich gut. Es ist besser, tot zu sein, weißt du das? Viel besser …«

Seine Stimme wurde seltsam, er schluckte und drückte die Zigarette aus.

Stand auf.

»Mach's gut, Nuri«, flüsterte er. »Vergiss die schönen Sachen nicht. Es gibt auch schöne Sachen in diesem Land. Seebrücken, wo man auf dem Geländer balancieren und ins Wasser fallen kann. Winzige Strände im Schilf. Sonnenblumenfelder bei Nacht. Du bist die schwarzen Schwingen für immer los. Hier sind sie noch, überall. Aber ich werde versuchen, sie zu finden und … ich weiß nicht. Etwas zu tun. Kochen vielleicht. Syrisch kochen. Syrisch kochen mit Nazis als Umerziehungsmaßnahme?« Er lachte, zuckte die Schultern, kam sich dumm vor. Sie hätte auch gelacht, sie hätte über ihn gelacht, bestimmt.

»Und ich hole Dschinan raus«, sagte er. »Wenn ich wieder … auf den Beinen bin.«

Da sah er sie. Sie stand am Zaun, hinten zwischen den Büschen, die schwarzen Locken im Gesicht, die dunklen Augen blitzend, die Spuren des Feuers auf ihrem Körper in diesem Moment vergessen. Sie hob die schmale Hand und winkte.

Er winkte zurück.

Die Büsche wippten leise, und sie war fort.

»Grüß Damaskus«, flüsterte er. »Grüß das Land. Wir sehen uns.«

Am Dienstagmorgen haben Polizeibeamte an einem abgebrannten Papiercontainer in Hellersdorf insgesamt drei Zettel gefunden, die mit fremdenfeindlichen Parolen beschrieben waren. (...) Die Inhalte richteten sich gegen die sich dort befindliche Gemeinschaftsunterkunft für Flüchtlinge und Asylsuchende.

(Berliner Morgenpost, 3.9.2013)

The Black Bird

von *Reso Muso*

The black bird of violence has no head.
It's only got wings and the song that it sings
is the very first tear that we shed.

The black bird of violence has no heart.
It's only got claws, all slippery because
of those lives it's been tearing apart.

The black bird of violence has no soul.
It's only got blackness, it's ruthless and reckless
and it's got only one goal.

To make you suffer
(nobody knows where it came from).
To make you suffer
(it's always been there).
To make you suffer
(nobody knows where it's going).
To make you suffer
(nobody really seems to care).
To make you suffer
there's no happy ending on offer …

The black bird of violence has no body.
It's just got a shadow, a blur on the meadow
that's already gone and your hands are all bloody.

The black bird of violence knows no fear.
It only knows power, it grows by the hour
it'll use you and loose you and it is quite near.

The black bird of violence knows no death.
It needs blood to live and it needs you to give
him your screams and your dreams and your every last breath.

It'll make you kill them
(it comes from inside our heads).
It'll make you kill them
(it's going to enter our hearts).
It'll make you kill them
(it's building his nest in our souls).
It'll make you kill them
(that's where it starts).
It'll make you kill them
you've lost your own will, then.

The black bird of violence is not free.
It's trapped in your chest but it's doing its best
to escape, for it's got one enemy:
that love.

Hold her
(nobody knows where she came from).
Hold her
(she's always been there).
Hold her
(nobody knows where she's going).
Hold her
(tell her you care).
She'll make you suffer
but there may be a life worth living on offer …

Danksagung

»Sommer unter schwarzen Flügeln« entstand in einem einzigen Sommer und doch in vielen.

Lange trug ich mich mit dem Gedanken, über »die Rechten« zu schreiben, Gewalt an sich erschien mir ein interessantes Thema. Ich sprach im Studium mit Freunden aus Syrien darüber, was ursprünglich Zufall war. Doch statt Schriftsteller wurde ich Sozialarbeiter, arbeitete mit Jugendlichen sogenannter bildungsferner Schichten und hatte den deutschen Rechtsextremismus täglich vor Augen. Allein, zum Schreiben fehlte mir der Mut. Ich wusste um die Angst der Journalisten vor der Szene, und Freunde hatten »Hausbesuche« der NPD oder naher Gruppierungen erhalten. Schließlich beschlossen meine Frau Catherine und ich, Deutschland zu verlassen, um in ihre ursprüngliche Heimat zu ziehen. Und in dem Sommer, in dem sich meine Familie bereits in Kanada befand, begann die Geschichte plötzlich wie von selbst zu entstehen.

Ich danke daher all jenen, die es jahrelang mit mir ausgehalten haben, als ich haderte und nicht schrieb, und die es auch dann noch mit mir ausgehalten haben, als ich nur noch schrieb.

An allererster Stelle steht Catherine, die meine erste Leserin war. Ebenso danke ich Jakob und Aron für ihre Geduld mit dem im Geiste oft abwesenden Vater, ich danke meinen Eltern für ihre Unterstützung und unserer Hündin Lola für die langen Spaziergänge am Meer, auf denen wir Nuri und Calvin zuerst begegneten. Ich danke meinem Berliner Freund für sein Sofa, auf dem ein Teil des Buches entstanden ist. Ich danke meinen syrischen Freunden für all unsere Gespräche, vor allem Reso Muso, der den Roman mehrfach gelesen, behutsam verbessert und sich das Lachen über meine Fehler verkniffen hat.

Das Thema »Syrien« begann während des Schreibens immer mehr Raum einzunehmen. Blickt man jetzt in dieses zerstörte Land, kommt man nicht umhin, die deutsche Misere mit dem Rechtextremismus als Luxus problem zu empfinden. So gilt mein Dank all jenen, die unermüdlich in Syrien bloggen, twittern, posten, filmen und schreiben, oftmals unter Einsatz ihres Lebens. Ich danke, obgleich er dies nie lesen wird, Rafik Schami für jedes seiner Worte. Aber auch hier leben Menschen in Angst, gerade solche, die vor dem Krieg geflohen sind, und ich danke denen, die genauso unermüdlich Informationen über die »rechten Lager« sammeln, gegen sie angehen und Alternativen für Jugendliche schaffen.

Als ich »Sommer unter schwarzen Flügeln« schrieb, hofften wir alle, wenn es erschiene, wären seine Themen Vergangenheit. Doch der IS weitet seine Gebietsansprüche in Syrien aus, Jugendliche aus aller Welt werden als Gotteskrieger angeworben, rechte Hooligans marschieren durch deutsche Großstädte. Zugleich gibt es Überläufer aus der jungen Neonazi- in die Dschihadistenszene, beide Gruppierungen leben im Rausch der Gewalt. Es ist schön, wenn ein Buch aktuell ist. In diesem Fall wäre es mir lieber gewesen, es wäre nicht ganz so aktuell geworden.

Last but noch least geht mein Dank an meine Agentin und die Mitarbeiter des Oetinger Verlages, vor allem an meine Lektorin, der das Buch unzählige schlaflose Nächte bereitet hat. Danke an all jene, die sich für das Erscheinen dieses Romans eingesetzt haben, obwohl er die Grenzen des Jugendbuchgenres sprengt. Denn er ist trotz allem ein Roman für junge Menschen: Menschen, die vielleicht lernen können, Gewalt und Hass zu begreifen und zu einer Generation heranzuwachsen, die sie nicht mehr zulässt.

Peer Martin, November 2014, Québec

Quellenverzeichnis

Kapitel 1

Wikipedia zum Stichwort Asylrecht (Deutschland), zitiert nach: http://de.wikipedia.org/wiki/Asylrecht_%28Deutschland%29, Stand vom 7.12.2014.

Aus Offenem Brief der Kampagne »Stop it! Rassismus bekämpfen, alle Lager abschaffen« (28.9.2012), zitiert nach: http://stopitkampagne.blogsport.de/images/OffenerBrief.pdf, Stand vom 7.12.2014.

Kapitel 2

Aus NDR-Beitrag in Panorama Nr. 758 vom 20.09.2012, zitiert nach: http://daserste.ndr.de/panorama/archiv/2012/panorama4209.pdf, Stand vom 7.12.2014.

Aus »Eingekesselt zwischen Fremdenhass und Begrüßungsplakaten« (21.8.2013), zitiert nach: Nicole Sagener, http://www.zeit.de/politik/deutschland/2013-08/asyl-hellersdorf-demonstrationen, Stand vom 7.12.2014.

Kapitel 3

Wikipedia zum Stichwort Asylbewerber, zitiert nach: http://de.wikipedia.org/wiki/Asylbewerber, Stand vom 7.12.2014.

Aus »Strategiewechsel in der Asylpolitik: ›Rückkehrpflicht statt Aufenthaltsrecht!‹« (17.12.2010), zitiert nach: NPD-Hessen, http://www.npd-hessen.de/index.php/menue/63/thema/69/id/2280/anzeigemonat/12/akat/1/anzeigejahr/2010/infotext/Strategiewechsel_in_der_Asylpolitik_Rueckkehrpflicht_statt_Aufenthaltsrecht/Bundesweite_Nachrichten.html, Stand vom 7.12.2014.

Kapitel 4

Aus »Raus aus der EU«, Beitrag in einem rechten Internetforum.

Kommentar von Abdullah Yusuf Ali zu Koran-Sure 51, 26, zitiert nach: http://al-quran.info/#51:26 (englisch), Stand vom 7.12.2014.

Kapitel 5

CDU-Abgeordneter zum NPD-Verbotsverfahren, zitiert nach: dapd, http://www.welt.de/newsticker/news3/article112207021/Weiter-Streit-ueber-Erfolgsaussichten-des-neuen-NPD-Verbotsverfahren.html (23.12.2012), Stand vom 7.12.14.

Ergebnisse der Landtagswahlen, zitiert nach: Landeswahlleiterin Mecklenburg-Vorpommern, http://www.statistik-mv.de/cms2/STAM_prod/STAM/de/start/_Landeswahlleiter/Landeswahlleiter/lwlstart/index.jsp, Stand vom 7.12.2014.

Kapitel 6

Aus »Flüchtlingsdrama in Syrien« (19.1.2013), zitiert nach: APA, http://www.

format.at/news/international/fluechtlingsdrama-syrien-350661, Stand vom 3.12.2014.

Aus »Proteste gegen NPD-Kundgebung« (17.11.2012), zitiert nach: http://www.berliner-zeitung.de/berlin/brandenburger-tor-proteste-gegen-npd-kundgebung,10809148,20896074.html, Stand vom 7.12.2014.

Kapitel 7

Aus »Wir gönnen uns keine Pause!« (12.8.2013), zitiert nach: http://www.vorpommern-weltoffen-demokratisch-bunt.eu/wp/wir-gonnen-uns-keine-pause/, Stand vom 7.12.2014.

Aus »Leitfaden zum Umgang mit Asylanten in der Nachbarschaft«, zitiert nach: NPD Mecklenburg-Vorpommern, http://www.npd-mv.de/index.php?com=news&view=article&id=3079&mid=8, Stand vom 7.12.2014.

Kapitel 8

Adolf Hitler, zitiert nach: Zentner, Christian: Adolf Hitlers »Mein Kampf«: eine kommentierte Auswahl, München 1974, S. 144.

Arabisches Sprichwort, frei zitiert nach: http://www.aphorismen.de/zitat/108421, Stand vom 7.12.2014.

Kapitel 9

Aus »Words of support from world leaders won't help Syrian refugees« (25.9.2013), zitiert nach: Sherif Elsayed-Ali, http://www.amnesty.org/es/library/asset/MDE24/052/2013/en/51820a91-2b8f-4110-bb52-57588d02462f/mde240522013en.pdf, Stand vom 3.12.2014.

Mitglied von pro Deutschland, aus »Die perfide Rhetorik von Pro Deutschland« (21.8.2013), zitiert nach: Yassin Musharbash, http://blog.zeit.de/radikale-ansichten/2013/08/21/das-perfide-menschenbild-von-pro-deutschland/, Stand vom 7.12.2014.

Kapitel 10

Adolf Hitler, zitiert nach: Plöckinger, Othmar: Geschichte eines Buches: Adolf Hitlers »Mein Kampf« 1922-1945, München 2011, S. 415.

Kapitel 11

Aus »Die Leute sind froh, dass wir hier sind« (17.10.2012), zitiert nach: Ralf Wiegand, http://www.sueddeutsche.de/panorama/fluechtlingsheim-in-mecklenburg-vorpommern-die-leute-sind-nicht-froh-dass-wir-hier-sind-1.1498186-2, Stand vom 7.12.2014.

Kommentar zu »Asyltour: NPD weiter im Land unterwegs« (30.7.2013), Beitrag in einem rechten Internetforum.

Kapitel 12

Aus »Flüchtlingsaufnahme aus Syrien – Erste Einschätzungen von PRO ASYL« (21.3.2013), zitiert nach: http://www.proasyl.de/en/news/news-english/news/

fluechtlingsaufnahme_aus_syrien_erste_einschaetzungen_von_pro_asyl/, Stand vom 7.12.2014.

Aus »Vier Köpfe für 2014. Bernd Lucke, Gründer der ›Alternative für Deutschland‹« (10.1.2014), zitiert nach: Anne Kunze, http://www.zeit.de/2014/02/janet-yellen-mathias-doepfner-bernd-lucke-mary-barra/seite-4, Stand vom 7.12.2014.

Kapitel 13

Rede von Joseph Goebbels vom 4. Dezember 1935, zitiert nach: http://de.wikiquote.org/wiki/Joseph_Goebbels, Stand vom 7.12.2014.

Sprichwort der Beduinen, zitiert nach: http://www.aphorismen.de/zitat/109943, Stand vom 7.12.2014.

Kapitel 14

Aus »Politischer Aktivismus – Unverzichtbarer Bestandteil einer revolutionären Bewegung!«, zitiert nach: Junge Nationaldemokraten, http://alt.jn-buvo.de/aktivismus-2/, Stand vom 7.12.2014.

Albert Einstein, frei zitiert nach: http://www.gutzitiert.de/zitat_autor_albert_einstein_thema_anpassung_zitat_23856.html, Stand vom 7.12.2014.

Kapitel 15

Aus »Flüchtlingsaufnahme aus Syrien – Erste Einschätzungen von PRO ASYL« (21.3.2013), zitiert nach: http://www.proasyl.de/en/news/news-english/news/fluechtlingsaufnahme_aus_syrien_erste_einschaetzungen_von_pro_asyl/, Stand vom 7.12.2014.

Aus »Im ›T-Hemd‹ gegen ›Überfremdung‹ und ›Volkstod‹« (18.11.2013), zitiert nach: Andreas Speit, http://www.taz.de/1/archiv/digitaz/artikel/?ressort=sw&dig=2013%2F11%2F18%2Fa0074&cHash=11ca87e7516f101e626fbf99d-1b383ab, Stand vom 7.12.2014.

Kapitel 16

Arabisches Sprichwort, frei zitiert nach: http://www.bk-luebeck.eu/sprichwoerter-arabische.html, Stand vom 7.12.2014.

Tucholsky, Kurt: Krieg dem Kriege, zitiert nach: Ulk. Illustriertes Wochenblatt für Humor und Satire (13. Juni 1919), http://digi.ub.uni-heidelberg.de/diglit/ulk1919/0086, Stand vom 7.12.2014.

Kapitel 17

Aus »Mit Zuversicht ins Superwahljahr 2014!« (23.9.2013), zitiert nach: NPD, http://www.npd.de/html/1/artikel/detail/3463/, Stand vom 7.12.2014.

Zitat hinter dem Nachwort:

Aus »Container abgebrannt und fremdenfeindliche Parolen ausgelegt« (3.9.2013), zitiert nach: Berliner Morgenpost, http://www.morgenpost.de/berlin/polizeibericht/article119677636/Container-abgebrannt-und-fremdenfeindliche-Parolen-ausgelegt.html, Stand vom 7.12.2014.